KB167296

벨아미

Bel-Ami

세계문학전집 223

벨아미

Bel-Ami

기 드 모파상

송덕호 옮김

민음사

차례

1부

1장

　조르주 뒤루아는 계산대 여자에게 100수짜리 주화로 거스름돈을 받고는 레스토랑을 나왔다.

　선천적으로 타고나기도 했지만 전직 하사관답게 그의 자태는 늠름했다. 그는 가슴을 펴고 군인다운 익숙한 솜씨로 수염을 쓰다듬고는 뒤에 남은 손님들을 죽 훑어보았다. 미남인 그의 시선이 마치 그물처럼 펼쳐졌다. 독신자에게서나 볼 수 있는 독특한 시선이었다.

　여자들이 그를 향해 얼굴을 들었다. 몸집이 작은 여공 셋, 제대로 빗질을 하지 않은 머리에 옷차림도 단정치 않고 먼지투성이 모자를 쓴 채 꼴사나운 옷을 입고 있는 중년 여자 음악 교사, 그리고 남편을 동반한 중산층 주부 두 명은 모두 그 싸구려 레스토랑의 단골이었다.

　그는 보도로 나오자 잠시 우두커니 서서 이제부터 무엇을 할 것인지 생각했다. 6월 28일이었다. 그의 호주머니에는 월말까지 지낼 돈이 3프랑 40상팀밖에 남아 있지 않았다. 아침을 굶고 저녁을 두 번 먹든가, 아니면 저녁을 먹지 않고 아침을 두 번 먹든가 선택해야 했다. 그는 생각했다. 아침 식사는 22수고 저녁은 30수니까 아침으로 만족한다면 1프랑 20상팀이 남는다. 그러면 빵과 소시지 간식을 두 번 더 먹을 수 있고 큰길에서 맥주를 두 번 마실 수 있다. 바로 이것이 그로서는 가장 효과적인 지출이었으며 밤에도 즐길 수 있는 방법이었다. 그는 노트르담드로레트 거리를 내려가기 시작했다.

그는 경기병 제복을 입던 시절처럼 가슴을 앞으로 내밀고 방금 말에서 내리기라도 한 것처럼 가랑이를 약간 벌린 채 걸었다. 그는 사람들이 가득한 거리를 거칠게 나아갔다. 어깨에 부딪치기도 하며 거치적거리는 사람들은 밀쳐 내기도 했다. 그는 색이 꽤 바랜 실크해트를 귀 위로 약간 비스듬히 쓰고 뒤꿈치로 보도를 두들기며 걸었다. 그는 퇴역한 멋진 군인이 한껏 멋을 부리는 것처럼 길 가는 사람들, 집들, 도시 전체, 누군가에게 언제나 도전하는 사람 같았다.

60프랑짜리 양복을 입긴 했어도 그에게는 뭔가 원초적인 우아함이 깃들어 있었다. 약간 진부한 우아함이긴 했지만 어쨌든 그것은 분명한 사실이었다. 그는 키가 크고 풍채가 좋았으며 금발이었다. 그것도 희미하게 다갈색이 된 밤색 금발이었다. 말아 올린 콧수염은 입술 위에서 거품이 이는 것 같았고, 맑고 파란 눈 속에는 아주 작은 동공이 열려 있었으며, 나면서부터 곱슬곱슬한 머리털은 한가운데로 가르마가 나서 나뉘어 있었다. 그는 대중소설의 악한 인물과 아주 흡사했다.

때는 바람 한 점 없는 파리의 여름날 저녁이었다. 한증막같이 뜨거운 도시가 숨 막힐 듯한 밤에 땀을 흘리고 있는 것 같았다. 화강암 하수구는 악취를 뿜어 대고, 지하 주방에서는 낮은 창문을 통해 설거지한 물과 오래된 소스의 고약한 냄새를 거리로 쏟아 내고 있었다.

문지기들은 상의를 벗고 정문 아래에서 짚 의자에 말 타듯 걸터앉아 파이프 담배를 피우고 있었다. 지나가는 사람들은 모자를 손에 들고 이마를 드러낸 채 축 늘어진 걸음걸이로 가고 있었다.

조르주 뒤루아는 큰길에 이르자 무엇을 해야 할지 결정을 내리지 못하고 다시 걸음을 멈췄다. 그는 샹젤리제 거리와 불로뉴 숲의 거리로 가 나무 아래에서 서늘한 바람을 쐬고 싶었다. 그러나 그의 마음속엔 또 다른 욕망이 꿈틀댔다. 사랑할 수 있는 여자를 만나고 싶은 것이었다.

그 여자는 어떻게 나타날 것인가? 그걸 전혀 알지는 못했지만 석 달 전부터 매일 밤낮으로 기다려 오던 터였다. 때로는 그의 잘생긴 얼굴과 멋진 풍채 덕분에 여기저기서 약간의 사랑을 훔치기도 했지만, 그는 더 많은 사랑을, 더 멋진 사랑을 언제나 바랐다.

피는 끓지만 빈털터리인 그는 길모퉁이에서 "잘생긴 오빠, 우리 집으로 가실래요?"라고 속삭이며 배회하는 여자들을 만나면 욕정에 불이 붙었으나, 돈을 지불할 능력이 없었기 때문에 그녀들을 따라갈 수가 없었다. 그는 또한 다른 것, 그보다 덜 저속한 잠자리도 기대했다.

그렇지만 그는 매춘부들이 붐비는 장소와 그녀들의 무도회, 카페, 그녀들이 있는 거리를 좋아했다. 그녀들과 스쳐 지나가기도 하고 이야기도 하며 그녀들에게 반말로 지껄이기도 하고 그녀들의 지독한 향수 냄새를 맡기도 하며 그녀들 곁에서 느끼는 것을 좋아했다. 매춘부들도 결국은 여자였다. 사랑을 위해서 존재하는 여자들. 집안 좋은 남자들은 선천적으로 그녀들을 경멸했지만, 그는 그녀들을 조금도 멸시하지 않았다.

그는 마들렌 성당 쪽으로 돌아서 더위에 짓눌려 흘러가는 군중의 물결을 따라갔다. 큰 카페들에 가득 찬 사람들은 인도까지 넘쳐났다. 불 밝힌 카페 앞은 강렬하고 눈부신 불빛 아래에서 술을 마시는 손님들로 가득 차 있었다. 그들 앞에 있는 원형, 사각형 작은 탁자 위에는 빨강, 노랑, 초록, 갈색 등 온갖 색상을 띤 술이 컵에 담겨 있었다. 물병 안에 투명하고 커다란 얼음이 반짝이는 것이 보였다.

뒤루아는 걸음을 늦췄다. 술을 마시고 싶어서 목이 타는 듯했다.

뜨거운 갈증이, 여름날 저녁의 목마름이 그를 괴롭혔다. 그는 입안으로 흘러드는 차가운 음료의 쾌감을 생각했다. 그러나 오늘 밤 단 두 잔이라도 마신다면 내일의 초라한 저녁 식사마저 날아가 버리고 말 것이다. 그는 월말이면 찾아오는 굶주림의 시간들을 참으로 잘 알고 있었다.

그는 중얼거렸다.

"열 시간은 참아야 한다. 그리고 카페 아메리캥*에서 한 잔 마시자. 제기랄! 그런데 왜 이렇게 목이 타는 거야."

그는 테이블에 앉아서 음료를 마시는 사람들을 둘러보았다.

---

* 당시 파리의 카퓌신 가 4번지에 있었던 유명한 카페.

그들은 모두 자기가 원하는 만큼 갈증을 해소할 수 있는 사람들이었다. 그는 당당하고 쾌활하게 카페 앞을 지나면서 손님들의 얼굴과 복장을 한 사람씩 훑어보았다. 그리고 그들이 돈을 얼마나 지녔을지 생각해 보았다. 조용히 앉아 있는 그 사람들에게 점점 분노가 치밀어 올랐다. 그들의 호주머니를 뒤져 보면 금화, 백동화, 동전 들이 있을 것이다. 적어도 평균 2루이씩은 지니고 있을 것 같았다. 한 카페에 족히 백여 명은 되어 보이니 그걸 곱하면 4000프랑이 아닌가! 그는 우아하게 몸을 좌우로 흔들고 걸으며 "돼지 새끼들!" 하고 중얼거렸다. 만약 저 가운데 한 사람을 어느 길모퉁이 아주 깜깜한 곳에서 붙잡을 수 있다면 옛날 대훈련 때에 농민들의 닭을 잡아먹었던 것처럼 거리낌 없이 목을 비틀어 버릴 것이다.

그는 아프리카에서 보낸 이 년 동안 남부 작은 초소에서 아랍인을 약탈하곤 했던 수법을 떠올렸다. 그가 동료들과 함께 울레드알란 족* 남자들을 세 명이나 죽이고 암탉 스무 마리와 양 두 마리, 그리고 금을 빼앗았던 기억을 떠올리자 잔인하고 즐거운 미소가 그의 입술에 번졌다. 그들은 그 일을 두고 여섯 달 동안 웃곤 했다.

범인은 끝내 밝혀지지 않았다. 게다가 거의 잡으려고 하지도 않았다. 아랍인은 군인들의 당연한 먹이처럼 여겨졌기 때문이었다.

파리에서는 사정이 달랐다. 옆구리에 칼을 차고 손에는 권총을 쥐고 무법자처럼 자유롭게 도둑질할 수가 없었다. 그는

---

* 알제리에 흩어져 사는 아랍계 토착민.

정복한 나라에 파견된 하사관의 모든 본능을 마음속에 느꼈다. 물론 사막에서의 이 년을 아쉬워하기도 했다. 그곳에 남지 않은 것이 얼마나 애석한 일인지! 하지만 어쩌랴! 그는 귀국하면서 더 나은 삶을 기대했더랬다. 그런데 지금은…… 아, 그렇다, 지금은 정말이지 너무하다!

그는 입천장이 말라 있는 것을 확인하려는 듯 가볍게 혀를 차고는 입안에서 놀려 보았다.

사람들이 축 늘어져서 느릿느릿 그의 주위를 지나가고 있었다. 그는 여전히 '짐승 같은 놈들! 이 얼간이들은 모두 조끼 속에 돈을 채워 가지고 다닐 것이다.'라고 생각했다. 그는 즐거운 태도로 휘파람을 불며 사람들의 어깨에 부딪쳤다. 부딪힌 남자들은 뒤를 돌아보며 투덜댔고, 여자들은 소리 내어 "짐승 같은 놈!" 하고 말했다.

그는 보드빌 극장 앞을 지나 카페 아메리캥의 정면에서 발을 멈추고 한잔할까 말까 생각해 보았다. 목이 말라서 견딜 수가 없었기 때문이었다. 그러나 어떻게 할지 결정하기 전에 그는 차도 한복판에서 빛나는 시계탑을 쳐다보았다. 9시 15분이었다. 그는 맥주가 가득 찬 잔이 앞에 놓이면 단숨에 들이켜 버릴 것을 잘 알고 있었다. 그러면 그때부터 11시까지는 무엇을 할 것인가?

그는 그곳을 그냥 지나쳤다. 그리고 생각했다.

'마들렌 성당까지 갔다가 천천히 돌아와야지.'

오페라 극장 앞 광장 모퉁이에 이르자 그는 뚱뚱한 젊은 남자와 마주쳤다. 그 얼굴을 어디선가 본 것 같았다.

그는 기억을 더듬으며 낮은 목소리로 "저 사람을 어디서 만났더라?" 하고 중얼거리면서 그의 뒤를 따라갔다.

머릿속을 아무리 뒤져 보아도 좀처럼 생각이 나지 않았다. 그러다 갑자기 기억의 기묘한 조화로, 지금처럼 뚱뚱하지도 않고 좀 더 나이가 젊은, 그와 똑같이 경기병 제복을 입은 남자의 모습이 문득 머리에 떠올랐다. 그는 큰 소리로 외쳤다.

"이런, 포레스티에!"

그리고 그는 걸음을 빨리하여 다가가, 걷고 있는 그의 어깨를 쳤다. 상대가 돌아서서 그를 쳐다보더니 말했다.

"무슨 일이시죠?"

뒤루아는 웃기 시작했다.

"자네 날 모르겠는가?"

"모르겠군요."

"경기병 6연대의 조르주 뒤루아일세."

포레스티에가 두 손을 내밀었다.

"아! 자네였군! 그래 어떻게 지내는가?"

"아주 잘 지내지. 자네는?"

"오! 난 그다지 잘 지내진 못하네. 지금 내 가슴은 씹힌 종이처럼 병들었으니 말일세. 일 년 열두 달 중에 여섯 달은 기침을 한다네. 파리로 돌아온 해에 부지발에서 걸린 기관지염 때문이지. 지금 사 년째네."

"저런! 그렇지만 건강해 보이는걸."

그러자 포레스티에는 옛 전우의 팔을 잡고 자신의 병세에 대해 이야기하기 시작했다. 그는 의사들의 진단이며 의견이라든가 충고를 말해 주면서 지금 자기 처지로는 그들의 의견을 따를 수가 없다고 했다. 겨울에는 남프랑스에서 지내라는 처방을 받았지만 그게 가당키나 한 일인가? 그는 결혼도 했고 아주 잘나가는 신문기자였기 때문이다.

"나는 《라비 프랑세즈》의 정치부장이네. 《르살뤼》에 상원에 대한 기사를 쓰고, 가끔씩 《라플라네트》에 문예 기사를 쓰고 있다네. 난 그렇게 살아왔네."

뒤루아는 놀라서 그를 찬찬히 살펴보았다. 그는 완전히 달라져서 아주 원숙했다. 태도며 말씨, 복장이 어울리고 자신이 넘쳤으며, 좋은 음식을 많이 먹어서 그런지 배도 나와 있었다. 옛날의 그는 마르고 홀쭉하고 민첩했으며 덜렁대서 접시만 깨뜨리고 들떠 떠들어 대면서 늘 흥청거렸다. 그런데 파리 생활 삼 년 동안 그는 완전히 딴사람으로 바뀌어 뚱뚱하고 진중한 사람이 되었으며, 아직 스물일곱 살밖에 되지 않았는데도 관자놀이에 흰 머리카락마저 몇 가닥 보였다.

포레스티에가 물었다.

"어디 가는 길인가?"

"아무 데도. 집으로 돌아가기 전에 한 바퀴 돌고 있네."

"그렇다면 《라비 프랑세즈》 편집실까지 함께 가지 않겠나? 교정을 볼 것이 좀 있어. 그런 다음에 맥주나 한잔하러 가세."

"그렇게 하세."

그들은 동창이나 같은 연대 전우 간의 그 허물없는 친밀감으로 서로 팔을 끼고 걷기 시작했다.

"자네는 파리에서 뭘 하나?"

포레스티에가 말했다.

뒤루아는 어깨를 으쓱했다.

"간단히 말해서 굶어 죽을 지경이지. 병역을 마치고 나서 여기로 왔다네. 돈을 좀 벌어 볼까 해서, 아니, 그보다는 파리에서 지내고 싶어서였지. 그런데 겨우 여섯 달 전부터 북부 철도 사무실에 취직되어 연봉 1500프랑을 받네. 그 밖엔 아무것도 없지.”

포레스티에가 중얼거렸다.

“그것 참, 많지 않네그려.”

“자네 말이 맞네. 하지만 어떡하겠나? 어쨌든 난 외톨이에다 아는 사람도 없어서 누구에게 부탁할 수도 없다네. 어떻게 해 보고 싶은 마음이야 굴뚝같지만 방법이 없네.”

그의 동료는 인물 시험이라도 보는 듯 아주 익숙한 태도로 그를 머리끝에서 발끝까지 찬찬히 살펴보았다. 그런 다음 자신 있는 어조로 말했다.

“이보게 친구, 여기에선 모든 것이 얼마나 뻔뻔한가에 좌우된다네. 조금이라도 재주가 있는 사람이라면 과장이 되기보다는 장관 되기가 쉽다네. 부탁하는 게 아니라 당당해야 한다는 말일세. 그런데 자넨 어떻게 해서 북부 철도 직원보다 좀 더 나은 자리를 찾지 못했나?”

뒤루아가 다시 말했다.

“사방으로 찾았지만 아무것도 발견하지 못했지. 그런데 지금 전망은 한 가지 있네. 펠르랭 조련소의 마술(馬術) 교관으로 오라는 제의를 받았는데 거기에선 아무리 적어도 연봉 3000프랑은 받을 걸세.”

포레스티에가 걸음을 우뚝 멈췄다.

“그건 하지 말게. 자네가 1만 프랑을 받는다 해도 그건 어리석은 짓일세. 단번에 미래가 막혀 버리고 마네. 자네가 지금 사무실에 그대로 있으면 적어도 남의 눈에 띄지 않고 아무에게도 알려지지 않을 수 있지. 그리고 능력만 있다면 그곳에서 나와서 출세할 수도 있네. 하지만 일단 승마 교관이 되면 그걸로 끝일세. 마치 파리에 사는 사람들 모두가 식사를 하러 가는 식당의 주방장이 된 거나 다름없네. 사교계 인간들이나 그들의 자식들에게 승마를 가르친다면 그들은 언제까지나 자네를 동등하게 취급하지 않을 걸세."

그는 말을 끊고 잠시 생각하다가 물었다.

"자네 대학 입학 자격 시험에는 합격했는가?"

"아닐세. 두 번 떨어졌네."

"공부를 끝까지 다 했다면 그런 건 상관없네. 그런데 만약 키케로라든가 티베리우스라는 말을 들으면 대충이라도 그게 누군지 알겠나?"

"그래, 대강은 알지."

"됐네. 누구나 그 이상을 알진 못하지. 궁지에서 벗어날 줄 모르는 스무 명가량의 멍청이들은 예외지만 말일세. 강한 사람으로 보이는 건 어려운 일이 아니네. 어쨌든 중요한 것은 무식하다는 꼬리를 잡히지 않도록 하는 것이네. 교묘하게 처신해서 어려움에서 빠져나오고 장애물은 피해서 돌아가고 그 나머지 모르는 것들은 사전을 이용해서 남의 눈을 속이는 거지. 인간이란 거위처럼 어리석고 잉어처럼 무식한 법이네."

그는 제법 인생을 안다는 듯이 천천히 기분 좋게 이야기를 계속했다. 그리고 주위의 군중들을 보며 미소를 지었다. 그때 갑자기 기침을 하기 시작하여 걸음을 멈추고 발작이 끝나기를 기다렸다. 그러고는 힘없는 어조로 말했다.

"이놈의 기관지염을 좀처럼 몰아낼 수가 없으니 지겨운 일 아닌가? 지금은 한여름인데 말일세. 오! 올 겨울엔 지중해의 망통에 가서 치료를 해야겠어. 귀찮지만 하는 수 없지. 무엇보다도 건강이 중요하니까."

그들은 푸아소니에르 대로로 나가서 커다란 유리문 앞에 섰다. 그 유리문 안에는 펼쳐진 신문이 양면으로 붙어 있었다. 세 사람이 걸음을 멈추고 그 신문을 읽고 있었다.

문 위에는 "라비 프랑세즈"라는 커다란 글씨가 무슨 호출이라도 하는 것처럼 네온등으로 그려져 있었다. 그 눈부신 세 단어가 던지는 불빛 속을 지나가는 산보객들은 마치 대낮처럼 선명하고 밝게 비치는 빛을 받아 갑자기 나타났다가 이내 어둠 속으로 사라져 갔다.

포레스티에가 문을 밀고 말했다.

"들어오게."

뒤루아는 그를 따라 들어가서 거리 전체에서 보이는 호화롭지만 지저분한 계단을 올라가 대기실로 갔다. 그곳에 있던 두 사환이 그의 친구에게 인사를 했고, 이어 또 다른 대기실 같은 곳에서 걸음을 멈추었다. 구질구질한 먼지투성이 방이었다. 색이 바랜 녹색 인조 벨벳이 쳐져 있었는데 얼룩투성이인 데다가 마치 쥐가 갉아먹은 듯 군데군데 쏠려 있었다.

포레스티에가 말했다.

"여기 앉아 있게. 5분 안에 돌아오겠네."

그는 그 방에 난 문 세 개 가운데 하나로 사라졌다.

이상야릇한 냄새, 독특하면서도 뭐라고 형언할 수 없는 일종의 편집실 특유의 냄새가 그곳에 감돌았다. 뒤루아는 약간 놀란 정도가 아니라 몹시 질려서 가만히 앉아 있었다. 가끔씩 남자들이 한쪽 문으로 들어와서 미처 쳐다볼 사이도 없이 다른 문으로 쏜살같이 뛰어나갔다.

어떤 때는 소년들이 들어와 매우 바쁜 듯 뛰는 바람에 손에 든 종이가 펄럭였다. 또 어떤 때는 식자공들이 들어왔는데 잉크 얼룩이 묻은 작업복 밑에 새하얀 와이셔츠 칼라와 사교계 사람들이 입는 것과 같은 천으로 만든 바지가 내다보였다. 그들은 인쇄한 신문 뭉치며 갓 만들어 채 마르지도 않은 교정지를 소중하게 안고 있었다. 가끔은 신사 같은 남자가 드나들었다. 지나치게 두드러져 보이는 멋진 옷차림을 하고 있었는데, 프록코트가 몸에 너무 꼭 끼고 바지는 넓적다리에 달라붙었으며 끝이 뾰족한 구두는 발을 너무 조이는 것 같았다. 그는 야회(夜會)의 가십거리를 갖고 온 사회부 기자였다.

다른 사람들도 연달아 들어왔다. 모두 거만하게 점잔을 빼면서 챙이 납작한 모자를 쓰고 있었는데, 마치 그런 형태의 모자가 그들을 다른 사람들과 구분해 주는 것 같았다.

포레스티에가 깡마르고 키 큰 남자의 팔을 잡고 돌아왔다. 나이가 서른에서 마흔 사이쯤 되어 보였다. 그는 검은 양복을 입고 하얀 넥타이를 맸으며 머리카락은 짙은 갈색이었고 끝을 뾰족하게 만 콧수염을 길렀는데, 태도가 매우 거만하고 자신만만했다.

포레스티에가 그 남자에게 말했다.

"안녕히 가십시오, 선생님."

그 남자가 그와 악수하며 말했다.

"그럼 또 보세, 친구."

그리고 그는 지팡이를 겨드랑이에 끼고 휘파람을 불며 계단을 내려갔다.

뒤루아가 물었다.

"누군가?"

"자크 리발일세. 자네도 알다시피 유명한 기자이자 결투의 명수지. 교정을 보러 온 거네. 가랭, 몽텔과 더불어 파리에서 가장 총명한 민완 기자일세. 우리 신문사에서 매주 두 번씩 기사를 쓰고 연 3만 프랑을 받는다네."

그들은 막 나가려던 참에 머리가 길고 통통하며 추해 보이는, 몸집이 작은 사나이와 마주쳤다. 그는 숨을 헐떡이며 계단을 올라오고 있었다.

포레스티에가 허리를 깊이 숙여 그에게 인사했다. 그런 다음 말했다.

"시인인 노르베르 드 바렌일세. 「죽은 태양들」의 작자로 역시 엄청난 돈을 받지. 단편소설 한 편에 300프랑인데 아무리 길어도 이백 줄이 안 된다네. 그건 그렇고 나폴리탱으로 들어가세. 목이 말라 죽을 지경이네."

포레스티에는 카페의 탁자 앞에 앉아 재빨리 "맥주 두 잔."을 외쳤다. 그는 단숨에 마셔 버렸지만 뒤루아는 마치 귀중한 술이라도 음미하듯 맛을 보면서 조금씩 마셨다.

그의 친구는 입을 다물고 생각하는 듯이 보이더니 갑자기 말했다.

"자네 신문 일에 종사해 보는 것이 어떤가?"

그는 놀라서 친구를 쳐다보았다. 그리고 말했다.

"하지만…… 그러니까…… 난 글을 써 본 적이 한 번도 없다네."

"그야 뭐 써 보면서 시작하는 거지. 나는 자넬 고용할 용의가 있네. 내게 정보를 찾아 주고 심부름이나 탐방을 하는 일이지. 처음엔 250프랑과 교통비를 받을 걸세. 사장에게 말해 줄까?"

"나야 물론 대환영이지."

"그럼 이렇게 하세. 내일 우리 집에 와서 저녁 식사를 하게. 손님은 대여섯 명뿐인데, 사장인 왈테르 씨 부부하고 자크 리발, 자네가 방금 본 노르베르 드 바렌, 그리고 내 아내의 친구가 올 걸세. 알겠나?"

뒤루아는 얼굴을 붉히고 당황하며 망설였다. 그러다가 기어드는 목소리로 말했다.

"그런데…… 난 입을 만한 옷이 없네."

포레스티에가 놀라서 말했다.

"옷이 없다고? 저런! 어쨌든 그건 없어서는 안 되지. 파리에서는 정장이 없는 것보다는 침대가 없는 편이 낫다네."

그러고는 갑자기 조끼 호주머니를 뒤지더니 금화 한 주먹을 꺼내 2루이를 집어 그의 옛 동료 앞에 내놓았다. 그리고 다정하고 친근한 말투로 말했다.

"자네 능력이 될 때 갚게. 자네에게 필요한 옷을 선금을 주고 빌리든 월부로 사든 알아서 하게. 어쨌든 내일 7시 30분에 집으로 저녁 식사를 하러 오게. 퐁텐 가 17번지네."

뒤루아는 당황해서 돈을 집으며 말을 더듬었다.

"자네 정말 친절하군. 정말 고맙네……. 절대로 잊지 않을 걸세……."

친구가 말을 막았다.

"자, 그만하면 됐네. 한 잔 더 할까?"

그리고 그는 "이봐요! 맥주 두 잔!" 하고 외쳤다.

잔을 비우고 나서 그는 다시 말했다.

"한 시간 정도 걷지 않겠나?"

"좋아."

그들은 마들렌 성당 쪽으로 걷기 시작했다.

포레스티에가 물었다.

"뭘 하면 좋을까? 파리를 산책하는 사람들은 언제나 즐거운 것을 발견할 수 있다고 하지만 그건 사실이 아닐세. 난 저녁에 산책을 하려면 어디를 가야 좋을지 도무지 모르겠더군. 숲을 한 바퀴 돌려고 해도 여자와 함께라면 재미 있겠지만 여자가 늘 붙어 다니는 것도 아니고 말이야. 카페에서 열리는 콘서트는 나를 담당하는 약사나 그 마누라한테는 즐거울 수 있겠지만 난 아니야. 그러니 뭘 할 것인가? 아무것도 없네. 여기에도 몽소 공원 같은 여름 정원이 있어야 할 걸세. 거긴 밤에도 열려 있어서 나무 아래에서 시원한 것들을 마시면서 아주 좋은 음악을 들을 수 있지 않은가. 그곳은 환락의 장소가 아닌 산책하는 곳이어야 하네. 그리고 아름다운 부인들을 끌어들이기 위해서 입장료를 비싸게 받아야 할 걸세. 모래가 곱게 깔리고 전등으로 밝힌 길을 걷다가 멀리서든 가까이서든 음악을 듣고 싶을 때는 아무 데나 앉을 수 있어야겠지. 옛날 뮈자르* 댁에 그와 거의 비슷한 것이 있었다네. 그런데 싸구려 댄스홀 취향에 무도곡이 지나치게 많았고 그리 넓지도 않았지. 그늘도 충분하지 않

---

* Philippe Musard(1792~1859), 프랑스의 음악가.

왔고 어두운 곳도 많지 않았어. 아주 아름답고 넓은 정원이라야 할 거야. 그러면 참 멋질 걸세. 어디로 가고 싶은가?"

뒤루아는 당황해서 무슨 말을 해야 할지 몰랐다. 이윽고 그가 결심하고 말했다.

"난 폴리베르제르*에 못 가 봤는데 그곳을 한 바퀴 돌고 싶군."

함께 가던 친구가 소리쳤다.

"폴리베르제르라고? 제기랄! 거기에선 냄비 속에 있는 것처럼 익어 버릴 걸세. 하지만 좋아, 거기가 늘 재미있긴 하지."

그리하여 그들은 발뒤꿈치를 빙글 돌려서 포부르몽마르트르 거리로 향했다.

조명으로 밝힌 건물 정면이 그 앞에서 교차하는 사거리에 커다란 빛을 던지고 있었다. 한 줄로 늘어선 마차들이 출구에서 대기하고 있었다.

포레스티에가 들어가려고 하자 뒤루아가 그를 붙들었다.

"매표소를 먼저 거쳐야 하지 않겠나."

포레스티에가 거만한 말투로 대답했다.

"나하고 함께라면 돈을 낼 필요가 없네."

그들이 검표소로 다가가자 검표원 세 명이 그에게 인사를 했다. 가운데 있던 사람이 그에게 손을 내밀었다. 신문기자가 물었다.

"좋은 박스**가 있소?"

"물론이죠, 포레스티에 씨."

---

* Folies-Bergère. 1869년에 문을 연 파리의 유명한 극장으로 국제적인 쇼와 뮤지컬을 비롯하여 각종 구경거리들을 제공했다.
** 부스 형태 관람석.

그는 내어준 표를 받아 들고 스펀지를 넣어 가죽을 입힌 문을 밀었다. 바로 공연장 안이었다.

멀리 보이는 장소와 무대, 그리고 극장 건너편은 담배 연기가 아주 엷은 안개처럼 희미하게 가리고 있었다. 그 모든 사람들이 피우는 온갖 시가와 담배에서 하얀 줄처럼 끊임없이 피어오르는 엷은 안개는 천장에 모여 있었다. 그것은 넓은 돔 아래와 샹들리에 주위, 관람객들이 들어찬 2층 회랑 위로 연기 구름이 낀 하늘을 만들어 놓고 있었다.

사람들이 입장을 기다리는 넓은 복도는 주위를 도는 산책길과 통했는데, 그곳에서는 화려하게 차려입은 처녀 무리가 수수하게 차려입은 남자들 틈에 섞여 서성거리고 있었다. 또한 세 개의 판매대 앞에는 음료와 애교를 파는 여자 판매원 세 명이 화장을 짙게 한 윤기 없는 얼굴로 버티고 서 있었다. 그중 한 판매대 앞에 한 무리 여자들이 새로운 손님을 기다리고 있었다.

여점원들 뒤에는 높은 거울이 있어서 그녀들의 등과 지나가는 사람들의 얼굴을 비추었다.

포레스티에는 무리들 틈을 헤치고 존경받을 권리가 있는 사람처럼 빠르게 앞으로 나아갔다.

그가 한 여자 직원에게 다가가서 말했다.

"17번 박스는?"

"이쪽입니다."

그들은 천장이 없는 작은 나무 상자 안으로 들어갔다. 그곳에는 빨간 카펫이 깔려 있었고 같은 색깔 의자가 네 개 놓여 있었는데, 의자 사이가 너무 비좁아서 사람이 겨우 빠져나갈 정도였다. 두 친구는 자리에 앉았다. 그런데 오른쪽과 왼쪽 모두 기다란 줄이 둥글게 이어져 양 끝이 무대에서 끝나 있었다. 비슷한 상자들 속에 그들과 똑같이 앉아 있는 사람들이 들어 있었다. 그들은 모두 머리와 가슴밖에 보이지 않았다.

무대에서는 큰 키와 중간 키, 작은 키의 세 청년이 몸에 꼭 달라붙는 타이츠를 입고 차례로 그네 위에서 재주를 부리고 있었다.

먼저 키가 제일 큰 청년이 미소를 지으며 종종걸음으로 급히 나와서 키스를 보내듯 손을 흔들어 인사했다. 타이츠 밖으로 팔과 다리의 근육이 그대로 드러나 보였다. 그는 배가 너무 나온 것을 감추기 위해서 가슴을 부풀렸다. 머리 한가운데로 정성스럽게 가르마를 타서 양쪽을 똑같이 갈라 놓은 까닭에 그의 생김새는 흡사 이발사 같았다. 그는 보기 좋은 동작으로 뛰어올라 그네를 잡고 양손으로 매달려서, 던져진 바퀴처럼 그네 주위를 빙글빙글 돌았다. 그리고 양팔을 쭉 펴고 몸을 반듯하게 한 다음 허공에 수평으로 누운 채 움직이지 않았다. 그는 손아귀 힘만으로 철봉에 매달려 있었다.

그런 다음 그는 바닥으로 뛰어내려 관중석의 박수갈채를 받으며 다시 웃는 얼굴로 인사하고, 걸음을 뗄 때마다 다리 근육의 움직임을 보여 주면서 배경이 있는 곳으로 되돌아가 붙박인 듯 섰다.

이번에는 좀 더 키가 작고 뚱뚱한 두 번째 청년이 앞으로 나와 같은 곡예를 반복했고, 마지막 청년도 역시 같은 곡예를 다시 시작했는데, 관중들의 인기는 마지막에 집중됐다.

그러나 뒤루아는 무대에는 거의 관심을 두지 않고 고개를 돌려 뒤편에 있는 남자들과 매춘부들이 가득한 넓은 산책길을 끊임없이 쳐다보았다.

포레스티에가 그에게 말했다.

"1층을 한번 보게. 구경하러 온 사람들은 아내와 아이들과 함께 온 얼간이 같은 표정의 부르주아들뿐이네. 박스 안에는 거리의 건달패와 몇몇 예술가들, 얼치기 같은 여자들뿐이야. 그리고 우리들 뒤편에는 파리 인간들이 아주 우스꽝스럽게 섞여 있지. 남자들은 어떤 사람들일까? 잘 관찰해 보게. 모든 직업, 모든 계급이 다 모여 있네. 그런데 대부분이 방탕한 사람들이지. 은행원, 가게 점원, 공무원 같은 월급쟁이들하고 리포터들, 뚜쟁이들, 사복 입은 장교들, 야회복 차림의 꼴사나운 멋쟁이들이지. 카바레에서 방금 저녁 식사를 하고 나온 사람도 있고, 오페라 극장에서 나와 이제 카페 이탈리앙으로 가려는 사람도 있네. 그리고 다음에는 분석하기 어려운 수상쩍은 남자들의 무리가 또 있지. 여자들로 말하자면, 수는 많지만 조금도 쓸모가 없는 것들뿐이야. 카페 아메리캥에서 저녁 식사를 하고는 기껏해야 1루이나 2루이밖엔 안 될 것을 외국인을 노려서 5루이를 받고, 일이 없을 때는 단골손님을 찾는 그런 여자들일세. 이 여자들은 십 년 전부터 보였는데, 생라자르*나 루르신**에서 위생 검열을 받을 때를 빼고는 일 년 내내 매일 밤 같은 장소에서 볼 수 있지."

뒤루아는 더 이상 듣고 있지 않았다. 그런 여자들 중 하나가 그들이 있는 박스에 팔꿈치를 짚고 그를 지켜보고 있었다.

---

* 파리의 감옥.
** 파리 시립 부인과 병원.

뚱뚱한 갈색 머리 여자로 분으로 살결을 새하얗게 칠하고 검은 눈은 연필로 줄을 그어 길게 늘였는데 그 주위 커다란 인조 눈썹 밑으로는 아이섀도를 칠했다. 그녀의 가슴은 너무 커서 어두운 색깔의 실크 드레스가 터질 듯했다. 마치 상처가 난 것처럼 빨갛게 칠한 입술은 뭔가 동물적이고 타는 듯하며 극단적인 느낌을 주는데도 욕망에 불을 질렀다.

그녀는 고갯짓으로 지나가는 자기 동료를 불렀다. 역시 뚱뚱하고 머리칼이 붉은 매춘부에게 큰 소리로 말했다. 마치 모두 들으라는 듯이.

"저것 봐! 잘생긴 남자가 있어! 그가 10루이에 날 원한다면 거절하지 않을 거야."

포레스티에가 뒤를 돌아보고 미소를 지으면서 뒤루아의 허벅지를 툭 쳤다.

"자넬 보고 하는 말이야. 성공이군, 친구. 축하하네."

전직 하사관은 얼굴을 붉혔다. 그리고 기계적으로 손가락을 움직여 조끼 호주머니 안에 있는 금화 두 개를 더듬어 만졌다.

막이 내리고 오케스트라는 이제 왈츠를 연주하고 있었다.

뒤루아가 말했다.

"회랑을 한 바퀴 돌면 어떻겠는가?"

"그럴까?"

그들은 박스에서 나와 이내 산책하는 사람들의 물결 속으로 휩쓸려 들어갔다. 그리고 붐비는 사람들 속을 밀고 밀리며 걸어갔다. 눈앞은 모자의 홍수였다. 여자들은 둘씩 팔을 끼고 남자들 틈에 섞여 있었는데, 쉽게 그 속을 가로질러 팔꿈치나 가슴이나 등 사이를 미끄러져 빠져나갔다. 남자들의 물결 속에서도 여자들은 조금도 부끄러워하거나 망설이는 기색 없이 마치 물고기가 물속에서 헤엄치듯 자유자재로 돌아다녔다.

뒤루아는 밀리는 대로 걸으면서 담배 연기와 사람들의 훈김 과 여자들의 향수 냄새로 구역질이 날 만큼 탁해진 공기를 취 한 듯이 들이마셨다. 그러나 포레스티에는 땀을 흘리고 숨을 헐떡이면서 기침을 했다. 그가 말했다.

"정원으로 가세."

그들은 왼쪽으로 돌아 지붕이 있는 정원 같은 곳으로 들어 갔다. 싸구려 취향의 샘 두 개가 사람들을 시원하게 해 주고 있었다. 주목과 측백나무 화분들 아래에서 여러 남녀가 아연 테이블에 앉아 술을 마시고 있었다.

"한잔 더 할까?"

포레스티에가 물었다.

"그래, 좋지."

그들은 사람들이 지나가는 것을 보면서 앉아 있었다.

가끔은 서성이던 여자가 걸음을 멈추고 값싼 미소를 지으며 물었다.

"저 뭐 좀 사 주실래요?"

그러면 포레스티에가 "샘물 한 잔 주지." 했고 여자는 "쳇, 빌어먹을 놈!" 하고 중얼거리며 멀어져 갔다.

그런데 조금 전에 두 친구의 박스 뒤에 기대고 서 있었던 뚱 뚱한 갈색 머리 여자가 뚱뚱한 금발 여자와 팔을 끼고 흐느적 거리면서 다시 나타났다. 참으로 잘 어울리는 아름다운 한 쌍 이었다.

그녀가 뒤루아를 보고 미소를 지었다. 마치 두 사람의 눈이

사적이고 비밀스러운 것들을 이미 주고받았다는 듯이. 그녀는 의자를 끌어당겨 그의 앞에 매우 태연하게 앉아서 자기의 친구도 앉게 하고는 밝은 목소리로 주문했다.

"여기, 석류 시럽 두 잔요."

포레스티에가 놀라서 말했다.

"거리낌이 없군."

"날 유혹한 건 당신 친구야. 정말 잘생긴 남자야. 저 사람 때문에 넋이 빠질 것만 같아."

뒤루아는 겁을 집어먹고 할 말을 찾지 못하고 있었다. 그는 곱슬곱슬한 콧수염을 비틀며 얼빠진 엷은 웃음을 띠고 있었다. 보이가 시럽을 가져오자 여자들은 단숨에 마셔 버리고 일어섰다. 그런 다음 갈색 머리 여자가 다정스럽게 고개를 까딱하고 부채로 뒤루아의 팔을 가볍게 치면서 말했다.

"고마워요, 귀여운 고양이. 당신은 입이 무거우시군요."

그리고 그녀들은 엉덩이를 흔들면서 가 버렸다.

포레스티에가 웃어 댔다.

"이봐, 자넨 정말 여자들에게 인기가 많군. 이 점 명심해서 요령껏 해 보게나. 그럼 잘될 걸세."

그는 잠깐 말을 끊었다가 이윽고 생각하는 것을 입 밖에 꺼내는 것처럼 꿈꾸는 듯한 어조로 말했다.

"빨리 출세하는 데에는 여자를 이용하는 게 제일이지."

그러나 뒤루아는 역시 대답을 하지 않고 그저 미소만 짓고 있을 뿐이어서 포레스티에가 물었다.

"자넨 좀 더 있겠나? 난 돌아가려네. 이젠 싫증이 났어."

뒤루아가 중얼거렸다.

"그래, 난 좀 더 있겠네. 아직 이르니까."

포레스티에가 일어섰다.

"그것도 좋겠지. 그럼 또 보세. 내일일세. 잊지 말게. 퐁텐 가 17번지, 7시 30분일세."

"알고 있네. 그럼 내일 만나세. 고맙네."

그들은 악수를 했고, 신문기자는 자리를 떴다.

그가 가 버리자 뒤루아는 갑자기 짐을 내려놓은 듯이 홀가 분해져서 다시 호주머니 안의 2루이를 즐거운 듯이 더듬었다. 그런 다음 자리에서 일어나 혼잡한 사람들 속을 여기저기 둘 러보면서 걷기 시작했다.

얼마 가지 않아 곧 그는 조금 전의 금발과 갈색 머리의 두 여자를 찾아냈다. 그들은 여전히 거지처럼 뻔뻔스러운 얼굴로 혼잡한 남자들 틈을 헤엄쳐 다니고 있었다.

그는 곧장 그쪽으로 갔지만 막상 가까이 가자 당황해서 어 쩔 줄을 몰라 제대로 말을 하지 못했다.

갈색 머리 여자가 그에게 말했다.

"당신 이제 입이 떨어졌나요?"

그는 "쳇!" 하고 중얼거렸을 뿐 다른 말은 나오지 않았다.

그들 세 사람이 선 채로 있었기 때문에 인파가 막혀 주위에 소용돌이가 생겼다.

여자가 불쑥 물었다.

"이봐요, 우리 집에 안 가시겠어요?"

그는 심한 욕망에 몸을 떨면서 내뱉듯이 말했다.

"가고 싶지만 호주머니 안에 1루이밖에 없는걸."

그녀는 아무렇지도 않게 웃으며 말했다.

"상관없어요."

그러고는 자기가 차지했다는 표시로 그의 팔을 잡았다.

그는 여자와 함께 나가면서 나머지 20프랑으로 내일의 야회복쯤은 쉽게 빌릴 수 있을 거라고 생각했다.

2장

.

"포레스티에 댁이 어디죠?"

"4층 왼쪽 문입니다."

문지기는 상냥하게 대답했는데, 그 말투 속에는 세낸 사람에 대한 존경심이 분명히 엿보였다. 조르주 뒤루아는 계단을 올라가기 시작했다.

그는 약간 거북하기도 하고 흥분해서 마음이 편하지 못했다. 야회복을 입은 것은 난생처음이었기 때문에 아무래도 복장 전체가 몸에 딱 맞지는 않았다. 여기저기가 모두 조화되지 않은 것처럼 느껴졌다. 그는 신발에는 매우 신경을 쓰는 편이라 구두는 꽤 고급품이었지만 에나멜을 칠하지 않은 목구두인 것이 불만이었고, 셔츠도 그날 아침 루브르에서 4프랑 50상팀으로 산 것인데 앞 깃이 너무 얄팍해서인지 벌써 주름이 잡혀 짜증스러웠다. 평소에 입던 것이 몇 벌 있긴 했지만 모두 조금씩 해진 데가 있어서 가장 흠이 적은 것일지라도 변변히 입을 만한 것은 못되었다.

바지는 폭이 넓어 종아리 주위에서 다리 모양이 비틀린 것처럼 보여서, 마치 얻어 입은 낡은 바지가 되는대로 다리를 싸고 있는 것 같은 꼴이었다. 다만 웃옷만은 그래도 몸에 잘 맞았기 때문에 그다지 보기 흉하지는 않았다.

그는 남들이 웃지나 않을까 하는 근심이 앞서서 두근거리는 가슴으로 마음을 졸이면서 천천히 계단을 올라갔다. 그러다 갑자기 바로 정면에 정장을 점잖게 차려입은 한 신사를 보았다. 신사는 그를 유심히 지켜보고 있었다. 게다가 서로 맞닿을 만큼 간격이 좁았기 때문에 뒤루아는 자기도 모르게 한 걸음 뒤로 물러섰다. 그리고 그는 어안이 벙벙해졌다. 그것은 발끝까지 나오는 커다란 전신 거울에 비친 자신의 모습이었다. 긴 복도를 비춰 주기 위해 2층 층계참에 걸어 놓은 전신 거울이었다. 자신이 생각했던 것보다 훨씬 멋지게 보이자 그는 솟아오르는 기쁨에 몸을 떨었다.

그의 집에는 조그마한 면도용 거울밖에 없었기 때문에 그는 자기 전신을 비춰 볼 수가 없었다. 그리고 즉흥적인 몸단장으로 여러 부분이 몹시 어색하게만 보였기 때문에 그는 불완전한 곳을 과장해서 생각했으며, 자신이 기괴한 모습일 것이라는 생각에 마음을 졸이고 있었다.

하지만 지금 뜻밖에도 이렇게 전신 거울에 비친 자신의 모습을 알아보지 못하고 그가 누군가 다른 사람, 첫눈에 봐도 참으로 훌륭하고 멋진 사교계의 신사라고 생각했던 것이다.

지금 찬찬히 바라보니 전신 모습도 정말 만족할 만했다.

그는 배우가 자신의 배역을 익힐 때처럼 여러 가지 몸짓을 해 보았다. 자신에게 웃어 보이기도 하고, 손을 뻗쳐 보기도 하고, 갖가지 몸짓을 하며 놀라움, 기쁨, 동의하는 감정을 표현해 보았다. 그리고 부인들에게 멋지게 보이기 위해, 부인들을 찬미하고 욕망하고 있다는 것을 납득시키기 위해 적당한 미소와 시선을 연습해 보았다.

그때 계단에서 문이 열렸다. 그는 깜짝 놀라 계단을 황급히 올라가기 시작했다. 그렇게 선웃음 치는 것을 친구의 손님에게 들키지나 않았을까 겁이 났던 것이다.

3층에 올라오자 또 다른 전신 거울이 있었다. 그는 걸어가는 자신의 모습을 보기 위해 걸음을 늦추었다. 자신의 자태가 정말 우아하게 보였다. 걸음걸이도 좋았다. 그러자 터무니없는 자신감이 그의 영혼을 채웠다. 이만한 외모와 출세하고 싶은 욕망, 그리고 스스로 의식하고 있는 결의와 독립심이라면 틀림없이 성공할 것이다. 그는 마지막 층을 올라가면서 달려서 뛰어오르고 싶었다. 그는 세 번째 전신 거울 앞에서 걸음을 멈추고 익숙한 솜씨로 콧수염을 꼬고 모자를 벗어 머리를 다시 매만지고 나서는 자주 하던 대로 목소리를 낮춰 중얼거렸다.

"정말 멋진 발견이야."

그는 손을 뻗어 초인종을 눌렀다.

금세 문이 열리고 그의 앞에 검은 정장을 입은 하인이 나타났다. 하인은 단정했으며 깨끗이 면도를 했고, 옷차림이 참으로 완벽해서 뒤루아는 원인 모를 막연한 감정에 사로잡혀 다시 혼란스러워졌다. 그건 아마도 하인과 자신이 입은 옷맵시를 무의식중에 비교했기 때문인지도 모른다. 에나멜 단화를 신은 하인은 뒤루아가 얼룩이 보일까 염려하여 팔에 걸친 외투를 받아 들면서 물었다.

"누구시라고 말씀드릴까요?"

그는 문에 친 커튼을 들어 올리고 들어가야 할 객실을 향해 그의 이름을 댔다.

그러나 뒤루아는 갑자기 침착성을 잃고 걱정으로 어찌할 바를 몰라 숨이 가쁜 것을 느꼈다. 지금이야말로 그처럼 오랫동안 고대하며 꿈꾸던 생활로 첫걸음을 내디디려는 순간인 것이다. 그는 간신히 앞으로 나아갔다. 조명이 밝은, 온실처럼 나무를 심은 화분을 가지런히 늘어놓은 넓은 방에 젊은 금발 여인이 홀로 서서 그를 기다리고 있었다.

그는 당황해서 걸음을 멈추었다. 미소 짓고 있는 이 부인은 대체 누구일까? 그는 이내 포레스티에가 결혼했다는 사실을 생각해 냈다. 그리고 이 우아한 금발 미인이 친구의 아내일 것이라고 생각되자 완전히 놀라고 말았다.

그는 갈피를 잡지 못하고 중얼거렸다.

"부인, 저는……."

그녀는 손을 내밀었다.

"알고 있어요. 어젯밤 샤를이 만나 뵀었다고 하더군요. 오늘 저희들 저녁 식사에 와 주십사고 말씀드렸다는 말을 듣고 참 잘했다고 기뻐하고 있었어요."

그는 더 이상 뭐라 말해야 할지 몰라 귀까지 새빨개졌다. 그리고 머리끝에서 발끝까지 조사와 검사를 받고 관찰당하고 평가받는 것처럼 느꼈다.

그는 미비한 옷차림의 이유를 찾아 변명하려고 했다. 그러나 아무것도 발견하지 못했으므로 그런 어려운 화제를 끌어낼 마음이 들지 않았다.

그는 그녀가 권한 팔걸이의자에 앉았다. 탄력 있는 의자의 부드러운 벨벳이 몸무게 때문에 꺼지는 것을 느꼈다. 그 푹신한 등받이와 팔걸이가 자신을 부드럽게 받쳐서 애무하는 듯한 의자에 깊숙이 파묻혀 안겼을 때, 자신이 새롭고 즐거운 생활에 발을 들여놓은 듯, 매우 흡족한 물건을 차지한 듯 생각되었다. 또 자신이 한 사람 몫을 하는 어엿한 인물이 되어 결국은 구제된 것처럼 느꼈다. 그는 꼼짝도 하지 않고 자신을 지켜보는 포레스티에 부인을 바라보았다.

그녀는 연푸른 캐시미어 옷을 입고 있었는데, 그 옷은 부드러운 몸매와 탄력 있는 앞가슴을 뚜렷하게 드러내고 있었다.

양팔과 목 언저리 살결이, 짧은 윗옷과 짧은 소매에 단 거품이 이는 듯한 흰 레이스에서 나와 있었다. 위로 올려 빗은 머리에서는 머리카락 몇 가닥이 가볍게 곡선을 이루어 목덜미에 늘어졌고 금빛 솜털은 옷깃 위에 떠 있는 구름 같았다.

뒤루아는 그녀의 눈길 아래 차츰 마음이 놓여 갔다. 그 시선은 왠지 모르지만 어젯밤 폴리베르제르에서 만난 여자의 눈길을 생각나게 했다. 눈동자는 잿빛, 더욱이 얼굴에 이상한 느낌을 주는 파르스름한 잿빛이었으며 콧날이 오뚝하고 입술은 꼭 다물렸고 볼은 약간 통통했다. 얼굴 생김새가 대체로 단정하다고 할 순 없었지만 매혹적이었고 정숙한 가운데서도 만만치 않은 성품이 느껴졌다. 선 하나하나가 독특한 아름다움을 나타내고 의미 있어 보였으며, 또 어떤 표정이든 모두 뭔가를 드러내거나 혹은 감추고 있는 듯한 느낌을 주는 그런 얼굴이었다.

잠시 말이 없던 그녀가 물었다.

"파리에는 오래전부터 계셨어요?"

그는 조금씩 침착성을 되찾으며 대답했다.

"아닙니다. 겨우 대여섯 달 됐습니다. 지금은 철도 회사에 근무합니다. 그런데 포레스티에가 신문사에 들어오도록 알선해 주겠답니다."

그녀는 확실히 조금 전보다 더 호의가 깃든 미소를 보이고 목소리를 낮추어 속삭였다.

"알고 있어요."

또다시 초인종이 울렸다. 하인이 전해 주었다.

"드 마렐 부인께서 오셨습니다."

그녀는 흔히 "브뤼네트"라고 부르는, 몸집이 작은 갈색 머리의 사랑스러운 여자였다.

그녀는 매우 가벼운 걸음걸이로 들어왔다. 머리끝에서 발끝까지 극히 간소하고 수수한 옷이 틀에 박힌 듯 그녀의 몸매를 보여 주었다.

다만 머리에 꽂은 빨간 장미가 몹시 시선을 끌어 그 얼굴을 돋보이게 하고 개성을 뚜렷하게 해 주었으며, 그녀의 성격이 천성적으로 쾌활하고 급함을 나타내 주는 것 같았다. 짧은 옷을 입은 소녀가 뒤따라 들어왔다. 포레스티에 부인이 서둘러 마중을 나갔다.

"어서 와요, 클로틸드."

"안녕하세요, 마들렌."

두 사람이 서로 껴안았다. 다음에는 한 소녀가 마치 어른 같은 차분한 태도로 이마를 내밀면서 말했다.

"안녕하세요, 아주머니."

포레스티에 부인은 그녀에게 키스하고 나서 그를 소개했다.

"이분은 조르주 뒤루아 씨, 샤를의 다정한 친구시죠. 뒤루아 씨, 이분은 마렐 부인인데 먼 친척이세요."

그녀는 다시 덧붙였다.

"저희 집에서는 체면이나 격식 같은 것은 모두 없애기로 했어요. 아시겠죠?"

청년은 머리를 끄덕여 보였다.

그러자 문이 다시 열리고 조그맣고 뚱뚱한 신사가 들어왔다. 키가 작고 둥글납작한 사나이로, 자기보다도 훨씬 키가 크고 젊으며 태도와 말씨가 고상하고 침착한, 몸집이 큰 아름다운 여자에게 팔을 맡기고 있었다. 그가 바로 국회의원 왈테르 씨였다. 은행가이며 금융과 사업을 하는 남프랑스 출신 유대인으로서 《라비 프랑세즈》 사장이었다. 동반한 여자는 그의 부인으로 바질 라발로라는 은행가 집안 출신이었다.

그 뒤로 옷차림이 훌륭한 자크 리발과 노르베르 드 바렌이 연달아 나타났다. 바렌의 야회복 깃은 어깨까지 늘어뜨린 긴 머리에 스쳐서 반들거렸고, 머리에는 하얀 비듬이 흩어져 있었다.

어색하게 맨 넥타이는 처음 매인 것 같아 보이지 않았다. 그는 나이 든 멋쟁이답게 우아한 몸짓으로 나와서 포레스티에 부인의 손을 잡고 손목에 키스했다. 몸을 앞으로 굽히는 순간 긴 머리가 물결처럼 부인의 드러난 팔에 쏟아졌다.

그런 다음 포레스티에가 늦게 도착한 변명을 늘어놓으며 들어왔다. 그는 모렐 사건 때문에 신문사에서 빠져나올 수가 없었던 것이다. 급진파 국회의원인 모렐 씨가 알제리 개척을 위한 경비에 관한 질문서를 내각에 제출했기 때문이었다.

하인이 외쳤다.

"마님, 식사 준비가 다 되었습니다."

모두 식당으로 들어갔다.

뒤루아는 마렐 부인과 그 딸 사이에 앉게 되었다. 그는 포크나 스푼이나 컵을 다루다가 혹시 실수나 하지 않을까 염려되어 다시 불안해졌다. 유리컵이 네 개 놓여 있었는데 그중 하나는 연푸른빛이었다. 이 컵으로는 무엇을 마시는 걸까?

수프를 먹는 동안 아무도 말이 없었다. 노르베르 드 바렌이 물었다.

"「고티에 소송 사건」을 읽어 보셨습니까? 참으로 우스운 일이더군요!"

사람들은 공갈 소동으로 뒤얽힌 간통 사건에 대해 토론하기 시작했다. 그 이야기하는 말투는 신문에 발표된 사건에 대해 흔히 가정에서 이야기하는 것 같지 않고 의사가 병에 대하여, 채소 장수가 채소에 대하여 말하는 것 같은 어조였다. 사람들은 사건에 관하여 분개하지도 놀라지도 않고 그저 직업적인 호기심과 죄 그 자체에 대한 절대적인 무관심으로 비밀의 원인을 깊이 파고들었다. 행위의 근원을 분명하게 이해하려 하고 비극을 빚어 낸 심리 현상을, 즉 특수한 정신 상태의 과학적인 결과를 결론지으려고 애썼다. 여자들도 그러한 규명이나 노력에 열중했다. 그 밖에도 최근의 사건을 모두 규명하고 해석을 붙이고 모든 면을 검토해 개개의 가치를 비판했는데, 그 태도는 한 줄에 얼마로 인간 희극을 잘라 파는 뉴스 상인들의 실제적인 견식과 특별한 안목으로 이루어졌다. 마치 도매상에서 세상에 내다 팔 물건을 조사하고 뒤집어 보고 저울에 올려 놓아 달아 보거나 하는 것과 마찬가지였다.

그다음 화제는 결투로 옮겨졌다. 자크 리발이 말하기 시작했다. 결투는 그의 전문이었고 다른 사람들은 아무도 그 문제를 다룰 수가 없었다.

뒤루아는 한마디도 끼어들 수가 없었기 때문에 이따금씩 옆에 앉은 부인을 바라보았다. 탄력 있는 가슴이 그의 호기심을 자극했다. 금줄에 박은 다이아몬드가 귀에 늘어져 있는 것이 마치 살결 위로 흘러내리는 물방울 같았다. 때때로 그녀는 자기 의견을 말했는데 그때마다 모든 사람의 입술에 미소가 떠올랐다. 그녀는 좀 색다르고 귀여웠으며 남이 생각지 못한 기지를 보였다. 만사를 태평스럽게 보고, 호의 있고 희미하며 회의적인 눈으로 판단하는, 세파를 겪은 소녀 같은 기지였다.

뒤루아는 그녀에게 몇 마디 치사하려고 생각했으나 그럴듯한 말이 떠오르지 않았다. 그래서 주로 딸을 상대해서 마실 것을 따라 주고 접시를 건네주고 음식을 덜어 주기도 했다. 어머니보다 무뚝뚝한 소녀는 진지한 목소리로 고맙다고 하고 가볍게 머리를 숙였다.

"감사합니다."

그리고 제법 심각한 태도로 어른들의 이야기에 귀를 기울였다.

요리는 대단히 맛있어서 모두 만족해했다. 왈테르 씨는 아귀처럼 먹어 대면서 말도 거의 하지 않았다. 그는 눈앞에 내놓는 접시를 안경 너머 곁눈질로 흘끔거렸다. 노르베르 드 바렌도 그에게 지지 않을 만큼 잘 먹었는데 가끔씩 셔츠 앞자락에 소스를 흘렸다.

포레스티에는 미소를 머금은 진지한 표정으로 좌중을 살피면서, 아내와 끊임없이 눈짓을 교환하여 어려운 일이 뜻대로 진행되도록 서로 힘을 보태는 듯했다.

사람들의 얼굴은 붉게 상기되고 목소리도 높아졌다. 이따금 하인이 손님의 귀에 속삭이며 좋아하는 술을 물었다.

"코르통으로 하시겠습니까, 아니면 샤토라로즈로 하시겠습니까?"

뒤루아는 코르통이 구미에 맞아서 그때마다 코르통을 따르게 했다. 그리고 기분 좋게 마음이 들떠 갔다. 배로부터 얼굴로 올라가는 화끈한 쾌감이 팔다리를 돌아 온몸으로 퍼져 나갔다. 형용할 수 없는 만족감이 생명과 육체와 정신의 만족감으로 그를 감쌌다.

그러자 지껄이고 싶은 욕망이 끓어올랐다. 자기에게 모든 주의를 끌고 자기 말에 귀를 기울이게 하고, 대단치 않은 말 하나하나까지 듣는 사람으로 하여금 음미하면서 듣도록 하는 저 말재주가 탁월한 남자들처럼 칭찬을 받고 싶었다.

그러나 화제는 끊임없이 진행되어 갔다. 여러 가지 사상이 얽혀서 단 한 마디의 말이나 대수롭지도 않은 것이 동기가 되어 이리저리로 화제가 비약하여 잡다한 문제를 스치고 지나가면서 당면한 여러 가지 사건을 한 바퀴 돌고 난 후에, 다시 알제리 개척에 관한 모렐 씨의 중대한 비판으로 되돌아왔다.

왈테르 씨는 요리 접시가 바뀌는 동안에 두서너 마디 농담을 했다. 그는 다소 비열하고 회의적인 기지를 보였다. 포레스티에는 다음 날 쓸 자기 기사에 대해서 이야기했다. 자크 리발은 군정을 베풀 것을 주장하고 삼십 년간 식민지에 근무한 모든 장교에게 토지를 양도하라고 역설했다.

"이런 방법을 취한다면 강력한 사회가 이루어질 겁니다. 그들은 전부터 지방의 실정을 잘 알고 있고 사랑하고 그리워하고 또한 언어도 통해서 새로 이주해 오는 사람들이 반드시 맞닥뜨리는 여러 가지 중대 문제에도 밝으니까요."

노르베르 드 바렌이 그의 말을 가로막았다.

"그렇죠……. 그들은 무엇이든 알고 있겠지만 농업에는 어둡죠. 아랍어는 잘하겠지만 사탕무를 옮겨 심는 법이나 밀을 심는 방법은 모를 겁니다. 검술도 능숙하겠지만 비료에 대해서는 전혀 모를 겁니다. 그러나 사실은 그 반대이므로 그 신천지를 널리 모든 사람들에게 개방해 주어야 합니다. 영리한 사람은 성공하고 그렇지 않은 사람은 실패하겠지만 그것은 사회의 법칙입니다."

가벼운 침묵이 이어졌다. 모두들 미소를 짓고 있었다.

그때 조르주 뒤루아가 입을 열었다. 그리고 지금까지 자기가 말하는 소리를 들은 적이 없는 것처럼 스스로 자기 목소리에 놀라면서 말했다.

"저쪽에서 가장 부족한 것은 기름진 토지입니다. 정말로 비옥한 토지는 프랑스만큼 값이 비싼데, 파리의 부자들이 투자하는 셈 치고 그걸 사들이고 있습니다. 그런데 진짜 이민자들, 그러니까 먹고살 수가 없어서 고국을 떠나온 가난한 사람들은 물이 없어서 아무것도 나지 않는 사막으로 쫓겨 갑니다."

모두 일제히 그를 보았다. 그는 낯이 붉어지는 것을 느꼈다.

왈테르 씨가 물었다.

"당신은 알제리를 아십니까?"

"네, 압니다. 거기에서 스물여덟 달 동안 있으면서 세 지방에 머물렀습니다."

그러자 그때 노르베르 드 바렝이 모렐 문제를 잊고 어느 장교에게 들은 풍습에 관해서 꼬치꼬치 캐묻기 시작했다. 문제는 므자브에 관한 것이었다. 므자브는 사하라 사막 한복판에 생긴 조그마한 공화국으로 그 타는 듯한 지방에서도 가장 건조한 지대에 위치했다.

뒤루아는 므자브에 두 번 가 본 적이 있었으므로 그 기묘한 지방의 풍습에 대해서 이야기했다. 그곳에서는 물 한 방울이 황금과 같은 가치를 지니고, 모든 주민에겐 공공사업에 봉사할 의무가 있으며, 상업 도덕은 문명국보다 훨씬 발달했다.

그는 술이 돌자 그 자리를 흥겹게 만들고 싶은 마음에 열을 내어 과장되게 이야기했다. 그리고 군대의 일화며 아랍인들의 생활, 전쟁의 모험 등을 이야기했다. 때로는 강렬한 태양의 불길에 끊임없이 타고 있는 누렇고 헐벗은 땅을 묘사하기 위해 색채가 풍부한 말까지 써 가며 설명했다.

부인들이 모두 그에게 시선을 집중했다. 왈테르 부인이 낮은 목소리로 속삭였다.

"당신의 그 회고담으로 기가 막힌 연재물을 써 보세요."

그러자 왈테르가 언제나 남의 얼굴을 자세히 볼 때에 하던 버릇으로 안경 너머로 청년을 바라보았다. 요리는 안경 밑으로 보았다.

포레스티에는 그 기회를 이용했다.

"사장님, 조금 전에도 말씀드린 것처럼 정치 기사를 취재하도록 조르주 뒤루아 군이 제 밑에서 일하도록 해 주셨으면 합니다. 마랑보가 그만둔 뒤로는 긴급한 비밀 기사를 취재하러 보낼 만한 사람이 없습니다. 그래서 기삿거리가 몹시 궁색한 형편입니다."

왈테르 사장은 정색을 하고 뒤루아를 정면에서 좀 더 살펴보기 위하여 안경을 완전히 위로 올려 버렸다. 그가 말했다.

"뒤루아 씨의 정신은 확실히 독창적이군요. 나와 이야기하고 싶다면 내일 3시에 오시오. 그때 이야기합시다."

왈테르 영감은 진지한 표정이 되더니 안경을 완전히 벗어 버리고 뒤루아를 정면으로 쳐다보았다.

"그런데 알제리에 관해서 뭔가 읽을거리 중심으로 몇 가지 기사를 곧 써 주지 않겠소? 그곳에서의 회고담을 말이오. 거기에 아까처럼 이민 문제를 섞어 넣어 주시오. 어쨌든 시국에 맞는, 아주 안성맞춤의 문제니까 반드시 독자들의 흥미를 크게 끌 것이오. 서둘러 주시오! 독자를 끌기 위해서는 의회에 문제가 되어 있는 동안 첫 기사를 낼 필요가 있으니까. 내일이나 모레요, 아시겠소?"

"표제는 「아프리카 수렵병의 회상」이 어떨까요? 멋진 제목이죠? 그렇죠, 노르베르?"

왈테르 부인이 진지하고 정숙한 말씨로 말했다. 사실 이 부인은 무슨 말을 할 때는 언제나 그런 어조로 자신의 말에 신중한 느낌을 곁들였다.

노시인은 명성을 늦게 얻었기 때문에 신인들을 미워하면서도 두려워했다. 그가 무뚝뚝한 어조로 대답했다.

"네, 좋겠지요. 단 잘 다듬어진 거라야 할 겁니다. 그 점이 매우 어려우니까요. 올바르게 다듬어져야 한다는 건 음악에서 음조라고 하는 겁니다."

포레스티에 부인은 비호하는 듯한 미소를 머금은 눈길로 뒤루아를 감쌌다. 사람을 볼 줄 아는 안목을 갖춘 눈길로서, "당신은 출세할 거예요."라고 말하고 싶은 눈치였다. 마렐 부인이 몇 번이나 그쪽을 돌아보느라 귀의 다이아몬드가 쉴 새 없이 흔들려서 마치 맑고 고운 물방울이 당장에라도 흘러 떨어질 것 같았다. 그녀의 딸은 접시에 얼굴을 숙인 채 꼼짝도 하지 않고 진중한 태도로 앉아 있었다.

그동안 하인은 테이블 주위를 돌아다니면서 푸른 술잔에 요하네스버그산 포도주를 따랐다. 포레스티에는 왈테르 씨에게 가볍게 머리를 숙여 보이고 잔을 높이 들어 《라비 프랑세즈》의 영원한 번영을!"이라고 말하며 건배했다.

모두 사장을 향해 머리를 숙였다. 사장은 미소 짓고 뒤루아는 승리감에 도취되어 잔을 단숨에 들이켰다. 그렇게 한 통이라도 들이켤 것만 같았다. 소를 한 마리 뜯어 먹고 사자를 목 졸라 죽일 수 있을 것 같았다. 팔다리에 초인적인 힘과 마음속에 굳은 결의와 무한한 희망을 느꼈다. 그는 이제야 자기 집에서와 같은 편안함을 이 사회 명사들 앞에서 느꼈다. 그는 이제 지위를 차지하고 자리를 획득한 것이다. 그는 새로운 자신을 가지고 모두의 얼굴을 둘러보았다. 그리고 비로소 옆에 앉은 부인에게 말을 건넬 용기를 얻었다.

"부인, 부인께선 이제껏 제가 본 일이 없는 훌륭한 귀걸이를 달고 계시는군요."

그녀는 미소를 지으며 그를 돌아보았다.

"이렇게 가는 실 끝에 깨끗하게 다이아몬드를 늘어뜨리는 것은 제 방식이에요. 이슬방울 같죠?"

그는 자신의 당돌함에 당황해서, 쓸데없는 말을 한다고 그녀가 생각지나 않을까 겁을 먹으면서 중얼거렸다.

"참으로 아름답습니다……. 게다가 귀가 아름다우셔서 한층 돋보입니다."

그녀는 눈길로 고맙다는 인사를 했다. 심장까지 스며드는 듯한 맑은 눈길이었다.

그가 고개를 돌리자 포레스티에 부인의 눈과 다시 마주쳤다. 그 눈은 여전히 호의에 가득 차 있으면서도 전보다도 싱싱한 쾌활함을 장난스럽게 충동질하려는 듯한 낌새를 보였다.

남자들은 모두 몸짓을 해 가며 큰 소리로 떠들어 댔다. 지하철이라는 대기획에 대한 이야기였는데, 파리 교통기관의 완만함이라든가 경전철의 불편함, 합승마차의 불편함 또는 역마차 마부의 야비함에 대해서 각자 이야기할 것이 무척 많았다. 이야기는 후식을 다 먹을 때까지도 끝나지 않았다.

그런 다음 모두 커피를 마시러 식당을 나왔다. 뒤루아는 장난으로 소녀에게 팔을 내밀었다. 그녀는 의젓한 태도로 감사 표시를 하고 옆자리에 앉은 남자의 팔에 손을 걸기 위해 발돋움을 하여 키를 높였다.

거실로 들어가자 그는 다시 온실에 들어가는 듯한 심정이 되었다. 커다란 종려나무가 사방으로 우아한 잎을 벌리고 천장까지 닿아서 분수처럼 퍼져 있었다.

난로 양쪽에는 원주처럼 둥근 고무나무가 검푸른빛이 나는 기다란 잎을 겹치고 피아노 위에는 이름 모를 관목 두 그루가 동그랗게 다듬어져서 한편은 새빨갛게, 다른 한편은 새하얗게 꽃에 싸여 있었다. 진짜 화초라기엔 말할 수 없이 아름다웠다. 무슨 신기한 조화 같은 모습이었다.

공기 중에는 형언할 수 없는 부드러운 향기가 상쾌하고 희미하게 감돌았다.

이제 침착성을 완전히 되찾은 청년은 주의 깊게 방 안을 둘러보았다. 방은 그다지 넓지 않았고 식물 이외에는 볼만한 것이 없었다. 눈에 띌 만한 선명한 색채도 없었다. 그러나 앉아 있으면 편안하고 차분해져서 마음을 놓을 수 있었다. 뭔가 애무와도 흡사한 온화함이 퍼져서 기분 좋게 주위에 넘쳤다.

벽에는 빛이 바랜 듯한 제비꽃 색 옛 천을 발랐고, 천에 파리만 한 크기밖에 되지 않는 노란 비단 같은 작은 꽃들이 가득 깔려 있었다. 신병이 입는 제복과 같은 검푸른빛 휘장이 문 앞에 드리웠고 패랭이꽃 서너 송이가 붉은 비단으로 수놓여 있었다. 여러 형태의 의자는 질서 없이 여기저기 놓여 있었다. 긴 의자, 뒤섞여 놓인 크고 작은 팔걸이의자, 소파 모두 루이 16세 시대의 비단과 훌륭한 위트레흐트산 벨벳으로 덮여 있었다. 거기에는 크림 색 바탕에 석류 빛 무늬가 수놓여 있었다.

"커피 드시겠어요, 뒤루아 씨?"

포레스티에 부인이 이렇게 말하고는 입가에서 사라지는 법이 없는 친근한 미소를 지으며 커피 잔을 내밀었다.

"네, 감사합니다."

그가 커피 잔을 받아 들고, 소녀가 받쳐 들고 있던 설탕 그릇에서 은 집게로 설탕을 하나 집으려고 어색한 동작으로 몸을 굽혔을 때 젊은 여자가 낮은 목소리로 그에게 말했다.

"왈테르 부인의 기분을 잘 맞춰 드리세요."

그리고 그가 미처 대답할 겨를도 없이 저편으로 가 버렸다.

그는 양탄자 위에 커피를 엎지를 것만 같아서 우선 마셨다. 그러고 나니 마음이 좀 가벼워져서 새 상사의 부인에게 다가가 이야기의 실마리를 만들 방법을 찾았다.

그러자 문득 그녀가 손에 빈 커피 잔을 들고 있는 것이 보였다. 테이블이 멀었으므로 커피 잔을 어디에 놓아야 좋을지 몰랐던 것이다. 그는 그리로 달려갔다.

"주십시오, 부인."

"고마워요."

그는 커피 잔을 테이블에 놓고 되돌아왔다.

"부인, 정말이지 저쪽 사막에 있을 때는 《라비 프랑세즈》 덕분에 얼마나 즐거운 시간을 보냈는지 모릅니다. 프랑스를 떠나면 읽을 수 있는 신문이라곤 정말 그것뿐입니다. 왜냐하면 그 신문은 다른 어떤 신문들보다 훨씬 문학적이고 기지에 차 있고 단조롭지 않으니까요. 정말 무엇이든 다 나와 있더군요."

그녀는 소탈하고 상냥한 미소를 지으며 의젓하게 대답했다.

"그분은 새로운 요구에 응하는 신문을 만드는 데 무척 애를 쓰셨죠."

그런 다음 그들은 세상 이야기를 두서없이 시작했다. 그는 지루하지 않은 평범한 이야기를 할 수 있었다. 그의 음성은 부드러웠고, 눈에는 애교가 넘쳤으며, 콧수염은 매력에 차 있었다. 구불구불한 콧수염은 갈색이 섞인 금발로 입술 위에서 가지런히 다듬어져 꼬부라져 있었고, 끝이 꼿꼿이 선 수염은 색이 약간 엷었다.

그들은 파리, 근교, 센 강변, 해수욕장, 여름의 즐거움에 대하여 지치지 않고 언제까지나 잡담할 수 있는 흔해 빠진 화젯거리를 서로 이야기했다.

그때 노르베르 드 바렌 씨가 손에 술잔을 들고 다가와서 뒤루아는 사양을 하며 자리에서 물러났다.

포레스티에 부인과 이야기하던 마렐 부인이 그를 불렀다. 그녀가 그에게 불쑥 물었다.

"신문사 일을 해 보실 작정인가요?"

그는 모호한 말로 자신의 포부를 말한 다음 조금 전에 왈테르 부인과 나눈 이야기를 다시 하기 시작했다. 그러나 이번에는 화제를 분명하게 잡고 있어서 훨씬 능숙했고, 방금 듣고 온 이야기를 자신의 의견처럼 되풀이했다. 그리고 자신의 말에 깊은 의미가 있어 보이도록 상대방의 눈을 지켜보았다.

부인도 여러 가지 일화를 꺼냈다. 자신이 재치 있다는 것을 알고 있어서 언제나 사람을 웃기려는 여자의 빈틈없는 기지로 명랑하게 이야기를 진행했다. 그리고 점점 친숙해져서 그의 팔에 손을 얹고 대수롭지도 않은 일에 목소리를 낮추어 마치 비밀 이야기라도 하는 것 같은 태도를 취했다. 그는 자신에게 관심을 갖고 있는 이 젊은 여자와의 접촉이 내심 기뻐서 어쩔 줄 몰랐다. 만약 어떠한 일이라도 일어난다면 당장에라도 그녀에게 자신의 몸을 바치고 그녀를 보호하여 자신의 참다운 가치를 보여 주고 싶었다. 그녀에게 대답하는 말이 자꾸 늦어지는 것도 그런 생각 때문이었다.

그런데 갑자기 마렐 부인이 아무 이유도 없이 "로린!" 하고 불렀다. 소녀가 다가왔다.

"거기에 앉아 있어라. 창문 옆에 있으면 감기가 들 테니까."

뒤루아는 소녀에게 키스하고 싶어 견딜 수가 없었다. 마치 그 키스가 그녀의 어머니에게 전해지기라도 할 듯이. 그는 아버지 같은 상냥한 어조로 말했다.

"아가씨, 키스해도 될까요?"

소녀는 깜짝 놀라 그를 쳐다보았다. 마렐 부인이 웃으면서 말했다.

"이렇게 대답하렴. '오늘은 괜찮아요. 하지만 언제나 그렇게는 안 돼요.'라고 말이다."

뒤루아는 곧 의자에 앉아서 로린을 무릎 위에 안아 올리고 아이의 물결치는 머리칼에 입술을 댔다.

어머니가 놀라면서 말했다.

"어머, 도망치지도 않는구나. 이상하기도 하지. 얘는 언제나 여자한테만 키스하게 하거든요. 당신은 정말 못 당해 내겠군요, 뒤루아 씨."

그는 얼굴을 붉히고 아무런 대답도 하지 않고 무릎 위의 아이를 흔들기만 할 뿐이었다.

포레스티에 부인이 다가와 놀라서 소리를 질렀다.

"어머, 로린이 하나도 낯설어 하지 않는군요. 정말 기적인데요!"

자크 리발도 시가를 입에 물고 가까이 다가왔다. 뒤루아는 돌아가기 위해 일어섰다. 지금까지 애써 해 온 일을, 지금 겨우 시작한 정복을, 어쩌다 실언으로 망쳐 버릴까 두려웠던 것이다.

그는 인사를 하고 여자들이 내민 조그마한 손을 가볍게 잡왔다. 그런 다음에는 남자들의 손을 꽉 잡고 세차게 흔들었다. 자크 리발의 마른 손은 그의 악수에 따뜻하고 다정하게 화답했다. 노르베르 드 바렌의 손은 축축하고 차갑게 손가락 사이를 미끄러져 빠져나갔다. 왈테르 사장의 손은 차갑고 부드러워서 아무런 힘도 표정도 느껴지지 않았고, 포레스티에의 손은 기름지고 미지근했다. 친구가 그에게 작은 목소리로 말했다.

"내일 3시일세. 잊지 말게."

"알았네. 염려 말게."

뒤루아는 계단으로 나오자 달려서 굴러가고 싶은 충동이 일었다. 그의 기쁨이 그만큼 컸던 것이다. 그는 계단을 두 개씩 건너뛰어 한달음에 내려가다가 돌연 3층 전신 거울 속에서 자기를 향해 성큼성큼 달려오는 신사를 보았다. 그는 뭔가 나쁜 짓을 하다가 현장을 들킨 것처럼 부끄러워서 걸음을 멈추었다.

그는 자신이 그토록 잘생긴 남자인 사실에 놀라서 언제까지고 자신의 모습을 넋을 잃은 채 바라보다가, 마침내는 자신에게 상냥하게 미소 짓고 이별을 고하기 위해 마치 위대한 인물에게 하듯 위엄 있는 태도를 갖추어 공손하게 고개를 숙였다.

3장

　.

　조르주 뒤루아는 거리로 나오자 무엇을 할지 망설였다. 장래를 꿈꾸고 밤의 상쾌한 공기를 들이마시면서 달리고 싶고, 공상에 잠기고 싶고, 발 닿는 대로 걸어 보고 싶은 생각이 자꾸만 들었다. 그러나 왈테르 사장에게서 부탁받은 연재 기사가 마음에 걸려서 곧바로 집으로 돌아가 일에 착수하기로 했다.

　그는 성큼성큼 되돌아와서는 외곽의 큰길로 나와서 그가 사는 부르소 거리까지 걸었다. 그의 집은 7층 건물로 노동자와 장사꾼 등 작은 가구(家口)가 스무 집이나 모여 있었다. 그는 종잇조각과 담배꽁초, 부엌의 쓰레기 등이 너절하게 흩어져 있는 지저분한 계단을 초 성냥으로 비춰 가면서 올라가다가 전에 없이 가슴이 메스꺼워지는 불쾌감을 느끼고 하루 빨리 이곳에서 나가 카펫을 깐 깨끗한 집에서 부자처럼 살고 싶은 초조감을 느꼈다. 음식물 냄새와 화장실 냄새, 그리고 사람 냄새가 뒤섞여 아무리 바람을 통하게 해도 이 건물에서 벗길 수 없는 때와 낡은 벽에 밴 답답한 냄새가 건물 위층에서부터 아래층까지 가득 차 있었다.

6층에 있는 그의 방은 바티플 역 근처, 터널 출구 바로 위에서 마치 깊은 연못을 바라보는 듯 서부 철도의 커다란 절벽을 내려다보고 있었다. 뒤루아는 창문을 열고 녹슨 철제 난간에 몸을 기댔다.

발밑 어두운 웅덩이 밑바닥에는 빨간 신호등 세 개가 짐승의 커다란 눈처럼 꼼짝도 하지 않고 있었다. 빨간 신호등은 조금 떨어져서도, 더 멀리에서도, 훨씬 저편에서도 보였다. 밤의 어둠을 뚫고 기적 소리가 때로는 길게, 때로는 짧게 끊임없이 울렸다. 어떤 때는 아주 가깝게, 어떤 때는 아득히 먼 아스니에르 쪽에서 들릴까 말까 할 정도로 희미하게 전해져 왔다. 그 억양은 마치 서로 이름을 부르는 사람의 목소리와 같았다. 그 중 하나가 시시각각으로 높아지며 호소하는 듯 큰 소리를 지르며 다가오더니 얼마 가지 않아 노란 불빛이 커다랗게 나타나며 찢어지는 듯한 굉음과 함께 달려왔다. 뒤루아는 긴 구슬처럼 이어진 객차가 터널로 삼켜져 들어가는 것을 보았다.

그는 "자, 일을 시작하자!" 하고 중얼거리며 등잔을 테이블 위에 놓았다. 그러나 막상 기사를 쓰기 시작하려고 했을 때 자기에게는 편지지밖에 없다는 것을 알았다.

"하는 수 없지. 종이를 쫙 펴서 써야겠군."

그는 펜을 잉크병에 담갔다가 첫머리를 되도록 아름다운 필치로 썼다.

아프리카 수렵병의 회상

그런 다음 첫 구절을 궁리했다.

그는 이마를 손으로 짚고 앞에 펼쳐 놓은 네모난 하얀 종이를 물끄러미 들여다보았다.

무슨 이야기를 할까? 그러나 아까 이야기했던 것은 이제 전혀 생각나지 않았다. 일화고 사실이고 모조리. 갑자기 그는 출발하던 때부터 시작해야겠다고 마음을 먹고는 다음과 같이 썼다.

1874년 5월 15일, 지칠 대로 지친 프랑스가 고난의 사건*이 있은 후 휴식을 찾을 때…….

그렇게 쓰고 나니 승선이나 항해, 최초의 감동 등 그 뒤의 여러 가지 일들을 어떻게 이어 나가면 좋을지 몰라서 몇 자 적어 나가던 펜을 멈추고 말았다.

그는 십 분 정도 생각한 끝에 머리말은 내일 쓰고 바로 알제리를 묘사하는 글로 들어가기로 했다.

그리하여 "알제리는 새하얀 도시다…….."라고 종이에 썼지만 그 뒤를 이을 수가 없었다. 그는 머릿속으로 그 아름답고 밝은 도시가 산꼭대기로부터 바다 쪽으로 마치 납작한 집들의 폭포처럼 떨어져 내리는 것을 확실히 그려 볼 수는 있었지만 눈으로 보고 마음에 느낀 것을 표현하려니까 도무지 한마디도 나

---

* 프랑스와 프러시아의 전쟁.

오지 않았다.

고심한 나머지 "주민의 일부는 아랍인이다……."라고 덧붙였지만 끝내는 테이블 위에 펜을 던지고 일어나 버렸다.

하지만 그는 자신의 궁색한 생활에 화가 치밀어 올라 내일이라도 이곳에서 당장 나가서 이런 구차한 생활과는 인연을 끊어 버려야겠다고 생각했다.

그러자 다시 일에 대한 열의가 생겨 테이블 앞에 앉았다. 그리고 알제리의 기묘하고 아름다운 모습을 선명하게 묘사하기 위한 문구를 찾기 시작했다. 유랑하는 아랍인과 세상에 알려지지 않은 흑인들이 사는 아프리카. 아직껏 탐험되지 않은 매혹에 찬 아프리카. 이를테면 암탉이 터무니없이 커진 것 같은 타조, 신의 양이라고 할 영양, 말할 수 없이 기묘한 기린, 진중하고 의젓한 낙타, 괴물 같은 하마, 몰골 사나운 코뿔소, 인간의 무서운 형제인 고릴라 등 가끔씩 동물원의 구경거리로 나오는, 마치 동화를 위해서 만들어진 듯한 이상야릇한 동물들이 사는 저 깊고 신비로운 아프리카. 알제리는 바로 그 입구라할 수 있는 도시다.

그는 갖가지 생각이 걷잡을 수 없이 솟아오르는 것을 느꼈다. 그것은 어쩌면 이미 사람들에게 말해 버린 것인지도 모른다. 그러나 글로 써서 표현하려 하자 어떻게 손을 댈 수가 없었다. 그리하여 그는 자신의 무력함에 속이 타서 다시 일어났다. 손에는 땀이 흠뻑 배어나고 관자놀이가 지끈거렸다.

그때 문득 그날 밤 문지기가 놓고 간 세탁소의 계산서가 눈에 띄자 갑자기 심한 절망감에 사로잡혔다. 지금까지 기쁨으로 가득 찼던 자신과 미래의 희망이 한순간에 모두 사라져 버렸다. 이제는 마지막이다, 모든 것이 끝났다, 나는 아무 일도 하지 못할 것이고 아무것도 되지 않을 것이다. 그는 자신이 공허하고 무능하고 쓸모없으며 앞날의 희망이 없는 인간처럼 생각되었다.

그리하여 그가 다시 창문으로 다가가 철제 난간에 기대려고 했을 때 마침 기차가 다급하게 요란한 소리를 내면서 터널에서 나왔다. 기차는 들을 지나 산을 넘어 저 멀리 먼 바다를 향해 갔다. 그러자 갑자기 부모님이 생각났다.

저 열차는 여기에서 20~30킬로미터밖에 떨어지지 않은 부모님 곁을 지나가는 것이다. 그는 고향 집을 눈앞에 그려 보았다. 루앙과 센 강의 넓은 계곡을 내려다보는 언덕 위의 작은 집으로 캉틀뢰 마을 어귀에 있었다.

부모는 작은 선술집을 운영했다. 일요일마다 변두리의 가난한 사람들이 식사를 하러 오는 술집으로 상호가 '전망 좋은 집'이었다. 그들은 아들을 훌륭한 신사로 만들기 위해 중학교에 입학시켰다. 그런데 학교를 마치고 대학 입학 자격 시험에 실패한 그는 머지않은 장래에 장교가 되고 대령이 되고 장군이 되겠다는 야망을 품고 군대에 들어갔다. 그러나 오 년의 임기를 마치기도 전에 군대 생활에 싫증이 나서 파리로 나가 성공하겠다는 꿈을 꿨다.

병역을 마치자 그는 부모님이 한사코 만류하는 것도 뿌리치고 파리로 나왔다. 부모는 첫 꿈이 깨지고 난 뒤로는 자꾸만 아들을 곁에 붙들어 두려고 했다. 그러나 이번에는 아들이 자신의 미래에 기대를 걸었다. 아직 마음속에서 막연하게 형태를 이루지는 못했지만 그것을 확실히 낳고 기를 수 있는 여러 가지 책략을 써서 승리를 획득할 것이 틀림없다고 믿었다.

연대에 있던 시절, 그는 주둔지에서 자신의 지위를 잘 이용하여 쉽게 손에 넣은 여자들을 얼마든지 마음대로 할 수 있었고, 좀 더 상류층에도 염문을 퍼뜨렸다. 실제로 어떤 세무 공무원의 딸은 모든 것을 팽개치고 그를 따르려 했고, 어느 변호사의 아내는 그에게 버림받은 것을 비관해 투신자살을 하려고까지 했다.

군대 동료들은 그를 "교활한 놈이야. 아주 영리해. 무슨 일이든 빠져나갈 수 있는 권모술수가야."라고 평가했다. 그래서 그 역시 그들 말대로 교활한 사람이나 영리한 꾀쟁이, 권모술수가가 되기로 결심했다.

그의 노르망디 기질은 병영 생활에서 그날그날의 일과로 닦이고 아프리카에서의 약탈이나 부정한 이득, 수상한 속임수 같은 일로 의기양양해지고 군대에서 유행하는 공명심이나 애국정신이나 하사관들 사이에서의 자랑거리며 직업에서 오는 허영심에 자극되어 무엇이든 없는 것이 없는, 바닥이 세 겹인 상자처럼 되어 버렸다.

그러나 출세하고 싶다는 욕망이 그 가운데 가장 비중을 많이 차지했다.

그는 자신도 미처 깨닫지 못하는 사이에 매일 밤 습관대로 이렇다 할 이유도 없이 공상을 좇기 시작했다. 그리고 희망하는 것을 단번에 실현으로 이끌어 줄 수 있을 만한 굉장한 연애 사건을 상상했다. 은행가나 대귀족의 딸을 거리에서 만나 첫눈에 정복하여 결혼한다든가 하는 그런 것이었다.

때마침 날카로운 기적 소리와 함께 기관차 한 대가 아무것도 달지 않고 터널에서 나와 차고로 쉬러 가기 위해 선로 위를 전속력으로 미끄러져 갔다. 뒤루아는 그 소리에 꿈에서 깨어났다.

그러자 언제나 마음에 달라붙어 다니는 막연한 즐거운 희망에 다시 사로잡혀서 그는 무작정 밤의 어둠 속에 키스를 던졌다. 애타게 기다리는 여인의 모습에 대한 사랑의 키스, 갈망하는 행운에 대한 사모의 키스였다. 그런 다음 창문을 닫고 옷을 벗으면서 이렇게 중얼거렸다.

"괜찮아. 내일 아침이면 기분도 좋아질 거야. 오늘 밤에는 도무지 마음이 편해지지 않는군. 게다가 아마 약간 과음했는지도 몰라. 이런 상태로는 일이 잘될 수가 없어."

그리고 잠자리에 들어가서 불을 불어 끄고는 곧 잠이 들었다.

이튿날 그는, 강한 희망이나 근심거리가 있는 날은 누구나 그렇듯 일찍 눈을 떴다. 그는 침대에서 뛰어내려 그의 표현에 의하면 신선한 공기를 한껏 들이마시기 위해 창문을 열러 갔다.

산을 깎아 만든 넓은 철길 너머 롬 거리의 집들이 정면으로 보였다. 아침 햇빛에 찬란하게 빛나 마치 하얀 빛으로 칠한 것 같았다. 멀리 오른편 푸르스름하고 희미한 안개 속으로 아르장퇴유의 언덕과 사누아의 고지와 오르주몽의 풍차가 보였다. 아침 안개는 지평선에 조그맣게 하늘거리며 떠도는 투명한 베일을 던진 듯했다.

뒤루아는 잠시 동안 먼 전원을 바라보면서 중얼거렸다.

"이런 날에는 저 근처가 참 좋겠군."

그런 다음 그는 일을 해야겠다고 생각하고는 곧 문지기 아들에게 10수를 주어 아파서 출근을 못 한다는 전갈을 사무실에 보냈다.

그리고 테이블 앞에 앉아서 잉크병에 펜을 담그고 이마에 손을 짚고 생각을 가다듬기 시작했다. 그러나 그것도 헛일이어서 아무 생각도 떠오르지 않았다.

그러나 그는 실망하지 않았다.

"괜찮아. 아직 익숙하지 않아서 그런 거야. 이것도 다른 직업과 똑같이 배워야 하는 거지. 맨 처음엔 도움을 받아야 하는 법이야. 포레스티에를 만나러 가야겠군. 그는 그 자리에 서서 십 분 안에 기사를 만들어 줄 거야."

그는 옷을 입었다.

거리로 나오면서 틀림없이 늦잠을 자고 있을 친구를 찾아가기에는 좀 이른 시간이라고 생각했다. 그래서 그는 외곽의 큰길에 있는 가로수 밑을 아주 천천히 거닐었다.

아직 9시도 채 되지 않은 시각이었다. 그는 물을 뿌려 습기를 머금고 아주 신선해진 몽소 공원으로 들어갔다.

그리고 벤치에 앉아 다시 공상에 잠겼다. 차림이 멋진 한 청년이 그의 앞을 서성거렸다. 아마 여자를 기다리는 것 같았다.

이윽고 여자가 베일을 쓰고 빠른 걸음으로 나타나 남자와 가볍게 악수를 나누고는 그의 팔을 잡고 자리를 떴다.

사랑을 얻고 싶은 강한 욕구가 뒤루아의 마음을 흔들었다. 그 사랑은 지체 높고 향기롭고 고결한 사랑이었다. 그는 일어나 포레스티에를 생각하면서 걷기 시작했다.

"그 친구는 정말 운이 좋은 놈이야."

그가 문 앞에 이르렀을 때 포레스티에는 마침 나가려던 참이었다.

"아니, 자네 이렇게 일찍 웬일인가?"

뒤루아는 그가 집에서 나가려는 참에 그를 만나 당황하면서 작은 소리로 말했다.

"실은 그…… 용건이…… 기사를 쓸 수가 없어서 왔네. 왈테르 씨가 말한 알제리에 관한 기사 말일세. 사실 지금까지 써 본 적이 없으니까 별로 이상할 것은 없지만 말일세. 다른 일처럼 이것도 역시 연습이 필요한 모양이야. 난 틀림없이 익숙하게 되리라고 확신하네만, 처음이니 어떻게 써야 할지 도무지 모르겠네. 무엇이든지 쓸 거리는 잔뜩 있네. 그런데 그걸 잘 표현할 수가 없단 말이야."

그는 약간 주저하면서 입을 다물었다. 포레스티에는 장난스러운 미소를 짓고 있었다.

"알지."

뒤루아가 다시 말을 계속했다.

"사실 그렇다네. 누구나 처음엔 마찬가지라고 생각하네. 그래서 난 그…… 자네 힘을 좀 빌릴까 하고. 실은 그래서 왔네. 자네라면 십 분이면 내 기사를 쓸 수 있을 테고, 어떻게 쓰면 되는 건지도 가르쳐 줄 수 있겠지. 그러면 문장에 대한 기초를 배울 수 있을 테고 말이야. 정말이지 자네가 도와주지 않으면 난 어쩔 수가 없네."

상대는 여전히 기분 좋게 웃고 있었다. 그러다가 옛 동료의 팔을 툭 치면서 말했다.

"올라가서 내 아내를 만나게. 나와 똑같이 훌륭하게 처리해 줄 걸세. 그런 일쯤은 충분히 가르쳐 두었으니까. 난 오늘 아침에는 그럴 겨를이 없네. 그렇지만 않다면 기꺼이 도와줄 테지만 말이야."

뒤루아는 갑자기 우물쭈물하며 망설였다. 포레스티에의 아내를 만날 용기가 없었던 것이다.

"그렇지만 이 시간에 부인을 어떻게 만나겠나?"

"괜찮아. 상관없네. 벌써 일어나 있네. 가 봐. 서재에서 나 내대신 노트 정리를 하고 있을 걸세."

그러나 그는 선뜻 올라가려 하지 않았다.

"아니……. 그럴 수가 있나……."

포레스티에가 그의 양어깨를 잡고 뒤로 돌려세워서 계단 쪽으로 밀었다.

"괜찮으니까 가 보게. 수줍어할 게 뭐 있나? 내가 가라는데. 설마 나보고 계단을 다시 세 개씩이나 올라가서 아내를 소개하고 상황을 설명하라고는 하지 않겠지?"

그제야 뒤루아는 결심했다.

"고맙네. 그럼 가겠네. 그렇지만 자네가 억지로 오게 했다고 말하겠네. 뭐라고 해도 좋으니까 만나고 오라고 했다고 말이야."

"좋아, 좋아. 잡아먹지 않을 테니 걱정 말게. 하지만 잊어선 안 되네. 3시야."

"아, 염려 말게."

포레스티에가 바쁜 듯이 가 버렸다. 뒤루아는 뭐라고 인사를 하면 좋을까 궁리하면서, 또 어떤 대접을 받을까 걱정하면서 계단을 하나씩 천천히 올라갔다. 하인이 나와 문을 열어 주었다. 푸른 앞치마를 두르고 손에는 비를 들고 있었다.

"주인어른께서는 나가셨습니다."

그가 뒤루아의 말을 기다리지도 않고 말했다. 그러나 뒤루아는 물러서지 않았다.

"포레스티에 부인께 만나 뵐 수 있는지 여쭤 주시오. 그리고 방금 문 앞에서 부군을 뵙고, 그가 부인께 가 보라고 해서 왔다고 일러 주시오."

그는 기다렸다. 하인이 돌아와 오른편 문을 열었다.

"부인께서 기다리십니다."

그녀는 작은 방에서 사무용 책상의 팔걸이의자에 앉아 있었다. 그 방의 벽은 검은 나무로 만든 책장 위에 가지런히 놓인 서적들로 완전히 가려 있었다. 빨강, 노랑, 파랑, 보라, 초록 등 갖가지 색깔의 장정이 단조로운 서적 행렬에 색채와 밝음을 곁들이고 있었다.

그녀는 늘 그렇듯이 미소를 지으며 돌아보았다. 레이스가 달린 하얀 실내복을 입고 있었다. 그리고 넓은 소맷부리로 드러난 맨 팔을 보이면서 손을 내밀었다.

"이렇게 일찍?"

그녀는 이렇게 말하고 다시 덧붙였다.

"꾸짖는 건 절대 아니에요. 그냥 단순한 질문이죠."

그가 말을 더듬거렸다.

"오! 부인, 저는 올라오지 않으려고 했습니다만 아래에서 부군을 만났더니 한사코 올라가 보라고 하더군요. 제가 지금 워낙 당황해서 찾아온 용건을 감히 말씀드릴 수가 없습니다."

그녀가 의자를 가리켰다.

"앉아서 말씀하세요."

그녀는 거위 깃털이 달린 펜을 두 손가락 사이에 넣고 빙글빙글 돌리고 있었다. 그녀 앞에 펼쳐진 커다란 종이는 글이 절반쯤 쓰이다 만 채 놓여 있었다. 청년의 방문 때문에 중단된 것이었다.

그녀가 그 사무용 책상 앞에 앉은 모습은 몸에 배어서 잘 어울렸고, 거실에 있던 때와 마찬가지로 차분하고 매우 익숙한 일을 하고 있는 듯이 보였다. 포근한 향기가 실내복에서 흘러나왔다. 지금 막 뿌린 향수 냄새였다. 뒤루아는 부드러운 천에 싸인 통통하고 따뜻하며 하얀 젊은 육체를 짐작하려고 애쓰면서 그것을 직접 보고 있다고 생각했다.

그가 아무 말이 없자 그녀가 다시 말했다.

"자, 말씀하세요. 무슨 일인가요?"

그는 주저하면서 작은 소리로 말했다.

"뭐냐면……. 정말이지…… 말씀드리기가 어렵군요……. 사실 전 어젯밤에도 아주 늦게까지 해 봤는데……. 그리고 오늘 아침에도…… 아주 일찍부터…… 왈테르 씨가 제게 청하신 알제리에 관한 기사를 쓰기 위해서……. 그런데 도무지 잘 되지가 않습니다……. 쓴 건 모조리 찢어 버렸습니다……. 전 그런 일엔 전혀 익숙하지 못해서요. 그래서 포레스티에에게 도움을 요청하러 온 것입니다……. 한 번만……."

그녀는 진심으로 기쁜 웃음을 띠며 행복하고 즐겁게 그의 말을 막았다.

"그래서 제 남편이 저를 만나라고 하신 거죠? 참 잘 생각한 거네요."

"그렇습니다, 부인. 부인께서 더 잘 처리해 주실 거라고 하더군요. 그렇지만 저는 아무래도 용기가 나지 않아서 오고 싶지 않았던 겁니다……. 사실이 그렇습니다."

그녀가 일어섰다.

"그런데 그렇게 함께 기사를 만드는 것도 재미있겠어요. 멋진 생각이에요. 자, 제 자리에 앉으세요. 신문사에서는 제 필체를 알거든요. 그럼 둘이서 당신의 기사를 연구하도록 해요. 멋지게 성공할 만한 기사를 말이죠."

그는 자리에 앉아서 펜을 잡고 종이를 앞에 펴 놓고 기다렸다. 포레스티에 부인은 선 채로 그가 준비하는 것을 바라보았다. 그러다가 벽난로 선반 위에 놓인 담배를 집어 불을 붙였다.

"전 담배를 피우지 않으면 일을 할 수가 없어요. 그럼 어떤 이야기를 하시겠어요?"

그는 놀라서 그녀 쪽으로 고개를 돌렸다.

"그런데 그것을 모르겠습니다. 그래서 부인을 찾아온 것입니다."

"네, 그건 잘 처리해 드릴게요. 소스는 제가 만들어 드리겠지만 접시가 있어야 하지 않겠어요?"

그는 당황했지만 마침내 주저하면서 말했다.

"여행한 이야기를 처음부터 하려고 합니다만……."

그러자 그녀는 커다란 책상 저편에 그와 마주 앉아서 가만히 상대의 눈을 지켜보았다.

"그럼 우선 저한테 말씀하세요. 천천히 하나도 빼놓지 말고요. 그러면 적당한 걸 골라 드릴게요."

그러나 그는 어디서부터 시작하면 좋을지 몰랐다. 그래서 그녀는 고해실의 신부처럼 문제의 초점을 분명하게 정하고 질문하기 시작했다. 그는 잊고 있던 자질구레한 사건이며 만났던 사람들, 얼핏 보고 지나쳤던 모습들을 생각해 냈다.

그녀는 그에게 십오 분 정도 이야기를 시키고는 갑자기 입을 열었다.

"그럼 시작하죠. 우선 인상 깊었던 이야기를 어떤 친구에게 써 보내는 것으로 하죠. 그러면 얼마든지 허심탄회하게 이야기할 수 있고 여러 가지 감상도 써넣을 수가 있어서 잘만 하면 자연스러운 걸작이 될 거예요. 그럼 시작해요."

그리운 앙리 군, 자네가 언젠가 알제리에 관해서 알고 싶다고 했지. 이야기를 해 줌세. 나는 지금 진흙을 이겨 발라서 말린 조그마한 상자를 집으로 삼고 별로 하는 일도 없으니, 매일 그때그때의 생활을 적은 일기 같은 것을 보내겠네. 때로는 약간 도가 지나치는 일도 있겠네만 하는 수 없네. 자네가 잘 아는 귀부인들에게 보일 필요는 없을 테니까 말일세.

그녀는 꺼진 담배에 불을 붙이기 위해서 말을 끊었다. 그러자 종이 위를 달리던 깃털 펜의 끼적거림도 이내 멈추었다.

"자, 계속하시죠."

알제리는 사하라사막이라든가 중앙아프리카, 그 밖에 여러 이름으로 불리는 미지의 광대한 나라들과 접경한 프랑스 영토일세.

알제리는 바로 그 아프리카 대륙의 입구라네. 이 기괴한 대륙의 희고 아름다운 관문이라 할 수 있지.

그러나 우선 거기까지 가는 것이 문제일세. 누구에게도 편안한 여행이라고는 할 수 없네. 자네도 알다시피 나는 말에 대해서는 명수일세. 아무튼 연대장의 말까지도 조련하는 솜씨니까. 그런데 아무리 말에 대해서는 명수라 해도 바다한테는 옴짝달싹 못하는 친구가 있네. 내가 바로 그 좋은 예일세.

자네는 우리가 이페카* 박사라고 부르던 생브르타 군의관을 기억하겠지. 기진맥진해서 스물네 시간 동안 병원에 입원하고 싶어서 진찰을 받으러 갔더랬지. 병실은 그야말로 천국이었으니까 말일세.

선생은 의자에 앉아 있었네. 빨간 바지를 입은 굵은 가랑이를 벌리고 팔꿈치를 들어 올려 팔을 교각 모양으로 버티이고 양손을 무릎 위에 올려놓고는 흰 콧수염을 씹으면서 로드**의 말 같은 커다란 눈을 굴리고 있더군.

그 선생의 처방도 기억하겠지. "이 병사는 위에 이상이 있음. 3호 구토제를 복용하게 하고 열두 시간 휴양을 요함. 반드시 회복할 것임."이라는 처방 말일세.

그 구토제야말로 절대 군주였네. 그래서 하는 수 없이 그 약을 삼켰네. 그렇지만 이페카 선생의 처방에 합격하면 열두 시간 동안 휴양을 정당하게 누릴 수 있었지.

그렇지만 친구, 아프리카로 건너가자면 마흔 시간 동안 싫든 좋든 대서양 기선 회사가 처방한 구토제를 먹어야 한단 말일세.

그녀는 자신의 착상에 완전히 흡족해서 손을 비볐다.
그런 다음 다른 담배에 불을 붙이곤 일어서서 걷기 시작했다. 그리고 실처럼 가느다란 연기를 뿜어내면서 원고를 받아쓰

---

* 구토제.
** 주사위놀이와 비슷한 놀이.

게 했다. 연기는 먼저 오므린 입술의 동그랗고 작은 구멍에서 곧장 위로 뿜어져 나와 차차 넓게 퍼지다 공중에 군데군데 잿빛 줄을 남기고 스러져 갔다. 그 줄은 투명한 안개 같기도 하고 거미줄과 비슷한 증기 같기도 했다. 그녀는 가끔씩 손을 흔들어 미처 사라지지 않은 가벼운 줄을 털어 내고, 또는 집게손가락으로 퉁겨서 둘로 갈라진 희미한 안개가 천천히 스러지는 것을 진지한 눈으로 지켜보았다.

뒤루아는 눈을 들어 그녀가 생각하는 것과는 전혀 관계없는 그런 무의미한 장난을 하는 몸짓과 태도, 그리고 몸과 얼굴의 움직임까지 자세하게 관찰했다.

다음에 그녀는 여행 도중에 돌발적으로 일어난 사건을 상상하고 여행의 길벗을 몇 사람 만들어 내어 그 인상을 묘사하고 보병 대위인 남편의 임지를 찾아가는 아내와의 사랑 이야기를 그렸다.

그런 다음 앉아서 알제리 지리에 관해서 뒤루아에게 물었다. 그에 대해 그녀는 전혀 알지 못했지만 십 분이 지나자 그와 같은 정도로 알아 버렸다. 그리하여 식민지의 간단한 정치 지리지를 썼다. 독자에게 대략적인 지식을 줌과 동시에 다음 기사에서 취급할 진지한 문제를 이해하는 데 예비지식으로 필요한 것이었다.

다음에는 오랑* 지방의 여행으로 펜을 다시 옮겼다. 이것은 공상적인 여행이어서 주로 모르, 유다, 스페인 등의 여자에 관한 이야기를 했다. 그녀가 말했다.

---

* 북알제리의 세 구획 중 하나.

"독자를 끄는 데는 이것이 제일이죠."

기사는 높은 대지의 기슭에 있는 사이다에서 체류 중이던 하사관 조르주 뒤루아와 아인 엘 하자르 제지 공장의 스페인 여공과의 청순한 사랑 이야기로 끝을 맺었다. 그녀는 풀도 나무도 없는 바위산에서의 밤의 밀회, 바위 그늘에서 승냥이며 하이에나며 아라비아 개가 짖어 대는 시간의 즐거운 밀회를 이야기했다.

부인은 즐거운 목소리로 "내일 계속!"이라고 말하고는 일어나면서 말을 이었다.

"신문 기사는 이런 식으로 쓰는 거예요. 아시겠죠? 이제 서명하세요."

그는 망설였다.

"자, 서명하세요."

그제야 그는 웃으면서 아래에 "조르주 뒤루아"라고 서명을 했다.

그녀는 여전히 담배를 피우면서 서성거렸다. 그는 뭐라고 감사해야 할지 몰라 그녀를 바라보고만 있었다. 그녀 곁에 있는 것이 기뻤고, 마음은 감사로 가득 찼으며, 새로운 우정에 관능적인 쾌감조차 느꼈다. 그녀의 몸을 감싼 모든 것이, 벽을 뒤덮은 책에 이르기까지 모두가 그녀의 일부를 이루고 있는 듯이 생각되었다. 의자도 가구도 담배 향기가 감도는 공기마저도 그녀에게서 풍기는 뭔가 특별하고 쾌적하며 화평하고 아름다운 것을 지닌 듯했다.

그녀가 갑자기 물었다.

"제 친구인 마렐 부인을 어떻게 생각하세요?"

그는 깜짝 놀라 말을 더듬었다.

"물론…… 그…… 매우 매력적인 분이라고 생각합니다."

"그렇죠?"

"네, 정말입니다."

그는 "그렇지만 당신만큼은 못 됩니다."라고 덧붙이고 싶었지만 용기가 나지 않았다. 그녀는 말을 이었다.

"그분은 정말 재미있고 색다르면서도 영리한 사람이죠. 진짜 보헤미안이에요. 그렇고말고요. 때문에 남편이 그다지 좋아하지 않는답니다. 남편은 자꾸 단점만을 들춰내고 장점은 도무지 알아주지 않아요."

뒤루아는 마렐 부인에게 남편이 있다는 말을 듣고 몹시 놀랐다. 그러나 그건 물론 당연한 일이었다.

"아, 남편이 있군요. 그분은 뭘 하시죠?"

포레스티에 부인은 이해할 수 없다는 의미의 몸짓으로 어깨와 눈썹을 동시에 살짝 올렸다.

"북부 철도의 검사관이랍니다. 그래서 매달 일주일씩 파리에서 지내요. 부인은 그 일주일을 '의무적인 봉사', '일주일간의 고역', '성스러운 주간'이라고 부른답니다. 좀 더 친해지면 아주 섬세하고 얌전한 분이라는 걸 알게 되실 거예요. 한번 찾아가 보세요."

뒤루아는 돌아갈 생각을 까맣게 잊고 있었다. 그곳이 언제까지라도 있을 수 있는 자신의 집 같았다.

그런데 소리도 없이 문이 열리고 훌륭한 신사가 안내도 청하지 않고 들어왔다.

그는 손님이 있는 것을 보고 걸음을 멈추었다. 포레스티에 부인은 약간 난처한 듯했으나 어깨에서 얼굴까지 약간 장밋빛으로 물들이면서 자연스러운 목소리로 말했다.

"들어오세요. 소개할게요. 제 남편의 절친한 친구인 조르주 뒤루아 씨예요. 미래의 신문기자죠."

그런 다음 음성을 바꿔 말했다.

"저희와 가장 다정하게 지내시는 친구, 보드렉 백작이세요."

두 남자는 얼굴을 마주 보며 악수했다. 그리고 뒤루아는 곧 작별을 했다.

그러나 부인이 무리하게 붙들지도 않았기 때문에 그는 두서너 마디 고맙다는 말을 중얼거리며 그녀의 내민 손을 쥐고 다시 한 번 새로운 손님에게 고개를 숙였다. 그 남자는 사교계 사람들 특유의 차갑고 교만한 표정을 짓고 있었다. 그는 뭔가 실수라도 저지른 것처럼 당황하여 나갔다.

거리로 나오자 뒤루아는 어쩐지 서글프고 불쾌하면서 원인 모를 근심에 싸인 듯한 암담한 심정에 빠졌다. 그는 무엇 때문에 그처럼 갑자기 우울해졌는지 생각하면서 발길이 닿는 대로 걸었다. 그로서도 알 수 없는 일이었으나, 이미 중년을 넘어 머리가 반백인 데다 대부호 특유의 침착하고 거만하며 자신감에 넘치는 보드렉 백작의 얼굴이 자꾸만 기억에 되살아났다.

그는 그 알지 못하는 남자의 방문이 벌써 그의 마음에 깃들기 시작한 즐거운 그녀와의 만남을 방해하고, 우연히 들은 한마디나 살짝 엿본 비참함이나 하잘것없는 일들이 마음에 일으키곤 하는 차디찬 절망감을 그의 가슴에 불어넣은 것을 깨달았다.

또한 왠지 모르게 자기가 그 방에 있었다는 것이 그 남자에게도 불쾌했을 거라는 생각이 들었다.

3시까지 아무것도 할 일이 없었다. 아직 12시도 되지 않았다. 호주머니에 6프랑 50상팀이 남아 있었기 때문에 그는 뒤발이라는 싸구려 음식점에서 점심을 먹은 다음 큰 거리를 서성이다가 3시가 되자 《라비 프랑세즈》의 광고용 계단을 올라갔다.

접수구의 급사들이 팔짱을 끼고 긴 의자에 앉아 있었고, 대학 교수의 교단을 조그맣게 만든 것 같은 단 앞에서 수위가 지금 막 배달된 우편물을 정리하고 있었다. 방문하는 사람들을 위압하기에 나무랄 데 없는 무대 장치였다.

누구나 대 신문사의 현관에 어울리게 태도나 말씨가 훌륭하고 위엄 있고 세련되었다.

뒤루아가 말했다.

"왈테르 씨를 만나러 왔습니다."

수위가 대답했다.

"사장님께선 지금 회의 중이니까 여기 앉아 잠깐 기다리십시오."

수위는 기다리는 사람들이 이미 가득.찬 대기실을 가리켰다.

그곳에는 훈장을 달고 거드름을 피우는 당당한 신사도 있었고, 셔츠를 보이지 않기 위해 프록코트의 깃까지 단추를 채우고 그 앞자락에 지도의 대륙이나 바다 모양을 연상케 하는 얼룩을 그린, 옷차림이 좋지 않은 사람도 있었다. 그런 남자들 틈에 여자가 세 명 섞여 있었다. 한 여자는 아름답고 미소를 머금었으며 옷차림도 좋은 직업여성인 듯했다. 그 옆의 여자는 주름 잡힌 우울한 얼굴로 수수한 옷차림을 하고 있었다. 그리고 원로 여배우에게서 볼 수 있는 어딘지 지친 것 같고 부자연스럽고 쉬어 버린 애욕의 냄새처럼 사라져 버린 젊음을 가장하려는 듯한 모습이 보였다.

세 번째 여자는 상복을 입고 비탄에 잠긴 미망인인 척하는 모습으로 한쪽 구석에 앉아 있었다. 뒤루아는 그녀가 동정을 구하러 온 거라고 생각했다.

그러나 아무도 불려 들어간 사람 없이 이십 분 정도가 지났다.

뒤루아는 문득 생각이 나서 수위에게 가서 물었다.

"왈테르 씨가 3시에 오라고 하셨는데, 아무튼 친구 포레스티에 씨가 있는지 알아봐 주시오."

그러자 그는 긴 복도를 지나 넓은 방으로 안내되었다. 거기에는 신사 네 명이 커다란 녹색 테이블 앞에서 글을 쓰고 있었다.

포레스티에는 난로 앞에 서서 담배를 피우면서 빌보케*를 하고 있었다. 그는 그 놀이에 매우 익숙해서 할 때마다 커다란 회양목으로 만든 공을 가느다란 막대기 끝으로 꿰어 냈다. 그리고 수를 셌다.

"스물둘, 스물셋, 스물넷, 스물다섯."

뒤루아는 "스물여섯." 하고 소리를 냈다. 포레스티에는 규칙적인 팔 동작을 멈추지 않고 눈을 들었다.

"야아, 왔군그래. 어제는 계속해서 쉰일곱까지 했다네. 그러니까 이제 나보다 센 사람은 생포탱뿐이지. 사장은 만나 봤나? 저 늙어 빠진 노르베르 영감이 빌보케를 하는 걸 보면 정말 우습다네. 공을 집어삼킬 듯이 입을 벌리니까."

---

* 일종의 공놀이.

편집인 한 사람이 그를 돌아보았다.

"여보게 포레스티에, 아주 훌륭한 빌보케를 판다는데 어때? 서인도제도에서 나는 나무로 만든 것인데 사람들 말로는 스페인 여왕이 갖고 있는 것이라는군. 60프랑인데 그렇게 비싼 편은 아니야."

포레스티에가 물었다.

"그게 대체 어디 있다는 거야?"

그는 서른일곱 번째를 실패하고는 벽장문을 열었다. 뒤루아가 들여다보니 멋진 빌보케 공 스무 개가량이 수집된 골동품처럼 번호가 붙어 가지런히 놓여 있었다.

그는 도구를 자리에 놓고 다시 물었다.

"그 보물이 어디에 있다고?"

신문사 직원이 대답했다.

"보드빌 극장의 표 파는 사람한테 있네. 필요하다면 갖다주지."

"좋아, 그럼 부탁하네. 정말 좋은 물건이라면 사겠네. 빌보케는 아무리 많아도 좋으니까."

그러고 나서 포레스티에는 뒤루아 쪽을 보고 말했다.

"따라오게. 사장한테 데려다 줄 테니. 그렇지 않으면 저녁 7시까지 목이 빠지게 기다려야 하네."

그들은 대기실을 가로질러 갔다. 그곳에는 아까 그 사람들이 같은 자리에 여전히 앉아 기다리고 있었다. 포레스티에의 모습을 보자 젊은 여자와 나이 든 여배우가 벌떡 일어나서 그에게로 왔다.

그는 그 여자들을 차례로 창가로 데리고 갔다. 그리고 다른 사람들에게 들리지 않도록 낮은 소리로 소곤거렸다. 그러나 뒤루아는 그가 두 여자에게 매우 친숙한 말투로 이야기하는 것을 들었다.

그런 다음 천을 대어 붙인 육중한 문을 밀고 사장실로 들어갔다.

한 시간 전부터 계속되는 회의란, 뒤루아가 어제 만났던 실크해트를 쓴 몇몇 신사들과 카드 승부를 겨루는 일이었다.

왈테르 씨는 카드를 쥐고 주의를 집중하여 신중한 동작으로 승부를 겨뤘다. 그러나 상대는 채색된 가벼운 카드를 매우 익숙한 도박꾼답게 보기도 좋은 능란하고 멋진 솜씨로 때리고 줍고 만지작거렸다. 노르베르 드 바렌은 사장 의자에 앉아서 기사를 쓰고 있었고, 자크 리발은 긴 의자에 벌렁 누워 눈을 감은 채 잎담배를 피웠다.

실내에는 난방된 방의 훈김과 가구의 가죽과 오래 묵은 담배와 인쇄물의 잉크 냄새가 가득 차 있었다. 신문기자라면 누구나 아는 편집실 특유의 냄새였다. 구리 장식을 넣은 통나무 테이블 위에는 편지, 카드, 신문, 잡지, 계산서, 각종 인쇄물 등 엄청난 양의 종이 뭉치가 수북이 쌓여 있었다.

포레스티에는 카드놀이를 하는 사람들 뒤에서 그들과 악수를 나누고는 말없이 승부를 지켜보았다. 그리고 왈테르 씨가 이기자 재빨리 친구를 소개했다.

"친구 뒤루아를 데리고 왔습니다."

왈테르 씨는 안경 너머로 흘끗 청년을 보고는 물었다.

"기사를 가지고 왔소? 내일 모렐의 토론과 같이 실리면 아주 잘나갈 텐데."

뒤루아는 네 번 접은 원고를 호주머니에서 꺼냈다.

"여기 있습니다."

사장은 아주 만족한 것 같았다. 그리고 빙그레 웃으면서 말했다.

"좋소, 대단히 좋아요. 당신은 약속을 지키는 사람이군. 포레스티에 군, 자네가 한번 훑어봐야겠지?"

"사장님, 그럴 필요 없습니다. 사실은 일을 가르치기 위해서 함께 썼으니까요. 아주 좋을 겁니다."

그때 중앙당 좌파의 대의원인 야위고 키 큰 신사에게서 카드를 받은 사장은 벌써 무관심하게 덧붙였다.

"그렇다면 잘됐네."

포레스티에는 승부가 시작되기 전에 그의 귀에 입을 가까이 대고 물었다.

"마랑보의 후임으로 뒤루아를 채용하시겠다고 말씀하셨는데 같은 조건으로 채용해도 좋습니까?"

"그래, 좋네."

신문기자는 왈테르 씨가 다시 승부를 시작하는 동안 친구의 팔을 잡고 밖으로 나왔다.

노르베르 드 바렌은 고개를 들지 않았다. 뒤루아는 보지도 못했고 본 기억도 없다는 듯한 태도였다. 그러나 자크 리발은 여차할 경우 힘이 될 수 있는 친구라는 것을 나타내려는 듯 힘주어 그의 손을 잡았다.

대기실을 지나올 때는 모두 일제히 그를 쳐다보았기 때문에 포레스티에는 기다리는 다른 사람들에게도 들릴 만큼 큰 목소리로 가장 젊은 여자에게 말했다.

"사장님께서 곧 만나 주실 겁니다. 지금은 예산위원회의 두 분과 회의 중이십니다."

그러고는 몹시 바쁜 듯한 태도로 급히 지나갔다. 마치 지금 당장 지극히 중대한 전보라도 치러 가는 사람 같았다.

편집실로 돌아오자 포레스티에는 곧 빌보케 공을 가지고 와서 다시 그것을 시작했다. 그리고 수를 센 값이라고 띄엄띄엄 뒤루아에게 말했다.

"자, 이것으로 정해졌네. 이제부터는 매일 3시에 이리로 오게. 그러면 그날이나 그날 밤, 아니면 다음 날 아침에 할 일들과 찾아갈 곳을 일러 줄 테니까. 하나…… 우선 경시청의 제1과장에게 소개장을 써 주겠네. 둘…… 그러면 그의 부하 직원 한 사람과 연결해 줄 테니 그 남자와 잘 협조해서 중요한 뉴스를 뭐든지 입수하도록 하게. 셋…… 경시청 관련 공보라든가 그에 준한 것들 말일세. 물론 자세한 것은 생포탱에게 묻게. 무엇이든 알고 있을 테니까. 넷…… 생포탱하고 오늘이나 내일 만날 걸세. 특히 자네가 만나러 갈 사람들에게서 말할 내용이나 속마음을 교묘하게 끌어내는 요령을 익혀야 하네. 다섯…… 그리고 문이 닫혔더라도 상관하지 말고 어디를 통해서라도 들어가는 요령도 말일세. 여섯…… 그 대신 급료가 매달 200프랑씩이고 취재해 온 가십거리는 한 줄에 2수씩일세. 일곱…… 그 밖에 여러 가지 문제에 대해서 의뢰받은 기사도 역시 한 줄에 2수씩 받을 것이네. 여덟……"

그런 다음 그는 오로지 놀이에 열중해서 천천히 셈을 계속했다. 아홉, 열, 열하나, 열둘, 열셋. 그는 열세 번째에서 실패했다. 그가 소리를 질렀다.

"제기랄, 열셋이란 놈! 늘 이놈이 실수를 하게 만든단 말이야. 나는 틀림없이 13일에 죽을 거야."

일을 끝낸 편집자 한 사람도 벽장에서 빌보케 공을 꺼냈다. 그는 서른다섯 살은 족히 되어 보이는데도 마치 어린아이처럼 키가 작은 남자였다. 그러자 다른 기자들이 네댓 명 들어와서 저마다 자기 빌보케 공을 가지러 갔다. 마침내 여섯 사람이 한 패가 되어 제각기 벽에 등을 기대고 한 줄로 늘어서서 나무 종류에 따라서 빨강, 노랑, 검정 공들을 똑같이 규칙적인 동작으로 공중에 던지기 시작했다. 그것으로 자연히 경쟁이 되었으므로 그때까지 일을 하던 두 편집자도 일어나서 솜씨를 다투었다.

포레스티에가 11점 앞섰다. 그러자 앳돼 보이는 남자가 급사를 불러서 맥주 아홉 잔을 시켰다. 그리고 마실 것이 올 때까지 다시 빌보케를 하는 것이었다.

뒤루아는 새로운 동료들과 함께 맥주를 한 잔 마신 다음 친구에게 물었다.

"내가 할 일 없나?"

"오늘은 별로 부탁할 것이 없네. 가고 싶으면 가도 좋네."

"그런데 우리…… 우리 기사는 내일 아침 신문에 실리는 건가?"

"그래, 그렇지만 걱정할 것 없네. 내가 교정을 볼 테니까. 내일 기사를 이어서 써 가지고 오늘처럼 3시에 여기로 오게."

뒤루아는 이름도 알지 못하는 사람들과 악수를 나누고 즐거운 마음과 솟구치는 용기로 기쁨에 넘쳐 깨끗한 계단을 내려갔다.

4장

　조르주 뒤루아는 좀처럼 잠을 이루지 못했다. 자신의 글이 인쇄되어 나오는 것을 보고 싶어서 마음이 들떴다. 날이 밝자마자 일어나서 신문 배달원이 매장에서 매장으로 뛰어다니기 훨씬 전부터 거리를 서성거렸다.

　그리고 《라비 프랑세즈》가 자신이 사는 구역보다 먼저 오는 생라자르 정거장으로 가 보았다. 그러나 아직 너무 이른 시간이었다. 그는 다시 거리를 방황했다.

　이윽고 신문 판매원이 가게 유리문을 열었고, 이어서 한 남자가 커다란 접은 신문 뭉치를 머리에 이고 왔다. 그는 달려갔다. 그러나 배달된 것은 《르피가로》, 《르질 블라스》, 《르골루아》, 《레벤망》을 비롯한 조간 두서너 개였고 《라비 프랑세즈》는 없었다.

　그는 갑자기 걱정이 되었다.

　「아프리카 수렵병의 회상」은 내일로 연기된 것일까, 아니면 마지막에 가서 왈테르 영감의 마음에 안 든 것일까?

매장으로 되돌아와 보니 어느 틈에 가져다 놓았는지 《라비 프랑세즈》를 팔고 있었다. 그는 급히 뛰어 들어가서 3수를 던지고 신문을 펴서 1면의 표제를 훑어보았다. 나와 있지 않았다. 가슴이 두근거렸다.

신문을 들춰 보았다. 그리고 무슨 난 끝에 "조르주 뒤루아"라고 큰 글씨로 인쇄된 것을 보고 흥분하여 가슴이 심하게 두근거렸다.

"나왔구나! 잘됐다!"

그는 모자를 비스듬히 쓰고 신문을 손에 든 채 정신없이 걷기 시작했다. 누구라도 지나가는 사람을 붙들고 "이 신문을 사십시오! 이 신문을! 내 기사가 실려 있소!"라고 말하고 싶었다. 큰길에서 석간신문을 파는 판매원이 곧잘 하듯이 《라비 프랑세즈》를 읽으십시오. 조르주 뒤루아 씨의 「아프리카 수렵병의 회상」이 실려 있습니다."라고 고함치고 싶었다. 그러자 갑자기 카페나 어디 눈에 띄기 쉬운 혼잡한 장소에서 그 기사를 읽어 보고 싶어졌다. 그래서 이른 아침인데도 손님이 꽉 들어찬 가게를 찾았다. 그러기 위해서는 오래 걸어야만 했다. 마침내 벌써 대여섯 명이 들어찬 술집 같은 곳에 자리를 잡았다. 그리고 '압생트 한 잔.'이라고 말해야 할 것을 시간도 개의치 않고 "럼 한 잔."이라고 주문을 했다. 그런 다음 "급사, 《라비 프랑세즈》를 갖다 주게."라고 외쳤다.

하얀 앞치마를 두른 남자가 뛰어와서 말했다.

"대단히 죄송합니다만 저희들은 《르라펠》과 《르시에클》, 《라랑테른》, 《르프티 파리지엥》밖에 보지 않습니다."

뒤루아는 화가 나서 참을 수 없다는 듯한 어조로 힘주어 말했다.

"할 수 없군. 그럼 사다 주게."

급사가 달려 나가서 신문을 사 가지고 왔다. 뒤루아는 자신의 기사를 읽기 시작했다. 그는 주위 사람들의 주의를 끌어 무슨 기사가 나왔는지 알게 하기 위해 몇 번씩이나 되풀이하여 "좋아, 읽을 만해!"라고 큰 소리로 말했다. 그리고 나올 때에는 일부러 신문을 탁자 위에 놓고 나왔다. 가게 주인이 그것을 보고 그를 불렀다.

"여보세요, 여보세요, 신문을 잊으셨습니다."

"놓고 가겠소. 다 읽었으니까. 게다가 오늘은 참 재미있는 기사가 나와서 말이오."

그는 그 재미있는 기사가 무엇인지 지적하지는 않았지만, 나가면서 옆사람이 그가 남겨 둔 탁자 위의 신문을 집어 드는 것을 보았다.

그는 밖으로 나오자 이제부터 뭘 할지 생각했다. 우선 철도 사무소에 가서 월급을 받고 사표를 내야겠다고 마음먹었다. 과장과 동료들이 어떤 표정을 지을지 생각하자 보기도 전에 유쾌해서 몸이 으쓱할 정도였다. 특히 과장이란 자가 놀라는 모습을 생각하니 더욱 즐거웠다.

회계과는 10시나 되어야 문을 열기 때문에 그는 9시 30분 전에 도착하지 않도록 천천히 걸었다.

그의 사무실은 음산하고 휑하니 넓은 방이어서 겨울에는 거의 하루 종일 가스등을 켜 놓아야만 했다. 사무실은 좁다란 가운데뜰을 향해서 다른 여러 사무소와 마주 보고 있었다. 그곳에는 사무원 여덟 명과 그 밖에 칸막이 한편 구석에 계장이 있었다.

뒤루아는 우선 118프랑 25상팀의 월급을 받으러 갔다. 월급은 노란 봉투에 넣어져 회계원의 서랍 속에 들어 있었다. 그는 오랫동안 지낸 그 넓은 사무실로 의기양양하게 들어갔다.

그가 들어가자마자 계장인 포텔 씨가 고함을 질렀다.

"이봐, 자네 뒤루아 군, 과장이 벌써 몇 번이나 불렀어. 의사 진단서도 없이 이틀이나 계속 병가를 내선 안 돼."

뒤루아는 효과를 더욱 강조하기 위해 방 한복판에 버티고 서서 커다란 소리로 말했다.

"제기랄, 그런 건 아무래도 좋소! 젠장."

사무원들이 깜짝 놀라 웅성거렸다. 포텔 씨는 어이가 없는지 상자처럼 주위를 둘러친 칸막이 너머로 목을 내밀었다.

그는 류머티즘을 앓기 때문에 바람이 닿는 것을 피해 그곳에 틀어박혀 있었다. 그리고 부하직원들을 감시하기 위해 칸막이 종이에 구멍을 두 개 뚫어 놓았다.

파리가 날아다니는 소리가 들릴 정도로 방 안은 조용해졌다. 계장은 주저하면서 간신히 물었다.

"자네 뭐라고 했나?"

"그런 건 아무래도 좋다고 했소. 난 오늘 사표를 내러 왔단 말이오. 《라비 프랑세즈》에 편집 기자로 들어갔소. 월급 500프랑에 원고료도 나옵니다. 오늘 아침 신문에 벌써 기사가 실렸소."

그는 그러한 승리의 기쁨을 되도록 길게 끌려고 생각했지만, 한꺼번에 전부 쏟아 놓고 싶은 충동을 억제할 수 없었다.

어쨌든 효과는 100퍼센트였다. 누구 한 사람 꼼짝도 하지 않았다.

그때 뒤루아가 큰 소리로 말했다.

"먼저 페르튜이 씨를 만나고 나서 여러분하고 작별 인사를 하겠소."

그런 다음 그는 과장을 만나러 갔다. 과장은 그를 보자마자 소리를 질렀다.

"아 자넨가! 자넨 알 테지. 내가 게으름을 싫어한다는 것쯤은……."

그가 과장의 말을 막으며 말했다.

"뭐 그렇게 역정을 내실 필요 없습니다."

얼굴이 닭 볏처럼 새빨갛고 뚱뚱한 페르튜이 씨는 어이가 없는 듯 말문이 막혔다.

뒤루아가 말을 계속했다.

"전 이제 여기가 싫증 나서 오늘부터 신문사에 나가기로 했습니다. 게다가 아주 좋은 자리입니다. 그럼 안녕히 계십시오."

그는 그대로 나와 버렸다. 분풀이는 충분했다.

그는 조금 전에 이야기했던 대로 옛 동료들에게 악수를 하러 갔지만 제대로 입을 여는 사람이 없었다. 문이 열려 있어서 그와 과장 사이에 오간 말이 들렸기 때문에 미움을 살 것이 두려웠던 것이다.

월급을 호주머니에 넣고 거리로 나온 그는 그전부터 비교적 싸게 먹을 수 있는 방법을 알고 있는 어느 훌륭한 음식점에서 맛있는 점심을 마음껏 먹었다. 거기에서도 《라 비 프랑세즈》를 사서 식사한 탁자 위에 남겨 놓고 나왔다. 그는 여러 가게에 들러 자질구레한 물건들을 샀다. 그러나 그건 오직 자기 집으로 배달시키면서 조르주 뒤루아라는 이름을 대는 것이 목적이었다. 게다가 그는 《라비 프랑세즈》의 기자"를 일부러 덧붙였다.

그리고 주소를 가르쳐 준 다음 문지기에게 맡겨 두라는 다짐을 했다.

아직 시간이 충분했으므로 그는 통행인이 보는 앞에서 신속하게 명함을 박아 주는 석판 인쇄소에 들렀다. 그는 이름 밑에 새로운 신분을 박아 넣은 명함 백 장을 그 자리에서 찍도록 시켰다.

그런 다음에 그는 신문사로 갔다.

포레스티에는 부하 직원을 대하듯 거만하게 그를 맞았다.

"아, 왔군. 마침 잘됐네. 자네에게 부탁할 일이 잔뜩 있네. 십 분만 기다리게. 할 일을 먼저 해치울 테니까."

그리고 그는 쓰다 만 편지를 계속해서 쓰기 시작했다.

커다란 테이블 너머에서는 아주 작은 남자가 심한 근시안인지 종이에 코를 바짝 대고 뭔가를 쓰고 있었다. 낯이 창백하고 살이 쪄 뚱뚱했으며 개기름이 번지르르하고 벗은 머리는 하얗게 빛났다.

포레스티에가 그에게 물었다.

"여보게 생포탱, 자네 몇 시에 인터뷰하러 가는가?"

"4시."

"그럼 여기 뒤루아라는 새로 들어온 친구를 데리고 가게. 그리고 일의 요령을 가르쳐 주게."

"알겠네."

그런 다음 그는 친구 쪽을 향해 덧붙였다.

"알제리 속편을 가지고 왔나? 오늘 아침 1회분은 평이 아주 좋네."

뒤루아는 당황해서 중얼거렸다.

"아니…… 오후에 틈이 있을 거라고 생각했는데…… 일들이 좀 있어서 못 썼네."

상대가 언짢은 듯이 어깨를 추켜올렸다.

"좀 더 확실히 해야지. 어물거리다간 미래를 망쳐 버리네. 왈테르 사장이 자네 원고에 기대를 거네. 내일로 미뤘다고 말해 두겠네. 꾸물거리고도 돈을 받을 수 있다고 생각하면 오산일세."

그는 잠깐 입을 다물었다가 다시 말했다.

"기회는 왔을 때 잡아야 하는 법이지."

생포탱이 일어섰다.

"이제 됐네."

그러자 포레스티에는 의자에 몸을 벌렁 젖히고 앉아서 제법 의젓한 태도로 지시를 내렸다. 그리고 뒤루아를 돌아보며 말을 계속했다.

"사실은 이틀 전부터 중국 리텡파오 장군하고 인도 왕족 타포사히브 라마데라오 팔리가 파리에 와서 콩티낭탈 호텔과 브리스톨 호텔에 각각 머무네. 그 두 사람에게 가서 인터뷰 기사를 만들어 오는 걸세."

그러고는 생포탱을 향해서 말했다.

"아까 말한 요점을 잊지 않도록 하게. 특히 영국의 간교한 극동 정책과 식민 정책, 지배 방법에 대한 의견, 극동 문제에

대한 유럽, 특히 프랑스의 간섭에 관한 그들의 희망을 장군과
왕족에게 자세히 물어보고 오게."

그는 입을 다물었다가, 무대 위에서 대사를 외우듯이 덧붙
였다.

"독자에게 흥미진진한 기사가 될 걸세. 현재 여론을 들끓게
하는 문제에 관해서 중국과 인도의 의견을 동시에 들을 수 있
다는 건 말일세."

그는 뒤루아를 향해서 말을 더 보탰다.

"생포탱이 어떻게 하는지 잘 보게. 이 사람은 기막힌 취재
기자니까 말일세. 그리고 단 오 분 동안 무엇이든지 다 털어놓
게 만드는 요령을 잘 배우게."

그런 다음 그는 다시 의젓한 태도로 글을 쓰기 시작했다.
그 태도에는 옛 친구와의 사이에 거리를 두고, 새로운 부하로
서의 지위를 알게 하려는 의도가 확실히 엿보였다.

밖으로 나오자, 생포탱이 웃으면서 뒤루아에게 말했다.

"참으로 잘난 체하는데, 우리한테까지 저런 태도를 취하니
말이야. 정말 우리를 독자나 다른 무언가로 잘못 알고 있는 모
양이야."

그리고 큰길로 내려가자 취재 기자가 물었다.

"뭐 좀 마실까?"

"좋지, 몹시 더운데."

그들은 어느 카페에 들어가서 시원한 음료를 마셨다. 그러
자 생포탱이 지껄이기 시작했다. 신문사에 있는 사람들이며 신
문에 관한 것을 놀랄 만큼 자세하게 끝도 없이 털어놓았다.

"사장? 그는 정말 유대인이야. 보라고, 유대인이란 아무리 시

간이 지나도 변하지 않아. 대체 무슨 족속인지!"

그리고 이스라엘 자손 특유의 그 인색하기 이를 데 없는 여러 특징을 늘어놓았다. 10상팀일망정 내기를 아까워하고 하녀들처럼 물건 값을 깎고 염치도 체면도 모르는 흥정을 하는 등 마치 고리대금업자나 전당포 업자같이 비열하다고 했다. 그리고 이렇게 말했다.

"게다가 전혀 신앙이라는 것이 없고 태연히 남을 속일 수 있는 녀석이거든. 놈의 신문은 여당도, 가톨릭당도, 자유당도, 또는 공화당도 되는, 싸구려 물건을 파는 잡화상 같은 거지만, 요컨대 녀석이 하는 주식 투기나 잡화상처럼 벌려 놓은 기업의 버팀목으로 하기 위해 시작한 걸세. 그런 점에 있어서는 녀석은 만만치가 않아서 자본이 4수도 되지 않는 회사에서 몇백만을 벌어 낸다네."

그는 다정하게 뒤루아를 "자네"라고 부르면서 이야기를 이었다.

"정말 저 욕심쟁이 영감이 하는 짓에는 발자크도 두 손 바짝 들 걸세. 요전에도 나는 저 노르베르 늙은이하고 돈키호테인 리발과 함께 그 방에 있었다네. 그러자 거기에 지배인인 몽트롤랭이 찾아왔어. 파리에서 모르는 사람이 없는 저 유명한 모로코가죽 가방을 끼고 말일세. 왈테르가 '뭐 변한 거라도 있나?' 하면서 얼굴을 들고 묻더군. 그러자 몽트롤랭이 아무런 생각 없이 '지물상에 빚진 1만 6000프랑을 지불했습니다.'라고 대답했지. 그러자 사장은 펄쩍 뛰었네. 모두 깜짝 놀랄 정도였어. '뭐라고?' '프리바 씨에게 돈을 지불했습니다.' '자네 미쳤군!' '왜 그러십니까?' '왜라니? 어째서라니? 어째서라고?' 녀석,

안경을 벗어서 닦더군. 그리고 빙그레 웃는 거야. 남을 골릴 때나 심한 말을 할 때면 언제나 살찐 뺨을 일그러뜨리고 야릇하게 웃는다네. 그리고 비웃는 것처럼, 더욱 확신에 찬 어조로 이러더란 말일세. '왜라니? 4000~5000프랑은 깎을 수 있었으니까 말일세.' 그러자 몽트롤랭이 깜짝 놀라 대답하더군. '그렇지만 청구서는 규정대로였고 제가 검사를 하고 사장님의 결재도 받은 건데요……' 그러자 사장은 정색을 하면서 이러더란 말일세. '자네만큼 순진한 사람도 없군. 부채를 깎으려면 잔뜩 빚을 쌓아 올리는 수밖엔 없는 걸세.'"

생포탱은 모든 것을 다 안다는 얼굴로 고개를 끄덕였다.

"어때? 발자크 뺨치지 않겠어? 녀석은 말이야."

뒤루아는 발자크는 읽지 않았지만 자신 있게 대답했다.

"정말 그렇군."

그런 다음 취재 기자는 왈테르 부인을 몹시 얼빠진 여자라고 말하고 노르베르 드 바렌은 실패한 늙은이이며 리발은 페르바크*의 재현이라고 헐뜯었다. 그런 뒤에 포레스티에에 관한 이야기가 나왔다.

"녀석은 처복이 있어. 그저 그뿐이야."

"그 부인은 대체 어떤 여잔가?"

생포탱은 기쁜 듯이 손을 비볐다.

"아 참! 세상일 다 겪은 막돼먹은 여자지. 늙은 난봉꾼 보드렉 백작의 정부인데 그 늙은이가 지참금까지 붙여서 결혼시켰다네……."

---

* 당시 유명했던 기자 레옹 뒤슈맹을 암시하는 가상의 인물.

뒤루아는 그 말을 듣자 갑자기 으스스해지고 신경이 바짝 오그라지는 것처럼 느껴져서 그 잔소리꾼한테 욕을 해 주고 때려 주고 싶은 충동을 느꼈다. 그러나 단지 그의 말만 가로막고 이렇게 물을 따름이었다.

"생포탱이 자네 진짜 이름인가?"

상대는 선뜻 대답했다.

"아닐세. 나는 토마라고 하는데 신문사에서 생포탱이라는 별명을 붙여 준 걸세."

뒤루아는 계산을 치르고 말했다.

"늦은 것 같군. 명사를 두 분 방문해야 한다면."

생포탱이 웃었다.

"아직 순진한 모양이군, 자네. 그래 자넨 내가 저 중국인이나 인도인에게 영국에 대한 감상을 물으러 갈 거라고 생각하나?《라비 프랑세즈》의 독자를 위해서 어떤 것을 생각하는지 마치 그들이 나보다도 더 잘 아는 것 같군그래? 이래 봬도 나는 저런 중국인이나 페르시아인이나 인도인이나 칠레인이나 일본인이나, 그 밖의 사람들과 이미 오백 번 이상이나 인터뷰를 했네. 내가 보기에 그들의 대답은 모두 비슷비슷해. 그러니까 최근에 만난 사람의 기사를 그냥 옮겨 놓으면 되는 걸세. 그저 바꿀 것은 그들의 얼굴 생김새와 이름, 칭호와 연령, 수행원뿐이네. 이것만은 적당히 할 수가 없는 거지.《르피가로》나《르골루아》한테 단단히 얻어맞을 테니까. 그렇지만 그런 것은 브리스톨이나 콩티낭탈 호텔의 급사들에게 물으면 단 오 분만으로도 알 수 있는 걸세. 담배라도 피우면서 거기까지 걸어가세. 합계 100수의 교통비를 청구할 수 있네. 자네 이것이 경험자의 방식이라는 걸세."

"그런 식으로 해도 좋다면 취재 기자란 꽤 얻는 게 있겠군?"

신문기자는 내막이 있다는 듯이 대답했다.

"그렇지. 하지만 단신에는 못 당해. 광고에서 슬그머니 뜯어낼 수 있으니까."

그들은 일어나서 마들렌 성당 쪽으로 난 큰길을 걸어갔다.

"그런데 여보게, 볼일이 있으면 돌아가도 좋네."

뒤루아는 악수를 나누고 헤어졌다.

그는 그날 밤으로 쓰지 않으면 안 될 기사가 마음에 걸려서 곧 그것을 궁리하기 시작했다. 그래서 걸으면서 여러 가지 사상과 고안, 판단이나 삽화를 머릿속으로 종합하면서 샹젤리제까지 올라갔다. 파리는 이렇게 무더운 날엔 텅 비게 마련이어서 산책하는 사람의 모습도 그다지 눈에 띄지 않았다.

그는 에투알 광장의 개선문 가까이에 있는 술집에서 저녁 식사를 하고 외곽의 큰길을 천천히 걸어서 집으로 돌아왔다. 그리고 일을 하기 위해 책상 앞에 앉았다.

그러나 희고 커다란 종이를 눈앞에 놓자마자 머릿속에 쌓아 두었던 재료는 뇌수가 송두리째 증발해 버리듯 당장에 날아가 버렸다. 추억의 단편들을 붙들어서 얽어매려고 애를 썼지만 붙잡는 족족 사라져 버리거나 뒤죽박죽으로 몰려들어서 어떻게 표현하고 재미있게 엮어야 좋을지 몰랐고, 또 어디서부터 시작해야 할지 알 수가 없었다.

한 시간쯤 노력을 거듭하고 두서없는 첫머리 문구로 다섯 페이지가량 썼다가는 찢어 버리고 나서 그는 혼잣말로 중얼거렸다.

"나는 아직 이 일에 익숙하지 못한 거야. 한 번 더 지도를 받고 와야겠군."

그렇게 생각하니 전날 포레스티에 부인과 함께 일을 했던 아침이 생각나서 그 친절하고 다정하며 감미로운 대화를 바라는 마음이 그의 정감을 부채질했다. 그러자 다시 일을 시작하여 단숨에 해치우는 것이 오히려 아까운 것 같아서 그는 일찍 잠자리에 들었다.

이튿날 아침, 그는 설레는 마음으로 방문의 기쁨을 미리 맛보면서 여느 때보다 조금 늦게 일어났다.

친구네 집 초인종을 눌렀을 때는 10시였다.

하인은 이렇게 대답했다.

"주인어른께선 지금 일을 하시는 중입니다."

뒤루아는 남편이 집에 있으리라고는 생각지도 않았지만 그래도 마음을 단단히 먹고 말했다.

"그럼 주인어른께 급한 볼일이 있어서 왔다고 전해 주시오."

오 분가량 기다린 뒤, 형용할 수 없이 즐거운 아침을 보냈던 그 서재로 안내되었다.

전에 그가 앉았던 자리에 포레스티에가 앉아서 실내복을 입고 슬리퍼를 신고 영국식 조그마한 차양 없는 모자를 쓰고는 무언가 쓰고 있었다. 아내는 전과 같은 실내복을 입고 벽난로에 팔꿈치를 짚고 담배를 입에 물고는 문장을 불러 주고 있었다.

뒤루아는 입구에 서서 중얼거렸다.

"이거 미안한데, 방해가 되지 않겠나?"

그러자 친구는 화가 치미는 듯한 얼굴을 돌리고 언짢은 목소리로 중얼거렸다.

"무슨 일인가 또. 빨리 하게, 바쁘니까."

뒤루아는 예상이 어긋나서 더듬거리며 말했다.

"아니, 아무것도 아닐세. 미안하군."

그러나 포레스티에는 화를 내며 말했다.

"뭔가? 꾸물거리지 말게나. 설마 그저 아침 인사를 하려고 찾아온 건 아닐 테지?"

뒤루아는 당황해서 마음을 가다듬고 말했다.

"아니…… 실은…… 저어…… 또 기사가 써지지 않아서…… 지난번에 자네 부인께서 무척 친절하게 해 주셨기 때문에…… 염치없이 또 왔네……."

포레스티에가 그의 말을 가로막았다.

"농담도 적당히 하게나. 그럼 자네는 나한테 일을 시키고 월말이 돼 월급을 타러 갈 때는 자네가 가면 된다고 생각하나? 그건 너무하지 않은가, 자네."

그의 아내는 여전히 희미한 미소만 지으면서 아무 말도 하지 않고 담배를 피웠다. 그 미소는 마음속 야유를 감추는 상냥한 가면 같아 보였다.

그래서 뒤루아는 낯을 붉히며 중얼거렸다.

"정말 미안하네……. 그만 그…… 믿고서……."

그러고 나서 갑자기 분명한 목소리로 말했다.

"거듭 사과드립니다, 부인. 그리고 그제 참으로 훌륭한 기사를 써 주셔서 진심으로 감사드립니다."

그리고 머리를 숙이고 샤를에게 "3시에 신문사에 들르겠네." 하고 나와 버렸다.

그는 성큼성큼 집으로 돌아가면서 불쾌하게 중얼거렸다.

"좋아, 그런 것쯤 나 혼자서 훌륭하게 써 보일 테니까. 두고 보라지⋯⋯."

그는 집으로 돌아오자 곧 분노에 북받쳐서 글을 쓰기 시작했다.

그리고 포레스티에 부인의 손으로 쓰기 시작한 사랑 이야기의 다음을 이어서 신문 소설에서 읽은 상세한 줄거리와 터무니없는 사건과 과장된 경치 묘사 등을 중심으로 중학생 같은 서투른 문장과 하사관의 용어를 더덕더덕 얽어 놓았다. 이렇게 해서 한 시간 만에 혼란스럽고 마치 미친 사람 짓 같은 기사를 써서 자신만만하게 《라비 프랑세즈》로 가지고 갔다.

거기에서 제일 먼저 만난 사람은 생포탱이었다. 그는 공범자나 된 듯 뒤루아와 힘 있게 악수를 하고 물었다.

"내가 쓴 중국인과 인도인의 인터뷰 기사 읽었나? 꽤 재미있지. 파리 사람들 모두 배를 움켜쥐고 웃게 했어. 그런데 나는 그들의 코끝도 보지 않았거든."

뒤루아는 아직 읽어 보지 않았기 때문에 곧 신문을 가져다가 「인도와 중국」이라는 표제의 긴 기사를 읽었다.

취재 기자가 옆에서 가장 재미있는 곳을 지적해서 해설했다.

그때 포레스티에가 숨을 헐떡이며 당황해서 급히 들어왔다.

"아! 마침 잘됐군. 자네들에게 부탁하고 싶은 게 있어."

그리고 그날 밤 안으로 취재해야 할 정치 분야 소식을 몇 가지 알려줬다.

뒤루아는 그에게 기사를 내밀었다.

"알제리의 계속일세."

"좋아, 이리 주게. 사장에게 전하지."

그뿐이었다. 생포탱은 새로운 동료를 끌고 복도로 나가서 물었다.

"회계과에 갔나?"

"아니, 왜?"

"왜라니, 돈을 받아야지. 여보게, 언제나 한 달치는 미리 타두는 걸세. 앞으로 어떻게 될지 모르니까 말일세."

"아……. 더 이상 바랄 수 없을 정도로 다행이군."

"그럼 회계과에 소개하지. 어렵다는 말은 하지 않을 거야. 여기는 지불이 잘 되니까."

그리하여 뒤루아는 200프랑과 어제 기사의 고료 28프랑을 받았다. 거기에 남은 철도 사무소 월급을 합하니까 호주머니의 돈은 모두 340프랑이었다.

그는 여태까지 그렇게 많은 돈을 가져 본 적이 없었기 때문에 앞으로 영원히 부자가 될 것 같은 기분이었다.

그런 다음 생포탱은 그를 데리고 서너 군데 경쟁 신문사에 잡담을 하러 갔다. 만약 자신이 취재할 뉴스를 다른 신문사에서 취재했다면, 지껄이는 동안에 교묘히 유도해서 실토하게 만들려는 속셈이었다.

저녁때가 되자 뒤루아는 아무 할 일도 없어 폴리베르제르에 가 보려고 생각했다. 그는 매표구에 가서 배짱 있게 큰 소리로 말했다.

"난 《라비 프랑세즈》 기자 조르주 뒤루아라고 하오. 전에 포레스티에 군과 함께 왔는데 그때 나도 무료로 들어가게 해 주겠다고 했지. 이쪽에 이야기가 되었는지 모르겠소."

매표구 사나이가 명단을 살폈지만 그의 이름은 없었다. 그러나 그는 대단히 친절하게 뒤루아에게 이렇게 말했다.

"아무튼 들어오십시오. 그리고 지배인에게 직접 말씀해 주십시오. 틀림없이 잘될 겁니다."

그가 들어가는 것과 거의 동시에 첫날 밤에 함께 갔던 여자인 라셸을 만났다.

그녀는 곁으로 다가와서 말을 걸었다.

"어머, 어서 오세요, 고양이. 여전하세요?"

"응, 당신은?"

"저도 나쁘진 않아요. 그 후로 난 두 번이나 당신 꿈을 꿨어요."

뒤루아는 좋아서 싱긋 웃었다.

"아! 그 말은?"

"당신에게 반했다는 거죠. 아주 쑥맥이군요. 그러니까 생각나시면 또 오시라는 거예요."

"괜찮다면 오늘 가지."

"그래요, 좋아요."

"좋아. 그런데 말이야⋯⋯."

그는 자신이 하려는 말에 약간 머쓱해져서 말했다.

"오늘 밤엔 빈털터리야. 지금 클럽에 들렀다 오는 길인데 다 털려 버렸거든."

그녀는 남자들의 교활한 흥정에 익숙한 거리 여인다운 본능과 경험으로 그의 말에 거짓이 있는 것을 알아내고 상대의 눈을 가만히 들여다보았다. 그리고 말했다.

"어머 싫어! 나한테 그런 말을 하다니 너무하시는군요."

그는 어색한 미소를 지었다.

"10프랑도 괜찮다면. 그게 내게 남은 전부야."

그녀는 변덕을 즐기는 매춘부의 무관심한 어조로 중얼거렸다.

"당신이 하고 싶은 대로 하세요. 난 당신만 원하니까."

그리고 청년의 콧수염에 반한 듯한 눈을 들고 그의 팔을 잡으며 사랑스럽게 달라붙었다.

"우선 석류 시럽을 한 잔 마시고 그다음 한 바퀴 돌기로 해요. 난 이렇게 당신하고 오페라를 보러 가고 싶어요. 모든 사람들에게 당신을 자랑하고 싶어요. 그리고 집으로 일찍 돌아가요."

그는 여자의 집에서 늦게까지 잤다. 밖으로 나왔을 때는 대낮이었다. 곧 《라비 프랑세즈》를 사야겠다고 생각했다. 그리고 초조한 손길로 신문을 폈다. 그러나 그의 글은 실리지 않았다. 그는 보도에 버티고 서서 어딘가에 찾는 것이 발견되지 않을까 하고 불안하게 신문을 샅샅이 훑어보았다.

뭔가 답답한 것이 갑자기 그의 심장을 찍어 눌렀다. 사랑의 하룻밤이 지난 뒤 지친 몸에 급작스레 떨어진 이 타격은 엄청난 재난과도 같은 무게를 지니고 있었다.

그는 자기 방으로 올라가서 옷도 벗지 않고 잠자리에 굴러 들어갔다.

네댓 시간 뒤 편집실로 들어가자 그는 곧 왈테르 씨에게 면회를 청했다.

"사장님, 오늘 아침에는 알제리에 관한 제 기사가 나오지 않아서 매우 놀랐습니다."

사장은 고개를 들고 무뚝뚝한 목소리로 말했다.

"그걸 자네 친구 포레스티에에게 줘서 읽어 보라고 했더니 그다지 좋지 않다고 하더군. 다시 써 주게나."

뒤루아는 화가 잔뜩 나서 대답도 하지 않고 나와서 거칠게 친구의 방으로 들어가서 따지듯이 물었다.

"내가 쓴 기사를 왜 내지 않았나?"

신문기자는 안락의자에 등을 기대고 발을 책상 위에 올려 놓고, 쓰다 만 기사에 구두 뒤꿈치를 비벼 대면서 담배를 피우고 있었다. 그는 굴속에서 말하는 듯 축 늘어진 아득한 목소리로 조용하게 대답했다.

"사장께 보였더니 그다지 신통치 않다면서 자네한테 돌려보내라고 하더군. 다시 써 달라는 거야. 보게, 거기 있어."

그렇게 말하고 서진 밑에 접어 놓은 종이를 손가락으로 가리켰다.

뒤루아가 어리둥절해서 아무 말도 못 하고 호주머니에 원고를 구겨 넣을 때 포레스티에가 다시 말을 이었다.

"오늘은 먼저 경시청에 가 주게."

그리고 해야 할 일과 취재해 와야 할 뉴스를 자세하게 지시했다. 뒤루아는 뭔가 가시 돋친 말을 내던지려고 했으나 이렇다 할 말이 생각나지 않아 그대로 밖으로 나왔다.

그는 다음 날도 기사를 갖고 갔으나 또다시 되돌아왔다.

그것을 다시 손보아서 보냈지만 그것도 거절당했다. 그때 그는 자신이 너무 공을 세우기를 서두른다는 것과, 포레스티에의 도움을 빌리지 않고서는 어떻게도 할 수 없음을 깨달았다.

그래서 다시는 「아프리카 수렵병의 회상」에 대해서는 말을 꺼내지 않기로 하고, 아무래도 필요하다면, 한결같고 빈틈없이 요령껏 처세하리라, 그리고 상황이 좋아질 때까지 열심히 취재 기자 일을 하리라고 결심했다.

이렇게 해서 그는 차츰 연극이나 정치의 내막을 알고, 정치가의 대기실이나 의원 회관 복도를 알고, 관저에 딸린 관리들의 잘난 체하는 낯짝과 졸고 있는 수위들의 찡그린 얼굴과도 낯이 익어 갔다.

그는 장관의 문지기와 장군, 경관, 공작과 매음굴 뚜쟁이와 거리 여자와 대사와 사교와 접대부와 사기꾼, 그리고 사교계 신사와 그리스인과 역마차 마부와 카페 급사와 그 밖의 온갖 사람들과 끊임없이 친분을 맺었다. 그리고 그러한 사람들과 기분 내키는 대로 냉담한 친구도 되고, 존경을 하는 데도 차별을 두지 않고, 누구나 다 같은 척도로 재고, 똑같은 눈으로 평가했다. 그렇게 된 것도 매일 밤낮으로 기분 전환할 틈도 없이 그들을 만나고 그들 전부와 직업상 일 년 내내 같은 사건을 이야기하지 않으면 안 되었기 때문이다. 그는 자기 자신을, 시음용 술을 한 잔씩 차례대로 마시다가 끝내는 샤토마르고와 아르장퇴유를 구별할 수 없게 된 사나이에 비유했다.

그리하여 그는 얼마 안 가서 우수한 취재 기자가 되었다. 그는 자기 정보에 확신을 갖고, 교활하고 민첩하고 요령 좋은, 편집에 정통한 왈테르 영감의 말을 빌린다면 신문의 진정한 보배였다.

그러나 200프랑의 고정 급료에 한 줄에 10상팀밖에 받지 않는 보수로, 번화가 카페와 레스토랑에 끊임없이 출입하는 돈이 많이 드는 생활을 하느라 언제나 무일푼이었고 몹시 가난에 쪼들렸다.

그는 몇몇 동료가 호주머니에 금화를 넣는 것을 보고 저기에는 무언가 연구해야 할 요령이 있을 거라고 생각했다. 그러나 그렇게 유복하게 되기 위해 어떤 수단을 쓰는지는 짐작이 가지 않았다. 반드시 남이 알지 못하는 부정한 방법이나 신문을 미끼로 한 수수료나 서로 뜻이 통한 비밀 거래를 하는 것이 틀림없다고 부러운 심정으로 상상했다. 그러나 그렇게 하자면 비밀을 캐내고 암묵적으로 맺어진 동료들과 함께 어울리고, 자기를 제쳐 놓고 서로 이익을 나누는 동료들 사이에 파고들지 않으면 안 되었다.

그래서 그는 창문으로 기차가 지나가는 것을 바라보면서 어떤 방법을 취해야 할까 하고 곧잘 생각에 잠기는 것이었다.

5장

그로부터 두 달이 지나 9월이 되었다. 그러나 행운은 뒤루아가 바라듯이 달리는 말과 같은 기세로 닥쳐오지 않고 매우 느릿느릿한 것만 같았다. 특히 그가 마음을 졸인 것은 자신의 지위에 대한 자괴감이었다. 어떤 길을 택하면 존경이나 돈이 모이는 저 높은 곳에 올라갈 수 있는지 짐작이 가지 않았다. 자신은 취재 기자라는 보잘것없는 일에 갇혀서 사방을 단단히 둘러싼 벽으로부터 도저히 빠져나갈 수 없을 것이라고 생각했다. 사람들은 그를 존경했지만 그것도 신분에 맞는 존경에 지나지 않았다. 포레스티에까지도 여러 가지 힘을 써 주었는데도 이제 와서는 만찬에도 초대하지 않았고, 친구로서 허물없이 말을 주고받으면서도 무슨 일에든 부하 직원 취급을 했다.

물론 뒤루아는 기회를 잡아서 짤막한 문장을 실었다. 단신을 직접 다룬 덕택으로, 두 번째 알제리 기사를 썼을 때에는 알지 못했던, 부드러운 필치로 쓰는 요령을 터득했기 때문에, 써 낸 시평을 퇴짜 맞는 그런 괴로운 경우는 당하지 않았다. 그러나 그것과 자기 아이디어가 떠오르는 대로 기사를 쓰고 심판자로서 정치 문제를 논하는 것 사이에는, 마부로서 불로뉴 숲으로 마차를 모는 것과 그 마차의 주인으로서 마차 안에 앉아 가는 것과 같은 차이가 있었다. 특히 화가 나서 견딜 수 없는 것은 사교계의 문이 닫혀 동등하게 대해 주는 교제가 없고, 귀부인들과 친밀해질 기회도 없다는 것이었다. 다만 이름 있는 여배우 두서너 명이 타산적인 우정에서 이따금 불러 주는 데 지나지 않았다.

그는 귀부인이나 시시한 말단 여배우를 막론하고 모두가 첫눈에 자신에게 호의와 묘한 관심을 보이는 것을 알고 있었으므로, 장래에 출세의 실마리가 될 만한 여자와 안면을 트지 못하는 것이 마치 말뚝에 매인 말처럼 초조하게 느껴졌다.

포레스티에 부인을 방문해 볼까 하고 생각한 일도 몇 번 있었지만 전에 방문했을 때의 일을 생각하면 화가 치밀어서 발길이 떨어지지 않았다. 게다가 남편이 초대하기를 기다리자는 마음도 있었다. 그때 드 마렐 부인이 한번 찾아오라던 것을 언뜻 상기하고, 어느 날 오후 아무것도 할 일이 없었으므로 그녀를 찾아갔다. "3시까지는 언제나 집에 있어요." 하고 그녀는 말했던 것이다.

그는 2시 30분에 초인종을 눌렀다.

그녀는 베르뇌유 거리의 5층 건물에 살고 있었다.

초인종 소리를 듣고 하녀가 문을 열었다. 머리도 제대로 빗지 않은 몸집이 작은 여자였다. 그녀가 모자 끈을 매면서 대답했다.

"네, 부인께선 계십니다만 아직 주무시는지도 모르겠어요."

그러면서 조금 열려 있는 객실의 문을 밀었다.

들어서서 보니 그 방은 제법 넓었으나, 별로 가구도 없고 오랫동안 버려진 느낌이었다. 빛이 바랜 낡은 안락의자들이 하녀가 생각해 낸 순서대로 벽을 따라 늘어서 있었다. 자기 집을 사랑하는 여자의 우아한 정성은 전혀 찾아볼 수가 없었다. 강 위의 보트와 바다 위를 달리는 배와, 들 가운데의 풍차와, 숲에서 나무를 베는 나무꾼을 그린 빈약한 액자 네 개가 사방의 판자벽 한복판에 길고 짧은 갖가지 끈으로 매달려 있었는데 액자들이 모두 옆으로 비스듬히 기울어 있었다. 무관심한 여자의 소홀한 눈길 아래 벌써 오랫동안 이렇게 비뚤어진 채 걸려 있다는 것을 대번에 알 수 있었다.

뒤루아는 앉아서 기다렸다. 오랫동안 기다렸다. 이윽고 문이 열리고 드 마렐 부인이 종종걸음으로 뛰어 들어왔다. 장밋빛 비단 바탕에 금실로 풍경과 파란 꽃과 흰 새를 수놓은 일본식 실내복을 입고 있었다.

"어머나! 여태 자고 있었어요. 정말 잘 와 주셨어요! 벌써 까맣게 잊어버리신 줄로만 알았어요."

그녀는 이렇게 외치면서 매우 기쁜 듯이 두 손을 내밀었다. 뒤루아는 방 안의 너절한 모양에 마음이 홀가분해진 상태로 그 손을 잡고, 전에 본 노르베르 드 바렌이 하던 것을 흉내 내어 한쪽 손에 키스했다.

부인은 그를 앉게 하고 머리끝에서 발끝까지 유심히 바라보았다.

"정말 많이 변하셨군요. 몰라보게 훌륭해지셨어요. 파리가 몸에 맞으시는가 보군요. 자, 그 뒤의 일을 말씀해 주세요."

그녀는 마치 십 년이나 사귄 친구인 양 지껄이기 시작했다.

두 사람 사이에는 대번에 다정한 마음이 솟았고, 그들은 같은 성격, 같은 종류의 인간을 오 분 동안에 친구로 만드는 그런 신뢰와 친애와 애정의 흐름이 자신들 사이를 흐르는 것처럼 느꼈다.

젊은 여자는 돌연 이야기를 중단하고 매우 놀란 듯 말했다.

"정말 이상하군요. 당신과 이야기하고 있으니까 마치 십 년 전부터 알던 분 같아요. 우린 틀림없이 좋은 친구가 될 거예요, 그렇죠?"

그는 깊은 의미를 담고 미소를 지으며 대답했다.

"고맙군요."

그는 부인이 몹시 매혹적이라 생각했다. 화려하고 부드러운 실내복을 입은 부인은 하얀 실내복을 입은 포레스티에 부인에 비해 고상하고 사랑스럽고 화사한 느낌이 적었지만, 그 대신 훨씬 자극적이고 아름다웠다.

포레스티에 부인 옆에 있으면, 움직임 없는 상냥한 미소가 동시에 그를 잡아당기기도 하고 밀어내기도 해서 "당신이 좋아요."라고도, "점잖게 구세요."라고도 하는 것 같아서 속마음을 알 수가 없었다. 그래서 그는 발밑에 꿇어 엎드리고 싶기도 했고, 또 동시에 웃옷의 얇은 레이스에 키스하고 유방 사이로 흘러나올 따뜻하고 향긋한 체취를 천천히 마시고 싶은 욕망을 느끼기도 했다. 얇은 비단을 들춰 올린 몸의 윤곽 앞에서 저절로 두 손이 떨리는 그런 욕정이었다.

그녀는 이야기를 계속했다. 말끝마다 언제나 하는 버릇대로 경쾌한 재치를 뿌렸다. 마치 솜씨 좋은 직공이 어렵다는 평판이 난 일을 쉽게 해치워서 사람들을 놀라게 하는 요령을 알고 있는 것과도 같았다. 그는 이야기를 들으면서 이렇게 생각했다.

'이건 알아 둬도 손해가 아니겠는걸. 이 여자에게 시사 문제를 지껄이게 하면 파리의 사회기사를 멋지게 쓸 수 있겠어.'

아까 그녀가 들어온 문을 조용히, 아주 조용히 두드리는 소리가 났다. 그녀는 대답했다.

"들어와도 좋아, 애야."

소녀가 나타나 곧바로 뒤루아에게로 와서 손을 내밀었다.

어머니는 놀라서 중얼거렸다.

"어머, 아주 낯이 익어 버렸구나. 전 같지 않은데요."

젊은이는 소녀에게 키스하고 옆에 앉히고는 전에 만난 이후 어떻게 지냈느냐고 진지한 얼굴로 다정스럽게 물었다. 그녀는 피리 소리 같은 가냘픈 소리로 어른처럼 정색을 하고 대답했다.

벽시계가 3시를 알렸다. 신문기자는 일어섰다.

"가끔 놀러 오세요. 오늘처럼 잡담이나 해요. 정말 즐겁군요. 하지만 어째서 포레스티에 씨 댁에서는 뵐 수 없을까요?"

"별것 아닙니다. 일이 너무 많아서죠. 그러나 이제 곧 그 댁에서 뵙게 되리라 생각합니다."

그리고 그는 왠지 모를 희망에 가슴을 부풀리면서 나왔다.

그는 이 방문의 추억을 언제까지나 마음에 지녔다. 추억이라고 하기보다는 그 여자의 환영이 마음에 달라붙어서 떨어지지 않았던 것이다. 마치 그녀의 무언가를, 눈 속에 남은 육체의 형태며 마음속에 남은 정신적인 맛 같은 것을 차지한 듯한 기분이었다. 누군가와 즐거운 몇 시간을 지내고 난 뒤처럼 끊임없이 그 모습이 따라다녔다. 그녀가 지닌 이상하고 독특한 맛 때문에 마치 기묘하고 그리우며 막연하고 걷잡을 수 없이 감미로운 망령에게 사로잡힌 것 같았다.

그는 4~5일 지나서 그녀의 집을 다시 방문했다.

하녀에게 안내되어 객실로 들어가자 곧 로린이 나왔다. 그녀는 이번에는 손이 아니라 이마를 내밀면서 말했다.

"엄마가 잠깐만 기다려 주시래요. 아직 옷을 갈아입지 않았기 때문에 십오 분쯤 걸릴 거예요. 그동안 제가 상대해 드릴게요."

뒤루아는 소녀의 예의를 갖추려는 응대가 재미있어서 대답했다.

"감사합니다, 아가씨. 십오 분 동안 함께 지낼 수 있다니 참으로 기쁩니다. 그러나 나는 잠시도 얌전하게 있지 못하는 성질이어서 하루 종일 장난을 한답니다. 그래서 술래잡기를 하고 싶은데 어떠신가요?"

소녀는 깜짝 놀라서 한동안 대답을 하지 않다가 이윽고 터무니없는 말에 약간 기분이 상한 듯 어른스럽게 미소를 지으며 말했다.

"방 안은 장난하는 데가 아니에요."

그는 계속해서 말했다.

"그런 게 무슨 상관입니까. 난 어디서라도 장난합니다. 자, 잡아 보십시오."

그리고 자기를 쫓아오도록 그녀를 꾀면서 테이블 주위를 돌았다. 그녀는 접대상 하는 수 없다는 듯이 미소 지으면서 뒤를 따라왔다. 그리고 이따금 그를 잡으려고 손을 뻗쳤지만 뛸 만큼 열중하지는 않았다.

그는 멈춰 서서 몸을 낮게 굽히고 있다가 그녀가 망설이면서 다가오면 노리개 상자 속에 들어 있는 인형처럼 펄쩍 뛰어올랐다. 그리고 한달음에 방 저편 구석으로 뛰어갔다. 소녀는 그것이 우스워서 끝내 웃음을 터뜨리고 점점 흥분해서 종종걸음으로 그를 뒤쫓기 시작했다. 그리고 그를 잡았다고 생각하자 겁을 내면서도 기쁜 듯한 낮은 탄성을 질렀다. 그는 의자를 움직여서 방해물을 만들고, 잠깐 동안 같은 의자 주위를 돌게 하고 나서 훌쩍 몸을 돌려 다른 의자를 잡았다. 로린은 이 새로운 장난에 완전히 끌려 들어가서 진짜로 뛰어 돌아다녔다. 얼굴이 장밋빛이 되어서 상대가 달아나거나 계략을 걸거나 속임수를 쓸 때마다 어린아이답게 열중해서 힘차게 달려들었다.

갑자기 그녀가 따라잡았다고 생각한 순간, 그는 소녀를 두 손으로 붙잡고 천장까지 들어 올리면서 외쳤다.

"야, 키가 크네, 커!"

소녀는 달아나려고 두 다리를 바동거리며 좋아서 명랑하게 웃어 댔다.

그때 드 마렐 부인이 들어와 그 광경을 보고 어리둥절해했다.

"어머나! 로린이 장난을 치다니……. 당신은 정말 요술쟁이시군요."

그는 소녀를 내려놓고 어머니의 손에 키스한 다음 소녀를 사이에 두고 나란히 앉았다. 둘이 이야기를 하려고 했지만 평소에 그토록 말이 없던 로린은 술에 취하기라도 한 듯 잠시도 쉬지 않고 재잘거렸다. 그래서 소녀를 제 방으로 쫓아 보내야만 했다.

소녀는 아무 말 없이 하라는 대로 했다. 그러나 눈에는 눈물이 핑 돌았다.

단둘이 남자 드 마렐 부인은 낮은 목소리로 말했다.

"제가 좀 큰 계획을 하나 세웠는데 그에 관해서 당신께 부탁드리고 싶어요. 사실 전 매주 포레스티에 씨 댁 만찬에 초대되기 때문에 가끔 음식점에서 답례를 하곤 해요. 전 집에 손님을 청하기를 싫어하고, 또 그런 성격도 아니에요. 게다가 전 집안일이라든가 요리 같은 것을 전혀 몰라요. 전 그저 평범한 생활이 좋아요. 그래서 가끔 두 분을 음식점으로 청합니다만 세 사람만으론 재미가 없어요. 다른 분을 초대하고 싶어도 제가 아는 분들은 그 사람들과 이야기가 잘 통할 것 같지도 않거든요. 이렇게 갑자기 말씀드리는 것은 사실 좀 색다른 초대에 대해 설명하기 위해서예요. 아시겠지요? 토요일 7시 30분에, 카페 리슈에 오셔서 상대를 좀 해 주셨으면 해요. 그 집을 아시나요?"

그는 기꺼이 승낙했다. 그녀는 다시 계속해서 말했다.

"단 네 사람뿐이에요. 정말 오붓하게 우리끼리만이죠. 우리들 여자들에게는 좀처럼 없는 일이니까 그런 조그마한 연회는 무척 재미있어요."

그녀는 짙은 밤색 옷을 입고 있었는데, 그것이 몸에 꼭 끼어서 허리와 옆구리와 가슴과 팔을 도발적으로 요염하게 그려 냈다. 뒤루아는 이 빈틈없이 세련된 아름다움과 방 안의 노골적인 무관심과의 부조화에 막연한 놀라움보다는 일종의 원인 모를 당혹감을 느꼈다.

그녀의 몸에 둘러진 것이나 살갗에 직접 닿는 것은 화려하고 고상했으나 그 주위를 둘러싸는 것들은 아무래도 좋았던 것이다.

그는 작별하고 나왔지만, 전과 같은 관능의 환각 같은 것이 뒤에 남아서 언제까지나 그녀가 눈앞에 있는 듯한 느낌이었다. 그리고 시간이 지날수록 만찬 날을 기다리기 어려운 심정이 되어 갔다.

주머니 형편이 아직 야회복을 살 만큼 넉넉하지 못해서 그는 또 예복을 빌려서 입고 지정된 시간보다 이르게 제일 먼저 회합 장소로 갔다.

그는 3층으로 올라가서 붉은 양탄자가 깔렸고 단 하나의 창문만이 큰길 쪽으로 열린 고급 레스토랑다운 작은 방으로 안내되었다.

네모진 식탁에 식기가 4인분 놓여 있었고, 마치 바니시 칠을 한 듯 빛나는 새하얀 식탁보가 덮여 있었다. 유리컵과 은그릇과 화로 등이 높은 가지가 달린 두 촛대에 켜진 열두 촛불 밑에서 밝게 빛났다.

밖을 내다보니 특별석의 강한 불빛에 비친 가로수 잎이 커다랗고 밝은 초록빛 얼룩처럼 흔들리고 있었다.

벽지와 똑같이 붉은 천을 씌운 길고 몹시 낮은 의자에 앉은 뒤루아는 그 낡은 용수철이 몸무게로 축 늘어져서 마치 구멍 밑바닥으로 떨어지는 듯한 느낌이 들었다. 넓은 건물 안에서 여러 가지 소리들이 소용돌이치고 있었다. 접시며 은그릇이 부딪치는 소리, 복도에 깔린 융단으로 훨씬 부드러워진 급사들의 바쁜 발소리, 어딘가의 문이 잠깐 열리고 손님이 가득 찬 좁은 방마다에서 한꺼번에 쏟아져 나오는 이야기 소리 등 큰 레스토랑 특유의 소리였다. 포레스티에가 들어와서 《라비 프랑세즈》사무실에서는 한 번도 보인 적이 없는 다정하고 친밀한 태도로 그의 손을 잡았다. 그리고 말했다.

"부인들은 나중에 함께 올 걸세. 이런 식사는 유쾌해."

그런 다음 그는 식탁을 바라보며 밤새 켜 놓은 등불처럼 희미하게 켜져 있는 가스등을 완전히 끈 뒤, 바람이 들어온다면서 유리창을 반쯤 닫고 밤바람이 닿지 않는 곳에 자리를 잡고는 이렇게 말했다.

"여간 조심을 하지 않으면 안 돼. 최근 한 달 동안은 꽤 괜찮았는데 네댓새 전부터 또 좋지 않아. 화요일에 연극을 보러 갔다 오는 길에 감기가 든 모양이야."

문이 열리고 두 젊은 부인이 급사장에게 안내되어 들어왔다. 둘 다 베일로 얼굴을 가리고 약간 고개를 다소곳이 숙이며, 언제 누구를 만나게 될지 모르는 이런 장소에서 여자들이 곧잘 하듯이 아름답고 조심성 있는 태도를 보였다.

뒤루아가 인사를 하자, 포레스티에 부인은 그가 찾아오지 않는 것을 나무란 다음 드 마렐 부인에게로 웃는 얼굴을 돌리면서 덧붙였다.

"알고 있어요. 마렐 부인이 더 좋으신 게죠. 그분한테 가실 짬은 있으시니까요."

모두 자리에 앉자, 급사장이 포레스티에에게 술의 메뉴를 내보였다. 그러자 드 마렐 부인이 말을 걸었다.

"남자 분들껜 좋아하시는 것을 드리세요. 우리는 얼음에 채운 샴페인이 좋겠어요. 마시기 제일 좋은 순한 걸로요. 그걸로 족해요."

급사장이 나가자 그녀는 들뜬 웃음소리를 내면서 말했다.

"저 오늘 밤에는 취하고 싶어요. 마음껏 즐기기로 해요. 마시고 노래하고 실컷 떠들어 봅시다."

포레스티에는 그 말을 듣고 있지 않았는지 이렇게 물었다.

"창문을 닫아도 될까요? 네댓새 전부터 조금 가슴이 좋지 않아서요."

"네, 괜찮아요."

그래서 그는 반쯤 열어 놓았던 창문을 닫고는 마음이 놓인 듯 미소를 지으면서 자기 자리로 돌아왔다.

그의 아내는 아무 말도 하지 않고 생각에 잠긴 듯했다. 식탁에 눈길을 떨어뜨리고 유리컵을 보며 미소 짓고 있었다. 언제나 무슨 약속을 하면서도 결코 그것을 지킬 생각이 없는 듯한 걷잡을 수 없는 미소였다.

오스탕드산(産) 굴이 나왔다. 귀엽고 기름진, 마치 조개껍데기 속에 넣은 조그마한 귀처럼 생겼는데 입에 넣으니까 혓바닥 위에서 짭짤한 사탕처럼 녹았다.

그런 뒤에 수프가 나오고, 젊은 처녀의 살결 같은 분홍빛 송어가 나오자 사람들이 이야기를 나누기 시작했다.

먼저 거리의 이야깃거리가 되고 있는 어떤 염문이 화제에 올랐다. 사교계의 어떤 부인이 외국의 왕족과 수상한 자리에서 식사를 하는 것을 남편의 친구에게 들켰다는 이야기였다.

포레스티에는 그 사건을 듣고 많이 웃었다. 두 여자는 그런 말을 함부로 퍼뜨리고 돌아다니는 사람은 야비하고 비열한 인간이라고 주장했다. 뒤루아는 그 의견에 동감하면서 그런 종류의 사건에 대해서는 설사 자신의 일이든 남에게 들은 이야기이든 직접 목격한 일이든 간에 남자라면 무덤과 같은 침묵을 지킬 의무가 있다고 강력히 주장했다. 그리고 이렇게 덧붙였다.

"만약 서로 절대로 비밀을 지키리라고 기대할 수 있다면 인생에는 얼마나 즐거운 일이 많을까요. 여자를 주저하게 하는 것은 대개의 경우, 아니 거의 언제나 비밀이 탄로 나지나 않을까 하는 근심이지요."

그런 다음 다시 웃으면서 말했다.

"그렇지 않습니까? 만약 한때의 덧없는 행복을 돌이킬 수 없는 추문이나 쓰라린 눈물로 보상해야 할 근심만 없다면 얼마나 많은 여자들이 한순간의 욕망이나 갑자기 찾아든 격렬한 마음이나 연정으로 들뜬 마음에 몸을 맡기게 되는지요."

그는 마치 어떤 특정 사건이라기보다 오히려 자신의 사건을 변호하는 것처럼 듣는 사람의 마음을 끌어들이게 만드는 확신을 갖고는 "그런 위험도 나하고라면 아무 걱정도 없어요. 한번 시험 삼아 해 보시지요." 하고 말하는 듯이 지껄여 댔다.

두 여자들은 그를 물끄러미 지켜보면서 눈으로 그의 말에 찬성하고, 그가 참으로 정당하게 조리에 맞는 이야기를 한다고 감탄했다. 그녀들의 그 다정스러운 침묵은 만약 비밀이 지켜질 확신만 있다면 파리 여자의 견고한 정조도 오래 지탱하지 못할 것이라고 고백하고 있었다.

포레스티에는 거의 긴 의자 위에 눕다시피 하여 한쪽 다리를 꺾고, 옷을 더럽히지 않도록 냅킨을 조끼 속에 접어 넣고 있었는데 갑자기 설복당한 회의론자 같은 어색한 웃음소리를 내면서 말했다.

"아무튼 자네 말대로일세. 만약에 틀림없이 비밀이 지켜진다면 여자들은 제멋대로 잘못을 저지르고 말 걸세. 어처구니

없지. 불쌍한 건 남편들뿐이야."

그런 다음에는 연애 이야기가 시작되었다. 뒤루아는 연애가 영원한 거라곤 생각지 않았지만, 긴밀한 관계나 다정한 우정이나 믿음을 상상하고는 상당히 오래 계속될 수 있을 거라고 생각했다. 육체의 결합은 마음의 결합의 보증이다. 그러나 헤어질 때에 언제나 붙어 다니게 마련인 귀찮은 질투와 하소연과 싸움질과 비참한 꼴은 지긋지긋하다고 말했다.

그 말을 이어 드 마렐 부인이 한숨 섞인 목소리로 말했다.

"그래요. 세상에서 즐거운 것은 연애뿐이에요. 그런데도 우리는 가당치 않은 조건 때문에 그것을 망쳐 버리는 일이 많아요."

나이프를 장난삼아 만지작거리던 포레스티에 부인이 말을 덧붙였다.

"그래요……. 정말이에요……. 사랑을 받는다는 건 기쁜 일이에요."

그녀는 더욱 먼 곳으로 생각을 달려 입 밖에 낼 수 없는 여러 가지 일들을 몽상하는 듯했다.

수프가 나온 다음의 중간 요리가 좀처럼 나오지 않았기 때문에 모두들 이따금 샴페인을 한 모금씩 마시고 둥글고 작은 빵의 껍질을 뜯어서 먹었다. 천천히 사람을 사로잡는 그 사랑에 대한 상념이 모두의 마음에 스며들어서, 마치 투명한 술이 한 방울씩 목구멍에 떨어져서 피를 덥히고 머리를 흐리게 하듯이 점점 그들의 넋을 취하게 했다.

어린 양고기 커틀릿이 들어왔다. 그것은 두꺼웠고 잘게 썰어 놓은 아스파라거스의 싹 위에 사뿐히 얹혀 있었다.

"이것 참 맛있겠는걸!" 하고 포레스티에가 외쳤다.

모두들 연한 고기와 크림처럼 기름진 채소를 음미하면서 천천히 먹었다.

뒤루아가 말을 이었다.

"내가 누군가를 사랑할 때에는 그 여자 주위의 모든 것이 몽땅 사라져 버리고 맙니다."

그는 식탁에서 맛보는 맛있는 요리의 즐거움에서 사랑의 즐거움을 상상하고 더욱 흥분하면서 확신을 가지고 이렇게 말했다.

포레스티에 부인은 언제나 그렇듯이 자유로운 태도로 중얼거렸다.

"제일 처음에 서로 손을 잡을 때만큼 행복한 것은 없어요. 여자가 '날 사랑하나요?' 하고 물으면, 상대편이 '네, 당신을 사랑해요.' 하고 대답하는 거예요."

드 마렐 부인은 샴페인이 담긴 가느다란 유리잔을 들어 단숨에 마시고 내려놓으면서 즐거운 어조로 말했다.

"전 그렇게 플라토닉하지 못해요."

그러자 모두들 눈을 빛내면서 그 말에 동의하고 웃기 시작했다.

포레스티에는 긴 의자에 비스듬히 누워서 두 팔을 벌려 쿠션을 붙잡으면서 진지한 어조로 말했다.

"그런 솔직한 면이 당신의 좋은 점이고, 당신이 실리적인 분이라는 것을 증명합니다. 그러나 마렐 씨의 의견은 어떠실까요?"

그녀는 천천히 어깨를 추켜올리고 한없이 끝없는 경멸을 나타내면서 말했다.

"저희 남편은 이런 일에는 의견이라는 걸 가지고 있지 않아요. 그저 금욕, 금욕이에요."

거기서 이야기는 애정에 관한 고상한 이론에서 내려와 묘미 있는 음란한 이야기로 그 꽃을 피웠다.

교묘하고 암시적인 대화가 오가고, 짧고 간단한 단어로 스커트를 들추듯 아슬아슬한 얘기도 했고, 멋진 표현으로 대담한 화제를 은근히 솜씨 좋게 해치우고, 태연히 음탕한 공상을 떠올리게 하며, 점잖은 말로 적나라한 대화도 했다. 그러한 유희는 모두 입으로는 말할 수 없는 한순간의 환상을 눈과 마음에 떠오르게 해서 사교계 사람들에게 일종의 미묘하고 신비로운 연애를 맛보게 했다. 이른바 포옹과도 같이 애타면서도 육감적인 연상을 해서 마음과 마음의 음란한 접촉이나 남몰래 꿈꾸는 애무를 즐기는 것이었다. 그때 구운 고기가 들어왔다. 메추리를 곁들인 구운 자고새 고기, 그리고 완두, 다음에는 깊은 칼집을 내서 샐러드를 곁들인 푸아그라. 샐러드는 양푼같이 생긴 커다란 샐러드 그릇에 녹색 거품처럼 가득 채워져 있었다. 그들은 오로지 이야기에 정신이 팔려서, 이른바 사랑의 욕탕에 잠겨서 그런 요리를 뭐가 뭔지 음미하지도 않고 무심코 다 먹어 버렸다. 두 부인은 이제는 상당히 아슬아슬한 이야기도 대담하게 거침없이 지껄였다. 드 마렐 부인은 타고난 대담성으로 도발적인 말을 했지만, 포레스티에 부인은 그 어조와 음성 그리고 미소를 비롯한 모든 태도에도 매혹적인 조심성과 수줍어하는 데가 있었다. 그것은 그녀의 입에서 나오는 대담한 말을 누그러뜨리는 듯이 보이면서도 오히려 강조하는 결과가 되었다.

포레스티에는 아예 쿠션에 기대 드러누워서 내내 웃고 마시고 먹으면서도 이따금 너무나 지나치게 노골적인 말을 했기 때문에 여자들은 기분이 상해서 겉으로만이라도 잠깐 동안 난처한 체했다. 그는 무언가 매우 음란한 말을 하고는 반드시 그 뒤에 이렇게 덧붙였다.

"이거 정말 이야기가 우습게 됐군. 이런 말만 자꾸 하다간 끝내 바보 같은 짓을 하겠어."

후식이 나오고 뒤이어 커피가 나왔다. 식후의 음주는 흥분한 머리에 더욱 뜨겁고 묵직한 혼란을 부어 주었다.

드 마렐 부인은 식탁에 앉을 때 예고했던 것처럼 흠뻑 취해 버렸다. 그러나 자신도 그것을 알고, 여자가 실제로는 조금 취할 듯 말 듯한 정도이면서도 좌흥을 돋우기 위해서 곧잘 일부러 과장할 때처럼 들떠 떠들썩하게 지껄여 댔다.

포레스티에 부인은 조심하느라고 그러는지 이제는 입을 다물고 있었다. 뒤루아는 몹시 성적 흥분을 느껴서 무슨 실수라도 저지를 것 같아 약삭빠르게 조심하고 있었다.

모두 담배에 불을 붙였다. 그러자 포레스티에가 갑자기 기침을 하기 시작했다.

목구멍이 찢어질 듯 심한 발작이었다. 그는 얼굴이 시뻘개져서는 구슬 같은 땀을 흘리면서 냅킨으로 입을 눌렀다. 그리고 발작이 가라앉자 화가 난다는 듯이 이렇게 중얼거렸다.

"모처럼 즐거워도 이래서야 아무 쓸모없지. 빌어먹을!"

그의 흐뭇한 기분은 갑자기 병에 대한 공포 때문에 사라져 버리고 말았다.

"이제 슬슬 돌아가지." 하고 그가 말했다.

드 마렐 부인은 초인종을 울려서 계산을 하게 했다. 계산서는 곧 왔다. 그녀는 그것을 읽으려고 했으나 숫자가 눈앞에서 뱅글뱅글 돌았다. 그래서 뒤루아에게 종이를 건넸다.

"부탁이에요. 저 대신 지불해 주세요. 너무 취해서 아무것도 보이지 않아요."

그러면서 그의 손에 돈 지갑을 던져 주었다.

합계는 130프랑이었다. 뒤루아는 계산서를 꼼꼼하게 살피고 나서 지폐를 두 장 주고 거스름돈을 받을 때 조그만 목소리로 물었다.

"팁은 얼마나 줄까요?"

"알아서 하세요. 전 모르겠어요."

그는 접시 위에 5프랑을 올려놓고 젊은 부인에게 돈 지갑을 돌려주면서 말했다.

"댁까지 모셔다 드릴까요?"

"네, 부탁해요. 집 주소도 생각나지 않는걸요."

뒤루아는 포레스티에 내외와 악수를 나누고 마렐 부인과 둘이서 마차에 올라탔다.

그는 새까만 상자 속에 갇힌 여인의 몸이 자신의 몸 가까이에 바짝 다가앉아 있는 것을 느꼈다. 순간 보도의 가스등이 갑자기 그 어둠을 비췄다. 여인의 옷소매를 통해 어깨의 따뜻함이 전해져 왔다. 그는 여인을 끌어안고 싶은 강한 욕망으로 머리가 마비되어 할 말이 하나도 생각나지 않았다.

'만약에 대담하게 행동한다면 이 부인은 어떻게 할까?' 하고 그는 생각을 계속했다.

식사하는 동안에 서로 속삭이던 음란한 이야기가 그의 용기를 북돋아 주었으나 동시에 이상한 소문이라도 날까 봐 주저했다.

그녀도 한쪽 구석에 도사리고 앉은 채 꼼짝도 하지 않고 아무 말 없이 있었다. 불빛이 마차 안으로 비쳐들 때마다 눈이 빛나는 것이 보였다. 그것을 못 보았다면 자고 있다고 생각할 수밖에 없었다.

'무슨 생각을 하고 있을까?'

말을 해선 안 된다는 것을 알고 있었다. 단 한 마디라도 침묵을 깨뜨리면 모처럼의 기회가 사라져 버린다. 그러나 그에게는 용기가, 느닷없이 거친 행위로 옮길 용기가 없었다.

돌연 그는 그녀의 발이 움직이는 것을 느꼈다. 성급하고 신경질적이며 지루한 듯한 동작이었다. 어쩌면 슬쩍 건드려 본 것인지도 모른다. 거의 느낄 수 없을 정도의 그 동작은 머리끝에서부터 발끝까지 그의 피부에 걷잡을 수 없는 전율을 느끼게 했다. 그는 홱 몸을 돌리고 여인에게 달려들면서 입술로는 입을, 손으로는 피부를 더듬었다.

그녀는 외침 소리를, 작은 비명을 내고 일어서려고 하며 몸부림을 쳐서 그를 밀어냈다. 그러나 곧 그 이상 저항할 힘이 없어진 듯이 몸을 맡겼다.

마차가 얼마 가지 않아서 그녀가 사는 집 앞에 섰기 때문에, 뒤루아는 깜짝 놀란 나머지 정열적인 말을 생각해 내어 그녀에게 감사와 축복의 말을 하거나 사랑을 얻을 수 있었던 기쁨을 나타낼 틈이 없었다. 그러나 그녀는 지금 있었던 일에 정신이 아득해서 일어서지도 않고 꼼짝도 하지 않았다. 그는 마부가 이상하게 생각하지는 않을까 해서 먼저 마차에서 내려 젊은 부인에게 손을 내밀었다.

그녀는 비틀거리면서 아무 말도 하지 않고 간신히 마차에서 내렸다. 그는 초인종을 눌렀다. 문이 열렸을 때 그는 몸을 떨면서 물었다.

"언제 또 만나 뵐 수 있을까요?"

그녀는 간신히 들릴 정도의 작은 목소리로 중얼거렸다.

"내일 점심때 와 주세요."

그리고 무거운 문을 밀고 현관의 어둠 속으로 모습을 감추었다. 문은 대포 같은 큰 소리를 내면서 닫혔다.

그는 마부에게 100수를 집어 주고 성큼성큼 승리에 찬 발걸음으로 무작정 걷기 시작했다. 마음에서는 기쁨이 넘쳐났다.

'드디어 한 여자를, 견실한 남의 아내를 차지했다! 그녀는 사교계의 여자다! 그것도 틀림없는 파리의 사교계 여자다! 게다가 어쩌면 그렇게 손쉽게, 뜻밖에 차지할 수 있었단 말인가!'

그때까지 그는 그처럼 오랫동안의 염원이었던 여인에게의 접근과 정복은 말할 수 없는 걱정과 끝도 없는 기대와 아첨과 사랑의 말이나 한숨과 선물 등, 교묘한 공격이 있어야 가능하다고 생각했다. 그런데 근심했던 것과는 달리 은밀히 점찍어 놓은 첫 번째 여자가, 슬쩍 건드려 본 것만으로도 어이없을 만큼 손쉽게 몸을 맡겨 버린 것이다.

'취했기 때문일 거야.'

내일이 조금 걱정되기도 했지만 그는 곧 이렇게 중얼거렸다.

"뭐, 어떻게 되겠지. 한번 차지한 이상 그렇게 쉽게 내놓을 수는 없어."

위대한 성공과 명성과 재산과 연애 등의 희망이 소용돌이치는 막연한 환상 속에 돌연히 아름답고 유복하고 세력 있는 여자들의 행렬이 지나갔다. 마치 신들을 모셔 놓은 하늘을 둘러싼 저 무희들의 꽃 장식처럼 밝게 웃으며. 그들은 차례차례 몽상의 금빛 구름 저편으로 사라져 갔다.

그날 밤 그의 꿈에는 여러 가지 환상이 오락가락했다.

이튿날 드 마렐 부인 집 계단을 오르면서 그는 약간 가슴이 벅차 오는 것을 느꼈다. 그 여자는 나를 어떻게 맞아 줄까? 만나지 않겠다고 하지는 않을까? 방에 들어오지 못하게 하지 않을까? 혹시라도 다른 사람에게 이야기해 버렸다면……. 아니, 그렇지는 않을 것이다. 한마디라도 비치기만 하면 모든 것이 발각되고 말 것이다. 그러니 모든 것은 이미 내게 달렸다.

키 작은 하녀가 문을 열러 나왔다. 그 표정은 여느 때와 똑같았다. 그는 마치 그 하녀의 어수선한 표정이라도 예상했던 것처럼 적이 마음을 놓고 물었다.

"부인께선 안녕하신가?"

"네, 별일 없으십니다."

하녀는 그렇게 대답하고 그를 객실로 안내했다.

그는 머리와 옷매무새를 살피기 위해서 곧장 벽난로가 있는 곳으로 갔다. 그리고 거울 앞에서 넥타이를 바로잡는데, 젊은 여자가 방문턱에 서서 물끄러미 자기를 지켜보고 있는 것을 거울 속으로 보았다.

그는 못 본 체했다. 두 사람은 거울 속에서 몇 초 동안 서로 물끄러미 바라보고 얼굴을 마주 보기 전에 상대의 모습을 엿보았다.

그가 돌아보았다. 그녀는 꼼짝도 하지 않고 기다리는 듯했다. 그는 "이것 참!" 하면서 그쪽으로 달려갔다. 그녀는 두 팔을 벌리고 그의 팔에 안겼다.

그러고 나서 얼굴을 들고 오랫동안 키스했다.

'이건 생각보다 쉽군. 성공이야.'

입술이 떨어지자 그는 말없이 눈에 무한한 애정을 담도록 애쓰면서 미소를 지었다.

그녀도 역시 생긋 웃었다. 여자가 몸을 맡기려는 욕망과 동의와 의지를 나타낼 때의 미소였다. 그리고 속삭였다.

"오늘은 당신과 둘뿐이에요. 로린은 식사하라고 친구한테 보냈으니까요."

그는 그녀의 손목에 키스하면서 한숨지었다.

"감사합니다. 얼마나 당신을 사랑하는지 모릅니다."

거기서 그녀는 마치 남편을 대하듯이 그의 팔을 잡고 긴 의자가 있는 데로 가서 나란히 앉았다.

그는 뭔가 재치 있고 여자의 맘을 끌어당길 만한 이야기를 시작하려 했으나 뜻대로 생각나지 않아서 주저하며 말했다.

"그럼 그다지 화나신 게 아니군요."

그녀는 그의 입에 손을 대고 말을 막았다.

"아무 말씀도 하지 마세요."

그들은 타는 듯한 뜨거운 손가락을 걸어 잡고서 서로 눈과 눈을 바라보면서 잠자코 앉아 있었다.

"얼마나 당신을 원했는지!"

그가 말하자 그녀는 다시금 되풀이했다.

"잠자코 계시라니까요!"

하녀가 벽 저편 식당에서 접시를 늘어놓는 소리가 들렸다. 그는 벌떡 일어섰다.

"당신 곁에 앉아 있을 수가 없습니다. 이성을 잃을 것 같아서요."

그 순간 문이 열렸다.

"마님, 식사 준비가 다 되었어요."

그는 의젓하게 부인에게 팔을 내밀었다.

그들은 마주 앉아서 식사를 했다. 끊임없이 얼굴을 마주 보고 미소 짓고, 다른 것은 아무것도 생각지 않고 사랑의 시초에 느끼는 달콤한 기쁨에 싸여서 무엇을 먹고 있는지도 몰랐다. 그는 발이, 조그마한 발이 식탁 밑에서 헤매는 것을 느꼈다. 그는 그것을 두 발 사이에 끼고 힘껏 죄면서 언제까지나 놓지 않았다.

하녀는 아무것도 눈치 채지 못한 듯이 무심한 태도로 왔다 갔다 하고, 접시를 들고 왔다가는 치우기도 했다.

식사가 끝나자 그들은 객실로 돌아와서 긴 의자 위에 나란히 앉았다.

그는 조금씩 몸을 가까이 해서 상대를 껴안으려고 했다. 그러나 그녀는 가만히 그것을 막았다.

"조심하세요. 그 애가 들어올지도 몰라요."

그는 소곤거렸다.

"언제쯤 우리 둘이서만 만날 수 있겠습니까? 제가 얼마나 사랑하는지 말씀드리고 싶습니다만."

그녀는 그의 귀에 입을 가까이 대고 아주 낮은 목소리로 말했다.

"며칠 안으로 잠깐 댁에 들르겠어요."

그는 낯이 화끈 달았다.

"그러나 저의 집은…… 아주 누추해서요."

그녀가 미소를 지으며 말했다.

"그게 무슨 상관이에요? 당신을 보러 가는 거지, 방을 보러 가는 게 아닌걸요."

그래서 그는 언제 와 주겠느냐며 졸랐다. 그녀는 훨씬 먼 다음 주의 어느 날을 정했다. 그는 눈을 빛내는 그녀의 손을 꼭 움켜쥐고 마주 앉아, 식사한 뒤의 심한 욕정으로 열이라도 있는 듯 볼이 화끈거리는 것을 느끼면서 좀 더 빠른 시일 안에 와 달라고 더듬거리는 말로 애원했다.

그녀는 그가 그토록 열을 올려 가며 부탁하는 것이 재미있어서 하루씩 앞당겨 갔다. 그러나 그는 "내일, 네? 내일로 해 주십시오." 하고 되풀이했다.

끝내는 그녀도 승낙했다.

"좋아요, 그럼 내일 5시로 하겠어요."

그는 기쁨의 한숨을 길게 내쉬었다. 그러고 나서 마치 이십 년 전부터 친구였던 양 마음을 터놓고 조용히 이야기를 주고받았다.

갑자기 초인종 소리가 그들을 놀라게 했다. 두 사람은 자리에서 튕기듯 떨어졌다.

"아마 로린일 거예요." 하고 그녀가 중얼거렸다.

아이는 들어오자 깜짝 놀라서 멈춰 서더니, 손님이 바로 뒤루아라는 것을 알자 너무나 기뻐서 손뼉을 치면서 뛰어왔다. 그리고 외쳤다.

"어머! 벨아미!*"

---

* Bel-Ami, '미남 친구'라는 뜻의 불어로서 이 작품의 원제이기도 하다.

드 마렐 부인이 웃었다.

"어머나, 벨아미라고! 로린이 멋진 별명을 지어 드렸구나! 당신께 아주 잘 어울리는 별명이에요. 저도 앞으론 벨아미라고 부르겠어요."

그는 소녀를 무릎 위에 안아 올리고 가르쳐 준 여러 가지 유희를 하나도 빠짐없이 되풀이해야만 했다.

그러고 나서 신문사에 출근하기 위해서 3시 40분에 일어섰다. 계단으로 나오자 닫히려는 문틈 사이로 다시 한 번 작은 목소리로 속삭였다.

"내일, 5시입니다."

그녀는 "네." 하고 미소로 대답하고 모습을 감췄다.

그는 신문사 일을 마치자마자, 드디어 애인이 오게 됐으니 될 수 있는 대로 누추한 방을 보기 좋게 감추어야겠는데 어떻게 하면 좋을지 생각했다.

그래서 자질구레한 일본제 물건을 벽에 핀으로 꽂아야겠다고 맘먹고 5프랑을 들여 주름진 종이와 조그마한 부채와 병풍을 샀다. 그것으로 눈에 많이 띄는 벽지 위 얼룩을 가렸다. 창문 유리에는 강 위에 뜬 배와 저녁노을이 타는 하늘을 나는 새의 그림과 발코니에 기대선 귀부인과 눈 덮인 들판을 걸어가는 검고 조그만 인형의 행렬 등이 매우 정밀하고 화려한 빛깔로 그려진 투명한 그림 종이를 붙였다.

좁아서 겨우 누울 자리와 앉을 자리밖에 없는 그의 집은 마침내 그림을 그린 초롱 안처럼 되었다. 그는 장식에 만족하고 남은 색종이에서 오려 낸 새를 천장에 붙이는 일로 그날 밤을 지샜다.

그러고 나서 기차의 기적 소리에 흔들리면서 잠이 들었다.

이튿날은 식료품점에서 산 마데르산 포도주와 과자 꾸러미를 안고 일찌감치 집으로 돌아왔다. 그러나 접시 두 개와 컵을 두 개 사기 위해서 또 나가야 했다. 그 물건들을 화장대 위에 올려놓았다. 테이블의 지저분한 나무판은 상보로 가리고, 대야와 물병은 그 밑에 처넣었다.

그러고 기다렸다.

부인은 5시 15분경에 왔다. 그녀는 눈이 부실 정도로 장식한 색색의 그림에 마음이 사로잡혀서 말했다.

"어머나, 어쩜, 아주 아름다운 방이군요. 하지만 계단에는 사람들이 무척 많더군요."

그는 그녀를 끌어안고 베일 위로, 이마와 모자 사이의 머리칼에 정신없이 키스했다.

한 시간 삼십 분 뒤, 그는 롬 거리의 역마차 정류장까지 그녀를 바래다주었다. 그리고 그녀가 마차에 올라타자 이렇게 속삭였다.

"그럼 화요일, 같은 시간입니다."

그녀도 "네, 화요일요." 하고 대답했는데 주위가 캄캄했기 때문에 그의 목을 문 쪽으로 끌어당겨서 입술에 키스했다. 그런 다음 마부가 말에 채찍질을 하자 "안녕, 벨아미!" 하고 외쳤다. 흰 말의 지친 발버둥에 이끌려 낡은 마차는 멀어져 갔다.

삼 주 동안 뒤루아는 이렇게 해서 이틀, 또는 사흘마다 드마렐 부인을 맞았다. 아침일 때도 있었고 저녁일 때도 있었다.

어느 날 오후, 그녀를 기다리려니까 계단에서 큰 소동이 일어났다. 문으로 나가 보니까 아이가 울어 대고 화가 잔뜩 난 남자가 고함을 쳤다.

"이 자식은 어째서 이렇게 울어 대는 거야!"

격분한 여자가 큰 목소리로 대답했다.

"위층의 신문쟁이한테 오는 그 매춘부가 니콜라를 층계참에서 넘어뜨렸지 뭐예요. 무식하기 짝이 없어요. 그 매춘부 년은 계단에 아이가 있거나 말거나 함부로 걸어 다닌다니까요."

뒤루아는 깜짝 놀라서 방 안으로 들어갔다. 밑의 계단을 다급하게 올라오는 발소리와 스커트가 스치는 분주한 소리가 들려왔기 때문이다.

이윽고 방금 닫은 문을 두드리는 소리가 들렸다. 열자마자 드 마렐 부인이 숨을 헐떡이면서 어지러운 모습으로 방 안으로 뛰어 들어왔다.

"들렸죠?"

그는 아무것도 모르는 체했다.

"아뇨, 무슨 일입니까?"

"저한테 욕을 퍼붓지 뭐예요."

"누가요?"

"아래에 사는 불량배들 말예요."

"아니, 도대체 무슨 일이죠? 말씀해 보십시오."

그녀는 한마디도 못 하고 흐느껴 울기 시작했다.

그는 모자를 벗기고 끈을 풀고 그녀를 침대에 뉘어 적신 수건으로 이마를 찜질해 주어야 했다. 그녀는 숨이 막힐 것 같았다. 마침내 약간 진정이 되자, 누를 수 없는 분노가 일시에 폭발했다.

그녀는 당장 아래로 내려가서 상대와 결투하고 모두 죽여 달라고 졸랐다.

그는 이렇게 대답했다.

"그렇지만 그들은 노동자들이고 거친 사람들입니다. 경찰에라도 가면 당신의 신분도 폭로될 테고 감금될지도 모릅니다. 그렇게 되면 끝이에요. 저런 녀석들과 상대하는 건 어리석은 일입니다."

그러자 그녀는 다른 데로 생각을 돌렸다.

"그럼 앞으로 어떡하지요? 나는 다시는 여기에 올 수 없잖아요."

"아무 문제없습니다. 내가 이사할 테니까요."

"그렇군요. 하지만 시간이 걸리겠군요."

그녀는 갑자기 무슨 좋은 생각이 난 듯 명랑해져서 말했다.

"아니, 좋아요, 생각났어요. 저한테 맡겨 두세요. 아무 걱정하실 필요 없어요. 내일 아침 프티블뢰*를 보낼게요."

그녀는 파리 시내의 속달 봉함엽서를 "프티블뢰"라고 불렀다.

그녀는 무슨 생각인지 밝히려고 하지 않았지만, 아무튼 그것으로 완전히 기분이 좋아져서 생글거리며 웃기 시작했다. 그리고 수없는 사랑의 교태를 부렸다.

그러나 다시 계단을 내려갈 때에는 몹시 겁이 나서 다리가 떨리는 듯 연인의 팔에 단단히 매달렸다.

그러나 아무도 만나지 않았다.

이튿날 늦잠을 자서 11시경, 그가 아직 잠자리에 들어 있을 때 우편배달부가 약속된 프티블뢰를 가지고 왔다.

---

* petit bleu, 푸른 용지를 사용한 파리의 속달 우편.

그 내용은 이러했다.

　오후 5시, 콩스탕티노플 거리 127번지로 오시기 바람. 뒤루아 부인 이름으로 빌려 놓은 방을 열게 하십시오.

　　　　　　　　　　　　　당신에게 키스를 보내며, 클로

　5시 정각에 그는 가구가 딸린 큰 아파트의 관리인 방으로 들어가서 물었다.

　"뒤루아 부인이 방을 빌린 것은 여기입니까?"

　"그렇습니다."

　"미안하지만 안내를 해 주시오."

　그 사나이는 신중을 요하는 미묘한 사정에 익숙한 모양으로 그의 눈을 유심히 바라보더니 이윽고 긴 열쇠 다발을 뒤적거리면서 물었다.

　"당신은 분명히 뒤루아 씨죠?"

　"그렇소, 틀림없소."

　그러자 그는 아래층의 자기 방 맞은편에 있는 조그맣게 둘로 나뉜 방을 열었다.

　객실에는 비교적 새로운 꽃무늬 벽지를 바르고 노란 무늬가 있는 푸르스름한 렙스 천*을 입힌 마호가니 의자를 늘어놓았고, 방바닥에는 직접 마루 판자의 감촉을 느낄 만큼 얇고 빈약한 꽃무늬 융단이 깔려 있었다.

　침실은 몹시 좁아서 침대가 4분의 3을 차지했다. 셋방용 침

---

* 가구를 포장하거나 커튼으로 사용하는 질긴 주름 천.

대는 방 안쪽으로 밀어 붙여져 있었는데 좌우 벽에 닿을 정도로 커다랬고, 의자와 같은 렙스 천으로 만든 푸르고 묵직한 커튼이 둘러쳐 있었으며, 수상한 얼룩이 진 붉은 비단 깃털 이불이 덮여 있었다.

뒤루아는 불안하고 못마땅해서 이렇게 생각했다.

'이런 방은 엄청나게 비싸겠는걸. 또 빚을 져야겠구나. 주책없는 짓을 하는군, 이 여자는.'

문이 열리고 클로틸드가 옷자락 스치는 소리를 요란스럽게 내면서 양팔을 벌리고 바람처럼 뛰어들었다. 그녀는 매우 기분이 좋았다.

"좋지요? 응, 좋지요? 계단을 올라가지 않아도 되고, 바로 거리 옆인걸요. 1층이니까요. 관리인에게 들키지 않도록 창문으로도 출입할 수 있어요. 여기라면 마음껏 사랑을 나눌 수 있을 거예요!"

그는 입안에서 맴도는 말을 감히 물어보지 못하고 그녀에게 차갑게 키스했다.

그녀는 방 한복판에 있는 둥근 테이블 위에 커다란 꾸러미를 놓았다. 그녀는 그것을 열고 비누와 뤼뱅 향수 한 병, 스펀지, 머리핀 상자, 병따개, 그리고 앞머리를 손질하기 위한 조그마한 머리 인두기를 꺼냈다. 그녀의 이마에 늘어뜨리는 머리가 늘 풀어지곤 했기 때문이었다.

그녀는 새로운 환경을 즐겼다. 물건마다 놓을 자리를 찾으면서 몹시 즐거워하는 것이었다.

그녀는 서랍을 열면서 말했다.

"필요할 때 갈아입을 수 있도록 속옷도 좀 가져와야겠어요.

아주 편리할 거예요. 혹시라도 장을 보다가 소나기를 만나면 여기 와서 말릴 수 있잖아요. 우리 각자 열쇠를 하나씩 갖도록 해요. 그리고 우리 열쇠를 잃어버렸을 때를 생각해서 관리인에게도 하나 맡겨 둬야겠어요. 내가 석 달 동안 빌렸어요. 물론 당신 이름으로. 내 이름으로 할 수는 없었으니까요."

그러자 그가 물었다.

"집세는 언제 내야 할까?"

그녀는 간단하게 대답했다.

"이런, 벌써 냈죠!"

"그럼 당신한테 빚진 거네?"

"천만에, 내 사랑. 그건 당신하고 아무 상관도 없어요. 이런 일을 벌인 건 나잖아요."

그는 화난 듯한 태도를 취했다.

"아! 아니, 그게 무슨 말이오! 그건 절대로 허락하지 않을 거요."

그녀는 그에게로 다가와 두 손을 그의 어깨에 얹고 애원하듯 말했다.

"부탁이에요, 조르주. 난 얼마나 좋은지 몰라요. 우리 보금자리예요. 오로지 나, 나만이 갖고 있으니 얼마나 기뻐요! 당신이 찌푸릴 일 아니잖아요? 무슨 이유로? 난 우리 사랑에 투자하는 거예요. 사랑하는 조르주, 당신도 그러고 싶다고 말해 줘요. 그렇죠……?"

그녀는 눈길로, 입술로, 그녀의 존재를 다 바쳐서 애원했다.

그는 화난 표정으로 거부하면서 그녀가 계속 애원하게 했다. 그리고 사실은 그것이 옳다고 생각했을 때 고집을 꺾었다.

그녀가 돌아가고 난 뒤 그는 손을 비비면서 중얼거렸다.

"어쨌든 그녀는 착해."

그는 그날 마음 깊은 곳으로부터 어째서 그런 생각이 들었는지 곰곰이 생각해 보려고도 하지 않았다.

며칠이 지난 뒤 그는 또 프티블뢰를 받았다. 거기에는 이렇게 씌어 있었다.

오늘 저녁에 남편이 여섯 주만에 시찰을 마치고 돌아와요. 그러니까 일주일 동안은 못 만나겠어요. 정말 귀찮아요!

당신의 클로

뒤루아는 깜짝 놀랐다. 정말이지 그녀가 유부녀라는 사실을 전혀 생각하지 않고 있었던 것이다. 그런데 바로 그 남자가 나타났다. 그는 그가 어떻게 생겼는지 단 한 번만이라도 얼굴을 보고 싶다는 생각을 했다.

그렇지만 그는 남편이 떠나기를 참을성 있게 기다렸다. 그렇다 해도 이틀 밤을 폴리베르제르에서 보냈고 결국에는 라셸의 집에서 잤다.

그리고 어느 날 아침, "오늘 오후 5시, 클로."라고만 간단히 쓴 전보가 다시 왔다.

그들은 둘 다 약속 시간보다 앞서 그곳에 도착했다. 그녀는 그의 품으로 뛰어들어 얼굴 여기저기에 정열적으로 키스를 해 댔다. 그리고 이렇게 말했다.

"만약 별 지장 없으시면 나중에 어디라도 좋으니 식사하러 데려가 주지 않으시겠어요? 집에는 일러 놓고 왔으니까요."

마침 월초였다. 그는 월급을 훨씬 전에 미리 당겨 쓰고 여기 저기서 긁어모은 돈으로 그날그날 지내곤 했는데 우연히도 돈을 가지고 있었다. 그래서 여자를 위해 돈을 쓸 기회를 얻은 것을 기쁘게 생각하고 대답했다.

"아, 좋소. 당신이 좋아하는 데로 갑시다."

그들은 7시경에 밖으로 나와서 큰길 쪽으로 갔다. 그녀는 그에게 바싹 붙어서 귀에 대고 소곤거렸다.

"이렇게 당신 팔에 매달려서 밖에 나가는 게 무척 기뻐요. 전 언제나 당신께 기대 있는 게 좋아요."

"라퇼 영감 집으로 가고 싶소?"

"어머, 싫어요. 거기는 너무 화려해요. 뭔가 우스꽝스럽고 평범한 레스토랑이 좋아요. 이를테면 월급쟁이나 노동자들이 가는 그런 데 말예요. 전 싸구려 레스토랑에서 노는 게 참 좋아요. 시골에 갈 수 있었으면 얼마나 좋았을까!"

그는 그 근처에 있는 그런 종류의 레스토랑을 전혀 몰랐으므로 큰길을 따라 헤매고 난 뒤, 별실에서 식사를 제공하는 어느 와인 집으로 들어갔다. 가게 문 너머로 모자도 쓰지 않은 거리의 여자 둘이 제각기 군인과 식탁에 마주 앉아 있는 것이 보였다.

좁고 긴 방 안쪽에서는 역마차 마부 셋이 식사를 하고 있었다. 그리고 어떤 계급인지 알 수 없는 사나이가 두 다리를 길게 뻗고 손을 바지 혁대에 끼운 채 머리를 의자 등받이에 대고 누운 듯한 모양으로 파이프를 피워 물고 있었다. 윗도리는 마치 얼룩의 박물관 같고, 배처럼 불룩 튀어나온 주머니에는 병주둥이와 빵 조각과 신문지에 싼 것들이 보이고 끄나풀이 한 가닥 늘어져 있었다. 숱이 많은 곱슬머리는 헝클어졌으며 먼지로 잿빛이 되어 있었다. 그의 모자는 의자 밑바닥에 떨어져 있었다.

클로틸드가 들어가자 그 멋진 옷차림에 모두 눈이 둥그레졌다. 두 쌍의 남녀는 밀담을 그치고 세 마부는 토론을 그쳤다. 담배를 피우던 사나이는 파이프를 입에서 떼고는 앞을 보고 침을 뱉고, 고개를 약간 비스듬히 돌려 바라보았다.

드 마렐 부인이 속삭였다.

"멋있군요! 참 재미있겠어요. 요담엔 여공 차림을 하고 올 거예요."

그러고는 음식물 기름이 묻어 번들거리고, 쏟아진 음료가 묻었으며, 급사가 되는대로 걸레질만 한 식탁 앞에 싫은 듯한 기색도 없이 태연히 걸터앉았다. 뒤루아는 약간 난처하고 부끄럽기도 해서 실크해트를 걸 못을 찾았지만 보이지 않아 의자 위에 놓았다.

둘은 양 스튜와 양의 넓적다리를 구운 고기와 샐러드를 먹었다.

"전 이게 참 좋아요. 취미는 약간 저급하지만요. 카페 앙글레보다도 여기가 더 재미있어요."

클로틸드는 되풀이해서 말했다. 그리고 나서 다시 말을 이었다.

"만약 저를 아주 기쁘게 해 주시려면 카바레로 데려가 주세요. 이 근처에 라렌 블랑슈*라는 아주 재미있는 데가 있어요."

---

* La Reine Blanche, '하얀 여왕'이라는 뜻.

뒤루아는 놀라서 물었다.

"도대체 그런 델 누가 데려가 주었소?"

이렇게 말하고 그녀의 얼굴을 지켜보자 그녀는 이 갑작스러운 질문으로 어떤 추억을 떠올린 듯 약간 당황해서 얼굴을 붉혔다. 그러나 웬만큼 주의하지 않고는 알 수 없는 그 여자 특유의 극히 짧은 망설임 뒤에 대답했다.

"친구예요."

그런 다음 잠시 말없이 있다가 덧붙였다.

"벌써 죽고 말았어요."

그리고 슬픈 빛을 있는 그대로 띠면서 눈을 내리깔았다.

뒤루아는 비로소 이 여자의 과거를 자신이 전혀 모른다는 것을 깨닫고 생각에 잠겼다. 물론 많은 애인이 있었겠지만 어떤 종류의, 어떤 계급의 남자였을까? 여자에 대한 걷잡을 수 없는 질투가, 적의와도 같은 질투가 일어났다. 이 여자의 마음이나 생활 속에 있는, 자신이 알지 못하는 일이며 자신에게 관계되지 않는 모든 것에 대한 적의였다. 그는 그녀를 잠자코 바라보았다. 말없이 앉아 있는 이 귀여운 머릿속에 비밀이 감추어져 있겠지. 그리고 아마 지금 이 순간에도 다른 남자를, 또는 남자들을 미련이 남아 단념하기 어려운 심정으로 생각하리라는 생각이 들자 화가 치밀어 올랐다. 그는 그 추억 속을 들여다보고, 마구 휘젓고, 모조리 알고 싶어서 견딜 수가 없었다.

그녀는 다시 말했다.

"라렌 블랑슈에 데려가 주세요. 정말 축제 때처럼 재미있을 거예요."

'뭘! 과거 같은 거야 아무러면 어때. 그런 일에 신경을 쓰는

것은 어리석기 짝이 없는 짓이야.'

그는 미소 지으면서 대답했다.

"아, 데리고 가고말고."

거리로 나서자 그녀는 속마음을 털어놓을 때의 그 의미 있
는 듯한 어조로 말했다.

"전 말예요, 여태까지 당신께 이런 부탁을 할 용기가 나지
않았어요. 하지만 전 여자들이 갈 수 없는 그런 장소에서 남자
들처럼 법석을 떨고 노는 게 참 좋아요. 이번 사육제에는 남학
생 옷을 입어야겠어요. 남학생 차림을 한 나는 굉장히 재미있
게 생겼어요."

무도장으로 들어가자 그녀는 엉겁결에 그에게 붙어 섰지만
그래도 기뻐서 창부와 손님이 들끓는 모습을 즐거운 듯 바라
보았다. 그리고 이따금 어떤 위험이 닥칠지도 모른다는 근심을
누르는 듯 경찰이 위엄 있게 부동자세를 취하고 있는 데 눈길
을 주면서 말했다.

"정말 튼튼하게 생긴 경찰이군요."

십오 분쯤 지나 그녀가 그것으로 마음이 흡족하다고 하여
그는 그녀를 집까지 바래다주었다.

그 후부터 그들은 하층 사회 사람들이 흥청대는 수상한 장
소에 닥치는 대로 찾아갔다. 뒤루아는 신분 차별 없이 예의를
벗어나 베푸는 연회에서 학생들이 법석을 떨며 노는 것을 그
의 정부가 좋아하는 모습을 보고 어처구니없었다.

늘 오는 밀회 장소에도 그녀는 리넨으로 지은 옷을 입고 하
녀가, 그것도 희극에 나오는 하녀가 쓰는 것 같은 모자를 쓰
고 오곤 했다. 그러나 의복은 일부러 신경을 써서 조촐하게 차

려입으면서도 반지며 팔찌며 다이아몬드 귀걸이 등은 그대로였다. 그래서 뒤루아가 그런 것은 제발 떼 놓으라고 부탁하면 그녀는 이렇게 변명을 했다.

"괜찮아요! 남들은 색깔 있는 수정쯤으로밖에는 생각하지 않을 거예요."

이렇듯 그녀는 훌륭하게 변장했다고 생각하고, 실제로는 타조처럼 머리만 감추고 궁둥이는 감추지 않은 꼴로 아무리 평판이 좋지 않은 와인 집이라도 마구 드나들었다.

그리고 뒤루아에게도 노동자 같은 몸차림을 하라고 졸랐지만 그는 절대로 받아들이지 않고 여전히 일류신사의 단정한 복장을 유지했고 실크해트를 말랑말랑한 펠트 모자로 바꾸어 쓰려고도 하지 않았다.

그녀는 그의 고집에 대해 이런 이유를 생각하고 단념했다.

'사람들은 아마도 나를 사교계 청년 신사와 함께 있는 돈 많은 하녀쯤으로 생각할 거야.'

그리고 그런 희극도 매우 재치 있다고 생각했다.

그들은 이렇게 하층 계급 사람들이 사는 거리의 식당에 들어가 방구석의 삐걱거리는 작은 의자에 걸터앉아 낡은 나무 식탁 앞에서 마주 보았다. 저녁 식사 때의 생선 튀김 냄새가 떠도는 매운 연기가 구름처럼 온 방 안에 자욱하고, 작업복을 입은 남자들이 조그마한 술잔을 들어 마시면서 거친 말을 하고 있었다. 급사가 놀라서 오드비*에 담근 버찌 두 개를 내놓으며 이상한 한 쌍을 유심히 바라보았다.

---

* Eau de Vie, '생명수'라는 뜻의 매우 독한 술.

그녀는 엉겁결에 조마조마하여 떨면서도 그래도 즐거운 듯 과일의 붉은 즙을 조금씩 마시기 시작했고, 불안하게 눈을 빛내면서 주위를 둘러보았다. 버찌는 삼켜질 때마다 무슨 나쁜 짓을 저지르는 듯한 기분을 주고, 타는 듯한 술은 한 방울씩 목구멍을 넘어갈 때마다 쏩쓸한 쾌락이라는 금단의 향락과도 흡사한 기쁨을 온몸에 불어넣어 주었다.

그러고 나서 그녀가 낮은 목소리로 "돌아갑시다." 하고 말하면 그들은 자리에서 일어났다. 그녀는 고개를 수그리고 무대에서 물러나는 여배우 같은 발걸음으로 식탁에 팔꿈치를 짚고 술을 마시는 남자들 사이를 종종걸음으로 바삐 빠져나왔다. 그 남자들은 불쾌한 표정으로 어딘가 수상하다는 듯 그녀가 지나가는 것을 바라보았다.

문밖으로 나오자 그녀는 무서운 위험에서 빠져나온 것처럼 크게 한숨을 쉬었다.

이따금 그녀는 몸을 떨면서 뒤루아에게 안겼다.

"만약 저런 장소에서 제게 못되게 구는 남자가 있다면 당신은 어쩌시겠어요?"

그는 단호한 어조로 대답했다.

"물론 당신을 위해서 싸우지. 그게 당연하지."

그러자 그녀는 행복한 듯 그의 팔을 끌어안았다. 아마도 누군가 자신을 모욕해서 뒤루아가 화를 내고, 가장 사랑하는 애인이 필사적으로 싸우는 것을 보기를 어렴풋이 바라는 듯했다.

그러나 이런 산책이 매주 두서너 번씩 되풀이됐기 때문에 뒤루아는 차차 지치기 시작했다. 게다가 그는 얼마 전부터 차비와 음식 값으로 소용되는 반 루이를 마련하는 데도 무척 애를 먹었다.

지금은 지내기가 몹시 옹색했다. 왜냐하면 신문사에 갓 들어온 두서너 달 동안 내일이라도 엄청난 돈이 굴러들어올 것 같아서 계산도 하지 않고 마구 써 버렸기 때문에 저축한 돈도 톡톡 털었고, 돈을 빌려 쓸 길도 막혀 버렸기 때문이다.

신문사 회계과에서 빌리는 것이 가장 손쉬운 방법이었지만 그것도 얼마 안 가서 바닥이 났고, 사 개월의 월급과 원고료 600프랑도 이미 가불했다. 그 밖에 포레스티에에게 100프랑, 호기 있게 돈을 잘 쓰는 자크 리발에게 300프랑 빚이 있고, 또 20프랑이라든가, 100수라든가, 남에게 말할 수도 없는 자질구레한 빚더미 때문에 쪼들렸다.

생포탱은 대단한 책략가였으므로 100프랑만 더 만들어 낼 방법은 없겠는가 하고 의논했지만 별도리가 없었다. 뒤루아는 옛날보다도 훨씬 돈이 많이 필요한 만큼 가난의 고통을 한층 뼈저리게 느끼고 항상 이런 구차한 생활을 짜증스러워했다. 그래서 사회 전체에 대한 무언의 분노가 마음속에서 차츰 높아지고 온종일 끊임없는 격분이 하찮은 이유를 계기로 말끝마다 튀어나오는 것이었다.

그는 매달 평균 1000프랑을 썼는데, 그다지 사치도 방탕도 하지 않았는데 무엇에 써 버렸을까 하고 스스로 이상하게 생각했다. 그러나 점심 식사에 8프랑, 큰길의 훌륭한 카페에서의 저녁 식사에 12프랑을 더하면 당장에 벌써 1루이고, 게다가 어디다 썼는지 알지도 못할 용돈을 10프랑쯤 넣으면 합계 30프랑이 된다. 그러니까 하루 30프랑이면 월말에는 900프랑이 되는 셈이다. 더욱이 거기에는 의복과 구두와 속옷과 세탁비 등의 비용은 전혀 포함되지 않은 것이다.

따라서 12월 14일에는 호주머니에 한 푼도 없었고 돈을 만들 방법도 머리에 떠오르지 않았다.

그는 옛날에 자주 그랬듯이 점심 식사를 생략하고, 오후는 신문사에서 바쁘게 일을 하며 보냈다.

4시경, 그는 애인에게서 "함께 저녁 식사하지 않겠어요? 그리고 식사 후에 기분전환해요."라는 속달우편을 받았다.

그는 곧 "저녁 식사는 안 되겠소." 하고 답장을 썼는데, 모처럼 그녀가 즐거운 시간을 보내게 해 주겠다는데 거절하는 것도 바보 같다고 생각해 "그렇지만 9시에 그 집에서 기다리겠소." 하고 덧붙였다.

그리고 속달료를 아끼기 위해서 급사에게 편지를 전하게 하고, 저녁 식사를 얻어먹을 방법은 없을까 하고 궁리했다.

7시가 되어도 아직 아무런 생각도 나지 않고 심한 허기가 배를 쥐어뜯었다. 그래서 마지막 수단을 계획하고 동료들이 차례로 돌아가는 것을 보다가 혼자 남자 요란하게 초인종을 울렸다. 그러자 숙직이었던 사장실 수위가 왔다.

뒤루아는 선 채 초조하게 주머니를 뒤지며 무뚝뚝한 목소리로 말했다.

"여보게, 푸카르 군, 지갑을 집에 두고 왔는데, 지금 뤼상부르로 식사하러 가야겠어. 미안하지만 차비를 50수 빌려 주지 않겠나?"

"뒤루아 씨, 그것으로 되겠어요?"

수위는 이렇게 물으면서 조끼 호주머니에서 3프랑을 꺼냈다.

"응, 그거면 돼. 고맙네."

그리고 은화를 쥐자 계단을 뛰어 내려가 돈이 없던 시절에 단골이었던 싼 음식점으로 저녁을 먹으러 갔다.

그리고 9시에는 그 작은 객실에서 벽난로에 발을 올려놓고 정부를 기다렸다.

그녀는 거리의 찬바람을 맞고 몹시 흥분해 즐거워하면서 들어왔다.

"좋으시다면 우선 한 바퀴 돌고 11시에 여기로 돌아와요. 산책하기에는 아주 좋은 날씨예요."

그는 퉁명스럽게 대답했다.

"나갈 것 없어. 여기가 훨씬 기분이 좋은데."

그녀는 모자도 벗지 않고 또 말했다.

"하지만 아주 멋진 달밤이에요. 이런 밤에 산책하면 정말 즐거울 거예요."

"그래도 난 산책하고 싶지 않소."

그가 무척 화난 듯한 어조로 말했기 때문에 그녀는 깜짝 놀라며 언짢아져서 물었다.

"아니, 왜 그래요? 어째서 그렇게 퉁명스럽게 말씀하시는 거예요? 전 그저 한 바퀴 돌고 왔으면 좋겠다고 했을 뿐이에요. 그걸로 화내실 건 없잖아요?"

그는 분개해서 일어섰다.

"화낸 게 아냐. 그저 바보 같아서 그러는 거요. 정말이지!"

그녀는 자기 생각대로 되지 않으면 발끈하고, 무례한 말을 들으면 화를 내는 여자였다. 그래서 냉랭한 분노를 담고 매우 경멸하듯이 말했다.

"전 그런 말을 들어 본 적이 없어요. 그럼 혼자 갈 테니, 좋아요!"

그는 사태가 심상치 않음을 깨닫고 얼른 그녀 옆으로 달려 가서 두 손을 잡아 키스하면서 떨리는 목소리로 말했다.

"용서해요. 부탁이오. 오늘 밤에는 몹시 예민하고 초조해서 그러오. 신문사에서 여러 가지 귀찮고 불쾌한 일이 있어서 말 이오."

그녀는 약간 마음이 누그러졌지만 아직 완전히 가라앉지 않 은 목소리로 대답했다.

"그런 건 전 몰라요. 당신이 기분 나쁠 때마다 덩달아서 나 까지 당할 순 없어요."

그는 그녀를 품에 안고 긴 의자로 데리고 왔다.

"이봐요, 당신한테 분풀이를 하려고 한 건 아니오. 그저 생 각 없이 그랬을 뿐이오."

그는 그녀를 억지로 주저앉히고 그 앞에 꿇어앉았다.

"용서하시오. 용서한다고 말해 주오."

그녀는 쌀쌀한 목소리로 중얼거렸다.

"좋아요. 하지만 다시는 그래선 안 돼요."

그리고 일어서면서 덧붙였다.

"그럼 한 바퀴 돌고 와요."

그는 꿇어앉은 채 그녀의 허리를 두 팔로 안고 중얼거렸다.

"제발 부탁이니 여기 있어요. 제발 내 말을 들어주구려. 난 오늘 밤 이 난롯불 옆에서 당신을 독차지하고 싶소······. '응.'이 라고 말해 줘요. 제발 부탁이니 '응······.' 그래 주오."

그녀는 여지없이 딱 잘라 말했다.

"아뇨, 전 나가고 싶어요. 당신의 변덕스러운 말을 듣고 있을 순 없어요."

그래도 그는 부탁했다.

"부탁이오. 이유가 있소. 아주 중대한 이유라서……."

그녀는 되풀이해서 말했다.

"아니에요, 저하고 함께 나가기가 싫으시다면 전 돌아가겠어요, 안녕."

그녀는 남자를 떨쳐 버리고 재빠르게 문 쪽으로 갔다. 그는 그 뒤를 쫓아가서 두 팔로 안았다.

"이봐요, 클로. 귀여운 클로. 내가 하는 말을 들어요."

그녀는 대답을 하지 않고 고개를 가로저으면서 그의 키스를 피하고 휘감겨 오는 팔에서 빠져나가려 했다.

"클로, 귀여운 클로, 이유가 있소."

그는 떠듬거리면서 말했다. 그녀는 몸부림치는 것을 그치고 물끄러미 똑바로 그를 지켜보면서 말했다.

"거짓말이에요……. 그래 어떤 이유죠?"

그는 어떻게 대답해야 할지 몰라서 얼굴을 붉혔다. 그러자 그녀는 화가 발끈 난다는 듯 눈물을 글썽거리면서 남자를 뿌리쳤다.

그는 다시 한 번 그 어깨를 누르고 구멍에라도 들어가고 싶은 심정으로, 이런 일로 그녀와 헤어지는 것보다는 차라리 모든 것을 고백해 버려야겠다고 맘먹고 풀죽은 어조로 말했다.

"실은…… 한 푼도 없어서 그러는 거요……. 정말로."

그녀는 동작을 딱 멈추고 사실 여부를 확인하기 위해서 그의 눈 속을 가만히 지켜보면서 물었다.

"뭐라고요?"

그는 머리끝까지 빨개졌다.

"1수도 없소. 알겠소? 단돈 20수도, 10수도 없단 말이오. 이제부터 카페에 가서 카시스 술* 한 잔을 살 돈도 없소. 이런 창피한 말은 하지 않으려 했지만 하게 됐으니 할 수 없구려. 그러나 나는 당신하고 함께 나가서 식탁에 마주 앉아 마실 것이 두 잔 우리 앞에 나왔을 때, 그 값을 치르지 못하겠다고 태연하게 말할 수는 도저히 없었소."

그녀는 여전히 그를 똑바로 지켜보고 있었다.

"그럼 정말이군요…… 그 말씀은."

그는 일 초 동안 바지며 조끼며 윗도리의 모든 호주머니를 뒤집어 보였다.

"자아…… 이제는 후련하겠구려……. 어떻소?"

그녀는 갑자기 두 팔을 벌리고 정신없이 그의 목에 매달리면서 더듬거리며 말했다.

"어머, 가엾어라……. 딱하기도 하지……. 좀 더 빨리 말씀해 주셨으면 좋았을걸! 도대체 어쩌다가 그렇게 되었어요?"

그녀는 그를 앉히고 자기도 그의 무릎 위에 앉아서 목을 꼭 껴안고 쉴 새 없이 수염이며 입이며 눈에 키스하면서 어쩌다가 이런 불운에 부딪혔는지 이야기해 달라고 졸랐다.

그는 눈물겨운 이야기를 꾸며 댔다. 아버지가 몹시 곤경에 빠졌기 때문에 부득이 도와주지 않으면 안 될 처지여서 저금뿐 아니라 막대한 빚까지 짊어지게 되었다고 했다. 그리고 이렇게 덧붙였다.

---

* 까막까치밥나무 열매로 빚은 술.

"앞으로 여섯 달은 굶다시피 해야 하오. 어쨌든 돈이 나올 구멍이 완전히 막혀 버렸으니 말이오. 그러나 하는 수 없지. 살자면 별 고생을 다 하는 법이니까. 돈이란 요컨대 남들이 떠들어 대는 것만큼의 가치는 없소."

그녀가 그의 귀에 대고 소곤거렸다.

"제가 빌려 드릴까요?"

그는 딱 잘라 말했다.

"친절은 고맙지만 두 번 다시 그런 말은 하지 마오. 기분이 언짢소."

그녀는 입을 다물었다. 그러고 나서 힘껏 그를 끌어안고 속삭였다.

"정말 당신은 귀여운 분이에요."

그날 밤은 그들이 나눴던 사랑의 시간 중 가장 즐거운 하룻밤이었다.

그녀는 돌아갈 때 빙그레 웃으면서 말했다.

"당신 같은 처지가 되면 옷 안감 속으로 기어 들어갔던 돈이라든가 호주머니 속에 넣고 잊었던 돈이 불쑥 튀어나온다면 참 좋겠지요?"

그는 확신을 갖고 대답했다.

"그야 물론 기쁘지."

그녀는 달이 볼만하다는 구실로 걸어서 돌아가겠다고 했다. 그리고 달을 바라보며 황홀해했다.

싸늘하고 상쾌한 초겨울 밤이었다. 길을 가는 사람이나 말은 얼어붙은 달빛을 받으면서 바쁜 걸음으로 지나갔다. 구두소리가 보도 위에서 높게 울렸다.

헤어질 때 그녀가 물었다.

"모레 만날 수 있을까요?"

"그럼, 물론이지."

"같은 시간에?"

"응, 같은 시간에."

"그럼 안녕."

그들은 진심 어린 포옹을 했다.

그는 이 곤경을 넘기기 위해서 내일은 어떤 방법을 쓸 것인가 하고 생각하면서 성큼성큼 돌아왔다. 그러나 방문을 열고 성냥을 찾으려고 호주머니를 뒤적이다가 화폐 하나가 손끝에 만져지자 어안이 벙벙해졌다.

그는 불을 켜자마자 그 화폐를 살펴보려고 꺼냈다. 20프랑짜리 금화였다!

그는 자신이 정상이 아니라고 생각했다.

화폐를 앞뒤로 뒤집어 보며 그 동전이 어떻게 호주머니에 들어 있는지 생각했다. 하늘에서 떨어졌을 리도 없지 않은가.

그러다가 갑자기 짐작이 갔다. 곧 격한 분노에 사로잡혔다. 빈궁할 때 옷 안감 속에서 발견되는 동전에 대해 클로틸드가 말하지 않았던가. 그에게 동정을 베푼 건 다름 아닌 그녀였다. 얼마나 수치스러운 일인가!

그는 맹세했다.

'모레 그녀를 맞으러 가리라! 그녀는 족히 십오 분은 그곳에 머무를 것이다.'

그리고 그는 분노와 굴욕감에 떨리는 마음으로 침대에 누웠다.

그는 늦게 잠에서 깼다. 배가 고팠다. 2시가 되어서 일어나려고 다시 잠을 청해 보다가 생각했다.

'이러면 조금도 발전이 없을 거야. 언제나 돈을 찾아나서야 해.'

그리고 그는 거리에서 좋은 생각이 떠오르길 기대하며 밖으로 나갔다.

생각은 떠오르지 않았고, 대신 식당 앞을 지나칠 때마다 식사를 하고 싶은 뜨거운 욕망 때문에 입가에 침만 흐를 뿐이었다. 정오가 되어 아무 생각도 해내지 못한 그는 결국 이렇게 결심하고 말았다.

'젠장! 클로틸드가 준 20프랑으로 점심을 먹어야겠어. 내일 갚으면 되지.'

그는 2프랑 50상팀을 주고 식당에서 점심을 먹었다. 그리고 신문사로 들어가는 길에도 수위에게 3프랑을 주었다.

"자, 푸카르, 어제 저녁에 마차 때문에 빌렸던 돈이오."

그는 7시까지 일을 했다. 그런 다음 저녁을 먹으러 가서 그 돈에서 다시 3프랑을 썼다. 밤에 마신 맥주 두 잔까지 더하면 그가 하루 동안 쓴 돈은 모두 9프랑 30상팀이었다.

그러나 스물네 시간 안에 신용을 회복할 수도, 돈을 벌 수도 없었던 그는 이튿날이 되자 그날 저녁에 갚아야 하는 돈에서 또다시 6프랑 50상팀을 쓸 수밖에 없었고, 약속 시간이 되어서는 호주머니에 4프랑 20상팀밖에 남지 않았다.

그는 미친개 같은 기분이 되었다. 그리고 지체 없이 상황을 분명하게 해 두어야겠다고 결심했다. 그는 애인에게 이렇게 말할 것이었다.

"참, 당신이 전날 내 호주머니에 넣어 주었던 20프랑을 발견했소. 그런데 내 처지가 조금도 변한 게 없고 돈 문제에 신경을 쓸 시간도 없어서 오늘은 그걸 갚지 못하겠소. 하지만 다음에 우리가 만날 때는 꼭 갚겠소."

그녀가 온화하지만 근심 가득한 얼굴로 황급히 도착했다. 그는 그녀를 어떻게 맞을 것인가? 그런데 그녀는 처음 만나는 순간 설명을 피하기 위해 그에게 계속 키스만 해 대는 것이었다.

그는 생각했다.

'조금 있으면 때가 되겠지. 얘기할 틈을 봐야겠어.'

그러나 그 틈은 좀처럼 발견되지 않았다. 그리고 그 미묘한 문제를 꺼내려 해도 첫마디에 막혀 버려서 결국 아무 말도 하지 못했다.

그녀는 밖으로 나가자고도 하지 않고 시종 상냥하게 행동했다.

그들은 밤중에 헤어졌다. 드 마렐 부인이 연이어 만찬에 초대되어 있어 다음 밀회는 다음 주 수요일로 정했다.

이튿날 아침 식사 값을 지불할 때 분명히 동전이 네 개 남아 있으려니 하고 호주머니를 뒤지자 다섯 개가 있었고, 그중 한 개가 금화였다.

처음엔 어젯밤 누군가가 잘못 알고 20프랑짜리 금화를 거스름돈으로 줬나 보다 생각했다가 곧 깨달았다. 그리고 그토록 고집스럽게 동냥받는 데 대한 굴욕감으로 가슴이 떨렸다.

어젯밤에 아무 말도 하지 않은 것이 분했다. 분명히 말해 두었더라면 이렇게는 되지 않았을 것을.

나흘 동안 그는 5루이를 마련하기 위해 동분서주하고, 할 수 있는 데까지 노력했지만 헛수고였다. 그래서 클로틸드가 준 두 번째 금화도 다 써 버렸다.

그 뒤 두 사람이 만났을 때 뒤루아는 화난 목소리로 말했다.

"말해 두지만, 이젠 전날 같은 장난은 그만둬. 자꾸 그러면 나도 화를 낼 테니까."

그러나 그녀는 교묘하게 틈을 노려서 바지 호주머니에 또 20프랑을 넣고 갔다.

그는 그것을 깨닫자마자 "제기랄!" 하고 소리쳤지만 마침 수중에 한 푼도 없었기 때문에 용돈으로 쓰려고 조끼에 밀어 넣었다.

그리고 이런 구실을 붙여서 양심을 속였다.

'한꺼번에 모아서 갚으면 돼. 이건 결국 빌린 돈일 뿐이니까.'

신문사의 회계사는 그의 필사적인 부탁에 져서 매일 5프랑씩 지불해 주기로 했다. 그러나 그것은 겨우 식비로 충당되어 60프랑의 빚을 갚기에는 모자랐다.

그런데 클로틸드가 또다시 파리의 이상한 장소를 가리지 않고 밤마다 나다니고 싶은 충동에 사로잡히기 시작했다. 그래서 그는 술에 취한 듯이 산책한 뒤에 어느 주머니 속이나 구두 속, 혹은 시계 뚜껑 밑 등, 그날그날에 따라 여기저기에서 금화를 하나씩 발견하더라도 이제는 그다지 심하게 화를 내지 않게 되었다.

그 여자는 지금 내 힘으로는 채워 줄 수 없는 욕망을 가지고 있으니까 그녀가 그것을 단념하려고 하지 않는 한 자신이 돈을 받고 그 돈으로 그녀의 욕망을 채워 주는 것도 당연하지 않겠는가.

그러나 그는 뒷날 그녀에게 갚기 위해서 이렇게 받은 돈을 모조리 계산해 두었다.

어느 날 밤 그녀는 말했다.

"거짓말 같지만 전 아직 폴리베르제르에 가 본 일이 없어요. 데리고 가 주시겠어요?"

그는 라셸을 만나지 않을까 하고 걱정스러워서 잠시 대답을 주저했으나 곧 이렇게 생각했다.

'어때. 나는 그녀와 결혼한 몸이 아니니까. 만약 나를 만나더라도 그녀는 사정을 알아차리고 말을 걸지는 않겠지. 게다가 우리는 박스에 들어갈 테니까.'

또 하나 그가 결심한 이유가 있었다. 이 기회에 드 마렐 부인에게 공짜로 극장 박스를 대접할 수 있는 것이 기뻤던 것이다. 말하자면 속죄와도 같은 것이었다.

그는 표를 공짜로 받는 것을 그녀에게 보이지 않으려고 클로틸드를 마차 안에 있게 하고 표를 받으러 갔다. 그런 다음에 그녀를 불러다가 검표원의 인사를 받으면서 안으로 들어갔다.

복도는 사람으로 가득 차 있었다. 두 사람은 혼잡한 남자와 여자들 틈을 지나가는 데 매우 애를 먹었다. 간신히 정해진 박스까지 가서 제대로 몸을 움직일 수도 없는 대중석과 서로 비비적대는 복도 사이에 갇혀서 자리에 앉았다.

그러나 부인은 무대는 거의 보지 않고 등 뒤에서 어정거리는 거리의 여자들에게만 마음이 쏠려 있었다. 끊임없이 뒤를 돌아보며 그녀들이 어떻게 생겼는지 알고 싶어서 허리와 뺨, 머리며 몸 전체를 만져 보고 싶다고까지 생각하는 것 같았다.

갑자기 그녀는 이렇게 말했다.

"줄곧 우리 쪽만 보는 키 큰 갈색 머리 여자가 있네요. 아까는 무언가 우리에게 말을 걸려는 것 같았어요. 보셨나요?"

"아니, 잘못 본 거겠지."

그는 대답했다. 그러나 실은 훨씬 전부터 눈치 채고 있었다. 라셸이 눈에 노여움을 가득 담고, 입술엔 거친 말을 머금고 그들 주위를 뱅뱅 돌고 있었던 것이다.

뒤루아는 아까 혼잡한 사람들 속을 뚫고 지나올 때 그녀를 스치고 지나갔다. 그녀는 아주 낮게 "안녕." 하고 "재미 보시는군요." 하는 듯 윙크를 해 보였다. 그러나 그는 부인에게 눈치 채이면 안 되겠다고 생각하여 그런 상냥한 인사에 대답도 하지 않고 시치미를 떼고서 입술에 경멸을 띤 채 쌀쌀하게 지나쳐 버렸다. 그래서 여자는 무의식적인 질투심이 솟구쳐 뒤돌아서서 다시 그의 옆을 지나치면서 전보다 더 높은 목소리로 말했다.

"안녕, 조르주."

그는 그 말에도 대답하지 않았다. 그래서 그녀는 어떻게든 자기를 알려서 인사를 하게 하려고 심통이 나서 끊임없이 박스 뒤에 와서는 적당한 기회를 노리고 있었던 것이다.

그리고 드 마렐 부인이 자기를 알아보았다고 생각하자 곧 손가락 끝을 뒤루아의 어깨에 대고 물었다.

"안녕, 잘 지냈어?"

그러나 그는 돌아다보지도 않았다.

그녀가 다시 말했다.

"어머나! 목요일부터 귀머거리가 됐나 봐?"

그는 단 한 마디라도 매춘부 따위와 말을 해서 체면을 깎이는 것은 바라지 않는다는 듯한 비웃는 태도를 꾸미며 대답하려고 하지 않았다.

그녀가 웃기 시작했다. 그녀는 노기 띤 웃음을 터뜨리며 말했다.

"이젠 벙어리가 됐나 보네? 이 부인한테 혓바닥을 물린 모양이지?"

그는 격분한 몸짓을 하며 날카로운 목소리로 외쳤다.

"무슨 권리로 내게 그런 말을 하시오? 꺼지지 않으면 경찰을 부르겠소."

그러자 그녀는 이글거리는 눈으로 가슴을 부풀리며 악을 썼다.

"아! 이거였군! 이 얼간이 녀석아! 여자하고 잤으면 적어도 인사쯤은 하는 법이야. 딴 여자하고 함께 있다고 오늘은 모르는 체하는 법이 어디 있어. 아까 옆을 지나갈 때 눈짓이라도 한 번 했으면 나도 눈감아 줄 작정이었어. 그런데 꼴사납게 으스대고, 꼴 참 좋은데! 기다려! 내가 직접 손을 봐 주지! 그렇고말고! 만났을 때 '안녕.' 하고 한 마디만 했어도……."

그녀는 계속해서 악을 썼다. 그러자 드 마렐 부인이 박스의 문을 열고 뛰어나가 혼잡한 사람들을 헤치고 미친 듯이 출구 쪽으로 나갔다.

뒤루아도 그 뒤를 쫓아 뛰어나가서 따라붙으려고 필사적으로 노력했다.

라셸은 그들이 달아나는 것을 보고 기고만장해서 외쳐 댔다.

"그 여자를 붙들어 줘요! 붙들라니까요! 내 남자를 훔쳐갔

단 말예요!"

웃음소리가 군중 속에서 터져 나왔다. 두 신사가 장난삼아 달아나는 부인의 어깨를 잡아 부둥켜안고 돌려세우려고 했다. 그러나 뒤루아가 따라가 그녀를 사납게 떼 내서 거리로 데리고 나갔다.

그녀는 극장 앞에 서 있던 빈 마차에 뛰어들었다. 그도 따라 올라타고 마부가 "어디로 갈까요?" 하고 묻자 "아무 데라도 좋소." 하고 대답했다.

마차는 울퉁불퉁한 포도에 흔들리면서 천천히 달리기 시작했다. 클로틸드는 신경 발작을 일으키며 두 손으로 얼굴을 가리고 숨도 쉬지 못하고 흐느꼈다. 뒤루아는 어떻게 하면 좋을지, 뭐라고 하면 좋을지 알지 못했다. 그러나 이윽고 그녀가 우는 소리를 듣고 머뭇거리면서 말했다.

"이봐요, 클로, 귀여운 클로, 내가 하는 말을 들어 줘. 내가 나쁜 게 아니오. 저 여자와는 예전에…… 파리에 처음 왔을 때…… 알게 된 거요……."

그녀는 갑자기 얼굴을 들었다. 사랑에 배신당한 여자의 분노로 몸부림치면서 그 분노 때문에 간신히 입을 열고는 숨을 헐떡이며 재빠르게 띄엄띄엄 중얼거렸다.

"아아! 너무해요……. 어쩌면 그런 추잡한 짓을 할 수가 있어요? 잘도 그런 짓을…… 아아! 내게 창피를 주고 정말로…… 말할 수 없는 모욕을…….

그러고 나서 차차 머릿속이 분명해지고 쉽게 말이 나오자 점점 더 흥분해서 말을 이었다.

"내 돈으로 여자를 샀군요. 나는 그 매춘부한테 돈을 준 셈이군요……. 아아…… 그럴 수가 있어요!"

그녀는 잠깐 입을 다물었다. 좀 더 심한 말을 찾는 것 같았
으나 생각나지 않아서 끝내는 침이라도 뱉는 것처럼 지껄였다.

"아아…… 짐승…… 악당…… 악당…… 내 돈으로 저런 갈
보를 사다니……. 악당…… 사람도 아니야……."

그녀는 이미 다른 말은 아무것도 생각나지 않아서 "악
당…… 악당……."을 되풀이했다.

갑자기 그녀는 마차 밖으로 몸을 내밀고 마부의 옷소매를
잡아당기며 소리를 질렀다.

"세워 주세요!"

그러고 나서 문을 열고 거리로 뛰어내렸다. 조르주도 뒤를
쫓으려 했으나 그녀가 외쳤다.

"내리지 마세요!"

그 목소리가 너무나 높았기 때문에 지나가던 사람들이 주
위로 몰려들었다. 뒤루아는 소문이 날까 두려워서 꼼짝도 않
았다.

그녀는 주머니에서 돈 지갑을 꺼내서 등불 밑에서 잔돈을
찾더니 이윽고 2프랑 50상팀을 집어내자 그것을 마부의 손 위
에 올려놓으면서 떨리는 목소리로 말했다.

"그럼…… 자…… 이거 차비예요……. 모두 드릴 테니까
요……. 저 난봉꾼을 바티뇰의 부르소 거리까지 데려다 주세
요."

주위를 둘러싼 군중 사이에서 웃음소리가 일어났다. 한 신
사가 "잘한다, 멋쟁이!" 하고 고함쳤다. 마차 옆에 서 있던 젊은
무뢰한이, 열어젖힌 승강구로 목을 들이밀고 "어이, 난봉꾼!"

하고 몹시 큰 목소리로 야유했다.

　마차는 떠들썩한 웃음소리를 받아 가면서 달리기 시작했다.

6장

이튿날 조르주 뒤루아는 슬픈 기분으로 눈을 떴다.

천천히 옷을 주워 입고 창문 앞에 앉아서 생각하기 시작했다. 어제 몽둥이로 마구 두드려 맞은 것처럼 온몸이 몹시 피곤했다.

그러나 간신히 일어서자 돈을 마련해야 할 필요에 쫓겨서 포레스티에에게로 갔다.

친구는 서재에서 난로에 발을 뻗은 채 그를 맞았다.

"꽤 일찍 일어났군그래. 무슨 볼일이라도 있나?"

"중대한 사건일세. 명예에 관한 빚 때문일세."

"노름인가?"

그는 약간 주저하다가 가까스로 대답했다.

"응, 그렇다네."

"큰돈인가?"

"500프랑."

사실 빚은 280프랑뿐이었다.

포레스티에는 의심스러운 듯이 물었다.

"누구에게 그 빚을 진 건가?"

뒤루아는 당장에 대답할 수가 없었다.

"그게…… 그…… 드 카를빌이라는 사람일세."

"아! 그 사람이 어디 사는가?"

"거기가…… 그러니까…….

포레스티에가 웃음을 터뜨렸다.

"일을 공연히 어렵게 만드는 것 아닌가? 그 사람은 나도 아 네, 이 사람아. 그런데 20프랑이라도 좋다면 한 번 더 빌려주겠 네만 그 이상은 안 되네."

뒤루아는 금화 한 닢을 받았다.

그리고 이 집 저 집 아는 사람의 집은 모조리 돌아다닌 후 5시경에는 마침내 80프랑을 긁어모았다.

그러나 아직 200프랑이 더 필요했으므로 그는 굳은 결심을 하고 긁어모은 돈을 소중히 간직하기로 했다. 그리고 이렇게 중얼거렸다.

"젠장. 그따위 못된 여자 때문에 안절부절못할 건 없어. 능 력이 될 때 갚으면 돼."

뒤루아는 굳은 결심을 하고 두 주일 동안 돈을 절약하며 규 칙적이고 정숙한 생활을 했다. 그러나 얼마 가지 않아서 견딜 수 없이 여자가 그리워졌다. 벌써 몇 년이나 여자를 안아 본 일이 없는 것 같았다. 육지를 보고 미쳐 버리는 뱃사람처럼 길 에서 만나는 모든 치마에 그는 부르르 떨었다.

그래서 어느 날 밤, 라셀을 만날 수 있으리라 기대하고 또 다시 폴리베르제르로 갔다. 과연 들어가자마자 그녀의 모습이 눈에 띄었다. 그녀는 그곳을 거의 떠나지 않기 때문이었다.

그는 미소를 지으며 손을 내밀고 그녀에게로 갔다. 그러나 그녀는 그를 아래위로 훑어보며 말했다.

"내게 뭘 원하시나요?"

그는 억지로 웃어 보이면서 말했다.

"에이, 그렇게 딱딱하게 굴지 마."

"난 포주들은 상대하지 않아요."

그녀는 그렇게 말하고 홱 돌아섰다. 마음속으론 가장 심한 욕설을 찾았을 것이다. 그는 얼굴이 화끈 달아오르는 것을 느꼈고 혼자 돌아오고 말았다.

포레스티에는 병세가 악화되어 더욱 마르고 늘 기침을 했다. 신문사에서는 그런 그를 들볶았는데, 마치 그에게 궂은일만 맡겨서 정신을 고갈시키려는 것만 같았다. 어느 날인가는 심한 기침 발작을 오랫동안 계속하고 난 뒤에 신경이 매우 날카로워져서 부탁한 정보를 뒤루아가 가져오지 않은 데에 몹시 화를 냈다.

"정말이지 자넨 생각했던 것보다 훨씬 얼간이로군." 하고 으르렁댔다.

뒤루아는 하마터면 그의 따귀를 때릴 뻔했지만 참고 나오면서 중얼거렸다.

"그래, 네놈을 꼭 잡고 말 테다."

그때 문득 어떤 생각이 빠르게 머리를 스치고 지나갔다. 그리고 이렇게 덧붙였다.

"좋아, 네놈의 마누라를 유혹해 주지."

그는 그 계획에 흐뭇해져서 손을 비비면서 나갔다.

이튿날 그는 당장 계획을 실천에 옮기리라 마음먹고 우선 시험 삼아 부인을 방문해 보기로 했다.

그가 들어섰을 때 부인은 긴 의자에 길게 누워 책을 읽고 있었다. 그녀는 그저 고개를 돌렸을 뿐, 일어나지도 않고 손을 내밀었다.

"어서 오세요, 벨아미."

그는 뺨을 한 대 얻어맞은 것 같았다.

"왜 그렇게 부르시죠?"

그녀는 미소를 지으며 대답했다.

"지난주에 마렐 부인을 만났어요. 그분 댁에서는 당신을 그렇게 부른다고 하더군요."

그는 젊은 부인의 상냥한 태도에 마음이 놓였다. 사실 아무것도 걱정할 필요 없지 않은가?

그녀가 다시 말했다.

"당신은 그분을 무척 아끼시더군요. 하지만 제게는 생각이 날 때 오시거나 아니면 발길을 전혀 안 하시거나, 그렇죠?"

그는 그녀 옆에 앉아서 새로운 호기심으로 그녀를 바라보았다. 진귀한 골동품을 찾는 애호가의 호기심이었다. 그녀는 매혹적이었다. 부드럽고 온화한 금발의 그녀는 마치 애무를 위한 피조물 같았다. '이 여자는 확실히 먼저 여자보다 나아.' 하고 그는 생각했다. 그는 성공할 것을 조금도 의심치 않았다. 손을 내밀기만 하면 과일을 따듯이 자기 것이 될 것 같았다.

그가 단호하게 말했다.

"찾아뵙지 않은 것은 그편이 좋겠다고 생각했기 때문입니다."

그녀가 이해하지 못하고 물었다.

"어머나, 어째서 그렇죠?"

"어째서라니요, 그걸 모르시겠습니까?"

"네, 전혀."

"실은 당신을 사랑하기 때문입니다……. 조금, 정말 조금이지만……. 정말이지 완전히 사랑에 빠지기라도 하면 큰일이라고 생각해서입니다……."

그녀는 별로 놀라지도, 충격을 받거나 기분이 좋은 것 같지도 않았다. 그리고 여전히 침착한 미소를 띠면서 차분하게 대답했다.

"저런! 그렇더라도 오셔도 괜찮아요. 그 어떤 분도 절 오랫동안 사랑하지 못한답니다."

그는 그러한 그녀의 말보다도 어조에 놀라서 물었다.

"왜죠?"

"아무 소용도 없는 일이고, 또 얼마 안 가서 아무 소용도 없다는 것을 알게 해 드리기 때문이죠. 그런 근심을 좀 더 빨리 말씀해 주셨다면 마음 편히 가지시게 오히려 가능한 한 자주 오시도록 부탁드렸을 거예요."

그는 비통한 어조로 외쳤다.

"그런 말씀을 하신다고 제 감정을 조절할 수 있을까요?"

그녀가 그에게로 몸을 돌렸다.

"뒤루아 씨, 저는 사랑에 빠진 남자를 죽은 사람으로 생각한답니다. 그런 사람은 바보가 되죠. 아니 바보일 뿐 아니라 위험한 사람이죠. 그래서 저는 저를 사랑하는 남자나, 사랑한다고 주장하는 사람과는 친근한 관계를 일체 끊고 말아요. 왜냐하면 우선은 귀찮고 또 언제 발작을 일으킬지 모를 미친개를 상대하는 것처럼 마음이 놓이질 않아요. 그래서 저는 그런 남자를 멀리하면서 그 병이 낫기를 기다리는 거예요. 이걸 잊지 않도록 하세요. 전 잘 알아요. 남자들에게 연애는 식욕 같은 것에 지나지 않지만, 제게는 반대로 일종의 뭐랄까…… 영혼의 일치 같은 거예요. 남자들의 생각과는 도저히 어울릴 수 없죠. 당신네들은 글자를 배열하는 것밖에는 모르지만, 전 그 정신을 알려고 해요. 그런데…… 제 얼굴을 똑바로 잘 보세요……."

그녀는 더 이상 미소를 짓고 있지 않았다. 침착하고 냉정한 얼굴로 한 마디 한 마디에 힘을 주면서 말했다.

"저는 결코, 결단코 당신의 애인이 되지 않을 거예요. 아시겠어요? 그러니까 끈질기게 들러붙는 것은 전혀 소용없는 일이고, 당신을 위해서도 좋지 않아요……. 자, 이제 수술은 끝났으니까 지금부터는 친구로, 다정하고 좋은 친구, 아무런 사심없는 진정한 친구가 되는 게 어떻겠어요?"

그는 이런 공소의 여지도 없는 선고 앞에서 무슨 계획을 세워 봤자 헛일이라는 것을 깨달았으므로 즉석에서 깨끗이 계획을 단념하고, 살아가는 동안 자기편이 되어 줄 사람이 생긴 것을 기뻐하면서 두 손을 내밀었다.

"말씀대로 따르겠습니다, 부인. 부디 좋으실 대로 하십시오."

그녀는 그 목소리에 담긴 마음의 진지함을 알아채고 두 손을 내주었다.

그는 그녀의 두 손에 차례로 키스하고 나서 얼굴을 들면서 솔직하게 말했다.

"정말이지 당신 같은 여자를 발견한다면 너무 행복해서 그녀와 결혼할 겁니다."

어떤 여자도 마음을 건드리는 찬사에는 지고 말듯이, 과연 그녀도 이번에는 그 말에 감동해서 기분이 매우 좋아졌다. 그리고 사람들을 노예로 만들어 버리는 듯한 그 재빠른 감사의 눈길을 그에게 던졌다.

그런 다음 그가 이야기를 이을 실마리를 잃고 우물거리는 것을 보고 그녀는 그 팔에 손가락을 대면서 다정한 목소리로 말했다.

"그럼 당장 친구로서의 일을 시작하기로 해요. 당신은 일하는 방법이 서투르시더군요……."

그녀는 약간 망설이더니 물었다.

"거리낌 없이 말씀드려도 될까요?"

"네."

"모조리 다 해도?"

"괜찮습니다."

"그렇다면 말씀드리겠는데, 가서 왈테르 부인을 만나세요. 당신을 대단히 칭찬하시니까요. 그리고 부인 마음에 들도록 하세요. 그분께는 찬사를 드린 만큼 보람이 돌아와요. 물론 그분도 정숙한 분이에요. 아시겠죠? 정말 정숙한 분이니까 유혹할 생각 같은 건 아예 하면 안 돼요. 하지만 그분이 좋게 생각하시면 그보다 훨씬 유익한 일이 있을 거예요. 당신이 신문사에서 아직 지위가 낮다는 것은 저도 알지만 그런 건 염려할 것 없어요. 사장 댁 사람들은 어떤 기자라도 똑같이 친절하게 대하니까요. 꼭 가세요. 제 말을 들으세요."

그는 미소 지으며 말했다.

"감사합니다. 당신은 천사예요…… 저를 지켜 주는 천사."

그런 뒤에 그들은 이런저런 이야기를 나눴다. 그는 그녀 곁에 있는 게 얼마나 즐거운가를 보여 주기 위해 꽤 오랜 시간을 보냈다. 그리고 돌아갈 때 한 번 더 물었다.

"그럼 허락하신 겁니다. 친구가 되어 주신 거죠?"

"물론이에요."

그는 아까 찬사의 효과를 확인했기 때문에 한 번 더 되풀이해서 덧붙였다.

"그리고 만약 당신이 미망인이 되시면 저도 후보자로 등록하겠습니다."

그런 뒤에 상대에게 화를 낼 틈을 주지 않으려고 황급히 뛰어나왔다.

왈테르 부인을 방문하는 일은 조금 거북했다. 와도 좋다는 승낙을 받지 않았기 때문이다. 그러나 사장은 평소에 그에게 호의를 나타내고, 그의 근무 태도를 인정하여 일부러 어려운 일을 지시하곤 했으므로 그 집을 방문하는 데 사장의 그런 은혜로운 보살핌을 이용하지 않을 이유는 없을 것이었다.

그리하여 그는 어느 날, 일찍 일어나서 경매하는 시간에 시장에 나가 큰맘 먹고 10프랑으로 좋은 배를 스무 개가량 샀다. 그리고 먼 데서 온 것처럼 보이기 위해서 과일 바구니에 담아 정성들여 끈을 매서는 명함과 함께 사장 댁 문지기에게 가지고 갔다. 명함에는 이렇게 썼다.

왈테르 씨 사모님께. 오늘 아침 노르망디에서 가져온 과일입니다. 모쪼록 받아 주시기 바랍니다.

조르주 뒤루아

이튿날 그는 신문사의 자기 우편함 속에 왈테르 부인의 명함이 든 봉투를 발견했다. 명함에는 다음과 같은 답장이 있었다.

조르주 뒤루아 씨, 어제는 매우 감사했습니다. 전 토요일에는 언제나 집에 있습니다.

그래서 다음 토요일, 그는 부인을 찾아갔다.

왈테르 씨는 말제르브 대로에 있는 집 두 채가 한데 붙은 집에 살았는데, 그 일부는 세를 놓았다. 과연 현실적인 사람다운 절약 정신이었다. 다만 한 사람의 문지기가 두 개의 문 사이에 살면서 집주인과 세든 사람의 양쪽 초인종 줄을 잡아당겼다. 문지기는 굵은 종아리를 흰 양말로 싸고, 접어서 젖힌 새빨간 깃과 금단추가 달린 화려한 옷을 입고 있었다. 그는 마치 교회 수위처럼 훌륭한 옷을 차려입고 이 양쪽 집 문 앞에 버티고 있어서 집은 제법 부잣집 저택다운 품격을 갖추었다.

응접실 몇 개는 2층에 있었는데, 발을 드리우고 커튼을 친 대기실이 딸려 있었다. 두 하인이 의자에 앉아서 졸고 있었다. 그중 한 사람은 뒤루아의 외투를 벗기고 다른 한 사람은 짧은 지팡이를 받아 들고는 문을 열고 방문객을 서너 걸음 앞서서 걸어갔다. 그리고 몸을 비켜 손님이 지나가게 하고 아무도 없는 방에 대고 그의 이름을 큰 소리로 말했다.

그는 어리둥절해서 여기저기를 두리번거렸다. 문득 커다란 전신거울 속으로 사람들이 앉아 있는 것이 보였는데, 매우 먼 곳처럼 느껴졌다. 맨 처음 그는 거울 때문에 눈이 착각을 일으켜서 방향을 잘못 알았으나 이내 알아차리고는 사람이 없는 응접실을 두 개 가로질렀다. 그리고 금빛 물방울무늬의 푸른 비단을 둘러친 조그마한 부인용 침실 비슷한 방으로 들어섰다. 거기에는 네 귀부인이 홍차 잔을 올려놓은 탁자 주위에 앉아서 낮은 목소리로 이야기하고 있었다.

그는 파리의 오랜 생활과, 특히 신문기자라는 직업 덕분에 영향력 있는 사람들과 끊임없이 접촉했으므로 상당한 자신이 있었으나, 지나치게 화려한 현관과 텅 빈 응접실을 두 개씩이나 가로질러 가는 동안 약간은 기가 죽었다.

그는 그 집의 안주인을 눈으로 찾으면서 머뭇거렸다.

"부인, 이렇게 찾아뵈어서……."

그녀가 손을 내밀었다. 그는 허리를 굽히고 손을 잡았다.

"잘 오셨어요."

그리고 의자를 가리켰는데, 그는 거기에 앉으려다가 엉덩방아를 찧었다. 의자가 생각한 것보다 낮았기 때문이었다.

잠시 말이 끊겼다. 그러나 곧 한 부인이 아까 하던 이야기를 계속했다. 추위가 심해졌지만 아직 티푸스 유행도 그치지 않았고 스케이트를 탈 정도로 춥지도 않다는 것이었다. 제각기 파리에 닥쳐올 첫 추위에 대해서 나름대로 의견을 말하고, 그런 뒤에 마치 방 안에 떠도는 먼지처럼 사람들의 마음속에 각각 흩어진 여러 가지 평범한 이유를 들어 어느 계절이 가장 마음에 드는지 서로 이야기했다.

문이 열리는 가벼운 소리가 들려 뒤루아가 뒤를 돌아다보았다. 투명한 유리문 두 장을 통해서 뚱뚱한 부인이 들어오는 것이 보였다. 그 부인이 규방에 들어오자, 한 손님이 일어서서 모든 사람의 손을 잡고 곧 돌아갔다. 젊은이는 흑옥진주가 반짝이는 그 부인의 검은 등이 두 살롱을 지나는 것을 물끄러미 지켜보았다.

사람이 바뀌면서 일어난 술렁임이 가라앉자 이야기는 자연히 아무 두서없이 모로코 문제며, 근동의 전쟁 이야기에서부터 다시 아프리카 벽지에서의 난처한 영국 입장에 대한 이야기로 옮겨 갔다.

그 부인들은 그런 역사적인 사건을 마치 평소에 되풀이하는 사교계의 점잖은 대사를 외우듯 막힘없이 유창하게 이야기했다.

새로운 손님이 다시 들어왔다. 곱슬곱슬한 금발에 몸집이 작은 여자였다. 그녀가 들어오자 야위고 키가 늘씬한 중년 부인이 나갔다.

이번에는 리네 씨가 어쩌면 프랑스 아카데미*에 들어갈지도 모른다는 이야기가 시작되었다. 그러나 새로 온 부인은 리네 씨가 카바농 르바 씨에게 질 거라고 확신했다. 그는 『돈키호테』를 프랑스어 운문으로 훌륭하게 번안하여 상연할 수 있도록 만든 사람이었다.

"그 작품이 올겨울에 오데옹 극장에서 상연된답니다."

"아, 그래요? 그런 문학적인 시도는 꼭 보러 가고 싶군요."

발테르 부인은 그다지 열중하지 않으면서도 차분하고 상냥하게 응대했다. 그러나 자신이 이야기할 일에 대해서는 절대로

---

* 당대 최고의 석학 마흔 명으로 이루어진 학술원으로 종신제임.

주저하지 않았다. 어떤 문제에라도 자기 의견이 미리 준비되어 있었기 때문이다.

그러나 그녀는 날이 저물어 가는 것을 깨닫고는 끊이지 않고 흐르는 잡담을 들으면서 램프를 가져오도록 초인종을 눌렀다. 그리고 머지않아 베풀 만찬회의 초대장을 부탁하기 위해 인쇄소에 가야겠다는 생각을 했다.

그녀는 좀 지나치게 뚱뚱했다. 아직 아름다웠으나 그 자태가 한꺼번에 허물어지는 것도 머지않은 위험한 나이였다. 그래서 여러 가지 손질도 하고 조심도 하면서 피부 청결과 화장품에 신경을 쓴 덕택에 아름다움을 유지했다. 그녀는 만사에 현명하고 온화하며 생각이 깊고, 두뇌는 프랑스 정원처럼 정연하게 정리되었다. 남의 눈을 놀라게 할 정도는 아니지만, 매력을 느끼면서 산책할 수 있는 정원이었다. 고상하고 조심성 있고 분명한 이성이 자유분방한 공상을 대신하였고, 게다가 친절하기도 하여 남의 일에 헌신적이었으며 모든 사람의 일에 인색하지 않은 차분한 마음씨를 지녔다.

아직 한마디도 하지 않았고 다른 사람도 말을 시키지 않아서 약간 따분한 듯한 뒤루아의 태도를 그녀는 알아챘다. 그러나 부인들이 아카데미 문제라는, 언제나 길게 이야기하기 좋아하는 화제를 좀처럼 그만두려고 하지 않는 것을 보고 그에게 이렇게 물었다.

"그런데 뒤루아 씨, 당신은 누구보다도 사정을 잘 아실 텐데 어느 분을 뽑으시겠어요?"

뒤루아는 서슴지 않고 대답했다.

"부인, 저는 이 문제에 관해서는 반드시 후보자의 가치를 무시합니다. 그런 것은 누구에 대해서도 이론(異論)이 있는 법이니까요. 제가 문제 삼는 것은 그들의 연령이나 건강입니다. 자격은 차치하고 우선 병의 여부를 조사합니다. 로페 데 베가의 운문을 번역했는지 하는 것보다도 간장이나 심장이나 신장이나 척수의 상태를 세밀히 검토합니다. 병이 골수에 밴 비대증이나 당뇨병, 특히 운동 부족의 초기 등이, 야만인의 시각으로 본 애국 사상에 관한 글을 쓸모없이 횡설수설 마흔 권 쓴 것보다 백배나 가치가 있습니다.”

모두 이 엄청난 이견에 놀라서 입을 다물어 버리고 말았다.

왈테르 부인이 웃으면서 말했다.

“그건 어째서죠?”

“다시 말하면 저는 무슨 일이든 부인들께 주는 흥미만을 생각하기 때문입니다. 그러나 부인, 아카데미라는 것이 여러분들께 진정한 흥미를 주는 것은 회원 중 누군가가 죽었을 때뿐입니다. 그러니까 학술원 회원 중에 죽는 사람이 많으면 많을수록 여러분의 즐거움도 느는 셈입니다. 그러니 그들을 빨리 죽게 하기 위해서는 나이 많고 병든 사람을 지명해야 합니다.”

모두들 다소 어이없는 표정이었으므로 그는 다시 덧붙였다.

“게다가 저는 여러분과 마찬가지로 파리 단신에서 아카데미 회원의 사망 기사를 읽는 것을 가장 좋아합니다. 그래서 곧 ‘누가 후보자가 될까?’ 하고 생각하고 나름대로 명단을 작성해 봅니다. 하찮은 장난이지만 아주 재치가 있고 재미도 있습니다. 후세에 남을 만한 인물이 죽을 때마다 파리 객실 어디에서나 ‘죽음과 노인 마흔 명과의 내기’를 하기 마련입니다.”

귀부인들은 아직도 약간 어리둥절하면서도 미소를 짓기 시작했다. 그의 말이 과연 급소를 정확하게 찔렀기 때문이다.

그는 일어서면서 이렇게 말을 맺었다.

"여러분, 아카데미 회원을 지명하는 것은 여러분입니다. 더욱이 그들의 죽음을 보시게 될 즐거움만으로 지명하시는 겁니다. 그러니까 노인도 아주 늙은 노인을 고르십시오. 다른 것은 절대로 생각하실 필요가 없습니다."

그러고 나서 매우 다정하게 작별 인사를 하고 나갔다.

그가 돌아가자 한 부인이 말했다.

"재미있는 분이군요. 지금 그분 누구죠?"

왈테르 부인이 대답했다.

"우리 신문사의 기자예요. 지금은 하잘것없는 일밖에 못 하고 있지만 곧 출세하리라는 생각이 들어요."

뒤루아는 말제르브 대로를 신이 나서 춤추는 듯한 걸음걸이로 성큼성큼 걸어갔다. 자신이 생각해도 참으로 멋진 퇴각이었다. 그리고 "재수가 좋았다."라고 중얼거렸다.

그날 밤 그는 라셸과 화해를 했다.

다음 주는 그에게 두 가지 사건을 가져다주었다. 그가 사회부장으로 임명되었고 왈테르 부인의 만찬회에 초대를 받은 것이다. 그는 이 두 소식이 연관 있음을 곧 짐작했다.

사장이 돈을 숭배하는 인간이었기 때문에 《라비 프랑세즈》는 무엇보다도 돈벌이를 첫째로 생각했다. 사장에게는 신문이나 대의원이 지렛대 역할을 하는 데 지나지 않았다. 그는 선량함을 유일한 무기로 삼고 언제나 의리 있는 듯한 미소의 가면을 쓰고 일을 해 왔다. 이를테면 어떤 일이든 자신의 일에 쓸 사람은 충분히 알아보고 시험해 보고 됨됨이를 탐색해서 수단꾼이 아닌 담대하고 융통성 있는 사람만을 채용했다. 사장은 뒤루아를 사회부장으로서 참으로 믿음직스럽게 여길 만한 인물이라고 인정한 것이다.

그때까지 그 일은 편집장인 부아르나르가 맡아 보았는데, 그는 나이 든 기자로서 사무원처럼 정확하고 빈틈이 없었으며 꼼꼼하고 세심한 남자였다. 삼십 년 전부터 신문사 열한 군데에서 편집장을 지낸 그는 행동 방식이나 사물을 보는 방법을 조금도 바꾸지 않았다. 마치 음식점을 바꾸듯이 편집실을 전전했지만 음식 맛이 완전히 한결같지는 않다는 사실을 거의 알아차리지 못하는 모양이었다. 그는 정치나 종교상의 의견에는 전혀 관심이 없었다. 그러나 어떤 신문사에 있었건 그는 정성을 다했으며 일에 능숙하고 경험이 풍부한 귀중한 사람이었다. 그리고 장님처럼 아무것도 보지 않고 귀머거리처럼 아무것도 듣지 않고 벙어리처럼 아무 말도 없이 일했다. 그러나 직업에 매우 충실했고, 자기 직업의 전문적인 시각에서 볼 때 옳고 조리에 맞는 데다 위험성이 없으며 틀림없다고 생각하는 일이 아니면 절대로 귀를 기울이지 않았다.

왈테르 씨는 그의 가치를 충분히 평가하고는 있었지만, 그의 말에 의하면 사회면이야말로 신문의 핵심이므로 누군가 다른 사람에게 시켜 보고 싶다고 전부터 생각했다는 것이다. 사회기사야말로 뉴스를 퍼뜨리고 소문을 뿌리고 대중에게 호소하여 공채 시세를 변동시킬 원동력인 것이다. 사교계의 야회 기사 사이에 넌지시 집어넣는 것보다는 오히려 암시하듯이 중대한 기사를 끼워 넣는 수단을 알아야 한다. 은연중에 의미를 깨닫도록 암시해서 생각하는 것을 짐작하게 하고 소문이 확실히 입증되도록 부정하고 세상에 알려진 사실을 누구나가 믿지 않도록 긍정하거나 해야 한다. 사회기사에는 독자 하나하나가 재미있다고 생각하는 것을 적어도 매일 한 줄씩은 넣어야 한다. 그렇게 하면 모든 사람이 그것을 읽게 된다. 기사는 사람과 사람의 모든 일에 걸쳐, 모든 사람들, 모든 직업, 파리와 지방, 군대와 화가, 성직자와 대학, 관리와 창부를 총망라해야 한다.

따라서 단신 난을 지배하고 취재 기자들의 전투를 지휘하는 것은 언제나 긴장을 유지하고 경계를 게을리하지 않으며, 의심하고, 앞을 내다볼 줄 알고, 교활하고 민첩하고 융통성 있고, 갖은 계책이 몸에 배고, 정확한 후각으로 한눈에 허위 보도를 분별하고, 할 말과 감출 말을 판단하여 무엇이 독자의 지지를 받는가를 간파하는 태도다. 뿐만 아니라 다방면에 널리 커다란 효과를 미칠 수 있는 방법으로 그것을 발견해야 하는 것이다.

부아르나르 씨는 오랜 경험이 몸에 뱄지만 솜씨 있게 취사선택하고 그것을 교묘하게 배열하는 능력이 부족했다. 그에게는 특히 사장의 남모르는 착상을 그날그날 간파하는 타고난 요령이나 재치가 없었다.

뒤루아라면 이 일을 완벽하게 해치우고 노르베르 드 바렌의 표현대로 "국가 재정과 정계 이면을 삿대로 능숙하게 저어 나가는" 이 신문의 편집을 훌륭하게 수행할 것이다.

《라 비 프랑세즈》 기사에 영감을 주는 참다운 편집자는 사장이 직접 계획하거나 지지하는 모든 투기에 이해관계가 깊은 국회의원 여섯 명가량이었다. 그들은 의회에서 '왈테르파'라는 별명으로 불리며 부러움을 받았다. 그들이 왈테르 씨와 함께, 또는 그의 후원으로 돈을 버는 것이 틀림없었기 때문이다.

정치부장인 포레스티에는 그 사업가들의 꼭두각시였고, 그들이 지시하는 의지의 집행자에 불과했다. 그는 그들에게서 사설을 귀띔받고, 그의 말에 의하면 "그것을 조용한 곳에서 정리하기" 위하여 언제나 자기 집에 가서 썼다.

사장은 신문에 문학적이고 파리적인 체제를 갖추기 위해서 제각기 다른 분야에서 저명한 작가 두 사람을 덧붙였다. 시사 문제 기자로는 자크 리발, 그리고 시인이자 수필가이며 또 새로운 유파에 속하는 단편 작가이기도 한 노르베르 드 바렌이다.

또한 미술, 회화, 음악, 연극 등의 평론가나 형사 문제며 경마 기사 등에 관한 필자는, 무엇이든 다 해내는 방대한 예비 부대 가운데서 싼값으로 긁어모았다. 또 "장밋빛 가면"과 "흰손"이라는 필명의 두 상류층 부인이 사교계의 소문이나 유행 문제, 고상한 생활, 에티켓, 처세술 등을 다루고 귀부인의 소행에 대해서 이따금 격이 떨어지는 기사를 썼다.

《라비 프랑세즈》는 그처럼 온갖 다른 사람들의 손으로 조종되어 '깊고 얕은 곳을 여기저기 항해'했다.

뒤루아가 사회부장에 임명되어 좋아서 어쩔 줄 모르고 기뻐할 때, 자그마한 목판 인쇄 카드를 받았다. 거기에는 이렇게 씌어 있었다.

조르주 뒤루아 씨 귀하

조촐한 만찬을 열 예정이오니 1월 20일 목요일 밤, 모쪼록 오셔서 즐거운 시간을 보내 주시기 삼가 바랍니다.

왈테르 부부

연달아 굴러온 이 새로운 은총은 그를 환희의 절정으로 밀어 올렸다. 그는 사랑의 편지에 키스하듯이 그 초대장에 키스했다. 그러고 나서 자금 조달이라는 큰 문제를 의논하기 위해 회계과로 갔다.

사회부장에게는 대개 자신의 예산이 주어져서, 마치 새로 나온 과일만 골라 파는 상점으로 과일을 가지고 가는 농부처럼 부하 기자가 여기저기에서 가지고 오는, 옥석이 뒤섞인 뉴스에 원고료를 내주었다.

처음에는 한 달에 1200프랑씩 뒤루아에게 할당될 예정이었는데, 그는 그 대부분을 착복할 작정이었다.

회계원은 그의 집요한 청구에 못 이겨 마침내 400프랑을 미리 지불해 줬다. 돈을 움켜쥔 그는 곧 드 마렐 부인에게서 빌린 280프랑을 돌려보내 버리려고 단단히 마음먹었다. 그러나 금방 손에 남는 것은 120프랑밖에 되지 않을 테고, 그것만으로는 새로운 임무를 정해진 방식대로 수행하기에는 매우 부족하다고 생각해 빚을 갚는 것을 뒤로 미루어 버렸다.

그는 이사하느라고 이틀 동안 몹시 바빴다. 전임자에게서 전용 책상과 우편함을 인계받았기 때문이었는데 그것은 편집부 직원 전체가 공동으로 쓰는 넓은 방에 있었다. 그는 그 방 한구석을 차지했고, 저편 끝에서는 부아르나르가 나이에 어울리지 않는 새까만 머리를 드리우고 언제나 종이쪽지 위에 몸을 구부리고 있었다.

중앙의 긴 테이블은 외근 기자용이었지만 대개는 의자 대신으로 쓰여서 옆으로 발을 늘어뜨리고 걸터앉는 친구도 있었고, 복판에 털썩 주저앉는 친구도 있었다. 때로는 대여섯 명이나 그 위에 올라앉아서 중국 인형과 흡사한 모양으로 열심히 빌보케를 했다.

뒤루아도 나중에는 그 놀이에 흥미를 느껴 얼마 되지 않아 생포탱의 지도와 조언을 받아 최고 강자가 되어 가기 시작했다.

포레스티에는 병세가 차차 심해져서 최근에 산 서인도제도 나무로 만든 훌륭한 빌보케 공을 조금 무겁다고 하면서 그에게 물려주었다. 뒤루아는 끈 끝에 단 커다란 검은 공을 늠름한 팔로 자유자재로 다루며 입속으로 낮게 "하나, 둘, 셋, 넷, 다섯, 여섯."하고 수를 셌다.

마침 왈테르 부인의 만찬회에 나가는 날, 그는 처음으로 스물까지 계속할 수 있었다. 그래서 '오늘은 아주 징조가 좋은데, 만사가 잘될 것 같다.' 하고 생각했다.

《라비 프랑세즈》 사무실에서는 빌보케 솜씨로 일종의 우월감을 느꼈기 때문이다.

그는 옷을 갈아입을 시간을 계산하고 조금 일찍 편집실을 나와서 롱드르 거리로 올라갔다. 그러나 그때 드 마렐 부인과 흡사한 자그마한 여자가 종종걸음으로 그의 앞을 걸어가는 것을 보았다. 그의 얼굴이 달아오르는 듯하고 심장이 두근거리기 시작했다. 그는 그 여자의 옆얼굴을 보기 위해서 반대쪽으로 갔다. 여자가 길을 건너기 위해서 걸음을 멈추었다. 그러나 드 마렐 부인은 아니었다. 그는 마음을 놓고 안도의 숨을 내쉬었다.

그는 만약에 부인과 길에서 마주치면 어떤 태도를 취할까 몇 번이나 생각했다. 인사를 할까, 모르는 체할까. 그는 결심했다.

'보고도 못 본 체하자.'

추운 날이었다. 도랑 물은 얼어붙어서 얼음 덩어리를 이루었다. 보도는 메말라서 가스등 밑에서 잿빛으로 보였다.

그는 집으로 돌아오자 생각했다.

'숙소를 바꾸어야겠다. 이 방은 지금 내 신분에 어울리지 않아.'

그는 마음이 들떠 신이 났다. 지붕 위라도 뛰어다닐 것 같은 기분이었다. 그는 침대에서 창문 쪽으로 가면서 혼자서 큰 소리로 말했다.

"마침내 행운이 내게로 온 거야! 행운이라고! 아버지께 편지를 써야겠다."

그는 가끔 아버지에게 편지를 쓰곤 했다. 그 편지는 루앙 시와 센 강의 넓은 골짜기를 내려다보는 높은 언덕의 길가에 있는 노르망디식 조그마한 선술집에 언제나 큰 기쁨을 가져다주곤 했다.

그는 또 이따금 떨리는 손으로 큼직하게 글씨가 썬 파란 봉투를 받았다. 아버지의 편지 첫머리에는 언제나 다음과 같은 글귀가 적혀 있었다.

사랑하는 아들아, 이 편지는 네 어머니와 내가 둘 다 아주 잘 지낸다는 말을 하기 위한 것이다. 고향에도 별로 새로운 일은 없다. 그래도 말을 하자면……

마을 일이며 이웃 사람들 소식이며, 밭이나 농작물 상태 등에는 그도 마음속으로 흥미를 느꼈다.

그는 조그마한 거울 앞에서 흰 넥타이를 매면서 아까 한 말을 되풀이했다.

"내일이라도 아버지에게 편지를 쓰자. 만약 오늘 저녁, 내가 그 저택에 초대되어 가는 것을 보면 영감님은 아마 놀라 자빠질 거야! 어쨌든 이제부터 영감님이 먹어 보지 못한 만찬을 먹으러 가는 거란 말이야."

그러자 갑자기 그의 눈앞에 시골의 텅 빈 술집에 있는 검게 그을린 부엌이 떠올랐다. 벽에는 누런빛이 나는 프라이팬이 쭉 걸려 있고, 난롯불 앞에서는 고양이가 코를 처박고 괴물처럼 웅크리고 있고, 나무 식탁은 엎질러진 술과 세월로 번들거리고, 그 한가운데에 수프 냄비가 김을 뿜고, 접시 사이에 촛불이 켜져 있다. 그리고 두 남녀가, 아버지와 어머니가, 동작이 둔한 농사꾼 부부가 홀짝거리며 수프를 먹고 있는 것도 보였다. 그는 그들의 나이 든 얼굴에 진 잔주름이며 팔이며, 지극히 조그마한 목의 움직임까지 전부 기억했다. 또 두 사람이 매일 저녁 마주 앉아 저녁 식사를 하면서 이야기를 주고받는 것까지도 알고 있었다.

그는 다시 '아무튼 한번 뵈러 가야겠군.' 하고 생각했다. 몸단장이 끝나자 그는 불을 끄고 아래로 내려갔다.

외곽의 큰길을 걸어가려니까 거리의 여자들이 끈덕지게 달라붙었다. 그는 외투 주머니에서 손을 꺼내서 휘두르며 "귀찮아, 저리 가!" 하고 마치 잘못 보여 모욕을 당한 것처럼 심한 경멸을 담고 외쳤다. 나를 누구라고 생각하는 거야. 저 매춘부들은 남자를 분간할 줄도 모르는군! 부유하고 유명한 권력가의 집 만찬에 초대되어 야회복을 입었다는 사실 때문에 그는 새로운 인물이 된 듯한 느낌, 완전히 사람이 변해서 진짜 상류 사회 사교계의 한 사람이 된 듯 생각했다.

그는 높은 청동 촛대로 밝힌 응접실로 침착하게 들어가서 가까이 온 두 하인에게 참으로 자연스러운 태도로 짧은 지팡이와 외투를 맡겼다.

객실은 모두 휘황하게 불이 밝혀져 있었다. 왈테르 부인은 가장 큰 두 번째 객실에서 손님을 맞고 있었는데 그가 들어가자 상냥하게 웃는 얼굴을 돌렸다. 그리고 그보다도 먼저 온 두 남자와 악수했다. 피르맹 씨와 라로슈 마티외 씨, 모두 국회의원으로 《라비 프랑세즈》의 익명 편집자였다. 라로슈 마티외 씨는 의회에서 세력이 컸기 때문에 신문사에서도 특별한 권력을 잡고 있었다. 그가 장차 장관이 되리라는 것을 아무도 의심치 않았다.

얼마 뒤에 포레스티에 부부가 들어왔다. 분홍색 의상을 입은 부인은 황홀할 만큼 아름다웠다. 뒤루아는 그녀가 두 국회의원과 친한 것을 보고 놀랐다. 그녀는 난로 옆에서 오 분 이상이나 라로슈 마티외 씨와 소곤거렸다. 샤를은 몹시 초췌했다. 한 달 전과 비교하면 몰라볼 만큼 야위어서 "올겨울에는 프랑스 남부 지방으로 가서 요양을 하지 않으면 안 되겠어요." 하고 되풀이하면서 연방 기침을 했다.

노르베르 드 바렌과 자크 리발이 함께 들어왔다. 그리고 안쪽 문이 열리면서 왈테르 씨가 몸집이 큰 두 딸과 함께 들어왔다. 나이는 열여섯과 열여덟인데, 그중 하나는 못생겼지만 다른 하나는 아름다웠다. 뒤루아는 물론 사장에게 딸이 있다는 사실은 알았지만 막상 그들을 보자 몹시 놀랐다. 사장의 딸이란 영원히 볼 수 없는 먼 나라 사람으로만 생각하던 터였다.

게다가 그 딸들을 아주 어린아이로 상상했는데, 지금 눈앞에 나타난 것은 이미 훌륭하게 성숙한 여인들이었다. 그는 왠지 모르게 당황하여 현기증이 나는 것 같았다.

두 딸은 소개를 받자 차례로 그에게 손을 내밀었다. 그리고 자신들에게 마련된 듯한 작은 테이블 앞에 앉아서 조그마한 바구니에 가득 담긴 비단실 뭉치를 만지작거리기 시작했다.

아직 손님들이 다 모이지 않은 것 같았다. 아무도 말을 하는 사람이 없었다. 하루 종일 제각기 다른 일들을 하다 와서, 만찬이 시작되기 전에 아직 서로 똑같은 기분에 젖어 들지 못하는 사람들 사이에서 곧잘 일어나는 거북함이 좌중에 떠돌았다.

뒤루아가 무료해서 벽으로 눈을 돌리자 왈테르 씨가 멀리서 자신의 재산을 자랑하고 싶은 마음을 노골적으로 나타내면서 말했다.

"내 그림을 보고 있군."

'내'라는 말이 강하게 울렸다. 그는 "그럼 보여 드려야지." 하면서 그림 구석구석까지 똑똑히 볼 수 있도록 등불을 들었다.

"이건 풍경화일세."

벽 한복판에는 기메의 커다란 그림이 걸려 있었다. 폭풍이 휘몰아치는 하늘 아래의 노르망디 해변이었다. 그 밑에는 아르피니의 「숲」과 기요메의 「알제리 평원」이 있었다. 지평선에는 낙타 한 마리가 있었는데 기묘한 기념비처럼 다리가 매우 길고 덩치가 커다랬다.

왈테르 씨는 다음 벽으로 시선을 옮겨서 마치 모임의 사회를 맡은 듯한 진지한 어조로 말했다.

"훌륭한 그림이네."

네 작품이었는데, 제르벡스의 「검진」, 바스티엥 르파주의 「밀 베는 여인」, 부그로의 「미망인」, 장폴 로랑의 「사형 집행」이었다. 「사형 집행」에는 방데 지방의 한 성직자가 성당 벽 앞에서 대혁명 당시 공화주의자들에게 총살되는 장면이 그려져 있었다.

사장은 다음 벽면을 가리키면서 위엄 있는 얼굴에 미소를 지었다.

"이건 상상화지."

우선 눈에 띈 것은 「높은 곳과 낮은 곳」이라는 제목이 붙은 장 베로의 작은 그림이었다. 한 아름다운 파리 여인이 운행 중인 전차의 계단을 올라간다. 그녀의 머리는 2층의 좌석 높이에서 보인다. 긴 의자에 앉은 신사들이 다가오는 귀여운 얼굴을 매우 기쁜 듯이 물끄러미 바라본다. 그러나 반면에 아래의 플랫폼에 서 있는 남자들은 약삭빠른 욕정이 어린 표정으로 젊은 여인의 다리를 훔쳐본다.

왈테르 씨는 등불을 쑥 내밀고 장난스러운 웃음소리를 내면서 물었다.

"어때, 아주 재미있지?"

그러고 나서 그는 랑베르의 「어떤 구조」를 비췄다.

식기를 치우고 난 식탁 위에 새끼 고양이가 앉아서, 파리 한 마리가 컵 속의 물에 빠져 허우적거리는 것을 신기한 모양으로 지켜보고 있다. 새끼 고양이는 재빠르게 앞발을 쳐들고 파리를 날쌔게 잡으려는 듯한 자세였으나 아직 망설인다. 어쩌려는 것일까?

그러고 나서 사장은 드타유의 「수업」을 보여 줬다. 병영에서 한 병사가 삽살개에게 북 치는 방법을 가르친다.

"매우 재치 있지 않은가?"

뒤루아는 아첨하는 웃음소리를 내면서 감탄해 보였다.

"아! 너무 매력적입니다. 정말⋯⋯."

그는 갑자기 입을 다물었다. 등 뒤에서 지금 막 들어온 듯한 드 마렐 부인의 목소리가 들렸던 것이다.

사장은 여전히 그림을 비추면서 설명을 계속했다.

다음에는 모리스 를루아르의 수채화 「장애물」을 보여 줬다. 건장해 보이는 신분 낮은 남자 둘이서 헤라클레스처럼 맞붙어 싸우는 바람에 길이 막혀서 마차가 선 채 움직이지 못한다. 마차 창문으로는 아름다운 여자가 얼굴을 내밀고, 두 난폭한 남자의 싸움을 초조한 기색도 없이 두려워하지도 않고 감탄하는 기색까지 보이며 한없이 물끄러미 바라본다.

왈테르 씨가 계속해서 말했다.

"저 앞방에도 아직 많이 있지만 그다지 이름나지 않은 풋내기들의 그림들뿐일세. 여기가 가장 오붓한 전시실인 셈일세. 나는 지금 아주 젊은 친구들의 그림을 사서 별실에 걸어 놓았네. 머지않아 유명해질 테니까."

그러고 나서 목소리를 낮추어 말했다.

"그리고 지금이 그림을 살 시기일세. 그림쟁이들은 모두 배를 곯고 있으니까. 그들은 한 푼도 없거든. 단 한 푼도⋯⋯."

그러나 뒤루아는 아무것도 눈에 들어오지 않고 사장의 말도 전혀 알아듣지 못했다. 드 마렐 부인이 바로 등 뒤에 와 있었던 것이다. 어떻게 하면 좋을까. 만약 이쪽에서 먼저 인사하면 외면해 버리거나 싫은 소리라도 하지 않을까? 그렇다고 곁에 얼씬조차 하지 않는다면 남들이 뭐라고 생각할까.

그는 '아무튼 끌 수 있는 데까지 끌어 보자.' 하고 생각했다. 너무 당황해서 한때는 갑자기 몸이 안 좋아진 체할까 하고도 생각했다. 그렇게 하면 돌아갈 수도 있다.

벽의 그림을 한 바퀴 돌아보고 나서 사장은 등불을 제자리에 내려놓고 제일 마지막으로 온 손님에게 인사했다.

그동안 뒤루아는 아무리 봐도 싫증이 나지 않는다는 듯 다시 혼자서 그림을 돌아보기 시작했다.

그는 어찌할 바를 몰랐다.

'어찌해야 좋을까?'

사람들의 목소리가 하나하나 귀에 들어오고 대화도 또렷하게 분간할 수 있었다. 포레스티에 부인이 그를 불렀다.

"뒤루아 씨, 잠깐만요."

그는 그쪽으로 서둘러 갔다. 부인의 친구가 야회를 베풀겠다는데, 그것을 《라 비 프랑세즈》 단신 난에 써 달라고 한다면서 부인으로부터 그 친구를 소개받았다.

"좋습니다, 부인. 좋습니다."

그는 머뭇거리면서 대답했다.

드 마렐 부인이 바로 옆에 있었다. 이렇게 되고 보면 이제는 몸을 돌려 다른 자리에 갈 수도 없다.

갑자기 그는 자기 자신이 돌아 버린 것이 아닌가 하고 생각했다. 그녀가 큰 소리로 이렇게 말했던 것이다.

"안녕하세요, 벨아미? 벌써 저를 잊으셨나요?"

그가 돌아섰다. 그녀는 생글생글 웃으면서 눈빛도 밝게 애정을 띠면서 앞에 서 있었다. 그리고 손을 내밀었다.

그는 떨면서 그 손을 잡았다. 그러면서도 아직 거기에 뭔가 책략과 저의가 있지나 않을까 하고 떨었다.

"어찌된 일이시죠? 좀처럼 뵐 수가 없으니."

그는 아직도 마음이 가라앉지 않아서 머뭇거리며 말했다.

"매우 바빴습니다, 부인. 눈코 뜰 새 없이 바빴답니다. 왈테르 씨께서 새로운 일을 맡겨 주셔서 시간이 없었습니다."

그녀는 여전히 똑바로 그를 쳐다보면서 말했다. 그러나 그 눈길 속에 호의 말고는 아무것도 발견할 수 없었다.

"알고 있어요. 하지만 그렇다고 친구를 잊어버리는 것은 옳지 않아요."

두 사람은 때마침 들어온 부인 때문에 사이가 떨어졌다. 어깨와 가슴을 드러낸 뚱뚱한 부인으로 팔과 뺨이 빨갛고, 옷과 모자도 유난히 눈에 띄었다. 그녀는 매우 육중한 걸음걸이로 다가왔는데 그 모습을 보고 있자니 넓적다리의 무게와 굵기가 직접 느껴지는 것 같았다.

좌중이 그 부인에게 매우 공손한 태도를 보였다. 뒤루아는 포레스티에 부인에게 물었다.

"누굽니까?"

"페르스뮈르 자작 부인이에요. '흰 손'이라는 필명을 가진 분이죠."

그는 어이가 없어서 웃음이 터져 나오려는 것을 애써 참았다.

"흰 손! 흰 손이라! 저는 당신처럼 젊은 부인을 상상했는데요! 저 분이 흰 손이라고요? 아! 정말 멋져요! 정말!"

한 하인이 문지방에 나타나서 알렸다.

"마님, 식사 준비가 다 되었습니다."

만찬회는 별다른 일 없이 활기를 띠었다.

무슨 말이든 지껄였으면서도 아무 말도 하지 않은 것과 같은 만찬회였다. 뒤루아는 사장의 큰딸인 못생긴 로즈 양과 드마렐 부인 사이에 앉게 되었다. 부인은 마음이 아주 편안한 듯여느 때처럼 재치 있게 이야기를 나눴지만 그에게는 그런 이웃이 여간 거북한 것이 아니었다. 그는 처음에는 음조를 잃은 음악가처럼 마음이 어수선하고 답답하고 머뭇거렸으나 조금씩마음이 진정되기 시작했다. 끊임없이 마주치는 두 사람의 눈길은 서로 묻기도 하고 예전처럼 아주 친밀해져서 거의 관능적인 시선으로 엉켰다.

문득 그는 테이블 밑에서 무언가 가볍게 그의 발에 스치는것을 느꼈다. 그래서 살그머니 발을 내밀어 보았더니 부인의발에 닿았다. 그러나 부인은 발을 거두어들이지 않았다.

그때 그들은 각각 반대쪽 사람에게 얼굴을 돌리고 있었고서로 말을 주고받고 있지 않았다.

뒤루아는 가슴이 두근거리는 것을 느끼면서 무릎을 조금밀어 보았다. 가벼운 압박이 그에 대답했다. 그는 갈라졌던 두사람의 감정이 다시 합쳐진 것을 깨달았다.

그러고 나서 그들은 무슨 이야기를 했을까? 별다른 이야기는 하지 않았지만 눈이 마주칠 때마다 서로의 입술이 떨렸다.

그는 그래도 사장 딸에게 상냥하게 대하는 것을 잊지 않고이따금 이야기를 걸었다. 딸은 어머니와 마찬가지로 말하기를조금도 망설이지 않고 또렷하게 대답했다.

왈테르 씨의 오른쪽에서 페르스뮈르 자작 부인이 마치 왕비처럼 행동했다. 뒤루아는 그 모습을 보고 웃으면서 작은 목소리로 드 마렐 부인에게 물었다.

"또 한 분 '장밋빛 가면'이라는 필명을 쓰는 분도 아시나요?"

"네, 잘 알아요. 드 리발 남작 부인이죠."

"저런 타입인가요?"

"아뇨, 하지만 역시 우스워요. 키가 크고 깡마른 부인인데, 나이는 예순. 곱슬곱슬한 가발에 영국식 틀니를 하고 왕정복고 시대의 사고방식에 몸차림도 그 같은 분이죠."

"그런 동화에 나오는 괴물을 어디서 뒤져냈다죠?"

"귀족의 말로는 언제나 출세한 평민에게 구제를 받는 법이니까요."

"그 밖에 아무런 이유도 없습니까?"

"네, 아무것도."

사장과 두 국회의원과 노르베르 드 바렌과 리발 사이에 정치 논쟁이 벌어져서 디저트가 나올 때까지 계속되었다.

객실로 돌아왔을 때 그는 다시 드 마렐 부인 곁에 가서 눈을 찬찬히 들여다보며 물었다.

"오늘 밤 바래다 드릴까요?"

"아뇨."

"왜요?"

"라로슈 마티외 씨가 이웃이라 여기서 저녁 식사를 할 때에는 언제나 바래다주기로 돼 있어요."

"그럼 언제 뵐 수 있을까요?"

"내일 점심때 오세요."

그들은 그 이상 아무 말도 하지 않고 헤어졌다.

뒤루아는 야회가 재미없었기 때문에 오래 있지 않았다. 계단을 내려가자 역시 돌아가려던 노르베르 드 바렌과 만났다. 노시인은 그의 팔을 잡았다. 신문사에서 두 사람은 전혀 다른 일을 했고 이미 서로 경쟁 상대로서 두려워할 필요가 없어졌으므로 그는 지금 이 젊은이에게 연장자로서의 호의를 보였다.

"어떻소? 저기까지 바래다주지 않겠소?"

"기꺼이 모시고 가겠습니다, 선생님."

그들은 말제르브 거리를 내려가서 천천히 걷기 시작했다.

그날 밤 파리에는 인적이 거의 없었다. 추운 밤이었다. 주위가 여느 때보다는 훨씬 넓어진 것 같았다. 별이 매우 높아 보였고, 얼어붙은 바람이 별의 세계보다도 훨씬 먼 곳에서 무언가를 불어 보내 주는 것 같았다.

두 남자는 한동안 아무 말도 하지 않았다. 뒤루아가 이야기의 실마리를 찾기 위해 입을 열었다.

"저 라로슈 마티외라는 분은 무척 총명하고 학식도 상당한 모양입니다."

노시인이 중얼거렸다.

"그렇게 생각하오?"

청년은 놀라서 대답을 망설였다.

"어쩐지 그런 생각이 드는데요. 게다가 하원에서는 가장 유능한 인물의 하나라고 하지 않습니까?"

"그럴지도 모르지요. 장님 세상에선 애꾸눈이 왕일 테니까요. 그러나 그 사람들은 모두 멍청이들이라오. 어쨌든 마음이 벽 두 개 사이에, 즉 돈과 정략 사이에 갇혔으니까요. 그 사람들은 출세하는 학문을 방편으로 삼는 패들이어서 우리가 좋아하는 일에 대해서는 무엇 하나 함께 이야기할 수가 없어요. 그들의 머리 속은 진흙 밭이오. 아니 오히려 하수구요. 아니에르 근처의 센 강처럼 말이오. 정말 여유 있는 생각을 지닌 사람을 찾기란 참으로 어렵소. 바닷가에 서서 들이마시는 저 탁트인 바다에서 불어오는 바람과 같은 느낌을 주는 사람 말이오. 난 그런 남자들을 네댓 사람 알았는데 이제는 모두 죽어 버렸소."

노르베르 드 바렌은 맑은 목소리로 이야기했으나 어조를 눌렀다. 만약 나오는 목청 그대로 이야기했다면 밤의 적막 속에 울려 퍼졌을 것이다. 그는 흥분했고, 슬픈 듯했다. 이따금 사람의 넋 위에 떨어져서 얼어붙은 대지처럼 떨리게 하는 비애가 느껴졌다.

그는 계속해서 말했다.

"그러나 얼마 안 되는 재주가 많거나 적거나 그것이 무슨 소용 있겠소. 결국 모든 것에는 끝이 있는 법인데!"

그리고 그는 입을 다물었다. 뒤루아는 그날 밤 유쾌한 기분이었기 때문에 미소를 지으며 말했다.

"선생님, 오늘은 매우 기분이 언짢으시군요."

시인은 대답했다.

"아니오, 이봐요, 난 언제나 그렇다오. 당신도 오륙 년 지나면 이렇게 될 거요. 인생이란 산길과 같소. 올라가는 동안은 꼭대기가 보이니까 행복을 느끼지요. 그러나 다 올라가면 갑자기 내리막길이 눈앞에 나타나고, 더욱이 그 끝은 죽음이오. 올라갈 때에는 천천히 올라가지만 내려갈 때에는 빠르단 말이오. 당신 나이에는 즐거운 일만 많아서 여러 가지 희망을, 결코 실현하지 못하는 희망도 가슴에 품지만 내 나이가 되면 이제는 아무것도 기대할 것이 없고 그저 죽음이 있을 뿐이오."

뒤루아는 웃기 시작했다.

"이거 정말 말씀만 들어도 등골이 오싹해집니다."

노르베르 드 바렌이 다시 말을 이었다.

"아니, 당신은 아직 내 말을 몰라. 그러나 나중에 언젠가는 지금 내가 이야기한 것을 반드시 생각해 낼 거요. 흔히 말하듯이 웃을 수 없는 날이 많은 사람들에게 상당히 빠르게 다가오게 되오. 눈에 보이는 모든 것 뒤에는 죽음이 보이거든.

아아, 그대는 이 죽음이라는 말의 의미마저도 모를 거요. 그대 나이에는 무의미한 말이오. 그러나 내 나이에는 참으로 두려운 거요.

그렇소. 곧 알게 될 거요. 왠지, 또 계기가 무엇인지도 전혀 모르게. 그리고 그렇게 되면 인생의 모습이 한순간에 변하고 마는 거요. 나는 십오 년 전부터 마치 세균이라도 몸속에 기르는 것처럼 죽음이 조금씩, 한 달마다, 한 시간마다, 마치 집이 무너져 가는 것처럼 나를 좀먹어 가는 것을 느껴 왔소. 그리고 지금은 스스로를 알아보지 못할 만큼 인상이 변하고 말았소. 내게는 이제 나 자신 같은 것은 아무것도 없소. 서른 살 무렵의 그 쾌활하고 기운차고 힘이 넘치던 나는 이제 아무 데도 없소. 죽음이란 놈은 내 검은 머리를 하얗게 물들이고 말았소만, 그 교묘함과 교활함과 완만함이란! 단단하고 팽팽했던 피부도, 근육도, 치아도, 옛 육체를 전부 빼앗기고 남은 것은 절망에 시달리는 영혼뿐이지만 그것도 곧 뺏기고 말 거요.

그렇소, 그놈은, 그 망할 놈은 나를 좀먹어 왔소. 천천히, 무참하게 시시각각 오랜 시간에 걸쳐 내 육체의 파괴를 수행해 왔소. 지금 나는 하는 일마다 죽음을 느끼오. 한 걸음 한 걸음 나를 죽음에 다가가게 하고 하나하나의 동작에도, 들이마시고 내뱉는 숨에 이르기까지도 죽음이 미워할 일을 서두르지요. 숨을 쉬고, 자고, 마시고, 먹고, 꿈을 꾸고 하는, 우리가 하는 모든 것은 죽는 일이오. 요컨대 산다는 것은 죽는 일이오!

오오, 당신도 머지않아 알게 될 거요! 단 십오 분만 골똘히 생각하면 죽음이 보일 거요!

당신은 무엇을 기대하오? 사랑? 그러나 키스를 즐기는 것도 순식간이고 곧 할 수 없게 될 거요.

그리고 그 밖엔? 돈? 무엇 때문에? 여자에게 주기 위해? 대단한 행복이지! 그보다도 실컷 먹고 피둥피둥 살이 쪄서 매일 밤 관절염에 시달려서 신음하기 위해선가요?

그리고 또 있나요? 명예? 그러나 그것도 사랑이라는 형태로 수확할 수 없다면 무슨 소용이겠소?

그럼 그다음엔? 마지막엔 언제나 죽음이 있을 뿐이오.

난 지금 죽음을 아주 가까이에서 본다오. 팔을 뻗어서 밀어내고 싶은 마음이 종종 들 만큼 가까이. 죽음이 대지를 덮고 공간을 가득 채웠다오. 난 도처에서 죽음을 보오. 길에 깔려 죽은 작은 짐승들, 떨어지는 낙엽들, 친구의 수염 속에 보이는 흰 털이 내 마음을 좀먹는다오. 그리고 내게 소리치지. '죽음이 여기 있다!'라고.

죽음이 모든 걸 망치오. 내가 하는 일, 보는 것, 먹고 마시는 것, 내가 사랑하는 모든 것, 달빛, 일출, 망망대해, 아름다운 강, 상쾌한 여름날 저녁 공기, 모든 것을!"

그는 남이 듣고 있는 것도 거의 잊고 약간 숨을 헐떡이면서도 큰 소리로 꿈을 꾸면서 천천히 걸어갔다.

그가 다시 말했다.

"죽은 사람은 절대로 돌아오지 않소. 절대로……. 주형을 간직했다가 언제든 같은 동상을 찍어 낼 수 있지만 내 몸, 내 얼굴, 내 생각, 내 욕망은 절대로 다시 나타나지 않을 거요. 물론 몇 제곱센티미터 안에 나와 흡사한 코와 눈과 이마와 뺨과 입, 또 나와 똑같은 영혼을 가진 사람들이 몇백만 몇천만이라도 생겨나겠지요. 그러나 나는 결코 되살아날 수가 없고, 또 내 것이라고 분간할 수 있는 것도 되살아오지 않소. 모두 거의 같아 보여도 어딘지 모르게 다른, 무한히 다른 존재니까 말이오.

무엇에 의지하면 좋겠소? 누구에게 이 재앙의 외침을 던지고 무엇을 믿으면 좋단 말이오?

종교는 유치한 도덕과 이기적인 약속과 흉물스러운 짐승들로 인해 모두 어리석은 거요.

확실한 것은 죽음뿐이오."

그는 걸음을 멈추고 뒤루아의 외투 깃 양 끝을 붙잡고 온화한 목소리로 말했다.

"이런 걸 생각해 보오, 젊은이. 며칠이고 몇 달이고 몇 해고 충분히 잘 생각해 보오. 그러면 당신은 인생을 다르게 볼 거요. 당신을 둘러싼 모든 것으로부터 시험 삼아 빠져나와 보시오. 살아 있으면서 당신의 육체나 이익이나 사상이나 또 온갖 인간성에서 벗어난다는, 저 초인간적인 노력을 하고 거기서 밖을 바라보시오. 그러면 낭만주의와 자연주의와의 다툼이라든가, 예산 논의 같은 것이 얼마나 무가치한지 알게 될 거요."

그는 빠른 걸음으로 걷기 시작했다.

"그러나 동시에 당신은 절망에 잠기는 무서운 비탄을 느낄 것이오. 당신은 불안에 빠져서 정신없이 몸부림을 칠 거요. 여기저기에 대고 '살려 주시오!' 하고 고함치겠지. 그러나 아무도 대답하는 사람은 없을 거요. 두 손을 뻗어 도움을, 사랑을, 위로를, 구원을 외칠 거요. 그러나 아무도 도와주지 않을 거요.

어째서 우리는 그런 괴로움에 시달리는 거겠소? 틀림없이 우리가 정신보다도 물질에 의지해 살도록 태어났기 때문일 거요. 우리 지식인은 생각하고 또 생각한 결과 광대한 지성과 생활의 불변 부동한 조건 사이에 부조화를 초래할 거요.

범속한 사람들을 보시오. 크나큰 재난이 닥쳐오지 않는 한, 인류 공동의 불행 따위는 아랑곳하지 않고 극히 만족해서 살아 나가지 않소. 동물도 마찬가지로 그러한 불행을 느끼지 않소."

그는 다시 걸음을 멈추고 잠시 생각하다가 피곤한 듯 체념한 모습으로 말했다.

"나는 이미 틀렸소. 나에게는 아버지도 어머니도 형제도 자매도 아내도 자식도 신도 없소."

그리고 잠깐 침묵한 뒤 덧붙였다.

"그저 시가 있을 뿐이오."

그리고 나서 둥근 달의 창백한 얼굴이 빛나는 밤하늘을 우러러보며 이렇게 읊었다.

나는 찾는다, 이 풀 수 없는 수수께끼의 말을
창백한 달이 떠도는 어둡고 허무한 하늘에서.

그들은 콩코르드 다리로 와서 말없이 다리를 건너고 부르봉 궁을 따라 걸었다. 노르베르 드 바렌이 다시 이야기하기 시작했다.

"결혼하시오. 내 나이에 혼자 산다는 것이 얼마나 쓸쓸한지 당신은 도저히 모를 거요. 고독은 지금 내 마음을 무서운 고뇌로 채우고 있소. 밤에 집에 돌아가도 나 혼자다, 아무도 돌보아 줄 사람이 없다, 더욱이 내 주위에는 정체 모를 위험이, 알지 못하는 무서운 것이 우글거리고 있다는 생각에 견딜 수가 없소. 나와 전혀 낯모르는 이웃 사람 사이를 가로막은 벽은, 창문으로 쳐다보는 별처럼 그 이웃 사람을 먼 곳으로 밀어 버리고 마오. 일종의 열이, 고뇌와 공포의 열이 내 몸속으로 스며들고, 벽의 침묵이 나를 괴롭힌다오. 혼자 사는 방의 침묵은 그토록 깊고 슬픈 거요. 그것은 이미 몸 주위의 침묵뿐이 아니라 영혼을 싸고도는 침묵이오. 그래서 가구라도 삐걱거리면 심장까지도 떨리오. 어쨌든 음산한 집 안에서는 평소 아무런 소리도 들리지 않으니까."

그는 다시 한 번 입을 다물고 있다가 잠깐 뒤에 덧붙였다.

"나이를 먹으면 역시 아이들이 있는 게 좋을 것 같소."

그들은 부르고뉴 거리 중간쯤까지 내려왔다. 시인은 높다란 집 앞에 걸음을 멈추고 초인종을 누른 다음 뒤루아의 팔을 잡으면서 말했다.

"늙은이가 주책없는 말을 무척 많이 했소만, 모두 잊으시오. 그리고 나이에 어울리게 사시오. 잘 가오."

그리고 그는 어두운 복도 안으로 사라져 갔다.

뒤루아는 가슴이 죄어드는 듯한 기분으로 걷기 시작했다.

마치 해골이 가득 찬 구멍을, 언젠가 떨어져 들어갈 수밖에 없으며 피하고 싶어도 피할 수 없는 구멍을 본 것 같았다. 그는 중얼거렸다.

"제기랄, 그 영감의 집은 틀림없이 유쾌하지 않겠지. 영감의 사상 행렬을 구경하기 위해서 발코니에 안락의자를 놓아두고 싶진 않아. 빌어먹을!"

그러나 그때, 그는 마차에서 내려서 집 안으로 들어가려던 향수 냄새가 나는 여인에게 길을 비켜 주기 위해 발을 멈췄다. 그는 그 여인이 주위에 뿌린 버베나와 창포 향기를 주린 듯이 깊게 들이마셨다. 돌연 폐와 심장이 희망과 환희에 심하게 물결쳤다. 내일 만날 드 마렐 부인에 대한 생각이 온몸에 따뜻하게 스며들었다.

모든 것이 그에게 미소 지었다. 인생은 상냥하게 그를 맞이했다. 꿈이 실현된다는 것은 얼마나 기분 좋은 일인가!

그는 취한 듯 잠이 들었고, 이튿날 아침 일찍 일어나서 그녀를 만나러 가기 전에 불로뉴 숲의 가로수 길을 걸어서 한 바퀴 돌았다.

밤사이에 바람이 바뀌어 기후가 누그러져 있었다. 마치 4월처럼 따뜻하게 태양이 빛났다. 그날 아침, 숲을 늘 찾는 사람들이 밝고 온화한 하늘에 이끌려 모두 나와 있었다.

뒤루아는 천천히 걸으면서 봄맛을 머금은 가볍고 상쾌한 공기를 들이마셨다. 에투알 광장의 개선문을 지나 커다란 가로수 길로 들어가서 마찻길 반대쪽으로 걸어갔다. 사교계 부호들이 남자고 여자고 간에 말을 느리게, 또는 빠르게 달리고 있었다. 그러나 지금은 그들을 부러워하는 마음도 일어나지 않았다. 그는 그들 전부의 이름이며 재산 액수며 생활상 비밀까지도 알고 있었다. 그는 직무상 파리의 유명한 사람들과 그 추문의 연감 같은 인간이 되어 있었기 때문이다.

말을 탄 여자들은 화사한 몸에 잘 맞는 조촐한 옷을 입고, 말에 탄 여자들이 대개 그렇듯이 어딘지 거만하고 접근하기 어려운 모습으로 지나갔다. 뒤루아는 장난삼아, 그 여자들의 정부며 소문나 있는 남자들의 이름이며 신분이며 성격을 마치 교회에서 기도문을 외우듯이 낮은 목소리로 암송했다. 그리고 때로는 "탕클레 남작, 드 라 투르 앙게랑 공작."이라고 하는 대신 "동성애로는 보드빌의 루이즈 미쇼, 오페라 극장의 로즈 마르크탱." 하고 중얼거렸다.

그는 이 장난이 무척 재미있었다. 근엄한 외관 속에 있는 인간의 영원하고도 뿌리 깊은 추행을 폭로하는 것 같아서 그는 즐겁고 흥분하고 위로받았다.

그는 "수많은 위선자들이여!" 하고 큰 소리로 외쳤다. 그리고 말 탄 남자들 중에서 가장 심하게 소문이 난 사람을 눈으로 좇았다.

사기 도박을 한다고 의심받는 사람들도 많았다. 그들에게 클럽은 커다란 수입원이자 유일한 수입원이었는데 분명히 수상한 클럽이었다.

또 매우 유명하면서도 아내의 수입만으로 지내는 사람도 있었는데, 모두가 다 아는 사실이었다. 그중에는 정부의 수입으로 먹고사는 사람도 있음을 누구라도 단언했다. 대부분은 빚을 갚는데도(정직한 행위.) 필요한 돈이 어디서 나왔는지 짐작도 할 수 없었다.(지극히 수상한 비밀.) 더욱이 은행가라는 친구들 중에는 사기 절도를 밑천으로 막대한 재산을 모으고 극히 상류 가정에만 출입하는 사람이 있었고, 또 길에서 만나는 소시민들이 모자를 벗고 인사를 할 만큼 세상의 존경을 모으면서 국가의 대사업을 이용하여 철면피한 사기 행위를 하는 사람도 있었다. 그것은 사회의 이면을 아는 사람에게는 공공연한 비밀이었다.

그러나 그들은 모두가 구레나룻과 콧수염을 기르면서 거드름을 피우고 입술을 자랑스럽게 내밀며 눈초리는 안하무인이었다.

뒤루아는 "하찮은 놈들이다. 난봉꾼에다 악당들 무더기다!" 하고 되풀이하면서 언제까지나 웃었다.

그러나 그때 포장을 내린 낮은 차체의 멋진 마차가 날씬한 백마 두 마리에 끌려 지나갔다. 말은 갈기와 꼬리를 바람에 날리면서 곧장 달렸다. 그 말을 부리던 몸집이 작은 젊은 금발 여자는 이름이 널리 알려진 창부로서 산뜻하게 차린 하인 두 사람을 마차 뒤에 앉히고 있었다. 뒤루아는 연애 세계에서 출세한 이 여자에게 인사하고 갈채를 보내고 싶은 심정으로 걸음을 멈췄다. 아마도 그는 그 여자와 자기 사이에 무언가 공통적인 것, 이른바 자연의 연줄이 있다는 것과 두 사람이 같은 족속으로서 같은 영혼을 지녔다는 것을 의식하고, 자신의 성공도 그 여자와 같은 종류의 대담한 수법을 필요로 한다는 것을 막연하게 느꼈던 모양이다.

만족감에 따뜻해진 마음을 안고 그는 천천히 되돌아와 약속 시간보다 조금 빠르게 예전 애인의 집 문 앞에 이르렀다.

그녀는 사이가 벌어졌던 일 같은 것은 전혀 없었던 양 입술을 내밀면서 그를 맞았다. 게다가 한동안은 자택에선 서로 애무하지 않기로 했던 조심성도 잊었다. 그녀는 그의 곱슬거리는 콧수염 끝에 키스하면서 말했다.

"이봐요, 난처한 일이 생겼어요. 난 밀월의 즐거움을 기대했는데 뜻하지 않게 남편이 돌아와서 앞으로 여섯 주나 있게 됐어요. 휴가를 받았대요. 하지만 전 여섯 주 동안이나 당신을 안 만날 수는 없어요. 특히 그런 거북한 일이 있은 뒤인걸요. 그래서 이렇게 하기로 했어요. 월요일에 당신을 저녁 식사에 초대하고 싶어요. 당신에 대한 것은 이미 남편에게 말했으니까 소개할게요."

뒤루아는 대답이 궁해서 망설였다. 그는 아직 자기 아내를 가로채인 남편과 얼굴을 마주쳐 본 적이 없었다. 그래서 좀 어색한 기분이라든가, 눈짓이라든가, 무언가 하찮은 일로 상대에게 눈치 채이지는 않을까 하고 염려스러웠다.

"난 당신 남편과 만나고 싶지는 않아."

그녀는 깜짝 놀라 그의 앞에 서서 순진한 눈을 커다랗게 뜨고 우겨 댔다.

"어머, 왜요? 이상할 것 조금도 없잖아요. 언제나 있을 일도 아니고. 당신이 그런 쑥맥인 줄은 몰랐어요."

그는 약간 화가 나서 말했다.

"그럼 좋아, 월요일 저녁 식사에 오겠소."

그녀가 다시 덧붙였다.

"자연스럽게 보이기 위해서 포레스티에 씨 부부도 초대하려고 해요. 집에 손님을 초대하는 건 좋아하지 않지만."

월요일까지 뒤루아는 그 초대에 대해서 거의 생각하지 않았다. 그런데 막상 드 마렐 부인 집 계단을 올라갈 때는 위축되는 것을 느꼈다. 그녀 남편의 손을 잡고, 그의 술을 마시고, 빵을 먹는 것이 싫은 것이 아니라 왠지 모를 불안감이 가슴속에 오가는 것이었다.

그는 객실에 안내되어 다른 때와 마찬가지로 기다렸다. 이윽고 문이 열리고 몸집이 큰 남자가 나타났다. 수염이 희고 훈장을 달았으며 매우 의젓하고 몸가짐이 단정한 남자였다. 그 남자는 공손한 태도로 그의 곁으로 다가와서 말했다.

"말씀은 집사람에게서 가끔 들었습니다만 가깝게 지낼 수 있게 되어 매우 기쁩니다."

뒤루아는 억지로 부드러운 표정을 지으려고 애쓰면서 앞으로 나왔다. 그리고 주인의 내민 손을 과장된 몸짓으로 힘을 주어 잡았다. 그러고 나서 자리에 앉자 아무것도 할 말이 생각나지 않았다.

드 마렐 씨는 난로에 장작을 더 넣고 나서 물었다.

"신문사 일에 종사하신 지 오래되셨습니까?"

"아뇨, 겨우 오륙 개월 됩니다."

"그렇다면 승진이 무척 빠르시군요."

"글쎄요, 빠른 편이겠죠."

그러고 나서 그는 자신의 말을 깊게 생각하지도 않고 처음 대하는 사람들 사이에서 언제나 주고받는 상투적인 이야기를 늘어놓으면서 지껄이기 시작했다. 그는 이제 마음도 놓이고, 그런 상황이 매우 재미있게 생각되기 시작했다. 그리고 드 마렐 씨의 건실하고 점잖은 얼굴을 바라보면서 '이봐, 자네 마누라를 내가 가로챘네. 자네 마누라를 말일세.' 하고 생각하면서 비

웃어 주고 싶은 심정으로 가득 찼다. 그러자 남몰래 악의에 찬 만족감이 가슴속에서 솟아올랐다. 감쪽같이 보기 좋게 훔쳤으면서도 아무에게도 의심받지 않는 도둑 같은 기쁨이, 악랄하고 형용할 수 없는 기쁨이 가슴에 넘쳤다. 그리고 돌연 이 남자의 친구가 되어 신뢰를 얻고 그의 생애 온갖 비밀을 털어놓게 하고 싶은 생각까지 들었다.

드 마렐 부인이 갑자기 들어왔다. 그녀는 미소를 지으며 수수께끼 같은 눈길로 두 사람을 힐끔 바라보고 나서 뒤루아 곁으로 왔다. 그러나 그는 남편 앞에서는 언제나처럼 그 손에 키스할 용기가 나지 않았다.

그녀는 온갖 세상일을 다 겪은 여자처럼 침착하고 쾌활하게 행동했다. 천성이 거리낌 없는 그녀의 간교한 꾀로 보면 이 모임도 극히 자연스럽고 흔해 빠진 일로밖에는 생각되지 않았다. 로린도 나왔는데 여느 때보다 얌전하게 조르주에게 이마를 내밀었다. 아버지가 계시기 때문에 수줍어 했다.

어머니가 그녀에게 말했다.

"어머, 벨아미라고 부르지 않니, 오늘은?"

그녀는 얼굴이 새빨개졌다. 마치 무언가 천하고 버릇없는 짓을 하거나 입 밖에 내서는 안 될 말을 듣기라도 한 듯, 또는 옳지 못한 마음속의 비밀을 폭로당한 것 같았다.

포레스티에 부부가 왔을 때 사람들은 모두 샤를의 모습을 보고 깜짝 놀랐다. 그는 일주일 동안에 무섭도록 여위었고 창백해졌으며 끊임없이 기침을 했다. 다음 목요일에는 의사의 엄중한 명령으로 칸으로 간다고 했다.

그들은 식사가 끝나자 곧 돌아갔다. 뒤루아는 고개를 흔들면서 말했다.

"무척 말랐군요. 저러다간 오래 살지 못하겠는데요."

드 마렐 부인은 아무렇지도 않은 듯이 잘라 말했다.

"이젠 틀렸어요. 하지만 저런 부인을 맞은 것은 행운이었어요."

"그렇게 많이 도움이 되었습니까?"

뒤루아가 물었다.

"돕는 정도가 아니라 부인이 모두 혼자서 했죠. 세상일에 밝고 사람을 만나는 것 같지도 않은데 누구든 다 알고, 필요하다고 생각하는 것은 마음대로 언제라도 손에 넣거든요. 정말 부인만큼 영리하고 교묘하고 책략에 능한 여자는 없을 거예요. 출세를 바라는 남자에게는 보물이죠."

"틀림없이 곧 재혼하겠지요?"

"그렇겠죠. 이미 어느 분께서 점을 찍어 놓았다 해도 저는 놀라지 않아요……. 국회의원쯤이라도 말이죠……. 그쪽에서 싫다고 하지만 않는다면……. 왜냐하면 여러 가지 큰 장애물들이 있을 테니까요……. 도덕상…… 하지만 사실은 저도 아무것도 몰라요."

드 마렐 씨가 오랫동안 참다못해 꾸짖었다.

"당신은 언제나 이상하게 남을 의심하고 억측하는 말만 하는데, 나는 매우 싫소. 남의 일에는 참견하지 말아요. 다만 양심이 허락하는 대로 따르면 족한 거요. 그것이 모든 사람이 지켜야 할 규칙이오."

뒤루아는 어쩐지 머릿속이 어수선해지고 걷잡을 수 없는 생각으로 마음이 산란해져서 작별 인사를 했다.

이튿날 그는 포레스티에 부부를 방문했다. 그들은 짐을 거의 다 꾸려 가고 있었다. 샤를은 긴 의자에 비스듬히 누워 숨쉬기가 힘들다는 것을 과장해서 호소했다.

"한 달 전에 떠났어야 했어."

그는 되풀이해서 말했다. 그리고 왈테르 씨와 완전히 타협을 보고 이야기가 다 되었는데도 신문사 일에 관해서 뒤루아에게 이것저것 주의를 주었다.

뒤루아는 돌아갈 때 친구의 손을 꼭 잡고 말했다.

"그럼 자네, 빨리 나아서 돌아오게."

부인이 문까지 배웅 나왔으므로 그는 재빨리 말했다.

"일전에 했던 약속을 잊지는 않으셨겠죠. 우리는 친구고 한편입니다. 그러니까 만약 제가 필요하시다면 어떤 일이고 사양하실 것 없습니다. 전보나 편지를 주시면 당장 갈 테니까요."

부인은 중얼거렸다.

"감사합니다. 잊지 않을게요."

그녀의 눈은 말보다 더 깊고 온화하게 고맙다고 말하고 있었다.

뒤루아는 계단을 내려가다가 전에 부인의 방에서 한 번 만난 일이 있는 드 보드렉 씨가 천천히 올라오는 것을 보았다. 백작은 슬퍼 보였다. 포레스티에 부부가 떠나기 때문일까? 신문기자는 사교계 사람이라는 것을 보이기 위해 공손하게 인사를 했다.

상대도 점잖게 답례를 보냈으나 약간 거만한 태도였다.

포레스티에 부부는 목요일 밤에 출발했다.

7장

샤를이 떠나자 뒤루아는 《라 비 프랑세즈》 편집국에서 더욱 중요한 인물이 되었다. 사회면 기사에 서명하는 한편 사설에도 가끔 서명했다. 각자가 자기 원고에 책임을 지라는 것이 사장의 희망 사항이었기 때문이다. 뒤루아는 몇 번인가 논쟁을 일으켰지만 그것도 솜씨 좋게 결말을 지었다. 그리고 정치가들과 끊임없이 접촉하는 동안 능숙하고 통찰력 있는 정치 기자가 될 준비를 조금씩 해 나갔다.

다만 얼룩 하나가 그의 앞길에 보였다. 한 비판적인 작은 신문이 그를, 즉 《라 비 프랑세즈》의 사회부장을 끊임없이 공격했다. 《라 플륌》이라는 신문의 그 익명 기자는 그를 왈테르 씨의 깜짝 '낙하산' 사회부장이라면서 매일 적대적 논조로 독설과 온갖 종류의 비방을 퍼부어댔다.

자크 리발이 어느 날 뒤루아에게 말했다.

"당신도 어지간히 참을성이 많군."

"어쩌겠습니까. 직접 공격해 오는 건 없으니까."

그런데 어느 날 오후, 편집실로 들어가자 부아르나르가 그에게 《라플륌》을 한 부 내밀었다.

"자, 당신한테 매우 불쾌한 기사가 또 실렸소."

"아! 무엇에 관해서죠?"

"하찮은 일인데, 오베르라는 여자가 풍기단속반 경찰에게 체포된 사건이오."

뒤루아는 내민 신문을 받아 읽었다. 「즐기는 뒤루아」라는 표제 아래 다음과 같은 기사가 실려 있었다.

오늘 《라비 프랑세즈》의 한 저명한 기자는 우리 신문사가 일전에 보도한, 가증스러운 풍기단속반의 어느 경찰에게 붙잡힌 오베르라는 부인이 단순히 우리가 날조한 인물에 지나지 않는다고 발표했다. 그러나 문제의 부인은 현재 몽마르트르의 에퀴뢰이 거리 18번지에 거주한다. 원래 왈테르 은행의 행원들이 그 영업을 묵인하는 치안국 앞잡이들을 지지함으로써 얼마나 막대한 이익을 올리는가는 우리가 잘 안다. 우리는 문제의 기자가 그만이 알고 있는 선정적인 기사를 우리에게 더러 제공할 것을 바라 마지않는다. 즉 다음 날 취소하는 사망 통지, 있지도 않았던 전투의 보도, 실제는 아무 말도 한 일이 없는 각국 군주들의 중대한 발언, 요컨대 '왈테르의 이익'을 만들어 내는 갖가지 보도, 혹은 이익을 창출하기 위해 꾸며 낸 야회에서의 사교 부인의 망언, 또는 우리 동업자 중 누군가에게 많은 수입을 가져다주는 어느 제품의 우수성에 대한 선전 등등.

그는 화가 나기보다는 오히려 어이가 없어서 서 있었다. 안 것은 다만 매우 불쾌한 기사가 실렸다는 것뿐이었다.

부아르나르가 거듭 물었다.

"누가 이 기사를 갖고 왔죠?"

뒤루아는 떠오르지 않아서 곰곰이 생각했다. 그러다가 갑자기 기억이 되살아났다.

"아, 생포탱이죠."

그는 다시 《라플륌》의 한 구절을 읽어 보고 매수 혐의를 받는 데에 화가 치밀어서 갑자기 얼굴을 붉혔다. 그리고 외쳤다.

"뭐라고! 내가 돈으로 매수되었다니……."

부아르나르가 가로막으면서 말했다.

"바로 그거요! 당신에겐 매우 난처한 이야기지. 사장은 이런 일에는 매우 신경질적이니까 말이오. 사회기사에는 흔한 이야기지만……."

마침 그때 생포탱이 들어왔다. 뒤루아는 그쪽으로 달려갔다.

"자네 《라플륌》 기사를 읽었나?"

"읽었지. 그래서 지금 오베르라는 여자한테 갔다 오는 길일세. 실제 인물이더군. 그러나 체포된 일은 전혀 없다는 거야. 그러니까 사실 무근이지."

그래서 뒤루아는 사장에게로 달려갔다. 사장은 귀찮은 듯한 눈으로 약간 냉랭한 태도를 보였다. 그리고 사정을 다 듣고 나자 이렇게 말했다.

"자네가 직접 그 여자에게 가서 다시는 그런 기사가 씌지 않도록 담판을 짓고 오게. 왜냐하면 끝 부분 문구가 문제인데, 그런 것은 신문이나 나나 자네에게 매우 난처하네. 신문기자는 카이사르의 아내 이상으로 조금이라도 의심을 받아서는 안 돼."

뒤루아는 생포탱을 안내자로 삼고 마차에 올라타서 마부에게 고함쳤다.

"몽마르트르의 에퀴뢰이 거리 18번지!"

오베르의 집은 엄청나게 커서 층계를 여섯 개나 올라가야했다. 모직 내의를 입은 채로 노파가 문을 열더니 생포탱을 보자 의아한 듯 물었다.

"또 무슨 일이 남았나요?"

"이분을 모시고 왔어요. 치안국 감찰관인데 댁의 사건을 자세히 알고 싶다고 하시는군요."

그녀는 그들을 방으로 안내하면서 말했다.

"그 뒤에 신문사에서 왔다면서 두 사람이나 또 왔더랬어요. 무슨 신문사인지 모르지만."

그러고 나서 뒤루아를 바라보며 물었다.

"그래, 댁이 자세히 알고 싶으신 건가요?"

"네. 당신은 풍기단속반에게 붙잡힌 일이 있습니까?"

그녀는 두 팔을 쳐들었다.

"천만에요. 평생에 그런 일은 없어요. 사실 이야기는 이래요. 내가 늘 가는 푸줏간은 서비스는 좋은데 근량을 속이곤했죠. 나는 몇 번이나 눈치 챘지만 잠자코 있었어요. 그런데 일전에 딸하고 사위가 온다기에 양 갈비 고기를 1킬로그램 사러갔더니 부스러기 뼈다귀까지 모조리 넣어서 달더군요. 그야 갈비 고기를 발라낸 뼈다귀겠지만 그런 것은 싫었어요, 스튜로쓸 수는 있겠지만. 글쎄, 양 갈비를 달라는데 다른 손님이 사고 난 부스러기 뼈를 준다는 건 너무하잖아요. 그런 건 싫다고 하니까 나더러 늙어 빠진 시궁창 쥐라는 거예요. 그래서 나도 늙은 도둑놈이라고 했죠. 결국 이러쿵저러쿵 한바탕 싸웠더니 가게 앞에 백 명 남짓한 사람들이 모여서 모두 깔깔대고 웃지 않겠어요. 괘씸하고 정말 뭐라고 해야 할지를 몰라서 결국 경찰관을 불러다가 경찰서에 가서 시비를 가리기로 하고 둘이 함께 갔어요. 그래 양쪽 다 잘잘못이 없는 것으로 끝난 거죠. 그 뒤부터 나는 다른 가게에 가기로 하고 그 가게 앞을 지나지 않아요. 또다시 소동을 일으키면 안 되니까요."

그녀는 이렇게 말하고 입을 다물었다. 뒤루아가 물었다.

"그것뿐입니까?"

"정말 그것뿐이에요."

노파가 과실주를 한 잔 권했지만 뒤루아는 싫다고 거절했다. 그녀는 그 보고서에 고기 장수가 근량을 속인 것을 덧붙여 주기 바란다고 끈질기게 부탁했다.

신문사로 돌아오자 그는 즉시 반박문을 썼다.

《라플륌》의 풋내기 익명 기자가 그 깃털*을 한 개 뽑아서 어떤 노파에 관한 일로 나에게 싸움을 걸어 왔다. 그는 그 노파가 풍기단속반의 순경에게 체포되었다고 주장하지만 나는 그것을 부정한다. 나는 그 오베르라는 부인과 직접 만났는데, 나이는 적어도 예순을 넘었다. 그녀의 자세한 이야기에 의하면 양 갈비 고기의 근량 때문에 고기 장수와 다툰 결과 경찰서장에게 사정을

---

* 플륌은 '깃'이라는 뜻.

진술하러 갔을 뿐이다.

사건의 진상은 이상이 전부다.

또《라플륌》기자가 말한 다른 여러 가지 중상에 대해서는 모두 무시하겠다. 더욱이 그와 같은 일이 익명으로 쓰인 경우 응수하지 않을 것은 당연한 일이다.

조르주 뒤루아

신문사에 막 온 왈테르 씨와 자크 리발이 이 글로 충분하다고 했기 때문에 그날 중으로 사회기사 끝에 신기로 결정했다.

뒤루아는 약간 흥분한 채 불안을 느끼면서 일찍 집으로 돌아왔다. 상대는 뭐라고 대답을 해 올까? 도대체 어떤 녀석인데 무엇 때문에 그런 난폭한 공격을 해 오는 것일까? 신문기자는 기질이 거칠기 때문에 이런 하찮은 사건이 어떤 결과를 초래할지 몰랐다. 그는 잠을 잘 이루지 못했다.

이튿날 신문에 실린 자신의 글을 다시 읽어 보니 원고로 읽었을 때보다 인쇄된 편이 훨씬 도전적이었다. 문구를 좀 더 부드럽게 할 걸 그랬다는 생각이 들었다.

그는 하루 종일 들떠서 그날 밤도 역시 푹 자지 못했다. 이튿날 틀림없이 반박문이 실릴 거라고 생각하고 새벽부터 일어나서《라플륌》을 사러 나섰다.

날씨가 다시 추워져서 거리는 꽁꽁 얼어붙어 있었다. 길 옆 도랑은 흐르던 채로 얼어서 한길 양쪽으로 얼음 리본 두 줄을 풀어 놓고 있었다.

신문은 아직 가게에 와 있지 않았다. 뒤루아는 문득 자신의 맨 처음 기사인 「아프리카 수렵병의 회상」이 나온 날의 일을 상기했다. 손발이 곱아서 특히 손가락 끝이 아파 왔다. 그는 유리 가판대 주위를 뛰기 시작했다. 가판대 안에서는 여점원이 조그만 화로에 달라붙어서 모직 머플러를 두르고 빨간 뺨과 코끝만을 작은 창문으로 보이고 있었다.

간신히 신문 배달원이 달려와서 기다리던 신문 뭉치를 네모진 유리 창문으로 던지고 갔다. 친절한 여자는 《라 플륌》을 펼친 채로 내주었다.

그는 눈을 굴려 자신의 이름을 찾았으나 처음엔 눈에 띄지 않아 적이 마음이 놓였다. 그러나 그 순간, 앞뒤로 횡선을 그은 다음 기사가 눈에 띄었다.

《라 비 프랑세즈》의 뒤루아 씨는 우리 기사를 부정했으나 그의 부정은 또다시 허위다. 그는 오베르라는 부인이 현재 살아 있고 더욱이 경찰관에 의하여 경찰서에 연행되었던 사실을 인정한다. 따라서 남은 문제는 다만 경찰관이라는 말 앞에 풍기단속반이라는 글자를 첨가한 것이다.

그러나 신문기자의 양심은 왕왕 그 재능과 수준을 같이하는 법이다.

본인도 여기에 서명한다.

루이 랑그르몽

이것을 읽고 뒤루아의 심장은 심하게 고동치기 시작했다. 어떻게 하면 좋을지 몰라서 옷을 갈아입으러 집으로 돌아왔다. 마침내 모욕을 받고 말았다. 이제 망설일 여지가 없다! 더욱이 그 동기란 참으로 하찮은 일이다. 고작 고기 장수와 싸움을 한 늙은 노파 때문인 것이다.

그는 서둘러 옷을 입고 아직 8시밖에 되지 않았는데도 왈테르 씨의 집으로 갔다.

왈테르 씨는 벌써 일어나서 《라플륌》을 읽고 있었다. 그는 뒤루아를 보자 심각한 얼굴로 말했다.

"이렇게 된 이상 자네는 이제 물러서고 싶어도 물러설 수 없네."

그는 대답하지 않았다. 사장은 말을 이었다.

"곧 리발을 만나러 가게. 방법을 잘 가르쳐 줄 걸세."

뒤루아는 알아들을 수 없는 말을 두어 마디 중얼거리고 사장 댁을 물러나와 리발에게 달려갔다. 그는 아직 자고 있었으나 초인종 소리에 침대에서 뛰어내렸다. 그는 그 기사를 읽자 소리쳤다.

"제기랄! 이건 안 할 수 없겠는걸. 또 한 사람의 입회인으로 자넨 누구를 지목할 건가?"

"아니, 모르겠네, 난."

"부아르나르는…… 어떻겠나?"

"응, 그거 좋지."

"자네 검술에 능한가?"

"전혀 못하네."

"그건 난처하군. 그럼 권총은?"

"조금은 쏘지."

"됐네, 그럼 내가 모든 준비를 하고 올 때까지 연습을 하게. 잠깐만 기다리게."

그는 세면실로 들어간 지 얼마 되지 않아 얼굴을 씻고 수염을 깎은 후, 말쑥하게 단장을 하고 나왔다.

"자, 따라오게."

그는 작은 호텔의 한 모퉁이에 살았는데, 뒤루아를 커다란 지하실로 데리고 갔다. 그곳은 거리로 난 창문을 모조리 막아 검술과 사격 연습장으로 쓰였다.

인접한 조그마한 지하실까지 한 줄로 늘어선 가스등에 전부 불을 켜자, 안쪽에 파랑과 빨강으로 칠한 철제 인형이 보였다. 그는 뒤로 총알을 재는 신식 권총을 두 자루 테이블 위에 놓고, 마치 결투장에나 있는 것처럼 짧고 또렷한 목소리로 명령했다.

"준비는 됐는가……? 발사! 하나, 둘, 셋."

뒤루아는 몹시 놀라서 명령하는 대로 팔을 들고 겨누어 쏘았다. 어린 시절 아버지의 구식 승마용 권총으로 뜰의 비둘기를 쏜 일이 가끔 있었기 때문에 몇 번이나 인형의 배 복판에 명중되었다. 자크 리발은 만족해서 외쳤다.

"좋네, 매우 좋아. 나무랄 데 없군그래. 잘될 거야, 잘될 거야."

그러고 나서 그는 이렇게 말하며 나갔다.

"정오가 될 때까지 그렇게 쏘게. 총알은 여기 있네. 전부 다 쏴 버려도 괜찮네. 점심때 부르러 올 테니까 그때 결과를 알려 주지."

혼자 남은 뒤루아는 대여섯 발 더 쏘았으나 이윽고 앉아서 생각에 잠겼다.

어찌 됐건 이 무슨 망측한 일일까! 도대체 이런 짓을 해서 무얼 하겠다는 건가. 사기꾼이 결투를 했다고 해서 사기꾼이

안 될 리도 없고 모욕당한 진실한 남자가 건달 때문에 목숨을 걸어서 무슨 이득이 된단 말인가. 이렇게 음울한 상념을 좇는 동안에 문득 노르베르 드 바렌이 인간 정신의 빈곤함이며 사상의 범속함, 관심의 어리석음과 도덕의 하찮음에 대해서 이야기한 것을 생각해 냈다.

그는 큰 소리로 외쳤다.

"그의 말이 정말 옳다!"

몹시 목이 말랐다. 뒤쪽에서 물방울 떨어지는 소리가 나서 찾아보니 샤워 장치가 있었다. 그는 수도꼭지에 입을 대고 물을 마신 다음 또 생각하기 시작했다. 그 지하실은 음침했다. 무덤처럼 음침했다. 멀리 굴러가는 마차의 둔한 소리가 마치 먼 곳에서 울리는 천둥소리 같았다. 도대체 몇 시나 됐을까. 마치 감옥 안에서 간수가 식사를 날라 올 때 외에는 때를 알지 못하듯 그 지하실에선 시각을 전혀 알 수 없었다. 그는 무척 오랫동안 기다렸다.

그러다가 갑자기 발소리와 말소리가 들리더니 자크 리발이 부아르나르를 데리고 들어왔다. 리발은 뒤루아를 보자 곧 외쳤다.

"결정됐네!"

뒤루아는 사과문이나 다른 무언가로 이야기가 된 줄 알고 가슴이 뛰어 중얼거렸다.

"아아! 고맙네."

그러나 리발은 다시 이어서 말했다.

"그 랑그르몽이라는 녀석, 제법 분명한 놈이더군. 그래서 우리 조건을 전부 승낙했네. 간격은 스물다섯 걸음, 신호와 함께 권총을 높이 겨누고 한 발씩 쏜다. 그렇게 하면 낮게 잡는 것보다도 훨씬 조준이 정확하네. 여보게, 부아르나르, 보게나, 내가 말한 대로니까."

그는 무기를 들고 사격을 시작해서 팔을 높이 쳐드는 편이 얼마나 조준이 정확한가를 증명해 보였다.

그러고 나서 말했다.

"자, 우리 점심 식사를 하러 가세. 벌써 12시가 지났네."

그들은 근처 레스토랑으로 들어갔다. 뒤루아는 이제 거의 말을 하지 않았다. 그러나 공포를 느끼는 것처럼 보이지 않으려고 억지로 먹었다. 그러고 나서 오후에는 부아르나르와 함께 신문사에 가서 건성으로 기계적으로 일을 했다. 그래서 남들은 그를 매우 용기 있는 사람으로 보았다.

자크 리발이 오후에 와서 그의 손을 잡았다. 입회인 두 사람이 이튿날 아침 7시에 포장마차를 타고 뒤루아를 데리러 집으로 가서 결투를 행할 베지네 숲으로 안내하기로 결정했다.

이러한 모든 일이 그도 모르는 사이에 그의 의견을 무시하고 진행되었다. 그가 한마디 의견도 말하지 않고, 승낙도 거절도 할 틈이 없는 가운데 일은 일사천리로 결정되어 버렸다. 그는 너무 당황해서 어쩔 줄 모르고 뭐가 뭔지 전혀 알 수 없었다.

뒤루아는 부아르나르와 저녁 식사를 하고 9시경 집으로 돌아왔다. 부아르나르는 충실하게 온종일 그의 곁을 떠나지 않았다.

혼자 있게 되자 그는 한동안 성큼성큼 방 안을 걸어 다녔다. 마음이 너무나 산란해서 아무것도 생각나지 않았다. 다만 하나, 내일 결투한다는 생각만이 마음을 채우고 있었다. 그러나 그렇게 생각해도 막연하고 강렬한 감동 외에는 아무것도 느껴지지 않았다. 그는 병사로서 아라비아인을 쏜 일이 있었으나 그것은 사냥하러 가서 산돼지를 쏘는 것과 같았다.

요컨대 자신은 해야 할 일을 했고 취한 태도도 잘못되지 않았다. 세상은 그것을 이야기하고 시인하고 칭찬해 줄 것이다. 그는 누구나가 혼자서 생각하기 어려울 때에 곧잘 하듯이 큰 소리로 외쳤다.

"그놈은 어쩌면 그렇게도 뻔뻔한 것일까!"

그는 앉아서 생각하기 시작했다. 조그마한 책상 위에 리발이 주소를 알아 두라고 하며 준 상대의 명함이 팽개쳐져 있었다. 그는 낮에 몇 번씩이나 읽은 명함을 또다시 읽었다.

루이 랑그르몽, 몽마르트르 거리 176번지.

그것밖에는 씌어 있지 않았다.

그는 이 글자들의 집합이 무언가 기묘하고 어쩐지 기분 나쁜 의미로 가득 채워지기라도 한 양 유심히 지켜보았다. 루이 랑그르몽이란 어떤 인간일까. 나이는? 키는? 얼굴은?

얼굴도 전혀 모르는 남이 아무런 이유도 없이 단순한 일시적 기분에서 고기 장수와 싸운 보잘것없는 노파 때문에 느닷없이 남의 생활을 뒤엎으려 하다니, 이 얼마나 어이없는 일인가!

그는 다시 한 번 "어쩌면 그렇게 뻔뻔하단 말인가!" 하고 되풀이했다.

그리고 언제까지나 명함을 노려보고 생각에 잠겨 꼼짝도 하지 않았다. 그러자 마침내 그 한 장의 종잇조각에 대해서 말할 수 없는 분노가 치밀어 왔다. 깊은 증오를 담은 분노였지만 뭔가 이상한 불쾌감이 섞여 있었다.

'이 무슨 너절한 사건이란 말인가!'

그는 손톱 깎는 가위를 가져다가 마치 누군가를 찌르듯이 인쇄한 이름 한복판을 푹 찔렀다.

'그렇다면 나는 드디어 결투를 한단 말인가, 게다가 권총으로. 어째서 칼을 선택하지 않았을까. 칼이라면 손이나 팔을 약간 찔릴 뿐 생명에 지장은 없을 텐데. 권총이라면 어떤 결과가 될지 짐작할 수도 없지 않은가.'

그는 말했다.

"자, 용기를 내라!"

자신의 목소리가 몸서리쳐져서 그는 불현듯 주위를 둘러보았다. 그리고 몹시 신경이 곤두선 자신을 깨닫고는 물을 한 모금 마시고 잠자리에 들 준비를 했다.

불을 끄고 잠자리에 들자마자 그는 눈을 감았다.

방 안은 무척 추웠는데도 이불 속은 몹시 더웠다. 그러나 그는 잠을 이루지 못하고 줄곧 몸을 뒤척거렸다. 오 분쯤 겨우 똑바로 누웠다가 왼쪽 아래로 내려가고 다시 오른쪽으로 굴러갔다.

아직도 목이 탔다. 다시 일어나 물을 마시자 갑자기 불안감에 사로잡혔다.

'나는 마지막 중요한 때에 가서 떨지는 않을까?'

방 안에서 무슨 소리가 날 때마다 왜 이렇게 심장이 막 뛰는 걸까? 언제나 익히 들어 온 소리인데 말이다. 때를 알리려고 뻐꾸기시계 태엽이 풀리는 소리가 나자 그는 기겁을 해서 뛰어 일어났다. 가슴이 죄는 것처럼 답답해서 한동안은 입을 벌리고 숨을 쉬어야 했다.

그는 되도록 이성을 찾아서 자신이 두려움에 떨 가능성에 대해 생각해 보았다.

아니, 마지막까지 해치울 결심으로 훌륭하게 결투하며 절대로 떨지 않겠다는 의지를 굳힌 이상 결코 두려워하거나 하지 않을 것이다. 그러나 그는 마음속으로 몹시 흥분한 것을 의식하고 '자신의 의지와 관계없이 두려워하는 일도 있을까?' 하고 생각해 보았다. 그러자 그러한 의혹이 마음에 스며들어 불안과 초조에 시달렸다. 만약 자신의 의지보다도 훨씬 강력하고 압도적인, 반항할 도리도 없는 힘에 지배당한다면 어떻게 될 것인가? 정말 어떤 일이 생길 것인가.

결투장에 갈 작정이니까 물론 가기는 갈 것이다. 그러나 만약 떨기 시작한다면? 의식을 잃기라도 한다면? 그는 자신의 지위며 평판이며 장래를 생각했다.

갑자기 일어나서 얼굴을 거울에 비춰 보고 싶은 충동이 생겨 촛불을 켰다. 매끄러운 유리에 얼굴을 비춰 보았을 때, 그는 그것이 자신의 얼굴이라고는 도저히 믿어지지 않았다. 지금까지 한 번도 본 일이 없는 얼굴 같았다. 눈이 터무니없이 크고 얼굴은 물론 창백했다. 핏기가 전혀 없는 안색이었다.

느닷없이 '내일 이맘때쯤 나는 아마 죽어 있을 것이다.' 하는 생각이 총알처럼 가슴을 꿰뚫고 지나갔다. 그러자 심장이 다시 세차게 뛰기 시작했다.

그는 다시 침대 쪽으로 되돌아갔으나 일어났던 그 이불 속에 자신이 반듯이 누운 모습을 분명히 보았다. 죽은 사람처럼 움푹 파인 얼굴에 손은 벌써 움직이지 않는 듯 새하얬다.

그는 두려워져서 침대를 보지 않으려고 창문을 열어 밖을 내다보았다.

얼음 조각처럼 차가운 바람이 발끝부터 머리끝까지 살을 에었다. 그는 숨을 헐떡이며 뒤로 물러섰다.

난로에 불을 피우려는 생각에 그는 뒤를 돌아보지 않고 천천히 불씨를 부채질했다. 무엇에 닿을 적마다 두 손이 신경질적인 전율로 부들부들 떨렸다. 머릿속이 멍해져서 토막 난 생각이 소용돌이치고 마치 안개처럼 희미해서 괴로울 뿐이었다. 술을 지나치게 마신 듯이 머리가 마비되어 갔다.

그는 끊임없이 '어떻게 하나? 어떻게 되는 걸까?' 하고 자신에게 물었다.

그리고 '정신을 차려야 한다. 정신을 차려야 해.' 하고 연방 기계적으로 되풀이하면서 또 걷기 시작했다.

그리고 혼잣말로 중얼거렸다.

"만약의 경우를 생각해서 부모님께 편지를 써 두자."

그는 의자에 앉아 편지지를 꺼내어 "그리운 아버님, 사랑하는 어머님……." 하고 썼다.

그러나 이와 같은 비극적인 경우에 이런 말은 너무나 부드럽다고 생각하여 종이를 곧 찢어 버리고 다시 썼다.

"존경하는 아버님, 존경하는 어머님, 저는 내일 날이 밝기를 기다려서 결투하기로 했습니다. 그런데 만약, 만의 하나라도……."

그러나 그 뒤를 이을 수가 없어서 벌떡 일어섰다.

그는 자신의 일을 제삼자 입장에서 생각해 보았다. 한 대 세게 얻어맞고 쓰러지는 느낌이었다.

'그는 결투에 나서려고 했다. 그것은 이미 피할 수 없는 일이었다. 과연 그는 무엇을 생각했을까? 그는 싸우려고 생각했고,

의지와 결심이 견고했다. 그러나 그의 모든 노력에도 그에겐 결투장으로 가기에 필요한 힘조차 없었다.'

이따금 조그맣게 마른 소리를 내면서 이가 입 안에서 마주쳤다. 그는 이렇게도 생각해 보았다.

'상대는 이미 전에도 결투를 한 일이 있을까? 사격장에는 자주 드나들었을까? 그 방면에 이름이 알려진 용사일까?'

그는 상대의 이름을 들은 일이 없었다. 그러나 만약 그 사나이가 권총 사격 솜씨가 뛰어나지 않다면 그토록 서슴지 않고 군소리 없이 위험한 무기 사용을 승낙하지는 않았을 것이다.

그래서 뒤루아는 결투 현장을 상상하고 자신의 태도와 상대의 모습을 생각해 보았다. 그리고 싸움의 극히 미세한 점까지 필사적으로 머리에 그려 내려고 했다. 그러자 갑자기 눈앞에 지금 막 탄환을 발사하려는 총신의 그 작고 깊은 구멍이 까맣게 보여 왔다.

그는 그 순간 심한 절망의 발작에 사로잡혔다. 온몸에 소름이 쭉 끼치고 와들와들 떨렸다. 고함 소리를 내지 않으려고 이를 악물고, 마룻바닥을 구르고 무언가 닥치는 대로 찢어 버리고 물어뜯고 싶은 광적인 충동에 사로잡혔다. 그러다 그는 난로 위에 컵이 있는 것을 보고 거의 마시지 않은 브랜디를 한 병 벽장에 넣어 둔 것을 떠올렸다. 왜냐하면 지금도 매일 아침 치미는 울화를 술로 가라앉히는 군대에서의 습관을 지니고 있었기 때문이다.

그는 병을 들어 입을 댄 채 숨도 쉬지 않고 꿀꺽꿀꺽 주린 듯이 마셨다. 숨을 쉴 수 없게 되어서야 겨우 병을 놓았다. 3분의 1은 비었다.

곧 배 속이 타는 듯 뜨거워졌다. 그 열기가 손발에 퍼지고 취기가 도는 것과 함께 마음이 든든해졌다.

"이젠 됐다."

그는 이렇게 혼잣말을 하고, 몸이 타는 듯이 뜨거웠기 때문에 창문을 열었다.

고요히 얼어붙었던 밤은 이제 밝아지려 하고 있었다. 저 멀리 밝기 시작한 희뿌연 어둠 속에서 별이 꺼지려는 듯이 깜박이고, 산을 깎아 만든 철로 속에서도 초록이며 빨강 신호등이 빛을 잃어 갔다.

기관차가 몇 대씩 차고에서 나와 기적을 울리면서 열차를 연결하러 갔다. 다른 기관차들은 멀리서 몇 번이고 되풀이해서 날카로운 외침 소리를 울렸다. 시골에서 수탉이 우는 것처럼 잠에서 깨어나는 시간을 알리는 외침이다.

뒤루아는 '이런 경치도 이제는 두 번 다시 볼 수 없을 것이다.' 하고 생각했다. 그러나 또다시 자신을 허무하게 생각하여 마음이 울적해지는 것 같아서 분연히 마음을 분발케 했다.

'자, 이제 결투 때까지 아무것도 생각지 않으리라. 용기가 꺾이지 않기 위해서는 그것밖에 도리가 없다.'

그는 몸차림을 시작했다. 수염을 깎으면서, 자기 얼굴을 보는 것도 이것이 마지막이라고 생각하니 또다시 맥이 풀렸다. 그래서 다시 한 번 브랜디를 들이켜고 간신히 몸단장을 끝냈다.

그러고 나니 남은 시간을 보내는 데 힘이 들었다. 결국 방 안을 서성이면서 자꾸만 흥분되는 마음을 가라앉히려고 했다. 얼마 뒤에 문을 두드리는 소리가 들렸다. 그 소리에 그는 하마터면 뒤로 나자빠질 만큼 심한 충격을 받았다. 입회할 사람들이었다.

'벌써 왔구나!'

그들은 모피 달린 외투를 입고 있었다. 리발은 대범하게 그의 손을 잡고 말했다.

"밖은 시베리아 추위일세."

그러고 나서 물었다.

"어떤가, 상태는?"

"괜찮네."

"침착한가?"

"태연하네."

"그럼 됐네. 뭐 좀 먹고 마셨나?"

"응, 아무것도 생각 없네."

부아르나르는 제법 격식을 차려서 녹색과 황색 훈장을 달고 있었다. 뒤루아는 여태까지 그가 그런 훈장을 단 것을 본 적이 없었다.

거리로 나가자 한 신사가 포장마차 속에서 기다리고 있었다. 리발이 "르 브뤼망 의사일세." 하고 소개했다. 뒤루아는 "수고하십니다." 하고 중얼거리면서 그 손을 잡았다. 그러고 나서 앞좌석에 앉으려다가 무언가 딱딱한 것 위에 걸터앉자, 용수철이라도 튀는 양 튀어 올랐다. 권총 상자였다.

리발이 되풀이해서 말했다.

"아닐세, 뒷자리일세. 의사와 결투자는 뒷자리에 앉아야지."

뒤루아는 그 의미를 겨우 깨닫고 의사 옆에 털썩 주저앉았다.

두 입회인도 뒤를 따라 올라타고 마부가 마차를 몰았다. 그는 이미 가는 곳을 알고 있었다.

그런데 권총 상자 때문에 모두들 심기가 불편했다. 특히 뒤루아는 되도록 그것을 보지 않으려고 했다. 그래서 등 뒤에 놓았으나 허리가 아파서 견딜 수 없어 그것을 리발과 부아르나르 사이에 세워 놓았더니 또 자꾸만 쓰러졌다. 그래서 나중에는 발밑에 밀어 넣어 버렸다.

의사가 여러 일화를 들려주었으나 대화는 도무지 활기를 띠지 않았다. 대답을 하는 것은 리발뿐이었다. 뒤루아는 평정을 보이려 했으나 이야기의 갈피를 잡지 못해 마음의 혼란이 폭로될까 두려웠다. 게다가 또 떨려 오지나 않을까 하는 공포가 달라붙어 떨어지지 않았다.

마차는 얼마 안 가서 들판으로 나왔다. 9시경이었다. 자연계의 모든 것이 수정처럼 반짝반짝 빛나고 단단하게 얼어붙어서 조금만 건드려도 깨질 듯 보이는 몹시 추운 겨울 아침이었다. 나무들은 온통 눈에 덮여서 얼음 땀을 흘리는 듯했다. 대지가 말발굽 밑에서 높이 울리고 건조한 공기의 희미한 소리까지 멀리 전달했다. 푸른 하늘은 거울처럼 빛나면서도 그 자신이 식어 버린 듯이 얼어붙은 지상을 따뜻하게 해 줄 힘없는 빛을 던지고 있었다.

리발이 뒤루아에게 말했다.

"권총은 가스틴 르네트의 가게에서 사 왔네. 탄알도 그 사람이 손수 장전했지. 상자는 봉인되어 있네. 그러나 이것을 쓸지 저편 것을 쓸지는 제비를 뽑아서 결정하네."

뒤루아는 기계적으로 대답했다.

"고맙네."

그러자 리발은 그에게 행동 지침을 자세하게 설명했다. 그는 자신이 입회하는 쪽의 친구에게 실수하지 않도록 똑같은 점을 몇 번씩이나 되풀이해서 주의를 주었다.

"'모두 준비가 되었습니까?' 하고 물으면 힘 있는 목소리로 '좋소!' 하고 대답해야 하네. 그리고 '발사!' 하면 기운차게 팔을 쳐들고 셋까지 세는 동안 쏘는 걸세."

뒤루아는 마음속으로 되풀이했다.

'발사! 하면 팔을 들어야 한다. 발사! 하면 팔을 들어야 한다.'

포장마차는 숲 속으로 들어가서 가로수 길을 따라 오른쪽으로 꼬부라져서 다시 왼쪽으로 접어들었다. 리발이 갑자기 문을 열고 마부에게 말했다.

"거기 그 좁은 길로 들어가야 해."

마차는 마차 바퀴 자국이 난 샛길로 들어갔다. 길 양쪽 숲에는 얼음으로 가장자리를 두른 것 같은 가랑잎이 떨리고 있었다.

뒤루아는 여전히 "발사! 하면 팔을 들어야 해." 하고 중얼댔다. 그리고 마차가 사고라도 일으키면 모든 것이 끝날 텐데 하고 생각했다.

'아아, 마차가 뒤집힌다면 얼마나 좋을까! 그래서 기껏 다리 한쪽이 부러지거나 한다면!'

그러나 숲의 빈 터 끝에 마차가 한 대 서 있고 네 신사가 발을 녹이기 위해 제자리걸음을 하는 것이 보였다. 그것을 본 그는 숨이 막히는 것 같아서 입을 벌리지 않을 수 없었다.

입회인이 먼저 내리고 그다음에 의사와 결투자가 내렸다. 리발은 권총 상자를 안고 부아르나르와 함께 저편에서 걸어 나오는 낯모르는 두 신사 쪽으로 갔다. 뒤루아가 볼 때 그들은 의식적인 인사를 나누고 나서 뭔가 떨어뜨린 것이나 날아가 버린 거라도 찾는 양 땅바닥을 내려다보기도 하고 나무들을 올려다보기도 하면서 함께 빈 터 안을 돌아다녔다. 얼마 뒤에 그들은 걸음 수를 세고 언 땅에 힘들여서 짧은 지팡이를 두 개 꽂았다. 그런 다음 한데 모여 서서 아이들이 하듯이 금화를 던져서 앞인지 뒤인지를 가렸다.

르 브뤼망 박사가 뒤루아에게 물었다.

"기분은 어떠시오? 필요한 건 없나요?"

"네, 아무것도. 감사합니다."

그는 자신이 미쳤든가, 잠에 빠졌거나, 꿈이라도 꾸는 것같이 생각되었다. 뭔가 초자연적인 것이 갑자기 내려와서 온몸을 감싼 것 같았다.

겁을 먹은 것일까? 그럴지도 모른다. 그러나 그는 알 수 없었다. 주위의 것이 모두 변해 버린 것 같았다.

자크 리발이 되돌아와서 만족스러운 듯이 낮은 목소리로 말했다.

"이젠 준비가 다 되었네. 권총은 운 좋게 우리 것을 쓰게 되었네."

그런 것은 뒤루아에겐 아무래도 좋았다.

사람들이 그의 외투를 벗겼다. 그는 하는 대로 내버려 두었다. 그들은 다시 윗도리의 호주머니를 더듬어서 탄환을 피할 서류며 지갑이 들어 있지 않은지 확인했다.

그는 마음속으로 기도를 올리듯이 되풀이했다.

'발사! 하면 팔을 들어야 한다.'

그러고 나서 자크 리발은 뒤루아를 땅에 꽂은 지팡이 있는 데로 데리고 가서 권총을 건네주었다. 그때 바로 코앞에 키가 작은 남자가 서 있는 것이 보였다. 배가 나오고 머리가 벗고 안경을 쓰고 있었다. 그가 뒤루아의 상대였다.

그는 그 모습을 똑똑히 보면서도, '발사! 하는 동시에 팔을 들고 쏘아야 한다.'라는 것 외에는 아무것도 생각지 않았다.

주위의 정적을 깨고 사람의 소리가 울렸다. 아득히 먼 곳에서 들려오는 것 같았다. 그 목소리는 이렇게 물었다.

"모두 준비는 되었습니까?"

뒤루아는 외쳤다.

"좋소!"

그러자 그 목소리가 명령했다.

"발사!"

그는 그 이상 아무것도 들리지 않고 보이지 않으며 또한 아무것도 알 수 없었다. 다만 팔을 들고 방아쇠를 힘껏 당긴 것밖에는 의식하지 않았다.

소리는 전혀 들리지 않았다.

그러나 곧 자신의 권총 총구에서 연기가 조금 뿜어 나오는 것을 보았다. 그리고 눈앞의 남자가 처음과 같은 자세로 서 있고 그의 머리 위에도 조그만 흰 구름이 떠 있는 것을 보았다.

둘 다 쏜 것이다. 결투는 이미 끝난 것이다.

입회인과 의사가 그를 만져 보기도 하고 두드려 보기도 하고 옷 단추를 끄르고 근심스러운 듯이 물었다.

"다치진 않았나?"

그는 되는대로 대꾸했다.

"응, 아무렇지도 않은 것 같네."

랑그르몽도 그와 마찬가지로 전혀 상처 입지 않았다. 그래서 자크 리발은 못마땅한 듯한 어조로 중얼댔다.

"이 망할 권총이란 언제나 이렇단 말이야. 꼭 불발이든가, 아니면 죽여 버리고 말거든. 참 더러운 무기야!"

뒤루아는 놀라움과 기쁨으로 넋을 잃고 꼼짝도 하지 않았다.

'아아, 이제 끝났구나!'

그는 언제까지나 무기를 움켜쥐고 있었기 때문에 손에서 빼내야만 했다. 그는 온 세계와 싸운 것 같은 기분이었다.

'이제는 끝났다. 아아, 잘됐다!'

그는 갑자기 누구에게나 도전할 수 있을 듯한 용기를 느꼈다.

양쪽 입회인은 잠깐 이야기를 주고받고, 보고서를 작성하기 위해서 그날 중으로 만날 약속을 하고 각각 마차에 올라탔다. 마부는 좌석에서 껄껄 웃다가 채찍을 울리고 말을 몰았다.

그런 뒤에 넷은 큰 거리에 있는 음식점에서 아침 식사를 하면서 조금 전 사건에 대해 이야기했다. 뒤루아는 자신의 기분을 이야기했다.

"나는 아무렇지도 않았네. 전혀 마음이 꺾이지 않았어. 그야 자네들도 보고 있었으니까 알겠지."

리발이 대답했다.

"응, 자네 태도는 참으로 훌륭했어."

보고서가 작성되자 리발은 사회기사에 넣도록 그것을 뒤루아에게 줬다. 거기엔 놀랍게도 루이 랑그르몽 씨가 탄환을 두 발 발사한 것으로 되어 있었다. 뒤루아는 의아해서 리발에게 물었다.

"그렇지만 둘 다 한 발밖엔 쏘지 않았네."

상대는 빙그레 웃으며 말했다.

"응, 한 발이지……. 그러나 각각 한 발씩이니까 합하면 두 발 아니겠나."

뒤루아는 그 설명이 그럴듯하게 여겨져서 더 이상 캐묻지 않았다. 왈테르 영감은 그를 얼싸안았다.

"잘했네, 잘했어. 자네는《라비 프랑세즈》의 기백을 지켜 줬네. 정말 훌륭해."

뒤루아는 그날 밤 큰 신문과 큰 거리의 주요 카페에 얼굴을 내놓았다. 도중에 상대도 똑같이 얼굴을 내놓고 다니는 것을 두 번 보았다.

그러나 그들은 서로 인사하지 않았다. 만약 한편이 다쳤다면 굳게 손을 잡았을 것이다. 그러나 양쪽 다 상대의 탄환이 날아오는 소리를 들었다고 확신을 가지고 단언했다.

이튿날 아침 11시경, 그는 프티블뢰를 받았다.

아! 얼마나 두려웠는지 몰라요! 콩스탕티노플 거리로 빨리 와 주세요. 키스하고 싶어요. 나의 사랑, 당신은 정말 용감하세요. 당신을 사랑해요.

클로

그는 그녀를 만나러 갔다.

그녀는 그의 품에 뛰어들어 아무 데나 가리지 않고 마구 키스를 퍼부어 댔다.

"아아, 당신, 오늘 아침 신문을 읽고 얼마나 가슴이 뛰었는지! 자, 이야기해 주세요. 무엇이든 들려주세요."

그는 자초지종을 자세하게 이야기하지 않으면 안 되었다. 그녀는 물었다.

"결투하기 전날 밤, 얼마나 괴로우셨어요."

"아니, 아주 푹 잤소."

"저였다면 한숨도 못 잤을 거예요. 그래 결투장에 가서는 어땠어요?"

그는 연극 같은 이야기를 했다.

"서로 스무 걸음 떨어져서 마주 서자, 스무 걸음이라면 이 방 길이의 네 배밖에 안 되는데, 자크가 준비는 되었느냐고 묻고 나서 '발사!' 하고 명령했지. 나는 곧 팔을 쳐들고 똑바로 겨눴지만 머리를 겨눈 것이 실수였소. 내게 준 권총의 방아쇠가 너무 뻑뻑해서 말이오. 나는 언제나 부드러운 것에만 익숙해서 방아쇠의 반동으로 탄환이 위로 빗나간 거지. 그렇지만 그다지 멀리 벗어난 건 아니야. 상대 악당도 권총에 능수능란해서 말이오. 탄환이 관자놀이를 스쳤소. 바람을 가르고 날아오는 것을 느꼈으니까 말이오."

그녀는 그의 무릎 위에 앉아서 위험을 함께 나누려는 것처럼 그를 껴안고는 종알댔다.

"어머, 위험했군요. 정말 위험했군요."

그의 이야기가 끝나자 그녀가 말했다.

"내 사랑, 난 이제 정말 당신 없이는 못 살아요! 매일 만나고 싶어서 견딜 수가 없어요. 하지만 남편이 파리에 있어서 아무래도 형편이 좋지 않아요. 다만 오전 중 한 시간가량 당신이 일어나기 전에 기회를 마련해서 키스하러 올 수 있지만, 당신 집은 무서워서 다시는 갈 생각이 나질 않아요. 어떡하면 좋죠?"

그는 문득 어떤 일을 생각하고 물었다.

"여기는 얼마나 내고 있지?"

"한 달에 100프랑이에요."

"그럼 내가 여기 방 값을 내고 여기에 들기로 하지. 지금 방은 이젠 내 새로운 지위에는 어울리지 않으니까."

그녀는 한동안 생각하고 나서 대답했다.

"난 찬성하지 않아요."

그는 놀라서 물었다.

"어째서?"

"어째서라뇨……"

"당신이 싫어할 이유가 없지 않소? 이 방은 내게 꼭 알맞으니까 아무래도 여기에 들어야겠소."

그는 웃으면서 덧붙였다.

"게다가 내 이름으로 되어 있지 않소."

그러나 그녀는 여전히 승낙하지 않았다.

"싫어, 싫어요, 전 싫어요."

"도대체 왜 그래?"

그녀는 낮은 소리로 다정하게 그의 귀에 대고 소곤거렸다.

"여기에 다른 여자들을 데려오겠죠? 그러니까 싫어요."

그는 분개했다.

"천만에, 그게 무슨 소리요? 내 맹세하지."

"아뇨, 그렇게 말씀하시지만 역시 데려오실 거예요."

"맹세하겠어."

"정말?"

"그럼 정말이지. 명예를 걸고 약속하지. 여기는 우리 두 사람의 집이오, 우리만의."

그녀는 그가 너무나 사랑스러워서 그를 꼭 껴안고 말했다.

"그럼 좋아요. 하지만 잘 알아 두세요. 한 번이라도, 단 한 번이라도 약속을 어기면 그땐 우리 사이는 끝이에요. 영원히 끝나는 거예요."

그는 다시 한 번 굳게 맹세했다. 그리고 그녀가 문 앞을 지나칠 때에는 언제라도 만날 수 있도록 그날 안으로 이사하기로 했다.

잠시 후에 그녀가 말했다.

"그건 그렇고, 일요일에 저녁 식사하러 오세요. 남편은 당신을 무척 칭찬하더군요."

"아, 그래?"

"네, 우리 집 양반을 당신이 완전히 녹여 버렸어요. 그리고 당신, 시골 성관에서 자랐다고 언젠가 말씀하셨죠?"

"응, 그런데?"

"그럼 재배에 관한 것도 조금은 아시겠군요?"

"알지."

"그럼 우리 집 양반에게 원예나 농작물에 대한 이야기를 하세요. 그런 걸 아주 좋아하니까요."

"그럼 잊지 말고 이야기해야겠군."

그녀는 끝없이 키스를 퍼붓고 돌아갔다. 결투가 애정을 부채질한 셈이었다.

뒤루아는 신문사로 나가면서 생각했다.

'정말 웃기는 여자군! 멍청하기 이를 데 없어! 뭘 좋아하고 뭘 바라는지 도무지 알 수가 있어야 말이지. 그리고 저 부부도 참 이상해! 도대체 어떤 정신 나간 작자가 그 늙은이와 저 경솔한 여자를 짝지어 줄 생각을 했을까? 감찰관은 무슨 꿍꿍이로 저런 철부지 소녀 같은 여자하고 결혼할 생각을 한 거지? 미스터리야. 누가 알아? 저것도 사랑일지?'

그러고 나서 그는 이렇게 결론지었다.

'어쨌든 정부로선 더할 나위 없어. 저런 여자를 놓친다면 정말 얼간이겠지!'

8장

결투는 뒤루아를《라비 프랑세즈》사설 기자의 한 사람으로 밀어 올렸으나, 그는 새로운 사상을 생각해 내는 데에 매우 힘이 들었으므로 주로 풍기 문란이라든가, 인격 손상이라든가, 애국심 쇠퇴라든가, 프랑스적 명예심의 빈혈이라든가에 대해서 일가견을 늘어놓았다.(그는 이 빈혈이라는 말을 생각해 내고 매우 우쭐댔다.)

그리고 흔히 파리 기질이라고 부르는, 빈정거리기 좋아하고 의심 많고 더욱이 속단하는 성질에서 드 마렐 부인이 그의 장광설을 비웃고 기분 좋게 골려 주면 그는 빙그레 웃으면서 대꾸했다.

"웬걸, 이게 나중에는 대단한 인기를 끌 거야."

지금 그는 콩스탕티노플 거리에 살았다. 그곳에 그는 트렁크와 칫솔과 비누를 가져왔다. 이사는 그것으로 끝이었다. 일주일에 두서너 번, 젊은 여인은 그가 아직 일어나기도 전에 와서 순식간에 옷을 벗고는 밖의 추위에 오들오들 떨면서 잠자리 속으로 파고들었다.

뒤루아는 그 대신 매주 목요일마다 드 마렐 댁에서 저녁 식사를 하고 농사 이야기를 해서 그녀 남편의 환심을 샀다. 그도 재배에 관한 이야기를 좋아했으므로 때로는 서로 이야기에 열중해서 그들 공동의 아내가 긴 의자에서 조는 것도 완전히 잊고 마는 것이었다.

로린도 역시 때로는 아버지 무릎에서, 때로는 벨아미의 무릎에서 깊이 잠들었다. 신문기자가 돌아가면 드 마렐 씨는 언제나 "저 젊은이는 참으로 기분이 좋아. 매우 교양이 풍부한 사람이야." 하고 진지한 어조로 말했는데, 그는 어떤 사소한 일에도 늘 하는 버릇대로 점잖게 말했다.

2월도 끝나 갔다. 아침에 거리에서 꽃 파는 여자가 손수레를 끌고 지나칠 때면 오랑캐꽃 향기를 맡을 수 있게 되었다.

뒤루아는 구름 한 점 없는 하늘 아래서 한가하게 지냈다.

그런데 어느 날 밤 집에 돌아오자 문 밑에 편지 한 통이 끼어 있었다. 소인을 보니 발신지가 '칸'이었다. 그는 겉봉을 뜯고 읽었다.

칸 졸리 별장에서

그리운 벗, 뒤루아 씨, 전에 말씀하시기를 무슨 일이든 부탁하고 싶은 일이 생기면 말하라고 하셨지요? 그래서 그 말씀을 믿고 참으로 귀찮은 일을 부탁드리려 합니다. 부디 이곳으로 오셔서 저를 도와주셨으면 합니다. 샤를의 병세가 끝내 절망적이어서 전 혼자서 만약의 경우를 당할 때 어찌해야 좋을지 모르겠답니다. 두 주도 도저히 지탱할 수 없지 않을까 생각해요. 아직 살 아는 있습니다만 의사가 그렇게 말했어요.

저는 이제 밤이나 낮이나 저 고통을 보고 있을 힘과 용기가 없어져 버렸답니다. 그래서 임박한 임종을 생각하면 무섭답니다. 이런 일로 부탁을 드릴 수 있는 분은 당신밖에 없군요. 남편에겐 친척이 없으니까요. 게다가 당신은 남편의 전우였고, 남편은 당신을 신문사에 추천했어요. 제발 부탁이니 와 주세요. 그 밖에는 아무도 부를 사람이 없답니다.

아무쪼록 와 주세요. 부탁드립니다.

마들렌 포레스티에

기묘한 감정이 바람처럼 뒤루아의 마음에 불어닥쳤다. 마치 해방된 듯한 넓은 공간이 그의 앞길에 확 펼쳐진 것 같은 기분이었다. 그는 중얼거렸다.

"물론 가야지. 불쌍한 녀석! 그러나 우리 운명은 어쨌든 마찬가지야."

포레스티에 부인의 편지를 보였더니 사장은 투덜거리면서도 허가를 내 주고 덧붙였다.

"그러나 빨리 돌아와 주게. 자네가 없으면 안 되니까."

뒤루아는 이튿날 오전 7시 급행으로 칸을 향해 출발했다. 드 마렐 부부에게는 출발하기에 앞서 전보를 쳐 두었다.

그는 이튿날 오후 4시경에 칸에 도착했다.

심부름꾼이 졸리 별장으로 안내해 주었다. 졸리 별장은 칸에서 주앙 만으로 이어지고 전나무 숲 속 주위에 하얀 집들이 여기저기 흩어진 산 중턱에 있었다.

별장은 작고 낮은 이탈리아 식으로 숲 사이를 꼬불꼬불 오르는 길가에 있었다. 길은 한 바퀴 돌 때마다 아름다운 풍경을 연출했다.

하인이 문을 열면서 외쳤다.

"아아! 어서 오십시오. 부인께서 무척 기다리십니다."

"주인께선 좀 어떠신가?"

"좋지 않으십니다. 오래가지 못하실 겁니다."

젊은이가 안내된 객실에는 푸른 무늬를 배합한 장밋빛 페르시아 사라사가 쳐져 있었다. 높고 넓은 창문은 마을과 바다를 향했다.

뒤루아는 중얼거렸다.

"이거 아주 멋진 별장인데. 도대체 어디서 이런 돈을 마련했을까?"

옷 스치는 소리에 그는 돌아다보았다.

포레스티에 부인이 들어와서 두 손을 내밀었다.

"정말 미안합니다. 친절하시게도 바로 와 주셨군요."

그러고는 느닷없이 그에게 키스했다. 그런 다음 그들은 얼굴을 마주 보았다.

그녀는 약간 안색이 좋지 않고 좀 여위었지만 여전히 싱싱하고 예전보다 더 늘씬한 모습이 한층 아름다움을 더한 듯했다.

"정말로 무서워요. 자신도 이젠 틀렸다는 걸 알고 있어서 무엇에고 마구 심하게 군답니다. 당신께서 오시리란 건 미리 말해 두었어요. 그건 그렇고 짐은 어떻게 하셨어요?"

"역에 맡겨 두고 왔습니다. 어느 호텔에 들어야 당신이 가장 편리하시겠는지 가르쳐 주시리라 생각돼서요."

그녀는 약간 망설이다가 말했다.

"여기 이 별장에 묵으세요. 방도 마련되었어요. 게다가 그가 언제 어느 때 눈을 감을지도 모르고, 만약 밤중이라면 저 혼자서 어떻게 하겠어요? 짐은 찾으러 보낼게요."

그는 고개를 숙였다.

"그럼 좋으실 대로."

"자, 위로 올라가시지요."

그는 부인의 뒤를 따라갔다. 그녀는 2층의 한 방문을 열었다. 뒤루아는 창문 옆에 시체 같은 사람이 담요에 둘둘 말린 채 안락의자에 앉아 저녁의 붉은 노을 아래에서 창백한 얼굴로 자기를 바라보는 것을 보았다. 그것이 누군지 거의 알아볼 수도 없었다. 포레스티에라는 것을 그는 겨우 짐작으로 알았다.

방 안은 열기와 탕약과 에테르와 소독약 등의 냄새로 가득 차 있었다. 폐병 환자가 숨을 쉬고 있는 방 특유의 형용할 수 없는 답답한 냄새였다.

포레스티에는 괴로운 듯 천천히 손을 들며 말했다.

"아, 자넨가. 내가 죽는 것을 보러 와 주었군. 고맙네."

뒤루아는 애써 웃는 얼굴을 지으며 말했다.

"자네가 죽는 걸 보러 오다니! 그다지 재미있는 일도 아니야. 모처럼 칸에 오는데 그런 기회를 고르지는 않았지. 그저 문안도 할 겸 조금 쉬러 왔네."

"앉게."

상대는 중얼거리고는 뭔가 절망적인 것을 깊이 생각하는 듯 고개를 떨어뜨렸다.

그는 숨을 가쁘게 헐떡이면서 이따금 얼마나 병이 위중한가를 곁의 사람에게 알리려는 듯 이상한 신음 소리를 냈다.

그가 말이 없는 것을 보고 부인은 창가로 다가와 기대서서 지평선 쪽을 턱으로 가리켜 보이며 뒤루아에게 말했다.

"보세요, 아름답지요?"

눈앞에는 별장이 드문드문 보이는 언덕이 해안을 따라 반원형으로 가로누운 마을까지 닿아 있었다. 마을 오른편의 이른바 머리 부분은 낡은 종루가 우뚝 솟은 옛 시가(市街)가 아래의 방파제까지 뻗쳤고, 왼편은 레랭의 섬들과 마주하며 크루아제트 곶에서 끝났다. 그 섬들은 새파란 물속에 마치 초록빛 얼룩이 두 개 늘어선 것처럼 보였다. 또 커다란 나뭇잎을 두 장 띄운 것처럼 위가 평평해 보였다.

그리고 더 멀리 만 출구의 지평선을 막고 방파제와 종루 위에 푸른빛을 띤 긴 산맥이 눈부신 하늘에 산봉우리들의 기묘하고 아름다운 선을 그려 내고 있었다. 그 봉우리들은 둥글거나 갈고랑이처럼 구부러지거나 뾰족해서 그 끝은 발을 바닷속에 집어넣은 커다란 피라미드형 산에서 끝나 있었다.

포레스티에 부인이 그 산을 가리키면서 말했다.

"에스트렐이에요."

그림 같은 산봉우리들 뒤의 하늘은 피처럼 붉은빛과 금빛으로 빛나서 도저히 바라볼 수가 없었다.

뒤루아는 자기도 모르게 이 장엄한 낙조 풍경에 감동했다. 그 감동을 충분히 나타낼 만큼 실감 나는 말이 떠오르지 않아 그저 중얼거릴 뿐이었다.

"아아! 정말 멋있는데요!"

포레스티에가 아내 쪽으로 고개를 쳐들고 말했다.

"바람을 조금 넣어 주구려."

"안 돼요, 벌써 늦었어요. 해도 져 버렸으니 또 감기 드시겠어요. 게다가 지금 상태로는 그렇게 해도 소용없다는 걸 잘 아시잖아요?"

그는 주먹으로 때리려는 듯이 열에 뜬 허약한 몸짓으로 오른손을 움직이고 분노로 얼굴을 찡그리면서 사정했다.

"숨이 막힐 것 같아서 그래. 내가 죽는 게 하루 빠르든 늦든 당신에겐 별다르지 않잖아. 어차피 죽을 테니까⋯⋯."

죽어 가는 병자의 찡그린 얼굴은 엷은 입술과 움푹 파인 뺨과 두드러진 뼈를 여실히 그려 냈다.

부인은 창문을 활짝 열어젖혔다.

불어 들어온 바람은 마치 애무같이 세 사람의 얼굴을 쓰다듬었다. 부드럽고 따뜻하고 감촉이 좋은 미풍이었다. 언덕 위에서 자라는 관목 냄새나 취할 것 같은 꽃들의 향기로 이미 가득 찬 봄의 미풍이었다. 강한 송진 냄새와 유칼리나무의 혀를 찌르는 듯한 맛이 분명히 느껴졌다.

포레스티에는 짧게 헐떡이듯이 그 공기를 마셨다. 그리고 부들부들 떨리는 양손 손톱으로 안락의자의 팔걸이를 잡으면서 노기에 찬 낮고 쉰 목소리로 말했다.

"닫아 줘. 내게는 안 좋아. 차라리 지하실에서 거꾸러져 버리는 편이 나아."

아내는 천천히 창문을 닫고 나서 이마를 유리문에 대고 먼 곳을 바라보았다.

거북해진 뒤루아는 병자와 이야기라도 해서 마음을 가라앉혀 주고 싶다고 생각했다. 그러나 그를 격려할 말이 전혀 생각나지 않았다. 그는 이렇게 중얼댔다.

"그럼 여기 와서도 그다지 좋아지지 않았군그래."

상대는 지쳐 버린 초조한 빛으로 어깨를 추어올렸다.

"보다시피 이 꼴일세."

그리고 다시 고개를 떨어뜨렸다.

뒤루아는 말을 이었다.

"하지만 여기는 파리에 비하면 무척 기분이 좋은데. 거기는 아직 한겨울이라네. 눈은 오지, 싸라기는 쏟아지지, 비는 오지. 그리고 오후 3시만 되면 벌써 불을 켜야 할 만큼 어둡다네."

포레스티에가 물었다.

"신문사에는 아무것도 변한 게 없나?"

"여전해. 자네 대신《볼테르》에서 꼬마 라크랭이 왔지만 아직 풋내기더군. 이제 자네가 돌아와 줘야겠어."

병자가 혼잣말처럼 말했다.

"나 말인가? 땅 밑에 가서 긴 기사라도 쓰겠네. 별수 있나?"

무슨 일에든 종이 울리듯 고정관념이 반영되어서 생각이나 말끝마다 나타났다.

오랜 침묵이 계속되었다. 괴롭고 깊은 침묵이었다. 노을은 어느새 엷어지고 산들이 저물어 가는 붉은 하늘 아래 어두운 빛을 던졌다. 붉게 물든 어둠이, 사라져 가는 태양빛이 섞인 밤의 기색이 방 안으로 비쳐 들어와서 가구와 벽과 방 구석구석까지 검은빛과 붉은빛을 섞은 색조로 물들였다. 난로의 거울은 먼 지평선을 마치 피가 괸 것처럼 반사하여 비쳤다.

포레스티에 부인은 여전히 선 채로 방을 등지고 유리문에 얼굴을 가까이 대고 꼼짝도 하지 않았다.

포레스티에가 지쳐서 숨을 헐떡거리며 듣기에도 창자를 쥐어뜯는 듯한 목소리로 말하기 시작했다.

"이제 몇 번이나 노을을 볼 수 있을지……. 여덟이나 열…… 열다섯이나 스물…… 어쩌면 서른…… 그 정도겠지……. 자네들에게는 앞으로 희망이 있지만…… 자네들에게는. 그러나 나는 이제 끝이야……. 그리고 내가 죽은 뒤에도…… 아직 살아 있는 것처럼…… 세상은 이어져 가는 거야……."

그는 한동안 잠자코 있다가 다시 말했다.

"난 무엇을 보거나 이제 며칠만 지나면 그것을 다시는 못보게 될 거라는 생각이 든다네……. 무서운 일일세……. 이젠 아무것도…… 이 세상에 있는 것은…… 아무것도 보지 못하게 되는 걸세……. 손으로 만지작거리는 아주 조그만 것도…… 컵도…… 접시도…… 편안하게 누울 수 있는 침대도…… 마차도…… 저녁에 마차로 산책하는 것은 기분이 좋네……. 나는 무엇이고 다 좋아했네."

뒤루아는 갑자기 노르베르 드 바렌이 몇 주 전에 한 말을 떠올렸다.

"난 지금 죽음을 아주 가까이에서 본다오. 팔을 뻗어서 밀어내고 싶은 마음이 종종 들 만큼 가까이. 죽음이 대지를 덮고 공간을 가득 채웠다오. 난 도처에서 죽음을 보오. 길에 깔려 죽은 작은 짐승들, 떨어지는 낙엽들, 친구의 수염 속에 보이는 흰 털이 내 마음을 좀먹는다오. 그리고 내게 소리치지. '죽음이 여기 있다!'라고."

그는 이 말의 의미를 그날엔 깨닫지 못했으나 지금 포레스티에의 모습을 보자 간신히 이해가 갔다. 그리고 여태까지 알지 못했던 참을 수 없는 고뇌가 마음에 스며들었다. 바로 옆에서 친구가 괴로운 숨을 쉬는 안락의자 위로 불길한 죽음의 신의 모습이 손에 잡힐 듯 보였다. 그는 일어나서 밖으로 뛰어나가 그길로 당장 파리로 돌아가 버리고 싶었다.

'아아! 이럴 줄 알았다면 오지 않을 걸 그랬군!'

지금 이 빈사 상태에 있는 병자가 아직 죽기도 전에 그 위에 수의가 내려온 듯 밤은 방 안에 퍼졌다. 다만 창문만이 아직 보여서 희미하게 밝은 네모 속에 부인이 선 모습을 그려 냈다.

포레스티에가 초조한 어조로 말했다.

"여보, 오늘은 아직 등불을 가져오지 않는군. 이게 병자를 위한 간호라는 게요?"

창유리에 떠올랐던 사람 그림자가 사라지고 고요한 집 안에 초인종 소리가 울려 퍼졌다.

이윽고 하인이 들어와서 등불을 난로 위에 놓았다. 포레스티에 부인이 남편에게 물었다.

"이대로 쉬시겠어요, 아니면 아래 내려가서 식사를 하시겠어요?"

그는 중얼거렸다.

"내려가지."

그들은 식사가 준비될 때까지 거의 한 시간 동안을 꼼짝도 하지 않았다. 다만 이따금 한 마디, 소용도 없는 하찮은 한 마디를 입에 담을 뿐이었다. 마치 침묵을 너무 길게 끄는 것이, 죽음의 신이 배회하는 방 안의 공기를 말없이 그대로 괴게 하는 것이 어떤 영문 모를 위험을 가져오기라도 하는 것처럼.

하인이 겨우 식사가 준비되었음을 알려 왔다. 그동안이 뒤루아는 한없이 길게 느껴졌다. 세 사람은 아무 말도 하지 않고, 소리도 내지 않고 먹었다. 그들은 손가락 끝으로 빵을 뜯었다. 하인은 발소리도 내지 않고 시중을 들면서 왔다 갔다 돌아다녔다. 구두 소리가 샤를의 신경에 거슬렸기 때문에 그들은 뒤꿈치 없는 슬리퍼를 신고 있었다. 다만 나무 시계의 똑딱 소리가 기계적이며 규칙적으로 방 안의 고요함을 깨뜨릴 뿐이었다.

식사가 끝나자 뒤루아는 피곤하다고 하면서 내준 방으로 물러갔다. 거기서 창문에 팔꿈치를 괴고 하늘 가운데 높이 뜬 만월을 바라보았다. 달은 커다란 등잔의 둥근 갓처럼 별장의 흰 벽 여기저기에 삭막한 빛을 희미하게 던지고, 바다 위로는 은빛 비늘을 뿌리며 부드럽게 빛났다. 그는 빨리 돌아갈 구실을 찾아 여러 가지 계책을 생각하고, 왈테르 씨에게 부탁해서 돌아오라는 전보를 쳐 달라고 할까 생각하기도 했다.

그러나 이튿날 눈을 뜨자 도망갈 결심은 더욱 실행하기 어려워진 것 같았다. 포레스티에 부인이 그렇게 쉽사리 그의 계책을 곧이들을 리가 없을 테고, 섣불리 시원치 않은 짓을 한다면 모처럼 애쓰고 마음을 써 준 것이 수포로 돌아갈 것이다. 그는 중얼거렸다.

"이것 참, 야단났는걸! 그러나 하는 수 없지. 인생에는 이런 귀찮은 때도 있는 법이지. 그리고 그다지 길지도 않을 거야."

맑고 푸르게 갠 좋은 날씨였다. 사람의 마음을 기쁨으로 가득 채우는 남프랑스의 푸른 하늘이었다. 뒤루아는 포레스티에를 문병하는 것은 오후라도 늦지 않을 것이라 생각하고 바닷가로 산책을 나섰다.

점심때 돌아오니 하인이 그에게 말했다.

"나리께서 벌써 두서너 번이나 찾으셨습니다. 방으로 들어가 보십시오."

2층에 올라가 보니 포레스티에는 안락의자에서 잠들어 있는 듯이 보였다. 부인은 긴 의자에 비스듬히 누워서 뭔가를 읽고 있었다.

곧 병자가 얼굴을 들었으므로 뒤루아가 물었다.

"좀 어떤가? 오늘 아침엔 기운이 나는 모양인데?"

상대는 낮은 목소리로 대답했다.

"응, 기분이 좋네. 힘이 좀 생긴 것 같네. 빨리 마들렌과 점심 식사를 하게. 마차로 한 바퀴 돌고 올 테니까."

뒤루아와 단둘이 마주 앉자 곧 부인이 말했다.

"저분 말예요, 오늘은 살 것같이 생각해요. 아침부터 여러 가지 계획을 세워요. 지금부터 곧 주앙 만에 가서 파리 집에 장식할 도기를 사 오겠다는 거예요. 무슨 일이 있어도 가겠다고 우기는데 전 도중에 무슨 일이 일어나지 않을까 여간 염려되지 않아요. 마차의 흔들림에도 못 견딜 테니까요."

포장마차가 오자 포레스티에는 하인의 부축을 받으면서 한 걸음 한 걸음 계단을 내려갔다. 그리고 마차를 보자 포장을 벗기라고 했다.

아내는 반대했다.

"감기 들어요. 너무 경솔해요."

그러나 그는 듣지 않았다.

"괜찮아, 오늘은 아주 상태가 좋으니까. 내가 잘 알아."

처음에는 나무 그늘진 길을 달렸다. 어디까지고 뜰과 뜰 사이를 지나가는 그 길은 칸이 아니라 마치 영국 공원 같았다. 마차는 다시 해안을 따라 앙티브 가도(街道)로 나갔다.

포레스티에는 그 지방 지리를 설명했다. 먼저 드 파리 백작의 별장을 가리키고 다른 별장도 가르쳐 주었다. 그는 쾌활했지만 그것은 운명이 이미 정해진 인간이 일부러 꾸미는 힘없는 겉치레 쾌활함이었다. 그는 팔을 뻗을 힘이 없어 손가락만 들어 가리켰다.

"저기 보게, 생 마르그리트 섬일세. 바젠*이 탈출한 성도 보이지? 그 사건 덕분에 성 이름을 외우게 됐지!"

그리고 그는 군대에서의 일을 생각해 내고, 기억에 남는 일화의 주인공인 장교들의 이름을 들었다. 그때 갑자기 길이 구부러져서 주앙 만의 전경이 눈앞에 나타났다. 만 안쪽에는 흰 빛으로 마을이 흩어져 있고 그 기슭에는 앙티브 곶이 뻗쳐 있었다.

포레스티에는 갑자기 어린아이 같은 기쁨에 사로잡혀서 약하디약한 목소리로 외쳤다.

"아아! 군함이다! 여보게, 군함이 보이네!"

정말로 너른 만 한복판에 잔가지로 덮인 바위 같은 커다란 군함이 여섯 척 늘어서 있었다. 곳곳에 탑이 있고 망루가 달렸고, 또 바닷속에 뿌리를 뻗은 듯 충각을 물속에 꽂았으며, 모두가 괴상하고 기형인 데다 거대했다.

움직이거나 앞으로 나아가리라고는 도저히 생각할 수 없으리만큼 육중하고 바다 밑바닥에 고정된 듯 보였다. 천문대처럼

---

* François Achille Bazaine(1811~1888), 프랑스 군대의 원수.

둥글고 높게 만들어진 유동 포대는 암초 위에 세워진 등대 같았다.

돛 세 개를 단 큰 배가 자못 즐거운 듯 새하얀 돛을 활짝 펴고 함대 곁을 지나 넓은 바다를 향해서 나아갔다. 그 모습은 추악한 괴물이 물 위에 웅크리고 앉은 듯한 무쇠 군함에 비하면 참으로 우아하고 깨끗했다.

포레스티에는 군함을 하나하나 분간하면서 콜베르, 쉬프랭, 아미랄 뒤페레, 루드타블, 데바스타시옹 하고 일일이 이름을 불렀다. 그리고 또 "아냐, 틀렸어. 데바스타시옹은 이쪽 거야."라고도 했다.

얼마 뒤에 그들은 커다란 정자 같은 건물 앞에 이르렀다. 간판에는 주앙 만 미술 도기 진열관이라고 씌어 있었다. 마차는 잔디밭 주위를 돌아 문 앞에서 멈췄다.

포레스티에는 서가 위에 놓을 화병을 두 개 사고 싶다고 했다. 그러나 마차에서 내릴 수가 없었으므로 견본을 하나하나 가져오게 했다. 무엇을 살지 일일이 아내와 뒤루아에게 의논해서 정해야 했으므로 시간이 오래 걸렸다.

"여보게, 서재 안쪽 서가 위에 놓으려는 거네. 의자에 앉으면 언제나 눈에 잘 띄도록 말일세. 고풍스러운 그리스형이 좋겠어."

그는 여러 견본을 자세히 보고 딴것을 가져오게 했다가 다시 먼저 것을 가져오게 했다. 그리고 가까스로 결정을 하고 돈을 치르면서 이삼 일 안에 파리로 떠날 테니 바로 배달해 달라고 요구했다.

그런 다음 만을 따라 돌아가는 길을 달리고 있을 때, 어느 골짜기 사이로 불어 들어가는 찬바람이 갑자기 얼굴을 때렸다. 병자는 기침을 시작했다.

처음에는 아무것도 아닌, 대수롭지 않은 발작에 지나지 않았으나, 점점 심해져서 포레스티에는 걷잡을 수 없이 기침을 하고 곧 딸꾹질을 시작했으며 목구멍은 그렁그렁 울렸다.

포레스티에는 숨이 막혀서 몸부림을 쳤다. 숨을 쉬려고 하면 가슴속에서부터 기침이 치밀어 올라 목을 쥐어뜯었다. 그 기침은 어떤 방법으로도 가라앉힐 수가 없었다. 집에 도착해서도 마차에서 방까지 들어 날라야만 했다. 그의 발을 들고 있던 뒤루아는 포레스티에의 폐가 경련할 때마다 두 다리가 흔들거리는 것을 느꼈다.

침상의 따뜻한 온기도 발작을 멈추게 할 수가 없었고, 죽음과 같은 고통은 밤중까지 계속되었다. 그러다가 겨우 마취제가 들어가서 기침의 치명적인 경련을 가라앉혔다. 병자는 아침까지 눈을 뜬 채 침상에 앉아 있었다.

날이 새고 맨 처음 그가 한 말은 이발사를 불러 달라는 것이었다. 매일 아침 수염을 깎지 않으면 꺼림칙했기 때문이다. 그런 뒤 몸단장을 하기 위해서 일어났다. 그러나 곧 도로 누워야 했다. 숨소리가 몹시 짧고 급했으며 매우 괴로운 듯해서 부인은 막 잠자리에 들어간 뒤루아에게 사람을 보내어 의사를 불러 달라고 부탁했다.

그는 즉시 가보 박사를 데리고 왔다. 의사는 물약을 처방하고 몇 가지 주의를 줬다. 그러나 신문기자가 배웅하러 가서 용태를 묻자 이렇게 말했다.

"저건 마지막 고통입니다. 내일 아침이 임종일 겁니다. 불쌍한 젊은 부인께 알려 드려서 신부님을 불러오도록 하십시오. 저는 이제 어쩔 도리가 없습니다. 그러나 볼일이 있으시다면 언제든지 오겠습니다."

뒤루아는 부인을 부르도록 했다.

"이제 오래 견디지 못한다는군요. 의사는 신부님을 모셔오라고 하는데 어떻게 하시겠습니까?"

그녀는 오랫동안 망설이다가 이리저리 생각한 끝에 띄엄띄엄 말을 이었다.

"그렇군요. 그편이 좋겠군요⋯⋯. 여러 가지 점으로 보아서⋯⋯. 우선 듣기 좋게 말을 지어내 봐야겠어요. 신부님이 만나고 싶어 한다든가 어떻게⋯⋯. 당장 생각나는 것도 없지만. 그럼 죄송하지만 누구든 신부님을 찾아서 적당한 분을 모셔다 주세요. 너무 거만하지 않은 분이 좋겠어요. 그리고 참회만으로 끝내고 다른 것은 귀찮게 말씀하지 않도록 부탁해 주세요."

뒤루아는 인상이 퍽 좋은 늙은 신부를 데리고 왔다. 그는 이쪽에서 부탁하는 것을 선선히 승낙해 줬다. 그가 죽어 가는 병자 방으로 들어가자 부인은 즉시 나와서 뒤루아와 함께 옆방에 들어가 앉았다.

"저이는 무척 놀란 모양이에요. 신부 이야기를 꺼내니까 표정이 대번에 달라져서 마치⋯⋯ 그 왜 무슨 입김이라도 쐰 것처럼 무서운 표정이 되었어요. 이제는 틀렸다는 걸 겨우 안 거죠. 앞으로 불과 몇 시간도 남지 않았다는 걸⋯⋯."

그녀는 창백한 얼굴로 계속했다.

"그 표정은 평생 잊을 수 없을 거예요. 아마 틀림없이 그때 죽음의 신을 본 거예요. 눈앞에 역력히⋯⋯."

가는귀가 먹은 신부가 약간 높은 목소리로 이야기하는 것이 들렸다.

"아니죠, 아니에요. 그렇게 용태가 나쁜 게 아닙니다. 병중이긴 하지만 절대로 위험하지는 않습니다. 지금 나는 이웃에 사는 사람으로 잠깐 문안차 들렸을 뿐이니까요."

포레스티에가 어떤 대꾸를 했는지는 들리지 않았지만 신부가 말을 이었다.

"아뇨, 영성체 미사를 드릴 생각 같은 것은 조금도 없습니다. 그건 좀 더 회복이 되신 뒤에 의논하기로 합시다. 다만 제가 이렇게 찾아온 기회에 참회라도 하실 생각이시라면 저로서는 무척 다행이겠습니다. 원래 저는 사람을 인도하는 것이 직업인지라 좋은 기회를 잡아서 어린양을 인도하고 싶습니다."

오랜 침묵이 흘렀다. 포레스티에가 몹시 숨찬 희미한 목소리로 이야기하는 모양이었다.

그러다가 별안간 신부의 목소리가 들렸는데 그 목소리는 전혀 달라져서 성단에서 미사를 드리는 어조였다.

"신의 자비는 무한합니다. 자, 나의 아들이여, 참회 기도문을 읽시다. 아마 잊었을 테니까 도와드리겠습니다. 나를 따라 외우십시오. 콩피테오르 데오 옴니포텐티…… 베아타 마리아 셈페르 비르기니 *Confiteor Deo omnipotenti……Beatae Mariae semper virgini*…….(참회하나이다. 전능하신 하느님께 영원히 깨끗하신 지복의 성모에게…….)"

그는 죽어 가는 병자가 뒤를 따라올 수 있도록 이따금 문구를 끊었다. 그런 다음 그에게 권했다.

"그럼 참회하십시오."

부인과 뒤루아는 꼼짝도 하지 않고 야릇한 심정에 사로잡혀서 불안과 기대에 시달렸다.

병자가 뭐라고 중얼거렸다. 신부는 그 말을 되풀이했다.

"죄 많은 쾌락을 추구했다고요…… 어떤 종류의 쾌락이지요?"

부인이 일어서서 아무런 거리낌 없이 말했다.

"잠깐 정원으로 나갑시다. 저분의 비밀을 듣는 것은 좋지 않으니까요."

그들은 문 앞으로 나와서 벤치에 걸터앉았다. 머리 위에는 꽃 핀 장미가 늘어졌고 앞에는 패랭이꽃 화단이 있어 맑은 공기에 강렬하고 달콤한 향기를 풍겼다.

뒤루아는 잠시 말없이 있다가 물었다.

"여기 오래 계시다가 파리로 오시겠습니까?"

"아뇨, 일이 끝나는 대로 돌아가겠어요."

"그럼 열흘쯤?"

"글쎄요, 늦어도 그때까지는."

그가 다시 물었다.

"샤를은 친척이 한 사람도 없다고요?"

"네, 사촌 형제가 두서넛 있을 뿐예요. 양친은 저분이 어렸을 때 돌아가셨어요."

그들은 패랭이꽃 꿀을 빠는 나비를 바라보았다. 나비는 꽃에서 꽃으로 날개를 펄럭이면서 날아다니고, 꽃에 앉아서도 여전히 날개를 팔랑거렸다. 그들은 오랫동안 잠자코 있었다.

이윽고 하인이 나와서 "신부님께서 끝나셨습니다." 하고 알렸다. 그들은 함께 2층으로 올라갔다.

포레스티에는 어제보다 훨씬 여위어 보였다.

신부는 그의 손을 잡고 있었다.

"그럼 안녕히 계십시오. 내일 아침 또 뵙겠습니다."

그리고 신부는 돌아갔다.

그가 나가자 괴로운 듯이 숨을 헐떡이던 병자는 곧 두 손을 아내에게로 뻗으려고 하면서 떠듬떠듬 말했다.

"살려 줘……. 살려 주구려……. 나는 죽고 싶지 않소……. 죽기 싫어……. 아아! 살려 줘……. 어떻게 하면 좋을지 일러 주구려……. 의사를 불러 줘……. 어떤 약이라도 마시라는 것은 다 마시겠소……. 싫어……. 싫어……."

그는 울었다. 굵은 눈물방울이 눈에서 넘쳐 나와 움푹 꺼진 뺨 위로 흘러내렸다. 서러워 우는 아이처럼 여원 입매에 주름이 잡혔다.

그리고 침상 위에 축 늘어진 두 팔이 마치 이불 위에 있는 뭔가를 잡으려는 듯이 천천히 규칙적으로 움직이기 시작했다.

그의 아내도 역시 울면서 띄엄띄엄 말했다.

"아뇨, 아무것도 아니에요. 대수롭지 않은 발작인걸요. 내일은 훨씬 좋아지실 거예요. 산책으로 좀 피곤하셨을 뿐이에요."

포레스티에의 숨결은 마구 달려온 개보다도 빠르고, 도저히 셀 수 없으리만큼 급하고, 또 겨우 들릴까 말까 할 만큼 희미했다.

그는 다시 되풀이했다.

"죽고 싶지 않아! 아아! 신이시여…… 신이시여……. 난 어떻게 되는 걸까……. 이젠 아무것도…… 아무것도…… 영원히 보이지 않게 되는 거다……. 아아! 신이시여!"

다른 사람에게는 보이지 않는 어떤 무서운 것이 눈앞에 보이는 듯 그는 뭔가를 응시했다. 움직이지 않는 눈동자에는 공포의 빛이 역력히 떠올랐다.

갑자기 그는 곁에서도 온몸 구석구석까지 떨리는 것이 보일 정도로 심한 경련을 일으키면서 띄엄띄엄 말했다.

"무덤이다……. 나는…… 신이시여!"

그러고 나서는 아무 말도 하지 않았다. 다만 꼼짝도 하지 않고 눈을 한곳에 고정하고 헐떡였다.

시간이 흘러갔다. 가까운 수도원의 큰 시계가 12시를 울렸다. 뒤루아는 요기나 하려고 방에서 나왔다. 그리고 한 시간가량 지나서 되돌아왔다. 부인은 다 싫다고 했다. 병자는 아까부터 조금도 움직이지 않았다. 그리고 바싹 여윈 손가락으로 이불을 얼굴에 덮으려는 것처럼 잡아당겼다.

젊은 여인은 침대 발치 팔걸이의자에 앉아 있었다. 뒤루아는 그 한옆의 다른 팔걸이의자에 앉았고 둘 다 묵묵히 기다렸다.

의사가 보낸 간호사가 와서 창문께에서 졸고 있었다.

뒤루아도 막 졸음이 오려고 했는데 문득 무슨 갑작스러운 일이 생긴 것 같았다. 그래 눈을 번쩍 뜨니 바로 포레스티에가 불이 꺼지듯이 두 눈을 감는 참이었다. 희미한 딸꾹질이 지금 죽어 가는 남자의 목구멍을 움직이고 가느다란 두 줄기 피가 입가에서 나와 셔츠 위로 흘러내렸다. 두 손도 불길한 동작을 멈췄다. 숨은 이미 끊어져 있었다.

아내는 그가 죽은 것을 알자 뭔가 외마디 소리를 지르면서 맥없이 무릎을 꿇고 이불에 얼굴을 파묻고 울었다. 뒤루아는 놀라움과 두려움에 당황하여 자기도 모르게 성호를 그었다.

간호사는 잠에서 깨어 침대 곁으로 가서 말했다.

"임종입니다."

마침내 겨우 침착을 되찾은 뒤루아는 해방된 한숨과 함께 조그만 소리로 중얼거렸다.

"생각했던 것만큼 오래 걸리지 않았군."

처음의 놀라움이 사라지고 한차례 눈물을 흘리고 나자 사람이 죽었을 때에 따르는 여러 가지 일들로 바빠졌다. 뒤루아는 저녁때까지 뛰어다녔다.

돌아왔을 때에는 배가 몹시 고팠다. 부인도 조금 먹었다. 그런 다음 두 사람은 시신을 안치한 방에 가서 밤샘을 하기 위해 의자에 앉았다.

나이트 테이블 위에는 촛불 두 개가 타고 그 옆 조그마한 접시에 담긴 물에는 미모사 가지가 놓였다. 격식에 맞는 회양목 가지가 없었기 때문이다.

지금은 고인이 된 남편 옆에 젊은 남자와 여자가 단둘이 앉아 있었다. 두 사람은 제각기 상념에 젖어서 이따금 고인의 얼굴을 보면서 침묵을 지켰다.

그러나 조르주는 시체 주위에 떠도는 어둠이 불안해서 집요하게 시체를 지켜보았다. 눈과 마음은 흔들리는 빛으로 한층 더 움푹 패어 보이는 바짝 마른 얼굴에 정신없이 이끌려 그 위에서 떨어지지 않았다. 이것이 어제까지 말을 하던 친구 샤를 포레스티에란 말인가? 인간의 종말이란 참으로 이상하고 무서운 것이다. 아! 그는 지금 죽음의 공포에 위협을 받는 노르베르 드 바렌의 말이 생각났다. "인간은 두 번 다시 돌아오지 못한다." 똑같은 눈과 코와 입과 두뇌를 가지고 그 두뇌 속에서 사물을 생각하는 인간이 몇백만 몇천만 태어날 것이다. 그러나 이 침대 속에 누운 사나이는 결코 두 번 다시 살아오지는 않는 것이다.

몇 년 동안 이 사나이는 모든 사람들과 마찬가지로 살고 먹고 웃고 사랑하고 희망했다. 그러나 이제는 끝났다. 그에게는 영원히 끝난 것이다. 인간의 생애란 극히 적은 며칠에 지나지 않는다. 그리고 그 뒤는 무(無)다! 사람은 태어나고, 성장하고, 행복을 맛보고, 기대하고, 그리고 죽는 것이다. 안녕! 남자도 여자도. 그대들은 두 번 다시 이 세상에 돌아올 수 없는 것이다! 그런데도 제각기 마음속으로는 영원을 바란다. 열렬하게 실현하기 어려운 염원을 품는다. 인간은 우주 속에서 저마다 자기 나름대로의 우주를 이루고 있다. 그 우주는 얼마 안 가 완전히 소멸되고 새로운 싹이 트기 위한 비료가 되는 것이다. 식물도, 동물도, 인간도, 별도, 세계도, 모든 것이 일시적인 생명을 지니지만 머지않아 죽어서 형태를 바꾼다. 그리고 곤충도 인간도 천체도 절대로 다시 살아오지 못하는 것이다!

막연한 공포가 뒤루아의 마음을 무겁게 누르며 덮쳐 왔다. 모든 존재를 이토록 신속하게 또 처참하게 끝없이 파괴하는, 그 한없는, 피할 수 없는 허무의 공포. 그는 그 위협 앞에 벌써 머리를 숙였다. 그리고 몇 시간밖에 살지 못하는 파리와 며칠밖에 살지 못하는 동물과 몇 해를 사는 인간과 몇 세기를 사는 천체를 생각해 보았다. 그들 사이에 무슨 차이가 있으랴? 오직 새벽 여명을 더 볼 수 있을 뿐이다. 그것뿐이다.

그는 시신을 보지 않으려고 눈을 돌렸다.

부인은 고개를 떨어뜨리고 역시 비통한 생각에 잠긴 듯했다. 그 슬픈 듯한 얼굴에 늘어진 금발이 한층 더 아름다웠다. 희망의 손으로 부드럽게 쓰다듬은 듯한 감미로움이 젊은이의 마음을 스쳤다. 아직 앞날이 많이 남았는데 슬퍼할 필요가 어디 있단 말인가?

그는 부인을 유심히 바라보기 시작했다. 그러나 부인은 골똘한 생각에 잠겨서 그것을 깨닫지 못했다. 그는 생각했다.

'아무튼 인생의 즐거움이란 이것뿐이다. 연애뿐이다! 사랑하는 여자를 품에 안는다! 그것이 인간 행복의 극치다!'

이렇게 영리하고 아름다운 여자를 만났다는 것은 참으로 운 좋은 일이었다, 이 죽은 친구에겐. 그들은 어떤 기회에 알게 되고, 어떻게 이 여자가 재능도 돈도 없는 남자의 아내가 될 것을 승낙했을까? 그리고 이 남자를 어떤 방법으로 어엿한 인간으로 만들어 냈을까?

그는 사람들의 생활에 숨은 여러 가지 비밀에 마음이 끌렸다. 그리고 이 여자에게 지참금을 줘서 결혼시켰다고 하는 보드렉 백작의 소문을 상기했다.

이 여자는 앞으로 어떻게 할까? 누구와 결혼할 것인가? 드 마렐 부인이 생각하고 있듯 국회의원일까, 그렇지 않으면 포레스티에를 능가할 전도유망한 청년일까? 이미 무슨 계획이나 결정이나 정해진 상대가 있을까? 그것을 꼭 알고 싶다. 그러나 어째서 그녀의 장래 따위에 마음이 쓰이는 것일까? 그는 자신에게 물어보고 그러한 마음 씀이 어떠한 막연하고 비밀스러운 저의에서 나온 것임을 알았다. 그것은 자신에게도 은밀히 감추고, 마음 밑바닥을 깊이 뒤져 보지 않으면 발견할 수 없는 야심이었다.

그렇다, 어째서 나는 이 여자를 차지하기 위해서 적극적인 노력을 하지 않는 건가? 이 여자와 함께라면 나는 얼마든지 강력하고 무서운 존재가 될 수 있을 텐데! 그리고 대번에 엄청난 출세를 할 것이다. 의심할 여지가 없다!

더욱이 성공하지 못할 리가 없는 것이다! 그 여자가 자기를 좋아하고, 동정 이상의 마음을 가지고 있는 것을 그는 안다. 그것은 비슷한 성격의 두 남녀 사이에 생겨나서 서로를 끌어당기고 또 말 없는 가운데 서로 이해하게 하는 그런 애정이었다. 이 여자는 그가 영리하고 담대하고 의지가 완강하다는 것을 안다. 어쩌면 그를 믿는지도 모른다.

지금처럼 중대한 경우에 자기를 부르지 않았던가? 어째서 자기를 부른 것일까? 그것은 이른바 일종의 선택이요, 고백이요, 지명이라고 보아선 안 될까? 바로 지금 미망인이 되려고 하는 이때에 자기를 생각한 것은 어쩌면 새로운 배우자로서, 또 그녀 편으로서 자기를 마음에 그렸기 때문이 아닐까?

이렇게 생각하자 그녀에게 진심을 물어 의향을 확실히 알고 싶어 견딜 수 없었다. 언제까지나 이 집에 젊은 미망인과 마주 앉아 있을 수도 없다. 모레는 돌아가지 않으면 안 된다. 그렇다면 서둘러야 했다. 돌아가기 전에 교묘하게 은근히 심중을 떠보고 이 여자가 파리에 돌아가서 다른 남자의 구애를 받아들여 돌이킬 수 없는 약속을 하지 않도록 손을 쓰지 않으면 안되었다.

방 안은 깊은 침묵에 잠겨 있었다. 시계추가 벽난로 위에서 똑딱거리며 규칙적으로 내는 금속성 소리밖에는 들리지 않았다.

그가 속삭였다.

"무척 피곤하시겠어요."

"네, 게다가 완전히 맥이 풀려 버렸어요."

그들은 자기 목소리가 음침한 방 안에서 묘하게 드높이 울리는 바람에 깜짝 놀랐다. 그리고 자기도 모르게 죽은 사람의 얼굴을 들여다보았다. 그가 갑자기 움직이기 시작해서 몇 시간 전처럼 말을 걸어 올 것 같았기 때문이다.

뒤루아가 말을 이었다.

"정말 당신께는 큰 타격입니다. 당신의 인생이 단번에 확 바뀌어 버릴 테니까요. 마음뿐 아니라 생활 전체가 완전히 뒤집힐 테니까요."

그녀는 대답하지 않고 언제까지나 긴 한숨을 쉬었다.

그는 다시 말을 이었다.

"젊은 나이에 앞으로 혼자 지내려면 무척 쓸쓸하시겠습니다."

그는 거기서 입을 다물었다. 그러나 그녀가 아무 말도 없었기 때문에 다시 이렇게 중얼거렸다.

"아무튼 먼저 한 약속은 기억하시겠죠. 부탁하실 일이 있으면 무엇이라도 사양치 마시고 말씀해 주세요. 기꺼이 할 테니까요."

그녀는 손을 내밀면서 뼛속까지 스며드는 애처롭게 상냥한 눈길로 그를 지켜보았다.

"고마워요. 당신은 정말 친절하신 분이에요. 저도 만약 뭔가 도움이 될 일이 있다면 '제게 말씀하세요.' 하고 말씀드리고 싶어요."

그는 내밀어 준 손을 잡고 그것을 바라보다 키스하고 싶은 심정을 강렬히 느끼면서 꽉 쥐었다. 그러나 마음을 굳게 먹고 그 손을 가만히 입으로 가져갔다. 매끄럽고 열 때문에 약간 달아오른 향기 그윽한 피부를 그는 오랫동안 입술에 댔다.

그러나 그녀는 친구로서의 애무가 지나치게 오래 계속되는 것을 깨닫고 조그마한 손을 내려놓았다. 그 손은 천천히 부인의 무릎 위로 돌아갔고, 그녀가 차분한 목소리로 말했다.

"그래요, 정말 나 혼자 남겠지만 되도록 힘을 내겠어요."

만약 그녀를 아내로 삼을 수 있다면 그가 얼마나 행복해질까 하는 것을 어떻게 그녀에게 납득시킬 수 있을지 그는 알지 못했다. 물론 그런 말을 지금 이 자리에서, 시신을 앞에 놓고 말할 수는 없었다. 그러나 뭔가 모호하고 평범하고도 복잡한 문구가 있을 거라고 생각했다. 말 뒤에 의미를 감추고 일부러 빠뜨린 말에서 오히려 진심이 분명하게 나타날 것 같은 문구를 찾아내고 싶었다.

그러나 시신이 방해되었다. 뻣뻣하게 굳어서 눈앞에 누워 있는 시신이 두 사람 사이에 뚫고 들어오는 것 같았다. 게다가 얼마 전부터 방 안에 가득 찬 공기에 언짢은 냄새가 섞여 있는 것 같았다. 썩기 시작한 저 가슴에서 나오는 퀴퀴한 냄새였다. 침상에 누워 있는 불쌍한 죽은 사람들이 밤샘을 하는 친척들에게 주는 주검 최초의 숨결인 것이다. 머지않아 관의 공허한 궤짝 구석구석을 채울 무서운 입김이었다.

뒤루아가 물었다.

"창문을 열어도 좋겠습니까? 공기가 탁한 것 같습니다."

"그렇군요, 저도 느꼈어요."

그는 일어나서 창문을 열었다. 상쾌하고 향기로운 밤기운이 한꺼번에 흘러 들어와 침대 옆에 켜 놓은 두 촛불을 흔들리게 했다. 달이 전날 밤처럼 별장의 흰 벽과 반짝이는 넓은 바다에 맑고 조용한 빛을 뿌렸다. 뒤루아는 가슴 가득히 숨을 들이마시면서 갑자기 짜릿한 행복감에 온몸이 뒤흔들린 듯 희망이 용솟음치는 것을 느꼈다.

그가 돌아보고 말을 걸었다.

"잠깐 이리로 오셔서 신선한 바람을 쐬십시오. 아름다운 달밤입니다."

그녀가 조용히 일어나 다가와서 그의 옆에 팔꿈치를 괬다.

그가 작은 소리로 속삭였다.

"잠깐 드릴 말씀이 있습니다만, 제가 말씀드리는 것을 잘 이해해 주시기 바랍니다. 첫째, 이런 때에 이런 말씀을 드린다는 데 대해서 화내지 말아 주십시오. 어쨌든 저는 모레는 떠나야만 하고 당신이 파리에 돌아오신 뒤에는 아마 늦을지도 모르니까요⋯⋯. 저는 아시다시피 재산도 없고 지위도 이제부터 쌓아 올려야만 하는 보잘것없는 남자입니다. 그러나 의지가 강하고, 제 자랑 같습니다만 다소 재간도 있는 남자입니다. 게다가 장래 전망도 이만하면 희망이 있습니다. 이미 출세해 버린 남자라면 갈 길이 분명하겠지만 이제 막 걷기 시작한 남자로선 어디까지 갈지 모릅니다. 모두 일장일단이 있겠죠. 아무튼 언젠가 댁에서 제가 진정으로 바라는 꿈은 당신과 같은 분을 아내로 맞는 일이라고 말씀드린 적이 있지요. 대답은 하지 마시고 제 이야기만 들어 주십시오. 저는 지금 당신에게 부탁을 드리는 건 아닙니다. 그저 한마디로 저를 행복하게 해 주실 수 있다는 걸 잊지 말아 주셨으면 하는 마음뿐입니다. 당신께서

뜻하시기에 따라서 저를 형제나 다름없는 친구로 삼든 남편으로 정하시든 자유입니다. 아무튼 제 마음과 몸을 당신께 드립니다. 그러나 이 자리에서 대답을 듣고 싶지는 않고, 여기에서 또 이런 이야기를 하고 싶지도 않습니다. 파리로 돌아오셔서 만나 뵐 때 어떻게 결정하셨는가를 들려주시면 좋겠습니다. 그때까지는 이 문제에 대해서 한 마디도 하지 않기로 합시다."

그는 마치 눈앞의 어둠 속에 말을 뿌리듯이 한 번도 부인의 얼굴을 보지 않고 이야기를 늘어놓았다. 부인도 그 말이 귀에 들어오지 않는 듯 꼼짝도 하지 않고 시선을 앞으로 고정하고 달빛이 비치는 막막한 풍경을 하릴없이 바라보았다.

그들은 오랫동안 팔꿈치가 서로 닿을 만큼 가깝게 나란히 서서 말없이 서로 생각에 잠겼다.

얼마 뒤 그녀는 "조금 춥군요." 하고 중얼거리며 돌아서서 침대 쪽으로 갔다. 그도 그 뒤를 따랐다. 그는 침대 옆으로 가자 포레스티에가 정말 악취를 풍기기 시작한 것을 깨달았다. 그녀는 팔걸이의자를 조금 뒤로 물렸다. 그 부패한 악취를 오래 참아 낼 것 같지 않기 때문이었다. 그가 말했다.

"아침이 되면 곧 입관을 해야겠군요."

"네, 그래요. 준비는 돼 있어요. 8시에 관 짜는 사람이 올 거예요."

뒤루아가 "불쌍한 친구!" 하고 한숨을 쉬자 그녀도 슬픈 듯 체념 어린 한숨을 길게 내쉬었다.

그들은 죽음이라는 생각에 벌써 익숙해져서 그다지 자주 시신 쪽에 눈길을 보내지 않게 되었다. 자신들도 죽음의 운명을 짊어졌기 때문에 그의 죽음이 바로 조금 전까지는 아무래도 납득이 가지 않아서 반발도 하고 화도 냈지만, 마음속에는 벌써 체념이 깃들기 시작했다.

그래서 이제 그들은 제대로 말도 하지 않고 자지도 않고 격식대로 밤샘을 계속했다. 그러나 밤중이 되자 뒤루아가 먼저 잠들어 버렸다. 그가 깨어 보니 부인도 역시 자고 있었다. 그래서 그는 잠자기 편한 자세를 잡고 다시 눈을 감으면서 "아아, 역시 이불 속이 편하군." 하고 중얼거렸다.

별안간 무슨 소리가 나서 그는 깜짝 놀라 일어났다. 간호사가 들어온 것이다. 이미 날은 밝았다. 부인도 맞은편 팔걸이의 자에서 몸을 일으키고 마찬가지로 놀란 듯했다. 그녀는 약간 창백하기는 했으나 의자에 앉아 하룻밤을 새웠으면서도 역시 아름답고 싱싱하고 우아했다.

그때 문득 시신을 힐끔 돌아본 뒤루아가 기겁해서 외쳤다.

"아, 수염이!"

수염은 썩어 가는 육체 위에서, 살아 있는 남자의 얼굴이라면 대엿새는 족히 걸려야 할 정도의 길이로 수 시간 사이에 자라 있었다. 그들은 시체 위에서 계속 살아가는 이 생명을 보고 망연자실했다. 마치 무서운 불가사의나 초자연적인 소생의 위협이나 미지를 엿보게 하는 이상하고도 두려운 사실에 부딪힌 것 같았다.

그들은 각각 자기 방으로 돌아가서 11시까지 쉬었다. 그리고 드디어 샤를을 입관한 다음 어깨에 짊어진 짐을 한꺼번에 내려놓은 듯이 명랑해졌다. 그리고 마주 앉아 점심을 들자, 이제 죽음과의 접촉은 끊어졌으니 무언가 좀 더 밝고 마음을 위로할 수 있는 이야기를 해서 이 세상의 생활로 되돌아가고 싶은 기분이 들었다.

활짝 열어젖힌 창문으로부터 봄의 부드러운 기운이 흘러 들어와서 문 앞에 핀 패랭이꽃 화단의 향기로운 숨결을 풍겼다.

부인이 정원을 한 바퀴 돌고 오자고 권했으므로 그들은 전나무와 유칼리 향기를 담뿍 풍기는 훈훈한 공기를 달게 들이마시면서 작은 잔디밭 주위를 천천히 걷기 시작했다.

그녀는 걸으면서 갑자기 어젯밤 그가 2층에서 했듯이 상대편에게 얼굴을 돌리지 않고 이야기를 꺼냈다. 낮고 진지한 목소리로 한 마디 한 마디 천천히 이야기했다.

"저어, 뒤루아 씨. 전…… 벌써…… 당신이 말씀하신 것을 잘 생각해 보았어요. 그래서 대답을 들려드리지 않고 당신을 떠나 버리게 하고 싶지 않아요. 하지만 지금은 좋다고도 싫다고도 하지 않겠어요. 좀 더 시간을 두고 천천히 생각하고 서로 더욱 잘 알도록 해요. 당신도 충분히 생각해 주세요. 너무 경솔하게 일시적 감정에 지배되어서는 안 돼요. 하지만 가엾은 샤를이 아직 무덤 속에 묻히기도 전에 이런 말씀을 드리는 것은, 그런 말씀을 당신한테서 들은 이상 제가 어떤 여자인지 알고 계셔야 하기 때문이에요. 만약 당신이 저를 이해하고 참아 주실 수 있는 그…… 성격이 아니라면, 당신께서 말씀하신 것 같은 마음을 언제까지고 품고 계시게 할 수는 없는 노릇이니까요.

제 말을 잘 들어 주세요. 저에게 결혼은 속박이 아니라 공동생활입니다. 이렇게 말씀드리는 것은, 저 자신의 행동에 대해서는 무엇을 하든 어디에 가 있든 완전히 자유롭고 싶어요. 저의 일에 대해서 일일이 지시를 한다거나 질투하거나 잔소리를 한다면 참을 수가 없어요. 물론 남편으로 정한 분의 명예를 훼손한다거나 세상의 웃음거리가 되거나 수치스럽게 하는 일은 절대 없도록 할 테니까요. 하지만 제 남편이 될 분도 저를 자신과 대등하게 동맹 관계를 맺은 여자라고 생각하고 자기보다 열등한 여자라든가 순종하는 얌전한 아내라고는 생각지 않는다고 약속해 주셔야 해요. 제 생각이 세상 보통 여자들의 생각과 전혀 다르다는 것은 잘 알아요. 하지만 저는 결코 이런 생각을 바꿀 맘은 없어요. 말씀드리고 싶은 건 이것뿐이에요."

"저도 덧붙이겠는데 지금은 대답하지 마십시오. 그런 건 소용없는 일이고 시기도 적당치 않으니까요. 언젠가 또 뵙고 모든 것을 이야기할 수 있게 되겠지요."

"그럼 산책하고 오세요. 전 그분 곁으로 가겠어요. 저녁에 다시 만나요."

그는 오랫동안 그녀의 손에 키스하고 아무 말도 하지 않고 그 자리를 떠났다.

그날 밤 그들은 저녁 식사 때까지 만나지 않았다. 그리고 저녁 식사가 끝나자 녹초가 되도록 피곤했기 때문에 각자 자기 방으로 올라갔다.

샤를 포레스티에는 그다음 날, 화려한 장례식도 치르지 않고 칸 묘지에 매장되었다. 그래서 조르주 뒤루아는 1시 30분에 칸을 지나가는 파리행 급행을 타기로 했다.

부인은 그를 역까지 전송했다. 출발 시간을 기다리는 동안 그들은 플랫폼을 조용히 걸으면서 한없이 이야기를 나누었다.

기차가 도착했다. 몹시 짧은, 글자 그대로 급행이어서 객차가 다섯 칸밖에 달려 있지 않았다.

신문기자는 자리를 정하고 나서 다시 내려와 잠깐 동안 그녀와 이야기하다가 갑자기 서글픈 마음이 들고, 마치 영원히 그녀를 잃을 것 같아 그녀와 헤어지는 것이 애석해 견딜 수가 없었다.

승무원이 외쳤다.

"마르세유, 리용, 파리 방면으로 가실 분은 승차하시기 바랍니다."

뒤루아는 기차에 올라탔으나 다시 승강구 창가에 팔꿈치를 짚고 그녀와 두서너 마디를 주고받았다. 기차가 기적을 울리고 열차는 조용히 움직이기 시작했다.

청년은 창문 밖으로 몸을 내밀어 플랫폼에 꼼짝 않고 전송하고 서 있는 부인을 지켜보았다.

그리고 그 모습이 보이지 않으려 할 때 갑자기 그녀 쪽을 향해서 양손으로 키스를 던졌다.

그녀는 훨씬 조심스럽게 망설이는 듯한 몸짓으로 그저 시늉하는 듯한 키스를 살그머니 돌려보냈다.

2부

1장

조르주 뒤루아는 다시 예전의 생활 습관을 되찾았다.

지금은 콩스탕티노플 거리의 1층 작은 방에 정착하여 새로운 생활을 준비하는 남자로 얌전하게 지냈다. 드 마렐 부인과는 마치 완전한 부부 같은 사이가 되어 가까운 미래에 닥쳐올 일에 대해 미리 연습이나 하는 것 같았다. 클로틸드는 그들의 밀회가 틀을 갖추어 완전히 안정된 데 매우 놀라 곧잘 웃으면서 말했다.

"당신은 우리 남편보다 훨씬 살림꾼다워졌어요. 굳이 바꿀 필요도 없었어요."

포레스티에 부인은 돌아오지 않았다. 그녀는 여전히 칸에 머물러 있었다. 그가 받은 편지에서 그녀는 4월 중순께나 돌아오겠다고 했다. 헤어질 때 했던 이야기에 대해서는 한 마디도 언급하지 않았다. 그는 기다렸다. 이제 와서 만약에 자기와의 결혼을 주저하는 것 같다면 어떤 수단이라도 써야겠다고 굳게 결심했다. 그러나 그는 자신의 행운을 믿었다. 어떤 여자라도 거역할 수 없는 자신의 막연한 힘을 자각하고 그 매혹의 힘을 믿었다.

짤막한 전보가 결정적인 시간이 다가오리라는 것을 알렸다.

파리에 있습니다. 집으로 오세요.

마들렌 포레스티에

그것이 전부였다. 그는 이 전보를 아침 9시에 받고 그날 오후 3시에 부인을 찾아갔다. 부인은 그 아름답고 상냥한 미소를 띠면서 그에게 두 손을 내밀었다. 그들은 한동안 서로 상대편 눈을 깊이 들여다보았다.

그녀가 속삭였다.

"그렇게 무서운 상황에 그곳까지 와 주셔서 얼마나 고마웠는지 몰라요."

"당신의 명령이라면 무슨 일이든 할 겁니다."

그리고 그들은 자리에 앉았다. 그녀는 소식을 물었다. 왈테르 댁과 모든 동료들, 그리고 신문사 소식을 궁금해했다. 그녀는 신문사를 자주 생각했다고 했다.

"신문사가 많이 그리워요. 아주 많이. 제 영혼은 이미 신문기자예요. 어쩌겠어요. 전 그 직업이 좋아요."

그런 뒤 그녀는 입을 다물었다. 그는 그녀의 미소와 목소리 음조와 말 속에서 자기를 유혹하는 무엇인가를 발견했다고 생각했다. 너무 성급한 태도는 취하지 않으리라고 결심했으면서도 그는 더듬더듬 말했다.

"그렇다면…… 어째서…… 어째서…… 그 일을…… 다시 시작하시지 않습니까……. 뒤루아의 이름으로 말입니다."

그녀는 그 순간 진지한 표정으로 돌아와 그의 팔을 놓으며 중얼거렸다.

"아직 그 이야기는 하지 않기로 해요."

그러나 그는 그녀가 마음속으로 승낙하고 있으리라 짐작하고 무릎을 꿇고는, 열정적으로 그녀의 두 손에 키스하면서 더듬거리며 반복했다.

"고맙습니다, 정말 고맙습니다. 얼마나 당신을 사랑하는지 모릅니다!"

그녀가 벌떡 일어섰다. 그도 그녀를 따라 일어섰고 그녀의 낯이 몹시 창백한 것을 알았다. 그러자 그는 그녀가 훨씬 전부터 자기를 좋아했다고 생각했다. 그들은 서로 마주 보고 있었으므로 그는 그녀를 껴안고 이마에 애정이 깃든 진지한 입맞춤을 길게 했다.

그녀는 조금 뒤 그의 품에서 빠져나가자 정색하며 말했다.

"잠깐만요, 뒤루아 씨, 전 아직 조금도 마음을 정하지 않았어요. 대답이 긍정적일 수는 있지만, 그래도 제가 좋다고 말씀드릴 때까지는 절대로 비밀로 하겠다고 약속해 주세요."

그는 굳게 약속하고 기쁨에 부푼 가슴을 안고 돌아갔다.

그 뒤로 그는 그녀를 방문하는 데도 매우 신중을 기하고 좀 더 분명한 답을 요구하려고도 하지 않았다. 그녀가 충분히 마음을 주고 장래에 대해서 이야기하기도 하고, "좀 더 나중에."라고 말하기도 하고, 둘이 함께 생활할 때의 계획을 세우기도 했기 때문이며, 정식 승낙보다도 훨씬 명확하고 깊은 의미를 담고 끊임없이 그의 의혹에 대답했기 때문이다.

뒤루아는 열심히 일하고, 헛되이 돈을 낭비하지 않고, 결혼할 때 무일푼이 되지 않도록 부지런히 돈을 모았다. 그는 예전 낭비할 때와는 딴판으로 검약했다.

여름이 지나고 또 가을이 지났다. 그러나 그들은 그다지 자주 만나지 않았고, 만나더라도 극히 자연스럽게 행동했기 때문에 아무도 그들 사이를 의심하지 않았다.

어느 날 밤, 마들렌이 그의 눈을 깊이 들여다보면서 말했다.

"아직 우리 계획을 드 마렐 부인에게 알리지 않으셨나요?"

"네, 당신께 비밀을 지킨다는 약속을 했기 때문에 아직 아무에게도 말하지 않았습니다."

"그래요? 그럼 이젠 알려도 좋아요. 전 왈테르 씨 쪽을 맡을 테니까 이번 주 안에 처리하죠. 어떠세요?"

그는 얼굴이 빨개졌다.

"네, 그럼 내일부터."

그녀는 그가 당황하는 모습을 보지 않으려는 듯이 살짝 시선을 돌렸다.

"괜찮으시다면 5월 초에 결혼식을 올리도록 해요. 그게 가장 적당할 것 같아요."

"무엇이라도 기꺼이 따르겠습니다."

"전 5월 10일 토요일이 좋아요. 제 생일이기도 하니까요."

"좋습니다. 5월 10일로 합시다."

"부모님께선 루앙 근처에 사신댔죠? 언젠가 그렇게 들은 것 같아요."

"네, 루앙 근처 캉틀뢰입니다."

"무슨 일을 하시나요?"

"그러니까…… 얼마 안 되는 연금으로 생활하고 계시죠."

"아! 부모님들을 정말 만나고 싶어요."

그는 매우 난처해서 망설였다.

"하지만…… 그러니까 부모님들께서는……."

그러나 곧 의지가 강한 남자답게 굳게 결심하고 말했다.

"실은 제 양친은 농사를 지으면서 선술집도 하십니다만, 저를 공부시키시느라고 허리가 휘도록 고생하셨습니다. 저는 절대로 양친을 부끄럽게 생각지 않습니다. 그렇지만 누추한 모양에 시골 사람이기 때문에 당신이 난처하실까 봐……."

그녀는 온화한 선량함이 가득한 얼굴로 부드럽게 미소 지었다.

"아뇨, 저는 그분들을 많이 좋아할 거예요. 언제 한번 뵈러 가요. 꼭 가고 싶어요. 뒤에 의논하기로 해요. 저도 역시 서민의 딸이에요……. 하지만 제 부모님은 벌써 돌아가셨어요. 지금은 이 세상에 아무도 의지할 사람이 없어요……."

그녀는 그에게 손을 내밀면서 덧붙였다.

"당신밖에는."

그는 감동과 충격을 받고 그녀에게 완전히 빠져들었다. 여태까지 어떤 여자에게서도 느껴 본 적이 없는 감정이었다. 그녀가 말했다.

"제가 생각한 게 있는데 설명하기가 꽤 어려워요."

"뭔가요?"

"그게 뭐냐면요, 제게도 다른 여자들처럼 여러 가지 약점이나 쓸데없는 허영심이 있어서 빛나는 것이라든가 울리는 것이 좋아요. 그래서 귀족 이름을 가질 수 있으면 정말 좋겠어요. 우리의 결혼을 계기로, 그러니까…… 귀족 이름을 붙이지 못할까요?"

이번엔 그녀가 실례되는 말이라도 꺼낸 듯 얼굴을 붉혔다.

그는 간단하게 대답했다.

"나도 그런 생각을 많이 했지만 쉬운 일 같진 않아요."

"어째서요?"

그가 웃음을 터뜨렸다.

"웃음거리가 될까 두려워서지요."

그녀는 어깨를 으쓱했다.

"어머, 천만에요. 그렇지 않아요. 모두들 그렇게 해요. 아무도 웃지 않고요. 이름을 둘로 갈라서 뒤 루아*라고 하세요. 훌륭해요."

그는 문제를 잘 알고 있는 듯이 곧 대답했다.

"아니, 그건 안 됩니다. 너무 손쉽고 평범하고 빤히 들여다보이는 방법입니다. 나는 처음에 고향 지명을 필명으로 하려고 했다가 다시 내 이름을 거기에 붙이려고도 하고, 나중에는 지금 말씀대로 이름을 둘로 나눌 것도 생각해 봤습니다."

"고향이 캉틀뢰라고 하셨죠."

"네."

그러나 그녀는 주저했다.

"하지만 어미가 안 좋군요. 저어, 그 이름을 바꿀 수 없을까요? ……캉틀뢰였죠?"

---

* Du Roy, 프랑스 이름의 '드(de)'나 '뒤(du)'는 귀족의 표시다.

그녀는 책상 앞에서 펜을 들고 여러 가지 이름을 써 넣고 글자 모양이나 배열을 궁리하더니 갑자기 소리쳤다.

"아, 이게 좋겠어요, 보세요."

그리고 종이쪽지를 그에게 내밀었다. 거기에는 "뒤루아 드 캉텔 부인"이라고 씌어 있었다.

그는 잠시 동안 생각하다가 점잖게 대답했다.

"네, 아주 좋군요."

그녀는 매우 기뻐하며 되풀이해서 말했다.

"뒤루아 드 캉텔, 뒤루아 드 캉텔, 뒤루아 드 캉텔 부인. 멋져요, 훌륭해요!"

그리고 자신 있는 태도로 덧붙였다.

"이 이름이 세상에 널리 쓰이게 하는 것은 문제없어요. 하지만 재치 있게 기회를 잡아야 해요. 때를 놓치면 아무것도 안 돼요. 자, 내일부터 사회면 기사에는 D. 드 캉텔이라고 서명하고, 단신 난에는 그냥 뒤루아라고 쓰세요. 이런 일은 신문에서는 언제나 있는 일이니까 당신이 멋진 필명을 쓰셨다고 해서 아무도 이상하게 생각하지는 않아요. 그리고 결혼 때 또 조금 바꾸어도 돼요. 친구들께는 전부터 자격은 있었지만 사양해서 '드'를 생략해 두었다고 하면 되고 또 아무 말 하지 않아도 상관없어요. 아버님 성함은 어떻게 되나요?"

"알렉상드르."

그녀는 두서너 번 계속해서 "알렉상드르, 알렉상드르." 하고 중얼거리면서 철자 하나하나의 음에 귀를 기울이다가 곧 하얀 종이에 이렇게 썼다.

알렉상드르 뒤루아 드 캉텔 부부는, 아들인 조르주 뒤루아 드 캉텔과 마들렌 포레스티에 부인이 결혼하게 되었기에 이를 삼가 알려 드립니다.

그녀는 뒤로 물러나서 자신의 글씨체를 바라보고 그 성과에 흡족해서 말했다.

"조금만 궁리하면 무엇이든지 훌륭하게 돼요."

그는 이제부터 뒤루아, 또는 뒤루아 드 캉텔이라고 해야겠다고 굳게 마음먹고 거리로 나오자 갑자기 자신이 위대해진 것 같았다. 그는 고개를 높이 쳐들고 수염을 쭉 뻗게 하고 귀족인 체하며 어깨로 바람을 가르면서 걸었다. 가슴이 기쁨으로 넘쳐나는 나머지 그는 지나가는 사람 아무에게나 "나는 뒤루아 드 캉텔이라는 사람이다." 하고 지껄이고 싶어서 견딜 수가 없었다.

그러나 집에 돌아가자 갑자기 드 마렐 부인의 일이 걱정되어서 내일 와 달라고 편지를 썼다.

'틀림없이 애를 먹을 거야. 일대 폭풍우를 각오해야 할 것이다.'

그러나 그는 천성이 대범하여 생활상 어떤 불쾌한 일이 있더라도 그다지 마음 쓰지 않는 성미였으므로 그런 폭풍우 같은 것도 간단히 생각했다. 그리고 정부가 예산 균형을 확보하기 위해 세우려는 새로운 세제에 관해서 엉뚱한 기사를 쓰고, 귀족의 성에 붙이는 "드"라는 칭호에는 일 년에 100프랑, 남작부터 공작에 이르기까지의 칭호에는 500프랑에서 1000프랑의 세금을 부과하라고 역설했다.

그리고 "D. 드 캉텔"이라고 서명했다.

이튿날 그는 오후 1시에 오겠다는 애인의 프티블뢰를 받았다.

그는 불안으로 조바심을 내며 기다렸다. 그러나 이야기를 서둘러 진행해서 처음부터 모든 것을 다 털어놓아야겠다고 마음먹었다. 그리고 맨 처음의 심한 폭풍우가 끝나면 차분하게 이야기를 해서, 언제까지나 독신으로 있을 수는 없고, 그리고 드마렐 씨가 쉽게 죽어 주지도 않으므로 합법적인 배우자로서 다른 여자를 생각하지 않을 수가 없었다는 것을 알아듣도록 설명하리라 마음먹었다.

그러나 마음은 좀처럼 가라앉지 않았다. 초인종이 울렸을 때에는 몹시 가슴이 뛰었다.

그녀는 그의 품으로 뛰어들었다.

"안녕, 벨아미."

그러나 그녀는 곧 그의 포옹이 어쩐지 싸늘한 것을 알아채고 물끄러미 그의 표정을 보면서 물었다.

"무슨 일이죠?"

"앉아요. 진지하게 이야기를 나눕시다."

그녀는 베일을 이마 위까지 올리기만 하고 모자도 벗지 않고 앉아서 그가 말을 꺼내기를 기다렸다.

그는 눈을 내리깔고 맨 처음 말을 생각한 다음 천천히 이야기를 시작했다.

"사랑하는 클로틸드, 당신이 보다시피 나는 지금부터 고백하려고 하는 일에 몹시 민망해서 난처해하고 있소. 어떻게 말하면 좋을지 도무지 짐작이 가지 않아요. 난 당신을 몹시 사랑하오. 정말 진정으로 사랑하오. 그래 당신을 괴롭히지나 않을까 하는 근심이 이제부터 말하려는 사실보다도 더욱 나를 슬프게 하오."

그녀는 몸이 떨리는 것을 느끼며 얼굴이 창백해져서 더듬거렸다.

"무슨 일이에요? 빨리 말씀하세요."

그는 슬픈 듯한, 그러나 분명한 어조로 말했다. 상대에게는 불행이지만 자신에게는 기쁜 일을 알릴 때 일부러 꾸미는 비통한 어조였다.

"난 결혼하게 됐소."

그녀는 당장에 기절할 듯 가슴 깊은 곳에서 나오는 비통한 한숨을 쉬었다. 그리고 목이 메어서 아무 말도 못 하고 다만 괴로운 듯 헐떡이기만 했다.

그녀가 아무 말도 않는 것을 보고 그는 말을 계속했다.

"내가 이런 결심을 하기까지 얼마나 괴로워했는지 아마 당신은 상상도 할 수 없을 거요. 그러나 나는 지위도 돈도 없이 이 넓은 파리에 단 혼자요. 내게는 옆에서 충고도 해 주고 위로도 하고 힘이 되어 줄 사람이 필요하오. 이른바 함께 일하고 내 편이 되어 줄 사람 말이오. 그런 사람을 찾고 있었는데 이번에 간신히 발견한 거요."

그는 상대가 뭐라고 대답할까 생각하고 입을 다물었다. 마음속으로는 여자의 무서운 분노와 거친 행동이나 심한 욕지거리를 각오했다.

그러나 그녀는 심장의 심한 고동을 누르려는 듯 손을 가슴에 대고 괴로운 듯이 숨을 헐떡였다. 젖가슴이 부풀어 오르고 고개가 흔들렸다.

그는 그녀가 안락의자 팔걸이에 올려놓은 한쪽 손을 잡았다. 그러나 그녀는 그것을 매정하게 뿌리치고 정신없이 중얼댔다.

"아! 어쩌나······."

그는 그녀 앞에 무릎을 꿇었으나 그녀 무릎에 손을 댈 용기도 없었다. 그리고 홧김에 고함치는 것보다도 더한 깊은 침묵에 한층 더 감격하여 주저하며 말했다.

"클로, 귀여운 클로, 내 입장을 알아주오. 내 신분을 생각해 주오. 아! 만약 당신과 결혼할 수 있다면 얼마나 기쁘겠소? 그러나 당신에게는 남편이 있소. 난 어떡하면 좋겠소? 당신, 생각해 보오, 이 점을 잘 생각해 주오. 나는 세상을 향해 나 자신을 훌륭하게 밀고 나가고 싶소. 그러나 가정을 갖지 않으면 그것이 불가능하오. 당신, 솔직히 말해······ 아예 당신 남편을 죽여 버리고 싶다고 몇 번이나 생각했는지 모르오······."

그는 타고난, 마음을 사로잡는 듯한 부드러운 목소리로 이야기했다. 음악처럼 귓속으로 흘러 들어가는 목소리였다.

한곳에 고정된 애인의 눈에 눈물이 한 방울 천천히 괴더니 이윽고 뺨을 따라 흐르고, 눈썹 가장자리에 벌써 다음 눈물이 괴었다.

그는 중얼거렸다.

"울지 마오, 클로, 울지 마요, 부탁이니. 그렇게 울면 난 가슴이 찢어질 것 같아요."

그녀는 억지로 기운을 차려서 꿋꿋하고 의연한 태도를 취하려고 애쓰면서 울기 직전에 울먹이는 예의 그 떨리는 목소리로 물었다.

"어떤 분인가요?"

그는 약간 망설였으나 어차피 말하지 않을 수도 없다고 생각했다.

"마들렌 포레스티에요."

순간 드 마렐 부인은 온몸을 부들부들 떨었으나 입을 꽉 다물고 그가 발밑에 있다는 것도 잊은 듯 무언가 깊은 생각에 잠겼다.

그동안에도 맑은 눈물 두 방울이 쉴 새 없이 눈에 괴었다가는 떨어지고 또 괴었다가는 흘러 떨어졌다.

곧 그녀는 일어섰다. 뒤루아는 그녀가 한 마디도 하지 않고 용서도 하지 않고 잠자코 나가려는 것으로 짐작하고 마음속으로 몹시 언짢게 생각하고 모욕당한 듯이 여겼다. 그래서 옷자락 뒤에서 오동통한 두 다리를 끌어안았다. 그 다리는 저항하는 것처럼 굳게 버텼다.

그는 애원했다.

"부탁이니 그렇게 그냥 가 버리지 마오."

그러자 그녀는 그를 아래위로 훑어보았다. 그 절망해 버린 눈물에 젖은 눈은 여인의 괴로움을 여실히 나타냈고 뭐라고 할 수 없이 사랑스럽고 슬픈 듯했다. 그녀는 띄엄띄엄 말했다.

"내겐…… 내겐, 아무 할 말이 없고…… 또…… 또 어쩔 수도 없어요……. 당신…… 당신도 무리는 아니에요……. 자신에게…… 자신에게…… 필요한 사람을 잘 고르신걸요……."

이렇게 말하고 그녀는 뒤로 몸을 빼고 나갔다. 그는 이젠 그녀를 붙잡으려 하지 않았다.

혼자 남자 그는 머리를 호되게 얻어맞은 것처럼 정신이 아득해져서 일어섰다. 그러나 곧 정신을 차리고 중얼거렸다.

"아 참, 혼났지만 잘됐다. 아무튼 잘됐어……. 큰 소동도 벌어지지 않아서 천만다행이야."

그는 무거운 짐을 내려놓은 데 마음이 놓여서 갑자기 자유롭게 해방된 몸이 되어, 생각한 대로 새로운 생활을 향하여 활개칠 수 있을 것 같았다. 그리고 운명과 싸워 이긴 듯이 자신의 성공과 힘에 취해서 벽에다 대고 크게 주먹을 휘두르기 시작했다.

포레스티에 부인이 그에게 물었다.

"드 마렐 부인께 말씀하셨나요?"

그는 태연하게 대답했다.

"그럼요, 이야기했죠."

그녀는 맑은 눈길로 그의 모습을 살폈다.

"노하시지 않던가요?"

"아뇨, 조금도. 오히려 참 잘되었다고 하더군요."

그들의 소문은 얼마 안 가서 널리 알려졌다. 어떤 사람은 놀라고, 어떤 사람은 벌써 알고 있었다고 하고, 또 별반 이상할 것 없다는 식으로 빙글거리고 웃는 사람도 있었다.

젊은이는 이제 사회기사에는 D. 드 캉텔, 단신이나 이따금 쓰는 정치 기사에는 뒤루아라고 서명했다. 그리고 틈만 있으면 언제나 약혼녀의 집을 찾아갔다. 그녀는 형제 같은 다정함으로 그를 맞이했지만 거기에는 마음속으로부터의 은밀한 애정과 쉽게 수줍어하는 욕망이 담겨 있었다. 그녀는 두서너 사람의 증인만을 부르고 극비 결혼식을 올리고 그날 밤으로 곧장 루앙으로 출발하자고 했다. 그리고 이튿날 남편의 연로하신 부모님께 키스하러 가서 사오 일간 옆에서 함께 지내기로 계획했다.

뒤루아는 이 계획을 단념시키려고 애썼지만 그녀가 아무래도 듣지 않았으므로 끝내 체념하고 말았다.

그리하여 5월 10일이 되자 아무도 초대하지 않을 바에는 종교의식도 굳이 할 것 없다고 하고 잠깐 시청에 들러서 수속을 끝낸 다음 그대로 집으로 돌아와서 짐을 꾸렸다. 그리고 생라자르 역에서 오후 6시 기차로 노르망디로 향했다.

기차 안에서 둘만이 될 때까지 그들은 거의 이야기하지 않았다. 그리고 기차가 달리기 시작하자 얼굴을 마주 보고 웃었다. 서로 조금 쑥스러웠지만 그것을 상대편에게 보이지 않으려고 했던 것이다.

기차는 속력을 늦추고 바티뇰의 긴 정거장을 지나 군사 요새와 센 강 사이의 곰팡이가 핀 듯한 평야를 달려갔다.

뒤루아와 아내는 이따금 두서너 마디 부질없는 말을 주고받았으나 곧 또 승강구 창문 쪽으로 고개를 돌렸다.

아니에르의 철교를 건넜을 때, 강 위에 많은 배가 떠 있고 어부와 뱃사공들이 무리를 지어 있는 것을 보고 그들은 갑자기 즐거워졌다. 태양은 5월의 강한 햇살을 배와 강 위에 비스듬히 던지고 있었고, 강은 석양의 열과 빛 아래 무겁게 가라앉아서 흐르는 것 같지도 않게 물결도 일지 않는 듯 멈춰서 움직임 없이 고요했다. 강 복판에 떠 있는 돛단배 한 척이 희미한 미풍도 놓치지 않으려고 양쪽 뱃전에 희고 큰 세모 돛을 달고 있었는데, 마치 커다란 새가 당장에라도 날아가려고 하는 듯한 모습이었다.

뒤루아가 작은 소리로 말했다.

"난 파리 주변이 무척 좋아요. 언젠가 먹은 생선 튀김의 맛도 내 생애의 가장 즐거운 추억입니다."

"그리고 보트예요! 해 질 무렵 물 위를 미끄러져 가는 것은 무척 기분 좋은 일이에요."

그들은 그것을 끝으로 입을 다물었는데 마치 그 이상 과거 생활에 대한 감회에 젖는 것을 피하는 듯했다. 그리고 벌써 회한의 느낌을 맛보면서 언제까지나 말이 없었다.

뒤루아는 아내의 맞은편에 앉아서 그 손을 잡고 천천히 키스했다.

"돌아오면 이따금 샤투로 저녁 식사하러 갑시다."

그녀가 말했다.

"하지만 할 일이 너무 많아요."

그 어조는 쾌락 같은 건 참다운 이익을 위해서 희생해야 한다는 의미를 품은 듯했다.

그는 여전히 그녀의 손을 잡고 어떻게 하면 애무로 끌고 갈 수 있을까 초조하게 생각했다. 아무것도 모르는 어린 처녀 앞이라면 이렇게 마음 쓰지 않을 것이다. 그러나 마들렌은 아주 총명하고 눈치가 빠르고 쉽게 보아 넘길 수 없을 것 같아서 함부로 덤빌 수가 없었다. 그는 수줍고 둔하다든가, 또는 난폭하고 성급하다든가, 어느 쪽이든 그런 인상을 줘서 바보 취급을 받지나 않을까 염려스러웠다.

그래서 그 손에 약간 힘을 주어 쥐어 보았지만 조금도 반응이 없었으므로 끝내 말했다.

"당신이 내 아내라고 생각하니 무척 이상한 기분이 드는군요."

그녀는 깜짝 놀란 것 같았다.

"어째서요?"

"나도 잘 모르겠는데 아무래도 이상해요. 난 당신한테 키스하고 싶어 못 견디겠는데 생각해 보면 그 권리는 내게 있는 셈이어서 오히려 놀라고 있습니다."

그녀는 침착하게 뺨을 내밀었다. 그는 누이동생에게 키스하듯이 뺨에 키스했다.

그가 계속해서 말했다.

"당신을 처음 만났을 때, 기억하시겠지요? 포레스티에 군이 초대해 준 만찬회 때였어요. 난 '내게도 이런 부인이 있다면.' 하고 생각했지요. 그런데 그 생각대로 나는 이렇게 당신을 차지했어요."

그녀가 낮은 목소리로 말했다.

"기쁘군요."

그리고 언제나처럼 미소를 머금은 눈길로 그를 유심히 똑바로 바라보았다.

'나는 너무 조심성이 많아. 바보 같잖아? 좀 더 적극적으로 해야겠다.'

그는 생각했다. 그리고 물었다.

"포레스티에 군과는 어떻게 해서 알게 되었습니까?"

그녀는 도전하듯이 심술궂게 대답했다.

"저희들은 그 사람의 이야기를 하기 위해서 루앙으로 가는 건가요?"

그는 얼굴을 붉히며 변명했다.

"난 아무래도 눈치가 없군. 당신 앞에 있으면 언제나 쩔쩔매고 말아요."

그녀는 기쁜 듯이 말했다.

"어머! 그럴 리가 있어요? 어째서일까요?"

그는 아내 옆으로 자리를 옮겨서 바싹 붙어 앉았다. 그러자 그녀가 갑자기 외쳤다.

"어머! 사슴이에요!"

기차는 생제르맹의 숲을 지나고 있었다. 그녀는 암사슴 한 마리가 놀라서 가로수 길을 한달음에 뛰어넘는 것을 본 것이었다.

뒤루아는 그녀가 창문을 연 출입구로 밖을 내다보는 틈에 몸을 기울여 그녀 머리칼 속의 목덜미에 연인의 긴 키스를 했다.

그녀는 잠시 가만히 있더니 곧 고개를 들며 말했다.

"간지러워요, 그만 해요."

그러나 그는 멈추려 하지 않고 하얀 살결에 곱슬곱슬한 콧수염이 조용히 미끄러지게 하면서 황홀해질 듯한 애무를 언제까지나 계속했다.

그녀는 고개를 흔들었다.

"그만 하시라니까요."

그는 오른손을 뒤로 살그머니 넣어서 그녀의 머리를 껴안고 자기 쪽으로 돌렸다. 그리고 독수리가 자신의 수확물에 덤벼들듯이 그 입에 달라붙었다.

그녀는 몸부림을 치며 그를 밀어젖히고 떨쳐 버리려고 했다. 간신히 그의 품에서 빠져나오자 그녀는 다시 한 번 되풀이했다.

"그만 하시라니까요."

그러나 그는 그 말은 듣지도 않고 그녀를 끌어안고 주린 듯한 떨리는 입술로 키스했다. 그리고 그녀를 의자 위에 넘어뜨리려고 힘을 주었다.

그녀는 필사적으로 그의 팔에서 빠져나와서는 별안간 발딱 일어섰다.

"어머! 정말로 조르주 씨! 그만두세요. 우린 이제 아이들이 아니니까 루앙에 도착할 때까지 기다려도 좋지 않겠어요?"

그는 새빨개진 얼굴로 그대로 앉아 있었다. 그녀의 이성적인 말에 감정이 얼어붙는 듯한 느낌이었다. 그러고 나서 어느 정도 침착성을 되찾고 흥분한 목소리로 말했다.

"좋소, 기다립시다. 그러나 그곳에 도착할 때까지 내겐 별로 할 이야기가 없습니다. 그런데 이제 겨우 푸아시를 지나고 있거든요."

"그럼 제가 이야기하죠."

그녀는 조용히 그의 옆에 와서 앉았다.

그리고 파리에 돌아가서 해야 할 일을 또렷하게 이야기해 나갔다. 그들은 그녀가 전남편과 살았던 아파트에 그대로 살기로 하고, 뒤루아는 《라비 프랑세즈》에서 포레스티에의 직무와 봉급을 이어받을 예정이었다. 게다가 그녀는 결혼 전에 마치 실무가와도 같이 꼼꼼하게 부부의 세세한 재산 문제까지 빈틈없이 정리해 놓았다.

두 사람의 결혼은 죽음, 이혼, 그리고 하나나 혹은 여러 아이의 출생 등 일어날 수 있는 여러 경우, 재산 분리제에 의거하고 있었다. 신랑이 가진 돈은 본인이 말하는 바로는 4000프랑이나 그 가운데 1500프랑은 빚이었고 그 밖에 최근 일 년 동안 결혼을 예상하고 저축한 돈이 있었다. 신부는 포레스티에의 유산이라는 4만 프랑을 가지고 있었다.

그녀는 이번에는 자기 스스로 포레스티에 관한 말을 시작하고 그의 본받을 점을 이야기했다.

"그분은 절약가였고 매우 꼼꼼했고 대단한 일꾼이었어요. 그렇게 일찍 죽지 않았다면 머지않아 한밑천 잡았을 거예요."

뒤루아는 딴생각에 정신을 빼앗겨서 이미 듣지 않았다.

그녀는 이따금 무언가 마음속 생각을 쫓아내는 듯 입을 다물곤 하면서 계속했다.

"앞으로 삼사 년 지나면 당신도 일 년에 삼사만 프랑은 벌 거예요. 샤를도 살아 있었다면 그 정도는 받을 수 있었을 거예요."

조르주는 긴 훈계에 싫증이 나서 대답했다.

"우리는 그의 이야기를 하려고 루앙으로 가는 건 아닐 텐데요."

그녀는 그의 뺨을 가볍게 두드리며 웃었다.

"그렇군요, 제가 잘못했어요."

그는 얌전한 아이처럼 일부러 두 손을 무릎 위에 올려놓았다.

"그런 모습을 하시면 얼간이 같아요."

"그러나 그건 내 역할이오. 당신도 아까 그러시지 않았습니까? 그러니까 결코 그만두지 않습니다."

"왜요?"

"왜라니, 집안일이나 또 내 처신에 대해서까지 모두 당신이 지휘할 테니까요. 사실 당신이 도맡아 하실 일이죠. 미망인으로서 말입니다."

그녀는 깜짝 놀라며 물었다.

"정확하게 말하면 어떤 뜻이죠?"

"당신에겐 경험이 풍부하니까 아무것도 모르는 나를 여러 가지로 깨우쳐 줄 것이고, 결혼 생활의 실제 경험도 있으니까 나 같은 얼빠진 독신자를 채찍질해 주실 거라는 말입니다."

"어머! 너무 심하시군요!"

그녀가 외쳤다. 그는 대답했다.

"그렇습니다. 난 여자를 모릅니다. 그런데 당신은 남자를 잘 알고 계십니다. 왜냐하면 미망인이니까요, 그렇죠? 모든 것을 당신에게 교육받아야지요……. 오늘 밤도, 괜찮으시다면 지금 당장이라도 좋습니다."

그녀는 매우 기분이 좋아져서 외쳤다.

"어머! 참, 그런 것까지 저한테 의지하시다니!"

그는 학과 공부를 중얼중얼 외우는 중학생 같은 목소리로 말했다.

"물론입니다, 의지하고말고요. 철저한 교육을…… 스무 회로…… 완성해 주리라고 생각합니다……. 열 회는 기초 과목…… 해독과 문법…… 그리고 나머지 열 회는…… 마지막 완성과 수사학을 말입니다……. 나라는 사람은 전혀 아무것도 모르니까요."

그녀는 몹시 우스운 듯이 외쳤다.

"바보야, 당신은!"

그가 재빨리 말했다.

"당신이 이제야 부부 사이의 말을 하게 되었으니 나도 당장 본받겠는데 말이오. 실토를 한다면, 매초마다 점점 당신이 좋아져서 루앙이 내게는 아득하게 생각되는군!"

그는 이제는 배우 같은 어조로 얼굴에 우스꽝스러운 표정들을 띠면서 이야기했다. 그것은 문인들의 몹시 쾌활하고 호탕한 태도와 농담에 익숙한 젊은 여인을 흥겹게 했다.

그녀는 그 얼굴을 곁눈으로 보면서 정말로 귀엽다고 생각하고 나무에 열린 과일을 베어 물고 싶은 욕망을 느끼면서도, 식사 때까지 기다렸다가 제때 먹는 것이 좋다고 충고하는 이성의 목소리에 주저하는 것이었다.

그래서 그녀는 마음속에 일어난 이러한 생각에 낯을 조금 붉히면서 말했다.

"이봐요, 귀여운 학생. 제 경험을 믿으세요. 제 풍부한 경험을 말예요. 기차 안에서의 키스는 아무짝에도 소용없어요. 그저 배만 고파질 따름이에요."

그러고 나서 더욱 얼굴을 붉히면서 중얼거렸다.

"밀은 아직 파랄 때 베는 게 아니에요."

그는 아름다운 입술에서 은근히 비치는 암시를 깨닫고 욕정이 솟구쳤으며, 알았다는 얼굴로 빙그레 웃었다. 그리고 기도문이라도 외우듯이 입속으로 뭔가 중얼거리면서 성호를 긋고 이렇게 선언했다.

"자, 이제 나는 유혹의 수호신, 성 앙투안의 가호를 받았다. 이제 나는 동상이다."

밤이 조용히 내려와 오른편에 펼쳐지는 넓은 평야가 가벼운 망사라도 친 것처럼 투명한 어둠으로 덮였다. 기차는 센 강을 따라 달렸다. 선로 연변으로, 잘 닦인 금속 리본처럼 폭 넓은 강이 꾸불꾸불 흘렀다. 하늘에는 석양이 불처럼 새빨간 얼룩을 문질러 놓고 갔다. 젊은 그들은 그 얼룩이 붉게 반사되어 강물 위에 흔들리는 것을 가만히 바라보았다. 그러나 그 빛도 차차 엷어져서 거무스름해지고 슬픈 듯이 저물어 갔다. 평야는 언제나 황혼이 지상을 두려움에 떨게 하는 그 불길한 죽음의 전율을 감돌게 하며 어둠 속에 잠겼다.

이 저녁나절의 애수가 열어 놓은 창문으로 들어와 조금 전까지도 그토록 재잘거리던 젊은 부부의 마음에 스며들어 그들은 입을 다물어 버렸다. 그리고 서로 바짝 붙어 앉아서 5월의 밝고 아름다운 하루가 사라져 가는 모습을 지켜보았다.

망트까지 오자 작은 석유 등잔에 불이 켜졌다. 석유등은 회색 쿠션 바탕에 떨리는 노란빛을 뿌렸다.

뒤루아는 아내의 몸을 힘주어 껴안았다. 조금 전의 격렬한 욕정은 조용하고 온화한 애정으로 변했다. 마치 어린아이를 흔드는 애무와도 같이 세심한 동작으로 쓰다듬어 주고 싶은 포근한 소망이었다.

그는 낮게 속삭였다.

"흠뻑 사랑해 줄게, 귀여운 마드."

상냥한 음성이 젊은 여인을 감동케 하여 그녀의 온몸에 전율이 일어났다. 그녀는 허리를 구부리고 그에게 입술을 줬다. 그가 따뜻한 젖가슴에 뺨을 대고 있었기 때문이다.

길고 말 없는 깊은 키스였다. 그러고 나서 그들은 갑자기 벌떡 일어나서 갑작스럽고 미친 듯한 포옹을 했다가 숨을 헐떡이며 짧은 싸움을 벌였다. 거칠고 서툰 성교였다. 두 사람은 약간 실망하고 몹시 지쳤으면서도 아직 황홀한 기분으로 기적 소리가 다음 역이 가까웠음을 알려 올 때까지 서로 꼭 껴안았다.

그녀는 관자놀이에 흐트러진 머리를 손끝으로 가볍게 두드리면서 말했다.

"정말 바보군요. 마치 어린아이 같아요, 우린."

그러나 그는 그 양손을 붙잡고 열에 들뜬 듯이 차례차례 번갈아 가면서 키스하며 대답했다.

"귀여운, 귀여운 마드."

루앙에 도착하기까지 그들은 거의 움직이지 않고 뺨과 뺨을 맞대고 이따금 마을 불빛이 번쩍하고 스치고 지나가는 창밖의 어둠을 바라보았다. 그리고 서로 흐뭇하게 붙어 앉아서 좀 더 정답고 자유로운 포옹을 고대하면서 황홀한 생각에 잠겼다.

그날 밤은 강변을 향해서 창문이 가지런히 난 호텔에 들었다. 밤참을 조금 먹고 잠자리에 들었다. 이튿날 아침 8시가 되었을 때 하녀가 그들을 깨우러 왔다.

나이트 테이블 위에 놓인 차를 마시고 나자, 뒤루아는 감탄한 듯이 물끄러미 아내를 보다가 갑자기 보물을 발견한 행복한 사나이 같은 환희의 정열에 쫓겨서 그녀를 양팔에 껴안고 조그맣게 말했다.

"귀여운 마드. 난 무척…… 무척…… 무척 당신이 귀여워."

그녀는 그 말을 믿는 듯이 만족스러운 미소를 띠고 웃으며 키스를 되돌려 주면서 속삭였다.

"저도…… 그런 것 같아요."

그러나 그는 이제부터 양친을 방문할 일이 역시 걱정스러웠다. 그는 미리 몇 번이고 아내에게 일러 주어 미리 각오하도록 타일렀다. 그러나 다시 한 번 다짐해 두지 않을 수 없는 심정이었다.

"알겠소? 농부란 말이오. 아주 시골 농부요. 희가극에 나오는 그런 농부와는 다르단 말이오."

그녀는 웃었다.

"알아요. 몇 번이나 들었으니까요. 자, 일어나세요. 제가 일어날 수 없잖아요?"

그는 침대에서 뛰어내려 슬리퍼를 신으면서 덧붙였다.

"집은 틀림없이 몹시 불편할 거요. 내 방에는 낡은 지푸라기 침대가 하나밖에 없소. 캉틀뢰에선 요란 것을 모르니까."

그녀는 몹시 즐거운 듯했다.

"그게 좋아요. 당신의…… 당신 곁이라면…… 밤에 잠을 잘 못 자도 좋아요. 그리고 아침엔 수탉 우는 소리에 잠에서 깨는 거예요."

그녀는 실내복을 입었다. 풍성한 흰 플란넬 옷으로, 뒤루아도 언젠가 본 적이 있었다. 그는 그것을 보고 마음이 언짢았다. 어째서일까? 그녀가 실내복을 열두 벌 정도 가지고 있다는 것을 그는 안다. 사실 그것을 전부 버리고 새로운 것을 살 수는 없었다. 그러나 그녀의 실내복이며 애무할 때의 속옷이 전 남편 때와 같은 것은 불쾌했다. 그 부드럽고 따뜻한 옷감에 어딘지 포레스티에와 접촉했던 자국이 남은 것 같았다.

그래서 그는 담배에 불을 붙이고 창가로 가 버렸다.

날씬한 돛대를 세운 범선이며 기중기가 큰 소리를 내면서 짐을 올리는 육중한 기선들이 가득 들어찬 항구며 넓은 강 경치는 눈에 익었으나 새삼 그의 흥을 돋우었다. 그는 외쳤다.

"야아, 참 장관인데!"

마들렌은 달려와 남편의 한쪽 어깨 위에 두 손을 올려놓고 정답게 기대면서 황홀하게 바라보고는 되풀이했다.

"정말 멋있군요! 참 멋있어요! 전 이렇게 배가 있을 줄은 몰랐어요!"

그들은 한 시간가량 있다가 출발했다. 사오 일 전부터 통지해 두었으므로 양친과 함께 점심 식사를 할 예정이었다. 포장도 없는 녹슨 마차가 주물을 긁어 대는 듯한 소리를 내면서 그들을 싣고 갔다. 기다랗고 지저분한 큰길을 빠져나가고 시냇물 흐르는 목장을 가로지른 후 언덕을 오르기 시작했다.

마들렌은 피곤했으므로 낡은 마차 속에서 태양의 스며드는 듯한 애무에 몸을 쬐면서 졸았다. 그 모습은 마치 부드러운 빛과 전원 공기 속에 누워서 훈훈하게 목욕을 하는 듯 보였다.

남편이 그녀를 흔들어 깨웠다.

"저것 좀 봐요."

마차는 산의 3분의 1가량 되는 곳에 서 있었다. 전망 좋기로 이름난 장소로, 여행하는 사람이라면 누구나 이곳으로 왔다.

눈 아래에는 커다란 골짜기가 넓게 깔렸고, 그 사이를 밝게 빛나는 강이 이 끝에서 저 끝으로 커다랗게 굽이치면서 꿰뚫고 있었다. 강은 아득히 먼 곳에서부터 콩알처럼 수없이 많은 섬 사이를 지나서 루앙을 가로지르기 전에 커다란 원을 그리며 구부러졌다. 오른쪽 강가의 아침 안개에 마을이 뿌옇게 가라앉아서 지붕은 햇빛으로 반짝였다. 무수한 종각은 가벼워 보이는 것도, 날카롭고 뾰족한 것도, 굵고 육중한 것도, 모두 커다란 보석처럼 세공을 한 듯 몹시 물러 보였다. 또 문장을 박은 관을 올려놓은 네모나거나 둥근 탑, 누각, 작은 종각 등 모두가 아침 해에 빛났는데, 그러한 고딕 건축 교회 꼭대기 위에 대사원의 날카로운 첨탑이 의연히 우뚝 솟아 있었다. 보기에 흉하고 괴이하고 엄청나게 큰 청동 첨탑, 세계에서 가장 높은 탑이었다.

그러나 정면 저편 기슭에는 넓은 생스베르 교외의 공장들이 떼 지어 있었고 끝이 부푼 둥글고 뾰족한 굴뚝이 나무숲처럼 솟아 있었다.

그 굴뚝은 맞은편 기슭의 종각보다도 많았고, 아득히 먼 논밭 가운데까지 긴 벽돌 원주 모양으로 이어져 시커먼 석탄의 입김을 푸른 하늘에 내뱉었다.

그 가운데서 가장 높은 것은 쿠푸의 피라미드와 같은 높이로 사람의 힘으로 만들어 낸 것 중 두 번째로 높았고, 그 이웃에 자랑스럽게 우뚝 솟은 대사원의 뾰족탑과 어깨를 겨뤘다. 그것은 라푸드르 제철의 대용광로로 검은 연기를 내뿜으면서 활동하는 공장의 여왕인 양 신성한 사원 무리의 여왕인 대첨탑과 어울리는 한 쌍을 이루었다.

저편 공업 지구 뒤로는 전나무 숲이 퍼져 있었다. 센 강은 이 두 도시 사이를 뚫고 흐르고, 군데군데 흰 바위가 보였다. 센 강은 꼭대기가 숲으로 덮인 언덕 기슭을 돌고, 다시 또 커다랗게 반원을 그리며 지평선으로 사라졌다. 맹렬한 연기를 토하는 파리만 한 크기의 증기선에 끌려서 배가 몇 척이나 강을 오르내렸다. 물 위에 즐비하게 뜬 섬들은 서로 등을 맞댄 것도 있었고 상당한 간격을 둔 것도 있어서 마치 고르지 못한 녹색 묵주 같았다.

마부는 여행자가 충분히 경치를 감상하기를 기다렸다. 그는 경험에 의해서 손님의 특성을 불문하고 그들이 구경하는 데 소요되는 시간을 알고 있었던 것이다.

그러나 마차가 달리기 시작한 지 얼마 안 가서 뒤루아는 문득 이삼백 미터 저편에서 두 노인이 걸어오는 것을 보았다. 그는 마차에서 뛰어내려 외쳤다.

"아, 저기 오는군. 틀림없어."

농부 차림 남자와 여자가 걸음걸이도 정확하지 못하게 이따금 서로 어깨를 부딪치면서 흔들흔들 걸어왔다. 남자는 작달막하며 얼굴이 불그레하고 약간 배가 불룩하며 나이에 비해 건강해 보였다. 여자는 키가 크고 여위고 허리가 굽었으며 침울한 표정이었다. 어렸을 적부터 일만 해 온 문자 그대로 농사꾼 여인으로, 남편이 손님과 술을 마시며 농담을 지껄여도 한 번도 웃는 일이 없을 그런 노파였다.

마들렌도 마차에서 내려서 보잘것없는 부부가 가까이 오는 것을 바라보았다. 어쩐지 가슴이 죄어 오고 지금까지 느껴 본 적이 없는 슬픔이 치밀어 올랐다. 그들은 그 훌륭한 신사가 자기 아들인 것을 깨닫지 못했다. 하물며 화려한 몸치장을 한 귀부인이 며느리일 줄은 꿈에도 생각하지 못했을 것이다.

그들은 아무 말 없이 기다리는 아들 앞을 그대로 지나치려고 했다. 마차를 뒤에 기다리게 하는 훌륭한 도시인들은 거들떠보지도 않았다.

그들이 지나치려고 할 때 뒤루아가 웃으면서 말을 걸었다.

"안녕하세요, 아버지!"

그들은 걸음을 딱 멈추었다. 처음에는 어리둥절했으나 곧 깜짝 놀라서 얼이 빠졌다. 노파가 먼저 정신을 차리고 우두커니 선 채 중얼거렸다.

"네가 우리 아들이냐?"

"그럼요, 저예요, 제가 조르주예요."

젊은이는 그렇게 말하면서 어머니 곁으로 다가가 두 뺨에 제법 아들답고 점잖은 키스를 했다. 그러고 나서 모자를 벗어 든 아버지 뺨에 볼을 비볐다. 루앙에서 유행했던 높고 검은 비단 모자로, 소 장수가 쓰면 어울릴 것 같았다.

그런 다음에 조르주가 소개했다.

"이 사람이 제 아냅니다."

그때서야 두 시골 늙은이는 마들렌을 보았다. 마치 무슨 구경거리라도 보는 듯이 불안하게 주저하면서 들여다보았다. 아버지는 마치 성공했구나 싶은 흐뭇한 빛을 띠었고, 어머니는 질투 섞인 적의를 엿보였다.

천성이 명랑했던 아버지는 약한 사과주의 알코올이 몸에 스며서 기분이 좋았으므로 눈꼬리에 장난스러운 주름을 지으면서 용기를 내서 물었다.

"이 부인에게 키스해도 좋을까?"

아들이 대답했다.

"그야 물론이죠. 그런 걸 물으시다니요."

그래서 마들렌은 싫은 것을 참고 양 볼을 내밀었다. 농부는 그 뺨에 커다란 소리를 내며 키스하고 나서 입술을 손등으로 닦았다.

노파도 적의를 품은 얌전한 태도로 며느리에게 키스했다. 아니다, 아들의 아내로 생각했던 여자가 아니다. 내 아들의 아내는 뺨이 싱싱한 사과처럼 빨갛고 좋은 씨를 받을 암말처럼 오동통한 농사꾼 여자여야 한다. 그런데 이 여자는 몹시 멋을 부리고 사향 냄새를 풍기고, 어쩐지 게으른 것 같지 않은가? 이

노파는 향수를 모두 사향이라 생각했다.

모두들 신랑 신부의 짐을 실은 마차 뒤를 따라서 걷기 시작했다.

노인은 아들의 팔을 잡고 뒤따라 걸으면서 이해타산에 밝은 눈치로 물었다.

"어떠냐? 일은 잘되어 가니?"

"네, 썩 잘돼 가요."

"그것 참 좋은 일이구나! 그런데 네 아내는 돈푼이나 있냐?"

"4만 프랑."

조르주가 대답했다. 아버지는 놀라서 가벼운 숨을 내쉬며 "그래?"라고밖에는 말하지 못했다. 너무 엄청난 금액에 얼이 빠졌던 것이다. 그리고 나서 정말 진심으로 굳게 믿는 것처럼, "아! 좋은 여자구나!" 하고 덧붙였다. 왜냐하면 마들렌이 그의 취향에 꼭 들어맞기 때문이었다. 그도 젊은 시절에는 남들처럼 제법 그 방면을 볼 줄 아는 사람으로 알려졌더랬다.

마들렌과 어머니는 나란히 걸었으나 한 마디도 하지 않았다. 남자들이 그 뒤를 따라왔다.

이윽고 그들은 마을에 도착했다. 가로변에 있는 조그마한 마을로, 양쪽에 가게와 농가가 열 집 정도 늘어섰고, 벽돌집과 진흙을 바른 집도 있었고, 지붕을 짚으로 이은 것이며 석반석을 얇게 깎아서 이은 것들이 섞여 있었다. 뒤루아 영감의 선술집 '전망 좋은 집'은 마을 제일 첫머리 왼쪽에 있었는데 한 층과 곳간밖에 없는 오두막집이었다. 옛 관습에 따라서 문 앞에 소나무 가지를 꽂아 놓고 술을 파는 집임을 표시했다.

주막에는 식탁을 두 개 맞대어 놓고 식탁보를 씌운 곳에 식사 준비가 되어 있었다. 이웃 여자들이 일을 도우러 왔다가 몹시 아름다운 귀부인이 들어오는 것을 보고 공손하게 인사를 했다. 그런 뒤에 조르주를 알아보고 외쳤다.

"맙소사! 자네가 그 꼬맹이란 말인가?"

그는 쾌활하게 대답했다.

"그래요, 나예요. 브뤼랭 아주머니!"

그리고 곧 모친에게 한 것처럼 키스했다.

그러고 나서 아내를 돌아다보고 말했다.

"방에 들어가서 모자라도 벗지."

그는 오른편 문을 통해 아내가 옆방으로 들어가게 했다. 기와를 깔고 벽을 하얗게 회로 바른 썰렁한 방이었다. 침대에는 면직 커튼이 걸려 있었다. 이 말쑥하고 살풍경한 방을 장식하는 것이라곤 성수반 위에 걸어 놓은 십자가와, 파란 종려나무 그늘에 폴과 비르지니*를 그린 것과 갈색 말에 올라탄 나폴레옹 1세를 그린, 색깔을 넣어 인쇄한 그림 두 장뿐이었다.

단둘이 되자 그는 마들렌을 껴안고 말했다.

"미안해, 마드. 난 노인들을 만나니 마음이 놓여. 파리에 있을 땐 저분들 생각을 하지 않았지만 만나니까 역시 기쁘군."

그때 아버지가 칸막이를 두드리며 고함을 쳤다.

"얘야, 수프가 다 됐다."

그래서 그들은 식탁에 앉아야만 했다.

농사꾼들이 오래오래 먹는 점심 식사로 배합이 전혀 어울리지 않는 접시가 차례로 나왔다. 구운 양고기 뒤에 돼지 소시

---

* 베르나르댕 드 생피에르의 소설 『폴과 비르지니』의 주인공들.

지, 그다음에 오믈렛이 나오는 형편이었다. 뒤루아 영감은 사과주와 포도주 두어 잔으로 기분이 좋아져서 큰일 치를 때를 위해서 간직해 두었던 가장 훌륭한 농담 주머니의 끈을 풀어 놓고 모든 친구들에게 일어났던 일이라는 너절하고 추잡한 이야기를 꺼내 놓았다. 조르주는 그런 이야기를 다 알고 있었으나 고향 분위기에 취해서 재미있다는 듯이 웃었다. 그는 태어난 고장이며 어렸을 때 정든 고장에 대한 본능적인 애정에 마음을 빼앗기고 또 오랜만에 마주한 갖가지 감동이나 추억, 또는 여러 가지 옛날 일, 이를테면 문짝에 낙서한 자국이라든가, 조그마한 사건을 회상하게 하는 절름발이 의자라든가, 이웃 숲에서 불어오는 송진이나 나무들의 향기가 어린 큰 입김이라든가, 집과 시냇물과 비료 냄새라든가 하는 보잘것없는 자질구레한 일에까지 완전히 감동했다.

뒤루아 노파는 여전히 침울하고 무뚝뚝한 표정을 지은 채한 마디도 하지 않았다. 그리고 마음속에 증오를 품고 며느리를 곁눈질했다. 그 증오심은 괴로운 노동을 해 와서 손발이 닳고 흉하게 거칠어진, 일만 아는 시골 농사꾼 노파가 도회지 여성에 대해서 품는 그런 적개심이었다. 그녀는 이 여자가 신의 저주를 받고 버림받은 수치를 모르는 여자인 데다 생활이 방종한 타락자로서 죄 때문에 만들어진 부정한 여자처럼 생각되어 몹시 싫었다.

그녀는 쉴 새 없이 일어나서 접시를 나르고 물병에 든 노랗고 시큼한 음료를 잔에 따르고, 거품이 이는 달콤한 갈색 사과주 병을 따기도 했다. 사과주 병을 딸 때에는 레모네이드처럼 병마개가 퐁 튀었다.

마들렌은 좀처럼 먹지도 않았고 말도 하지 않았으며 전혀 기운이 없었다. 입술에는 언제나처럼 미소가 떠돌았으나 도무지 생기가 없는 체념 어린 미소였다. 기대가 어긋나서 마음속으로 실망하고 있었던 것이다. 어째서일까? 오자고 했던 것도 그녀였고, 그들이 농사꾼 중에서도 아주 보잘것없는 이들이라는 것도 잘 알고 있었다. 그렇다면 평소에 공상이라곤 하지 않는 그녀가 도대체 어떤 사람들을 꿈꾼 것일까?

그것은 자신도 알지 못했던 일일 것이다. 여자란 언제나 있지도 않은 것을 기대하는 것은 아닐까? 이 늙은이들을 멀리서 바라보고 좀 더 시적으로 상상했는지도 모른다. 아니, 그렇지는 않을 것이다. 그러나 좀 더 문학적이고 고상하고 애정이 두텁고 장식적인 것으로 생각했는지도 모른다. 그렇다고는 해도 그들이 소설에 나오는 농사꾼들처럼 재치 있는 사람들이기를 바라지는 않았다. 그렇다면 어째서 이 늙은이들의 눈에 잘 띄지 않는 극히 자잘한 일에, 어디가 어떻다고 말도 할 수 없는 예의 없는 태도에 기분이 나빠지는 것일까? 시골 사람 그대로의 성질이며 이야기며 몸짓이며 흥청거림에 어째서 그토록 그녀는 불쾌했을까?

그녀는 자신의 어머니를 생각해 보았다. 여태까지 아무에게도 이야기한 일은 없지만 그녀의 어머니는 샌드니의 여학교를 나온 초등학교 선생이었다. 남자에게 속아서 그녀를 낳고, 그녀가 열두 살 때 가난과 슬픔으로 죽고 말았다. 누군지 낯모르는 남자가 어린 계집애인 그녀를 데려다 키웠다. 아마 아버지였을 것이다. 누구였을까. 그녀는 어렴풋이 짐작은 갔지만 분명한 것은 몰랐다.

점심 식사는 좀처럼 끝나지 않았다. 그러는 동안에 손님이 들어와서 뒤루아 영감과 악수하고 아들을 보고 경탄한 다음 젊은 여인을 곁눈질해 보고 익살스럽게 눈을 깜작거렸다. 그것은 "아니! 아주 멋쟁이인걸, 조르주 뒤루아의 색시는!" 하는 뜻이었다.

그다지 다정하지 않은 사람들은 나무 테이블에 앉아서 "포도주 한 병, 맥주 한 잔, 브랜디 두 잔, 라스파유 한 잔." 하고 주문했다. 그리고 도미노 놀이를 시작하고 흑백 카드를 요란스럽게 테이블에 내리쳤다.

그러자 뒤루아 노파는 쉴 새 없이 가게 안을 돌아다니면서 여전히 언짢은 얼굴로 손님 시중을 들기도 하고 돈을 받기도 하고 푸른 앞치마 한끝으로 식탁을 닦기도 했다.

흙을 구워 만든 파이프와 1수짜리 잎담배 연기가 방 안에 가득 찼다. 마들렌은 기침을 시작하며 남편에게 물었다.

"밖으로 나가지 않겠어요? 전 이젠 참을 수가 없어요."

그러나 식사가 아직 끝나지 않았기 때문에 아버지가 불만스러운 표정을 지었다. 그래서 그녀는 일어나서 거리로 향한 문간에 있는 의자에 가서 앉아 시아버지와 남편이 커피를 마시고 조그마한 잔을 비우기를 기다렸다.

이윽고 조르주가 곁에 와서 말했다.

"센 강까지 내려가 보지 않겠소?"

그녀는 기뻐서 승낙했다.

"아, 좋아요. 갑시다."

그들은 산을 내려가서 크루아세에서 보트를 빌려 타고 남은 오후 시간을 어떤 섬에 있는 버드나무 그늘에서 꾸벅꾸벅 졸면서 보냈다. 봄의 부드러운 온기 속에서 강물의 잔잔한 물결에 흔들리면서.

그들은 해 질 무렵에 산을 올라 돌아왔다.

촛불 밑에서 하는 저녁 식사는 마들렌으로서는 점심때보다도 더욱 괴로웠다. 술에 만취한 시아버지는 이제는 말도 제대로 하지 못했고 시어머니는 여전히 퉁명스러운 낯이었다. 희미한 불빛은 사방의 회색 벽에 커다란 코가 붙은 얼굴과 커다란 몸짓의 그림자를 만들었다. 누군가가 잠깐 몸을 돌려서 흔들리는 노란 불꽃에 옆얼굴을 갖다 대면 괴물처럼 쩍 벌린 입에 쇠스랑 같은 포크를 들어 올리는 거인의 손이 비쳤다.

저녁 식사가 끝나자 마들렌은 곧 남편을 밖으로 끌어냈다. 그 방에는 낡은 파이프의 진과 엎질러진 술에서 나는 코를 찌르는 듯한 냄새가 떠돌아서 더 이상 참고 앉아 있을 수가 없던 것이다.

밖으로 나가자 그가 말했다.

"벌써 싫증이 났구먼."

그녀는 변명을 하려고 했지만 그가 가로막고 말했다.

"아냐, 잘 알아. 만약 돌아가고 싶다면 내일이라도 돌아갑시다."

그녀는 중얼거렸다.

"그럼 그럴까요?"

그들은 천천히 걸었다. 포근한 밤이어서 촉촉하고 깊은 어둠은 가벼운 소리와 나뭇잎 스치는 소리와 생물들의 숨소리로 가득 채워진 것 같았다. 그들은 무성하게 높이 자란 나무들 아래의 좁은 오솔길로 들어갔다. 양쪽은 좀처럼 들어갈 수 없을 정도로 숲이 우거져 있었다.

"여기는 어디죠?"

"숲 속이오."

"큰 숲인가요?"

"아주 크지. 프랑스에서 가장 큰 숲 중 하나일걸."

흙과 나무와 이끼 냄새가, 새싹의 수액과 시들어 썩은 숲의 풀에서 나는 밀림의 저 산뜻하고도 오래 묵은 냄새가 그 오솔길에서 잠자는 듯했다. 눈을 들자 우듬지 사이에서 별이 반짝이고 있었다. 가지를 흔들 만큼의 잔바람도 없는데 그녀는 푸른 바다를 이룬 무거운 나뭇잎의 막막한 움직임이 주위를 둘러싸고 있는 듯 느꼈다.

이상한 전율이 그녀의 마음을 뚫고 지나가며 피부 위를 달렸다. 걷잡을 수 없는 불안이 마음을 죄었다. 어째서일까? 그녀는 알 수가 없었다. 마치 길을 잃거나, 물에 빠졌거나, 위험에 휩싸였거나, 또는 모든 사람들로부터 버림받고 이 세상에 다만 홀로 남아, 머리 위에서 떠는 살아 있는 관 뚜껑 아래를 걷는 것처럼 느꼈다. 그녀는 자기도 모르게 중얼거렸다.

"무서워요. 돌아가요."

"그럼 돌아갑시다."

"그럼…… 내일 파리로 돌아가시겠어요?"

"응, 가지."

"아침나절에."

"그럼 그렇게 합시다."

그들은 집으로 돌아왔다. 노인들은 이미 자고 있었다. 그녀는 귀에 익숙하지 않은 시골의 온갖 소리에 자주 깨어서 제대로 잠을 이룰 수가 없었다. 부엉이가 울고 벽에 붙은 우리에서 기르는 돼지가 꿀꿀거리고 밤중부터 수탉이 새벽을 알렸다.

먼동이 트기 시작하자 그녀는 일어나서 떠날 준비를 했다.

조르주가 이제 곧 떠나겠다고 알리자, 양친은 모두 뜻밖의 일에 어안이 벙벙하다가 곧 누가 그런 말을 먼저 꺼냈는가를 깨달았다.

그러나 아버지는 아무렇지도 않게 물었다.

"곧 또 만나겠지?"

"물론이죠, 올여름에 오겠어요."

"그럼, 좋아."

어머니는 불쾌하게 중얼거렸다.

"네가 저런 여편네를 얻고 후회하지 않으면 좋으련만."

그는 양친의 불평을 달래기 위해 선물로 200프랑을 두었다. 근처 어린아이를 시켜 부른 마차가 10시경에 왔다. 신랑 신부는 늙은 농사꾼 부부에게 키스하고 길을 떠났다.

마차가 언덕을 내려가기 시작하자 뒤루아가 갑자기 웃기 시작했다.

"그것 봐요, 전부터 말한 대로지. 나의 부모, 뒤루아 드 캉텔 부부에게는 역시 당신을 소개하지 말걸 그랬소."

그녀도 웃으면서 대답했다.

"하지만 지금 전 기뻐요. 선량한 분들이어서 전 그분들이 무척 좋아졌어요. 파리에 돌아가면 뭐 맛있는 것을 보내도록 해요."

그녀는 그러고 나서 중얼거렸다.

"뒤루아 드 캉텔…… 두고 보세요. 아무도 우리 결혼 통지를 이상하게 여기지 않을 테니까요. 당신 양친 댁에서 일주일 동안 머무르다 왔다고 이야기합시다."

그리고 그에게로 다가붙으며 콧수염 끝에 가볍게 키스했다.

"축하해요, 조!"

"축하해, 마드."

그는 그녀의 허리에 팔을 두르면서 대답했다.

멀리 골짜기 아래로 넓은 강물이 아침 햇빛을 받아서 은빛 리본처럼 굽이치고 석탄 구름을 하늘로 뿜어내는 공장 굴뚝과 옛 시가지 위에 솟은 뾰족한 종각이 한눈 아래 숲처럼 서 있었다.

2장

 뒤루아 부부가 파리로 돌아온 지 이틀째 되는 날 신문기자
는 다시 이전 일을 시작했지만, 머지않아 사회부 담당을 그만
두고 포레스티에가 맡았던 직무를 모조리 인계받아 정치 방면
에 전념할 예정이었다.

 그날 밤, 그는 이제 자기 집이 된 아내의 전남편 집으로 기
쁨에 두근거리는 가슴을 안고 식사를 하러 돌아갔다. 조금이
라도 빨리 아내에게 키스하고 싶었다. 그는 이미 그 육체적인
매력과 미묘한 지배력에 완전히 빠져 버렸던 것이다. 그는 노
트르담드로레트 거리 끝에서 어느 꽃집 앞을 지나치게 됐다.
그는 마들렌에게 꽃을 사다 줘야겠다는 생각이 문득 들어 막
피기 시작한 장미를 큰 다발로 샀다. 아직 꽃봉오리인데도 향
기로웠다.

 새로운 집 계단을 한 층씩 올라갈 때마다 그는 거울에 비
치는 자신의 모습을 즐거운 듯 바라보았다. 이 집에 처음 왔을

때 일이 자꾸 떠올랐다.

열쇠를 두고 왔기 때문에 초인종을 누르자 전에 있던 그 하인이 문을 열었다. 그는 아내의 의견을 따라 그 하인을 그대로 고용하기로 했던 것이다.

"마님은 돌아오셨나?"

"네, 나리."

그러나 식당을 지날 때 식기가 3인분 준비된 것을 보고 깜짝 놀랐다. 게다가 객실 휘장을 걷어 올린 저편에서는 마들렌이 자기가 사 온 것과 똑같은 장미 다발을 벽난로 위 화병에 꽂고 있는 것이 보였다. 그는 모처럼의 생각과 마음씀과 기대했던 기쁨을 모조리 도둑맞은 것 같아 어이없고 못마땅했다.

그는 객실에 들어서자마자 물었다.

"손님을 초대했소?"

그녀는 돌아다보지도 않고 꽃을 꽂는 손을 멈추지도 않은 채 대답했다.

"별로 초대한 것도 아니에요. 오랜 친구 분이신데요. 월요일마다 여기에 와서 식사를 하시곤 하는 보드렉 백작님이 오늘도 역시 오실 뿐이에요."

그는 중얼거렸다.

"아, 좋아요."

그는 꽃다발을 손에 든 채로 그녀 뒤에 서 있었다. 꽃다발을 어디에 감추든가 버리든가 하고 싶었다. 그래도 이렇게 말했다.

"여보, 장미꽃을 사 왔소."

그녀는 얼른 돌아보고 넘쳐흐르는 미소를 지어 보이면서 외쳤다.

"어쩜! 어떻게 그런 데까지 마음을 쓰셨어요!"

그리고 진정 기쁜 듯 두 팔을 벌리고 입술을 내밀었다. 그는 그것으로 기분이 풀렸다.

그녀는 꽃을 받아 들자 깊게 그 향기를 들이마시고 기뻐하며 좋아하는 어린아이처럼 재빠른 솜씨로 먼저 것과 나란히 놓인 빈 화병에 꽂았다. 그리고 그 모양을 보면서 중얼거렸다.

"참 잘됐어요! 이제 벽난로 위가 화려해졌어요."

그러고 나서 곧 확신하는 듯이 덧붙였다.

"여보, 아주 좋은 분예요. 보드렉 씨는 말예요! 당신도 곧 친해지실 거예요."

초인종이 울리면서 백작이 온 것을 알렸다. 그는 조용하게 침착한 태도로 마치 자기 집처럼 들어왔다. 그리고 젊은 여자의 손가락에 멋진 몸짓으로 키스하고 남편 쪽으로 돌아서서 정다운 태도로 손을 내밀면서 말했다.

"안녕하시오, 뒤루아 씨."

그의 태도는 전처럼 딱딱하고 거만하지 않고 매우 친숙해서 두 사람 관계가 전과는 완전히 달라진 것을 나타냈다. 신문기자는 어리둥절하면서도 상대의 그러한 태도에 응하기 위해서 되도록 상냥하게 대했다. 오 분쯤 지나자 마치 십 년 동안이나 사귀어 온 사이 같아졌다.

그러자 마들렌은 얼굴을 빛내면서 말했다.

"잠깐 실례할게요. 요리 좀 보고 와야겠어요."

그녀는 두 남자의 눈길을 받으면서 나갔다.

그녀가 돌아왔을 때, 그들은 어떤 새로운 희곡에서 연극 이야기로 옮겨 가고 있었다. 게다가 그들의 의견은 아주 똑같았다. 그래서 서로의 눈 속에는 그와 같은 사상의 완전한 일치를 발견한 데 대해서 우정과도 흡사한 것이 벌써 엿보였다.

기분 좋게 흥금을 터놓고 화기애애한 가운데 만찬은 끝났다. 백작은 그 집의 새로운 부부의 진정 어린 대접에 매우 흐뭇해서 늦도록 이야기를 했다.

그가 돌아가자 마들렌이 곧 남편에게 말했다.

"여보, 나무랄 데 없는 분이죠? 널리 세상에 알려진 유력한 분이에요. 아, 만약에 그분이 계시지 않았다면……"

그녀가 생각하는 것을 다 말하기도 전에 남편이 대답했다.

"응, 참 느낌 좋은 분인데. 마음이 잘 맞는 친구가 될 것 같아."

그녀가 곧 말을 이었다.

"그건 그렇고. 오늘 밤엔 자기 전에 할 일이 있어요. 보드렉 씨가 바로 와서 식사 전에 이야기할 기회가 없었는데, 아까 중대한 뉴스가 들어왔어요. 모로코 문제에 대해서 말예요. 국회 의원인 라로슈 마티외 씨 말예요. 장차 장관이 될 거라는 바로 그분이 말씀해 주신 거예요. 지금부터 둘이서 훌륭한 기사를, 세상을 떠들썩하게 할 기사를 쓰기로 해요. 사실이나 수치는 제가 다 알고 있으니까 지금 곧 시작합시다. 미안하지만 램프를 가져다주세요."

그는 램프를 들고, 그들은 서재로 들어갔다.

서가에는 예전과 같은 책이 꽂혀 있었고 책장 위에는 포레스티에가 죽기 전날 주앙 만에서 산 화병 세 개가 놓여 있었다. 발치에는 고인의 털 실내화가 뒤루아의 발을 기다렸다. 뒤루아는 자리에 앉아 아내의 전남편이 이로 조금 깨물어 놓은 상아 펜대를 집어 들었다.

마들렌은 벽난로에 팔꿈치를 짚고 담배에 불을 붙이고는 뉴스를 자세하게 이야기했고 자기 의견이며 생각하고 있는 기사의 계획을 설명했다.

그는 주의 깊게 그 이야기를 들으면서 갈겨 쓴 글씨로 기록해 두었다. 그 일이 끝나자 여러 가지 이론을 펴고 다시 문제를 검토하고 확대해서, 단순한 기사의 계획으로 그치지 않고 현 내각을 공격할 작전을 세웠다. 그리고 이 기사를 그 첫 번째 것으로 하자고 했다. 아내는 담배를 피우는 것도 그만두었다. 남편의 생각을 따라가는 동안 새로운 흥미가 솟고 시야가 넓어진 것이었다.

그녀는 이따금 중얼거렸다.

"그렇군요……. 그래요……. 참 좋아요……. 멋져요……. 틀림없이 큰 반향이 있을 거예요."

그리고 남편이 말을 끝내자 다시 말을 이었다.

"그럼 쓰기 시작해요."

그러나 그는 언제나 처음 구절 쓰는 것을 힘들어 해서 적당한 말 찾기에 애를 썼다. 그녀는 다정하게 남편의 어깨에 기대면서 그의 귀에 조그맣게 문구를 불러 줬다.

이따금 그녀는 망설이며 물었다.

"당신이 하고 싶은 말, 이걸로 됐어요?"

"응, 나무랄 데 없소."

그는 중얼거렸다.

그녀의 필치는 매우 날카로워서 총리를 공격하기 위해서, 여자 특유의 독기에 찬 문장을 만들어 냈다. 그리고 총리의 정책을 비웃고 얼굴 생김새까지 험담했는데, 그것이 하도 우스꽝스럽고 익살스러워서 독자를 웃김과 동시에 그 관찰의 정확성에 탄복하지 않을 수 없을 것 같았다.

뒤루아는 이따금 두서너 줄 더 보태 써넣어서 공격의 효과를 한층 더 깊고 격렬하게 만들었다. 그뿐만 아니라 그는 사회 기사에 흥미를 돋우기 위해서 곧잘 쓰는 악랄한 암시의 수법을 알고 있었다. 마들렌이 확실한 것이라며 내거는 사실이 약간 의심스럽거나 후환이 염려될 때에는 그것을 독자가 짐작하게 하도록 꾸며서, 단정하는 이상으로 강력한 인상을 주는 수완이 있었다.

기사가 다 되자 조르주는 낭독하는 듯한 억양으로 큰 소리로 다시 읽어 보았다. 그들은 똑같이 기사가 훌륭하다고 생각하고, 다시 처음으로 상대의 진가를 확인한 양 기뻐하고 놀라면서 마주 보고 웃었다. 경탄과 감동으로 마음이 뒤흔들려서 깊게 눈과 눈을 들여다보고, 정신에서 육체로 전해진 애욕의 정열에 충동되어 서로 달려들 듯이 포옹했다.

뒤루아는 다시 램프를 들고 눈을 빛내면서 말했다.

"자, 그럼 자도록 합시다."

"자, 앞장서세요, 선생님. 길을 비추는 것은 당신이니까요." 하고 그녀는 대답했다.

그가 앞장서자 그녀는 뒤를 따라 침실로 들어오면서 남자가 더 빨리 걷도록 목깃과 머리카락 사이를 손가락 끝으로 간질였다. 그는 이 애무를 가장 무서워했기 때문이었다.

조르주 뒤루아 드 캉텔이라는 서명으로 발표된 기사는 매우 평판이 좋았다. 의회에도 상당한 파문을 일으켰다. 왈테르 영감도 필자의 공적을 높이 평가해서 《라비 프랑세즈》의 정치면을 몽땅 그에게 맡겼다. 사회부장 자리는 다시 부아르나르에게로 돌아갔다.

신문에서는 시국을 담당하는 내각에 대해서 능란하고도 격렬한 공격이 시작되었다. 그 공격은 언제나 교묘하고 충분한 자료를 바탕으로 했고, 어떤 때는 야유하듯이, 어떤 때는 진지하게, 또 때에 따라서는 독설을 퍼부으면서 적확하고 끈질기게 공격했으므로 세상 사람들 모두가 놀라서 눈을 휘둥그렇게 떴다. 다른 신문은 끊임없이 《라비 프랑세즈》를 인용하고 전문을 싣는 일도 종종 있었다. 정부 측에서는 이 무명의 집요한 적에게 재갈을 물릴 방법은 없을까 하고 당국자와 의논했다.

정치 단체 사이에 차차 뒤루아의 이름이 알려졌고, 사람들의 힘찬 악수와 정중하게 모자를 벗는 태도에서 자신의 세력이 커졌음을 느꼈다. 한편 아내의 명석한 두뇌와 정보를 수집하는 소질이며 아는 사람의 수가 많은 데에는 경탄과 칭찬을 금할 수가 없었다.

언제나 집에 돌아가면 상원 의원이나 하원 의원이나 법관이나 장군이 객실에 와 있지 않을 때가 없었다. 그들은 마들렌을 오랜 친구로서 성실한 친밀감을 가지고 대했다. 그녀는 그런 사람들과 어디서 다 알게 된 것일까? 그녀의 말로는 사교계라고 했지만 어떻게 그들의 신뢰와 애정을 차지할 수 있었을까? 그는 전혀 알 수가 없었다.

'외교관이 됐다면 굉장했을 거야.'

그는 곧잘 생각했다.

그녀는 자주 저녁 식사 시간에 늦게 숨을 헐떡이며 빨갛게 상기된 얼굴로 흥분에 몸을 떨면서 돌아오곤 했다. 그리고 베일도 벗기 전에 말했다.

"오늘도 특종감을 가져왔어요. 법무 장관이 말이죠, 합동위원회에서 법관을 둘이나 임명했다는군요. 우리 흠씬 두들겨 줍시다. 본을 보이기 위해서."

그래서 그 장관은 형편없이 두들겨 맞았는데 그것도 한 번뿐 아니라 다음 날도, 또 그다음 날도 계속되었다. 국회의원인 라로슈 마티외 씨는 월요일에 오는 보드렉 백작의 뒤를 이어 매주 화요일에 퐁텐 가 만찬에 오곤 했는데 매우 기뻐하는 과장된 동작으로 부부의 손을 잡고 끊임없이 이렇게 되풀이했다.

"참으로 멋진 공격이더군요. 이러고도 성공하지 않을 리는 없습니다."

사실 그는 오래전부터 노리던 외무 장관 자리를 어떻게든 차지하려고 성공의 기회를 엿보고 있었던 것이다.

그는 주관도 확고하지 않은 정치인의 한 사람으로 확실한 신념도 없고 대단한 수완도, 용기도, 착실한 지식도 없는 시골 변호사 출신으로서 도청 소재지의 저명 인사에 불과했다. 양극단의 당파 사이를 요령 있게 헤엄쳐 다니는 공화주의의 위선자나, 수상한 자유주의의 버섯으로 보통선거라는 민중의 퇴비 속에서 몇백 개씩 생겨나는 그러한 부류의 사람이었다.

무지한 촌에서 익혀 온 권모술수는 그를 동료들의 패거리, 즉 대의원 따위의 무뢰한이나 부랑자 사이에서 제법 대단한 인물인 것처럼 생각하게 했다. 더욱이 그는 몸치장에 마음을 쓰고, 꼼꼼하고 붙임성 있고 상냥했기 때문에 용케 성공할 수 있었다. 사교계에서의 평판도 나쁘지 않았다. 하기는 그 사교계란 현재의 정계에서 제법 판을 치는, 옥석이 애매모호하게 뒤섞여 그다지 점잖지 못한 세계였다.

어디서든지 그를 일컬어 "라로슈는 장관이 되겠지."라고 했고 그 자신도 "나는 장관이 될 거야." 하고 다른 누구보다도 굳게 믿었다.

그는 왈테르 영감의 신문사의 주요한 출자자 가운데 한 사람이며 재정 방면의 일로도 동료였고 한패였다.

뒤루아는 그를 신뢰하고 장래에 대한 막연한 희망을 걸고 그를 지지했다. 그러나 그는 포레스티에가 시작했던 일을 이어서 하는 데 지나지 않았다. 라로슈 마티외는 만약 승리하는 날이 오면 훈장을 주겠다고 포레스티에에게 약속했는데, 그 훈장이 마들렌의 새로운 남편의 가슴에 달린다는 것 외에는 전체적으로 아무것도 달라질 것은 없었다.

물론 그것은 누구나가 분명하게 느끼는 사실이었고 뒤루아의 동료들은 저마다 그를 놀려 댔기 때문에 그는 화를 내기 시작했다.

사람들은 이미 그를 포레스티에라고밖에 부르지 않았다.

그가 신문사에 나가면 곧 누군가가 소리쳤다.

"여보게, 포레스티에!"

그는 못 들은 체하고, 편지함 속에서 자기에게 온 편지를 찾았다. 그러나 같은 목소리가 좀 더 힘 있게 되풀이했다.

"여보게, 포레스티에!"

억지로 눌러 참은 웃음소리가 여기저기서 일어났다.

뒤루아가 사장실로 들어가려고 하자 방금 그를 부른 친구가 그를 붙들면서 말을 건넸다.

"여어, 미안하네! 할 이야기가 있었네. 난 언제나 자네하고 그 불쌍한 샤를을 혼동하곤 하네. 어쨌든 자네 논설이 그 사람과 아주 흡사하거든. 누구라도 착각할 걸세."

뒤루아는 아무 대꾸도 하지 않았지만 속으로는 화가 났다. 그리고 죽은 친구에 대해서 말 없는 분노가 치미는 것이었다.

왈테르 영감 자신도, 누군가가 새 정치부장과 전 정치부장 기사의 문장이라든가 사상이 몹시 닮았다고 놀라면서 말했을 때 이렇게 이야기했다.

"그래, 포레스티에하고 똑같아. 그러나 이번 포레스티에가 훨씬 충실하고 힘차고 남성적이지."

또 어느 때인가 뒤루아가 우연히 빌보케 공이 들어 있는 벽장문을 열자, 전 주인의 빌보케 공 손잡이에 상장이 매였고, 그가 생포탱에게 배우며 연습할 때에 사용했던 것에는 분홍빛 비단 리본이 매어져 있었다. 그리고 모든 빌보케 공이 같은 벽장 안에 크고 작은 순서로 한 줄로 진열되고 마치 박물관 진열장처럼 다음과 같은 표가 붙어 있었다.

옛 포레스티에에 상회 수집품. 후계자 포레스티에에 뒤루아. 특허는 정부의 보증 없음. 본품은 마멸되지 않고, 또 어떠한 경우라도, 설사 여행 중이라 할지라도 사용할 수 있음.

그는 조용히 벽장문을 닫고, 들으란 듯 꽤 큰 소리로 말했다.
"어디라도 어리석은 놈이나 시기하는 놈은 있는 법이야."
그러나 그는 자존심과 허영심이 깊이 상했다. 글 쓰는 사람

특유의 그릇된 추측을 잘하는 자존심과 허영심, 그것은 취재 기자와 천재 시인을 불문하고 언제나 경계하기를 게을리하지 않는 신경질적인 감수성을 자아낸다.

이 '포레스티에'라는 말은 그의 귀를 마구 찢었다. 그는 그 말을 듣기를 두려워했고, 그 말을 들으면 얼굴이 화끈 달아오르곤 했다.

그 이름은 그에게는 신랄한 조소였다. 아니 조소 이상으로 거의 모욕에 가까웠다. 그 이름은 그에게 이렇게 외쳤다.

'네 일은 네 여편네가 하는 거야. 전남편의 일을 해 오듯이 말이야. 여편네가 없으면 너는 아무것도 아니란 말이야.'

그도 마들렌이 없었다면 포레스티에는 아무것도 아니었으리라는 것에는 아무런 이론도 없었다. 그러나 자신에게는 어림없는 소리다!

그런 뒤에는 집에 돌아와서도 똑같은 생각이 머리에 달라붙어서 떨어지지 않았다. 이제는 집 전체가, 가구도 장식품도 손에 닿는 모든 것이 친구를 떠오르게 했다. 처음에는 그런 것은 생각도 해 보지 않았지만, 동료의 짓궂은 농담에 마음이 상한 뒤로는 여태까지 깨닫지 못했던 자질구레한 일까지 마음에 걸리는 것이었다.

이제는 무엇을 잡아 보아도 곧 그 위에 놓인 샤를의 손이 보이는 것 같은 생각을 안 할 수가 없었다. 보는 것, 만지는 것 모두 전에 샤를이 쓰던 것이고, 샤를이 샀고, 그가 사랑하고 소유했던 것이 아닌 게 없었다. 그래서 뒤루아는 그 친구와 자기 아내의 관계를 생각하기만 해도 화가 났다.

때로는 자신도 이해할 수 없는 분노에 놀라서 이렇게 생각하는 것이었다.

'도대체 어찌된 것인가? 나는 마들렌에게 어떤 남자 친구가 있건 전혀 질투하지 않는다. 그녀가 무슨 짓을 하건 상관 않는다. 그녀는 제멋대로 아무 때나 들락날락한다. 그런데 저 샤를 놈에 대해서 생각하기만 하면 이렇게 화가 나다니!'

그리고 마음속으로 덧붙였다.

'사실 그놈은 바보였어. 그것이 나를 이렇게 화나게 하는 거야. 마들렌이 그런 바보 같은 놈을 남편으로 삼았다는 그 자체가 못마땅한 거야!'

그리고 끊임없이 이렇게 되풀이했다.

'도대체 어째서 그녀가 그런 동물에게 일시적이나마 빠졌던 걸까?'

마치 바늘에 찔리는 것처럼 수없이 많은 하찮은 일로 그의 분노는 날마다 높아져 갔다. 마들렌이나 하인이나 하녀의 말끝마다 늘 샤를이 생각났다.

어느 날 밤, 달콤한 요리를 좋아하는 뒤루아가 물었다.

"우리 집엔 왜 앙트르메*가 없지? 당신은 한 번도 그것을 만들어 주지 않았어."

아내가 명랑한 음성으로 말했다.

"그렇군요. 미처 생각 못 했어요. 샤를이 싫어했기 때문에……"

그러자 그는 참을 수 없는 분노가 치밀어 그 말을 가로챘다.

"아! 또야? 난 이제 샤를은 지긋지긋해. 저기를 가도 샤를, 여기를 가도 샤를, 일 년 내내 샤를 천지란 말이오. 샤를은 저

* entremets, 식후 디저트로 먹는 단 음식.

걸 좋아했다느니, 샤를은 이걸 좋아했다느니. 그러나 샤를은 이미 죽어 버렸으니 그대로 덮어 두는 게 어떻소?"

마들렌은 어째서 남편이 갑자기 화가 났는지 짐작을 못 하고 멍하니 상대의 얼굴을 보았다. 그러나 그녀는 원래 영리한 여자였으므로 곧 남편의 심정이 어느 정도 짐작되었다. 모든 것이 전남편을 생각나게 했기 때문에 그것이 차차 그의 마음에 작용해서 죽은 남편에 대한 질투심이 조금씩 높아져 간다는 사실을.

그녀는 그것을 유치한 일이라고 생각했던 모양이나 왠지 오히려 어색한 기분이어서 아무 대답도 하지 않았다.

그는 또 그대로 분노를 감추지 못한 것이 화가 났다. 그런데 그날 밤 식사를 마친 뒤 다음 날 기사를 함께 써 갈 때 털을 댄 실내화가 거북해졌다. 시선을 돌리려고 했지만 그것도 잘되지 않았다. 그래서 그는 그것을 차 던지고 웃으면서 물었다.

"샤를은 일 년 내내 발이 시렸던가?"

그녀도 웃으면서 대답했다.

"그래요, 언제나 감기 들지 않을까 맘 졸이고 지냈어요. 가슴이 약했기 때문에."

뒤루아는 통쾌한 듯이 말을 이었다.

"그래서 그것을 몸소 증명한 셈이군그래."

그러고 나서 우쭐해서 덧붙였다.

"내게는 오히려 다행이었지만."

그리고 아내의 손에 키스했다. 그러나 잠자리에 들어서도 그는 여전히 같은 생각에 사로잡혀서 다시 물었다.

"샤를 녀석은 귀에 바람이 들어가지 않도록 나이트캡을 쓰고 잤겠군."

그녀도 그 농담에 맞장구치듯이 대답했다.

"아뇨, 마드라스 천으로 이마를 동여매곤 했어요."

조르주는 어깨를 으쓱해 보이고, 자못 상대편을 무시하는 태도로 내뱉었다.

"마치 갓난애 같군!"

그런 뒤로 샤를은 아내와 이야기할 때는 언제나 예사로운 화제가 되었다. 무슨 일에고 샤를의 이야기를 끄집어내고 그때마다 불쌍해서 견딜 수가 없다는 듯이 "그 가엾은 샤를." 하고 말하는 것이었다.

그리고 신문사에서 두어 번 포레스티에라고 부르는 소리를 듣고 돌아왔을 때에는 옛 친구에 대한 증오에 찬 조소로 무덤 속까지 쫓아가서 복수했다. 그의 결점이나 우스꽝스러웠던 점이나 소심했던 점을 상기하고 재미있다는 듯이 화제에 올려 마치 두려운 경쟁자의 세력을 아내의 마음속으로부터 쫓아내려는 듯 그것을 늘어놓기도 하고 과장하기도 했다.

그는 이런 말을 종종 되풀이했다.

"여보, 마드, 기억하오? 포레스티에 바보 녀석이 언젠가 뚱뚱한 남자가 여윈 남자보다도 정력이 강하다는 것을 증명해 주겠다고 했지 않소?"

그리고 고인에 대한 세세한 부부간의 비밀을 어디까지든 알고 싶어 했다. 아내는 언짢아서 대답하려 하지 않았다. 그러나 그는 좀처럼 그만두지 않고 짓궂게 물었다.

"여보, 이야기하구려. 녀석은 그럴 때 무척 우스웠겠지."

그녀는 겨우 웃으면서 중얼거렸다.

"여보, 그이에 대한 것은 그냥 덮어 두기로 해요."

그러나 그는 계속했다.

"아냐, 괜찮아. 말해 보구려. 그 짐승은 잠자리에서는 틀림없이 우스꽝스러웠겠지."

그리고 언제나 마지막에는 이렇게 내뱉듯이 말했다.

"참 얼간이야! 그 녀석은."

6월 말경의 어느 날 밤, 그는 창가에서 담배를 피우다가 너무 더웠으므로 산책할 생각을 했다.

그래서 부인에게 물었다.

"여보, 마드. 숲까지 산책하지 않겠소?"

"좋아요, 갑시다."

그래서 그들은 포장 없는 마차를 빌려 타고 샹젤리제에서 불로뉴 숲의 가로수 길로 들어갔다. 바람 한 점 없고 후끈 달아오른 파리의 공기가 마치 화덕 속의 더운 김처럼 가슴속까지 데워 와서 마치 한증막에 들어앉은 것 같은 밤이었다. 무리를 지은 마차가 연인들을 태우고 나무 그늘을 달리고 있었다. 그런 마차가 차례로 끊임없이 지나갔다.

조르주와 마들렌은 마차 안에서 껴안고 가는 남자와 여자를 바라보며 흥겨워했다. 여자들은 모두 화려한 옷을 입었고 남자는 검은 예복 차림이었다. 타는 듯한 뜨거운 별이 총총한 하늘 아래서 연인들이 거대한 강을 이루어 숲 쪽으로 흘러갔다. 들리는 것은 땅 위를 굴러가는 마차 바퀴의 둔한 소리뿐이었다. 마차마다 두 남녀가 좌석에 길게 기대어 말없이 굳게 껴안고 욕정의 환영에 취하여 가까워 오는 잠자리의 기대에 떨면서 끝없이 지나갔다. 뜨거운 어둠은 키스로 가득 찬 듯했다.

주위에 가득히 떠도는 애정과 넘치는 동물적 욕망의 느낌은 숨이 콱 막힐 듯 공기를 한층 더 답답하게 했다. 같은 생각과 같은 정열에 취해서 서로 껴안은 모든 남녀는 일종의 열기를 주위에 흘러넘치게 했다. 애욕을 태우고 애무의 소용돌이를 휘날리며 달리는 마차는 은근히 사람의 마음을 뒤흔드는 관능적 숨결을 던지며 지나갔다. 조르주와 마들렌도 그러한 격렬한 애정에 점점 끌려들었다. 그리고 답답한 공기와 마음에 스며드는 정념에 축 늘어져서 아무 말도 하지 않고 다정스레 손을 맞잡고 있었다.

성채의 막바지 길목까지 오자, 그들은 자기도 모르게 키스하고 말았다. 그녀는 약간 겸연쩍은 듯이 중얼거렸다.

"루앙에 갔을 때처럼 또 아이들이 돼 버렸군요."

마차 행렬은 숲 입구에서 둘로 갈라졌다. 그들이 들어간 호수로 가는 길은 마차가 뜸했다. 그러나 나무 그늘의 짙은 어둠과 나뭇잎이 우거진 곳, 뒤얽힌 나뭇가지 아래로 물소리가 들리는 시냇물의 습기로 생기를 되찾은 밤기운, 별을 흩뿌린 넓은 밤하늘의 상쾌함은 마차 속 남녀의 키스에 한층 더 깊은 맛과 신비로운 그늘을 던져 주었다.

조르주는 "아! 귀여운 마드." 하고 낮게 속삭이면서 아내를 와락 끌어안았다.

"여보, 당신 집의 숲은 무척 음침했죠? 어쩐지 무서운 짐승이 잔뜩 있을 것만 같았고 가도 가도 끝이 없는 것 같았어요. 거기에 비하면 여기는 참 기분이 좋아요. 바람은 살결을 쓰다듬는 듯하고, 숲 저편이 세브르라는 것도 알고 있고요."

"그렇군, 우리 집 숲에는 사슴이나 여우나 노루나 산돼지밖에 없고 군데군데 포레스티에*의 오두막이 있을 뿐이야."

이 포레스티에라는 말, 즉 전남편의 이름이 나오자 그는 마치 누군가가 우거진 숲 속에서 그 이름을 외친 것처럼 가슴이 철렁했다.

그리고 얼마 전부터 그의 생활을 어지럽히는 그 영문 모를 집요한 불쾌감과, 가슴을 할퀴는 억누를 수 없는 질투의 분노에 다시금 사로잡혀서 갑자기 입을 다물어 버렸다.

그러나 일 분쯤 지나자 그는 물었다.

"때로는 이렇게 밤에 포레스티에와 여기 온 적이 있었소?"

"네, 가끔 왔어요."

그러자 갑자기 그는 집으로 돌아가고 싶어졌다. 마치 심장이 조이는 듯한 초조한 심정이었다. 포레스티에의 모습이 가슴에 되살아 와서 그의 마음을 단단히 사로잡고 굳게 움켜쥐었다. 그는 이미 포레스티에에 관한 일 외에는 생각할 수도 지껄일 수도 없었다.

그는 심술궂은 어조로 물었다.

"여보, 마드."

"왜요?"

"당신은 그 불쌍한 샤를을 속이고 다른 남자를 사랑한 일이 있소?"

그녀는 경멸하듯 중얼거렸다.

"싫어요, 언제나 똑같은 소리만 하시는군요."

그러나 그는 단념하지 않았다.

---

* forestier, '숲 지기'라는 뜻.

"여보, 귀여운 마드. 털어놓고 말해 봐요. 딴 남자를 사랑한 일이 있겠지. 있다고 털어놔."

어떤 여자라도 마찬가지였겠지만 그녀는 그런 말을 듣고 화를 내며 입을 다물어 버렸다.

그는 계속 추근댔다.

"아 참, 만약에 여편네를 뺏길 것 같은 녀석이 있다면 바로 그따위 녀석일 거요. 그럴 게 뻔해, 정말 그래. 포레스티에가 여편네를 뺏겼다면 난 좋아서 어쩔 줄 모를 거야! 흥, 바보 같은 얼굴을 하고 볼만한걸!"

그는 그녀가 어떤 추억이 떠올라서 살짝 웃었다고 생각하고 다시 물었다.

"자, 말해 봐요. 아무것도 아니잖소? 그 녀석을 속여 주었다고 내게, 바로 내게 고백하는 것은 오히려 재미있지 않소?"

사실 그는 샤를이, 지긋지긋했던 샤를이, 밉살스러운 전남편이, 아무리 미워해도 다 미워할 수 없을 고인이 그러한 우스꽝스러운 창피를 당했다는 것을 알고 싶어서 몸이 떨릴 지경이었다. 그러나…… 또 다른, 좀 더 막연한 동기가 그의 호기심을 부추겼다.

그는 되풀이했다.

"마드, 귀여운 마드. 부탁이니 말해 봐. 녀석에겐 그게 당연해. 만약 당신이 그 녀석을 놀라고 당황하게 하지 않았다면 굉장한 잘못이야. 자, 마드, 털어놓으래도."

그녀는 이제 그의 짓궂은 고집이 재미있다는 듯 드문드문 짤막한 웃음소리를 쿡쿡 내면서 웃었다.

그는 아내 귀에 입을 대고 속삭였다.

"여보…… 여보…… 솔직히 말해 봐."

그녀가 몸을 빼며 퉁명스럽게 말했다.

"당신도 참 바보군요. 그런 걸 묻는다고 대답하는 여자가 어디 있겠어요?"

그녀가 그 말을 야릇한 어조로 했기 때문에 남편은 혈관 속으로 차디찬 전율을 느꼈다. 그는 충격을 받은 듯이 얼떨떨하고 놀라서 약간 숨을 헐떡였다.

마차는 호숫가를 달렸다. 물 위는 마치 별이 흩뿌려진 듯했다. 백조 두 마리가 천천히 헤엄치는 것이 어둠 속에서 희미하게 보였다.

조르주는 마부에게 "돌아갑시다." 하고 외쳤다. 마차는 방향을 돌려, 느린 걸음으로 다가오는 다른 마차를 스치고는 지나갔다. 그 커다란 등잔은 숲 속 어둠의 눈처럼 빛났다.

아내가 대답할 때의 말투는 참으로 이상했다! 뒤루아는 '그건 고백이었을까?' 하고 생각해 보았다. 그리고 그녀가 전남편을 속인 것은 거의 의심할 여지가 없는 사실이라 생각되자, 이번에는 공연히 화가 치밀었다. 마음껏 때려 주고 목을 조르고 머리를 쥐어뜯어 주고 싶었다.

아, 만약 그녀가 "하지만 여보, 그이를 아무래도 속이지 않을 수 없었다면 상대는 물론 당신이었을 거예요." 하고 대답했다면 얼마나 정신없이 끌어안고 키스하고 사랑스럽게 생각했을까!

그는 꼼짝하지 않고 팔짱을 긴 채 하늘을 쳐다보았다. 마음이 어수선해서 아무것도 생각할 수가 없었다. 다만 여자의 변덕스러운 욕정 앞에서 모든 남자들이 느끼는 분노가 끓어올라 노기가 높아져 가는 것을 깨달을 뿐이었다. 처음으로 그는 의심에 사로잡힌 남편의 걷잡을 수 없는 번민을 알았다! 결국 그는 전남편에게, 포레스티에에게 질투하고 있었던 것이다.

게다가 가슴을 찌르는 듯한 기괴한 질투. 거기에 갑자기 마들렌에 대한 증오가 끼어들었다. 전남편을 속였다면 난들 어떻게 이 여자를 믿을 수 있겠는가!

그 뒤 차차 마음이 진정되자 그는 고통을 누르며 생각했다.

'여자란 모두 매춘부다. 써먹는 것만이라면 상관없지만 진짜로 마음을 주어선 안 된다.'

마음속 고민이 경멸과 혐오로 말이 되어서 입술에 올라왔다. 그러나 그는 그것을 입 밖에 내지 않고, 가슴속에서 이렇게 되풀이했다.

'세상은 강한 자의 것이다. 강해져야 한다. 모든 사람들의 위에 서지 않으면 안 된다!'

마차는 더욱 빨리 달렸다. 그리고 요새 옆을 다시 지나쳤다. 뒤루아는 눈앞의 하늘에 거대한 용광로를 반사하는 듯한 불그스름한 빛을 보았다. 그리고 끊임없이 요란하게 울려오는 갖가지 많은 소리를 들었다. 가깝게 또 멀리, 은은히 울리는 그 소리는 희미하면서도 거대한 생명의 고동이며, 이 여름밤에 파리가 기진맥진한 거인처럼 숨 쉬는 숨결이었다.

뒤루아는 생각했다.

'이런 일로 화를 내는 건 쓸데없는 일이다. 각자가 자기 일만 생각하면 된다. 승리는 대담한 자에게 떨어지는 법이다. 모든 것이 이기주의에 지나지 않는다. 더욱이 야심과 부귀를 노리는 이기주의는 여자와 사랑을 뒤쫓는 이기주의보다는 낫다.'

에투알 광장의 개선문이 거인처럼 기괴한 두 다리를 버티고 도시 입구에 우뚝 선 모습을 나타냈다. 마치 눈앞에 열린 커다란 가로수 길을 내려가기 위해 당장에라도 걷기 시작할 것 같은 모양이었다.

조르주와 마들렌은 말없이 얼싸안은 영원한 연인을 그들의 집에서 기다리는 잠자리로 싣고 가는 마차의 행렬에 다시 휩쓸렸다. 마치 전 인류가 환희와 쾌락과 행복에 취해서 옆을 미끄러져 가는 것 같았다.

젊은 여인은 남편의 마음속에 무슨 일이 일어났음을 눈치 채고 상냥한 목소리로 물었다.

"당신 뭘 그렇게 생각해요? 삼십 분 전부터 한 마디도 안 하시는군요."

그가 쓸쓸하게 웃으며 대답했다.

"저렇게 포옹하는 바보 같은 놈들을 생각하는 거요. 그리고 사실대로 말하면 세상에는 그 밖에도 할 일이 많이 있다고 생각하는 거요."

그녀는 중얼거렸다.

"글쎄요……. 하지만 저것도 때론 즐거워요."

"그야 즐겁지……. 즐겁고말고……. 그 밖에 아무것도 할 일이 없을 때는 말이지."

조르주의 생각은 악의에 찬 분노에 충동되어 인생에서 시의 옷을 벗겨 내면서 앞으로 앞으로 나아갔다.

'나도 얼마 전부터 해 오듯이 사양한다든가, 양보한다든가, 망설인다든가, 초조해하거나 해서 스스로 내 마음을 괴롭히는 것은 참으로 어리석다.'

포레스티에의 모습이 다시 가슴에 떠올랐지만 이미 아무런 반감도 일어나지 않았다. 두 사람은 서로 화해하고 그전처럼 친구가 된 듯했다. "여보게, 잘 왔네." 하고 말해 주고 싶은 심정이었다.

마들렌은 그가 말을 하지 않자 따분해져서 물었다.

"여보, 돌아가기 전에 토르토니에 가서 아이스크림이라도 먹지 않겠어요?"

그는 곁눈질로 그녀를 보았다. 금발로 우아한 옆얼굴이 음악을 들으면서 흥을 돋우는 카페 장식 가스등의 화려한 불빛 아래 뚜렷하게 비쳤다.

그는 생각했다.

'이 여자는 아름답다. 더 잘된 일이야! 호적수는 있는 법이지, 이 친구야. 그러나 설사 북극이 열대로 바뀐다 해도 앞으로 나는 너 때문에 다시 고문당하는 일은 없을 게다.'

그러고 나서 이렇게 대답했다.

"그것도 좋지, 여보."

그는 상대가 아무 눈치도 채지 않도록 키스해 주었다.

젊은 여인은 남편의 입술이 얼음처럼 차갑게 느껴졌다.

그러나 그는 카페 계단 앞에 와 마차에서 내릴 때 아내에게 손을 내밀면서 여느 때처럼 웃었다.

3장

　이튿날 뒤루아는 신문사에 들어서자마자 부아르나르를 찾아갔다.

　"자네에게 부탁할 게 있네. 모두 얼마 전부터 나를 놀려 대느라고 포레스티에라고 부르는데 난 그게 화가 나서 견딜 수 없어. 그러니까 만약에 앞으로 그런 농담을 하는 놈이 있다면 내가 뺨을 후려치겠다고 동료들에게 미리 좋은 말로 얘기 좀 해 주겠나? 그런 농담을 하면 칼침 맞을 것을 각오하라고 말일세. 자네에게 이런 부탁을 하는 것도 자네가 불상사를 미리 방지할 수 있는 냉철한 사람이고 또 내가 결투할 때 입회인이 되어 주었기 때문일세."

　부아르나르는 그 부탁을 받아들였다.

　뒤루아는 그길로 볼일을 보러 나갔다가 한 시간가량 지나서 돌아왔다. 그러나 아무도 그를 포레스티에라고 부르지 않았다.

　집으로 돌아오자 객실에서 부인들의 목소리가 들렸다.

"누가 있나?"

"왈테르 부인과 드 마렐 부인입니다."

하인이 대답했다.

그는 잠깐 가슴이 두근거렸다. 그러나 '그래, 부딪쳐 봐야지.' 하고 생각하고는 문을 열었다.

클로틸드는 창문에서 들어오는 햇빛을 받으며 벽난로 옆 구석에 앉아 있었다. 그녀는 뒤루아를 보자 안색이 창백해지는 것 같았다. 처음에 왈테르 부인의 양옆에 조수처럼 앉아 있는 두 딸에게 인사하고 나서 그는 옛날 정부에게로 향했다. 그녀가 손을 내밀었다. 그는 그 손을 잡고 "나는 언제까지나 당신을 사랑하오."라고나 하는 듯 힘주어 움켜쥐었다. 그녀도 그에 답해서 마주 쥐었다.

그는 물었다.

"마치 백 년 동안이나 뵙지 못한 것 같은데 내내 안녕하셨습니까?"

그녀는 서슴지 않고 대답했다.

"그럼요, 당신은요, 벨아미?"

그녀는 마들렌 쪽을 돌아보고 덧붙였다.

"역시 벨아미라고 불러도 괜찮을까요?"

"네, 물론이죠. 무엇이든 좋으실 대로 하세요."

그 말에는 빈정거리는 듯한 어조가 숨어 있는 것 같았다.

왈테르 부인은 자크 리발이 독신 생활을 하고 있는 그의 집에서 검술 시합을 크게 열겠다고 하는데, 사교계의 부인들도 초대된다고 이야기하면서 덧붙였다.

"무척 재미있을 것 같은데 전 큰일 났어요. 남편께서 그때쯤에는 집에 계시지 않기 때문에 데려다 달라고 할 분이 없어 걱정이에요."

뒤루아가 즉시 안내 역을 맡겠다고 했다. 부인은 매우 기뻐하며 말했다.

"그렇게 부탁드릴 수 있다면 참 고맙겠어요. 저나 이 아이들이나."

그는 왈테르의 딸 중 어린 쪽을 바라보면서 '이 쉬잔이란 아이는 나쁘지 않은걸, 제법 쓸 만해.' 하고 생각했다. 그녀는 아주 조그마하며 고상한 갈색 머리 인형 같았고, 몸매가 날씬하여 허리와 가슴이 우아한 곡선을 이루었으며 세밀화처럼 정돈된 얼굴에 화필로 그린 청회색 칠보와도 같은 눈이 오밀조밀하여 상상력이 풍부한 화가의 손으로 그려진 듯했다. 살결은 지나칠 만큼 희고 매끄러웠으며 윤기가 흐르고 주름도 티도 없는 데다 불그스름하지도 않았다. 흐트러진 곱슬곱슬한 머리카락은 공들여 만든 풀숲이나 아름다운 구름 같았고, 계집애들이 곧잘 안고 걸어 다니는, 자기 키보다도 크며 사치스럽고 아름다운 인형 머리카락과 흡사했다.

그러나 언니 로즈는 못생겼고 볼품도 없었고 이렇다 할 만한 것도 없었다. 남의 눈에 띄지 않고, 말도 걸어 주지 않고, 이야깃거리에 오르지도 못하는 그런 처녀 중 한 사람이었다.

어머니가 일어나서 조르주 쪽으로 몸을 돌리고 말했다.

"그럼 내일 목요일 2시에 기다리겠어요."

"네, 알겠습니다, 부인."

그녀가 돌아가자 드 마렐 부인도 일어섰다.

"안녕히 계세요, 벨아미."

이번에는 그녀가 힘을 줘서 오랫동안 그의 손을 잡았다. 그는 이 무언의 고백에 마음이 뒤흔들려서, 아마 진실로 자기를 사랑하는지도 모를 이 사람 좋은 바람난 유부녀가 갑자기 또 그리워져서 생각했다.

'내일 만나러 가 보자.'

손님이 가 버리고 아내와 마주 앉자마자, 마들렌은 숨김없는 명랑한 목소리로 웃기 시작했다. 그리고 남편을 똑바로 보면서 말했다.

"여보, 당신 왈테르 부인을 정신 못 차리게 만들어 버렸군요."

그는 그 말이 믿어지지 않아서 대답했다.

"무슨 말이오?"

"정말이에요. 제가 장담해요. 몹시 흥분해서 당신 이야기를 하더군요. 그분에겐 신기한 일이에요! 당신 같은 남편감을 두 딸에게 찾아 주고 싶다나요……? 다행히 왈테르 부인에 대해선 문제없지만."

그는 그 말의 의미를 알 수 없었다.

"무슨 말이오? 문제없다는 건."

그녀는 자신의 판단에 자신 있는 여자답게 또렷한 어조로 대답했다.

"그분은 말예요, 여태까지 한 번도 이상한 소문이 난 일이 없는 여자예요. 당신도 아시겠지만 전혀 그런 일이 없었어요. 어디를 보나 나무랄 데 없는 분이에요. 바깥어른은 당신도 아시다시피 아주 딴판이에요. 그야 유대인을 남편으로 삼고 있다는 것을 무척 괴로워하기는 하지만 끝까지 정조를 지킨 분이에요. 강한 여자죠."

뒤루아는 깜짝 놀라서 말했다.

"난 그분도 유대인인가 했어."

"그분요? 천만에요. 마들렌 성당에서 하는 자선 사업은 뭐든지 앞장서서 해요. 결혼도 정식으로 성당에서 올렸죠. 사장이 세례받는 흉내를 냈는지, 성당에서 눈을 감고 모르는 체했는지 그야 알 수 없지만요."

뒤루아는 중얼거렸다.

"아 참……! 그렇다면…… 그분은…… 내게 반했다는 말인가?"

"그럼요, 정신 못 차릴 만큼 반했다니까요. 만약에 당신이 독신이었다면, 글쎄요……. 쉬잔에게 결혼을 신청해 보라고 권할 텐데요……. 아마 로즈는 싫겠죠?"

그는 콧수염을 만지작거리면서 대답했다.

"그러나 그 어머니도 아직 꽤 쓸 만해."

마들렌이 지루한 듯이 말했다.

"당신도 참, 어머니야 당신 재주 나름이겠지만, 전 하나도 걱정하지 않아요. 그 나이에 처음 바람을 피우다니, 당치도 않아요. 하려면 좀 더 일찍 시작했어야지요."

뒤루아는 생각했다.

'그러면 나도 어쩌면 쉬잔을 차지할 수 있었을지도 모르겠군……'

그는 어깨를 으쓱하며 생각했다.

'어리석긴! 당치 않은 소리! ……영감이 그러라고 할 턱이 없지.'

그러나 그는 이제부터 자기에 대한 왈테르 부인의 태도를 좀 더 주의 깊게 보리라 결심했다. 그렇지만 어떠한 이익을 끌어낼 수 있을지 어떨지는 짐작이 가지 않았다.

클로틸드와의 사랑의 추억이 밤새도록 그의 머리에서 맴돌았다. 세세한 애정의, 또 짜릿한 관능의 추억이었다. 그 여자의 어처구니없는 짓이라든가 귀여운 짓이라든가 주책없는 산책 같은 것이 그리웠다. 그는 마음속으로 되풀이했다.

'참 귀여운 여자야. 그래, 내일 만나러 가자.'

그는 이튿날 점심 식사를 마치자 곧 베르뇌유 거리로 갔다. 전의 하녀가 문을 열면서 중산층 가정에서 흔히 그러듯 다정하게 물었다.

"안녕하셨습니까, 나리?"

"물론이지."

객실로 들어가자 서툰 피아노 소리가 들렸다. 로린이었다. 그는 그녀가 달려와 목에 매달리려니 생각했다. 그러나 그녀는 조용히 일어서서 어른처럼 공손하게 인사를 하고 말없이 나갔다.

그 태도가 마치 모욕당한 여자 같았으므로 그는 깜짝 놀랐다. 곧 어머니가 들어왔다. 그는 그 손을 잡고 키스했다.

"당신 생각을 얼마나 많이 했는지 몰라요."

"저도 그래요."

그녀가 대답했다.

그들은 자리에 앉아 눈과 눈을 가만히 들여다보면서 미소지었다. 키스하고 싶은 생각이 입술을 간질였다.

"귀여운 클로, 난 당신을 잊을 수가 없소."

"저 역시 마찬가지예요."

"그럼…… 그럼…… 그다지 나를 원망하지 않소?"

"그렇기도 하고, 안 그렇기도 해요……. 전 무척 괴로웠어요. 하지만 그러는 동안에 당신도 무리는 아니라는 생각이 들었고, 뭐! 언젠가는 내게로 돌아올 거라고 생각했어요."

"그러나 내게는 돌아올 용기가 없었소. 당신이 어떤 표정을 할지 염려되어서. 그래서 우물거리고 있었지만 만나고 싶어서 견딜 수 없었소. 그건 그렇고 로린은 웬일이오? 제대로 인사도 않고 화가 나서 나가 버렸으니."

"모르겠어요. 하지만 당신이 결혼한 뒤로는 그 애에게 당신 이야기를 할 수가 없군요. 아마 질투하나 봐요."

"설마."

"아뇨, 그래요. 당신을 이제는 벨아미라고 하지 않고 포레스티에 씨라고 부르던걸요."

뒤루아는 얼굴이 빨개졌다. 그가 그녀 곁으로 다가갔다.

"자, 입을."

그녀는 입술을 내밀어 주었다.

"이제부턴 어디서 만날까?"

"어디라뇨……. 물론 콩스탕티노플 거리죠."

"아! 그럼 그 방은 아직 세낸 사람이 없었소?"

"예……. 제가 줄곧 빌리고 있어요."

"당신이 빌리고 있다니."

"네, 당신이 되돌아오실 줄 알고."

자랑스러운 기쁨이 돌풍처럼 그의 가슴을 부풀렸다. 이 여자는 언제나 변함없이 나를 진정으로 깊이 사랑하는 것이다.

"당신을 정말 사랑하오."

그는 그렇게 말하고 물었다.

"남편은 안녕하시오?"

"네, 잘 있어요. 한 달가량 있다가 그저께 떠나셨어요."

뒤루아는 웃지 않을 수가 없었다.

"그럼 마침 잘됐군."

그녀는 솔직하게 말했다.

"네, 그래요. 마침 잘됐어요. 하지만 집에 계신대도 그다지 방해되지 않아요. 잘 아시면서."

"그건 그래. 아무튼 좋은 분이야."

"그래, 당신은 어때요? 새 생활의 재미가."

"좋지도 나쁘지도 않소. 내 아내는 친구나 일의 협조자 같은 거니까."

"그것뿐이에요?"

"그뿐이지……. 애정은……."

"그건 알아요. 하지만 그분, 좋은 분이에요."

"응, 하지만 나를 꼼짝 못 하게 해 주진 못해."

그는 클로틸드 옆으로 다가가서 속삭였다.

"언제 만날 수 있을까?"

"언제라뇨……. 내일이라도…… 당신만 좋으시다면."

"그럼 내일 2시, 알겠소?"

"네."

그는 돌아가려고 일어서면서 약간 어려운 듯 망설이면서 말했다.

"클로, 이번엔 내가 콩스탕티노플 거리의 방을 빌리려 하는

데, 어떻소? 꼭 그렇게 해 주구려. 이젠 당신이 방세를 지불하지 않아도 되니까."

이번에는 그녀가 사랑스러운 듯 그의 두 손에 키스하고 이렇게 중얼거렸다.

"좋으실 대로 하세요. 전 다시 뵐 수 있도록 그곳을 빌려 두었을 뿐이니까."

뒤루아는 흐뭇한 마음으로 돌아갔다.

그는 어떤 사진관 진열장 앞을 지나치면서 눈이 큼직하고 몸집이 큰 여자의 사진을 보고 왈테르 부인을 생각해 냈다.

'아무튼 그 여자도 아직 나쁘진 않을 거야. 어째서 전부터 그걸 깨닫지 못했을까? 목요일에 어떤 표정으로 나를 대하는지 보고 싶군.'

그는 들떠 오는 마음을 누르지 못해 걸으면서 손을 비볐다. 그것은 여러 형태로 나타나는 성공의 기쁨이요, 여자의 애정으로 허영심이 만족되고 육감이 충족되어 녹아들 듯한 기쁨이었다.

목요일이 되자 그는 마들렌에게 물었다.

"리발의 검술 시합에 안 가겠소?"

"네, 안 가겠어요. 전 흥미도 없고, 게다가 오늘은 하원에 가야 해요."

날씨가 아주 좋았기 때문에 그는 포장 없는 마차를 타고 왈테르 부인을 맞으러 갔다.

그는 부인의 모습을 보고 깜짝 놀랐다. 몹시 젊고 아름답게 보였던 것이다. 화려한 몸단장을 한 그녀의 약간 깊고 넓게 파인 윗옷의 연한 갈색 레이스 너머로 탄력 있는 유방 형태가 엿보였다. 여태까지 그 여자가 이렇게 싱싱하게 보인 적이 없었다. 정말 탐나는 여자라고 그는 생각했다. 그러나 그녀는 여느 때처럼 진중하고 조심스러운 모습과 차분한 어머니다운 태도로 말미암아 호기심 많은 남자들의 눈에 거의 띄지 않았다. 게다가 그녀는 누구나가 다 아는 틀에 박힌 공손한 말밖에는 하지 않았다. 생각하는 방법이 영리하고 이치에 닿고 조리에 어긋남이 없어서 결코 극단적인 행동을 하지 않았기 때문이다.

딸인 쉬잔은 온몸을 장밋빛 옷으로 감싸고 있어서 방금 바니시 칠을 끝낸 와토의 그림 같았다. 그런데 언니 쪽은, 이 아름다운 인형 같은 처녀를 모시는 가정교사처럼 보였다.

리발의 집 문 앞에는 마차가 줄을 이루고 서 있었다. 뒤루아는 왈테르 부인에게 팔을 내밀고 함께 들어갔다.

검술 시합은 파리 6구의 고아 구제 사업을 위해 열린 것으로 《라 비 프랑세즈》에 관계하는 상원 및 하원 의원들의 부인이 모두 후원했다.

왈테르 부인은 후원자로서 이름을 내기는 거절했지만 딸들을 데리고 구경 오기로 약속했다. 부인은 원래 종교 단체가 주최하는 사업 외에는 이름을 내놓지 않았다. 각별히 신심이 두터웠기 때문이 아니라 유대인과의 결혼으로 어느 정도 종교적인 관심을 나타낼 필요가 있다고 생각했기 때문이다. 그러나 이처럼 신문기자가 베푸는 모임에는 일종의 공화적인 의미가 있었고 더욱 반종교적으로 보일 가능성이 있었던 것이다.

삼 주 전부터 각종 신문에는 이런 기사가 실려 있었다.

'저명한 기자 자크 리발' 씨는 파리 6구의 고아 구제를 위해서 온정에 찬 명안을 생각해 내고, 그 독신 아파트에 부속된 훌륭한 무도장에서 일대 경기회를 열기로 했다.

라루아뉴, 루몽텔, 리솔랭 등 상원 의원 부인 및 라로슈 마티외, 페르스롤, 피르맹 등 하원 의원 부인이 발기인으로서 초대되었다. 휴식 시간에 기부금을 한차례 거둘 예정이고 모인 금액은 곧 6구 구장이나 또는 구장 대리에게 전달할 예정이다.

이 기사는 교활한 신문기자가 자신의 이익을 위해서 생각해 낸 멋진 광고였다.

자크 리발은 현관 앞에 서서 손님을 맞았다. 간이식당이 설비되어 있었는데 그 비용은 기부금에서 공제하기로 했다.

리발은 무술과 총술 도장으로 예정된 지하실로 내려가는 계단을 상냥한 몸짓으로 가리키며 말했다.

"자, 부인께선 아래로 내려가십시오. 경기는 지하실에서 열립니다."

그는 사장 부인 앞으로 급히 달려가서 뒤루아와 악수를 하고는 말했다.

"아, 잘 와 주었네, 벨아미."

뒤루아는 깜짝 놀라서 물었다.

"누구에게 들었나? 그런······."

리발은 끝까지 말하게 두지 않았다.

"여기 계신 왈테르 부인께선 별명이 매우 좋다고 하시더군."

왈테르 부인이 얼굴을 붉혔다.

"네, 그래요. 전부터 좀 더 가깝게 지냈다면 로린처럼 저도 벨아미라고 부르겠지만 말예요. 당신에게 잘 어울리는 이름이에요."

뒤루아는 웃으면서 말했다.

"그럼 아무쪼록 부인께서도 앞으로 그렇게 불러 주십시오."

그녀는 눈을 내리깔고 말했다.

"아녜요, 아직 그만큼 친하게 지내지는 않으니까요."

"그럼 앞으로 차차 그렇게 되도록 해 주시겠습니까?"

"네, 언젠가는 그렇게 되겠죠."

그는 가스등이 비추는 좁은 계단 입구에서 몸을 돌려 부인들을 지나가게 했다. 대낮의 바깥 빛에서 노란 등불 빛 속으로 들어왔으므로 어쩐지 주위가 음침해 보였다. 나선형 계단에서 지하실 특유의 냄새가 올라왔다. 가슴이 콱 막힐 정도의 땅 습기며, 응급 조치로 더러운 것을 닦아 낸 듯한 습기 찬 벽지 냄새, 그리고 뤼뱅과 마편초와 창포, 제비꽃 등 여자들의 향수 냄새였다.

좁은 계단 입구에서 떠들썩한 사람들의 목소리와 들뜬 군중의 요란한 소음이 들려왔다.

지하실은 꽃 장식 띠처럼, 온통 가스등과 베네치아 식 초롱으로 구석구석까지 비치고 있었다. 그 빛은 초석을 내뿜는 벽을 덮은 나뭇잎 장식 그늘에 가려, 뒤얽힌 가지밖에는 아무것도 보이지 않았다. 천장은 양치식물로 싸이고 바닥에는 잎과 꽃이 가득 뿌려져 있었다.

사람들은 그것을 멋지고 기발한 아이디어라고 생각했다. 안쪽 작은 지하실에는 무술을 겨룰 사람들을 위한 무대가 마련되었고 양쪽으로는 심판관들의 의자가 놓여 있었다.

지하실 구석구석까지 벤치를 좌우로 열 개씩 늘어 놓아 거의 이백 명가량을 수용할 수 있었다. 초청 인원은 사백 명이었다.

무대 앞에는 검술복을 입은 손발이 긴 화사한 청년들이 뒤로 몸을 젖히고 콧수염을 비틀면서 벌써 관객에게 그럴듯한 모습을 보였다. 사람들은 이름을 서로 부르고 검술에 이름을 날리는 명수들인 그 프로와 아마추어들에게 손짓했다. 주위에서는 프록코트를 입은 여러 나이대 신사들이 모여 이야기하면서 유니폼을 입은 사람들과 가족 같은 다정함을 보였다. 그들 역시 관객의 이목을 끌고 인정받고 이름이 불리기를 바라는 것처럼 보였다. 그들은 평상복을 입었으나 검술의 대가였고 그 방면의 권위자들이었다.

거의 모든 벤치는 여자들로 메워졌고, 옷자락이 서로 스치는 소리와 소곤거리는 소리가 소란했다. 푸른 잎으로 덮인 그 지하실은 벌써 한증막처럼 더웠기 때문에 여자들은 모두 연극을 볼 때처럼 부채질을 했다. 익살스러운 사람이 이따금 "보리차, 레몬수, 맥주!" 하고 소리를 질러 댔다.

왈테르 부인과 딸들은 미리 마련된 맨 앞자리에 앉았다. 뒤루아는 그녀들을 앉히고 자리를 떠나면서 낮은 소리로 말했다.

"그럼 실례하겠습니다. 남자가 벤치를 차지하고 있을 수도 없으니까요."

그러나 부인이 주저하면서 대답했다.

"그래도 곁에 계셔 주시지 않겠어요? 시합에 나오는 사람들의 이름을 가르쳐 주셨으면 해요. 벤치 옆에 서 계셨으면 좋겠어요. 그 옆에 서 계시면 아무에게도 방해되지 않을 거예요."

그녀는 커다랗고 상냥한 눈으로 그를 보았다. 그리고 더욱 졸라 댔다.

"그렇게 하세요, 곁에 계셔 주세요. 벨아미, 꼭 그래 주세요."

"네, 알겠습니다, 부인…… 기꺼이."

여기저기서 이렇게 떠드는 소리가 들렸다.

"좀 색다른데요. 이 지하실, 꽤 멋있는데요."

뒤루아는 이 천장이 둥근 방을 잘 알고 있었다. 결투하기 전날, 여기서 지냈던 아침의 일은 잊을 수가 없다. 크고 무서운 눈처럼 저 건너 지하실 안쪽에서 자기를 지켜보는 희고 조그 만 표적과 마주 보고 혼자서 지냈던 아침의 일이.

자크 리발의 목소리가 계단 쪽에서 울렸다.

"여러분, 지금부터 시작하겠습니다."

그러자 앞가슴이 한층 더 두드러지게 하기 위해서 몸에 딱 들어맞는 옷을 입은 여섯 신사가 무대 위에 올라와서 심사위 원 자리에 앉았다.

그들의 이름이 입에서 입으로 전해졌다.

기다란 콧수염을 기른 키가 작달막한 남자는 심사위원장 레날디 장군, 턱수염이 길고 머리가 벗은 몸집 큰 남자는 화가 인 조제팽 루데, 옷차림이 멋진 세 청년은 마테오 드위자르, 시 몽 라몽셀, 피에르 드 카르뱅, 나머지 한 사람은 사범인 가스파 르 메를롱이었다.

조그만 지하실 양쪽에 패가 두 개 걸렸다. 오른편에는 크레 브 쾨르 씨, 왼쪽엔 플뤼모 씨라고 씌어 있었다.

두 사람 모두 프로로서 이류 정도였지만 훌륭한 검투사였 다. 무대에 올라온 그들은 둘 다 근육이 단단하고 태도가 군 대식이었으며 몸가짐이 딱딱했다. 그들은 자동인형 같은 동작으로 검으로 인사를 나누고 곧 시합을 시작했는데, 아마와 흰 가죽 옷을 입은 모습은 마치 병사로 분장한 광대가 장난으로 싸우는 것 같았다.

이따금 "명중!" 하는 소리가 들렸다. 그러자 심사위원 여섯 명은 그 방면의 전문가답게 고개를 앞으로 내밀었다. 관중들은 살아 있는 인형 둘이 팔을 뻗어 움직이는 것처럼 볼 뿐, 아무것도 몰랐으나 즐거워했다. 그래도 그의 눈에 두 인형은 그다지 우아하지 못하고 어쩐지 우스꽝스럽게 보였다. 새해 첫날 거리에서 파는 나무로 만든 투사들이 연상되었다.

맨 처음의 두 검객에 이어 플랑통 씨와 카라팽 씨가 나왔다. 한편은 민간인 사범이었고 다른 편은 군대 사범이었다. 플랑통 씨는 매우 작고 카라팽 씨는 뚱뚱했다. 검의 일격으로 그 풍선이 가죽 코끼리처럼 푹 꺼져 버릴 거라는 생각에 모두들 웃어 댔다. 플랑통 씨는 원숭이처럼 뛰면서 돌았다. 그러나 카라팽 씨는 팔밖에는 움직이지 않았고, 다른 부분은 너무 뚱뚱해서 잘 움직이지 못했다. 그는 오 분마다 앞으로 발을 내디뎠으나 그것이 하도 무겁고 힘들어 보여서 평생 처음으로 필사적인 결심을 한 듯 보였다. 그러고 나서 다시 몸을 일으키는 것 또한 대단한 고통이었다.

전문가들은 그의 솜씨가 매우 견실하고 빈틈 없다고 했다. 관중들은 그 말을 믿고 그를 높이 평가했다.

다음에는 포리옹 씨와 라팔므 씨가 나타났다. 한 사람은 프로이고 또 한 사람은 아마추어였지만 그들은 맹렬한 체조를 시작하며 무서운 힘으로 달라붙어서 심사위원이 의자를 들고 도망칠 정도였다. 그들은 무대 끝에서 끝까지 밀고 나가고 발을 구르고, 보기에도 매우 우스꽝스럽게 쫓기고 쫓고 했다. 그들이 깡충깡충 뛰며 뒤로 물러갈 때면, 부인들은 재미있어하면서 웃었으나 그들이 앞으로 불쑥 뛰쳐나올 때는 그다지 감흥을 받지 않았다. 이 체조와도 흡사한 시합을 보고 어떤 풋내기가 외쳤다.

"지쳐 쓰러질라, 이젠 그만둬라!"

좌중은 이 흥을 깨는 말에 기분이 상해서 "쉿!" 하고 말렸다. 전문가들의 비평이 전해져 왔다. 양쪽 다 매우 힘들여 시합을 했지만 때론 임기응변 기술이 부족했다는 것이었다.

1부는 자크 리발과 유명한 벨기에 사범 르베그와의 그럴듯한 시합으로 막을 내렸다. 리발은 부인들에게 인기가 좋았다. 사실 그는 미남이며 체격이 좋고 몸놀림이 부드럽고 민첩해서 그때까지 무대에 나온 누구보다도 뛰어났다. 그는 물러나서 막을 때나 나가서 공격할 때에도 상류 사회 사람다운 기품을 보여서 그것이 상대편의 날카롭고 날쌘 동작이나 어딘가 야비해 보이는 태도와 한층 큰 대조를 이루어 보는 사람들을 몹시 즐겁게 했다.

"교양 있는 분 같아요."

사람들은 소곤거렸다.

그는 멋지게 이겨서 박수갈채를 받았다.

그런데 관객들은 조금 전부터 위에서 들려오는 이상한 소리가 궁금했다. 많은 사람들이 왁자지껄 웃으면서 발버둥치는 소리였다. 아마도 지하실로 내려올 수 없었던 손님 이백 명이 멋대로 울분을 터뜨리고 있음이 분명했다. 작은 나선형 계단에는 남자들 오십 명쯤이 몰려 있었다. 아래서는 심해진 더위에 여기저기서 "창문 좀 열어라!", "마실 것을 달라!" 하고 고함을 쳤다. 조금 전의 그 익살꾸러기가 사람들이 웅성거리는 소리를 누를 만큼 커다란 목소리로 외쳤다.

"보리차, 레몬수, 맥주!"

리발이 유니폼을 입은 채 낯이 상기되어 나왔다. 그는 "시원한 것을 좀 가져오라고 해야겠군." 하고 계단 쪽으로 달려갔다.

그러나 1층으로 올라가는 길은 꽉 막혀 있었다. 계단에 들어찬 사람을 헤치고 가는 것보다 오히려 천장에 구멍을 뚫는 편이 쉬울 것 같았다.

"부인들께 아이스크림을 갖다 드려."

오십 명의 목소리가 한꺼번에 외쳤다.

"아이스크림!"

겨우 쟁반이 하나 들어왔는데 위에 놓인 것은 빈 접시뿐이었고 알맹이는 도중에 사라져 버렸다.

누군가 큰 소리로 고함을 쳤다.

"숨 막히겠어! 빨리 끝내고 갑시다!"

다른 목소리가 응수했다.

"기부다!"

그러자 관중들은 더위에 녹초가 되면서도 역시 떠들어 대기 시작했고, "기부다! 기부다! 기부다!" 하고 외쳤다.

부인 여섯 명이 벤치 사이를 돌기 시작했다. 기부함에 떨어지는 돈 소리가 조그맣게 들렸다.

뒤루아는 저명한 남자들의 이름을 왈테르 부인에게 가르쳐 주었다. 우선 사교계의 명사들, 그리고 큰 신문이나 전통 있는 신문사 기자들, 그들은 경험에 비추어 조심하고는 있었지만 《라 비 프랑세즈》를 깔보았다. 그것도 수상한 계획 아래 창간된 정치 경제 신문이 한 내각의 붕괴에 휩쓸려서 어이없이 죽어 가는 것을 허다하게 보아 왔기 때문이었다. 저편에는 화가와 조각가들이 눈에 띄었는데 그들은 보통 스포츠에 취미가 있었다. 또 아카데미 회원인 시인도 있어서 사람들이 그 이름을 쑤군댔다. 그리고 음악가 두 명과 많은 외국 귀족들. 뒤루아는 그 외국 귀족의 이름을 속삭일 때마다 '라스트'라는 말을 곁들였다.* 그의 말에 의하면 영국 사람이 명함에 에스크** 라고 붙이는 것을 본떴다는 것이다.

누군가 그에게 말을 걸었다.

"아, 안녕하시오!"

보드렉 백작이었다. 뒤루아는 부인들께 양해를 구하고 그에게 가서 악수를 나눴다.

그가 돌아와서 말했다.

"매력적인 분입니다, 보드렉은. 처음 봐도 귀족이라는 걸 금세 알 수 있죠."

왈테르 부인은 아무 대답도 하지 않았다. 그녀는 좀 피곤한지 숨을 쉴 때마다 가슴이 괴로운 듯이 부풀었다. 뒤루아가 가슴에 눈이 끌려서 유심히 보고 있었으므로 이따금 '사장 부인'과 시선이 마주쳤다. 불안해하며 자꾸 망설이는 눈빛이었는데, 흘끔 그를 보고는 곧 피하듯이 다른 쪽을 향했다. 그는 중얼거렸다.

---

* 라스트는 라스타쿠에르(Rastaquouère), 즉 수상한 외국인이라는 뜻이다.
** Esq, 에스콰이어(esquire)의 약자. 중세 영국에서 기사 다음가는 신분으로서 기사 영지를 소유하나 기사 작위는 받지 못한 사람이다.

"아…… 정말…… 이 여자도 내게 반한 모양이군."

기부금을 모으는 부인들이 앞을 지나갔다. 기부함은 모두 은화와 금화로 가득했다. 그리고 "깜짝 쇼"라고 쓰인 새로운 패가 무대에 걸렸다. 심사위원들이 다시 제자리에 모습을 나타냈다. 모두들 기다리고 있었다.

두 여자가 나타났다. 각각 손에 검을 들고 유니폼을 입고 있었다. 검은 셔츠에 허벅다리 중간까지 오는 짧은 스커트를 입었는데, 가슴에 댄 것이 너무 부풀어 있어서 고개를 아래로 숙일 수 없을 정도였다. 두 여자 모두 젊고 아름다웠다. 두 여자는 관객들에게 인사하면서 방긋 미소 지었다. 한동안 박수가 그치지 않았다.

그녀들은 멋들어진 야유와 소곤거리는 농담 속에서 서로 검을 겨눴다.

심사위원들의 입술에서는 사랑스럽다는 듯한 미소가 떠나지 않았다. 그들은 공격이 성공할 때마다 '브라보.'를 외치며 응원을 보냈다. 이는 남자들의 정욕을 충동했고 여자들의 약간 말괄량이 같은 귀여움이나 저속한 풍미나 요란한 아름다움이나 요염함 등 말하자면 카페 가수나 오페레타 노래 등에 대한 파리 사람의 타고난 취미를 자극했다.

여자 검사가 발을 선뜻 내디디며 일격을 가할 때마다 관중 사이로 환희의 전율이 퍼졌다. 또 둘 중 한 사람이 관객석 쪽으로 통통한 등을 보이면 모두 입을 쩍 벌리고 눈을 휘둥그렇게 떴다. 손목 동작 같은 것은 눈에 들어오지도 않았다.

시합이 끝나자 사람들은 열광적인 박수를 보냈다.

다음엔 장검 시합이 시작되었는데 이때는 아무도 주의를 기울이지 않았다. 먼저 벌어진 시합에 완전히 정신을 빼앗겨 버렸던 것이다. 마치 이삿짐을 나르듯 가구를 여기저기 움직이거나 마루 위를 잡아끄는 소리가 한동안 들려왔다. 그리고 갑자기 피아노 소리가 천장을 뚫고 내려오고, 박자에 맞춰 발을 놀리는 율동 소리가 났다. 위층에 있는 사람들이 시합을 보지 못하는 분풀이로 춤을 추기 시작한 것이다.

그 소리를 듣자 무도장의 관객은 한꺼번에 웃음을 터뜨렸으나 여자들은 춤추고 싶어져서 무대 위 시합 따위는 거들떠보지도 않고 큰 소리로 떠들어 대기 시작했다.

늦게 온 사람들이 춤을 추기 시작한 것은 묘안이었다. 조금도 지루하지 않을 것이다. 모두들 차라리 위에 있으면 좋았을 거라고 생각했다.

그러나 새로운 검사가 나와서 인사를 나누고 서로 겨누는 태도가 너무나 위풍당당했기 때문에 모든 사람들의 눈길이 그 동작에 쏠렸다.

그들은 찌를 때나 물러날 때나 탄력 있는 아름다움을 보였고, 온몸에 발랄한 힘이 넘쳤다. 힘을 쓰는 동작에도 자신감이 넘쳐 무리가 없었고 움직임도 정확했으며 기술에 절도가 있었다. 아무것도 모르는 군중도 이에 감탄해서 넋을 잃고 바라보았다.

그 냉철한 민첩성이나 자유자재한 기량이나 느리게 보일 만큼 충분히 상황을 판단하는 재빠른 동작은 완벽한 매력으로 관중의 눈을 사로잡아 버렸다. 두 명수가 가능한 한 모든 기량과 책략과 신중한 지식과 연마한 육체를 동원하여 가장 뛰어난 시합을 선보이는, 보기 드문 아름다움을 관중은 느꼈던 것이다.

이제는 아무도 입을 열지 않고 눈을 집중시킨 채 그들을 지켜보았다. 마지막 일격이 끝나 두 사람이 손을 굳게 잡자 관객들은 일제히 환성을 올리며 찬사를 외쳤다. 사람들은 발을 구르고 목청껏 고함을 질렀다. 그들의 이름을 모르는 사람은 한 사람도 없었다. 세르장과 라비냐크였다. ·

사람들은 완전히 흥분해서 자칫하면 싸울 듯한 분위기에 휩싸였다. 남자들은 한바탕 붙잡고 싸움이라도 해 보고 싶은 기분으로 곁의 사람들을 흘끔흘끔 보았다. 상대편이 웃기만 해도 트집을 잡아서 싸움질을 시작했을지도 모른다. 한 번도 검을 쥐어 본 적이 없는 사람까지도 지팡이로 공격과 방어 흉내를 냈다.

사람들은 하나둘씩 좁은 계단을 올라가기 시작했다. 마침내 목을 축일 수 있게 된 것이다. 그러나 춤추는 사람들이 간이식당을 다 비워 버린 것을 보자 모두 분개했다. 그들은 이백 명에게는 아무것도 보여 주지 못하면서 그들을 불편하게 만든 것은 옳지 못한 일이라고 불평하면서 자리를 떴다.

과자 한 개, 샴페인, 시럽, 맥주 한 방울도 남지 않았고 사탕도 과일도 송두리째 사라지고 없었다. 약탈하듯이 깡그리 털어서 깨끗이 먹어 치운 것이다.

하인들에게 자세한 상황을 물으니 그들은 나오는 웃음을 참고 안됐다는 듯한 표정을 지으면서 대답했다.

"남자들보다 부인들께서 더 심하셨습니다. 탈이 날 정도로 먹고 마시고 했으니까요."

마치 프러시아군의 침략으로 모든 것을 약탈당한 도시에서 살아남은 사람의 이야기라도 듣는 듯했다.

이렇게 된 이상 집으로 돌아가는 수밖에 도리가 없었다. 신사들은 기부한 20프랑을 아까워했다. 위에 있는 사람들은 한 푼도 내지 않고 잔뜩 먹고 갔다고 분개했다.

시합을 주최한 부인들의 수중에 모인 돈은 3000프랑이 넘었다. 모든 비용을 빼고 나니 6구의 고아들에게 보낼 돈은 고작 220프랑이었다.

뒤루아는 왈테르 모녀 옆에 붙어 서서 마차를 기다렸다. 집까지 바래다주려고 부인과 마주 앉아 돌아오는 중에 또다시 자신을 갈망하면서도 피하는 겁먹은 듯한 시선과 부딪혔다.

'젠장, 물어뜯을 것만 같군.'

그는 자기가 여자들에게 정말 인기가 있는 것을 새삼스레 깨닫고 미소를 지었다. 왜냐하면 드 마렐 부인과 다시 시작한 후로는 그녀가 미친 듯이 그를 사랑하는 것처럼 보였기 때문이다.

그는 발걸음도 즐겁게 집으로 돌아왔다.

마들렌이 객실에서 그를 기다리고 있었다.

"뉴스가 있어요. 모로코 사건이 시끄러워졌어요. 프랑스는 이삼 개월 안에 그곳으로 출병할지도 몰라요. 아무튼 이 사건을 교묘하게 다루어서 내각을 허물어뜨리는 거예요. 라로슈 씨가 이 기회를 잘 이용하면 외무 장관 자리를 붙잡을 수 있을 거예요."

뒤루아는 아내를 놀리기 위해서 조금도 믿지 않는 체했다. 그리고 당국도 튀니지에서의 실패를 되풀이할 정도로 어리석지 않을 것이라고 했다.

그러자 아내는 답답하다는 듯이 어깨를 추켜올렸다.

"아니에요! 정말 아니라니까요! 그들에게는 중대한 돈벌이 문제라는 걸 모르시는군요. 오늘날의 정치 상인 계획은 '여자를 찾아라.'가 아니라 '이권을 찾아라.'예요."

그는 그녀를 흥분시키기 위해서 일부러 경멸하듯 비웃었다.

"무슨 소릴 하는 거요."

그녀는 화를 내며 말했다.

"어머, 당신은 포레스티에 못지않은 호인이군요."

남편의 마음을 상하게 하려고 일부러 한 말이었기 때문에 그녀는 남편이 틀림없이 화를 낼 것이라고 기대했다. 그러나 그는 빙그레 웃으면서 대답했다.

"아내를 뺏긴 포레스티에 말이오?"

그녀는 깜짝 놀라서 중얼거렸다.

"어머! 조르주!"

그는 조금도 그만두려 하지 않고 비웃듯 대답했다.

"그러나 그렇지 않은가 말이야. 요전 날 밤, 포레스티에를 속였다고 고백했잖소."

그리고 다시 측은하다는 어조로 덧붙였다.

"가엾은 놈이야."

마들렌은 대답을 하는 것도 화가 난다는 듯이 홱 등을 돌리고는 얼마 뒤에야 말을 이었다.

"화요일에 손님을 초대할 생각이에요. 라로슈 마티외 부인이 페르스뮈르 자작 부인과 함께 만찬에 올 예정이에요. 그러니까 당신도 리발 씨하고 노르베르 드 바렌 씨를 모셔 오세요. 전 내일 왈테르 부인과 드 마렐 부인한테 갔다 오겠어요. 어쩌면 리솔랭 부인도 오실지 몰라요."

얼마 전부터 그녀는 남편의 정치적 세력을 이용해서 여기저기 아는 사람을 만들고 《라 비 프랑세즈》의 지지를 필요로 하는 상원이나 하원의 의원 부인들을 좋든 싫든 집으로 불러들였다.

"좋아요. 리발과 노르베르는 내가 맡지."

그는 흡족하여 손을 비볐다. 아내를 귀찮게 하고, 숲 속으로의 산책 이래 마음에 깃들기 시작한 정체 모를 반감과 어디에 풀어 버릴 수 없는 심한 질투를 풀 수 있는 좋은 트집거리를 발견했기 때문이다. 이제부터 포레스티에 이야기를 할 때는 반드시 '아내를 뺏긴'이라는 형용사를 붙이리라. 그렇게 하면 제아무리 마들렌이라도 끝내는 화를 낼 거라고 생각했다. 그는 그날 밤 열 번이나 기회를 잡아서 모르는 척 빈정거리는 투로 '아내를 뺏긴 포레스티에'를 되풀이했다.

포레스티에에 대한 분노는 사라지고 뒤루아는 이제 그에게 복수하고 있었다.

아내는 못 들은 체하고 미소를 지으며 마음에 두지도 않았다.

이튿날 아내가 왈테르 부인을 초대하러 가기로 했으므로 그는 그녀보다 앞질러 찾아가서 사장 부인이 혼자 있는 틈을 타 정말 자기에게 마음이 있는지 어떤지를 알아보려고 생각했다. 그것이 그에게는 재미있기도 했고 기분이 좋은 일이기도 했다. 안 될 게 없지…… 가능하기만 하다면…….

그는 2시에 벌써 말제르브 거리에 모습을 나타냈다. 그는 객실에 안내되어 기다렸다.

왈테르 부인이 기쁜 듯이 손을 내밀며 급히 들어왔다.

"무슨 바람이 불어서 오셨어요?"

"아무 바람도 아닙니다. 뵙고 싶어 견딜 수가 없었습니다. 이유를 알 수가 없습니다만, 무슨 힘이 댁으로 끌어당기는 것 같습니다. 드릴 말씀도 없습니다. 그냥 왔습니다. 이렇게요! 이렇게 이른 시간에 찾아와서 숨김없이 말씀드리는 무례함을 용서해 주시겠습니까?"

그는 우아하면서도 장난기 어린 어조로 말했다. 입술에는 미소가 보였고 음성은 진지했다.

그녀는 깜짝 놀라 얼굴을 붉히며 기어드는 목소리로 더듬더듬 말했다.

"어머…… 그럴 리가…… 무슨 뜻인지 잘 모르겠어요……. 너무나 놀라서……."

그가 덧붙였다.

"실은 사랑을 고백하는 겁니다. 부인께서 겁을 내시지나 않을까 해서 유쾌한 태도로."

그들은 나란히 자리에 앉았다. 그녀는 그가 농담을 한다고 생각했다.

"사랑 고백이라…… 진심인가요?"

"당연하죠! 아주 오래전부터 말씀드리려고 했습니다만 용기가 없었습니다. 무척 엄격하시고 강직하기 이를 데 없는 분이라고들 하더군요……."

부인은 그제야 제 모습으로 돌아와 대답했다.

"그럼 왜 하필이면 오늘로 날을 잡으셨나요?"

"모르겠습니다."

그는 바로 목소리를 낮추어서 속삭였다.

"어제부터 줄곧 부인 생각만 했기 때문이겠지요."

그녀는 갑자기 얼굴이 창백해져서 말했다.

"자, 어린아이 같은 이야긴 그만 하세요. 다른 이야기를 합시다."

그러나 그때 그가 느닷없이 무릎을 꿇었기 때문에 그녀는 깜짝 놀라서 일어서려 했으나 그는 그녀의 허리를 양팔로 단단히 끌어안아 그대로 앉혀 놓고 열에 들뜬 목소리로 되풀이했다.

"그렇습니다. 정말로 저는 오래전부터 당신을 미칠 듯이 사모했습니다. 대답은 하지 말아 주십시오. 어떻게 할 수 없습니다. 전 미친 사람이니까요! 당신을 사랑합니다……. 아! 얼마나 당신을 사모하는지 당신이 알아주신다면!"

그녀는 숨이 막혀 헐떡이면서 말을 하려고 했으나 한 마디도 나오지 않았다. 그녀는 그의 입이 자기의 입으로 다가오는 걸 느끼고 그를 제지하기 위해서 두 손으로 그의 머리카락을 붙잡고 그를 밀쳤다. 그녀는 그를 보지 않으려고 눈을 감고 세차게 고개를 가로저었다.

그는 옷 위로 그녀의 몸을 만지며 쓰다듬기도 하고 문지르기도 했다. 그녀는 그 난폭하고도 격렬한 애무에 맥이 풀려 정신이 아득해지는 것 같았다. 그는 몸을 벌떡 일으켜 그녀를 껴안으려고 했다. 그러나 그 순간 자유로워진 그녀는 재빨리 뒤로 몸을 빼고 소파를 짚고 달아났다.

그는 그녀를 쫓아가면 우스워질 것 같아서 의자에 쓰러지듯 주저앉아 두 손으로 얼굴을 가리고 격하게 흐느끼는 시늉을 했다.

그리고 얼마 후 다시 일어나 "안녕, 안녕히 계십시오!" 하고 외치고는 황망히 자리를 떴다.

그는 현관에서 태연하게 단장을 받아 들고 거리로 나서면서 생각했다.

'제기랄! 그 정도면 됐을 거야!'

그는 전신국에 가서 이튿날의 밀회를 위해 클로틸드에게 프티블뢰를 보냈다.

보통 때와 같이 집에 돌아오자 그는 아내에게 물었다.

"어떻소, 만찬에는 예정한 손님들이 모두 오게 되오?"

"네, 하지만 왈테르 부인만은 아직 모르겠어요. 우물쭈물하면서 약속이 어떻다느니 기분이 어떻다느니 하고 알 수 없는 말을 하더군요. 어쨌든 좀 이상했어요. 그래도 오셨으면 좋겠어요."

그는 어깨를 으쓱해 보였다.

"그렇고말고, 오실 거요."

그러나 그는 확신이 없었다. 그리고 만찬회 날까지 마음이 놓이지 않았다.

그날 아침, 마들렌은 사장 부인에게서 짧은 전갈을 받았다.

간신히 시간이 나서 참석할 수 있을 것 같아요. 하지만 남편은 함께 갈 수가 없습니다.

뒤루아는 생각했다.

'그 뒤로 그 집에 안 가길 정말 잘했군. 이제 마음이 가라앉은 모양이야. 조심해야겠어.'

그러나 조금은 불안한 마음으로 그는 왈테르 부인이 오기를 기다렸다. 그녀는 태연하게 다소 차갑고 거만한 태도로 들어왔다. 그는 완전히 기가 죽어서 매우 조심스럽게 행동했다.

라로슈 마티외 부인과 리솔랭 부인은 남편과 함께 왔다. 페르스뮈르 부인은 상류 사교계의 소문을 이야기했다. 드 마렐 부인은 기묘하게 디자인한 옷을 입고 있어서 자꾸 눈길을 끌었다. 노란색과 검은색을 배합한 스페인 식 옷으로, 아름다운 몸매와 가슴과 통통한 팔을 한껏 드러내고 작은 새 같은 얼굴을 한층 더 야무지게 보이게 했다.

뒤루아는 자기 오른쪽에 왈테르 부인을 앉게 했지만 식사하는 내내 과장된 존경을 표하면서 진지한 이야기밖에는 하지 않았다. 그리고 이따금 클로틸드를 보며 저쪽이 훨씬 아름답고 젊다고 생각한 다음 아내 쪽으로 눈길을 돌렸는데, 남몰래 악의에 찬 분노를 끈질기게 품으면서도 자기 아내 역시 나쁘지 않다고 생각했다.

그러나 사장 부인은, 쉽게 정복하기 어렵다는 점에서 항상 남자의 마음을 끄는 새로운 맛으로 그의 욕망을 부추겼다.

그녀는 일찍 돌아가려 했다.

"모셔다 드리겠습니다."

그가 말했다. 그녀는 사양했지만 그는 굽히지 않았다.

"어째서 안 됩니까? 그러면 제 체면이 서지 않습니다. 절대로 저를 용서해 주시지 않을 것만 같습니다. 보시다시피 저는 이렇게 차분합니다."

"하지만 다른 손님들을 내버려 둘 수는 없지 않겠어요?"

그는 미소를 지으며 말했다.

"뭘요, 이십 분 있으면 돌아올 테니까 아무도 모를 겁니다. 만약 끝까지 거절하신다면 저는 마음속 깊이 비관하고 말 겁니다."

그녀가 작은 소리로 말했다.

"그럼 바래다주세요."

그러나 마차에 올라타자마자 그는 그녀의 손을 잡고 열정적으로 키스했다.

"사랑합니다. 진정 사랑합니다. 부디 제 말을 들어 주십시오. 몸에는 손대지 않겠습니다. 다만 사랑한다고만 말씀드리고 싶습니다."

그녀는 중얼거렸다.

"오…… 그런 약속을 하시고서도…… 안 돼요……. 안 될 일이에요……."

그는 조급해지는 마음을 필사적으로 진정하는 것처럼 보이면서 목소리를 낮춰 말을 계속했다.

"보십시오, 이렇게 마음을 가라앉혔습니다. 그러나…… 사랑한다는 말만은 하게 해 주십시오……. 매일 댁을 찾아가서 오 분 동안만 부인의 발밑에 무릎을 꿇고 그리운 얼굴을 바라보면서 이 몇 마디만 할 수 있도록 해 주십시오."

그녀는 상대에게 손을 내맡기고 숨을 헐떡이면서 말했다.

"아뇨, 안 돼요. 안 됩니다. 세상의 소문이나 하인들이나 딸들을 생각해 주세요. 아뇨, 아뇨, 안 될 말씀이에요."

그는 계속해서 말했다.

"전 이제는 부인을 만나지 않고는 살 수 없습니다. 댁이건 다른 곳이건 매일 일 분씩이라도 만나 뵙고 부인의 손을 만져 보고 부인의 옷이 휘저어 놓은 공기를 마시고 부인의 몸매와 저를 미치게 하는 아름답고 큰 눈을 바라보지 않고는 견딜 수가 없습니다."

그녀는 상투적인 이 달콤한 말을 몸을 떨면서 들었다. 그리고 더듬거리면서 말을 이었다.

"아뇨…… 아뇨…… 안 돼요. 이젠 아무 말씀도 하지 마세요."

그는 이 단순한 여자를 차지하기 위해서는 조급하게 굴지 말고 조금씩 밀고 나가야 한다는 걸 알았다. 우선 어디든 상대가 좋다는 곳에서 밀회할 약속을 하도록 결심하게 하면 그 뒤는 마음먹은 대로 되리라 생각하며, 한층 더 목소리를 낮추어 귓가에 대고 속삭였다.

"저…… 저는, 무슨 일이 있어도…… 뵙지 않을 수가 없습니다. 거지처럼…… 댁의 문 앞에서 기다리겠습니다……. 만약에 내려오지 않으시면 제가 올라가겠습니다……. 아무튼 뵈러 가겠습니다……. 꼭 가겠습니다…… 내일."

그녀는 되풀이했다.

"아뇨, 안 돼요. 오시면 안 돼요. 절대로 만나지 않겠어요. 딸들을 생각해 주세요."

"그럼 어디서 만나 뵐 수 있을지 말씀해 주십시오……. 거리에서나…… 어디서나 좋습니다……. 시간도 좋으실 대로 하십시오……. 그저 만나 뵐 수만 있으면 됩니다……. 인사를 드리고…… '사랑합니다.'라는 말씀만 드리고 가겠습니다."

그녀는 망연한 얼굴로 망설였다. 그러나 마차가 자기 집 현관문 앞에 이르자 재빠르게 중얼거렸다.

"그럼 내일 3시 30분에 트리니테 성당으로 갈게요."

그녀는 마차에서 내려 마부에게 명령했다.

"뒤루아 씨를 댁까지 모셔다 드려요."

그가 집으로 돌아오자 아내가 물었다.

"어디 갔다 오세요?"

그가 목소리를 낮춰 대답했다.

"급한 전보를 치러 전신국에 갔다 왔소."

그때 드 마렐 부인이 곁에 와서 말했다.

"바래다주세요, 벨아미. 그러지 않으면 이렇게 먼 데까지 오지 않았을 거예요."

그녀는 마들렌을 돌아보고 물었다.

"질투하지는 않으시겠죠?"

뒤루아 부인은 천천히 대답했다.

"네, 괜찮아요."

손님들이 돌아갔다. 라로슈 마티외 부인은 시골 하녀 같았다. 그녀는 공증인의 딸로 라로슈가 아직 풋내기 변호사였던 시절에 결혼했다. 리솔랭 부인은 제법 고상한 체하는 노파로 마치 도서관에 다니면서 공부한 산파 출신 같아 보였다. 페르스뮈르 백작 부인은 그들을 얕보았다. 그 '흰 손'은 평민의 손이 닿는 것을 싫어하는 듯했다.

클로틸드는 레이스로 몸을 싸고 계단으로 향한 문을 나서면서 마들렌에게 말했다.

"정말 훌륭했어요. 당신 댁 만찬회는 이제 조금만 있으면 파리에서 으뜸가는 정치 살롱이 될 거예요."

뒤루아와 단둘이 되자 클로틸드는 그를 껴안으며 말했다.

"아! 사랑하는 벨아미, 전 날이 갈수록 당신이 좋아져요."

그들을 싣고 마차는 배처럼 굴러갔다.

"역시 우리 방이 좋죠?"

"당연하지!"

그는 대답했지만 마음속으로는 왈테르 부인을 생각하고 있었다.

4장

뒤루아는 회중시계를 꺼내 보았다. 아직 3시였다. 삼십 분이
나 일찍 온 것이다.

그는 이 밀회를 생각하고 웃었다. 그리고 중얼거렸다.

'저 여자에게 성당은 여러모로 유용하군. 유대인을 남편으
로 삼은 것도 무마해 주고, 정계에서는 정의파인 체하는 태도
를 취하게도 해 주고, 상류 사회에서는 훌륭한 몸가짐을 갖게
하고, 연인하고 밀회할 장소도 제공해 주고. 그러니까 맑은 날
에나 비 오는 날에 겸해서 쓸 수 있는 우산처럼 성당을 이용
하는 습관이 들어 버렸어. 날씨가 좋은 날에는 단장이 되고,
햇빛이 강하면 양산이 되고, 비가 오면 우산이 되고, 외출하지
않을 때에는 현관에 처박아 둔다. 이렇게 마음이 너그러운 하
느님을 우습게 여기는 여자가 몇백 명 있을지도 모르지. 그들
은 하느님의 흉을 보고 화를 내면서도 때와 경우에 따라서는
정사의 중매 노릇까지 시키니 말야. 가구가 딸린 방으로 가자

고 하면 굉장히 추잡한 일이라고 펄쩍 뛰면서도 제단 앞에서 사랑의 불장난을 하는 것은 아무렇지도 않게 생각하니.'

그는 연못 주위를 천천히 걸었다. 종각의 큰 시계로 또 한 번 시각을 보았다. 큰 시계는 그의 시계보다도 이 분이나 더 빨라서 3시 5분을 가리키고 있었다.

그는 성당 안에서 기다리는 편이 낫겠다고 생각하고 안으로 들어갔다.

지하실과도 같은 시원함이 살결에 스몄다. 그는 가슴이 열리는 듯 속으로 깊게 숨을 들이쉬고 나서 장소를 잘 알아 두기 위해 신자석을 한 바퀴 돌았다.

넓은 건물 안쪽으로부터 높고 둥근 천장 아래로 울리는 그의 발소리에 대답이라도 하듯 또 다른 규칙적인 발소리가 이따금 끊어졌다가는 다시 들려왔다. 그는 그 발소리의 주인을 알고 싶은 호기심에서 둘러보았다. 그 사람은 모자를 등 뒤로 돌려 들고 천장을 올려다보며 걷고 있는 머리가 벗은 뚱뚱한 신사였다.

군데군데 나이 먹은 여자들이 무릎을 꿇고 얼굴을 두 손으로 가리고 기도하고 있었다.

고독과 적막과 휴식이 마음을 사로잡았다. 색유리로 부드러워진 광선을 보니 눈이 쾌적했다.

뒤루아는 생각했다.

'성당 안은 무척 기분이 좋은 곳이군.'

그는 입구로 되돌아와서 다시 한 번 자기 시계를 보았다. 아직 3시 15분밖에 되지 않았다. 담배를 피울 수 없는 것을 유감스럽게 생각하면서 중앙 통로의 입구 제일 앞 의자에 앉았다.

교회 안쪽 끝 제단 근처에서 조금 전에 본 그 뚱뚱한 신사의 느릿느릿한 발소리가 여전히 들려왔다.

누군가가 들어왔다. 뒤루아는 깜짝 놀라서 돌아보았다. 모직 스커트를 입고 초라한 옷차림을 한 서민층 여자가 입구 의자에 쓰러지듯이 꿇어앉고 양쪽 손가락을 깍지 끼며 위를 올려다보고는 꼼짝도 하지 않았다. 기도에 혼을 빼앗긴 듯한 모습이었다.

뒤루아는 그 여자에게 흥미를 느끼고 어떤 슬픔과 괴로움, 혹은 절망이 그 마음을 비참하게 깨뜨리는가 생각하면서 그 모습을 바라보았다. 그녀가 가난의 밑바닥에서 허덕이는 것을 대번에 알 수 있었다. 가난뿐 아니라 어쩌면 죽을 정도로 그녀를 때리는 남편이나 당장 죽어 가는 아이라도 있을지 모른다.

그는 생각했다.

'가엾은 사람들이야! 이렇게 고통 받는 사람들이 많아!'

그는 무자비한 자연에 대해서 분노가 치밀어 올랐다. 그리고 이 거지와 마찬가지인 사람들은 적어도 저세상에서 누군가가 자기네들을 걱정해 주고 자신들의 호적부가 대차대조표와 함께 하늘의 장부에 기록되었으리라 믿는 모양이라고 생각했다.

'저세상? 도대체 어떤 곳일까?'

뒤루아는 성당의 고요한 정적 속에서 한없이 공상하고 창조에 대해서 이것저것 생각해 보다가 중얼거렸다.

"쓸데없는 일이야, 정말."

그때 옷자락 스치는 소리에 그는 멈칫했다. 그녀였다.

그는 일어나서 재빨리 곁으로 갔다. 그녀는 손도 내밀지 않고 조그맣게 속삭였다.

"시간이 없어요. 금방 돌아가야 해요. 남의 눈에 띄지 않도록 제 옆에 꿇어앉아 주세요."

그녀는 내부를 제법 익숙하게 잘 안다는 듯이 편하고 안전한 장소를 찾아서 넓은 신자석 안쪽으로 나갔다. 그녀는 얼굴을 두꺼운 베일로 가리고 거의 아무도 알아차리지 못할 만큼 발소리를 죽이며 걸었다.

성가대석 가까이에 이르자, 그녀는 뒤를 돌아보고 성당에서 말할 때 으레 그러듯이 신비로운 어조로 중얼거렸다.

"측랑(側廊)이 좋겠어요. 여기는 너무 남의 눈에 띄어요."

그녀는 주 제단의 성합을 향하여 머리를 깊이 숙인 후 다시 가볍게 경의를 표하고 나서 오른쪽으로 돌아섰다. 그리고 입구 쪽으로 약간 되돌아와서는 결심한 듯 기도석에 들어가서 무릎을 꿇었다.

뒤루아는 그 옆 기도석에 자리를 잡았다. 그들이 기도하는 자세로 움직이지 않게 되자 그가 말했다.

"고맙습니다. 정말 고맙습니다. 당신을 사모합니다. 언제나 이 말을 당신께 하고 싶습니다. 그리고 어떻게 부인을 사랑하게 되었는지, 처음 뵈었을 때부터 얼마나 부인께 마음이 끌렸는지 말씀드리고 싶습니다……. 언젠가 마음을 모조리 털어놓고 모든 것을 다 이야기할 것을 허락해 주실 수 있겠습니까?"

그녀는 아무것도 귀에 들어오지 않는다는 양 깊은 생각에 잠긴 모습으로 듣고 있었다. 그녀가 손가락 사이로 대답했다.

"그런 말씀을 잠자코 듣고 있다니 저도 정말 제정신이 아니에요. 무엇보다 여기에 온 것도, 이런 짓을 하는 것도, 당신께 오늘의…… 이런 일이 계속될 것처럼 생각하게 하는 것도 모두 미친 짓이에요. 제발, 그런 것은 다 잊으시고 두 번 다시 제게 말씀하시지 말아 주세요."

그녀는 상대의 말을 기다렸다. 그는 대답을, 단 한 마디로 상대를 꼼짝 못 하게 할 정도로 정열적인 말을 찾았다. 그러나 말에 몸짓을 보탤 수가 없었으므로 어떻게 할 수가 없었다.

"전 아무것도 기대하지 않고…… 희망하지도 않습니다. 당신을 사랑합니다. 당신이 어떻게 하시든 전 힘과 열의를 담아서 몇 번이라도 되풀이하겠습니다. 그러면 언젠가는 알아주시겠지요. 전 제 애정을 한 마디씩 매일 매시간 부인의 마음속에 스며들게 하고 마음에 부어 드리고 싶습니다. 나중에는 한 방울씩 목구멍에 떨어지는 술처럼 부인의 가슴을 채우고 마음을 부드럽게 하며 기분을 달래고 뒷날 '저도 당신을 사랑해요.' 하고 대답하지 않을 수 없게 만들고 싶습니다."

그는 자기에게 기댄 그녀의 어깨가 가볍게 떨리고 목구멍이 경련하는 것을 느꼈다. 그녀는 빠른 말로 중얼댔다.

"저 역시 당신을 사랑해요."

그는 머리 위에 벼락이라도 떨어진 듯 펄쩍 뛰고 한숨처럼 중얼거렸다.

"아! 하느님!"

그녀는 헐떡이는 목소리로 계속했다.

"당신에게 사랑한다는 말을 해야 할까요? 저는 죄 많고 보잘것없는 여자예요……. 제가 하는 짓이…… 딸이 둘씩이나 있으면서…… 하지만 어쩔 수가 없어요……. 어쩔 수가…… 이렇게 되리라곤…… 꿈에도 생각지 못했어요……. 생각조차도 못했어요……. 하지만 아무래도 소용없어요……. 제 힘으론 누를

수가 없어요. 저…… 사실을 말씀드리면…… 전…… 당신밖에
는 여태까지 아무도 사랑한 일이 없어요……. 맹세하겠어요. 그
리고 일 년 전부터 남몰래 마음 깊이 당신만을 사랑해 왔어
요. 아! 얼마나 괴로워하고 마음속으로 싸웠는지. 하지만 이제
는 어떻게 할 수 없어요. 당신이 그리워서……."

그녀는 깍지 낀 손가락을 얼굴에 대고 울었다. 심한 감동으
로 몸 전체를 흔들며 떨었다.

뒤루아가 속삭였다.

"손을 주십시오. 제 손에 넣고 꼬옥 쥐고 싶습니다."

그녀는 천천히 얼굴에서 손을 뗐다. 그녀의 얼굴은 온통 젖
었고 속눈썹 끝에서는 눈물 한 방울이 당장이라도 떨어질 듯
흔들렸다.

그는 그 손을 잡아서 꼭 쥐었다.

"아! 당신의 눈물을 마시게 해 주십시오!"

그녀는 신음하듯 낮고 띄엄띄엄 끊어지는 목소리로 말했다.

"그렇게 마구 덤비지 마세요……. 전 이제 파멸이에요!"

그는 웃고 싶어졌다. 이런 데서 어떻게 마구 덤빌 수가 있겠
는가? 그는 쥐고 있던 손을 자기 심장에 대고 이렇게 물었다.

"이 고동을 느끼시지요?"

이제는 정열적인 문구가 바닥이 나 버린 것이다.

조금 전부터 규칙적으로 들려오던 아까 그 신사의 발소리가
다가왔다. 그는 제단을 한 바퀴 돌고 적어도 두 번째일 테지만
다시 오른편 좁은 신자석으로 내려왔던 것이다. 왈테르 부인
은 몸을 숨긴 기둥 가까이에서 그 발소리를 듣자 조르주에게
잡힌 손을 잡아당겨서 다시 얼굴을 가렸다.

둘은 꿇어앉은 채 꼼짝도 하지 않고 함께 열렬한 기도를 하늘에 바치는 시늉을 했다. 뚱뚱한 신사는 그들 옆을 지나가면서 무관심한 눈길을 한 번 주었을 뿐, 여전히 모자를 손에 들고 회당 아래쪽으로 멀어져 갔다.

그러나 뒤루아는 트리니테 성당이 아닌 다른 곳에서 밀회의 언질을 듣고 싶어 속삭였다.

"내일은 어디서 뵐까요?"

그녀는 대답하지 않았다. 완전히 풀이 죽어서 '기도'하는 조각상이 돼 버린 듯했다.

그는 다짐하듯이 물었다.

"내일 몽소 공원에서 뵐 수 있을까요?"

그녀는 다시 얼굴에서 손을 떼고, 심한 고통에 일그러진 창백한 얼굴을 그에게 돌리고 띄엄띄엄 말했다.

"그대로 내버려 두세요……. 이젠 제게는 상관하지 말아 주세요……. 저리로 가세요……. 제발 가세요……. 단 오 분 동안이라도 좋으니까요……. 당신이 곁에 계시면…… 괴로워서 못 견디겠어요……. 기도를 드리고 싶은데…… 도무지 되지 않아요……. 어디로든 가 주세요……. 기도 드리게 해 주세요……. 저를 혼자 있게 해 주세요……. 오 분 동안만……."

그녀의 표정이 너무나도 혼란스러워 보여서 그는 한 마디도 하지 않고 일어선 뒤 잠깐 망설이다가 물었다.

"곧 돌아와도 좋습니까?"

그녀가 "네, 좋아요." 하는 듯 고개를 끄덕였기 때문에 그는 성가대 쪽으로 걸어갔다.

그녀는 기도를 드리려고 했다. 인간의 힘으로 할 수 있는 모든 노력을 다하여 하느님을 부르고, 몸을 떨면서 열광적인 정성을 담아 하느님을 향하여 "자비를!" 하고 부르짖었다.

그녀는 지금 막 사라져 간 남자의 모습을 보지 않으려고 필사적으로 눈을 감았다! 그리고 그 모습을 눈앞에서 쫓아 버리고 그 매력에 지지 않으려고 몸부림쳤다. 그러나 절박한 마음으로 기다리는 하느님의 모습은 나타나려 하지도 않고 청년의 곱슬곱슬한 콧수염만이 언제까지나 눈앞에 어른거리며 사라지지 않았다.

일 년 전부터 그녀는 낮이나 밤이나 차차 커 가는 유혹과 싸워 왔다. 끊임없이 꿈에 나타나고 육체에 달라붙고 밤마다 잠을 뒤흔들어 놓는 이 청년의 모습과 싸워 왔다.

그녀는 이 남자의 입술과 수염과 눈빛만으로 쉽게 정복되어서 마치 그물에 걸려든 동물처럼 그 양팔 속에 휘감겨 들고 내던져져서 옴짝달싹못하게 돼 버린 것 같았다.

더욱이 지금 그녀는 이 성당 안에서 하느님 바로 옆에 있으면서도 자기 집에 있는 것보다도 한층 더 나약하고 의지할 곳 없이 파멸로 떨어지고 만 것처럼 느꼈다. 이미 기도도 드릴 수가 없었고 다만 그 남자에 대한 일 외에는 아무것도 생각할 수 없었다. 그러나 필사적으로 싸웠다. 영혼의 힘을 다해 몸을 지키고 하느님의 도움을 구했다. 여태까지 한 번도 부정을 저지른 일이 없는 그녀는 이렇게 타락하느니 죽는 편이 훨씬 낫다고까지 생각했다. 정신없이 기도문을 중얼거렸지만 귀는 둥근 천장 아래 저편으로 멀어져 가는 뒤루아의 발소리를 쫓았다.

그녀는 이제는 끝이고, 아무리 저항해도 소용없다는 것을 느꼈다. 그러나 그대로 맥없이 지고 싶지는 않았다. 그녀는 곧

잘 여자들이 온몸을 떨고 울부짖으면서 땅바닥에서 몸부림치곤 하듯이 절망적인 발작에 사로잡혔다. 자신이 날카로운 비명을 지르며 마룻바닥에 쓰러져서 의자 사이를 뒹굴 것만 같아 그녀는 손발을 부들부들 떨었다.

누군가가 빠른 걸음으로 다가왔다. 돌아보니 신부였다. 그녀는 순간적으로 일어서서 두 손을 마주 잡은채 앞으로 내밀며 그쪽으로 달려갔다. 그리고 더듬거리면서 말했다.

"제발 도와주십시오! 도와주세요!"

신부는 갑작스러운 일에 놀라서 걸음을 멈추었다.

"무슨 일입니까, 부인?"

"도와주십사 하는 겁니다. 제발 저를 불쌍하게 생각해 주세요. 제게 힘을 빌려 주시지 않으면 제 인생은 파멸되고 맙니다."

그는 이 여인이 미친 건 아닌가 하고 유심히 보다가 물었다.

"제가 어떻게 하면 되겠습니까?"

그는 키가 크고 약간 뚱뚱한 청년으로 통통한 뺨은 밑으로 처졌고 턱에는 정성스럽게 깎은 수염 자국이 시커멓게 나 있었다. 유복한 동네에서 부유한 여성 고해자를 다루는 데 익숙한, 도회지에는 어울리는 보좌 신부였다.

"고해성사를 하고 싶어요. 그리고 제게 말씀해 주세요. 힘을 빌려 주시고 어떻게 하면 좋을지 말씀해 주세요."

"고해성사는 매주 토요일 3시부터 6시까지입니다."

그녀는 신부의 팔을 잡고 이렇게 되풀이했다.

"아뇨, 아뇨, 아니에요! 지금 곧, 당장 부탁드리고 싶어요! 제발 그렇게 해 주세요! 그분이 저기에, 이 성당 안에 있어요! 저를 기다리고 있어요!"

"누가 기다립니까?"

"남자예요…… 저를 파멸시키려는 남자예요……. 만약에 신부님께서 구해 주시지 않으시면 저는 그 남자에게 붙잡히고 말아요……. 이제는 달아날 길이 없어요……. 저는 너무나 약해요……. 너무 약해요……. 정말 어떻게 할 수가 없어요."

그녀는 신부의 무릎 앞에 쓰러져서 흐느껴 울었다.

"아! 불쌍히 여겨 주세요, 신부님! 구해 주세요. 하느님의 이름으로 구해 주세요!"

그녀는 그가 빠져나가지 못하도록 검은 사제복을 단단히 붙잡았다. 신부는 누군가 악의 있는 사람이나 완고한 신자의 눈이 자기 발밑에 쓰러진 여자의 모습을 보고 있지는 않나 하여 불안하게 주위를 둘러보았다.

그러나 결국 이 여자에게서 빠져나갈 방법이 없음을 깨닫고 말했다.

"일어나십시오, 마침 고해소의 열쇠를 가지고 있으니까요."

신부는 주머니를 뒤져 열쇠가 잔뜩 달린 고리를 꺼내어 그중 하나를 고르고는 잰걸음으로 자그마한 통나무집이 늘어서 있는 쪽을 향했다. 그곳은 신자가 죄를 고하러 오는 영혼의 쓰레기통과 같은 곳이었다.

그는 중간에 있는 한 문으로 들어간 뒤 문을 닫았다. 왈테르 부인은 그 옆 작은 칸막이 안으로 뛰어들어 희망에 벅차오르는 심정으로 열에 들떠 열심히 중얼거렸다.

"제게 축성을 해 주세요, 저는 죄를 지었답니다……."

뒤루아는 제단을 한 바퀴 돌고 나서 왼편 신자석으로 내려왔다. 가운데까지 오자, 여전히 조용한 발걸음으로 걷고 있는 아까의 그 뚱뚱한 대머리 신사와 만났다. 그는 그 남자가 수상하다고 생각했다.

'도대체 이 남자는 여기서 무엇을 하는 것일까?'

그도 역시 걸음을 늦추고 이야기를 걸고 싶은 듯 뒤루아를 보았다. 그리고 옆에 오자 인사를 하고 매우 정중하게 물었다.

"외람되게 이런 말씀을 여쭈어서 실례입니다만, 이 성당이 언제쯤 지어졌는지 가르쳐 주실 수 있을까요?"

"잘 모르겠지만 이십 년이나 이십오 년 전이라고 생각합니다. 실은 여기에 들어와 본 것은 오늘이 처음이니까요."

"나도 그렇습니다. 한 번도 와 본 일이 없습니다."

신문기자는 흥미를 느끼고 물었다.

"매우 꼼꼼히 구경하시는데 세밀한 것을 조사하십니까?"

상대는 단념한 듯한 태도로 대답했다.

"아니, 구경이 아닙니다. 실은 아내가 여기서 만나자고 해서 기다리는 중입니다만 좀처럼 오지 않는군요."

그러고 나서 입을 다물었다가 이삼 초 후에 다시 이었다.

"밖은 지독히 더운데요."

뒤루아는 그의 얼굴을 보며 매우 호인답다고 생각하다가 문득 그가 포레스티에를 닮은 것같이 여겨졌다. 그가 물었다.

"시골에서 오셨습니까?"

"네, 렌에서 왔습니다. 그런데 선생도 구경하러 이 성당에 들어오셨나요?"

"아뇨, 저 역시 여자를 기다립니다."

신문기자는 가볍게 인사를 하고 입술에 미소를 띠면서 그곳을 떠났다.

정문 현관으로 오자 예의 가난한 여자가 여전히 꿇어앉아서 기도드리고 있었다. 그는 '정말! 끈질기게 빌고 있구나.' 하고 생각했다. 이제는 조금의 감동도 동정도 느끼지 않았다.

그는 그 여자 옆을 지나쳐서 천천히 오른편 신자석으로 되돌아 왈테르 부인이 있는 곳으로 가려고 했다.

그는 부인을 남겨 놓고 온 근처를 멀리서 살펴보았으나 부인의 모습이 보이지 않아 깜짝 놀랐다. 기둥을 잘못 보았나 하고 마지막 기둥까지 갔다가 다시 되돌아왔다.

'돌아가 버리고 말았구나!'

그는 놀라움과 노여움을 동시에 느꼈다. 그러나 곧 부인도 자기를 찾고 있을지도 모른다고 생각하고 다시 한 번 교회당 안을 돌아보았다. 그러나 그녀의 모습이 보이지 않아 그들이 앉아 있던 의자로 다시 와서 그녀가 돌아오기를 기다렸다.

그때 소곤소곤 속삭이는 목소리가 그의 주의를 끌었다. 그러나 근처에는 사람 그림자도 보이지 않았으므로 그는 그 속삭임이 어디서 오는 것일까 이상하게 여기고 일어나서 보니 옆에 있는 제실에 고해소 문들이 보였다. 그중 한 곳에서 여자의 옷자락이 빠져나와 돌을 깔아 놓은 바닥에 깔려 있었다. 어떤 여자일까 하고 다가가 보니 바로 부인이었다. 고해성사를 하고 있구나!

그는 화가 치밀어 올라와서 부인의 어깨를 움켜쥐고 그곳에서 끌어내고 싶었으나 다시 생각했다.

'쳇! 오늘은 신부 차지지만 내일은 내 차례일 텐데!'

그리고 고해소의 작은 창문 앞에 조용히 앉아 자기 시간이 오기를 기다렸다. 그러나 우습게 되어 가는 일에 자기도 모르게 멋쩍어 웃음 지었다.

그는 오랫동안 기다렸다. 마침내 왈테르 부인이 일어서서 몸을 뒤로 돌려 그를 보고 곁으로 왔다. 차갑고 엄한 얼굴이었다.

"선생님께 부탁드립니다. 저를 바래다 주시지도 말고 뒤를 따라오지도 마세요. 그리고 앞으로는 혼자서 제 집에 오시지 않도록 하세요. 절대로 만나 뵙지 않을 테니까요. 안녕히!"

그녀는 품위 있는 걸음으로 나갔다.

그는 그대로 그녀를 돌아가게 했다. 어떤 일이라도 무리를 하지 않는다는 것이 그의 원칙이었기 때문이다. 그때 신부가 약간 혼란스러운 표정으로 고해소에서 나왔으므로 그는 곧장 그에게 다가가 신부의 코앞에서 으르렁거렸다.

"당신이 치마를 입지만 않았다면 그 바보 같은 낯짝에 왕복으로 따귀를 먹였을 거요."

그리고 그는 몸을 빙글 돌려 휘파람을 불면서 성당을 나갔다.

정면 현관께에서는 그 뚱뚱한 신사가 모자를 쓰고 양팔을 뒤로 돌려 뒷짐을 지고 기다리다 지친 듯이 널따란 광장이며 그곳으로 통하는 길들을 바라보고 있었다.

뒤루아가 옆을 지나칠 때 그들은 서로 인사를 나눴다.

신문기자는 할 일도 없어졌기 때문에 《라비 프랑세즈》 쪽으로 내려갔다. 문을 들어서자 급사들이 어수선하게 떠들고 있는 것이 보였으므로 뭔가 심상치 않은 일이 일어났음을 짐작했다. 그는 황급히 사장실로 뛰어 들어갔다.

왈테르 영감은 초조한 모습으로 서서 어떤 기사를 군데군데 받아 적게 했는데, 문단이 바뀔 때는 주위를 에워싼 취재 기자들에게 할 일을 주고, 부아르나르에게 방침을 일러 주기도 했으며 편지를 뜯어 보기도 했다.

뒤루아가 들어가자 사장은 기쁜 듯이 외쳤다.

"아! 마침 잘됐어. 벨아미 아닌가!"

그러다가 약간 겸연쩍은 듯이 말을 딱 멈추고 변명을 했다.

"아, 그렇게 불러서 미안하네. 상황이 아주 복잡해서 말이야. 게다가 아내나 딸들이 아침부터 밤까지 자네를 '벨아미'라고 부르는 것을 듣는 바람에 나까지도 그런 습관이 들어 버렸다네. 언짢게 생각진 않겠지?"

뒤루아가 소리내어 웃었다.

"괜찮습니다. 그 별명은 전혀 불쾌하지 않습니다."

왈테르 영감이 다시 말했다.

"좋아. 그럼 나도 이제부터 남들처럼 벨아미라고 부르겠네. 그런데 여보게, 굉장한 사건이 생겼네. 내각이 310표 대 102표로 쓰러졌네. 우리의 휴가는 연기일세. 무기한으로 연기야. 7월 28일인데 말일세. 스페인이 모로코 문제로 몹시 분개해서 결국은 뒤랑 드 렌과 그 일당이 내팽개쳐진 셈이지. 뭐, 뒤죽박죽 대혼란이야. 마로가 후계 내각을 조직할 것을 위촉받았네. 그는 부탱 다크르 장군을 국방 장관으로, 내 친구인 라로슈 마티외를 외무 장관으로 앉히고, 총리와 내무 장관 자리는 자신이 겸임할 모양일세. 우리 신문은 앞으로 정부 기관지가 되는 걸세. 그래서 지금 내가 사설을 쓰는 중일세. 각 장관들에게 그들이 나아가야 할 길을 보여 주는 간단명료한 원칙 선언을 말일세."

사람 좋은 영감은 싱글싱글 웃으면서 말을 이었다.

"물론 그들이 나아가려는 길 말일세. 그러나 모로코 문제에 대해서 뭔가 재미있는 기사가 필요해. 대번에 일대 혼란을 일으킬 만한, 시국에 알맞는 그런 기사 말일세. 자네가 찾아 주지 않겠나? 좋은 걸로."

뒤루아는 잠깐 생각하고 나서 곧 이렇게 대답했다.

"알겠습니다. 아프리카에 있는 우리나라 식민지 전체의 정치 상황에 대해서 연구하겠습니다. 왼쪽은 튀니지, 가운데는 알제리, 오른쪽은 모로코라는 식으로 시야를 넓혀서 말입니다. 이 광대한 지역에 사는 민족의 역사를 엮어 넣고, 거기다 모로코의 국경을 피기유의 대오아시스까지 답파하는 기행문을 곁들이겠습니다. 이 대오아시스는 여태까지 유럽 사람은 한 번도 가 본 일이 없는 곳이고 이번 분쟁의 원인도 거기에 있으니까요. 어떻겠습니까?"

왈테르 영감은 외쳤다.

"아주 훌륭해! 제목은?"

"튀니지에서 탕헤르까지!"

"훌륭해!"

뒤루아는 《라비 프랑세즈》의 기사 철을 뒤져 그가 맨 처음에 쓴 기사 「아프리카 수렵병의 회상」을 찾아냈다. 제목을 바꾸고 다시 손질을 해서 새롭게 꾸미기만 하면 그대로도 훌륭히 쓸 수 있는 기사였다. 어쨌든 식민지 정치나 알제리 주민들의 문제를 논하고 오랑 지방의 기행문을 덧붙인 것이었으니까.

불과 사십오 분 동안 그 기사를 싹 뜯어고치고 시국에 잘 들어맞도록 당면한 현실 문제를 첨가하고 새로운 내각에 대한 찬사를 끼워 넣는 등 일은 솜씨 좋게 끝났다.

사장은 그 기사를 읽자 자기도 모르게 외쳤다.

"아주 잘됐어. 나무랄 데 없네. 자넨 참으로 쓸모 있는 친구야. 진심으로 고맙네."

뒤루아는 그날 하루의 일에 기분이 좋아져서 저녁 식사를 하러 집으로 돌아갔다. 트리니테 성당에서는 낭패를 보았지만 그다지 마음에 걸리지 않았다. 끝내는 이길 것이라고 굳게 믿었으니까.

아내는 매우 초조하게 그를 기다리다가 뒤루아를 보자마자 말했다.

"여보, 라로슈 씨가 외무 장관이 되셨어요."

"알고 있어. 지금 그 일로 방금 알제리에 관한 기사를 쓰고 오는 길이야."

"어떤 기사예요?"

"당신도 아는 거지. 그 왜 둘이서 같이 썼던 그 처음 기사 말이오. 「아프리카 수렵병의 회상」. 그걸 현 사태에 맞추어 손질을 해서 새로 썼지."

그녀가 활짝 웃었다.

"어머, 그래요! 그거라면 정말 좋아요."

그러고 나서 한동안 생각하다가 말했다.

"가끔 생각했는데, 당신이 그때 쓰려고 하다 도중에…… 그만둔 그 연재물 말예요. 그걸 다시 우리 둘이 시작해 보면 어떨까요? 현 시국에 잘 맞는 재미있는 읽을거리가 될 거예요."

그는 수프 앞에 앉으면서 대답했다.

"좋지. 아내를 뺏긴 포레스티에가 죽은 지금 방해할 사람도 없을 테니까."

그녀는 비위에 거슬린 듯 무뚝뚝한 어조로 곧 반박했다.

"그런 농담은 이제 쓸모가 없어요. 그 정도로 그만두는 게 어때요? 꽤 오래됐잖아요?"

그는 빈정거리는 말로 응수하려 했다. 그러나 바로 그때 프티블뢰가 배달되었다. 거기엔 서명 없이 이런 말만 적혀 있었다.

제가 돌았나 봐요. 용서하세요. 그리고 내일 4시에 몽소 공원으로 와 주세요.

그는 그 글의 뜻을 알아차리고 갑자기 즐거워져 파란 종이를 주머니에 구겨 넣으면서 아내에게 말했다.

"이젠 그런 말 하지 않겠어. 쑥스러우니까. 나도 알아."

그는 식사를 했다.

먹으면서도 그는 "제가 돌았나 봐요. 용서하세요. 그리고 내일 4시에 몽소 공원으로 와 주세요."라는 짧은 말을 마음속으로 천천히 되풀이했다. 그렇다면 그 여자도 끝내 항복한 것이다. 프티블뢰는 '제가 졌어요. 언제 어디서든, 말씀하시는 대로 당신의 것이 되겠습니다.' 하는 의미인 것이다.

그가 자기도 모르게 웃자 마들렌이 물었다.

"왜 웃으세요?"

"아니, 하찮은 일이오. 신부를 만났던 걸 생각한 거요. 아주 우스꽝스러운 얼굴이었거든."

뒤루아는 이튿날 약속한 시간에 밀회 장소로 갔다. 공원의 벤치란 벤치는 더위에 시달린 동네 사람들과 아이를 보는 한

가한 여자들로 꽉 차 있었다. 아이 보는 여자들은 아이들이 길 바닥의 모래에서 뒹구는데도 꾸벅꾸벅 졸면서 꿈을 꾸는 듯 앉아 있었다.

왈테르 부인은 샘물이 흐르는 옛 모습을 조그맣게 옮겨 놓은 폐허 속에 있었다. 그녀는 화사한 원주에 둘러싸인 좁은 원형 경기장 주위를 쓸쓸하고 불안한 모습으로 걷고 있었다.

그가 인사를 하자 그녀는 곧 이렇게 말했다.

"이 공원엔 꽤 사람이 많군요."

그가 얼른 말했다.

"네, 정말. 어디 딴 데로 갈까요?"

"어디요?"

"아무 데나 상관없지요. 이를테면 마차 안이라도. 부인이 앉으신 쪽의 커튼만 내려 버리면 안전하죠."

"네, 그게 낫겠어요. 여기서는 불안해서 죽을 지경이에요."

"그럼 오 분쯤 지나서 외곽 큰길로 향한 문으로 와 주십시오. 마차를 잡아 올 테니까요."

그는 뛰기 시작했다.

그녀는 그가 잡아 온 마차에 올라타고 자기 쪽 유리창에 완전히 커튼을 내리자 이렇게 물었다.

"마부에게 어디로 갈 건지 말씀하셨나요?"

"그런 건 염려 마십시오, 잘 알고 있으니까요."

그는 콩스탕티노플 거리의 자기 방을 마부에게 가르쳐 줬던 것이다.

그녀가 이야기를 계속했다.

"제가 당신 때문에 얼마나 괴로웠는지 아마 상상하실 수도 없을 거예요. 정말 가슴이 갈기갈기 찢기고 생가죽이 벗는 듯한 고통이었어요. 어제 교회에서 그토록 매정했던 것은 어떻게 해서든지 당신 곁에서 달아나고 싶었기 때문이었어요. 당신과 둘만 있는 것이 두려워서. 저를 용서해 주시겠어요?"

그는 그녀의 손을 굳게 잡았다.

"용서하고 않고가 어디 있겠습니까? 이렇게 사랑하는걸요. 어떤 일이라도 용서하고말고요."

그녀는 애원하는 듯 그를 쳐다보았다.

"저, 부탁이에요, 제 마음을 존중해 주시겠다고…… 이상한…… 이상한 짓은 않겠다고 약속해 주세요. 그렇지 않으면 이제는 뵐 수 없으니까요."

그는 즉석에서 대답하지 않고 콧수염 밑으로 여자의 마음을 휘젓는 미소를 띠었다. 그리고 마지막에 중얼거렸다.

"무슨 말씀이든 따르겠습니다."

부인은 그가 마들렌 포레스티에와 결혼한다고 들었을 때 비로소 그를 사랑하고 있음을 깨달았다고 이야기했다. 그리고 세세하게 자질구레한 날짜며 생각나는 일들을 늘어놓았다.

별안간 그녀가 입을 다물었다. 마차가 선 것이다. 뒤루아가 문을 열었다.

"어디예요?"

그녀가 묻자 그가 대답했다.

"내려서 이 집으로 들어오십시오. 훨씬 조용할 겁니다."

"그런데 어디예요?"

"제 집입니다. 혼자 지낼 때 살던 집인데 만나 뵙기에 적당한 곳이라고 생각해서…… 사오 일…… 빌렸습니다."

그녀는 단둘이 마주 앉을 것을 생각하고 겁이 나서 마차 좌석에 달라붙은 채 작은 목소리로 말했다.

"안 돼요. 싫어요. 싫어요! 싫어요!"

그는 목소리에 힘을 주어 말했다.

"부인의 기분을 존중하겠다고 맹세하겠습니다. 자, 어서 오십시오. 남들이 보고 있지 않습니까? 이제 곧 시끄러운 사람들이 모여들 겁니다. 빨리…… 빨리…… 내리시라니까요."

그리고 되풀이해서 말했다.

"부인의 기분을 존중하겠다고 맹세할 테니까요."

술집 주인이 문 앞에 서서 재미있다는 듯이 그들을 보고 있었다. 그녀는 허둥지둥 뛰어 들어갔다.

그녀가 계단을 올라가려 했기 때문에 그는 그녀의 팔을 잡아당겼다.

"이쪽입니다. 1층이에요."

그는 이렇게 말하면서 그녀를 방 안으로 밀어 넣었다.

문을 닫자 곧 그는 먹이에 달려드는 맹수처럼 그녀를 부둥켜안았다. 그녀는 "아아! 어쩌면 좋아! 아아! 난 몰라!" 하고 중얼대면서 몸부림을 치고 저항했다.

그는 미친 듯이 목덜미며 눈이며 입술에 키스했다. 그녀는 거의 광란하는 듯한 애무를 피할 수가 없었다. 그리하여 상대를 밀쳐 내고 입술을 피하면서도 자신도 모르게 키스를 되돌려 주는 것이었다.

갑자기 그녀는 몸부림을 멈췄다. 완전히 정복되어 싸울 뜻을 잃고는 얌전히 그가 옷을 벗기도록 놔두었다. 그는 길든 하녀를 다루는 것처럼 솜씨도 가볍게, 능란하고도 재빠르게 그녀의 몸에 걸쳐진 옷들을 하나씩 벗겨 나갔다.

그녀는 그에게서 웃옷을 낚아채어서 그것으로 얼굴을 가리고 발밑에 흩어진 옷들 속에서 새하얀 알몸으로 서 있었다.

구두를 신고 있는 그녀를 그는 두 팔에 안고 침상으로 데려갔다. 그러자 그녀는 띄엄띄엄 끊어지는 목소리로 그의 귀에 대고 속삭였다.

"맹세하겠어요…… 맹세하겠어요……. 전 지금까지 한 번도 연인을 만들어 본 일이 없어요."

마치 어린 처녀가 "저 맹세하겠어요, 정말 처녀예요." 하는 것 같았다.

그러나 그는 이렇게 생각했다.

'그런 건 아무래도 좋아. 정말로.'

5장

가을이 되었다. 뒤루아 부부는 여름 내내 파리에서 지내고, 하원의 짧은 휴가 중에도 《라비 프랑세즈》의 지면에 새로운 내각의 옹호를 위한 왕성한 캠페인을 벌였다.

아직 10월 초순이었으나 의회가 열리려 했다. 모로코 문제가 절박했기 때문이다.

아무도 속으로는 탕헤르 출병을 믿지 않았다. 의회가 휴회하기 전날, 우파의 하원의원인 랑베르 사라쟁 백작은 중앙당에서까지 박수를 받은 기지 넘치는 연설에서, 신내각은 이전 내각의 정책을 모방하여 마치 벽난로 위에 꽃병을 두 개 늘어놓듯이 균형을 맞추기 위해, 튀니지 출병의 짝으로 탕헤르에 군대를 보낼 것이라고 했다. 그는 여기에 옛날 인도의 어떤 유명한 부왕이 했듯이 총리의 수염에 자신의 수염을 걸어서 내기를 걸어도 좋다고 했다. 그리고 덧붙여서 말했다.

"아프리카 토지는 실제로 프랑스에게는 벽난로입니다. 국립 은행의 지폐를 태워 버리는 매우 통풍이 잘되는 벽난로입니다. 먼저 여러분은 예술적인 환상에서 왼쪽 한 모퉁이를 극히 비싼 튀니지 꽃병으로 장식했습니다만 마로 씨는 분명히 전임자의 취향을 본떠서 오른쪽 한 모퉁이마저 모로코 꽃병으로 장식할 것입니다."

오래도록 명성을 떨친 이 연설을 소재로 삼아 뒤루아는 알제리 식민지에 관한 기사를 열 편 쓰고, 신문사에 갓 입사했을 때 중단되었던 연속물을 완성했다. 그리고 결코 그런 일은 생기지 않을 것이라고 확신하면서도 군대 파견설을 강력하게 지지하고 대대적으로 애국열을 부채질해서 이해가 상반되는 다른 민족에게 으레 사용하는 경멸적인 논법을 총동원하여 에스파냐를 난타했다.

《라비 프랑세즈》는 공공연하게 권력과 유착함으로써 막강한 세력을 얻었다. 중요도가 높은 뉴스보다 앞에 정치 뉴스를 실었고, 친한 장관들의 의향을 암시적으로 나타내기도 했다. 따라서 파리나 지방을 막론하고 모든 신문이 《라비 프랑세즈》에서 정보를 알아 갔다. 사람들은 《라비 프랑세즈》를 인용하고 두려워했으며 마침내는 존경하기 시작했다. 이제는 정치 사기꾼들의 기관지가 아니라 공공연한 내각 기관지가 되었다. 라로슈 마티외는 사회의 중심인물이었고 뒤루아는 그 대변인이었다. 말 없는 국회의원이자 교활한 사장인 왈테르 영감은 배후에 숨어서 모로코에서 은밀하게 구리 광산 사업에 몰두한다는 소문이 있었다.

마들렌의 살롱은 막강한 영향력을 가진 사교계의 중심이 되었고, 매주 각료 수 명이 모였다. 총리까지도 그녀가 베푸는 만찬에 두 차례나 참석했다. 예전에는 그녀의 집 문턱을 넘기를 꺼려했던 정치가의 부인들도 지금은 그녀의 친구임을 자랑하고, 그녀가 찾는 것보다 훨씬 더 자주 찾아오게 되었다.

부인의 집에서는 외무 장관이 거의 그 집의 주인인 양 행동했다. 그는 급한 전갈이나 정보, 여러 소식들을 갖고 아무 때나 찾아와서 마치 자기 비서인 양 뒤루아나 그의 아내에게 받아 적게 했다.

뒤루아는 장관이 가고 나서 마들렌과 단둘이 마주 앉으면 목소리에 노기를 띠고 더할 수 없는 적의를 품고는 그 돼먹지 않은 벼락치기 벼슬아치의 행동을 성토했다.

그러나 그녀는 남편을 경멸하듯 어깨를 올리면서 언제나 이렇게 말했다.

"당신도 그분처럼 하세요. 그리고 장관이 되시는 거예요. 그렇게 하면 얼마든지 뽐낼 수 있어요. 그렇게 될 때까지는 잠자코 계세요."

그는 곁눈질로 아내를 보면서 콧수염을 비틀었다.

"내게 어떤 역량이 있는지 남들은 모르겠지만 머지않아 보여 주겠소."

그녀는 철학적으로 대답했다.

"살아 있으면 보게 되리라."

의회가 다시 열리는 날 아침, 마들렌은 아직 잠자리에 누운 채 라로슈 마티외 씨 집으로 점심을 먹으러 갈 채비를 하는 남편에게 끝없이 주의를 주었다. 뒤루아는 이튿날 《라비 프랑세즈》에 실릴 정치 기사에 대해서 개회 전에 외무 장관의 지시를 받으러 가기로 했다. 그 기사는 내각이 실행하려고 하는 정책의 비공식 설명이 될 예정이었다.

"무엇보다도 전부터 문제가 돼 오는 벨롱클 장군이 오랑에 파견되었는지 어떤지 묻는 것을 잊으시면 안 돼요. 매우 중요한 의미가 있으니까요."

조르주는 신경이 날카로워져서 대답했다.

"나도 내가 해야 할 일쯤은 알아. 잔소리는 그만 하고 날 좀 내버려 둬."

그녀가 침착하게 다시 말했다.

"하지만 언제나 장관께 전해야 할 말을 절반은 잊어버리고 오시잖아요?"

그가 으르렁거렸다.

"당신의 그 장관, 지긋지긋해! 그놈은 얼간이라고!"

그녀는 그래도 상관하지 않고 계속했다.

"그렇다고 내 장관, 당신 장관, 할 것 없어요. 오히려 저보다는 당신에게 더 쓸모가 있을걸요."

그는 냉소를 띠고 아내 쪽으로 약간 고개를 돌리고 말했다.

"하지만 나한테는 기분 맞추는 말을 안 하던걸."

그녀가 천천히 말했다.

"제게도 그래요. 하지만 우리를 출세시켜 주거든요."

그는 입을 다물었지만 얼마 있다가 다시 말했다.

"난 당신이 숭배하는 사람 중에서 그 보드렉 늙은이가 가장 괜찮더군. 그런데 그 늙은인 어쩐 일일까? 일주일이나 보이지 않는데."

그녀는 별로 걱정스러운 빛도 없이 대답했다.

"아파요. 신경통으로 누워 있다면서 편지를 보내왔어요. 오시는 길에 들르셔서 형편이 어떤지 보고 오세요. 그분, 당신을 정말로 좋아하니까 틀림없이 기뻐할 거예요."

"그래, 그렇게 하지. 가급적 빨리 가 봐야겠군."

그는 몸단장이 끝나자 모자를 쓰고 복장에 소홀한 곳이 없는지 살폈다. 아무 이상이 없자 그는 침대 곁으로 가서 아내의 이마에 키스했다.

"다녀오리다, 여보. 아무리 빠르더라도 7시 전에는 돌아오지 못할 거요."

그리고 그는 집을 나섰다.

라로슈 마티외 씨는 그를 기다리고 있었다. 각료 회의가 정오부터 열리기 때문에 그날은 10시에 점심 식사를 하기로 했기 때문이다.

라로슈 마티외 부인이 식사 시간을 바꾸기를 원하지 않았기 때문에 식탁에 마주 앉은 사람은 장관의 개인 비서까지 단 세 사람뿐이었다. 뒤루아는 곧 사설에 관한 이야기를 꺼내고 명함에 갈겨 쓴 메모를 참고하면서 그 방침을 설명했다. 그리고 그 일이 끝나자 물었다.

"어디 고칠 곳이 있습니까, 장관님?"

"거의 없소. 다만 모로코 문제에 대해서 조금 지나치게 단정적인 것 같소. 파병은 당연히 해야 할 일같이 쓰시오. 그러나 거의 그렇게 되지 않을 거요. 당신도 전혀 믿지 않는다는 듯이 은근히 내비쳐 주시오. 우리가 구태여 그런 모험에 끼어들 생각은 없다는 것을 독자들이 신문을 읽으면서 느끼도록 해 줄 수 없겠소?"

"지당하십니다. 알겠습니다. 잘 느낄 수 있도록 해 보겠습니다. 이 점에 대해서 아내는 벨롱클 장군이 오랑에 파견되었는가 어떤가를 알아봐 달라고 했는데, 말씀하시는 것으로 봐선 그런 일은 없다고 생각해도 좋겠습니까?"

국무위원이 대답했다.

"없소."

다음엔 이제 곧 열릴 의회 이야기가 나왔다. 라로슈 마티외는 몇 시간 뒤에 의회에서 할 연설을 연습하기 위해서 긴 이야기를 서투른 연설조로 시작했다. 그는 때로는 포크나 나이프를, 또 때로는 빵 한 조각을 공중으로 쳐들면서 오른팔을 휘둘렀다. 상대의 얼굴을 보지 않고, 보이지 않는 청중을 향해서 풋내기가 하는 것처럼 몹시 거드름을 피우며 웅변을 토했다. 비틀어 올린 아주 작은 콧수염은 입술 위에서 전갈 꼬리처럼 양쪽으로 뻗쳐오르고 기름을 바른 머리는 이마 한복판에서 둘로 갈라져서 관자놀이 위에 시골 멋쟁이처럼 둥그렇게 뭉쳐 있었다. 그는 아직 젊었는데도 약간 비곗살이 쪄서 뚱뚱했고 배가 조끼를 불룩하게 밀어내고 있었다.

개인 비서는 그런 웅변을 듣는 데에 익숙한 듯 태연하게 먹고 마셨다. 그러나 뒤루아는 그가 차지한 성공에 질투의 불길을 태우며 마음속으로 생각했다.

'뭐야, 이 얼간이 녀석! 정치가란 누구나 다 바보 같은 족속들 아닌가!'

그리고 자신과 그 장관의 가치를 비교하고, 그가 뽐내며 마구 지껄여 대는 말을 생각하면서 혼잣말로 중얼거렸다.

"젠장, 만약에 내게 10만 프랑이 있어서 아름다운 고향 루앙에서 출마하여 교활하고 둔한 내 노르망디 사람들을 제 꾀에 넘어가도록 속일 수만 있다면, 저 선견지명도 없는 부랑아들 속에서 나는 얼마나 빛나는 정치인이 될 것인가!"

커피가 나올 때까지 라로슈 마티외 씨는 계속 지껄였다. 그러다가 시간이 늦었음을 알고, 초인종을 울려 마차를 준비하게 한 다음 신문기자에게 손을 내밀며 말했다.

"그럼, 잘 알았겠지?"

"그럼요, 장관님, 절 믿으십시오."

뒤루아는 사설을 쓰기 위해 천천히 신문사 쪽으로 걸어갔다. 4시까지는 아무것도 할 일이 없었기 때문이다. 4시에는 콩스탕티노플 거리에서 드 마렐 부인과 만날 예정이었다. 매주 두 번, 월요일과 금요일에 늘 정해 놓고 만나기로 했던 것이다.

그러나 편집실에 들어가자 봉인된 급전이 와 있었다. 왈테르 부인에게서 온 것이었다.

오늘 꼭 해야 할 말이 있어요. 아주 중대한 용건입니다. 2시에 콩스탕티노플 거리에서 기다려 주세요. 큰 도움이 될 수 있을 거예요.

죽을 때까지 당신의 벗인
비르지니

그는 화가 나서 중얼거렸다.

"빌어먹을! 지독하게 끈질긴 여자로군!"

그는 불쾌해져서 일을 할 수 없을 것 같아 바로 밖으로 나왔다.

여섯 주 전부터 그는 부인과 관계를 끊으려고 무척 애를 썼지만 그 집요한 끈을 놓게 할 수 없었다.

그녀는 잘못을 저지르고 나서는 심한 후회의 발작에 사로잡혀서 그 뒤 세 번 연이은 밀회에서는 연인을 비난과 저주로 괴롭혔다. 그는 그러한 발작에 싫증을 느끼고 너무나도 연극적이며 무르익은 이 중년 여인에게 이미 진저리가 나서 슬그머니 물러나 있었다. 만나는 횟수를 줄이면 이 장난도 끝나리라 생각했던 것이다. 그러나 그렇게 하자 여자가 오히려 정신없이 달라붙어서, 마치 목에 돌을 매달고 물에 뛰어들듯이 이 사랑에 몸을 던져 왔다. 그는 약한 마음과 동정심과 교제상의 의리에서 하는 수 없이 다시 가까이 지냈으나 그녀는 미친 듯한, 진절머리 나는 정열 속에 그를 가두어 넣고 그 애정으로 녹초가 될 때까지 그를 못살게 굴었다.

그녀는 그를 매일 만나고 싶어 했고, 쉴 새 없이 급전을 보내 거리 모퉁이나 백화점이나 공원 같은 데서 덧없는 밀회를 요구했다.

그리고 그때마다 언제나 똑같이 짧은 말로, 얼마나 그를 사랑하고 얼마나 우상처럼 숭배하는가를 여러 차례 되풀이하고 "만나 뵈어서 기뻤어요." 하고 돌아가는 것이었다.

그녀는 그가 상상했던 것과는 전혀 딴판이어서 몹시 유치하게 교태를 부려 보이기도 하고, 나이에 어울리지 않는 어린아이 같은 색정으로 그를 유혹하려 들었다. 그녀는 그때까지 정숙하게만 살아왔고, 마음은 처녀와 다름없었으며 어떤 감정에도 마음을 닫아 걸고 관능적인 쾌락은 전혀 알지 못했다. 따라서 여름 뒤에 선선하고 창백한 가을이 오듯이 조용한 마흔 고개를 맞이한 이 얌전한 여자에게, 뒤루아에 대한 사랑은 실로 맑은 하늘의 벼락 같은 뜻밖의 일이었다. 말하자면 철이 지나 버린 작은 꽃과 제대로 자라지 못한 새싹들만으로 이루어진 비참한 봄과도 흡사한 것이었다. 마치 어린 처녀의 색정이 뒤늦게야 기묘한 꽃을 피운 것 같아서 걷잡을 수 없는 정열이나, 열여섯 살 난 처녀의 조그만 탄성, 주체할 수 없는 아양, 젊음을 알지 못하고 늙어 버린 여자가 어색하게 부리는 교태의 연속이었다. 언젠가는 하루에 열 장이나 편지를 써 보냈는데 어느 것이나 모두 제정신으로 쓴 것이라고는 생각할 수 없는 어이없는 것들뿐이었다. 편지는 시적이면서도 우스꽝스러운 기이한 문체로 쓰였는데, 짐승과 새 들의 이름으로 가득 찬 인도 사람들의 문장처럼 장식적이었다.

그녀는 그와 단둘이 만나면 뚱뚱한 처녀처럼 답답해 보이는 교태로 그를 밑에서 끌어안고 입술을 움츠려서 변태적인 모양으로 웃고, 뒤룩거리는 젖가슴을 흔들면서 들떠 돌아다니곤 했다. 그가 특히 진저리난 것은 "나의 쥐." "나의 강아지." "나의 고양이." "나의 보석." "나의 파랑새." "나의 보물." 하고 부르는 것이었다. 몸을 맡길 때마다 어린아이처럼 부끄러워하는 시늉을 해 보이기도 하고, 자기는 매우 고상한 것처럼 자못 무섭다는 듯한 시늉을 해 보이기도 하며, 타락한 여학생 같은 시시한 장난을 하기도 했다.

그녀는 곧잘 "이 입은 누구 거죠?" 하고 물었다. 그리고 "그건 내 거지." 하고 바로 대답을 해 주지 않으면 그가 신경증으로 얼굴이 창백해질 때까지 끈질기게 계속했다.

그녀도 연애를 하려면 극도로 발달된 기교를 알고 세련되고 신중하며 적절하게 행동해야 할 거라고 그는 생각했다. 하물며 상당한 나이로 한 집안의 어머니요 사교계의 귀부인으로서 몸을 맡길 때에는 어디까지나 침착하게, 정열을 은근히 속에다 누르고 훌륭하게 품위를 지켜야 한다. 설령 눈물을 흘리는 경우라도 줄리엣의 눈물이 아니라 디도*의 눈물이어야 한다고도 생각했다.

그녀는 언제나 되풀이해서 이렇게 물었다.

"난 당신이 귀여워서 못 견디겠어요. 내 아기! 이봐요, 당신도 마찬가지로 내가 귀여워요? 네?"

그는 내 아기라는 둥 내 어린애라는 둥 하는 소리를 들으면 그만 화가 나서 "할머니."라고 해 주고 싶어서 견딜 수가 없었다.

그녀는 이렇게도 말했다.

"난 정말 바보였어요. 당신에게 넘어가고 말다니. 하지만 후회하진 않아요. 사랑한다는 건 정말 즐거운 거예요."

그러나 그런 말도 그녀의 입에서 나오고 보면 뒤루아는 더 이상 들을 수가 없었다. 그녀는 마치 연극에서 숫처녀 역을 맡은 여자가 말하듯이 "사랑한다는 건 정말 즐거운 거예요." 하고 중얼거리는 것이었다.

게다가 그녀는 애무하는 솜씨가 서툴러서 그를 짜증스럽게 했다. 부인은 원래 착실한 여자여서, 어쩌다가 이 잘생긴 젊은 이에게 빠져 버렸고 그의 키스에 갑자기 정념이 불붙어 버렸을 뿐이므로 포옹할 때마다 정열도 서투르고 열의도 몹시 어색하여 뒤루아의 웃음을 자아냈다. 마치 처음으로 읽기를 배우는

---

* 고대 그리스 시대 카르타고의 전설적인 여왕.

늙은이 같은 꼴이었다.

본래 젊음을 잃은 여자가 마지막 사랑에 몸을 바칠 때에는 깊고 무서운 눈으로 똑바로 남자를 지켜보고 뼈가 부서질 정도로 품에 안는 법이고, 지치기는 해도 싫증을 모르는 육중하고 따뜻한 육체로 남자를 내리눌러 대고 말없이 떨리는 입으로 물어뜯는 법이다. 그러나 그런 때에도 그녀는 어린 처녀처럼 바동거리며 떠들어 대고, 귀엽게 보이려고 "귀여워요, 내 아기, 귀여워서 견딜 수가 없어요. 자, 당신의 귀여운 아기를 마음껏 사랑해 주세요." 하고 지껄여 댔다.

그럴 때면 그는 참다못해 그녀를 욕해 준 다음 모자를 움켜쥐고 문을 힘껏 열어젖혀 달아나고 싶어졌다.

그들은 처음에는 이따금 콩스탕티노플 거리에서 만났다. 그러나 뒤루아는 드 마렐 부인과 마주치는 것이 두려워 이제는 여러 가지 구실을 만들어 그곳에서의 밀회를 거절해 왔다.

그래서 거의 매일같이 왈테르 부인 댁의 점심 식사나 만찬에 가지 않으면 안 되었다. 부인은 그때마다 식탁 밑에서 그의 손을 잡았고, 문 뒤에서 입술을 내밀었다. 그러나 그는 쉬잔의 익살스러운 짓이 재미있어서 쉬잔과 노는 것이 훨씬 좋았다. 그녀의 인형 같은 몸속에는 민첩하고 약삭빠른 기지가 배어 있었는데, 남의 허점을 찌르는 음험한 기지로 잔칫날 꼭두각시 인형처럼 언제나 톡톡 튀어나왔다. 그녀는 촌철살인의 경구로 누구를 막론하고 경멸해 주었다. 조르주는 그녀의 그러한 정열에 불을 지르고 그녀가 마음껏 비웃게 했다. 그들은 이상하게도 마음이 맞았다.

그녀는 쉴 새 없이 그를 부르며 말했다.

"자, 벨아미, 이리 오세요, 네? 벨아미."

그러면 그는 얼른 그녀의 어머니 곁을 떠나 딸 쪽으로 달려갔다. 딸은 그의 귀에 조롱 섞인 야유의 말을 속삭였다. 그러면 그들은 깔깔대고 웃는 것이었다.

그러는 동안 그는 쉬잔 어머니의 애정이 점점 싫어지다가 나중에는 어찌할 수 없는 혐오를 느끼게 되었다. 이제는 얼굴을 보기만 해도, 목소리를 듣기만 해도, 그저 생각하기만 해도 화가 치밀었다. 집에 찾아가는 것도 그만두고 편지에 답장도 하지 않고 불러내도 응하지 않았다.

마침내 그녀는 그의 사랑이 식어 버린 것을 눈치 채고 몹시 괴로워했다. 그러나 더욱 몸이 달아 그의 거동을 엿보고, 뒤를 밟고, 신문사 현관이나 그의 집 문 앞이나, 그가 지나갈 만한 거리에서 창문에 커튼을 내린 마차를 타고 기다리곤 했다.

그는 그녀를 쌀쌀하게 대하고, 맞대 놓고 고함을 지르고, 뺨을 가리고 "쳇, 이젠 싫증이 났어. 귀찮아 죽겠다니까." 하고 쏘아 주고 싶었으나 《라비 프랑세즈》를 생각하고 언제나 참았다. 그리고 냉랭한 응대와, 존경심을 가장한 서먹서먹함과 때로는 매정한 말 등으로 이제는 관계를 끊어야 한다는 것을 깨닫게 하려고 했다.

그러나 그녀는 단념하기는커녕 어떻게든 교묘한 술책을 써서 그를 콩스탕티노플 거리로 끌고 가려고 애를 썼다. 그래서 그는 언젠가 두 여자가 문 앞에서 딱 마주치는 건 아닌가 하고 항상 마음을 졸여야만 했다.

그러나 드 마렐 부인에 대한 애정은 그와 반대로, 여름 동안에 한층 깊어져 갔다. 그는 그녀를 "개구쟁이."라고 부르며 진정 못 견딜 만큼 좋아했다. 그들의 성격에는 아주 흡사한 점이 있었다. 그들은 분명히 인생을 방랑 속에서 보내는 모험적인 족속이었다. 스스로는 그것을 깨닫지 못했지만 거리의 부랑자와 매우 흡사한, 이른바 사교계의 부랑자였다.

그들은 달콤한 사랑의 여름을 지냈다. 마치 마음껏 놀면서 여름방학을 보내는 학생 같았다. 아르장퇴유나 부지발이나 메종이나 푸아시로 점심이나 저녁 식사를 하러 가고, 둑을 따라 꽃을 따면서 보트를 타고 몇 시간이나 보냈다. 그녀는 센 강에서 잡히는 물고기 튀김이며, 토끼 고기 스튜며, 포도주와 둥근 파로 요리한 물고기를 좋아했고, 선술집의 정자들, 그리고 뱃놀이하는 사람들의 떠드는 소리도 좋아했다. 그도 역시 날씨가 좋은 날 그녀와 함께 나가는 것을 좋아했다. 교외의 경편철도 옥상에 올라가서 떠들썩하게 농담을 주고받으면서 누추한 마을이 드문드문 흩어진 파리의 지저분한 변두리를 가로지르는 것이 즐거웠다.

돌아오는 길에 왈테르 부인과 만찬을 함께해야 할 때에는 강가 풀숲에서 마음껏 욕망을 채워 주고 정열을 뿌리째 거두어 준, 방금 헤어지고 온 젊은 여인 생각 때문에 나이 든 음란한 정부가 한층 더 미웠다.

그러나 마침내 그는 사장 부인에게 관계를 끊을 결의를 분명하게, 거의 퉁명스러운 태도로 선언하고 가까스로 부인에게서 해방되었다고 생각했다. 그런데 바로 그때, 콩스탕티노플 거리로 2시에 오라는 속달을 신문사에서 받았다.

그는 걸으면서 글을 다시 한 번 읽어 보았다.

오늘 꼭 해야 할 말이 있어요. 아주 중대한 용건입니다. 2시에 콩스탕티노플 거리에서 기다려 주세요. 큰 도움이 될 수 있을 거예요.

죽을 때까지 당신의 벗인

비르지니

'그 늙은 올빼미가 이제 새삼스럽게 또 무슨 일이 있다는 것일까? 틀림없이 할 이야기도 없을걸. 또 내게 반했노라고 지껄여 대겠지. 그래도 내게 도움이 될 거라는 아주 중대한 용건은 정말인지도 몰라. 그러나 4시에는 클로틸드가 오기로 했어. 그러니 3시까지는 먼저 온 편을 끝내 버려야 해. 아, 이거 둘이 서로 마주치지 않아야 하는데. 참 여자란 처치하기 어려운 짐승들이야!'

그리고 아내만은 다행히 귀찮지 않은 여자라고 속으로 생각했다. 그녀는 자기 멋대로 생활하면서 애무하기로 정해 놓은 시간만은 매우 그를 사랑하는 듯했다. 왜냐하면 그녀의 매일매일의 생활에는 직무상 일정한 규율이 있어서 그것을 어기는 것을 스스로 용납하지 않았기 때문이다.

그는 마음속으로 사장 부인에게 분노의 불길을 태우면서 밀회할 집으로 천천히 걸어갔다.

'그렇지, 만약 아무런 이야기도 없으면 심하게 혼을 내 줘야지. 캉브론*의 프랑스어도 내 말에 비하면 점잖게 보일 만큼

---

* 나폴레옹을 호위한 장군. 워털루 전투에서 영국군이 항복을 권유하자 "메르드(똥)!"라고 내뱉은 것으로 유명하다.

형편없이 욕해 줘야지. 우선 첫째로 두 번 다시 그녀 집에 발을 들여놓지 않겠다고 해야겠어.'

그는 방으로 들어가서 왈테르 부인을 기다렸다.

부인은 얼마 안 되어서 곧 왔다. 그리고 그의 모습을 보자마자 외쳤다.

"아아! 급전을 받으셨군요! 잘됐어요!"

그는 언짢은 표정을 했다.

"마침 의회에 나가려는데 신문사로 왔더군요. 또 무슨 일입니까?"

그녀는 키스하려고 베일을 올리고 늘 매 맞아 온 암캐처럼 겁먹은 표정으로 주저하며 다가왔다.

"정말 너무해요……. 퉁명스러운 말만 하시고…… 제가 당신에게 어쨌다는 거예요……. 당신 때문에 얼마나 괴로워하는지 모르시는군요!"

그는 꾸짖듯이 말했다.

"또 시작입니까?"

그녀는 그의 옆에 서서 그가 미소든 몸짓이든 행동을 보이면 상대의 품으로 뛰어들려고 기다리고 있었다.

"이제 와서 나를 이렇게 냉대할 거면 처음부터 건드리지 말고 그대로 차분하게 행복한 생활을 하게 내버려 뒀어야 해요. 교회에서 어떤 말씀을 하셨는지 기억하세요? 그리고 이 집에 억지로 끌고 들어왔을 때의 일도. 그런데 지금은 나를 이렇게 대하다니! 아! 정말 너무해요!"

그는 발을 구르면서 거친 말투로 내뱉었다.

"아! 젠장! 이젠 지긋지긋해요! 잠깐이라도 만나기만 하면 그런 투정만 하시는군요. 마치 열두 살 난 계집애 같고 천사처럼 순진한 당신을 내가 낚아챈 것만 같지 않나요. 아니 부인, 잘 생각해 보십시다. 세상 물정을 모르는 처녀를 꾄 건 아니니까요. 당신은 분별력 있는 지긋한 나이로 내게 몸을 맡긴 것 아닙니까. 그야 감사하고. 고맙기 이를 데 없다고 여기지만 그렇다고 해서 죽을 때까지 당신의 치맛자락에 매달려야 할 의무는 없는 겁니다. 당신에게는 남편이 있고 내게는 아내가 있기 때문에 둘 다 자유롭지 못한 몸입니다. 다만 세상 사람의 눈을 속여 가며 잠깐 바람을 피운 것뿐이란 말입니다."

"어머나! 정말 거칠군요! 천하고 파렴치한 사람이네요. 물론 난 숫처녀는 아니었어요. 하지만 여태까지 한 번도 남을 사랑하거나 남자를 만들거나 한 일은 없었어요……."

그는 끝까지 말하게 하지 않았다.

"그런 말씀은 귀에 딱지가 앉을 만큼 들어서 잘 알아요. 그러나 당신에겐 딸도 둘씩이나 있으니까…… 처녀를 더럽힌 것도 아니고……."

그녀가 뒷걸음질을 쳤다.

"어머나! 조르주, 너무해요!"

그녀는 두 손을 가슴에 댔다. 목구멍으로 치밀어 오르는 오열 때문에 숨이 막혔다.

그는 그녀가 울기 시작한 것을 보자 벽난로 구석에 놓인 모자를 집어 들고 말했다.

"쳇, 또 우시는군요! 그럼 안녕히. 나를 불러낸 것도 그런 연극을 보이기 위해서였군요."

그녀는 그의 앞을 가로막으려고 한 발짝 앞으로 나오더니 호주머니에서 손수건을 꺼내어 재빠르게 눈물을 닦았다. 그녀는 마음을 가다듬고 목소리에 힘을 주면서 이야기했는데, 슬픔에 떨려 말이 끊기곤 했다.

"아니에요……. 여기에 온 것은…… 어떤 정보를…… 정치적인 정보를 드려서 만약에 희망하신다면…… 5만 프랑이나…… 그 이상이라도…… 벌게 해 드릴 생각이었어요……."

그는 갑자기 목소리를 부드럽게 바꾸고 물었다.

"뭐라고요? 그게 무슨 말씀이지요?"

"전 어젯밤 우연히 남편하고 라로슈 씨가 이야기하는 걸 들었어요. 물론 내 앞에서 두 분 다 말을 숨기거나 하지는 않지만, 왈테르는 당장 폭로해 버릴지 모르니까 당신에겐 비밀로 해 두라면서 장관에게 권하더군요."

뒤루아는 다시 모자를 의자 위에 놓고 주의를 집중하여 상대가 이야기하기를 기다렸다.

"그래 어떤 일입니까?"

"모로코를 점령하려는 거예요."

"당찮은 말씀. 난 오늘 라로슈 씨하고 점심을 먹으면서 내각의 의향을 다 적어 두었습니다."

"아니에요. 틀려요. 그분들은 세상에 계략이 새어 나갈 것을 염려해서 당신을 속여 넘긴 거예요."

"자, 우선 앉으세요."

그리고 자기 스스로 먼저 팔걸이의자에 앉았다. 그러자 그녀는 마루에 놓아둔 둥근 의자를 잡아당겨 젊은이의 두 다리 사이에 웅크리는 것처럼 걸터앉고는 아양 떠는 목소리로 계속했다.

"난 언제나 당신 생각만 해서 요즈음은 주위에서 남들이 속삭이는 말에도 주의해서 귀를 기울이곤 해요."

그녀는 얼마 전부터 남편이 뒤루아에게는 비밀로 무언가 계획하고 있으며 그에게 일을 시키면서도 협력을 얻기를 두려워한다는 걸 눈치채게 된 자초지종을 조용하게 이야기했다.

그리고 덧붙였다.

"조르주, 사랑을 하면 여자도 교활해지더군요."

그녀도 어젯밤에서야 알았던 것이었다. 그것은 엄청난 투기, 은밀한 가운데 계획된 굉장한 투기였다. 그녀는 자신의 재치에 기뻐하면서 미소를 짓고 있었다. 그리고 주식의 속임수라든가 주가 변동, 특히 심한 오름세와 하락세의 급격한 변동을 보아 온 재정가의 아내답게 점점 흥분했다. 이 급변하는 시세는 몇천의 소시민이나 연금생활자 등 정계와 재계의 존경할 만한 명사들의 이름으로 보증된 주식에 부은 돈을 단 두 시간 만에 파산시킬 수 있는 것이었다.

그녀는 되풀이해서 말했다.

"정말 그분들이 하는 짓은 굉장해요. 말할 수 없이 지독해요. 게다가 모든 지휘권을 쥔 것은 왈테르예요. 그 방면에 그분은 완전히 통달해서 그야말로 일인자예요."

그는 그녀가 이런 말을 자꾸 늘어놓는 데 짜증나서 말했다.

"그건 그만해 두고 빨리 가르쳐 줘요."

"그게 말이죠, 이렇거든요, 탕헤르 파병은 라로슈 씨가 외무부 장관이 된 날부터 이미 두 사람 사이에 결정됐던 거예요. 그리고 64~65프랑으로 내린 모로코 공채를 조금씩 사들이기 시작했죠. 그것도 수상한 중간 상인을 내세워 세상 사람들의 의심을 사지 않도록 교묘하게 사들였지요. 로스차일드*의 회사에서도 모로코 공채 주문이 자꾸 들어와서 수상쩍게 생각했지만 그것도 교묘하게 속여 넘겼어요. 사는 사람의 이름을 들으면 모두 형편없는 중간 상인들뿐이기 때문에 큰 매매처인 은행도 마음을 놓았으니까요. 그래서 이제부터 파병이다 해서 모로코를 점령하면 곧 프랑스 정부는 공채를 보증하게 되는 거죠. 그렇게 되면 그분들은 5000만~6000만쯤은 거뜬히 버는 셈이에요. 이젠 그 투기란 걸 아셨죠? 그리고 그분들이 얼마나 세상을 무서워하고 비밀이 누설되는 걸 조심하는가도."

그녀는 젊은이의 조끼에 머리를 기대고 두 팔을 그의 무릎 위에 올려놓고 바짝 달라붙었다. 간신히 연인의 흥미를 끌 수 있었음을 알고 조금이라도 다정한 미소를 지어 준다면 무슨 짓이라도, 어떤 죄라도 저지르겠다는 모습이었다.

"확실한가요?"

그녀가 자신 있게 대답했다.

"그럼요. 틀림없어요!"

그는 거칠게 말했다.

"정말 너무하군! 어쨌든 저 라로슈란 더러운 자식, 당장 실토를 하게 할 테다. 거지 자식! 조심하시지…… 조심하라고……. 장관이니 뭐니 해도 내가 목덜미를 누르고 있으니까!"

그리고 나서 잠시 생각에 잠겼다가 중얼거렸다.

"그러나 그걸 이용하지 않을 것도 없지."

"공채는 아직 살 수 있어요. 72프랑밖엔 하지 않으니까요."

---

* 국제적 유대계 금융자본가. 전쟁 금융 조달로 큰 재산을 모았다.

"그렇지만 움직일 돈이 있어야죠."

그녀가 그에게로 눈을 들었다. 애원하는 듯한 안타까운 마음이 넘치는 눈빛이었다.

"나도 거기에 대해 생각해 보았어요. 그래서 당신이 그렇게 퉁명스럽게 하지 말고 다정하게 대해 주시겠다면, 그리고 조금은 나를 귀여워해 주신다면 빌려 드릴 수 있어요."

그는 거칠고 아주 퉁명스럽게 말했다.

"그건 싫소, 어림없는 소리를!"

그녀는 애원하는 목소리로 부탁하듯 말했다.

"조르주, 그럼 돈을 빌리지 않아도 되는 방법이 있어요. 실은 내가 그 공채를 만 프랑어치 사서 용돈을 조금 만들어 볼까 했는데, 그렇다면 2만 프랑어치 사겠어요. 그리고 당신께 절반 나누어 드리죠. 물론 그 돈은 왈테르에게 돌려줄 필요가 없는 돈이에요. 그러니 굳이 갚을 것도 없어요. 그리고 만약 잘만 되면 당신은 7만 프랑을 벌게 돼요. 그렇지만 잘되지 않으면 언제라도 형편 좋으실 때 만 프랑 갚아 주시면 돼요."

그래도 그는 말했다.

"아니, 그런 속임수는 싫어."

그러자 그녀는 그를 결심시키기 위해서 여러 가지 이유를 늘어놓았다. 그리고 실제로는 당신은 말로만 만 프랑을 내기에 거는 것이고 상당한 모험을 하는 셈이지만, 돈은 왈테르 은행이 빌려 주는 거니까 그에겐 아무런 부채도 없다고 설명했다.

그녀는 다시, 《라비 프랑세즈》에서 정치 논쟁을 일으켜서 이런 투기가 생기도록 만든 것은 그이니까, 그것을 이용하지 않는 것은 지나치게 사람이 좋은 것이라고도 했다.

그러나 그가 여전히 망설였으므로 그녀는 덧붙였다.

"하지만 그 만 프랑을 당신에게 빌려 주는 것은 왈테르예요. 더욱이 당신은 그 이상의 가치 있는 일을 해 주고 있지 않아요?"

"좋아, 그럼 그렇게 합시다. 당신과 함께하기로 말이오. 그리고 만약 실패하면 만 프랑을 당신에게 갚기로 합시다."

그녀는 몹시 기뻐했다. 그리고 일어서서 그의 얼굴을 두 손으로 감싸고 주린 듯이 키스하기 시작했다.

그는 처음에는 별로 거부하지 않았다. 그러나 그녀가 점점 대담해져서 그를 끌어안고 정신없이 애무하기 시작했다. 다음 여자가 곧 올 테고, 여기서 마음을 약하게 가졌다가는 시간도 없어질 것이며, 젊은 여자를 위해서 아껴 두는 편이 훨씬 나을 정력을 늙은 팔에 안겨서 써 버리는 것은 손해라고 그는 생각했다.

그는 상냥하게 그녀를 밀어내면서 말했다.

"자, 점잖게 구십시오."

그녀는 슬픈 듯한 눈으로 그를 보았다.

"어머나! 조르주, 이젠 키스도 안 되나요?"

"네, 오늘은 안 됩니다. 머리가 조금 아파서 기분이 좋지 않군요."

그러자 그녀는 다시 얌전하게 그의 두 무릎 사이에 앉아서 물었다.

"저, 내일 저희 집으로 저녁 식사하러 와 주시지 않겠어요? 그러면 정말 좋겠는데요."

그는 대답을 망설였으나 거절할 수도 없었다.

"네, 가지요."

"고마워요. 기쁘군요."

그녀는 응석을 부리는 몸짓으로 젊은이의 가슴에 천천히 장단을 맞추어서 뺨을 문질러 댔다. 그런데 그러는 사이에 긴 검은 머리가 한 가닥 조끼에 얽혔다. 그녀는 그것을 보고 문득 묘한 생각이 떠올랐다. 여자에게는 때로 이성을 대신하는 어떤 미신적인 생각이었다. 그녀는 머리카락을 살그머니 단추에 감기 시작했다. 그리고 다른 머리카락을 다음 단추에 감고 다시 그 위의 단추에도 머리카락을 감았다. 이렇게 해서 그녀는 모든 단추에 머리카락을 얽어매 놓았다.

'이 사람이 곧 일어설 때면 머리카락이 잡아 뽑힐 것이다. 그래서 나에게 아픔을 주겠지. 하지만 난 기뻐! 내 몸에 붙은 것을 한 번도 달라고 하지 않았지만 자기도 모르는 사이에 내 머리카락을 몇 개 가져가는 셈이니까. 머리카락은 이 사람을 묶는 눈에 보이지 않는 비밀 굴레가 되겠지. 마치 부적을 달아 준 것처럼. 그리고 싫든 좋든 내 생각을 하고 꿈꾸고, 내일은 다시 좀 더 나를 사랑해 주게 될지도 모른다!'

그가 갑자기 말했다.

"그럼 이젠 헤어져야겠군요. 의회에서 회의가 끝날 때쯤 만나자는 사람이 있어요. 오늘은 빠질 수가 없어요."

그녀는 한숨을 섞어 말했다.

"어머! 벌써요?"

그리고 나서 곧 단념한 듯이 말을 이었다.

"그럼 하는 수 없죠. 하지만 내일 저녁 식사 때 와 주시겠죠?"

그리고 그녀는 홱 몸을 돌렸다. 마치 머릿살을 바늘로 찔린 듯 순간 심한 아픔을 느꼈다. 가슴이 두근두근했다. 그러나 그로 인한 아픔을 느끼는 것이 오히려 기뻤다.

"안녕!"

그녀가 말했다. 그는 안됐다는 듯한 미소를 띠면서 그녀를 팔에 안고 양쪽 눈 위에 접대용으로 키스했다.

그러나 그녀는 그 접촉으로 새삼스럽게 정열이 불타올라 "벌써 헤어져야 해요?" 하고 중얼거리고 열린 옆방을 애원하는 듯한 눈빛으로 가리켰다.

그는 여자를 밀어젖히며 바쁘다는 듯 말했다.

"그럼 가 봐야겠습니다. 늦을 것 같으니."

그러자 그녀는 입술을 내밀었다. 그러나 그는 거기에 가볍게 입술을 스치기만 하고 그녀가 잊고 있던 양산을 건네주었다.

"자, 자, 서둘러야겠군요. 벌써 3시가 넘었으니."

그녀는 앞서서 나가면서 다짐을 했다.

"내일 7시예요."

"네, 잘 알고 있습니다."

그들은 거기서 헤어져서 그녀는 오른쪽으로, 그는 왼쪽으로 꺾어 들었다.

뒤루아는 외곽 큰길까지 되돌아가 말제르브 거리를 내려와서 느릿느릿한 걸음으로 걸었다. 문득 제과점 앞을 지나가다가 수정 잔 속에 든 설탕에 절인 밤이 눈에 띄었다.

'클로틸드에게 조금 사다 줘야겠군.'

그는 그녀가 좋아하는 그 달콤한 열매를 한 봉지 샀다. 그리고 4시에 젊은 정부와 만나기 위해 그 방으로 되돌아왔다.

남편이 일주일 휴가로 돌아와 있기 때문에 그녀는 약간 늦게 와서는 물었다.

"내일 저녁 식사에 오실 수 있으세요? 만나면 남편이 기뻐하실 텐데요."

"안됐지만 내일은 사장 댁에 가기로 했소. 정치와 재정상 계획이 잔뜩 있어서 의논을 해야 하기 때문에."

그녀는 모자를 벗고 거북하게 느껴지는 웃옷도 벗었다.

그는 벽난로 위에 놓아둔 봉지를 가리키며 말했다.

"설탕에 절인 밤을 사 왔소."

그녀는 손뼉을 쳤다.

"어머나! 예쁘기도 해라!"

그녀는 밤 봉지를 집어서 한 개 입에 넣고 기쁜 듯 말했다.

"맛있어요. 하나도 남기지 않고 다 먹어 버릴 것 같아요."

그러고 나서 기분 좋은 육감적인 눈길로 조르주를 보면서 덧붙였다.

"그러니까 당신은 내 별난 취미를 다 받아 주시는 거죠?"

그리고 천천히 밤을 먹으면서 아직 남았는지 어떤지를 확인하는 듯이 쉴 새 없이 봉지 속을 들여다보았다.

"자, 안락의자에 앉으세요. 당신의 두 무릎 사이에 웅크리고 앉아서 밤을 먹을래요. 참 기분이 좋을 거예요."

그는 빙긋 웃고 의자에 앉아서 조금 전에 왈테르 부인이 했던 것처럼 두 다리를 벌리고 그 가운데 그녀를 앉게 했다.

그녀는 그에게로 고개를 쳐들고 한입 가득히 밤을 집어넣은 채 말했다.

"조르주, 당신 꿈을 꿨어요. 둘이서 낙타를 타고 먼 여행을 하는 꿈이었어요. 낙타에는 혹이 두 개 있어서 우리들은 각각 그 위에 올라타고 사막을 가로질러 갔어요. 종이에 싼 샌드위치하고 포도주 병을 안고 혹 위에서 먹었어요. 하지만 우리는 너무 떨어져 있어서 다른 짓은 아무것도 할 수가 없었기 때문에 전 따분해서 내리고 싶어졌어요."

"나도 내리고 싶군."

그는 그렇게 대답하고 이야기에 흥이 나서 웃고 그녀의 쓸데없는 이야기를 부채질하면서 사랑하는 사람끼리 주고받는 어린아이 같은 달콤한 이야기를 길게 늘어놓게 했다. 그렇게 말도 안 되는 이야기라도 드 마렐 부인의 입에서 나오니까 재미있지 왈테르 부인이었다면 짜증났을 것이다.

클로틸드도 또한 그를 가리켜 "귀여운 사람, 내 아기, 내 고양이." 등으로 불렀지만 그는 그 말을 다정하고 귀엽게 받아 줬다. 바로 조금 전에 다른 여자에게서 들었을 때에는 화가 나서 구역질이 날 지경이었는데. 왜냐하면 사랑의 속삭임은 언제나 같지만 나오는 입술의 맛이 다르기 때문이었다. 그러나 그는 그러한 달콤한 희롱이 흥겨우면서도 앞으로 벌 7만 프랑의 일이 머릿속에서 떠나지 않아 그녀의 머리를 손가락으로 두번 가볍게 쳐서 이야기를 멈추었다.

"들어 봐요, 당신 남편에게 말을 좀 전해 주구려. 내일 모로코 공채를 만 프랑어치만 사도록 내가 권하더라고 해 주구려. 지금은 72프랑밖에 하지 않지만 석 달이 되기도 전에 6만에서 8만이 된다는 것을 내가 장담하리다. 그러나 절대로 비밀을 지키도록 해야 하오. 탕헤르 파병이 결정되고 프랑스 정부가 모로코 공채를 보증하게 된다고 내가 말하더라고 말이오. 그러나 다른 사람들에게 지껄이면 안 되오. 지금 한 이야기는 국가의 비밀이니까."

그녀는 정색한 낯으로 들었다. 그리고 이렇게 소곤거렸다.

"고마워요. 오늘 밤 당장 말하겠어요. 그분은 믿어도 좋아요. 절대로 함부로 이야기하지 않으니까요. 정말 입이 무거운 사람이에요. 절대로 위험하지 않아요."

그녀는 밤을 다 먹고 봉지를 두 손으로 구겨서 벽난로 속에 던져 넣었다.

"자, 이제 누워요."

그녀는 이렇게 말하면서 일어나지도 않고 뒤루아의 조끼 단추를 끄르기 시작했다.

그러다가 갑자기 그녀는 손을 멈추고 단춧구멍에 얽혀 있는 긴 머리카락을 집어내서는 깔깔 웃어 댔다.

"어머, 당신 마들렌의 머리카락을 걸치고 나오셨군요. 정말 충실한 남편인데요!"

그러고 나서 또 정색을 하면서 눈으로도 잘 보이지 않는 머리카락을 손바닥 위에 올려놓고 언제까지나 바라보다가 곧 중얼거렸다.

"이건 마들렌 거가 아닌데요. 마들렌 머리카락은 밤색인데."

그가 미소를 지으며 얼버무렸다.

"아마 하녀 거겠지."

그러나 그녀는 경찰같이 주의를 집중해서 조끼 주위를 살피며 다른 단추에 말린 두 개째 머리카락을 풀어내고, 세 개째를 찾아내고 나선 새파랗게 질려서 약간 떨면서 외쳤다.

"어머, 딴 여자하고 잤군요? 단추마다에 머리카락을 얽어 놓았어요."

그는 깜짝 놀라 더듬거리면서 말했다.

"그럴 리가 없어, 바보 같은……."

그러다가 그는 무슨 일인지 짐작이 갔다. 처음에는 당황했지만 쓴웃음을 지으며 부정했다. 그러나 그녀에게서 그러한 의심을 받는 것도 속으로 그다지 기분 나쁘지 않았다. 그녀는 고집스럽게 뒤져서 머리카락을 몇 개씩이나 발견하고 그것을 재빠르게 뭉쳐서 융단 위에 내던졌다.

그리고 영리한 여자의 본능으로 일의 내막을 눈치채고는 몹시 화를 내고 펄펄 뛰면서 당장에라도 울 듯이 중얼거렸다.

"당신을 사랑하는 거예요, 이 여자는……. 그래서 자기 몸에 붙은 것을 당신이 가져가도록 한 거예요……. 아, 참 당신은 바람둥이군요……."

그러더니 그녀는 별안간 외쳤다. 드높고 날카로운 슬픔이 느껴지는 외침이었다.

"아! 아! 늙은 여자군요……. 흰머리가 있잖아요……. 어쩌면! 당신 이번엔 늙은 여자를 속였군요……. 늙은 여자라면 돈을 내겠죠……. 그렇죠? 돈을 내겠죠? 아, 기가 막혀. 늙은 여자의 정부가 되다니……. 그럼 나 같은 건 필요 없겠군요……. 잘 위로해 주시지요."

그녀는 몸을 일으켜 벗어 놓았던 웃옷이 있는 의자로 달려가서 재빠르게 옷을 걸쳤다.

그는 부끄러운 듯 우물거리면서 그녀를 붙들려고 했다.

"사실이 아니야…… 클로……. 바보군그래……. 난 도무지 영문을 모르겠어……. 자, 들어 봐요……. 가지 마요."

그녀가 되풀이해서 말했다.

"당신 마나님을 소중하게 모시세요……. 그게 좋겠어요…….
그리고 그 사람의 머리카락으로…… 센 머리카락으로…… 반
지라도 만들게 하세요……. 당신에게 참 잘 어울리겠어요……."

그녀는 거친 동작으로 재빠르게 옷을 입고 모자를 쓰고 베
일을 내렸다. 그가 붙잡으려고 하자 팔을 크게 휘둘러 따귀를
후려갈기고 그가 어리둥절하여 멈칫하는 틈에 문을 열고 뛰쳐
나가 버렸다.

혼자 남자 그는 갑자기 분노가 치밀어 올라와서 "늙은 여편
네, 늙어 빠진 말 같으니라고!" 하고 욕을 퍼부었다.

'아! 못된 늙은이, 한번 호되게 때려눕혀 줄 테다!'

그는 시뻘게진 뺨을 한참 동안 물로 식히고 어떻게 복수할
까 생각하면서 밖으로 나왔다.

'이제는 용서하지 않겠다! 용서할 수가 없어!'

그는 큰길까지 내려와서 거리를 서성거리다가 보석상 앞에
서 걸음을 멈추고 전부터 몹시 가지고 싶어 했던 시계를 들여
다보았다. 값은 1800프랑이었다.

그리고 갑자기 기쁨으로 마음이 부풀어 생각했다.

'7만 프랑이 손에 들어오면 저걸 살 수 있겠군.'

그리고 7만 프랑을 어떻게 쓸까 하고 이것저것 궁리하기 시
작했다.

우선 국회의원이 되자. 그러고 나서 저 시계를 사고 투기에
조금 손을 대 보자. 그리고……그러고 나선…….

신문사에는 들어가고 싶지 않았다. 왈테르를 만나서 논설을
쓰기 전에 마들렌에게 이야기하고 싶어져서 집으로 돌아가기
위해 걷기 시작했다.

그는 드루오 거리까지 오자 걸음을 멈췄다. 보드렉 백작의 용태를 물어보고 오는 것을 잊었던 것이다. 백작은 쇼세 당텡에 살았다. 그는 되돌아갔지만 여전히 한가하게 걸으면서 행복한 꿈에 잠겨 기쁜 일, 즐거운 일, 머지않아 차지할 재산, 라로슈의 난봉, 사장 부인인 고집불통 늙은 여편네 따위의 오만 가지 생각에 잠겼다. 클로틸드의 분노는 곧 가라앉을 것으로 믿었기 때문에 그다지 걱정하지 않았다.

이윽고 보드렉 백작의 집에 도착하자 문지기에게 물었다.

"보드렉 씨의 용태는 어떠신가? 요 며칠 동안 편찮으시다고 들었는데."

"백작님은 매우 위중하십니다. 오늘 밤을 넘기기 힘들다고 합니다. 신경통이 심장으로 올라왔다고 하는군요."

뒤루아는 뜻밖의 이야기에 깜짝 놀라서 어쩔 줄을 몰랐다. 보드렉이 죽어 간다고! 막연한, 자신에게도 말할 수 없는 갖가지 생각이 가슴에 떠올라 마음을 흔들었다.

그는 무슨 말을 하는지도 모르고 중얼거렸다.

"고맙네…… 다시 오지……"

그러고는 마차를 타고 집으로 급히 달리게 했다.

아내는 돌아와 있었다. 그는 숨을 헐떡거리면서 방으로 뛰어 들어가자마자 아내에게 말했다.

"여보, 큰일 났소! 보드렉 백작이 죽어 가오!"

그녀는 의자에 앉아서 편지를 읽다가 눈을 들더니 세 번이나 계속해서 물었다.

"네? 뭐라고요? 뭐라고 했어요?"

"보드렉 말이오. 신경통이 심장으로 올라가서 죽게 됐다는

군."

그러고 나서 다시 덧붙였다.

"당신 어쩔 셈이오?"

그녀는 낯빛이 창백해져서 신경질적으로 떨더니 곧 두 손으로 얼굴을 가리고 울음을 터뜨렸다. 치미는 오열로 온몸을 떨고 비통에 잠겨 몸부림쳤다.

그러다 별안간 비탄을 눌러 삼키고 눈물을 닦으며 말했다.

"저 갔다…… 갔다 오겠어요……. 걱정하지 마시고…… 늦게 돌아올지도 모르겠지만…… 기다리지 마세요……."

"그게 좋겠소, 갔다 오오."

그들은 손을 맞잡았다. 그녀는 장갑을 끼는 것도 잊고 급히 나갔다.

뒤루아는 혼자서 저녁 식사를 하고 논설을 쓰기 시작했다. 장관의 의향을 정확하게 지켜서 모로코 파병은 이루어지지 않을 것이라고 독자들이 생각하게 했다. 그것을 신문사에 가지고 가서 잠깐 사장과 잡담을 나누고 나자 왠지 마음이 홀가분해져서 그는 담배를 피우며 돌아왔다.

아내는 아직 돌아오지 않았다. 그는 잠자리에 들어가서 곧 잠들어 버렸다.

마들렌은 한밤중에 돌아왔다. 조르주는 깜짝 놀라 눈을 뜨고 일어나 잠자리 위에 앉았다.

"어떻게 됐소?"

그는 그때만큼 창백하고 비통한 그녀의 얼굴을 본 적이 없었다.

그녀가 조그만 소리로 말했다.

"돌아가셨어요."

"죽었다고! 그래, 당신한테 아무 말도 없었소?"

"네, 아무 말도. 제가 갔을 때는 벌써 의식이 없었어요."

뒤루아는 곰곰이 생각했다. 여러 가지 묻고 싶은 일이 입술까지 올라왔으나 아무것도 물을 수 없었다.

"자는 게 낫겠소."

그녀는 빠르게 옷을 벗고 그의 옆으로 미끄러져 들어왔다.

그가 다시 물었다.

"임종 때 친척이라도 와 있었소?"

"조카 한 사람뿐이었어요."

"그래? 그 조카란 가끔 오던 사람이오?"

"아뇨. 한 십 년 동안 만난 일이 없었어요."

"그 밖에 친척이 또 있소?"

"아뇨……. 없을 거예요."

"그렇담 그 조카가 유산을 받겠군."

"글쎄요."

"굉장한 부자였겠지, 보드렉은?"

"네."

"대체 재산이 얼마나 있는지 아오?"

"아뇨, 자세히는 몰라요. 아마 100만이나 200만쯤 되겠죠."

그는 그 이상 아무 말도 하지 않았다. 그녀가 촛불을 불어 껐다. 그들은 어둠 속에 나란히 누워서 아무 말도 하지 않고 잠도 자지 않고 생각에 잠겼다.

그는 완전히 잠이 달아나 버렸다. 왈테르 부인이 약속해 준 7만 프랑이 갑자기 시시해 보였다. 문득 마들렌이 우는 것같이 느껴져서 확인하기 위해 물었다.

"자오?"

"아뇨."

목소리가 눈물을 머금고 떨렸다.

"아까 이야기하는 걸 잊었는데 당신의 장관은 우리를 속였더군."

"어째서요?"

그는 라로슈와 왈테르가 꾸민 책략에 대해서 길고도 자세하게 이야기했다.

"어떻게 그걸 알아냈어요?"

"그건 말하지 않아도 되지 않겠소? 당신도 여러 가지 정보를 알아내는 길을 갖고 있지만 난 그걸 캐물은 일이 없으니까 나도 내 정보망은 비밀로 해 두고 싶군그래. 그러나 내 정보가 정확하다는 것만은 장담하지."

그녀는 중얼거렸다.

"그것도 그럴 법해요……. 그분들이 우리 몰래 뭔가를 하는 것 같다는 눈치는 어렴풋이 채고 있었어요."

뒤루아는 좀처럼 잠을 이룰 수 없어 아내 옆으로 다가가서 귀에 살그머니 키스했다. 그러나 그녀는 뿌리치면서 말했다.

"부탁이에요, 그냥 가만히 놔두세요, 네? 장난칠 마음이 없어요."

그는 단념하고 벽 쪽으로 돌아누웠다. 그리고 눈을 감고 있는 동안 결국 잠들고 말았다.

6장

교회에 검은 천이 걸렸다. 현관에는 왕관을 올려놓은 큰 방패가 걸려 있어서 그 앞을 지나가는 사람들에게 귀족의 장례식이라는 것을 알렸다.

방금 의식이 끝나고 조문객들이 줄을 지어 보드렉 백작의 관과 그 옆에 서 있는 조카 앞을 천천히 걸어갔다. 조카는 사람들에게 일일이 손을 내밀고 인사했다.

조르주 뒤루아와 아내는 밖으로 나오자 어깨를 나란히 하고 집 쪽으로 걷기 시작했다. 두 사람 다 생각에 잠겨서 말을 하지 않았다.

마침내 뒤루아가 혼잣말을 하듯이 입을 열었다.

"정말 놀라운 일이야!"

"뭐가요?"

"보드렉이 우리에게 아무것도 물려주지 않았다는 게 말이오."

그녀가 갑자기 얼굴을 붉혔다. 마치 장밋빛 베일이 가슴에서 얼굴까지 올라오면서 그녀의 하얀 살결을 물들이는 것 같았다.

"어째서 우리에게 뭐라도 물려줘야 하나요? 그럴 이유가 전혀 없잖아요?"

그리고 잠시 입을 다물었다가 다시 말했다.

"어쩌면 공증인에게 유언장이 있을지도 몰라요. 아직 아무것도 알 수 없어요."

그는 곰곰이 생각에 잠겼다가 중얼거렸다.

"응, 그럴지도 모르겠군. 어쨌든 그에겐 우리 두 사람이 가장 친한 친구였으니까. 매주 두 번씩이나 우리 집에서 저녁 식사를 했고, 언제나 찾아왔잖소. 우리 집을 마치 자기 집처럼 드나들었고 당신을 친딸처럼 귀여워했으니까. 게다가 가족이라곤 자식도 형제도 아무도 없고 다만 조카가 한 사람뿐이라지만 자주 만난 일도 없는 사람이란 말이오. 그러니까 분명 유언이 있을 거야. 크게 기대하지는 않지만 그가 우리를 생각하고 사랑했다든가 우리가 베풀었던 애정에 감사했다든가 하는 표시가 될 만한 것 말이야. 무슨 우정의 표시는 남겼을 거야."

그녀는 무언가 다른 생각에 잠긴 듯 건성으로 대답했다.

"그래요. 유언장이 있을 수도 있어요."

집으로 돌아오자 하인이 마들렌에게 편지 한 통을 건네줬다. 그녀는 그것을 펴 보고 다시 남편에게 건네주었다.

라마뇌르 공증인 사무소
보즈 거리 17번지

부인, 부인께 관계된 일이 있으므로 화, 수, 목 중 어느 날이든 오후 2시에서 4시 사이에 저희 사무실에 들러 주시기 바랍니다.

라마뇌르

이번에는 뒤루아가 얼굴을 붉혔다.

"그 일 때문일 거요. 그러나 법률상 가장인 나를 부르지 않고 당신을 부른 것은 좀 이상한데."

그녀는 아무 대답 없이 잠깐 생각한 뒤 말했다.

"조금 뒤에 가 보지 않겠어요?"

"그럽시다."

그들은 점심 식사를 마치자마자 집을 나섰다.

라마뇌르 씨의 사무실에 들어가자 수석 서기가 눈에 띄게 급히 일어나 두 사람을 공증인의 방으로 안내했다.

공증인은 몸집이 자그마한 사나이로 온몸이 동글동글했다. 공 같은 얼굴이 다리 두 개가 달린 다른 공에 붙어 있는 것 같았다. 다리가 어찌나 짧은지 그 역시 공하고 비슷했다.

"부인, 오시라고 한 것은 당신과 관계 있는 보드렉 백작의 유언을 알려 드리기 위해서입니다."

뒤루아는 낮은 목소리로 중얼거리지 않을 수 없었다.

"그럴 줄 알았습니다."

공증인이 덧붙였다.

"그럼 그 내용을 전달해 드리겠습니다. 아주 짧습니다."

그는 손을 뻗어 앞에 놓인 상자에서 종이 한 장을 꺼내 읽었다.

"아래에 서명한 본인 보드렉 백작, 폴 에밀 시프리엥 공트랑은 마음과 몸이 모두 건강한 상태에서 여기에 나의 마지막 의사를 표시한다.

죽음이 덮쳐 오는 시기는 예측하기 어려우므로 나는 만일의 경우를 생각하여 유언장을 작성하고 이것을 라마뇌르 씨에게 기탁한다.

내게는 직계 상속인이 없으므로 유가 증권 60만 프랑 및 부동산 약 50만 프랑을 포함한 나의 모든 재산을 클레르 마들렌 뒤루아 부인에게 무상으로 아무 조건 없이 유증한다. 바라건대 깊고 성실하고 경의에 찬 우정의 표시로 이 옛 친구의 증여를 받아 주시기를."

공증인은 덧붙였다.

"이것이 전부입니다. 이 서류는 작년 8월에 작성되었습니다만 이 년 전 클레르 마들렌 포레스티에 부인 앞으로 작성된 똑같은 서류를 다시 쓴 겁니다. 이전 유언장도 제게 있으니까 친척 되시는 분의 이의 신청이 있을 경우에는 그것에 의하여 보드렉 백작의 의사가 변하지 않은 것을 입증하겠습니다."

마들렌은 창백한 낯빛으로 발끝만 내려다보았다. 뒤루아는 초조하게 손가락 끝으로 콧수염을 비틀었다. 공증인은 잠시 잠자코 있다가 말을 이었다.

"물론 부인께선 남편의 동의가 없으면 이 유증을 받으실 수가 없습니다."

뒤루아가 자리에서 일어나 무뚝뚝한 어조로 말했다.

"생각할 시간을 주십시오."

공증인은 미소를 띠면서 머리를 숙였다. 그리고 상냥한 목소리로 말했다.

"주인께서 주저하시는 심정도 알 만합니다. 그리고 덧붙여 말씀드리면 보드렉 씨의 조카님은 오늘 아침 백부님의 마지막 의사를 아시고, 만약 10만 프랑만 권리를 포기해 주시면 아무런 이의도 제기하지 않겠다고 하십니다. 제 의견으로는 이 유언장은 물론 이의를 말할 여지가 없습니다. 그러나 소송이 일어나면 여러 가지로 세상 소문이 퍼지게 마련이니까요. 되도록 그건 피하시는 편이 좋으리라고 생각합니다. 세상은 아무튼 악의 있는 적으로 판단하게 마련이거든요. 어쨌든 토요일까지 모든 것에 관한 답변을 알려 주실 수 있겠습니까?"

뒤루아는 머리를 숙였다.

"잘 알겠습니다."

그는 예의를 갖춰 인사를 하고는 여전히 말이 없는 아내를 재촉해서 몹시 어색한 태도로 나갔다. 그를 본 공증인도 더 이상 미소를 짓지 않았다.

집으로 돌아오자마자 뒤루아는 거칠게 문을 닫고 모자를 침대에 던지면서 내뱉었다.

"당신이 보드렉의 정부였소?"

베일을 벗으려던 마들렌이 정색을 하고 돌아보았다.

"제가요? 당신도 참!"

"그래, 당신이. 그렇지 않고서야 모든 재산을 송두리째 남의 여자에게 줄 리가 없어."

그녀는 몸이 떨려 투명한 천에 꽂힌 핀을 뽑을 수가 없었다. 그녀는 잠시 생각하더니 흥분한 목소리로 띄엄띄엄 말했다.

"아……! 당신 제정신이 아니군요……. 미쳤어요……. 당신……. 당신도…… 아까…… 그랬잖아요. 당신에게 뭔가 물려

줄 만하다고⋯⋯."

뒤루아는 재판관이 피고의 극히 사소한 실수라도 놓치지 않으려는 듯 그녀 옆에 선 채 그녀의 감정을 세밀하게 쫓았다. 그는 한 마디 한 마디에 힘을 주어 말했다.

"그래⋯⋯. 그 사람은 내게도 무언가 남길 만했어⋯⋯. 나는 당신의 남편이고⋯⋯ 그 사람의 친구였으니까⋯⋯. 그러나 당신에겐 안 돼요⋯⋯. 당신에겐 아무리 가까운 사이였어도⋯⋯ 당신은 내 아내니까. 이런 구별쯤은 체면상으로나⋯⋯ 세상의 평판으로 보나 중대하고 본질적인 일이란 말이오."

그러자 이번에는 마들렌이 무언가를 알아내려는 듯 그의 눈 속을 깊고 기묘한 눈길로 유심히 지켜보았다. 평소에는 절대로 꿰뚫어 볼 수 없는 인간의 미지의 세계, 정신 내부의 신비에 순간 문이 조금 열린 것처럼, 한때의 방심이든 부주의든 간에 경계할 것을 잊은 짧은 순간에만 엿볼 수 있는 것이다. 그녀는 천천히 말을 끊으면서 이야기했다.

"하지만 만약⋯⋯ 막대한 유산을 그분이⋯⋯ 당신에게 줬더라도 역시 남들은 이상하게 바라보리라는⋯⋯ 생각이 들어요."

그가 퉁명스럽게 물었다.

"어째서?"

그녀는 "왜냐하면⋯⋯." 하고 망설이더니 다시 말을 이었다.

"왜냐하면 당신은 내 남편이지만⋯⋯ 아직 그분과 가깝게 지낸 지 얼마 되지 않았고⋯⋯. 그러나 저는⋯⋯ 오래전부터 친구였고⋯⋯ 포레스티에가 살아 있었을 때 작성한 예전의 유언장에도 이미 제 이름이 씌어 있었을 정도잖아요."

뒤루아는 방 안을 성큼성큼 걷다가 꾸짖듯 말했다.

"당신은 그걸 받아선 안 돼."

그녀는 아무렇지도 않은 듯이 대답했다.

"좋아요. 그럼 굳이 토요일까지 기다릴 것도 없으니 즉시 라마뇌르 씨에게 말하고 옵시다."

그는 아내 앞에 마주 섰다. 그리고 두 사람은 오랫동안 서로의 눈과 눈을 지켜보고 엿볼 수 없는 마음의 비밀까지도 파고 들어서 진심이 무언가를 찾아내려고 애썼다. 무언의 격렬한 질문으로 서로의 마음을 속속들이 벗겨 내어 간파하려고 했다. 생활을 함께하면서도 상대를 모르고 서로 의심하고 캐 보고 엿보고, 그러면서도 영혼의 밑바닥까지 들여다보지 못하는 두 사람의 은밀한 갈등이었다.

느닷없이 그는 아내의 얼굴에 내뱉듯 낮은 소리로 말했다.

"어때, 보드렉의 정부였다고 자백하는 게?"

그녀는 어깨를 으쓱해 보였다.

"당신 참 이상해요……. 그야 보드렉 씨는 저를 무척 사랑했어요……. 애정의 정도가 보통이 아니었죠……. 하지만 그것뿐이었어요……. 정말이에요."

그는 발을 굴렀다.

"거짓말이오! 그럴 리가 없어!"

그녀는 침착하게 대답했다.

"하지만 사실이에요."

그는 다시 서성이다 멈춰 서서 말했다.

"그럼 내게 설명해 봐요. 어째서 당신에게 재산을 송두리째 다 주었는지."

그녀는 마치 남의 일인 양 무심하게 대답했다.

"그건 대수롭지 않아요. 당신도 조금 전에 말씀하셨듯이 그분에게는 친구라곤 우리뿐이었어요. 그렇다기보다 오히려 저밖에 없었던 거예요. 저에 대한 것은 아주 어렸을 적부터 잘 알고 계셨어요. 어머니가 그분의 친척 댁에 일을 도우러 가 계셨으니까요. 그래서 여기에도 종종 들르셨고 적당한 상속인이 없었기 때문에 저를 생각하신 거예요. 제게 다소 마음을 두셨을지도 모르지만 어떤 여자라도 그런 사랑은 받는 법이에요. 그리고 남에게 숨겨 두었던 비밀스러운 사랑을 마침내 마지막으로 정리하려고 했을 때, 제 이름을 썼다고 해서 나쁠 것도 별로 없지 않겠어요? 그분이 월요일마다 저에게 꽃다발을 가져다줬어도 당신은 조금도 이상하게 생각지 않았어요. 그때만 해도 당신에겐 아무것도 가져다주시지 않았어요. 그렇죠? 오늘 제게 유산을 준 것도 똑같은 이유고 저 외에 줄 사람이 없었기 때문이에요. 반대로 당신에게 재산을 물려주었다면 오히려 이상하지 않아요? 첫째, 그럴 만한 이유가 없어요. 당신은 그분에게는 아무것도 아니잖아요."

그녀의 이야기가 매우 자연스럽고 차분했기 때문에 뒤루아는 당황했다. 그러나 더욱 고집을 부렸다.

"그야 마찬가지야. 어쨌든 우리는 그런 조건으로 그 유산을 받을 순 없어. 당치도 않은 결과가 될 테니까. 세상에선 틀림없이 그렇거니 여기며 좋아하고는 숨어서 욕을 하고 나를 웃음거리로 삼을 거요. 그렇잖아도 동료 녀석들이 나를 시기해서 무엇이든지 트집을 잡아서 빈정거리니까 말이오. 난 내 체면상 남들 이상으로 명예를 존중하고 평판에 조심해야 해. 그러니까 세상 소문이 전부터 당신과 수상한 사이인 양 말하는 그런 남자의 유산을 받는 것을 나로서는 승낙할 수 없는 거요. 포레스티에라면 받아 주었겠지만 난 그렇겐 안 돼."

그녀는 부드럽게 말했다.

"좋아요! 거절합시다. 우리 주머니에 100만 프랑이 없다고 생각하면 그뿐이죠."

그는 여전히 방 안을 돌아다니면서 아내를 향해서가 아니라 그저 들려주기 위해서 자기 생각을 큰 소리로 지껄였다.

"좋소, 그럼 그렇게 합시다……. 100만 프랑은 아깝지만 그 남자는 그런 유언장을 쓰면 어떤 좋지 않은 일이 올지 몰랐던 거요. 예의라는 걸 도외시했어. 나를 얼마나 민망하고 난처한 입장에 몰아넣게 될 것인가를 깨닫지 못했던 거요. 세상일이란 만사가 미묘한 거야……. 내게도 절반을 남겨 줬다면…… 아무런 분쟁도 없었을 거요."

그는 의자에 앉아서 다리를 꼬고 콧수염 끝을 비틀기 시작했다. 무언가 귀찮은 일이나 걱정거리가 있어서 생각에 지쳤을 때 곧잘 하는 버릇이었다.

마들렌은 가끔씩 손을 보는 벽걸이 천을 꺼내다가 털실을 고르면서 말했다.

"전 이제 더 할 말이 없어요. 생각할 사람은 당신이지."

그는 오랫동안 대답을 하지 않다가 잠시 후에 망설이는 듯 말했다.

"사람들은 보드렉이 당신만을 상속인으로 하고 내가 그것을 승인한 이유를 납득하지 못할 거요. 그런 식으로 그 재산을 받는다는 것은 당신으로서는 불의의 관계를 자백하는 것이 되고 나는 파렴치한 동의를 한 게 되오……. 우리가 그것을 받는다면 남들이 어떻게 생각할지 당신도 알 거요. 그러니깐 교묘한 방법을 써서 그럴듯한 이유를 붙여야 해. 이를테면 보드렉의 재산을 둘로 나누어서 우리 부부에게 절반씩 물려줬다고 생각하게 만든다든가."

"유언장의 내용이 분명한데 어떻게 그렇게 할 수 있겠어요? 전 모르겠어요."

"그거야 문제없지. 당신이 살아 있는 동안에 증여하는 걸로 내게 절반을 주면 되지. 우리에게는 아이가 없으니까 그렇게도 할 수 있소. 그렇게 하면 세상의 낭설을 막을 수가 있지."

그녀는 약간 초조한 듯이 대답했다.

"하지만 그렇게 하면 어째서 세상 사람들의 낭설을 막을 수 있는지 전 모르겠어요. 보드렉 씨가 서명한 증서가 엄연히 있는데 말이에요."

그는 화가 나서 대꾸했다.

"굳이 그 증서를 사람들에게 보이고 다니거나 벽에 내붙이거나 할 필요는 없지 않소. 당신도 참 어리석군. 보드렉 백작이 재산을 우리한테 절반씩 양도해 줬다고 말하기만 하면 되는 거요……. 그것뿐이오……. 아무튼 당신은 내 허가 없이는 그 유산을 받을 수가 없으므로, 세상 사람들의 웃음거리가 되지 않도록 나눈다는 조건이 아니면 허가할 수 없다는 것이오."

그녀는 다시 한 번 찌르는 듯한 눈으로 그를 보았다.

"그럼 당신 좋으실 대로 하세요, 전 아무래도 좋으니까."

그러자 그는 일어나서 다시 걷기 시작했다. 그래도 주저하는 듯한 태도로 이번에는 아내의 찌르는 듯한 눈길을 피하면서 말했다.

"아니…… 역시 안 되겠어……. 차라리 모조리 단념하는 편이 나을지도 모르겠어……. 그편이 훨씬 훌륭하고…… 옳고…… 명예로운 태도지……. 아무튼 그렇게 하면 세상 놈들이 이러쿵저러쿵 쓸데없는 상상을 할 여지가 없어질 거야. 틀림없이 그럴 거야. 아무리 억측을 잘하는 사람들이라도 머리를 숙일 거요."

그는 마들렌 앞에서 발을 멈추고 말을 이었다.

"여보, 당신이 좋다면 내가 혼자서 라마뵈르 씨한테 가서 사정을 이야기하고 의논하고 오리다. 그리고 나의 의혹을 털어놓고 사람들의 잡음을 막기 위해서 편의상 유산을 둘로 나누기로 했다고 하지. 내가 그 유산의 절반을 받으면 물론 아무도 빈정댈 권리가 없어지지. 결국 내 아내는 남편인 내가 승낙했기 때문에 유산을 받은 거다, 내가 재판관으로서 아내는 조금도 명예를 더럽히는 행위를 하지 않았다고 인정한 거라고 큰소리치는 것과 마찬가지지. 그렇지 않으면 세상 사람들의 웃음거리가 될 거요."

마들렌은 여전히 아무래도 좋다는 듯 중얼거렸다.

"당신 좋으실 대로 하세요."

그러자 그는 능란한 말솜씨로 지껄이기 시작했다.

"그렇지, 그렇게 유산을 절반씩 나누면 조금도 꺼림칙한 데가 없어. 우리에게 유산을 양도한 친구는 우리를 차별하거나 어느 한쪽을 더 소중하게 여겨서 '나는 생전에 부부 중 어느 한쪽을 더 사랑했으므로 죽은 뒤에도 그 이익을 고려했다.'라는 태도를 보이기를 원하지 않았다. 물론 아내를 더 사랑하기는 했지만 두 사람에게 평등하게 재산을 나누어 줌으로써 그 애정이 오로지 플라토닉했다는 것을 분명하게 나타내려고 한 게 되오. 그도 생전에 거기까지 생각이 미쳤다면 분명 그렇게 했을 거요. 그다지 깊이 생각하지 않아서 어떤 결과가 될지 전혀 예측하지 못했던 거요. 아까 당신도 분명하게 말했듯이 그 사람은 매주 당신에게 꽃다발을 가지고 왔던 것처럼 앞뒤를 전혀 생각지 않고 마지막 추억을 주려고 했을 뿐인 거요."

그녀는 화난 듯이 그의 말을 가로막았다.

"이젠 됐어요, 잘 알았어요. 그렇게 누누이 변명하지 않아도 괜찮아요. 얼른 공증인한테 다녀오세요."

그는 얼굴을 붉히고 중얼댔다.

"당신 말이 옳소. 갔다 오리다."

그는 모자를 집어 들고 나가려다 물었다.

"조카 쪽의 요구는 5만 프랑으로 결말을 짓도록 교섭하려고 하는데 어떻소?"

그녀는 딱 잘라 대답했다.

"아니에요. 저쪽에서 원하는 대로 10만 프랑 주세요. 뭣하면 제 몫에서 줘도 좋으니까요."

그는 갑자기 쑥스러워져서 대답했다.

"아니, 그건 안 돼. 똑같이 합시다. 둘이서 5만 프랑씩 내더라도 여전히 100만 프랑 남으니까."

그러고 나서 다시 말했다.

"그럼 다녀오리다, 마드."

그는 공증인에게 가서 아내가 생각해 낸 거라고 하면서 분할할 것을 이야기했다.

그들은 이튿날 마들렌 뒤루아가 남편에게 양도하는 50만 프랑의 생전 증여 증서에 서명했다.

사무소를 나서자 날씨가 좋았으므로 뒤루아는 큰 거리까지 걸어가자고 했다. 그는 상냥하고 다정하게 마음껏 존경과 애정을 나타내 보였다. 그는 마음껏 웃으며 세상만사가 행복했지만 그녀는 여전히 생각에 잠겨서 심각한 듯했다.

꽤 쌀쌀한 가을날이었다. 길 가는 사람들은 바쁜 듯이 재빨리 걸었다. 뒤루아는 지나칠 때마다 갖고 싶어서 부럽게 바라보곤 했던 그 시계를 진열해 놓은 가게 앞으로 아내를 데리고 갔다.

"당신한테 보석이라도 선물하려는데 어떻소?"

그녀는 내키지 않는 태도로 중얼거렸다.

"당신 마음대로 하세요."

그는 가게에 들어가 물었다.

"뭐가 좋겠소? 목걸이, 팔찌, 아니면 귀걸이?"

기묘한 금세공이며 번쩍이는 보석을 보자, 여태까지 일부러 지었던 그녀의 냉랭한 태도가 한꺼번에 사라져 버렸다. 그리고 탐나는 듯 눈을 빛내면서 보석이 가득히 진열된 유리문 안을 들여다보았다.

그리고 곧 마음에 드는 것을 발견하고는 감탄했다.

"어머, 멋진 팔찌가 있네요."

그것은 색다른 모양의 사슬로 고리 하나하나마다에 다른 보석들이 박혀 있었다.

조르주가 물었다.

"이 팔찌는 얼마요?"

보석상이 대답했다.

"3000프랑입니다."

"2500프랑으로 깎아 주면 사겠는데."

상대는 약간 망설이더니 대답했다.

"글쎄요, 그 값으론 안 되겠는데요."

뒤루아는 말을 계속했다.

"좋소, 그럼 이 시계를 1500프랑으로 해서 함께 삽시다. 함께 4000프랑 현금으로 당장 지불하리다. 괜찮겠죠? 안 된다면 다른 데로 가 보겠소."

보석상은 난처한 기색이더니 결국 승낙하고 말았다.

"좋습니다. 그렇게 드리겠습니다."

신문기자는 주소를 가르쳐 주고 나서 이렇게 덧붙였다.

"시계 위에 내 이름의 머리글자인 G·R·C를 새겨 주시오. 남작의 관(冠) 밑에 글자를 잘 맞추어서."

마들렌이 깜짝 놀라며 미소를 띠었다. 그리고 밖으로 나가자 애정을 담고 남편의 팔을 잡았다. 그녀는 뒤루아가 참으로 처세에 능한 수완 있는 남자라고 탄복했다. 연금이 들어오게 된 이상 작위가 필요한 것도 당연한 일이다.

상인이 그들에게 정중하게 인사했던 것이다.

"잘 알았습니다. 목요일까지는 틀림없이 해 드리겠습니다, 남작님."

그들은 보드빌 극장 앞을 지나갔다. 그곳에서는 새로운 연극을 공연하고 있었다.

"어떻소, 오늘 밤 연극을 보지 않겠소? 칸막이 좌석을 삽시다."

그들은 칸막이 좌석을 발견하고 자리를 잡았다.

"카페에 가서 저녁을 들면 어떻겠소?"

"오, 좋아요."

그는 군주처럼 행복했다. 또 할 수 있는 일이 없을까 생각했다.

"이제 드 마렐 부인 댁으로 가서 오늘 밤 우리와 함께 어울리도록 권하지 않겠소? 남편이 돌아왔다니까 악수할 수 있으면 나도 기쁘겠소."

그들은 드 마렐 부인 댁으로 갔다. 뒤루아는 일전의 좋지 않은 만남 뒤에 그녀를 보는 것이 약간 두려웠으나, 아내와 함께라면 구구한 변명을 하지 않아도 될 테니까 오히려 잘됐다고 생각했다.

그러나 클로틸드는 그 일을 모두 잊어버린 것 같았고 심지어는 남편에게 초대를 승낙하도록 강요하기까지 했다.

만찬은 흥겨웠고 매우 기분 좋은 만남이었다.

뒤루아와 마들렌은 꽤 늦게 집으로 돌아왔다. 가스등은 이미 꺼져 있었다. 신문기자는 계단을 비추기 위해서 이따금 성냥을 켰다.

2층 층계참에 이르렀을 때 성냥을 긋자 순간 타오르는 환한 불빛이 계단의 어둠 속에 떠오르는 그들의 모습을 거울 속에 비추었다.

그것은 밤의 어둠 속에 갑자기 나타나서 당장에라도 사라져 버리려는 유령같이 보였다.

뒤루아는 성냥을 든 손을 쳐들어 자신들의 모습을 또렷하게 비추었다. 그리고 의기양양한 웃음소리와 함께 말했다.

"백만장자들의 행차로다!"

7장

모로코 점령은 두 달 전에 끝났다. 프랑스는 탕헤르를 제압함으로써 지중해 연안의 아프리카를 손에 넣고 트리폴리의 섭정권까지도 획득했다. 그리고 새로이 병합한 나라의 공채를 보증했다.

2000만 프랑의 이익을 본 장관이 두 사람이나 있다는 소문이 자자했고, 특히 라로슈 마티외의 이름이 거의 공공연하게 화제에 올랐다.

또한 왈테르가 남들보다 두 배나 횡재했다는 것을 파리 사람이라면 모르는 이가 없었다. 그는 공채로 3000만~4000만 프랑이나 번 데다가 동산이나 광산에 투자한 것과, 침공 전에 거저 뺏은 거나 마찬가지로 사 두었던 광대한 토지를 점령 이튿날 척식(拓殖) 회사에 팔아 치워서 800만 내지 1000만 프랑을 착복했던 것이다.

그는 불과 며칠 만에 유력한 금융업자로서 세계적인 패권자의 한 사람이 되었다. 그 권세는 국왕도 능가하여 모든 사람들이 고개를 숙이고 어느 누구도 그의 앞에 나와 제대로 입을 열 수 없었으며 다만 인간의 마음속 깊숙이 숨어 있는 온갖 저열함과 비루함과 선망을 드러내 놓을 뿐이었다.

그는 이제 수상쩍은 은행 대표나 엉터리 신문사 사장이나 미심쩍은 거래로 의심받는 시시한 국회의원인 유대인 왈테르가 아니었다. 그는 이스라엘의 부호 왈테르 씨였다.

그는 그것을 세상에 보여 주길 원했다.

칼스부르 대공이 샹젤리제에 면한 정원이 있는 포부르 생토노레 거리에서 가장 훌륭한 저택을 지녔으면서도 재정이 어렵다는 것을 안 왈테르는 스물네 시간 안에 그 저택을 동산과 함께 의자가 놓인 자리 하나 옮기지 않고 사겠다고 대공에게 제의했다. 그는 300만 프랑을 제시했다. 엄청난 액수에 마음이 끌린 공작은 수락하고 말았다.

이튿날 왈테르는 새로운 저택으로 이사했다.

그러자 그는 또 다른 생각이 들었다. 파리를 손에 넣으려는 정복자에 어울리는, 마치 나폴레옹적인 생각이었다.

그 당시 「물 위를 걷는 그리스도」를 그린 헝가리 화가 카를 마르코비치*의 대작이 화상 자크 르노블 화방에 진열되었기 때문에 파리 사람들은 모두 그 그림을 보러 가곤 했다.

미술 비평가는 매우 감격해서 이것이야말로 금세기의 진보적 걸작이라고 격찬했다.

---

* Karl Marcowitch, 실제 이름은 미할리 무카시(Mihaly Munkácsy(1844∼1900)), 1870년경에 파리에 정착한 그는 역사화와 종교화에 정통한 화가였다.

왈테르는 그 그림을 50만 프랑에 사서 이튿날 그 집에서 떼어 내게 함으로써 호기심으로 몰려드는 시민들의 물결을 끊어 버리고 말았다. 따라서 그를 질투하든 멸시하든 칭찬하든 어쨌든 파리 전체가 그에 대해서 수군대지 않고는 못 배기게 됐다.

그러나 그는 이 예술 작품을 불법적으로 사유물로 만들었다는 비난을 막기 위해서 파리 사회의 모든 명사들을 하루 저녁 자기 저택에 초대하여 이 외국 거장의 불멸의 걸작을 감상케 한다고 모든 신문에 광고했다.

그날 밤 그의 저택은 개방되어 그림을 보고 싶은 사람은 누구라도 가서 볼 수 있는데, 다만 초대장을 접수처에 보이기만 하면 된다는 것이었다.

초대장에는 이렇게 씌어 있었다.

왈테르 씨 부부는 12월 30일 오후 9시부터 12시까지 칼 마르코비치의 작품 「물 위를 걷는 그리스도」를 전등 불빛 아래 전람하겠사오니 오셔서 감상해 주시기 바랍니다.

그리고 덧붙여서 아주 조그마한 글씨로 "12시 이후에는 무도회를 개최합니다."라고 적혀 있었다.

따라서 원하는 사람은 남아도 좋았는데, 왈테르 부부는 그 사람들 중에서 앞으로 교제할 사람을 골라낼 작정이었다.

다른 사람들은 그림과 저택과 그 소유자를 상류사회 특유의 철면피한, 또는 무심한 호기심으로 바라보았으나 왈테르 영감은 그들이 훗날 다시 찾아올 것을 잘 알고 있었다. 이처럼 대부호가 된 유대인 집에 한 번이라도 발을 들여놓은 사람은 누구나 반드시 그렇게 되는 법이다.

아무튼 신문에 곧잘 이름이 나지만 몹시 가난한 귀족들이 우선 그의 집을 드나들게 해야 했다. 불과 여섯 주 동안 5000만 프랑을 벌어들인 남자의 얼굴을 보기 위해서라도 좋고, 그곳에 모이는 사람들의 얼굴을 보고 그 숫자를 세어 보기 위해서라도 좋고, 또 고상한 취미를 지닌 유대인의 자손인 그의 저택으로 그리스도의 그림을 보러 오라는 청원 때문이라도 좋다. 아무튼 저택으로 오도록 하는 것이 중요한 것이다.

그는 이렇게 말하는 듯했다.

"보라, 나는 마르코비치의 종교적 걸작 「물 위를 걷는 그리스도」에 50만 프랑을 지불했다. 이 그림은 내 집에, 유대인 왈테르의 집에 영원토록 남아서 항상 내 눈 아래 있을 것이다."

사교계, 특히 공작 부인들이나 조케 클럽* 회원들 사이에서는 이 초대에 대해서 의논이 매우 분분했다. 그러나 결국 초대에 응하더라도 장차 해가 되지는 않을 것이라고 결론을 지었다. 즉 프티 씨** 댁으로 수채화를 보러 가는 것과 마찬가지라는 것이다. 왈테르 부부는 걸작을 사들였으니까 하루 저녁 자택을 개방하여 도시 인사들에게 감상하게 하려는 것이니 좋은 기회가 아니겠느냐는 것이었다.

《라비 프랑세즈》는 두 주 전부터 단신 난에 12월 30일 야회에 관한 기사를 써서 일반인의 호기심을 자극하려고 애썼다.

뒤루아는 사장의 승리에 분개했다.

---

* Le Jockey-club, 1833년에 생긴 이 클럽은 파리에서 가장 멋지고 가장 폐쇄적이었다.
** Georges Petit, 세즈 거리 8번지에 화랑을 소유했던 사람.

그가 아내에게서 50만 프랑을 빼앗았을 때에는 남처럼 부자가 된 기분이었으나, 이제는 그 보잘것없는 재산을 왈테르 주위에 쏟아지는 몇천 몇백 만이라는 황금과 비교하고, 더욱이 그 가운데 단돈 한 닢도 주울 수가 없는 것을 생각하니 자신이 매우 가난한 거지같이 생각되어 견딜 수가 없었다.

부러움 섞인 그의 분노는 날이 갈수록 더해 갔다. 그는 모든 사람들을 원망했다. 왈테르 부부에 대해서는 더욱 참을 수가 없었다. 그는 더 이상 그 저택에 발을 들여놓지 않았다. 다음으로는 라로슈에게 속아서 모로코 공채를 사지 못하게 말린 아내가 원망스러웠다. 그러나 그가 특히 분노를 참을 수 없었던 사람은 장관이었다. 일주일에 두 번씩이나 그의 집에서 저녁 식사를 하면서 그를 장난감처럼 취급하고 헛수고를 시켰던 것이다. 뒤루아는 장관의 비서이기도 했고, 대리인이자 대필자이기도 해서 그가 하는 말을 종종 받아쓰곤 했는데 그는 그때마다 그 의기양양한 건방진 작자를 목 졸라 죽이고 싶었다. 라로슈는 장관으로서 그다지 두각을 나타내지 못했기 때문에 자리를 지키기 위해 막대한 돈을 번 것 같은 눈치는 전혀 보이지 않았다. 그러나 뒤루아는 최근 갑자기 그 벼락출세한 변호사의 말투가 건방져지고, 태도가 거만해지고, 대담한 판단력과 자신만만함을 드러내는 모습을 보고, 틀림없이 그 거액의 돈을 끌어당겼음을 감지했다.

라로슈는 이제 뒤루아의 집을 점령하고 드 보드렉 백작이 오던 요일과 집안에서의 보드렉의 지위를 차지하고, 하인이나 하녀들에게도 주인 행세를 했다.

뒤루아는 물어뜯고 싶어도 그럴 용기가 없는 개처럼 몸을 떨면서 참았다. 그러나 마들렌은 어깨를 으쓱하며 그를 풋내기 어린애 취급했다. 뿐만 아니라 그가 언제나 불쾌한 표정을 짓고 있는 데 놀라서 말했다.

"당신의 마음을 알 수가 없군요, 늘 불평만 하시니. 당신의 지위도 훌륭해졌는데."

그는 등을 돌리고 아무 대꾸도 하지 않았다.

처음에 그는 사장 댁 야회에는 가지 않을 것이며 이젠 두 번 다시 그런 더러운 유대인의 집 문턱을 넘지 않겠다고 큰소리쳤다.

왈테르 부인은 두 달 전부터 매일 그에게 편지를 보내, 제발 와 달라고, 그보다는 조용히 얘기할 수 있는 곳에서 만났으면 좋겠다고, 그러면 당신을 위해서 번 7만 프랑을 주겠다고 했다.

그러나 그는 회답도 주지 않고 편지를 불 속에 던져 버렸다. 이익의 배당을 받기를 단념해서가 아니라, 마음껏 상대를 초조하게 해 주고 경멸하며 짓밟아 주고 싶었기 때문이다. 부인이 어마어마한 부자이기 때문에 그는 자존심을 보여 주고 싶었던 것이다.

그림을 전시하는 날, 마들렌이 그가 가지 않는 것은 큰 잘못이라고 말하자 그는 대답했다.

"내버려 둬. 난 집에 있겠어."

그러나 식사가 끝난 뒤에 갑자기 생각을 바꾸었다.

"그러나 역시 고역은 치러 버리는 편이 낫겠군. 당신도 어서 채비하구려."

그녀는 그 말을 기다리고 있었다.

"십오 분이면 다 돼요."

그는 투덜투덜 불평을 늘어놓으면서 옷을 입고 마차 속에서는 욕설을 퍼부어 댔다.

푸르스름한 작은 달처럼 빛나는 전등 네 개가 칼스부르의 저택 앞 광장을 네 모퉁이에서 밝게 비추고 있었다. 화려한 융단이 높은 돌계단 위에서부터 아래로 깔려 있었고, 층계마다 제복을 입은 남자가 한 사람씩 조각상처럼 움직이지 않고 서 있었다.

"이것 참 수선스럽군."

뒤루아는 질투에 가슴을 떨면서 어깨를 추켜올렸다.

아내가 그에게 말했다.

"잠자코 계세요. 배워 두시는 게 좋아요."

그들은 들어가서 다가온 하인에게 무거운 외투를 맡겼다.

여러 여자들이 남편과 함께 와서 모피 외투를 벗고 있었다. "참 멋지군요! 정말 굉장한데요!"하고 소곤거리는 소리가 들렸다.

어마어마한 현관에는 군신 마르스와 비너스의 사랑을 그린 태피스트리가 걸려 있었다. 좌우에는 커다란 계단이 두 팔을 벌리고 2층에서 합쳐졌다. 난간은 매우 세련된 주철 세공이었고, 오래되어 불투명해진 금도금이 붉은 대리석 계단에 잔잔한 빛을 던지고 있었다.

객실 입구에는 폴리*로 분장한 두 소녀가 하나는 장밋빛, 또 하나는 푸른빛 옷을 입고 부인들에게 꽃다발을 건네주고 있었다. 그것이 매우 귀여웠다.

---

* 광대 역. 손에 인형 목을 붙인 홀을 들었다.

객실은 이미 많은 손님으로 꽉 차 있었다.

여자들 대부분은 외출복을 입고서는 자신이 개인 전람회에 가는 것 같은 기분으로 왔다는 것을 분명하게 말해 줬다. 무도회에 남을 여자는 팔과 가슴을 드러내고 있었다.

왈테르 부인은 두 번째 객실에 앉아서 여자 친구들에게 둘러싸인 채 손님들의 인사를 받고 있었다. 그러나 대부분은 그녀의 얼굴을 알지 못해 집주인에게 인사도 없이 박물관에라도 온 것처럼 이리저리 거닐었다.

부인은 뒤루아의 모습을 보자 대번에 얼굴빛이 달라지며 그에게 오려고 몸을 움직였다. 그러나 곧 다시 고쳐 앉으며 그가 오기를 기다렸다. 그는 형식적인 인사를 했다. 마들렌은 부인에게 한껏 애교 있게 굴면서 비위를 맞추는 인사말을 늘어놓았다. 그는 아내를 사장 부인 곁에 남겨 두고 혼잡한 사람들 속으로 섞여 들어갔다. 틀림없이 이곳을 욕하는 사람도 있을 것이므로 그것을 들어 보려는 심산이었다.

나란히 늘어선 다섯 객실엔 색조와 양식이 모두 다른 이탈리아제 자수와 근동 지방 태피스트리 등 고귀한 직물을 둘러쳤고, 벽에는 유명한 옛날 화가들의 그림을 걸었다. 사람들은 특히 조그마한 루이 16세식 객실에 감탄하면서 발을 멈췄다. 부인의 침실 같은 방으로서 엷은 푸른색 바탕에 장밋빛 꽃무늬를 수놓은 비단을 둘러친 방이었다. 금박 가루를 칠한 나무로 만들었고 벽과 같은 천으로 덮인 나지막한 가구들은 아주 훌륭했다.

이름 있는 사람들의 모습도 여기저기 눈에 띄었다. 페라신 공작 부인, 라브넬 백작 부부, 장군인 당드르몽 공작, 뛰어나게 아름다운 된 가 후작 부인, 그 밖에 일류 사교 모임에 으레 모습을 보이는 귀족과 귀부인들이었다.

누군가가 그의 팔을 잡고 기쁜 듯한 젊은 목소리로 귓전에 속삭였다.

"아! 드디어 오셨군요. 심술쟁이 벨아미. 어째서 요즈음엔 좀처럼 안 오시나요?"

쉬잔 왈테르였다. 곱슬곱슬한 금발 머리 아래로 맑은 에나멜 같은 눈이 그를 흘겨보았다.

그는 그녀를 만난 것이 기뻐서 거리낌 없이 손을 잡고 변명했다.

"올 수가 없었습니다. 어찌나 일이 많은지 두 달 전부터 밖에 나갈 수 없을 정도였어요."

그녀가 진지한 태도로 다시 말했다.

"나빠요. 정말 나빠. 나쁜 사람이에요. 당신은 우릴 너무 힘들게 해요. 엄마나 저나 당신을 무척 좋아하잖아요. 전 당신 없이 지낼 수가 없어요. 당신이 없으면 심심해 죽을 지경이에요. 이렇게 털어놓는 것은 그렇게 종적을 감추시면 안 된다고 말씀드리고 싶어서예요. 팔을 주세요.「물 위를 걷는 그리스도」를 제가 직접 보여 드릴게요. 온실 뒤 아주 깊숙한 곳에 있어요. 아빠가 거기에 두셨어요. 사람들이 여기저기 다 구경하게 말이에요. 아빠는 이 저택을 얼마나 자랑스러워하시는지 놀라울 정도예요."

그들은 조용히 사람들 틈을 헤쳐 갔다. 사람들이 그 미남자와 인형처럼 매혹적인 소녀를 보기 위해 돌아섰다.

어느 유명한 화가가 외쳤다.

"와! 아름다운 한 쌍이야! 이렇게 신기할 수가!"

뒤루아는 생각했다.

'내가 정말로 힘이 있었다면 이 여자와 결혼했을 텐데. 더욱이 가능한 일이었는데. 어째서 그걸 생각하지 못했을까? 어째서 다른 여자들만 쫓아다녔지? 미쳤어! 사람은 아무튼 충분히 생각하지 않고 너무 서둘러 행동한단 말이야.'

그러자 부러움이, 쓸쓸한 부러움이 담즙처럼 한 방울씩 그의 마음에 떨어져서 그의 즐거운 기분을 망치고 자신의 삶을 지긋지긋하게 만들었다.

쉬잔이 말했다.

"오! 벨아미, 자주 오세요. 이젠 아빠가 무척 부자가 되었으니까 하고 싶은 대로 할 수 있어요. 미친 사람들처럼 놀아요, 우리."

그는 자기 생각을 계속 좇으면서 대답했다.

"아! 당신은 곧 결혼할 거예요. 약간은 몰락했지만 어떤 잘생긴 왕자하고 결혼하겠지요. 그럼 우리는 거의 보지 못할 겁니다."

그녀가 솔직하게 외쳤다.

"오! 아직 아니에요. 전 제 마음에 드는 사람이 아니면 싫어요. 아주 마음에 꼭 들어서 조금도 손색없는 사람이라야 해요. 전 그런 사람과 둘이서 살 만큼 충분히 부자예요."

그는 빈정대듯 거만한 미소를 띠고 지나가는 남자들의 이름을 그녀에게 가르쳐 주기 시작했다. 그 남자들은 귀족으로서 문벌이 매우 높지만 녹슨 작위를 그녀와 같은 재산가의 딸에게 팔아 버린 사람들이었다. 지금은 아내와 별거한 사람도 있고 그렇지 않은 사람도 있지만, 모두 자유롭고 방종한 생활을 하고 세상에 이름이 알려졌으며 존경받는 사람들이었다.

그는 이렇게 말을 맺었다.

"장담합니다만 여섯 달도 되기 전에 당신은 그런 올가미에 걸릴 겁니다. 그리고 후작 부인이나 공작부인 아니면 대공비가 되어서 나 같은 것은 훨씬 높은 곳에서 내려다보겠지요. 그렇죠, 아가씨?"

그녀는 분개해서 부채로 그의 팔을 때리고는 진심으로 사랑하는 사람이 아니면 남편으로 삼지 않겠다고 맹세했다.

그는 코웃음쳤다.

"어디 두고 봅시다. 당신은 너무 부자예요."

"하지만 당신도 유산을 상속받으셨잖아요?"

그는 자신을 동정하듯 "오!"라고 내뱉었다.

"그 얘길 해 볼까요? 연금이 겨우 2만 프랑이에요. 지금 시세로는 대단한 것이 못 됩니다."

"하지만 부인께서도 똑같이 상속받으셨잖아요."

"그렇죠. 둘이서 100만 프랑입니다. 연금이 4만 프랑이죠. 그걸로는 마차 한 대도 가질 수 없습니다."

그들이 마지막 객실에 이르자 그들 앞에 온실이 열렸다. 넓은 겨울 정원에는 커다란 열대 지방 나무가 가득했는데, 그 아래로는 진귀한 꽃 무더기가 보호를 받고 있었다. 빛이 은물결처럼 흘러 들어오는 그 어두컴컴한 녹음으로 들어가자 축축한 흙의 미지근한 신선함과 꽃향기 섞인 텁텁한 공기가 코를 찔렀다. 인공적이었으나 부드럽고 연약하면서도 황홀할 만큼 기분 좋은 이상한 감촉이었다. 두터운 관목 숲 사이에는 이끼와 흡사한 융단이 깔려 있었다. 뒤루아는 문득 왼편에 마치 우산처럼 펼쳐진 커다란 종려나무 아래, 사람이 헤엄칠 수 있을 만큼 넓은 하얀 대리석 연못을 보았다. 그 가장자리에는 델프트*제 도기로 만든 커다란 백조 네 마리가 반쯤 벌린 주둥이로 물을 뿜고 있었다.

연못 바닥에는 황금빛 모래가 깔려 있고 그 안에서 거대한 금붕어 몇 마리가 헤엄치는 것이 보였다. 비늘 가장자리에 푸른색을 띠고 눈이 튀어나온 기괴한 중국 괴물 같았다. 황금빛 바닥의 연못에 떠서 헤엄치며 노는 것이 기이한 중국 자수를 연상시키는 물속의 고관대작이었다.

기자는 가슴이 두근거리는 것을 느끼며 걸음을 멈췄다. 그는 생각했다.

'바로 이것이 호화로운 생활이라는 거로구나. 이런 집에 살아야 하는 거야. 남들은 이렇게 성공하는데 나는 왜 못 한단 말인가?'

그는 방법을 생각해 보았지만 그 즉시 아무것도 떠오르지 않자 자신의 무능함에 화가 치밀었다.

옆에 있는 그녀도 더 이상 말을 하지 않고 생각에 잠겨 있었다. 그는 그 모습을 곁눈질로 보고 또 한 번 생각했다.

'이 인형처럼 생긴 소녀와 결혼하는 것으로 충분했을 텐데.'

그때 쉬잔이 꿈에서 깨어난 듯 소리쳤다.

"조심하세요!"

그녀는 그들의 길을 막고 선 사람들 사이로 뒤루아를 밀어

---

* 네덜란드 남서부 도시.

넣더니 갑자기 오른편으로 돌려세웠다.

가녀린 손을 벌린 듯 떨리는 나뭇잎들을 허공에 뻗친 기이한 식물들의 숲 한가운데 한 남자가 꼼짝도 하지 않고 바다 위에 서 있었다.

효과가 아주 놀라웠다. 흔들리는 푸른 나뭇잎들로 그림 가장자리가 가려 있어서 환상적이고 감동적인 것이, 마치 멀리 보이는 검은 구멍 같았다.

이해하려면 잘 들여다보아야 했다. 액자 틀은 사도들이 탄 배의 한복판을 가르고 있었다. 그중 한 사람이 뱃전에 앉아서 다가오는 그리스도를 향해 똑바로 등불을 비추고 있었는데, 사도들의 모습은 그 빛에 희미하게 반사되어 어렴풋이 보일 뿐이었다.

그리스도는 파도 위에 한 발을 내딛고 있었다. 파도가 신의 걸음으로 부서졌다가 이내 순응하고 다시 고요해져서 그리스도의 발을 포근하게 감싸는 것이 보였다. 예수의 주위는 온통 어두웠다. 하늘의 별들만이 빛났다.

사도들의 얼굴은 그리스도의 모습을 비춘 희미한 등불 빛 속에서 놀라움에서 비롯된 경련을 일으키고 있었다.

그 그림은 분명 거장의 예기치 못한 역작이었다. 사람의 마음을 뒤흔들어 놓아서 몇 해가 지나도 꿈속에 남을 작품 중 하나였다.

이 그림을 바라보는 사람들은 처음엔 말을 잃고 서 있다가 꿈에 잠긴 듯 자리를 떴다. 그리고 그림의 가치에 대해서만 이야기했다.

뒤루아는 한동안 그림을 보다가 "이런 걸작을 살 수 있다면 얼마나 멋진 일일까!" 하고 소리를 내서 말했다.

그러나 그림을 보려는 사람들에게 부딪치고 밀려서, 그는 쉬잔의 작은 손이 얹힌 팔에 힘을 주어 끌면서 그 자리를 떠났다.

그녀가 그에게 물었다.

"샴페인을 한잔하시겠어요? 뷔페로 가요. 아마 아빠도 계실 거예요."

두 사람은 거쳐 온 살롱들을 다시 천천히 빠져나갔다. 사람들이 많아져서 모든 살롱들이 시끌벅적했다. 공개 축제에 모인 점잖은 군중이었다.

그는 갑자기 누군가 "뒤루아 부인과 라로슈다." 하고 말하는 것을 들은 것 같았다. 이 말은 바람에 실려 오는 아득한 소리처럼 그의 귓전을 스쳤다. 어디서 들려온 말이었을까?

그는 주위를 둘러보았다. 과연 아내가 장관의 팔을 끼고 걷는 것이 보였다. 그들은 미소를 띠고 눈과 눈을 맞추면서 매우 친한 듯이 낮은 목소리로 이야기를 나누고 있었다.

사람들이 그 모습을 보고 쑤군거리는 것 같아서 그는 그들에게 달려들어 주먹으로 때려눕히고 싶은 거친 충동을 느꼈다.

그녀는 그를 세상의 웃음거리로 만들고 있었다. 그는 포레스티에를 생각했다. 세상은 그를 "뒤루아에게 아내를 뺏긴 자"라고 했을 것이었다. 도대체 저 여자는 누군가? 조금 재주가 있어서 출세하긴 했지만 실제로는 대단한 재능이 있는 것도 아니다. 세상 사람들은 그에게 힘이 있다는 것을 알고 그를 두려워하기 때문에 집으로 찾아오지만 뒤에서는 신문기자 나부랭이의 보잘것없는 살림을 거침없이 비웃을 것이다. 그녀와 함께하는 한 결코 출세하지 못할 것이다. 그녀는 사람들이 집을 수상쩍은 눈으로 보게 하고 언제나 소행이 좋지 않으며 겉으로 보기에도 모사꾼이지 않은가. 지금 그녀는 그의 발에 채워진 족쇄나 매한가지였다. 아! 좀 더 일찍 깨달았다면! 그렇다는 것을 알았다면! 그렇다면 그는 좀 더 폭넓고 힘 있게 활동할 수 있었을 텐데! 이 귀여운 쉬잔에게 손을 썼더라면 엄청난 도박에 이겼을 것을! 그런 것도 모르다니 장님이 따로 없지 않은가?

그들은 식당으로 왔다. 둥근 대리석 기둥이 서 있는 넓은 방으로 벽에는 옛 고블랭 천이 걸려 있었다.

왈테르가 부하 기자의 모습을 보자 달려와서 손을 잡았다. 그는 기쁨에 취해 있었다.

"자네 다 보았나? 얘, 쉬잔, 다 보여 드렸니? 어때? 엄청난 사람들이지, 벨아미? 게르쉬 대공을 만나 뵈었나? 지금 막 여기서 펀치를 한 잔 마시고 가셨다네."

그러고 나서 아내를 데리고 온 상원 의원 리솔랭 쪽으로 뛰어갔다. 얼이 빠진 듯한 부인은 노점상처럼 차리고 있었다.

한 신사가 쉬잔에게 인사했다. 늘씬하고 키가 크며 금빛 구레나룻에 머리가 약간 벗은, 어디에서나 볼 수 있는 상류사회 사람다운 청년이었다. 조르주는 카졸 후작이라는 그 남자의 이름을 듣자 갑자기 질투의 불꽃이 가슴에 타오르는 것을 느꼈다. 쉬잔은 언제부터 이 남자를 알았을까? 부자가 된 후일까? 조르주는 그를 쉬잔의 구혼자 중 한 사람으로 짐작했다.

누군가가 그의 팔을 잡았다. 노르베르 드 바렌이었다. 노시인은 기름이 밴 더러운 머리와 낡아 빠진 옷차림에 무관심하고 지친 모습으로 서성거리고 있었다.

"이것이 즐긴다는 것이오. 좀 있으면 사람들은 춤을 출 것이고, 그러고 나면 자러 가겠지. 처녀들은 만족할 거요. 샴페인 좀 드시오. 아주 훌륭해요."

그는 술잔에 술을 가득 따르게 하고 잔을 손에 든 뒤루아에게 가볍게 머리를 숙여 보이며 말했다.

"난 백만장자들에 대한 정신적 보복을 위해 마신다오."

그러고 나서 작은 목소리로 덧붙였다.

"막대한 재산을 가진 자들이 못마땅한 것도 아니고, 별로 원한을 품고 있지도 않소. 난 다만 원칙적으로 저항할 뿐이지."

뒤루아는 그의 말을 듣지 않았다. 그는 카즐 후작과 함께 모습을 감춘 쉬잔을 찾고 있었다. 그는 노르베르 드 바렌을 남겨 두고 쉬잔을 찾으러 갔다.

술을 마시려는 사람들이 너무 많아 그는 앞으로 나아갈 수가 없었다. 겨우 사람들을 헤치고 나오자 드 마렐 부부와 딱 마주쳤다.

그는 부인과는 늘 만났지만 남편과는 아주 오랜만이었다. 남편이 뒤루아의 두 손을 잡고 말했다.

"지난날 클로틸드를 통해 충고의 말씀을 전해 주셔서 정말로 고마웠습니다. 모로코 공채로 10만 프랑가량 벌었습니다. 오로지 당신 덕분입니다. 정말 당신은 저의 소중한 친구입니다."

남자들이 그 아름답고 우아한 갈색 머리 클로틸드를 보느라고 몸을 돌렸다. 뒤루아는 이렇게 대답했다.

"그럼 사례 대신 부인을 잠깐 빌리겠습니다. 아니 그보다는 제 팔을 빌려 드리겠습니다. 부부는 언제나 떼어 놓아야 하는 법입니다."

마렐 씨가 머리를 숙였다.

"맞습니다. 만약 서로 찾지 못하면 한 시간 후에 여기서 만나기로 합시다."

"알겠습니다."

젊은 두 사람은 사람들 틈 속으로 섞여 들어갔다. 남편이 그 뒤를 따랐다. 클로틸드가 되풀이해서 말했다.

"왈테르 씨 댁은 정말 운이 좋아요. 어쨌든 이 정도로 사업에 눈이 밝다니 놀라워요."

"뭘요! 수완 있는 사람은 어떤 방법을 써도 성공하는 법이죠."

그녀가 다시 말했다.

"두 딸에겐 각각 2000만~3000만의 지참금이 붙었죠. 게다가 쉬잔은 예쁘고."

그는 아무 말도 하지 않았다. 자신의 생각을 남의 입을 통해 듣는 것이 불쾌했다.

그녀가 아직 「물 위를 걷는 그리스도」를 보지 않았기 때문에 그는 그녀를 안내하려 했다. 그들은 지나가는 사람들을 욕하거나 남모르는 사람들을 흉보면서 재미있어 했다. 곁을 지나가는 생포탱이 야회복 깃에 많은 훈장을 매단 것을 보고 그들은 또 몹시 웃어 댔다. 그런데 바로 그 뒤를 따라온 전직 대사는 그처럼 많은 훈장을 달고 있지 않았다.

뒤루아는 내뱉듯이 말했다.

"온갖 계급이 다 섞여 있군."

옆을 지나치면서 악수한 부아르나르 역시 예의 결투하던 날 달았던 초록빛과 노란빛 훈장으로 단춧구멍을 장식했다.

육중한 몸을 요란하게 장식한 페르스뮈르 자작 부인이 작은 루이 16세 풍 침실에서 어떤 공작과 다정하게 이야기를 주고받고 있었다.

뒤루아는 중얼거렸다.

"아주 다정한 상봉이군."

그러나 온실을 지날 때 그는 자기 아내가 라로슈 마티외와 바짝 붙어서 나무숲 그늘에 숨은 듯 앉아 있는 것을 보았다. 그들은 마치 이렇게 공공연히 말하는 듯했다.

"우린 여기서 밀회하고 있어요. 이렇게 공공연하게 만나고 있어요. 남들이 뭐라 하든 아무렇지도 않아요."

드 마렐 부인은 마르코비치의 이 그리스도가 놀랄 만한 작품이라는 것을 인정했다. 잠시 후 그들은 되돌아왔으나 마렐 씨의 모습은 보이지 않았다.

그가 물었다.

"그런데 로린은 여전히 내게 화를 내고 있소?"

"네, 여전해요. 절대로 당신과 만나기 싫다고 하며 당신 이야기만 나오면 화가 나서 나가 버리는걸요."

그는 대답하지 않았다. 그 소녀의 반감이 그를 슬프게 하고 기분을 우울하게 내리눌렀다.

어떤 문 모퉁이에서 쉬잔이 두 사람을 붙들고 외쳤다.

"어머나! 여기 계셨군요. 그럼 벨아미, 당신은 혼자 계세요. 아름다우신 클로틸드 부인을 모셔 가야겠어요. 제 방을 보여 드리고 싶어요."

그리고 두 여자는 재빠르게 혼잡한 사람들 틈을 빠져나갔다. 군중 속을 걸을 때에는 몸이 물결처럼 흔들리고 뱀처럼 너울거리게 하는 방법을 그녀들은 알고 있었다.

바로 그때 중얼거리는 소리가 들렸다.

"조르주 씨."

왈테르 부인이었다. 그녀는 매우 낮게 속삭였다.

"당신은 정말로 무자비하고 잔인해요! 아무 이유도 없이 얼마나 저를 괴롭혔는지! 실은 제가 한 말씀 드리고 싶어서 쉬잔에게 저분을 모시고 가도록 했어요. 이봐요, 무슨 일이 있더라도…… 꼭 오늘 밤에는 들어 주셔야겠어요……. 그러지 않으면…… 그러지 않으면…… 무슨 일을 저지를지 몰라요. 온실로 가면 왼쪽에 문이 있어요. 그곳으로 들어가면 정원으로 나갈 수 있는데 그 앞길을 곧장 따라가면 지붕에 푸른 잎을 올린 정자가 있으니까 십 분 뒤에 거기서 기다려 주세요. 만약 싫다고 하시면 전 여기서 당장 소란을 피울 테니까요."

"좋습니다. 십 분 뒤에 말씀하시는 장소로 가겠습니다."

그리고 두 사람은 헤어졌다. 그러나 자크 리발을 만나서 하마터면 늦어질 뻔했다. 그는 뒤루아의 팔을 잡고 매우 흥분한 양 여러 가지 말을 늘어놓았다. 아마도 식당에서 온 모양이었다. 그러나 그는 근처를 서성거리던 마렐 씨를 발견하고는 그에게 리발을 떠맡기고 간신히 달아날 수가 있었다. 게다가 그는 아내와 라로슈에게 들키지 않도록 조심해야만 했다. 그러나 그들은 이야기하는 데 정신이 팔린 듯해서 무사히 정원으로 나올 수 있었다.

차가운 공기가 얼음을 끼얹은 듯 온몸에 스몄다. 그는 '제기랄, 감기 들겠는걸.' 하고 생각하며 손수건을 넥타이처럼 목에 감았다. 그는 천천히 오솔길을 걸어갔다. 살롱의 휘황한 불빛 속에서 나온 직후여서 주위가 잘 보이지 않았다.

좌우로 낙엽 진 관목들이 가느다란 나뭇가지들을 떨고 있는 것이 보였다. 저택 창문에서 새어 나오는 엷은 회색 불빛이 그 작은 가지들 사이를 흐르고 있었다. 눈앞의 길 한가운데에서 희끄무레한 것이 보였다. 왈테르 부인이 팔도 가슴도 드러낸 채 떨리는 목소리로 속삭였다.

"아! 드디어 오셨군요. 대체 당신은 저를 죽일 작정인가요?"

그가 차분하게 대답했다.

"부탁이니까 쓸데없는 연극은 그만두십시오. 그렇지 않으면 당장 돌아가겠습니다."

그녀는 그의 목에 팔을 감고 입술을 그의 입술 가까이 가져가면서 애원하듯 말했다.

"하지만 제가 당신에게 뭘 어쨌다는 거죠? 당신의 행동은 마치 무뢰한 같아요. 대체 내가 뭘 잘못했나요?"

그는 그녀를 밀어내려고 했다.

"저번에 만났을 때 내 단추에 머리카락을 감아 놓지 않았습니까? 덕분에 하마터면 아내와 다투고 헤어질 뻔했습니다."

그녀는 잠깐 놀란 듯했으나 곧 머리를 가로저었다.

"오! 당신 부인이 잘도 그러셨겠어요. 당신 애인들 중 한 사람이 앙탈을 부렸겠지."

"내겐 애인이 없습니다."

"닥쳐요! 그런데 어째서 다시는 나를 보러 오지 않죠? 일주일에 겨우 하루뿐인데, 어째서 함께 식사하는 것까지 거절하나요? 전 이제 죽을 만큼 괴로워요. 당신이 그리워서 당신밖에는 아무것도 생각할 수 없고, 무엇을 보아도 눈앞에 당신 모습만 떠오르고 당신 이름이 자꾸 튀어나올 것 같아서 말도 할 수 없을 정도예요……. 당신은 그걸 모르시겠죠. 마치 사나운 맹수의 발톱에 찍혔거나 자루 속에 갇힌 것 같아서 뭐가 뭔지 모르겠어요. 당신 생각이 언제나 마음에 달라붙어 있어서 목을 누르고 이 가슴속에서 나를 쥐어뜯어요. 다리에도 맥이 빠져 버려서 걸을 수도 없어요. 그래서 마치 동물처럼 하루 종일 의자에 앉아 당신 생각만 했어요."

그는 놀라서 그녀의 얼굴을 지켜보았다. 그녀는 이미 전처럼 바람난 뚱보 여자가 아니라, 분별을 잃고 절망에 허덕이며 무슨 일이라도 저지를 것 같은 여자였다.

그러나 희미한 계획이 머리에 떠올라 그가 대답했다.

"그렇게 말씀하시지만 연애가 영원할 수는 없어요. 만났다 헤어졌다 하는 겁니다. 그것이 우리처럼 길어질 때는 무서운 폭탄이 되는 거지요. 난 이젠 원치 않습니다. 그게 진실입니다. 그러나 만약 당신이 나를 친구답게 점잖게 대해 주신다면 예전처럼 찾아오겠습니다. 그러실 수 있겠습니까?"

그녀는 뒤루아의 검은 옷 위에 맨살이 드러난 두 팔을 올려 놓고 속삭였다.

"당신을 만나기 위해서라면 무슨 짓이라도 할 수 있어요."

"그럼 이야기된 겁니다. 우리는 그저 친구일 뿐 그 이상 아무것도 아닙니다."

"네, 좋아요."

그녀는 입술을 내밀고 애원했다.

"그럼 한 번만 더 키스해 주세요. 마지막으로."

그는 조용하게 거절했다.

"아뇨, 우리는 계약을 지켜야 합니다."

그녀는 얼굴을 돌리고 눈물을 닦았다. 그리고 장밋빛 비단 리본으로 맨 종이 꾸러미를 코르셋에서 꺼내어 뒤루아에게 줬다.

"자, 이건 모로코 공채의 이익 중에서 당신 몫이에요. 전 당신을 위해서 이만큼 벌어 드릴 수 있어서 기뻐요. 자, 받아요."

그는 거절하고 싶었다.

"아닙니다. 받지 않을 겁니다."

그러자 그녀가 화를 냈다.

"아! 이제 내게 그렇게 하지 마요! 이건 당신 거예요. 오직 당신 거란 말이에요. 당신이 받지 않으신다면 하수구에 버리고 말겠어요. 조르주, 거절하지 마세요."

그는 그 작은 꾸러미를 받아서 호주머니에 넣었다.

"그만 돌아갑시다. 폐렴에라도 걸리면 안 되니까요."

"그편이 낫겠어요! 죽을 수만 있다면."

그녀는 그의 손을 잡고 정열과 노여움과 절망을 담아서 키스한 뒤 저택 쪽으로 도망치듯 달려갔다.

그는 생각에 잠겨 천천히 되돌아갔다. 잠시 후 그는 고개를 들고 입술에 미소를 띠면서 온실로 들어갔다.

그의 아내와 라로슈는 이미 그곳에 없었다. 사람들이 많이 줄었다. 무도회에 남은 사람도 그렇게 많지 않을 것이 분명했다. 그는 쉬잔이 언니의 팔을 끌고 오는 것을 보았다. 그들은 그가 있는 쪽으로 와서 라투르 이블랭 백작과 함께 첫 카드릴*

---

* 네 사람씩 짝지어 네모반듯한 형태로 추는 춤.

을 쳤으면 좋겠다고 했다.

그가 놀라 물었다.

"그분은 또 어떤 분이죠?"

쉬잔이 짓궂게 대답했다.

"언니의 새 친구예요."

로즈가 얼굴을 붉히고 중얼거렸다.

"심술궂구나, 쉬잔. 그분은 네게도 역시 친구 아니니?"

그녀가 살짝 웃으며 대답했다.

"알았어."

로즈는 화가 나서 홱 돌아서더니 가 버리고 말았다.

뒤루아는 옆에 남은 처녀의 팔꿈치를 정답게 잡고 달콤한 목소리로 물었다.

"이봐요, 아가씨, 당신은 정말로 나를 친구라고 생각합니까?"

"그럼요, 벨아미."

"나를 믿나요?"

"물론이죠."

"아까 내가 말한 걸 기억합니까?"

"뭐였죠?"

"당신의 결혼에 대해서. 아니, 당신이 결혼할 사람에 대해서."

"네."

"그럼 나하고 한 가지만 약속해 줄래요?"

"네, 하지만 뭐죠?"

"누군가가 당신에게 구혼할 때마다 나하고 의논할 것. 내 의견을 듣기 전에는 아무에게도 승낙하지 않을 것이라고."

"네, 좋아요."

"이건 우리 둘만의 비밀입니다. 아버지나 어머니께 한 마디도 하지 않깁니다."

"네, 말하지 않을게요."

"맹세해요?"

"맹세하죠."

리발이 바쁘게 다가왔다.

"아가씨, 아버님께서 춤추러 오라고 부르십니다."

"가요, 벨아미."

그러나 그는 집으로 돌아가야겠다고 하면서 거절했다. 혼자 생각해 보고 싶었다. 새로운 일이 너무 많아서 정신이 없었다. 그는 아내를 찾기 시작했다. 얼마 뒤에 그는 뷔페에서 두 낯선 신사와 초콜릿을 마시는 아내를 찾아냈다. 그녀는 남편을 소개했으나 상대편 이름은 말하지 않았다.

잠시 후에 그가 물었다.

"돌아갈까?"

"좋아요."

그녀는 그의 팔을 잡고 손님이 적어진 살롱을 가로질렀다.

그녀가 물었다.

"사장 부인은 어디 계신가요? 인사를 해야겠는데요."

"그럴 필요 없어. 잘못하면 무도회에 붙들리고 말 텐데. 난 이제 지쳤소."

"그래요. 당신 말이 맞아요."

돌아오는 마차 안에서 두 사람은 말없이 앉아 있었다. 그러나 방에 들어가자마자 마들렌은 베일을 벗기도 전에 미소를 지으며 말했다.

"여보, 당신께 아주 놀랄 선물이 있어요."

그는 좋지 않은 기분으로 물었다.

"뭔데?"

"알아맞혀 보세요."

"그런 노력은 하고 싶지 않은데."

"그럼 좋아요. 모레가 정월 초하루죠?"

"응"

"새해 선물을 주는 때죠."

"그래."

"여기 당신께 드리는 새해 선물이에요. 라로슈 씨가 아까 제게 주셨어요."

그녀는 보석함처럼 생긴 까맣고 작은 상자를 그에게 내쳤다.

그는 무관심하게 그것을 열었다. 그 안에는 레지옹 도뇌르 십자 훈장이 들어 있었다.

그의 얼굴이 약간 창백해지더니 그는 미소를 띠면서 이렇게 말했다.

"난 1000만 프랑이 더 좋아. 이런 건 그 녀석의 돈이 별로 안 먹히잖아."

그녀는 남편이 기뻐서 환성을 지르리라고 기대했는데 그가 냉담하자 화를 냈다.

"당신은 정말 못 말리겠어요. 이젠 어떤 것에도 만족하지 않는군요."

그는 태연하게 대답했다.

"그 남자는 내게 빚을 갚았을 뿐이야. 하지만 아직 빚이 꽤 남았지."

그녀는 그 말투에 놀라서 대답했다.

"하지만 그건 당신 나이에 받기 어려운 거예요."

"모든 것은 상대적이야. 난 이번에만은 좀 더 받아도 될 거요."

그는 상자 뚜껑을 열어 벽난로 위에다 놓고는 그 속에서 빛나는 별을 한동안 바라보았다. 그러다가 뚜껑을 닫고 어깨를 한 번 으쓱해 보이고는 잠자리로 들어갔다.

1월 1일자 《로피시엘》은 신문기자인 프로스페르 조르주 뒤루아 씨가 뛰어난 공적으로 레지옹 도뇌르 기사에 임명되었음을 발표했다. 성이 둘로 나뉘어 씌어 있었다. 그는 그것이 훈장보다도 기뻤다.

공표된 뉴스를 읽고 한 시간쯤 지나자, 사장 부인이 짤막한 편지를 보냈다. 이번 훈장 수여를 축하하고 싶으니 그날 밤 부인과 함께 만찬에 와 주면 고맙겠다는 내용이었다. 그는 잠시 주저하다가 애매한 말을 늘어놓은 그 편지를 불 속에 던지고 마들렌에게 말했다.

"오늘 밤 왈테르 씨 댁 만찬에 갑시다."

그녀가 놀라며 말했다.

"어머! 전 당신이 이젠 그 댁에는 절대로 발길을 안 하실 작정인 줄 알았어요."

그는 다만 이렇게 중얼거릴 뿐이었다.

"생각이 달라졌지."

그들이 들어가자 사장 부인은 친한 손님을 맞기 위해 마련된 작은 루이 16세풍 침실에 혼자 있었다. 검은 옷차림에 머리에 분을 뿌려 보기에 아름다웠다. 멀리서 보면 늙어 보이고,

가까이 보면 볼수록 젊고 아름다웠다.

"상복을 입으셨군요."

마들렌이 말했다.

사장 부인은 서글프게 대답했다.

"네, 그래요. 가까운 사람 중에 누군가를 잃은 건 아니지만, 저도 제 생애에 작별을 고해도 괜찮을 나이가 되었어요. 오늘은 처음이니까 이것을 입었지만 앞으로는 마음속으로 입겠어요."

뒤루아는 생각했다.

'과연 그 결심이 오래갈까?'

만찬은 어딘가 좀 침울했다. 쉬잔만이 쉴 새 없이 수다를 떨었다. 로즈는 뭔가 말 못할 거북한 일이 있는 듯했다. 신문기자는 모든 사람에게서 정중한 축하 인사를 받았다.

식사가 끝나자 모두들 자리에서 일어나 객실과 온실을 여기 저기 서성거리면서 잡다한 이야기를 했다. 뒤루아가 그들의 뒤를 따라 사장 부인과 함께 걸을 때 그녀는 그 팔을 잡고 조그맣게 말했다.

"저…… 난 이제 당신에게 아무 말도 하지 않겠어요. 절대로 하지 않겠어요……. 하지만 만나러 와 주세요. 조르주, 보시다시피 이젠 허물없는 친숙한 말투도 쓰지 않잖아요. 난 당신 없이는 아무래도 살아갈 수 없어요. 이 괴로움은 상상조차 할 수 없어요. 난 밤이나 낮이나 당신이 나의 눈 속과 마음속과 몸속에 계시는 것만 같아요. 마치 당신이 나에게 독이라도 먹인 것처럼, 그 독이 내 가슴을 물어뜯는 거예요. 이젠 못 견디겠어요. 정말 못 참겠어요. 그래서 전 당신에게는 늙은 여자에 지나지 않는다고 생각하려고 맘먹었어요. 그 증거로 머리를 하얗게 물들였어요. 하지만 가끔은 친구로서 찾아와 주세요."

그녀는 그의 손을 잡고 손톱이 살에 파고들 만큼 세게 움켜쥐었다.

그는 조용하게 대답했다.

"잘 알았습니다. 그건 거듭 말씀하실 필요도 없습니다. 오늘도 편지대로 곧 오지 않았습니까."

두 딸과 마들렌을 데리고 앞서 걷던 왈테르가 「물 위를 걷는 그리스도」 앞에서 뒤루아를 기다리고 있었다. 그가 웃으면서 말했다.

"여보게, 상상이 가나? 난 우리 집사람이 어제 이 그림 앞에서 마치 교회에서처럼 무릎을 꿇고 기도를 하는 걸 봤다네. 얼마나 웃었는지!"

왈테르 부인이 단호한 목소리로 대답했다. 그 목소리는 남모르게 감추어진 격렬한 흥분으로 떨렸다.

"이 그리스도야말로 내 영혼을 구제해 주실 거예요. 그를 쳐다볼 때마다 용기와 힘을 얻었어요."

그리고 바다 위에 선 그리스도의 정면에서 걸음을 멈추고 말했다.

"참으로 아름다워요! 이 사람들은 얼마나 이분을 두려워하고 사랑하는지! 얼굴과 눈을 보세요. 평범하면서도 초인적이잖아요!"

쉬잔이 외쳤다.

"그런데 그리스도가 당신을 닮았어요, 벨아미. 분명히 닮았어요. 당신께 구레나룻이 있든가, 저분이 깎아 버리든가 하면 두 분이 똑같아요. 오! 충격이야!"

그녀는 그림 옆에 그를 세우려고 했다. 그리고 모두들 그녀의 말처럼 두 얼굴이 꼭 닮았다고 생각했다.

모두 놀랐다. 왈테르는 이상한 일이라고 여기고, 마들렌은 그리스도 편이 훨씬 남자답다고 했다.

왈테르 부인은 꼼짝도 하지 않고 그리스도의 얼굴과 나란히 선 연인의 얼굴을 시선을 고정한 채 지켜보았다. 그리고 흰 머리카락처럼 창백해졌다.

8장

겨울이 끝날 때까지 뒤루아 부부는 왈테르 집을 자주 방문했다. 뒤루아는 혼자서도 종종 저녁을 먹으러 갔다. 마들렌이 피로해서 집에 있고 싶다고 했기 때문이다.

그는 매주 금요일을 왈테르 씨 댁에 가는 날로 정했다. 사장 부인은 그날 저녁은 아무도 초대하지 않고 벨아미만을 위한 시간으로 삼았다. 식사가 끝나면 카드놀이를 하기도 하고 금붕어에게 먹이를 주기도 하고 마치 한집안 식구와 마찬가지로 즐겁게 놀았다. 몇 번은 문 뒤나 온실 나무 숲 뒤나 어두운 한쪽 구석에서 왈테르 부인이 별안간 젊은이에게 매달려서 힘껏 껴안고 귀에 속삭이기도 했다.

"그리워요! 정말 그리워요! 죽을 만큼 그리워요!"

그러나 그는 언제나 싸늘하게 그녀를 밀쳐내고 무뚝뚝한 어조로 대답했다.

"또 그런 말씀을 하시면 다시는 오지 않겠습니다."

3월이 끝날 무렵, 갑자기 두 딸의 결혼에 대한 소문이 퍼졌다. 로즈는 라투르 이블랭 백작과, 쉬잔은 카졸 후작과 결혼한다는 이야기였다. 이 두 청년은 이 집안의 단골손님이 되었고, 특별한 혜택과 누가 봐도 뚜렷한 특권을 부여받았다. 뒤루아와 쉬잔은 마치 남매처럼 다정하게 허물없이 지냈다. 몇 시간이고 이야기를 나누고 닥치는 대로 남을 험담하고, 함께 있는 것이 즐거워서 견딜 수 없는 모양이었다.

　그러나 그들은 머지않아 실현될지도 모르는 결혼이나 나타난 구혼자에 대해서는 한 번도 이야기한 적이 없었다.

　어느 날, 사장이 뒤루아를 점심에 초대했다. 식사가 끝난 뒤 왈테르 부인은 집 안에 출입하는 상인을 만나러 갔다. 뒤루아가 쉬잔에게 말했다.

　"금붕어에게 먹이를 주러 가죠."

　그들은 각각 식탁에서 커다란 빵 덩어리를 들고 온실로 들어갔다.

　대리석 연못 주위 바닥에는 쿠션을 나란히 깔아 놓아 연못 주위에 무릎을 꿇고 물고기를 가까이서 볼 수 있도록 해 놓았다. 둘은 나란히 쿠션에 무릎을 대고 물 위로 몸을 굽혀 빵을 손가락으로 조그맣게 뭉쳐서 던지기 시작했다. 금붕어 떼는 그들을 보자 곧 모여들어 꼬리를 흔들고 지느러미를 너울거렸다. 툭 튀어나온 눈을 굴리며 같은 곳을 빙글빙글 돌기도 하고, 가라앉아 가는 동그란 먹이를 쫓아서 깊은 곳으로 헤엄쳐 들어가기도 하고 곧 떠올라 와서 다른 먹이를 찾기도 했다.

　고기들은 입을 우스꽝스럽게 움직이며 갑자기 재빠르게 뛰어올라 조그마한 괴물처럼 기묘한 몸짓을 했다. 바닥의 금모래

위에서 타는 듯한 빨간 몸뚱이를 드러내고 투명한 물속을 불 꽃처럼 헤엄쳐 한 곳에 머무르면 이내 비늘 위로 둘러진 푸른 띠가 보였다.

조르주와 쉬잔은 거꾸로 물에 비치는 자신들의 얼굴을 보 고 서로의 모습에 미소를 지었다.

갑자기 그가 낮은 소리로 말했다.

"뭐든 감추려 드는 건 좋지 않아요, 쉬잔."

"무슨 말씀이죠, 벨아미?"

"그 야회가 있던 밤에 바로 이 자리에서 내게 약속한 것을 기억하시지 않나요?"

"잊었는데요."

"누군가가 당신에게 구혼하면 그때마다 내게 의논한다고 한 것 말입니다."

"맞아요. 그런데요?"

"구혼한 사람이 있지 않습니까?"

"누구요?"

"알고 있으면서."

"아뇨, 몰라요."

"아니, 알고 있어요. 그 바보 같은 카졸 후작."

"그분은 바보가 아니에요, 제가 보기엔."

"그럴지도 모르죠! 하지만 어리석어요. 도박으로 파산한 데 다가 결혼으로 신세를 망쳤죠. 당신처럼 아름답고 싱싱하고 총 명한 사람에게 정말 좋은 결혼 상대죠."

그녀가 미소를 지으며 물었다.

"그분에게 무슨 원한이라도 있나요?"

"내가요? 전혀 없어요."

"거짓말. 그분은 당신이 말씀하시는 그런 분이 아니에요."

"천만에. 그 녀석은 바보고 모사꾼이에요."

그녀는 물속을 들여다보기를 그만두고 약간 몸을 돌렸다.

"저런, 왜 그러세요?"

그는 그녀의 마음 밑바닥에서 비밀을 끄집어내듯이 말했다.

"난…… 난…… 그를 질투하고 있소."

그녀가 약간 놀랐다.

"당신이?"

"네, 그렇습니다."

"어머, 어째서요?"

"당신을 사랑하기 때문이죠. 그것은 잘 알고 계시겠죠? 짓 궂으시군요."

그러자 그녀는 싸늘한 어조로 말했다.

"정상이 아니군요, 벨아미."

"제정신이 아니라는 건 나도 잘 압니다. 이런 일은 당신에게 말해서는 안 됩니다. 나는 아내가 있는 몸이고, 당신은 처녀니까요. 난 머리가 돈 정도가 아니라 죄인입니다. 비인간적인 놈입니다. 내겐 아무런 희망을 걸 여지가 없습니다. 이런 생각을 하면 이성도, 그 아무것도 느껴지지 않습니다. 그런데 당신이 곧 결혼하신다는 소문을 들었기 때문에 나는 너무 화가 치밀어서 누구든지 가릴 것 없이 죽여 버리고 싶습니다. 날 용서하시오, 쉬잔."

그는 입을 다물었다. 그들이 빵을 던져 주지 않자 물고기들은 영국 병사들처럼 거의 한 줄로 늘어서서 가만히 움직이지 않고 있었다. 그리고 이제는 자기들을 상대하지 않는 둘의 숙인 얼굴을 지켜보았다.

처녀는 반은 슬프고 반은 기쁘게 속삭였다.

"당신이 유부남이라 애석해요. 방법이 없잖아요? 아무것도 할 수 없는데요 뭐. 더 할 말이 없죠."

그는 별안간 그녀에게로 몸을 돌려 그녀의 얼굴에 맞닿을 것처럼 얼굴을 바짝 대고 말했다.

"만약 내가 자유로운 몸이라면 결혼해 주겠어요?"

처녀는 진지한 어조로 대답했다.

"네, 벨아미. 당신과 결혼하겠어요. 다른 어느 분보다도 훨씬 당신이 좋으니까요."

그는 일어나서 중얼거렸다.

"고마워요……. 정말 고마워요……. 제발 부탁이니 아무에게도 승낙하지 말아요. 조금만 더 기다려요. 부탁입니다! 그렇게 약속해 줄래요?"

그녀는 조금 당황해서 상대의 말뜻을 모르는 채 대답했다.

"약속할게요."

뒤루아는 아직 손에 들고 있던 빵 덩어리를 물속에 던져 버리고 미친 사람처럼 인사도 하지 않고 뛰어나갔다.

손가락으로 뭉치지 않아서 그대로 물 위에 떠 있는 빵 덩어리에 물고기들은 정신없이 달려들어 탐욕스러운 주둥이로 그것을 조금씩 물어뜯었다. 그리고 연못 저쪽 끝으로 끌고 가서 마치 움직이는 열매 송이처럼 그 밑을 바쁜 듯이 헤엄쳐 돌아갔다. 마치 머리를 거꾸로 하여 물에 떨어진 한 송이 꽃이 활발하게 움직이며 돌아가는 것 같았다.

쉬잔은 뜻밖의 일에 놀라 불안해하며 일어서서 천천히 발길을 돌렸다. 그러나 신문기자는 벌써 돌아간 뒤였다.

그가 집에 돌아왔을 때에는 완전히 차분해졌다. 그는 마들렌이 편지를 쓰는 것을 보고 이렇게 물었다.

"금요일에 왈테르 씨 댁 만찬에 가지 않겠소? 난 가려 하는데."

그녀가 망설이며 대답했다.

"아뇨, 전 몸이 좀 불편해서 집에 있는 게 좋겠어요."

"그럼 좋도록 하구려. 억지로 갈 것은 없으니까."

그는 대답하고 나서 다시 모자를 들고 나가 버렸다.

오래전부터 그는 아내의 거동을 엿보고 감시했다. 그는 그녀가 가는 곳을 미행하여 거동을 상세하게 알고 있었다. 드디어 기다리던 시기가 온 것이다. "집에 있는 편이 좋겠어요." 하고 대답했을 때 아내의 어조는 그의 추측이 옳음을 입증했다.

그로부터 며칠 동안 그는 아내에게 상냥하게 대했다. 전에 없이 기분 좋아 보이기까지 했다. 그녀는 곧잘 이렇게 말했다.

"어쩐지 요즈음 퍽 다정해지셨군요."

금요일이 되자, 사장 댁으로 가기 전에 두서너 곳 볼일이 있다면서 그는 일찍부터 옷을 갈아입었다.

그리고 6시경, 아내에게 키스하고 나와서 노트르담드로레트 광장에 가서 마차를 잡았다.

그는 마부에게 말했다.

"퐁텐 거리 17번지 앞에 마차를 멈추고, 내가 가라고 할 때까지 기다려 주시오. 그다음엔 라파예트 거리의 코크프장이라는 음식점으로 가 주시오."

마차는 느리게 달리기 시작했다. 뒤루아는 창문 커튼을 내렸다. 자기 집 문 앞에 이르자 그는 문에서 눈을 떼지 않고 기다렸다. 십 분쯤 지나자, 그는 마들렌이 나와서 외곽 큰길 쪽으로 올라가는 것을 보았다. 그녀 모습이 멀리 보이자 그는 마차 앞으로 목을 내밀고 "갑시다." 하고 외쳤다.

마차는 달리기 시작하여 그를 코크프장 앞에 내려놓았다. 그곳은 근처에서 이름이 알려진 대중음식점이었다. 뒤루아는 식당에 들어가서 이따금 시계를 보면서 천천히 식사를 했다. 커피를 마시고 고급 브랜디를 두 잔 들이켜고 향기 좋은 잎담배를 유유히 태우자 7시 30분이 되었다. 그는 음식점을 나와서 달리던 다른 빈 마차를 불러 세워 라로쉬푸코 거리까지 가게 했다.

그리고 마부에게 가르쳐 준 집 문 앞에서 마차에서 내리고는 문지기에게 아무것도 묻지 않고 4층까지 올라갔다. 하녀가 문을 열자 그가 물었다.

"기베르 드 로르므 씨는 댁에 계시겠죠?"

"네, 계십니다."

그는 객실에 안내되어 잠시 기다렸다. 이윽고 한 남자가 들어왔다. 키가 크고 훈장을 달았으며, 동작이 군인 같고 아직 젊은데도 머리가 희끗희끗했다.

뒤루아는 인사를 마치고 말했다.

"제가 예상했던 대로 경위님, 제 아내가 지금 평소 마르티르 거리에 빌려 놓은 가구 딸린 방에서 정부와 저녁을 먹고 있습니다."

경위는 고개를 숙이고 말했다.

"말씀만 하십시오."

뒤루아가 계속해서 말했다.

"9시까지죠? 그 시각이 지나면 개인 주택에 들어가서 간통 사실을 확인할 수 없으니까요."

"아, 겨울에는 7시까지고 3월 30일 이후는 9시까지입니다. 오늘은 4월 5일이니까 9시까지도 괜찮습니다."

"그럼 경위님, 아래에 마차를 기다리게 했으니까, 경비 순경들을 태우고 가서 문 앞에서 좀 기다리기로 합시다. 늦게 도착할수록 현행범을 잡을 확률이 높을 테니까요."

"그렇게 하시죠."

경위는 객실에서 나가 외투를 입고 돌아왔다. 훈장에 늘어진 삼색 띠가 외투 속에 숨어 있었다. 그는 뒤루아가 먼저 지나가게 하느라고 옆으로 물러섰으나 신문기자는 우울한 생각에 잠겨 있어 뒤따르겠다며 사양했다. 그리고 되풀이해 말했다.

"먼저 나가십시오…… 먼저."

그러나 경위는 말했다.

"자, 먼저 나가십시오. 여기는 제 집이니까요."

그는 가볍게 인사를 하고 방을 나섰다.

그들은 우선 경찰서로 사복 경찰관을 데리러 갔다. 뒤루아가 오늘 밤에 간통 현장을 붙들러 간다고 낮에 미리 통지해두었으므로 세 사람이 기다리고 있었다. 그중 한 사람은 마부와 나란히 마부석에 앉고 다른 두 사람이 마차 좌석에 올라탔다. 마침내 마차가 마르티르 거리에 도착했다.

뒤루아가 말했다.

"난 집의 약도를 가지고 있습니다만 문제의 방은 3층입니다.

처음에 현관이 있고 다음이 식당, 그 안쪽이 침실이고, 이 방 세 개는 이어져 있습니다. 아무 데도 도망갈 곳은 없습니다. 이 앞으로 좀 더 가면 열쇠 장수가 있는데 언제라도 부르면 오기로 했습니다."

목적한 집 앞에 이르렀을 때는 아직 8시 15분이었으므로 그들은 이십 분 이상을 말없이 기다렸다. 그러다 45분이 되어 가는 것을 보고 조르주가 말했다.

"자, 들어갑시다."

그들은 문지기를 아랑곳하지 않고 계단을 올라갔다. 하기야 문지기는 그들을 보지 못했지만. 경찰관 한 사람은 출입구를 감시하기 위해서 거리에 남았다.

네 남자는 3층까지 올라갔다. 뒤루아는 우선 문에 귀를 바짝 댔다. 그리고 열쇠 구멍으로 들여다보았다. 그러나 아무것도 들리지 않고 보이지도 않았다. 그는 초인종을 눌렀다.

경위가 경찰관에게 말했다.

"자네들은 여기에 있다가 부르면 곧 오도록."

모두들 기다렸다. 이삼 분 지나서 뒤루아는 다시 대여섯 번 계속해서 초인종을 눌렀다. 방 안에서 소리가 들리고 이윽고 가벼운 발소리가 다가왔다. 밖의 동태를 엿보는 듯했다. 신문기자는 주먹을 쥐고 문짝을 거칠게 두드렸다.

일부러 꾸민 듯한 여자의 목소리가 물었다.

"누구시죠?"

경위가 대답했다.

"문을 여십시오. 법률의 이름으로 명령합니다."

문 안쪽의 목소리가 되풀이했다.

"누구신데요?"

"경찰입니다. 문을 여십시오. 그렇지 않으면 문을 부수겠습니다."

그 목소리는 다시 물었다.

"무슨 일인가요?"

그래서 뒤루아가 말했다.

"나야. 달아나려 해도 소용없어."

맨발인 듯한 가벼운 발소리가 잠시 멀어졌다가 다시 이삼십 초 지나서 되돌아왔다.

조르주가 말했다.

"열지 않으면 문을 부수겠어."

그는 구리 손잡이를 잡고 어깨로 천천히 밀었다. 그러나 대답이 없었기 때문에 순간 잔뜩 힘을 실어서 몸을 문에 부딪었다. 방의 낡은 손잡이는 잠시도 지탱하지 못하고 망가졌다. 나사못이 판자에서 떨어지는 바람에 그는 앞으로 넘어지면서 현관에 서 있던 마들렌과 하마터면 부딪칠 뻔했다. 그녀는 속옷 바람으로 머리를 풀어 헤치고 맨발로 서서 손에 촛대를 들고 있었다.

그가 외쳤다.

"이 여잡니다. 현장을 잡았습니다."

그리고 방으로 뛰어들었다. 경위도 모자를 벗고 그 뒤를 따라 들어갔다. 젊은 여인은 어떻게 해야 할 바를 모르고 촛대를 쳐들고 그 뒤를 따라왔다.

그들은 식당을 가로질러 갔다. 아직 치워지지 않은 식탁에 먹고 남은 음식이 널려 있었다. 빈 샴페인이 두서너 병, 열려 있는 푸아그라 통, 닭 뼈와 먹다 남은 빵 덩어리 등. 찬장에 놓아둔 접시 두 개에는 굴 껍데기가 수북이 쌓여 있었다.

침실은 격투라도 벌인 양 흐트러져 있었다. 의자에는 여자의 옷이 덮여 있었고 남자 반바지가 팔걸이의자의 손잡이에 걸쳐 있었고 구두가 두 켤레, 큰 것과 작은 것이 침대 발치에 되는대로 벗어 던져져 있었다.

흔히 볼 수 있는 가구 딸린 셋집으로, 그러한 셋집 특유의 야릇하고 따분한 냄새가 감돌고 있었다. 커튼, 털 이불, 벽, 의자 등에서 풍겨 나오는 냄새였으며, 이 아파트에 왔다 간 사람들이 하루건 육 개월이건 자고 깨고 살림하던 냄새였다. 그 사람들은 자신의 체취를 조금씩 거리에 남겨 놓고 가고, 그것이 그전에 살던 사람의 체취와 오랫동안 섞여서, 이런 곳이라면 어디라도 같을 이상야릇하고 들척지근하며 참을 수 없는 냄새를 만들었다.

과자 접시 하나와 샤르트뢰즈* 술병이 하나, 술이 아직 절반가량 남은 조그만 술잔 두 개가 벽난로 위에 놓여 있었다. 청동 벽시계의 윗부분은 커다란 남자 모자로 가려 있었다.

경위는 엄숙한 태도로 몸을 돌려서 마들렌의 눈을 유심히 들여다보고 말했다.

"당신은 분명히 여기 계시는 신문기자 프로스페르 조르주 뒤루아 씨의 아내인 클레르 마들렌 뒤루아 부인이십니까?"

그녀는 목을 졸리는 듯한 목소리로 더듬더듬 대답했다.

"네, 그렇습니다."

---

* 샤르트르 수도원에서 만드는 약술.

"여기서 무엇을 하고 계십니까?"

경위는 다그쳐 물었다.

"뭘 하고 계시는 겁니까? 댁이 아닌 이런 가구 딸린 방에서 거의 옷을 벗다시피 한 모습으로 계시는데, 대체 무엇 하러 여기에 오셨습니까?"

그는 한참 동안 기다렸으나 그녀가 여전히 침묵을 지키자 다시 말을 계속했다.

"부인, 당신이 자백하지 않으신다면 조사하는 수밖에 없습니다."

잠자리에는 시트 밑에 가린 몸의 형태가 드러나 있었다.

경위가 옆으로 다가가서 불렀다.

"여보시오."

누워 있는 남자는 꼼짝도 하지 않았다. 등을 돌리고 돌아누워서 머리를 베개 밑에 파묻고 있는 모양이었다.

경위는 어깨라고 여겨지는 곳을 건드리며 거듭 말했다.

"여보시오. 거칠게 행동하는 일은 되도록 피하고 싶습니다."

그러나 이불을 덮어쓴 사람은 죽은 듯 꼼짝도 하지 않았다.

뒤루아가 성큼성큼 앞으로 나가 시트를 잡아 벗기고 베개를 치워 버리자, 라로슈 마티외의 창백한 얼굴이 드러났다. 그는 정부를 덮쳐 목을 졸라 죽이고 싶은 충동에 몸을 떨고 이를 갈면서 말했다.

"적어도 당신의 불명예를 밝힐 용기는 있어야지."

경위는 다시 한 번 물었다.

"당신은 누구입니까?"

정부는 어이없는 듯 대답도 못 했다.

"나는 경찰관입니다. 자, 이름을 말하십시오."

뒤루아는 야수 같은 노여움에 몸을 떨면서 재촉했다.

"자, 이름을 대. 그렇지 않으면 내가 네놈의 이름을 말하겠다!"

그러자 누워 있던 남자가 중얼거렸다.

"경위님, 이 남자가 나를 모욕하는 것을 내버려 두어서는 안 됩니다. 도대체 내가 상대해야 할 사람은 당신입니까, 아니면 저 남자입니까. 또 대답은 당신에게 해야 합니까, 저 남자에게 해야 합니까?"

그는 입안의 침이 말라 버린 듯했다.

경위가 대답했다.

"납니다. 나에게만 하시면 됩니다. 나는 경찰관으로서 당신의 이름을 묻는 겁니다."

상대는 입을 다물었다. 그리고 이불을 목까지 끌어당긴 채 얼빠진 두 눈을 굴렸다. 위로 뻗친 짧은 수염은 창백한 얼굴 때문에 더욱 시커멓게 보였다.

경위가 말을 이었다.

"대답이 없으시군요. 그럼 하는 수 없습니다. 당신을 체포하겠습니다. 아무튼 일어나십시오. 옷을 입은 다음에 심문하겠습니다."

침대 속에서 몸이 움직이고 이불 밖에 나와 있는 얼굴이 중얼거렸다.

"하지만 일어날 수 없소, 당신 앞에서는."

경위가 물었다.

"어째서입니까?"

"실은 내가…… 아무것도 입고 있지 않기 때문에."

뒤루아는 통쾌한 듯이 웃어 대고, 마룻바닥에 떨어져 있는 속옷을 주워 침대 위에 던지면서 외쳤다.

"자, 일어나! 내 여편네 앞에서 발가벗었으니까 내 앞에서 입어도 괜찮아."

그러고 나서 홱 등을 돌리고 벽난로 쪽으로 갔다.

마들렌은 침착성을 되찾았다. 모든 것이 파멸로 돌아가 버린 것을 보고 그녀는 될 대로 되라는 심정이었다. 자포자기에서 오는 대담성이 그녀의 눈을 빛냈다. 그녀는 종이쪽지를 하나 비틀더니 마치 손님이라도 맞는 양 벽난로 양쪽에 놓인 지저분한 촛대의 초 열 개에다 불을 붙였다. 그러고는 대리석에 등을 기대고 다 꺼져 가는 난로불 앞에서 맨발인 한쪽 다리를 구부리고 겨우 엉덩이에 걸린 페티코트 뒷자락을 들어 장밋빛 종이 상자에서 담배를 꺼냈다. 그리고 불을 붙여 뻐끔뻐끔 피우기 시작했다.

경위는 공범인 남자가 옷을 입기를 기다리는 동안 그녀의 곁으로 돌아왔다.

그녀는 부끄러워하거나 머뭇거리지 않고 물었다.

"이런 일을 종종 하시나요?"

상대는 정색을 하고 대답했다.

"가급적이면 피합니다, 부인."

그녀는 엷은 웃음을 띠고 말했다.

"그거 다행이군요. 그다지 좋은 일은 못 되니까요."

남편은 눈에 보이지도 않고 보려고도 하지 않는 듯했다.

그동안 침대 위의 남자가 옷을 다 입었다. 그는 바지에 다리를 꿰고 구두를 신고 조끼를 입으면서 다가왔다.

경찰관이 그쪽을 향하여 말했다.

"자, 이름을 밝히십시오."

상대는 대답하지 않았다.

경위는 단호한 어조로 말했다.

"그럼, 하는 수 없습니다. 체포하겠습니다."

그러자 남자는 갑자기 고함을 쳤다.

"손을 대지 마시오. 난 구속될 수 없는 사람이니까."

뒤루아는 상대를 때려눕힐 듯한 기세로 튀어나가서 정면에서 호통쳤다.

"현행범이란 말이야, 현행범. 내가 그럴 생각만 갖는다면 체포할 수 있어, 알겠어?"

그리고 나서 울리는 목소리로 말했다.

"이 남자는 외무 장관인 라로슈 마티외란 위인이죠."

경위가 놀라서 뒤로 물러섰다. 그리고 더듬거리면서 말했다.

"성함을 분명히 말씀해 주십시오."

상대는 마침내 체념하고 힘주어 말했다.

"이번만은 이 무뢰한이 하는 말도 거짓이 아니군. 난 바로 외무 장관 라로슈 마티외요."

그리고 나서 뒤루아의 가슴에 팔을 뻗쳐 별처럼 반짝이는 빨갛고 작은 약장(略章)을 가리키며 내뱉었다.

"이 악당 놈이 내가 준 훈장을 달고 있군."

뒤루아는 낯이 창백해져서 재빠르게 단춧구멍에서 짧고 새빨간 리본을 잡아 떼어다가 벽난로 속에 던져 넣었다.

"너 같은 더러운 인간이 준 훈장 따위는 이렇게 처치하지."

그들은 당장에 서로 물어뜯기라도 할 듯 얼굴과 얼굴을 맞댔다. 여윈 구레나룻 얼굴과 살찐 카이저수염 얼굴이 미친 듯이 흥분해서 주먹을 불끈 쥐고 서로 노려보았다.

경위가 얼른 그 사이에 끼어들어 두 사람을 양팔로 떼어놓으면서 말했다.

"두 분 다 신분을 생각하십시오. 인격에 관한 문젭니다."

그들은 입을 다물고 돌아섰다. 마들렌은 꼼짝도 하지 않고 엷은 웃음을 띤 채 여전히 담배를 피웠다.

경위가 말을 계속했다.

"장관님, 저는 장관님께서 여기에 계시는 뒤루아 부인과 단둘이, 장관님께선 침대에, 부인께선 거의 맨몸이나 다름없는 모습으로 계시는 것을 보았습니다. 더욱이 두 분의 옷은 온 방안 여기저기에 흩어져 있습니다. 이것으로 간통죄가 성립됩니다. 사태는 극히 명백하고 부정할 여지가 없습니다. 그러나 무슨 말씀하실 것이 있으십니까?"

라로슈 마티외는 중얼거렸다.

"아무 말도 할 게 없소. 당신 직무를 수행하시오."

경위는 다시 마들렌을 향하여 물었다.

"부인, 이분이 당신 정부라는 것을 자백하시겠습니까?"

그녀는 어깨를 펴며 대답했다.

"나도 부인하지 않아요. 이분은 내 정부예요!"

"네, 좋습니다."

그러고 나서 경위는 방 모양과 가구 배치에 대해서 기록했다. 그가 그 일을 끝냈을 때 이미 옷을 입고 외투를 팔에 걸치고 손에 모자를 들고 기다리던 장관이 물었다.

"아직 볼일이 또 있소? 나는 이제 어떡하면 되오? 돌아가도 좋소?"

뒤루아가 그를 돌아보며 거만한 어조로 말했다.

"왜 돌아가지? 일은 이미 끝났으니까 당신은 또 한 번 자도 좋아. 둘만 있게 해 줄테니까."

그리고 경찰관의 팔에 손을 대고 말했다.

"자, 돌아갑시다, 경위님. 여기에는 이제 일이 없으니까요."

경위는 약간 놀란 듯이 그의 뒤를 따라 나갔다. 그러나 방 문턱에서 뒤루아는 그를 먼저 나가게 하려고 걸음을 멈추었다. 상대는 굳이 이를 사양했다.

그러나 뒤루아는 거듭 말했다.

"먼저 나가십시오."

경위가 대답했다

"당신께서 먼저."

신문기자는 머리를 숙이고 빈정대듯 정중한 태도로 말했다.

"이번엔 당신 차례입니다, 경위님. 여기는 내 집이나 마찬가지니까요."

그런 다음 조용히 문을 닫았다.

한 시간 뒤, 조르주 뒤루아는 《라비 프랑세즈》의 편집실로 들어갔다.

왈테르 영감이 이미 와 있었다. 그도 그럴 것이 그는 변함없는 정력으로 신문을 지휘하고 있어서, 그의 신문은 매우 발전하여 더욱 커져 가는 그의 은행 사업에 커다란 공헌을 했기 때문이다.

사장이 얼굴을 들고 물었다.

"아, 자넨가? 무척 이상한 얼굴이군! 왜 집에 저녁 먹으러 안 왔나? 어디 갔다 오는 길인가?"

젊은이는 지금부터 하려는 말의 효과를 확신하고 한 마디 한 마디 힘을 주어 말했다.

"외무 장관을 실각시키고 오는 길입니다."

사장은 농담이라고 생각하며 물었다.

"실각을 시키다니……? 어째서?"

"전 내각을 경질하려고 합니다. 그뿐이에요! 그런 부패한 내각은 빨리 쫓아 버리는 편이 좋습니다."

노인은 어안이 벙벙해서 신문기자가 술에 취한 거라고 생각하고는 말했다.

"그만두게, 잠꼬대는."

"천만에요. 저는 지금 라로슈 마티외가 내 아내와 간통하는 현장을 붙잡고 왔습니다. 경찰관이 사실을 확인했습니다. 장관은 이제 끝입니다."

왈테르가 몹시 놀라 안경을 이마 위로 추켜올리고 물었다.

"나를 놀리는 건 아니겠지?"

"천만에요. 전 지금부터 그것을 기사로 쓰려고 합니다."

"그래서 어쩔 작정인가?"

"그 사기꾼을, 악당을, 사회의 독충을 매장하는 거죠."

뒤루아는 모자를 의자 위에 놓고 덧붙였다.

"제 앞길에서 거치적거리는 놈은 처치해야 해요. 절대로 용서하지 않을 테니까요."

사장은 그래도 이해할 수 없는 모양으로 중얼거렸다.

"그러나…… 자네 부인은?"

"날이 새면 곧 이혼 소송을 제기하겠습니다. 그 여잔 죽은 포레스티에에게 되돌려 주겠어요."

"헤어질 텐가?"

"물론이죠. 전 여태까지 세상 사람들의 웃음거리가 되어 왔습니다만 현장에 뛰어들기 위해서 모르는 척했습니다. 계획대로 잘 되었습니다. 이제부터는 모든 것이 제 손안에 있으니까요."

왈테르 씨는 벌린 입을 닫지도 않고 겁먹은 눈으로 뒤루아를 보면서 생각했다.

'정말, 이놈을 잘 키우면 써먹을 만하겠는걸.'

조르주는 계속했다.

"전 이제야 겨우 자유로운 몸이 되었습니다……. 재산도 조금은 있습니다……. 국내에서도 꽤 이름이 알려졌으니까 10월 재선에 출마할 작정입니다. 여태까지는 세상 사람들에게 손가락질받을 그런 여자와 살아서 보기 좋게 밀고 나갈 수도 없었고 남들에게 존경도 받지 못했습니다. 그 여자는 저를 바보로 생각하고 희롱하고 농락해 왔습니다. 그러나 그 여자의 속임수를 눈치 채고부터는 줄곧 주시를 해 왔습니다. 그 매춘부를 말입니다!"

그는 웃으면서 덧붙였다.

"불쌍한 것은 포레스티에죠. 여편네를 뺏겼으면서도 조금도 눈치 채지 못하고 믿고 마음을 놓았더랬으니까요. 그러나 저는 다행히 그에게서 물려받은 고집 센 계집을 쫓아내 이제야 겨우 속이 시원해졌습니다. 이제부턴 저도 가는 데까지 가 보겠습니다."

그는 의자에 걸터앉아서 꿈꾸듯 되풀이했다.

"가는 데까지."

왈테르 영감은 안경을 이마에 올려 걸치고 눈을 드러낸 채 여전히 그를 바라보며 마음속으로 생각했다.

'옹, 이 녀석은 출세하겠어, 이 악당은.'

뒤루아가 일어서서 말했다.

"지금부터 그 기사를 써 오겠습니다. 되도록이면 신중히 다룰 작정입니다만, 사장님, 장관으로선 무서운 타격일 겁니다. 그 녀석은 이미 바다에 떨어진 놈이니까 구제할 수도 없습니다. 《라비 프랑세즈》도 그 녀석을 옹호한댔자 한 푼어치의 이득도 없습니다."

노인은 한동안 망설이다가 드디어 결심하고 말했다.

"좋네, 해 보게나. 이런 난처한 입장에 처한 놈한테는 도리가 없지."

9장

석 달이 지났다. 뒤루아의 이혼이 겨우 허가되고, 그의 아내는 포레스티에의 성으로 돌아갔다. 왈테르 집안이 7월 15일에 트루빌로 피서를 떠나므로 뒤루아는 그들과 떨어지기 전에 하루 동안 시골로 함께 놀러 가기로 했다.

그들은 목요일로 날을 정하고 말을 네 필 맨 6인승 대형 여행 마차로 아침 9시에 출발했다.

생제르맹에 가서 앙리 4세 정자에서 점심 식사를 할 예정이었다. 벨아미는 이 야유회에 남자로서는 자기만 가도록 왈테르 씨에게 부탁했다. 카졸 후작과 자리를 같이하여 그의 얼굴을 보는 것이 견딜 수 없었기 때문이다. 그러나 마지막 순간에 라 투르 이블랭 백작이 침대에서 일어나는 즉시 그를 데려가기로 결정했고, 떠나기 전날 그에게 통지했다.

마차는 전속력으로 샹젤리제의 가로수 길을 달려 불로뉴 숲을 빠져나갔다.

여름날다운 상쾌한 날로 그다지 덥지 않았다. 파란 하늘에 커다란 원을 그린 제비는 날아가 버린 뒤에도 보이는 듯했다.

세 여자는 어머니를 가운데로 하여 마차 뒤에 자리를 잡고, 남자 셋은 왈테르를 가운데 놓고 뒤를 향해 앉았다.

센 강을 건너고 발레리앵 산기슭을 돌아 부지발을 넘어 페크까지 강을 따라갔다.

라투르 이블랭 백작은 약간 나이 들어 보이는 남자로 기다란 구레나룻이 보기 좋았으며 미풍에 수염 끝이 날렸다. 뒤루아가 "바람이 불 때 이 분 수염이 매우 아름답군요."하고 말했지만 백작은 사랑스러운 듯이 로즈를 지켜보고 있었다. 그들은 한 달 전에 약혼했던 것이다.

조르주는 아주 창백한 얼굴로, 마찬가지로 얼굴이 창백한 쉬잔을 자주 쳐다보았다. 그들의 눈은 마주칠 때마다 뭔가 이야기하고 서로 이해하며 남모르게 마음이 통하는 것 같다가도 서로 피해 버렸다. 왈테르 부인은 평온하고 행복해 보였다.

점심 식사는 오래 걸렸다. 잠시 후 파리로 돌아가기 전에 뒤루아가 테라스를 한 바퀴 돌자고 했다. 모두들 경치를 바라보기 위해 걸음을 멈췄다. 그리고 난간을 따라 한 줄로 늘어서서 아득히 먼 곳에 펼쳐진 전망을 보고 황홀해했다. 센 강은 마치 녹음 속에 누워 있는 뱀처럼 긴 언덕 기슭을 흘러 메종 라피트 쪽으로 달리고 있었다. 오른편 언덕 꼭대기에는 마를리의 수도교(水道橋)가 커다란 발이 달린 배추벌레 같은 거대한 모습을 하늘에 투영하고 있었다. 마를리 마을은 그 아래 무성한 나무숲 속에 가려 있었다.

눈앞에 전개된 광막한 평야 가운데로 여기저기 점점이 마을

이 보였다. 베지네 근처에 흩어져 있는 연못들이 작은 숲의 빈약한 녹음 속에 선명하고 깨끗한 얼룩을 그려 냈다. 왼편 아득히 먼 저쪽으로 사르트루빌의 뾰족한 종각이 하늘을 찌르고 서 있는 것이 보였다.

왈테르가 외쳤다.

"전 세계 어디를 가더라도 이토록 멋진 경치는 볼 수 없을 거야. 스위스에도 이에 비길 만한 곳은 없을걸."

모두들 이 경치를 좀 더 즐기기 위해 천천히 걸음을 옮겼다.

뒤루아와 쉬잔은 뒤에 처졌다. 다른 사람들과 대여섯 걸음 떨어지자마자 그가 낮은 목소리로 속삭였다.

"쉬잔, 난 당신을 몹시 사랑합니다. 미칠 만큼 사랑합니다."

그녀가 중얼거렸다.

"저도요, 벨아미."

"만약 당신을 아내로 맞을 수가 없다면 난 다시는 파리에서 살지 않겠고, 이 나라에서도 떠나 버리겠습니다."

"그럼 아빠께 말씀드려 보세요. 아마 좋아하실 거예요."

그는 약간 초조한 듯한 몸짓을 했다.

"아니, 소용없는 일입니다. 벌써 열 번도 더 말하지 않았습니까? 나는 틀림없이 댁에 출입도 못 하게 되고 신문사에서 쫓겨나서 당신의 얼굴을 볼 수도 없게 될 겁니다. 정식으로 구혼한다면 그런 터무니없는 엄청난 결과를 초래할 것은 너무나 분명합니다. 분명히 당신을 카졸 후작과 결혼시키겠다고 약속했을 겁니다. 당신이 끝내는 승낙하리라고 마음 놓고 기다리고 있을 겁니다."

"그럼 어떡하면 좋죠?"

그는 옆에서 그녀를 보면서 약간 망설이다가 물었다.

"당신은 나를 위해서 어떤 일이라도 할 만큼 나를 사랑하나요?"

그녀가 단호하게 대답했다.

"네."

"어떤 미친 짓이라도?"

"네."

"아주아주 미친 짓도?"

"네."

"그리고 당신 아버지와 어머니에게 끝까지 대항할 용기도 있나요?"

"네."

"정말입니까?"

"네."

"그렇다면 방법이 있습니다. 단 한 가지! 하지만 그것은 나보다도 당신이 해야 할 일입니다. 당신은 귀여움을 받으며 자랐으니까 무엇이고 하고 싶은 말을 할 수가 있습니다. 그러니까 아무리 대담한 이야기를 꺼내더라도 그다지 놀라시지 않을 겁니다. 그래서 이렇게 하는 겁니다. 오늘 저녁 집에 돌아가면, 우선 어머니께서 혼자 계실 때 가서 나와 결혼하겠다고 하십시오. 어머니는 몹시 당황하시며 크게 노하실 겁니다."

쉬잔은 그 말을 가로막았다.

"오! 어머니는 무척 기뻐하실 거예요."

그는 재빨리 말을 계속했다.

"아니, 당신은 어머니를 모르십니다. 어머니는 아버지보다도 훨씬 더 화를 내시고 분개하며 한사코 반대하실 겁니다. 그래도 거기에 실망하거나 지거나 해서는 안 됩니다. 끝까지 나와 결혼하고 싶다, 오직 나 한 사람과, 나와만 결혼하겠다고 우기는 겁니다. 하실 수 있겠습니까?"

"할 수 있어요."

"그런 다음엔 어머니의 방을 나와서 아버지한테로 가서 똑같은 말을 진지한 태도로 단호히 결심한 듯이 말하십시오."

"네, 알았어요. 그다음엔?"

"그다음부터가 어려워집니다. 만약에 당신이, 귀여운 쉬잔, 내 아내가 되겠다고 굳게 굳게, 아주 굳게 결심했다면…… 난 당신을 납치해서…… 달아나겠습니다."

그녀는 너무 기뻐서 하마터면 손뼉을 칠 뻔했다.

"오! 행복해라! 저를 납치하신다고요? 언제 납치하실 건데요?"

깊은 밤의 납치와 역마차와 여인숙의 오래된 모든 시가, 책에서 읽은 여러 가지 매혹적인 모험들이 번갯불처럼 그녀의 뇌리를 스쳐갔다. 마치 마법의 꿈이 당장이라도 실현될 것 같았다. 그녀가 거듭 물었다.

"언제예요, 나를 납치하는 건?"

그는 아주 낮은 목소리로 대답했다.

"그건…… 오늘 밤…… 입니다."

그녀가 몸을 떨면서 물었다.

"그래서 어디로 가나요?"

"그건 비밀입니다. 아무튼 이제부터 해야 할 일을 잘 생각해주십시오. 한번 나와 몰래 도망을 치고 나면 무슨 일이 있더라도 내 아내가 될 수밖에 없는 겁니다! 방법은 이것밖에 없어요. 그러나 이건…… 매우 위험합니다…… 당신에겐."

그녀는 단호하게 대답했다.

"결심했어요……. 하지만 어디서 만나죠?"

"혼자서 집을 빠져나올 수 있습니까?"

"네, 작은 문을 열 수 있어요."

"좋아요. 그렇다면 12시경, 문지기가 잠든 뒤 콩코르드 광장까지 와 주십시오. 해군 본부 앞에 마차를 잡아 놓고 기다릴 테니까요."

"네, 가겠어요."

"틀림없지요?"

"네, 틀림없어요."

그는 소녀의 손을 잡고 힘껏 움켜쥐었다.

"아! 얼마나 당신을 사랑하는지! 당신은 정말 착하고 용기가 있으시군요! 그럼 카졸 씨하고는 결혼할 의사가 없는 거군요?"

"네, 그래요."

"아버지는 당신이 거절했을 때 무척 화를 내셨겠지요?"

"네, 그런 것 같아요. 저를 다시 수녀원에 보내 버리겠다고 하셨어요."

"그럼 더욱 분발해야 된다는 것도 아시겠지요?"

"네, 힘내겠어요."

그녀는 납치에 관한 생각으로 머릿속이 꽉 차서 넓은 지평선을 바라보았다. 이분과 함께…… 저기보다도 더 먼 곳으로 가는 거다……! 나는 납치되는 거다……. 그녀는 그것을 자랑스럽게 생각했다. 그리고 세상의 소문이라든가 자신에게 닥쳐올지도 모르는 불명예 같은 것은 아예 생각지도 않았다. 물론 그녀는 그런 것을 알지도 못했고 생각해 본 적도 없었다.

왈테르 부인이 뒤돌아보면서 불렀다.

"얼른 오너라, 쉬잔. 벨아미하고 뭘 하는 거냐?"

그들은 사람들에게 다가갔다. 모두들 머지않아 해수욕하러 갈 이야기를 하고 있었다.

그들은 똑같은 길을 지나지 않도록 샤투를 돌아서 되돌아 왔다.

뒤루아는 이제 더 이상 말도 하지 않고 생각에 잠겼다. 만약 이 처녀가 조금만 용기를 낸다면 오랜 소망을 달성하는 거다! 석 달 전부터 그는 피할 수 없는 애정의 그물로 그녀를 에워싸 왔다. 쉬잔의 비위를 맞추어 주고 교묘하게 사로잡아서 정복하려고 애를 써 왔다. 그의 가장 뛰어난 술수로 상대의 애정을 불러일으켜 아무런 어려움 없이 이 인형 같은 여자의 경솔한 마음을 사로잡아 버렸다.

그는 우선 그녀가 카졸 후작의 구혼을 거절하게 하는 데 성공을 거두고 이번에는 함께 도망칠 것에 동의하게 했다. 이외의 다른 방법이 없었기 때문이다.

왈테르 부인이 절대로 딸을 주지 않으리라는 것을 그는 잘 알고 있었다. 부인은 그를 아직도 사랑했다. 전과 다름없이 집요한 열정으로 사랑했다. 그는 그것을 타산적인 차가움으로 눌러 왔으나, 채워질 수 없는 탐욕스러운 정념에 그녀가 괴로워한다는 것을 알고 있었다. 그녀를 납득시킨다는 것은 불가능했다. 그녀는 그가 쉬잔을 아내로 맞는 것을 절대로 용납하지 않을 것이다.

그러나 쉬잔을 납치하면 그는 당당히 영감과 담판할 수 있는 것이다.

그는 이런 생각에 몰두했기 때문에 다른 사람들이 하는 말은 제대로 귀에 들어오지도 않았고 건성으로 대답했다. 파리에 왔을 때에야 비로소 제정신으로 돌아오는 것 같았다.

쉬잔도 생각에 잠겨 있었다. 네 필 말의 방울 소리가 머리에 울려서 영원한 달빛 아래 끝없이 이어지는 가도와 길게 누운 울창한 숲과 길가에 있는 여인숙들이 보이는 듯했다. 말을 바꾸는 마구간 사람들도 분주할 것이다. 두 사람이 쫓기고 있음을 누구나가 다 알기 때문이다.

마차가 저택 가운데 뜰에 이르자 뒤루아는 저녁 만찬에 붙잡혔으나 한사코 거절하고 집으로 돌아갔다.

그는 간단한 식사를 마친 뒤 먼 여행이라도 떠나는 양 서류 정리를 시작했다. 일에 지장이 있을 만한 편지는 태우고 그 밖의 편지는 감추어 둔 다음 두서너 친구에게 편지를 썼다.

이따금 시계를 보고 '지금쯤 저편에선 큰 난리가 났겠군.' 하고 생각했다. 한 가지 근심이 그의 가슴을 물어뜯었다. 만약에 실패한다면? 무얼 겁내는 거냐! 어떤 일이 생기든 뚫고 나갈 구멍이 있겠지. 그러나 오늘 밤 일은 일생일대의 큰 도박이 아닌가!

그는 11시경에 집을 나왔다. 그는 잠시 시내를 서성거리다가 마차를 잡아 콩코르드 광장으로 가서 해군 본부 아케이드 옆에 멈추게 했다.

그는 가끔 성냥을 켜서 회중시계로 시간을 보았다. 12시가 가까워지자 그는 초조해져서 안절부절못하고 쉴 새 없이 창문으로 목을 내밀어 밖을 바라보았다.

멀리서 큰 시계가 12시를 알렸다. 그리고 좀 더 가까운 곳의 시계가 울리고, 이윽고 두 개가 한꺼번에 울리더니, 마지막에 아주 멀리에서도 울려 왔다. 소리가 그치자 그는 생각했다.

'틀렸어, 실패다. 그녀는 오지 않는 거다.'

그는 새벽까지 버틸 결심을 했다. 이런 경우 참고 견뎌야 하는 거다.

15분을 치는 소리, 30분, 45분을 알리는 소리가 들렸다. 시내의 모든 큰 시계가 12시를 알렸을 때와 마찬가지로 제각기 1시를 알렸다. 그는 일이 어찌되었을까 골똘히 생각했다. 그때 갑자기 한 여자의 얼굴이 승강구를 들여다보며 물었다.

"벨아미?"

그는 놀라서 벌떡 일어났다. 숨이 막혔다.

"쉬잔?"

"네, 저예요."

그는 정신없이 문의 손잡이를 돌리면서 되풀이해서 말했다.

"아, 왔군요……. 정말 잘 왔어요……. 자, 어서 타요."

그녀는 마차에 올라타고 그의 옆에 쓰러지듯이 앉았다. 그는 마부에게 소리쳤다.

"갑시다!"

마차가 달리기 시작했다.

그녀는 말도 하지 못하고 숨을 헐떡였다.

"그래, 얼마나 난리가 났어요?"

그녀는 거의 정신을 잃을 것처럼 되어 속삭였다.

"아, 정말 혼났어요. 특히 어머니가 더."

그는 불안으로 목소리를 떨면서 다그쳐 물었다.

"어머니께서? 뭐라고 하시던가요? 말 좀 해 봐요."

"정말 무서웠어요. 전 어머니 방에 가서 마음속에 준비해 둔 말을 줄줄 외웠어요. 그러자 어머니는 새파랗게 질려서 '안된다, 절대로 안 돼!' 하고 고함을 치셨어요. 전 울고 화를 내면서 당신 말고는 아무하고도 결혼하지 않겠다고 했어요. 전 바로 매를 맞을 줄 알았어요. 어머니는 마치 미친 사람처럼 내일 당장 저를 수녀원에 보내겠다고 하셨어요. 어머니가 그토록 화나신 것은 지금까지 한 번도 본 적이 없어요. 게다가 어머니가 너무나 큰 소리로 고함을 치셔서 아버지께서 들어오셨어요. 아버지는 어머니만큼 화를 내지는 않았지만 당신은 그다지 훌륭한 신랑감이 아니라고 하시더군요. 그래서 저도 화가 나서 아주 크게 소리 질렀어요. 아버지는 조금도 어울리지 않는, 연극하는 듯한 몸짓으로 저더러 나가라고 하셨어요. 그래서 당신과 함께 달아날 결심을 하고 여기에 왔어요. 이제 어디로 가는 거죠?"

그는 이야기 도중에 다정하게 그녀의 허리에 팔을 두르고 귀를 기울여 들었다. 가슴이 몹시 뛰었고, 쉬잔의 부모에 대해서 말할 수 없는 분노가 치밀어 올랐다. 그러나 딸은 이미 내가 차지했다. 이번에야말로 단단히 혼을 내 줄 테다.

"이미 시간도 늦었고 기차도 탈 수 없으니까 이 마차로 세브르까지 가서 오늘 밤은 거기서 묵읍시다. 그리고 내일 라로슈기용으로 갑시다. 망트와 보니에르 사이에 있는 센 강가의 아름다운 마을입니다."

"하지만 전 갈아입을 옷도 가지고 오지 않았어요. 아무것도 없는걸요."

그는 그런 건 문제도 되지 않는다는 듯 미소 지으며 말했다.

"걱정 마요. 그곳에서 해결할 수 있어요."

마차는 거리에서 거리로 달렸다. 뒤루아는 쉬잔의 손을 잡고 천천히 경의를 다하여 키스했다. 플라토닉한 애정에는 익숙하지 못했으므로 적당한 말이 생각나지 않았다. 그러다 갑자기 그녀가 울고 있는 것을 알았다.

그가 어리둥절해서 물었다.

"왜 그래요, 내 귀여운 아가씨?"

그녀는 눈물에 젖은 목소리로 대답했다.

"지금쯤 불쌍한 엄마는 내가 나간 걸 아시고 주무시지도 못하고 계실 거예요."

사실 그녀의 어머니는 잠을 이루지 못했다.

쉬잔이 방에서 나가자마자 왈테르 부인은 곧 남편과 얼굴을 마주했다.

그녀는 낙담을 하고 넋을 잃은 채 물었다.

"큰일 났군요! 이게 무슨 일이죠?"

왈테르는 화를 내고 고함쳤다.

"그 모사꾼이 쉬잔을 꾀어낸 거야. 카졸을 거절하게 한 것도 그놈 짓이야. 지참금을 노리는 거지, 망할 놈!"

그는 화가 나서 방 안을 왔다 갔다 하면서 다시 말했다.

"당신부터가 그놈을 언제나 끌어들이지 않았소? 그런 놈에게 알랑거리고 비위를 맞추어 주고 정신없이 빠졌지 뭐요. 여기서도 벨아미, 저기서도 벨아미, 아침부터 밤까지 그저 벨아미였지. 당신이 벌받은 거라고."

그녀는 안색이 변하여 중얼거렸다.

"제가요? 제가 그 사람을 끌어들였다고요?"

남편이 코앞에서 소리를 질렀다.

"그렇고말고, 바로 당신이오! 당신들은, 마렐 부인이나 쉬잔
이나 다른 여자들이나 모두 그놈에게 미쳤어! 당신이 이틀이
멀다 하고 그놈을 여기에 끌어들이지 않고는 배기지 못했던
것을 내가 모르는 줄 알고?"

그녀는 얼굴에 경련을 일으키며 일어섰다.

"그런 말씀은 그만두세요. 전 당신처럼 아무렇게나 자란 사
람이 아니니까요."

그는 그 기세에 놀라서 멍청히 서 있다가 곧 화가 치밀어서
"빌어먹을!" 하고 고함을 치고는 문을 세게 닫고 나가 버렸다.

혼자 남자 그녀는 본능적으로 거울 앞에 가서 얼굴을 비춰
보았다. 얼굴빛이 변하지나 않았는지 보려는 듯이. 그렇게 닥
쳐온 일이 엉뚱하고 기괴하게 생각됐다. 쉬잔이 벨아미를 사랑
한다! 아니야, 내가 잘못 들었을 거야. 그럴 리가 없어. 딸은 그
잘생긴 청년에게 반해서, 그것도 무리는 아니지만, 남편으로 삼
고 싶어 하고 어린아이처럼 정신을 못 차리는 것이다. 그러나
설마? 그 사람은 그런 어린아이 장난의 상대가 될 리 없다! 천
재지변에 휩쓸린 것처럼 가슴이 떨리는 것을 느끼며 그녀는
생각했다. 그럴 리가 없다. 벨아미는 쉬잔의 변덕스러운 마음
따위는 조금도 모르는 것이다.

그리고 이것이 그 사람이 계획한 일인지, 아니면 그도 전혀
모르는 일인지 오랫동안 생각했다. 만약 그가 음모를 꾸몄다면

얼마나 파렴치한 일인가. 만약 그렇다면 어떤 일이 생길 것인가? 그녀는 수많은 위험과 고통을 예상했다.

만약 그가 전혀 모르는 일이라면 아직도 방법은 얼마든지 있다. 쉬잔을 데리고 여섯 달쯤 여행을 갔다 오면 일은 끝날 것이다. 그러나 그러면 어떤 면목으로 그를 대할 수 있단 말인가. 왜냐하면 부인은 여전히 그를 사랑했기 때문이다. 이 정열은 이제 마치 화살촉처럼 가슴속에 파고들어 도저히 뽑을 수가 없었다.

그 없이는 도저히 살 수가 없었다. 그것은 죽는 거나 다름없었다.

그녀의 생각은 이렇게 고뇌와 불안 사이를 방황했다. 머리가 쑤시는 듯이 아파 왔다. 생각하려 했으나 도무지 끝이 나지 않고 점점 더 괴로워졌다.

그녀는 필사적으로 일의 진상을 찾았으나 아무것도 알 수 없고 자꾸 초조해지기만 했다. 시계를 보니 1시가 지났다.

'언제까지나 이렇게 앉아 있을 수는 없다. 이러다간 미쳐 버리겠다. 어떻게든 사실을 알아야겠어. 쉬잔을 깨워 물어봐야지.'

그녀는 소리가 나지 않도록 신발을 벗고 손에 촛대를 들고 딸의 방으로 갔다. 살그머니 문을 열고 들어가서 침대를 보았다. 침대 이불을 들추니 딸이 없었다. 처음에는 까닭을 몰라서 딸이 아버지와 아직 얘기 중이라고 생각했다. 그러나 갑자기 어떤 무서운 의혹이 마음을 스쳤다. 그녀는 남편 방으로 달려갔다. 창백한 얼굴로 숨을 헐떡이면서 뛰어 들어갔다. 남편은 침대에서 무언가를 읽고 있었다.

그가 깜짝 놀라서 물었다.

"뭐요? 왜 그래?"

그녀가 더듬거리면서 말했다.

"쉬잔 못 보셨어요?"

"내가? 아니, 왜?"

"그 앤…… 그 앤…… 어딘가로 가 버렸어요. 방에 없어요."

그는 양탄자 위로 뛰어내려 슬리퍼를 신고 바지는 입지 않은 채 잠옷 자락을 펄럭이면서 딸 방으로 뛰어갔다.

그러나 방 안을 돌아보자마자 이미 의심할 여지가 없음을 알았다. 딸은 집을 나간 것이다.

그는 안락의자에 앉아서 등불을 발치에 내려놓았다. 거기에 아내가 쫓아와서 떨리는 목소리로 물었다.

"그렇지요?"

그는 대답할 기운도 없어져 화를 내는 것도 잊고 신음했다.

"당했군. 딸애는 그놈이 붙잡고 있어. 우리는 어쩔 수 없어."

그녀는 짐승 같이 외쳤다.

"그 사람에게요! 안 돼요! 정신이 나가셨나요?"

그는 몹시 실망해서 대답했다.

"울고불고 해 봐야 이미 때를 놓쳤어. 그놈은 딸을 속여서 데려갔어. 그 애는 이미 결딴났을 거야. 잘 처리하면 이 사건을 남에게 알리지 않고 수습할 수도 있을 거야."

그녀는 심한 분노로 몸을 떨면서 되풀이했다.

"안 돼요! 그런 사내에게 쉬잔을 줄 수는 없어요! 전 절대로 승낙할 수 없어요!"

발테르는 낙담하여 중얼거렸다.

"그러나 그놈은 지금 그 애를 손아귀에 넣고 있소. 일은 끝장난 거요. 그러니까 세상 사람들의 입을 막기 위해서는 곧 승낙해야 해."

아내는 남에게 말할 수 없는 고통에 가슴을 쥐어뜯으면서 거듭 말했다.

"아뇨! 안 돼요. 전 결단코 승낙하지 않겠어요.!"

그는 참을 수 없다는 듯이 말을 이었다.

"그러나 반대할 여지가 없소. 어쩔 수 없소. 아! 그 악당 놈! 용케도 골탕먹였구나⋯⋯. 아무튼 대단한 놈이야. 지체를 따지자면 좀 더 훌륭한 사윗감을 발견하겠지만, 그놈만큼 영리하고 가능성 있는 놈은 찾을 수 없을 거야. 장래가 유망한 놈이야. 국회의원도 장관도 될 거요."

그러나 왈테르 부인은 사나운 소리로 외쳤다.

"그 남자에게는 절대로 쉬잔을 안 주겠어요⋯⋯! 아시겠어요⋯⋯? 절대로 못 줘요!"

그는 끝내 화를 내고 벨아미가 쓸 만한 사람이라고 변호하기 시작했다.

"여보, 그만둘 수 없겠소⋯⋯? 단념해야 해. 어쩔 수 없다고 하지 않느냐 말이오. 그러나 그렇게 비관할 것도 아닐지 몰라. 나중엔 오히려 기쁘게 될지도 모른단 말이오. 저런 사나이는 어디까지 출세할지 짐작할 수가 없으니까. 현재 그 라로슈 마티외란 겁쟁이를 단 세 건의 기사로 보기 좋게 해치우지 않았소. 더욱이 당당하게 해치웠지. 남편이라는 입장에선 어려운 일인데도. 좀 더 긴 안목으로 두고 봅시다. 아무튼 우리는 함정에 빠지고 말았구려. 이젠 이 함정에서 빠져나갈 방법도 없어."

그녀는 마음껏 외치고, 마룻바닥에 뒹굴며 머리를 쥐어뜯고 싶었다. 그녀는 더욱 화가 치미는 목소리로 말했다.

"그 남자에겐 못 주겠어요…… 싫……어……요!"

왈테르는 일어나서 등불을 손에 들고 거듭 말했다.

"여보, 당신도 다른 여자같이 바보로군. 여자란 언제나 감정에 좌우되고 임기응변하는 재주가 전혀 없어…… 요컨대 어리석은 거야! 나는 그놈한테 딸을 주겠소……. 하는 수 없어!"

그는 슬리퍼를 끌면서 나갔다. 그리고 잠들어 있는 커다란 저택의 넓은 복도를 우스꽝스러운 잠옷 바람으로 유령처럼 걸어서 소리도 내지 않고 자기 방으로 돌아갔다.

왈테르 부인은 참을 수 없는 괴로움에 마음이 산란해져서 말뚝처럼 서 있었다. 아직도 사태가 충분히 납득되지 않았다. 그저 괴롭기만 했다. 그러나 그 자리에 밤새도록 서 있을 수도 없음을 깨달았다. 이 자리를 피하여 발길 닿는 대로 어디라도 뛰어가자고, 누군가 힘이 되어 줄 사람을 찾아서 구원을 받아야겠다는 생각이 불현듯 가슴에 솟아올랐다.

그리고 누구를 부르면 좋겠는지 두루 생각해 보았다. 누가 있지? 그러나 생각나지 않았다. 신부님! 그렇다, 신부님을 부르자! 그 발밑에 몸을 던져 모든 것을 고백하고 자신의 죄와 절망을 털어놓으리라. 그렇게 하면 신부님은 그 나쁜 놈이 쉬잔을 아내로 맞을 수 없다는 것을 이해하고 어떻게든 해 줄 것이다.

당장 신부님을 만나야겠다! 그러나 어디로 가면 만날 수 있을까? 때가 때인 만큼 여기에 이대로 가만히 있을 수는 없다!

그러자 파도 위를 걷는 그리스도의 평온한 모습이 환상처럼 그녀의 눈앞을 스쳤다. 그림을 직접 보는 듯했다. 그래, 그리스도는 나를 부르는 것이다. "이리 오너라. 내 발밑에 무릎을 꿇어라. 그대를 위로하고 취할 바를 가르쳐 주겠으니." 하고 말하는 것이다.

그녀는 촛대를 가지고 방에서 나와서 계단을 내려가 온실로 향했다. 그리스도의 그림은 온실 구석의 작은 살롱에 걸려 있었다. 흙의 습기로 그림이 상하지 않도록 그 방에는 유리문을 달아 놓았다. 기괴한 숲 속의 예배당처럼 보였다.

밝은 빛에 비쳤을 때밖에는 그림을 본 일이 없었던 왈테르 부인은 온실 속으로 들어가서 그 깊은 어둠 앞에 떨면서 섰다. 육중한 열대 식물들이 답답한 숨결을 내뿜어 공기가 끈끈하게 괴어 있게 했다. 최근에는 문을 연 일도 없었기 때문에 둥근 유리 지붕에 갇힌 기묘한 숲의 공기는 숨을 쉬기조차도 괴로울 정도여서 망연히 사람을 취하게 하고 쾌감과 고통을 동시에 주었다. 그리하여 마비된 것 같은 쾌락과 죽음이 뒤섞인, 정체를 알 수 없는 감각을 느끼게 했다.

불쌍한 여인은 어둠에 취해서 조용히 걸어갔다. 하늘거리는 촛불 빛에 비쳐 기묘한 식물이 괴물 같은 얼굴이나 추악한 사람의 모습으로 나타났다.

돌연 그녀 앞에 그리스도가 나타났다. 그녀는 샛방 문을 열고 쓰러지듯이 무릎을 꿇었다.

처음에는 사랑의 말을 중얼거리며 열광과 절망을 담고 기도했다. 기도의 열의가 가라앉자 그리스도 쪽으로 눈을 들었으나 순간, 가슴을 세게 쥐어박는 생각에 그녀는 다시 괴로움으로 몸부림쳤다. 다만 한 자루 촛불이 아래에서 희미하게 흔들리며 빛을 비추는 그리스도는 벨아미와 너무 닮았다. 신이 아니라 애인이 가만히 자기를 내려다보는 것 같았다. 눈길도, 이마도, 표정도, 냉랭하고 거만해 보이는 태도도, 그대로 벨아미였다.

그녀는, "예수님! 예수님! 예수님!" 하고 중얼거렸으나 "조르주."란 말이 입술에 치밀고 올라왔다. 그러자 갑자기 지금쯤은 아마 조르주가 딸을 품에 안고 있으리라는 생각이 들었다. 그 남자가 그 어느 곳인가의 방에서 딸과 단둘이! 그 사나이가, 그 사나이가! 쉬잔과!

그녀는 "예수님! 예수님!" 하고 되풀이했으나 마음은 딸과 연인에게로 달리고 있었다. 어딘가의 방에서 둘만의…… 더욱이 한밤중에. 두 사람의 모습이 눈에 보였다. 역력히 눈앞에, 그림이 놓인 자리에 나타났다. 그들은 활짝 웃으면서 서로 포옹하고 키스했다. 그 방은 어두웠다. 침대에는 이불이 깔려 있었다. 부인은 몸을 일으키고 그들 곁으로 가서 딸의 머리채를 움켜쥐고 그 포옹에서 잡아 떼 놓으려고 했다. 그 사나이에게 몸을 맡기려는 괘씸한 딸의 목을 조르고 싶었다. 딸에게 달려들었다……. 그러나 손은 그림에 부딪쳤다. 그리스도의 발 근처였다.

그녀는 비명을 지르고 뒤로 물러섰다. 촛대가 쓰러지며 촛불이 꺼졌다.

그다음에 무슨 일이 일어났을까? 그녀는 무서운 꿈을 언제까지나 계속 꾸고 있었다. 어느 꿈에든 조르주와 쉬잔이 꼭 껴안고 나타났으며 예수 그리스도가 그들의 괘씸한 사랑을 축복했다. 그녀는 여기가 자기 방이 아님을 어렴풋이 느꼈다. 일어나서 달아나려고 몸부림을 쳤지만 마음대로 되지 않았다. 온

몸이 마비된 것 같았고 손발도 자유롭지 않았으며 생각만 깨어 있었다. 그렇지만 혼란한 상태여서 무서운, 이 세상의 것이 아닌 엉뚱한 환상에 시달리면서 걷잡을 수 없는 꿈속을 방황했다. 형태가 기괴하고 냄새가 강렬한 열대 수목이 최면처럼 사람의 뇌수에 암시하는, 이상하고도 때로는 치명적인 꿈이었다.

날이 밝은 뒤에야 왈테르 부인이 「물 위를 걷는 그리스도」 앞에서 의식을 잃고 거의 가사 상태로 누워 있는 것이 발견됐다. 매우 중태여서 생명까지도 위태로울 정도였다. 그녀는 이튿날이 되어서야 겨우 의식을 완전히 회복했으나 이내 소리 없이 울었다. 쉬잔의 실종에 대해 하인들에게는 그녀를 황급히 수녀원에 보낸 것으로 했다. 한편 왈테르 씨는 뒤루아가 보낸 긴 편지에 답장을 써서 딸과의 결혼을 허락했다.

그 편지는 벨아미가 파리를 떠날 때에 부쳤던 것이다. 그날 밤 집을 나서기 전에 미리 써 둔 것이었다. 그는 사연도 공손하게, 오래전부터 따님을 사랑했다는 것, 미리 서로 계획을 세우지 않았다는 것, 그러나 따님이 오로지 자발적으로 "당신의 아내가 되겠어요." 하고 기쁘게 달려왔으므로 부모의 회답을 받을 때까지 따님을 지키고 또 몰래 숨겨 둘 것을 허락받겠다는 것, 물론 자기에겐 부모의 법률상 의사보다도 따님의 의사가 더 가치 있다는 말 따위를 늘어놓았다.

그리고 회답은 유치우편으로 보내 주기 바라며, 어떤 친구가 찾아다 주기로 돼 있다고 왈테르 씨에게 전했다.

그는 바라던 회답을 받아 들자 곧 쉬잔을 파리로 데리고 돌아와서 부모에게 보냈다. 그러나 자신은 한동안 초대를 사양하고 모습을 나타내지 않았다.

그들은 센 강가의 라로슈기용에서 엿새 동안 지냈다.

어린 소녀는 이때만큼 즐겁게 놀아 본 적이 없었다. 마치 목가 세계에서 사는 기분이었다. 뒤루아가 그녀를 동생이라고 불렀기 때문에 그들은 자유롭고 순결한 친밀감 속에서 마치 사랑에 눈뜬 친구처럼 지낼 수 있었다. 그는 그녀의 정조를 존중하는 편이 현명하다고 생각했던 것이다. 도착한 이튿날 그녀는 곧 시골 여자들의 속옷과 옷을 사 입고 들꽃으로 장식한 커다란 밀짚모자를 쓰고 낚시를 시작했다. 그녀는 그곳이 몹시 마음에 들었다. 거기에는 오래된 탑과 낡은 성관이 있어 그 경치가 마치 훌륭한 태피스트리 같았다.

뒤루아는 그 지방 상인에게서 기성복으로 된 선원복을 사 입고 쉬잔과 둑을 산책하기도 하고 배를 젓기도 했다. 그들은 가슴이 설레어서 쉴 새 없이 키스했다. 소녀는 아무것도 모르고 평온했지만 그는 당장에라도 끓어오르는 욕정에 져 버릴 것 같았다. 그러나 그는 강하게 자신을 억제할 줄 알았다.

그래서 그가 "내일은 파리로 돌아갑시다. 아버지께서 결혼을 허락해 주셨으니까요."라고 했을 때 그녀는 순진하게 이렇게 속삭였던 것이다.

"어머, 벌써 가는 거예요? 당신의 아내가 되어서 정말 즐거웠어요!"

10장

콩스탕티노플 거리의 작은 방은 캄캄했다. 조르주 뒤루아와 클로틸드 드 마렐이 마침 입구에서 만나 불쑥 들어왔기 때문이다. 그녀는 그가 덧문을 여는 것도 기다리지 않고 말했다.

"당신, 쉬잔 왈테르와 결혼하신다면서요?"

그는 솔직하게 고백하고 덧붙였다.

"몰랐소?"

그녀는 뒤루아 앞에 버티고 서서 증오를 드러내며 외쳐 댔다.

"쉬잔 왈테르하고 결혼을 하다니! 너무해요! 정말 너무해요! 석 달 동안 내게 듣기 좋은 소리를 하더니, 감추어 두었군요. 다른 사람은 누구나 다 알고 있었어요. 몰랐던 건 나뿐이에요. 내게 가르쳐 준 게 누군지 아세요? 바로 우리 남편이란 말이에요!"

그는 겸연쩍은 미소를 지으며 모자를 벽난로 구석에 놓고 안락의자에 앉았다.

그녀는 상대를 똑바로 노려보면서 노기 띤 낮은 목소리로 말했다.

"당신은 부인과 헤어지고 그런 짓을 준비했군요. 그리고 나는 그 사이 애인 노릇을 시키려고 붙들어 두고. 지독한 악당이군요!"

"무엇이 잘못됐단 말이오? 아내에게 정부가 있기 때문에 난 현장을 잡아서 이혼했고, 이번엔 다른 여자를 얻는 거요. 지극히 간단한 일 아니오?"

그녀는 몸을 떨면서 중얼거렸다.

"아! 당신같이 교활하고 무서운 사람은 없을 거예요!"

그는 빙그레 웃었다.

"안됐군! 바보나 멍청한 사람은 속기 마련이지!"

그녀는 그만두려 하지 않았다.

"저도 처음부터 당신의 근성을 알아봤어야 했는데. 하지만 당신이 이토록 악당이라곤 믿지 않았어요!"

그는 정색했다.

"말조심해."

그녀는 상대가 분개하는 것을 보고 더욱 화를 내며 말했다.

"흥! 이제 새삼스럽게 공손한 말을 쓰라는 건가요? 처음 만났을 때부터 무뢰한 같은 행동을 해 왔으면서 그것을 이제 와서 탓하는 건가요? 자신은 사람을 속여서 단물을 빨아먹고 닥치는 대로 여자를 희롱하고 돈을 긁어 내면서 나한테는 얌전히 굴라는 건가요?"

그는 벌떡 일어서서 입술을 떨면서 소리쳤다.

"닥쳐, 그러지 않으면 여기서 쫓아내겠어!"

그녀가 더듬더듬 말했다.

"쫓아낸다고…… 쫓아낸다고……. 여기서 나를 쫓아낼 셈이라고? 당신은…… 당신은……."

그녀는 분노가 치밀어 말도 제대로 나오지 않았다. 그러나 돌연 분노의 수문이 터진 듯 마구 퍼부었다.

"여기서 나가라고요? 그럼 맨 처음부터 내가 여기 방값을 지불했다는 것을 잊었나 보군. 그야 당신도 때론 돈을 냈죠. 하지만 이걸 내놓지 않고 둔 건 누구였나요……? 나예요……. 그런데 당신은 나를 쫓아내겠다는 건가요? 아무 말도 마요, 이 악당! 난 당신이 어떻게 보드렉의 유산을 절반이나 마들렌에게서 우려냈는지 다 알아요. 그리고 꼼짝없이 결혼하도록 쉬잔에게 손을 댄 것도 알고 있어요……."

그는 두 손으로 그녀의 어깨를 붙잡고 흔들면서 말했다.

"쉬잔 얘기는 마! 용서 않을 테니!"

그녀는 더욱 외쳤다.

"손을 댄 거예요, 다 알아요."

그는 어떤 말이라도 태연하게 들어 넘겼을 것이나, 이 억측에는 화가 났다. 지금 그녀가 그의 앞에서 소리쳐 한 말은 그의 마음에 분노의 전율을 일으켰다. 바로 그의 아내가 될 소녀에 대한 터무니없는 거짓말엔 손바닥이 근질거리는 심한 충동을 느껴서 상대를 후려갈기고 싶었다.

그는 거듭 말했다.

"닥쳐……. 맞지 않으려면……. 닥쳐……."

그리고 나뭇가지에서 열매를 흔들어 떨어뜨릴 때처럼 그녀를 마구 흔들어 댔다.

그러나 그녀는 모자를 벗어 던지고 입을 커다랗게 벌리고 눈은 충혈이 되어서 외쳤다.

"손을 댄 게 아니고 뭐야!"

그는 어깨를 놓고 상대의 뺨을 세차게 갈겼다. 그녀는 비틀거리다 벽에 부딪혀서 쓰러졌다. 그러나 그녀는 그에게로 얼굴을 돌리고 두 손으로 바닥을 짚은 채 또 한 번 울부짖었다.

"손을 댄 게 분명해!"

그는 그녀에게 달려들어 위에서 짓누르고 마치 남자를 때릴 때처럼 마구 갈겼다.

그녀는 갑자기 입을 다물고 상대의 주먹을 받으면서 신음했다. 이제는 꼼짝도 하지 않았다. 얼굴을 마루와 벽 모퉁이에 처박고 낮은 신음 소리를 냈다.

그는 때리는 것을 멈추고 일어섰다. 진정하기 위해 방 안을 대여섯 걸음 거닐었다. 그러다 생각이 난 듯 침실로 가서 대야에 찬물을 떠다 놓고 그 속에 머리를 담갔다. 그런 뒤에 손을 씻고 손가락을 정성들여 닦으면서 여자가 어떻게 하고 있는지 보러 갔다. 그녀는 꼼짝도 하지 않고 마룻바닥에 쓰러진 채 소리 없이 울고 있었다.

"언제까지 훌쩍거릴 참이야?"

그녀는 대답하지 않았다. 그는 약간 겸연쩍어져서 방 한가운데에 버티고 섰다. 눈앞에 쓰러져 있는 그녀의 몸을 보자 난폭한 짓을 한 것이 약간 부끄러웠다.

그러나 돌연 결심하고 벽난로 위의 모자를 집어 들었다.

"그럼 난 가겠어. 준비가 다 되거든 열쇠를 수위에게 맡겨 줘. 당신 기분이 가라앉을 때까지 기다릴 순 없으니까."

그는 밖으로 나가 문을 닫고 수위실로 가서 이렇게 말했다.

"부인은 아직 있소. 곧 돌아갈 거요. 그런데 저 방을 9월 말에 비워 주겠다고 집주인에게 말해 주시오. 오늘이 8월 16일이니까 아직 기간은 충분할 거요."

그는 성큼성큼 밖으로 나왔다. 결혼 선물이 아직 모두 마련되지 않았기 때문에 그걸 사는 데 바빴던 것이다.

결혼식은 의회가 다시 열린 뒤인 10월 20일로 결정되었다. 장소는 마들렌 성당. 이 결혼에 대해서 여러 가지로 뒷공론이 많았으나 아무도 확실한 것은 알지 못했다. 갖가지 잡다한 소문이 퍼졌다. 여자를 납치했다는 말도 있었으나 분명하지 않았다.

하인들 이야기로는, 그 뒤 왈테르 부인은 딸의 약혼자와 전혀 말을 하지 않았으나, 이 결혼 이야기가 있었던 날 밤, 딸을 수녀원으로 보내고 화가 나서 독약을 마셨다는 것이다.

부인은 거의 죽은 것처럼 방으로 실려 왔지만 전처럼 회복될 가능성이 있는지는 알 수 없었다. 그녀는 지금은 이미 노파처럼 되어 버려서 머리도 완전히 잿빛으로 변하고 말았다. 그리고 신앙에 열중하여 일요일마다 빠지지 않고 영성체를 모셨다.

9월 초순이 되자, 《라비 프랑세즈》는 뒤루아 드 캉텔 남작이 주간으로 취임했음을 발표했다. 왈테르 씨는 명의상 사장일 뿐이었다.

그와 동시에 유명한 논설 기자, 단신 기자, 정치 기자, 미술 비평가며 음악 비평가가 돈의 힘이나 권력으로, 평판 좋고 전통 깊은 큰 신문사에서 《라비 프랑세즈》로 뽑혀 갔다.

기자 출신 명사나 성실하고 존경받는 기자들도 이제는 《라비 프랑세즈》에 대해 말할 때 비웃지 않았다. 이토록 빠르고 완전한 성공은 이 신문이 창립되었을 당시 까다로운 문필가들이 퍼부었던 경멸을 완전히 일소해 버렸다.

뒤루아 주간의 결혼은 온 파리를 떠들썩하게 할 만큼 굉장했다. 조르주 뒤루아와 왈테르 집안은 최근 세상의 주목을 받았기 때문이었다. 신문에 이름이 오를 정도의 사람들은 모두 이 결혼식에 가 보려고 생각했다.

결혼식 날은 맑게 개었다.

아침 8시부터 마들렌 성당에서는 고용인들이 총동원되어서 루아얄 거리로 면한 교회당의 높은 돌계단에 폭넓은 붉은 양탄자를 깔기 시작하여, 지나는 사람들의 발길을 붙들어 성대한 의식이 열리려는 것을 알렸다.

출근길 사무원이나 여직공들이나 단골집에 주문을 받으러 돌아다니는 점원 등은 걸음을 멈추고 멍하게 바라보면서 부부가 되는 데 이토록 엄청나게 돈을 쓰는 부자를 부러워했다.

10시경이 되자, 호기심 많은 사람들이 모여들었다. 그리고 결혼식이 금방 시작되는 줄 알고 잠시 머뭇거리다가 지나갔다.

11시가 되자, 경찰관이 도착하여 곧 교통정리를 시작했다. 점점 사람들이 많이 모여들었기 때문이다.

마침내 식에 참석하는 사람들이 하나둘씩 모여들기 시작했다. 좋은 자리를 잡아 처음부터 끝까지 충분히 잘 보아 두려는 사람들이었다. 그들은 중앙의 신자석으로 가서 끝 의자에 앉았다.

성당은 손님들로 점점 혼잡을 이루었다. 부인들은 비단옷을 스치며 사락사락 소리를 냈고, 거의 머리가 벗은 점잖은 풍채의 신사들은 사교계의 단정한 걸음으로 장소가 장소니만큼 한 층 더 점잔을 빼며 들어왔다.

성당은 차차 사람들로 가득 찼다. 열어젖힌 큰 현관으로 햇빛이 물결처럼 들어와 가까이에 늘어앉은 손님들의 줄을 비쳤다. 어둠침침하게 보이는 안쪽에는 큰 촛불이 숲처럼 켜진 제단이 누렇게 빛났으나 휘황한 동굴 문을 연 것 같은 큰 현관과 마주 보여서 매우 빈약하고 퇴색되어 보였다.

사람들은 서로 아는 이들을 찾아 손을 흔들며 불러내서는 각각 무리 지어 모였다. 문인들은 사교계 사람들만큼 긴장하지 않고 작은 소리로 이야기를 나누었다. 부인들에게는 사방에서 시선이 집중되었다.

노르베르 드 바렌은 누군가 친구가 없을까 하고 찾다가 의자 한복판에서 자크 리발을 발견하고 그 곁으로 가서 말했다.

"어떤가! 인색하고 교활한 놈은 출세하는 거군그래!"

상대는 질투심이 없기 때문에 이렇게 말했다.

"그러나 잘됐지 뭔가. 저 녀석의 팔자도 이제는 늘어졌으니."

그러고 나서 참석한 사람들의 이름을 주워섬기기 시작했다. 리발이 물었다.

"그런데 그의 전 아내는 어떻게 하고 있을까? 자네 아나?"

시인은 빙그레 웃으며 말했다.

"잘은 모르지만 소문에 몽마르트르 근처에 처박혀 사는 모양이더군. 그런데…… 좀 묘한 일이 있다네……. 요전부터 《라 플륌》에 실린, 포레스티에와 뒤루아하고 매우 흡사한 정치 논설을 읽었단 말일세. 필자가 장 르 돌이라는 젊은 남자인데, 잘생기고 머리도 좋고, 조르주와 같은 타입이지. 그자가 조르주의 전처와 함께인 모양이야. 내 생각에 그 여잔 젊은 풋내기가 좋은 모양이야. 그래서 평생토록 그런 사람들을 귀여워하며 살 걸세. 게다가 돈도 있겠다, 보드렉이나 라로슈 마티외도 쓸데없이 그 여자의 집에 드나든 것은 아닐 테니까."

리발이 말했다.

"아무튼 그 마들렌이란 여자는 나쁘지 않아. 현명하고 세련되고 말이야. 사귀어 본다면 재미있을 걸세. 그런데 뒤루아는 정식으로 이혼했는데 어떻게 성당에서 재혼식을 올릴 수 있나?"

노르베르 드 바렌이 대답했다.

"그건 성당이 첫 결혼을 인정하지 않았기 때문이지."

"어째서?"

"벨아미는 마들렌 포레스티에와 결혼할 때 종교에 무관심해선지 비용을 절약해선지 모르지만 시청에서 수속을 밟는 것만으로 충분하다고 생각한 걸세. 그래서 신부의 축복 없이 결혼했기 때문에 우리 성모의 교회에서는 그 결혼은 첩을 본 것 정도로밖엔 생각지 않은 거지. 따라서 그는 오늘 미혼 남자로 성당에 온 것이고 성당도 성대한 의식을 베풀어 줄 수 있는 걸세. 왈테르 영감으로서는 크게 비용이 들겠지만."

몰려든 군중의 소음이 둥근 천장 아래 더욱 요란하게 울렸다. 거리낌 없이 큰 소리로 떠들어 대는 사람도 여기저기 있었다. 사람들은 저명한 인사들을 손가락으로 가리켰다. 그 당사자들은 주목의 표적이 되는 것이 기뻐서 위엄을 갖추고 조심성 있게 대중 앞에 나갈 때 으레 그러듯 자세를 가다듬었다. 그들은 이러한 훌륭한 모임에 자신들은 빠질 수 없는 장식물이자 미술품이라고 믿는 듯 구경거리가 되는 데 익숙했던 것이다.

리발이 말을 이었다.

"여보게, 자네 사장 댁에 곧잘 가는 모양인데, 부인이 뒤루아하고 말을 하지 않는다는 게 정말인가?"

"정말이고말고. 전혀 말을 안 해. 부인은 딸을 녀석에게 주고 싶지 않았거든. 그런데 녀석은 지난날의 잘못을 들추어내서 영감의 목을 눌렀지. 필시 모로코 건일 테지만 말일세. 아무튼 심한 폭로 전술로 영감을 협박한 거지. 그래서 왈테르는 라로슈 마티외의 선례를 생각해 내고 당장 항복한 셈이지. 그러나 어머니는 여자에게 있음 직한 고집을 부리며 사위하고는 말을 하지 않겠다고 신게 맹세했다네. 두 사람이 마주 앉아 있을 때면 정말 가관이지. 장모는 돌부처처럼, 더욱이 복수하는 석상 같은 모양이고 사위는 태연자약하게 앉아 있지만 원래 처세에 능한 녀석이니까."

같은 신문사 기자들이 와서 그들과 악수를 나눴다. 정치에 관한 이야기도 간혹 들려왔다. 성당 앞에 잔뜩 모여 구경하는 사람들이 떠드는 소리가 햇빛과 함께 먼 바다의 파도 소리처럼 희미하게 현관으로 들어와서 둥근 천장 아래서 울리고, 성당에 빽빽이 들어찬 명사들의 조심스러운 웅성거림을 압도했다.

그때 수위가 창끝 장식으로 돌바닥을 세 번 두드렸다. 참석한 사람들은 일제히 옷 스치는 소리를 길게 내면서 의자를 뒤로 물리고 돌아다보았다. 현관의 눈부신 빛 속에서 신부가 아버지 팔에 매달린 모습을 나타냈다.

그녀는 언제나 다름없이 인형 같았다. 머리에 오렌지 꽃을 꽂은 귀여운 순백 인형이었다.

그녀가 잠깐 입구에서 발을 멈췄다가 성당 안으로 한 걸음 내디딘 순간, 대형 풍금이 요란하게 울리면서 금속성으로 신부가 도착했음을 알렸다.

그녀는 머리를 숙였으나 전혀 수줍은 기색 없이 약간 흥분한 모습으로 들어왔다. 얌전하고 아름답고 사랑스러운 신부였다. 그녀가 지나가는 것을 바라보면서 사람들은 소곤거렸다. 신사들은 "훌륭한걸, 멋진데." 하고 조그맣게 서로 말을 주고받았다. 왈테르 씨는 안경을 똑바로 코에 걸고 약간 창백한 얼굴로 점잔을 빼며 걸어왔다.

그 뒤에 들러리 소녀 넷이 똑같은 장밋빛 옷을 입고 하나같이 예쁘게 그 사랑스러운 여왕을 모셨다. 뽑힌 들러리 소년들도 맡은 일에 어울리게 미남이었다. 그들은 마치 발레 선생에게 훈련받은 듯한 발걸음으로 가볍게 걸었다.

왈테르 부인은 또 다른 한 사위의 아버지인 일흔두 살의 라 투르 이블랭 후작에게 팔을 맡기고 그 뒤를 따랐다. 그녀는 걷는 것이 아니라 몸을 끌고 있었다. 앞으로 한 걸음 내디딜 때마다 기절이라도 할 것 같았다. 발바닥이 돌에 들러붙어 다리가 앞으로 나가기를 거부하고, 달아나려는 짐승처럼 심장이 가슴속에서 몸부림치는 것 같았다.

부인은 몹시 말랐고 흰 머리칼 때문에 한층 더 창백해 보였다. 그녀는 누구의 얼굴도 보지 않으려는 듯 앞만 보았다. 아마도 마음을 괴롭히는 일밖에는 생각지 않으려 한 모양이었다.

뒤루아가 낯선 노부인과 함께 나타났다. 뒤루아는 머리를 쳐들고 약간 찌푸린 눈썹 밑에 굳은 표정을 하고 시선을 한곳에 고정한 채 곁눈질도 하지 않았다. 콧수염이 입술 위에서 성난 것 같았다. 누가 보아도 훌륭한 미남이었다. 태도도 훌륭했거니와 풍채도 점잖고 다리도 늘씬하고 곧았다. 몸에 잘 맞는 옷에는 레지옹 도뇌르 훈장의 조그마한 빨간 리본이 핏방울처럼 선명했다.

친척들이 들어왔다. 로즈는 상원 의원인 리솔랭과 나란히 들어왔다. 그녀는 여섯 주 전에 결혼했다. 라투르 이블랭 백작은 페르스뮈르 자작 부인에게 팔을 빌려 주고 있었다.

끝으로 뒤루아의 동료와 친구들의 기묘한 행렬이 있었다. 그는 그 사람들을 새로운 가족에게 소개했는데 모두 파리의 중류 사교계에서 이름난 사람들뿐이었다. 이들은 누구하고도 즉시 친해질 수 있었으며 때로는 벼락부자의 먼 친척으로 둔갑하기도 했고, 몰락하거나 파산하거나 가문의 명예를 손상하거나 결혼한 귀족으로 둔갑하기도 했는데 유부남이 가장 골칫거리였다. 드 벨비뉴 씨, 방조랭 후작, 라브넬 백작 부부, 라모라노 공작, 크라발로프 대공, 발레알리 기사 등이었다. 다음은 왈테르가 초대한 손님으로 게르슈 대공, 페라신 공작 부부, 아름다운 된 후작 부인 등. 왈테르 부인의 친척도 몇 사람인가 이 행렬에 섞여서 시골 사람답게 긴장하고 있었다.

그사이 대형 풍금은 하늘을 향하여 인간의 환희와 고뇌를 외치듯이 저 빛나는 관에서 터져 나오는 음률을 넓고 큰 성당 안에 가득 채웠다. 그리고 현관의 커다란 문이 닫혔다.

지금 뒤루아는 안쪽에서 불빛이 휘황한 제단 앞에 신부와 나란히 무릎을 꿇고 있었다. 탕헤르에서 새로 부임한 사제가 손에 홀을 들고 머리에 관을 쓰고 제의실에서 나타나 '영원'이라는 이름으로 두 사람을 결합하려 했다.

그는 격식에 맞게 질문을 하고 반지를 교환하게 한 다음 사슬처럼 그들을 묶는 문구를 늘어놓고 신랑 신부에게 그리스도 교적인 훈계를 했다. 그리고 과장된 말로 정절의 길을 길게 설교했다. 이 신부는 키가 크고 뚱뚱한 남자로 불룩 나온 배가 위엄을 돋보이게 하는 미남이었다.

흐느껴 우는 소리에 몇 사람이 돌아보았다. 왈테르 부인이 두 손으로 얼굴을 가리고 울고 있었다.

그녀는 끝내 결혼을 승낙하지 않을 수 없었다. 어쩔 도리가 없었다. 그러나 돌아온 딸의 키스를 거절하고 자기 방에서 쫓아낸 후, 뒤루아가 다시금 자기 앞에 나타나서 정중하게 인사했을 때, 낮은 목소리로 "당신처럼 비열한 사나이는 본 적이 없어요. 이제는 두 번 다시 나에게 말을 걸지 말아요, 절대로 대답하지 않을 테니까." 하고 말한 이래, 그녀는 마음을 가라앉힐 수도 참을 수도 없는 고민에 시달려 왔다. 그녀는 격앙된 정욕과 살을 도려내는 듯한 질투와 날카로운 증오로 쉬잔을 미워했다. 이루 말할 수도 없이 잔인하고도 살을 저미는, 어머니이자 정부로서의 야릇한 질투였다.

그런데 지금 신부가 교회에서 이천 명의 손님 앞에서 두 사람을, 내 딸과 내 연인을 결혼시키고 있는 것이다! 그런데도 나는 아무 말도 할 수가 없다. 방해할 수도 없다. "하지만 그 남자는 내 것입니다. 내 정부입니다. 당신이 축복하시는 이 결혼은 파렴치한 것입니다!" 하고 외칠 수도 없는 것이다.

여자들은 동정하며 속삭였다.

"불쌍도 하지! 어머니로서 얼마나 서럽겠어요!"

신부가 드높은 목소리로 말했다.

"당신들은 최고의 부와 명예를 받고 이 지상에 견줄 만한 것이 없을 만큼 행복한 분들입니다. 특히 신랑은 재능이 누구보다도 뛰어나, 문필로 민중을 교육하고 지도하는 사회의 목탁으로서 그 귀중한 사명을 충분히 완수하여 훌륭한 모범을 세상 사람들에게 보여 줄 것을……"

뒤루아는 자만심에 취하여 그것을 들었다. 다름 아닌 로마 교회의 사제가 자신에게 이 찬사를 보내는 것이다. 더욱이 그의 등 뒤에는 그를 위하여 모인 군중과 고관대작 무리가 앉아 있다! 그는 알 수 없는 어떤 힘이 자신을 공중에 밀어 올리는 것처럼 여겨졌다. 캉틀뢰의 가난한 농부의 자식인 그가 이제 지상의 당당한 지배자의 한 사람이 된 것이다.

문득 그는 루앙의 넓은 골짜기를 내려다보는 언덕 위의 보잘것없는 주막과, 거기서 농부들에게 술을 파는 부모의 모습을 눈앞에 떠올렸다. 보드렉 백작의 유산을 차지했을 때, 그들에게 5000프랑을 보내 줬다. 이번에는 5만 프랑을 보내 줘야겠다. 그러면 웬만한 땅이라도 살 것이고 무척 기뻐할 것이다.

사제의 설교가 끝났다. 예복을 입은 신부가 제단으로 올라갔다. 대형 풍금이 다시 신랑 신부의 영광을 찬송하기 시작했다.

대형 풍금은 어떤 때는 바다의 파도처럼 크게 굽이쳐 길게 꼬리를 끌며 요란하게 외쳤다. 지붕을 밀어 올리다 떼어내 버리고 푸른 하늘로 퍼져 가는 느낌이었다. 그 떨리는 음조는 성당을 채우고 사람들의 육체와 영혼을 흔들었다. 그러나 곧 그 외침은 그치고 가늘고 경쾌한 음색으로 바뀌어 공기 속을 흐르더니 산들바람처럼 귀를 간질였다. 그리고 새가 날개치며 날 듯 사랑스럽고 조그마하며 발랄하고 아름다운 노래로 변했다.

그러나 갑자기 그 세련된 음악이 다시 커다랗게 퍼져서 마치 모래 한 알이 무한한 세계로 변한 것처럼 무서운 힘과 폭을 찾았다.

그런 다음 사람의 음성이 퍼져 일어나 숙인 머리 위를 흘렀다. 노래하는 사람은 오페라 극장의 보리와 랑데크였다. 향로는 안식향의 희미한 향기를 내뿜었고 제단 위에서는 장엄한 의식이 진행되었다. 성자 그리스도는 신부가 부르는 목소리에 응해서 지상으로 강림하고 조르주 뒤루아 남작의 승리를 축복했다.

벨아미는 쉬잔 곁에 꿇어앉아 고개를 숙이고 있었다. 그는 그때 진심으로 하느님을 믿고 종교에 깊이 의지할 마음을 먹었다. 이토록 풍족한 은총을 내려 주고, 깊은 경의를 나타내 주는 하느님에게 감사의 마음을 금할 수가 없었다. 그리고 하느님을 분명히 알지도 못하면서 하느님에게 성공을 감사했다.

의식이 끝나자, 그는 일어서서 신부에게 팔을 내밀고 제의실로 들어갔다. 그러자 모였던 사람들이 길고 긴 줄을 이루어 그의 앞을 지나가기 시작했다. 조르주는 기쁨에 도취해 정신을 못 차리고 자신이 국왕이라도 되어서 국민의 갈채를 받는 것처럼 여겼다. 그는 사람들의 손을 잡고 무의미한 말을 중얼거리며 머리를 숙여 인사하고 축사에 "정말 감사합니다."라고 대답했다.

문득 그는 드 마렐 부인의 모습을 보았다. 그러자 서로 주고받았던 키스며, 갖가지 애무와, 그녀의 귀여운 행동이 떠올라 다시 한 번 그녀를 정부로 삼고 싶다는 돌연한 욕망이 끓어올랐다. 그녀는 여전히 아름답고 우아했는데 어린애처럼 눈을 굴리고 있었다. 조르주는 '역시 정부로선 나무랄 데 없는 여자 야.' 하고 생각했다.

그녀는 약간 수줍은 듯이 겁먹은 태도로 다가와서 손을 내밀었다. 그는 그 손을 잡고 잠깐 동안 쥐었다. 그러자 화사한 손가락이 남모르게 은근히 무언가를 전달하는 것을 느꼈다. 부드럽게 움켜쥐는 힘에는 지나간 일은 깨끗이 흘려 버리고 다시 한 번 시작하자는 심정이 담겨 있었다. 그도 "나는 지금 당신을 사랑하고 있소. 난 당신 것이오." 하는 듯 그 조그만 손을 꼭 움켜쥐었다.

두 사람의 눈이 마주쳤다. 미소를 띠었으며 반짝반짝 빛나는 애정이 넘치는 눈길이었다. 그녀는 상냥한 목소리로 속삭였다.

"곧 만나요."

그는 분명하게 대답했다.

"네, 부인."

그리고 그녀는 멀어져 갔다.

다른 사람들이 밀어닥쳤다. 손님 무리는 그의 앞을 강물처럼 흘러갔다. 마침내 점점 뜸해지다가 제일 마지막 손님까지 다 지나갔다.

뒤루아는 쉬잔의 팔을 잡고 다시 성당을 가로질렀다.

성당은 사람들로 가득했다. 너나 할 것 없이 먼저 자리로 돌아가서 두 사람이 지나가는 것을 보려고 했기 때문이다. 그는 머리를 들고 햇볕이 내리쬐는 현관의 커다란 입구에 눈길을 주면서 발걸음도 조용하게 천천히 걸었다. 그는 살결 위에 긴 전율을 느꼈다. 자신의 무한한 행복만을 생각했다.

현관으로 나오자 그곳에도 사람들이 몰려 있었다. 까맣게 밀고 밀리는 소란스러운 군중이었다. 그를 보기 위해서, 그 조르주 뒤루아를 보기 위해서 모여든 사람들이었다. 파리 사람들이 그를 바라보며 부러워하고 있었다.

그가 눈을 들자 아득히 멀리, 콩코르드 광장 저편에 국회의 사당 건물이 솟아 있는 것이 보였다. 마들렌 성당 현관에서 부르봉 궁 현관까지 한달음에 뛰어갈 것 같았다.

그는 구경꾼들이 양쪽으로 울타리를 이룬 높은 돌계단을 유유히 내려갔다. 그러나 그는 그들을 보지 않았다. 그의 생각은 뒤로 돌아가 있었다. 강렬한 햇빛 때문에 가늘게 뜬 그의 눈앞에는, 드 마렐 부인이 침대에서 나올 때면 언제나 마구 흐트러지는 귀여운 곱슬머리를 거울 앞에서 매만지던 영상이 아른거렸다.

작품 해설

기 드 모파상은 마흔셋이라는 젊은 나이에 정신병원에서 사망했다. 그는 1880년에 「비곗덩어리」를 발표하면서 문단의 주목을 받기 시작했고, 그 후 10년 동안 놀라운 창작력을 보이며 장편소설 『어느 인생』, 『벨아미』, 『죽음처럼 강한』 등과 단편집 『텔리에 집』, 『피피 양』 등 수많은 작품을 발표했다. 스승인 플로베르는 모파상이 「비곗덩어리」를 발표하자 격찬을 아끼지 않았으나 불행하게도 그의 눈부신 성공을 보지 못하고 그해 세상을 뜨고 말았다.

프랑스의 19세기 전반기는 서정시의 시대였고 후반기는 소설의 시대였다. 서정시가 자아의 표현이라면, 소설은 몰아(沒我)의 표현이라고 할 수 있다. 19세기 프랑스 소설은 사실주의와 자연주의로 요약된다. 스탕달과 발자크가 연 사실주의 소설의 시대는 플로베르에 이르러 정점에 도달했고 에밀 졸라는 사실주의를 계승하고 발전시켜 자연주의 문학을 탄생시켰다. 모파상은 발자크가 사망한 해인 1850년에 태어나 온전히 소설의 시대를 살다 간 작가였다. 그는 플로베르의 가르침대로 끈기 있고 세밀한 관찰과 문체의 힘에 치중했으며, 감성을 억제하고 대상을 치밀하게 연구하는 데 뛰어났다. 그 때문에 모파상은 프랑스 자연주의의 가장 순수한 작가로 일컬어진다.

모파상은 프랑스 역사상 가장 치열하고 복잡다단한 시대에 살았다. 제2제정 시대였던 1850년 7월 5일, 노르망디 지방에서 그는 태어났다. 그의 출생지에 관해서는 디에프 근처 미로메닐 성이라는 설과 르아브르에서 가까운 페캉이라는 설이 있으나, 페캉에서 태어난 모파상을 부모가 자신들이 허영심에서 잠시 빌린 미로메닐 성으로 데려가 그곳 성당에서 세례를 받게 했다는 것을 전기 연구가들은 정설로 받아들인다. 모파상의 아버지 귀스타브는 로렌 지방 출신 귀족이었고, 어머니는 대대로 노르망디 지방에 살아 온 부유한 부르주아였다. 모파상이 여덟 살 되던 해, 부모가 잦은 다툼으로 별거하자 그는 동생 에르베와 함께 어머니를 따라 에트르타로 가서 자유로운 유년 시절을 보냈다. 이때 모파상은 어업과 농업에 종사하는 집안 아이들과 어울려 산과 바다를 돌아다녔으며, 그들의 삶에 대하여 많은 것을 배웠다. 그는 열세 살에 이브토 신학교에 입학했으나 적성에 맞지 않아 악동들과 어울려 학교 규율을 어기는 바람에 퇴학 처분을 받았다. 루앙의 고등학교로 전학을 간 그는 쇼펜하우어의 철학에 심취했고 시인 루이 부이에에게서 시 쓰기를 지도받았으며 플로베르와 친분을 맺었다. 1870년, 보불전쟁이 일어나자 모파상은 전투에 뛰어들어 직접 전쟁을 체험했는데, 이때 프랑스 군의 참담한 패전을 목격했고 독일군에 대한 증오심을 평생 떨치지 못했다.

전쟁 체험은 그에게 매우 귀중한 것이었다. 그의 출세작이라 할 수 있는 「비곗덩어리」를 비롯한 많은 중단편 소설이 보불전쟁을 소재로 쓰였기 때문이다. 제대 후 해양식민부에 취직한 그는 파리에 살면서 플로베르에게 본격적인 문학 수업을 받았다. 이때 스승인 플로베르를 통해 에밀 졸라와 공쿠르 형제, 알퐁스 도데, 투르게네프 등과 교분을 맺었다. 그는 생계를 위해 하급 공무원으로 일하면서 윤기 없고 틀에 박힌 생활에서 벗어나고자 늘 몸부림쳤는데, 이때의 생활 역시 많은 중단편의 소재가 되었다. 1880년, 에밀 졸라의 발의로 자연주의 작가들이 모여 보불전쟁을 소재로 엮은 작품집 『메당의 저녁』에 중편소설 「비곗덩어리」를 발표하여 세상의 주목을 받자 그는 곧 직장을 그만두고 글쓰기에 전념했고, 해마다 여행을 함으로써 끊임없이 창작력을 불태웠다. 그는 파리의 센 강을 좋아하여 강변에 있는 술집에 자주 드나들었고, 센 강에서 배를 타는 것도 몹시 좋아했다.

그의 초기 작품에는 파리 소시민의 생활상이 담겨 있지만 후기 작품에는 상류사회가 많이 그려진 것이 특징이다. 작가로 성공한 후 사교계에 출입하면서 생긴 자연스러운 변화일 것이다. 장편소설 『어느 인생』(우리나라에는 『여자의 일생』으로 알려졌다.)으로 전 유럽과 미주에서 확고한 명성을 얻은 그는 여러 신문과 잡지에 작품을 발표했고, 시평(時評)도 200여 편 썼다. 1880년쯤부터 두통과 신경 질환, 눈병을 앓기 시작한 그는 1891년에는 광기의 징후를 보이기 시작했고, 1892년 1월 1일 밤에는 자살을 기도하여 파리 근교 파시의 정신병원에 감금되었으며, 1893년 7월 6일에 43년의 짧은 생을 마감하고 말았다.

　모파상의 생은 짧았지만 그가 프랑스 문단에 남긴 흔적은 매우 컸다. 그는 세계에서 보기 드문 걸출한 단편 작가였을 뿐만 아니라 잔혹한 인간성을 개연성 있게 그려 내는 데 뛰어났다. 그는 섬세한 감성을 지녔다기보다는 견고한 재능을 타고난 작가였다. 플로베르에게서 배운 대로, 사물 본연의 특징을 찾아 그 성격을 드러내 보여 주는 표현을 잘 했다. 그의 작품에서 보이는 정확한 관찰과 힘차고 간결한 문체 덕분에 그 가치는 한결 두드러진다. 그는 삶을 분석하려 하지 않고 자기 눈에 보이는 그대로의 삶을, 욕망에 이끌리는 인간의 평범하고 야수적인 모습을 그려 냈다. 따라서 그의 작품에는 추상적인 것이 배제되고 견고하고 현실적인 것들만이 존재한다. 같은 자연주의 작가인 공쿠르 형제의 세련된 문체나 알퐁스 도데의 감동적인 문체도 모파상에게서는 찾아볼 수 없다. 스승인 플로베르와 마찬가지로 자신의 성격이나 의견은 전혀 개입하지 않는 표현을 추구했고, 그에 성공을 거둔 작가였다. "나는 내 책이 말하도록 내버려둘 뿐이다."라는 그의 말처럼 그는 주관적인 요소는 모조리 제거하고 표현하려는 대상 자체가 스스로 말하도록 하는 데에 몰입하였다.

　『벨아미』는 모파상이 그의 전성기에 쓴 작품으로서『어느 인생』으로 성공을 거둔 이후에 나온 걸작 가운데 하나다. 그는 1884년 여름에 집필을 시작하여 1885년 2월에 탈고했고 이 작품은 4월에서 5월까지《질 블라스》신문에 연재된 후 아바르 서점에서 출판되었다. 모파상은 이 소설을 통해 당시 프랑스 상류 계층의 추악한 모습과, 투기와 권력 남용이 난무하는 사회 상을 있는 그대로 그려 냈다. 시골의 보잘것없는 가문에서 농부의 아들로 태어났지만 용모가 빼어난 조르주 뒤루아라는 인물이 주인공, 곧 벨아미다. 그는 자신의 용모를 이용하여 상류 계급 여성을 유혹하고 그 자신은 출세하려는 욕망에 불타는 비겁한 속물이다. 당시 파리 사회의 문란한 성도덕이 여과 없이 그려지며, 귀부인들의 기질과 성격, 행동 등이 객관적으로 묘사된 것도 특징이다. 이 작품은 뒤루아라는 인물을 통해 출세나 권력에 대한 집착이 어떤 것인지, 그 이면에는 얼마나 복잡하고 가증스러운 이해 관계가 얽혀 있는지를 극명하게 보여 주는 데 성공했다.

우선 『벨아미』에서 가장 큰 울림을 보이는 것이 있다면 바로 돈이다. 그리고 작품 마지막에는 뒤루아가 침대에서 나오는 애인의 추억을 떠올린다. 돈과 여자. 그 사이에는 한 남자의 출세가 자리한다. 주인공인 조르주 뒤루아는 용모가 빼어난 전직 하사관 출신이며, 빠지기 쉬운 함정도 두려워하지 않고 오로지 출세를 위해 수단과 방법을 가리지 않는다. 소설이 시작하는 시점으로부터 뒤루아가 목표를 달성하는 마지막 순간까지 펼쳐지는 기간은 약 3년이다. 『어느 인생』의 잔에 비하면 10분의 1밖에 안 된다.

『벨아미』는 1885년 당시 프랑스 사회를 들끓게 하던 문제들의 한복판에 자리했다. 이후 모파상의 소설 대부분에 당시 이슈가 되었던 사회 문제들이 등장하지만, 『벨아미』처럼 엄격하게 시간 순서대로 구성된 작품은 없다. 역사적인 사실들과 정확하고 증명 가능한 사회 모습이 마치 일종의 장식처럼 작품 속에

삽입된 것이다. 에밀 졸라의 작품에서도 이런 기법은 발견되지 않는다. 졸라는 언제나 이론을 앞세웠지만 실제로는 그 이론을 지킨 적이 한 번도 없었다. 반면에 모파상은 이론을 몹시 못마땅하게 생각했다.『벨아미』출간 2년 후『피에르와 장』의 서문 격으로 쓴 소설론에서 모파상은 그러한 자기 생각을 분명하게 밝혔다. 모파상은 신문지상에서『벨아미』를 비판했던 사람들에게 보내는 답신을 통해 "파리에서 매일 볼 수 있는 사람들과 비슷한 모험가의 삶을 이야기하고 싶었을 뿐"이라고 했다.

모파상은 세상을 있는 그대로 보여 주기만을 원했다. 독자는 모파상이 경험과 언론을 통해 일상 생활의 잡다한 요소들에 익숙해졌음을 인정한다. 축적된 체험이 소설에 현실적인 두께를 부여한다. 대로변에서 파는 맥주 한 잔 가격이 20수이고, 싸구려 식당에서 파는 식사는 1프랑 40상팀인데, 특실에서 먹는 세련된 식사는 50프랑이라는 사실을 등장인물들과 똑같이 독자들도 알 수 있는 것이다. 당시 생활 방식이라든가 옷차림, 예법 등 일상 요소들은 소설 곳곳에서 쉽게 발견된다. 뒤루아가 간 폴리베르제르 극장은 공쿠르 형제의 일기에서도 똑같이 묘사되었다. 모파상은 첫 장편소설『어느 인생』에서와는 달리 농촌 풍경이나 시골 귀족에게는 더 이상 관심이 없다. 또한 모파상이 무위도식하는 한량 계급을 묘사하는 자연주의 소설을 발표한 것은『벨아미』이후『죽음처럼 강한』과『우리들의 마음』에 이르러서였다.『벨아미』에서는 뒤루아도 일을 하고 드 마렐이나 왈테르 사장도 일한다. 자크 리발이나 생포탱처럼 글쓰는 일을 하는 인물들도 있다.

『벨아미』에서 현실과 가장 가깝게 묘사된 것은 당시 정치 상황이다. 모파상은 프랑스의 식민지 확장 정책이라는 기반 위에서 벨아미의 삶을 조명하려고 했기 때문에 이 작품은 당시 가장 뜨거웠던 논쟁의 한가운데 있을 수밖에 없었다. 1880년에서 1885년 사이에 프랑스는 국내 경제를 살리기 위해 시장을 개척해야만 했고, 그 가장 좋은 방법이 식민지 확장이었다. 특히 북아프리카는 가장 가깝고 손쉬운 지역이었다. 모파상은 1881년 여름에 《골루아》 신문의 특파원 자격으로 그곳에 두 달 동안 체류한 경험이 있었다. 그가 쓴 기사 20여 편은 명쾌하고 과감하여 프랑스 여론을 형성하는 데 적잖은 영향을 미쳤다. 뒤루아가 식민지에 파견되었던 전직 하사관 출신이며, 출세를 위해 신문사를 이용하는 것도 모두 모파상의 북아프리카 체류와 신문사 경험에서 나온 것이다.

주인공 뒤루아뿐만 아니라 『벨아미』에 등장하는 거의 모든 인물들이 권력과 돈을 탐한다. 그리하여 모든 것이 시장가치로 평가된다. 심지어는 맥주, 와이셔츠, 그림, 여자의 경제적 가치까지도 고려된다. 자본이 사회를 지배하는 양상이 매우 충격적으로 그려진 것이다. 『벨아미』가 출간되고 10년 후에는 에밀 졸라도 돈을 주제로 소설을 쓰기 시작했다. 처음부터 끝까지 『벨아미』를 관통하는 주제는 돈이며, 이는 그 유명한 기조*의 "부자 되세요!"라는 아포리즘(?)으로 요약될 수도 있다. 드 마렐은 모로코에서 차용한 빚으로 돈을 벌고, 왈테르는 파리 근교의 호화 호텔과 수십만 프랑이나 나가는 그림을 가지기 위해 자

---

* Guizot(1787~1874), 프랑스의 보수 정치인으로서 부르주아 계급 위주의 정책을 폈으며 노동과 저축을 통한 부의 축적을 주장했다.

본을 이용한다. 그런데 왈테르가 그림을 사들이는 것도 예술을 사랑해서가 아니라 순전히 돈을 벌기 위한 수단이었다. 배고픈 화가들, 아직 이름을 얻지 못했지만 장차 크게 성공할 가능성이 있는 젊은 화가들을 찾아 아주 싼값에 그림을 사들이고 그들이 유명해지기를 기다린다. 그러나 모파상은 소설 속 그 누구보다도 주인공 뒤루아를 내세워 돈을 향한 끝없는 탐욕을 구현한다. 1880년대 배금주의적 사회 분위기와 그 전형적 인물을 창조하는 것이다. 3프랑 40상팀으로 출발한 뒤루아는 소설 마지막에 이르러서는 아내가 물려받은 50만 프랑을 가로채고 주식시장에서 부당하게 7만 프랑을 빼돌린다. 모파상은 당시 거액의 재산을 모을 수 있는 방법을 많이 알았고, 『벨아미』를 통해 그 방법들을 여실히 보여 주었다. 이윤을 남기는 것, 그리고 이윤을 남기기 위해서라면 어떤 짓을 해도 상관없다는 것. 이것이 모파상의 이 자연주의 소설을 추동하는 힘이다.

소설 『벨아미』를 통해 독자들이 얻을 수 있는 것이 또 하나 있다면 프랑스 언론의 발전에 관한 역사적 지식이다. 소설이 진행될수록 독자는 프랑스 사회에서 언론의 역할이 점차 커져 가는 것을 볼 수 있다. 프랑스에서 언론의 자유가 보장된 것도 바로 이 시기였다. 1881년 7월 29일에는 출판의 자유를 대폭 허용하는 법령이 공포되기도 했다. 보도가 금지됐던 사항들이 대부분 해제되었고, 그런 이유로 재판 계류 중 드러났던 언론 문제들이 모두 자유로워졌다. 그 덕분에 일간지와 정기간행물 수가 폭발적으로 증가했으며, 독자를 많이 확보한 언론사는 사회 여론을 형성하는 데 더욱 큰 영향을 미쳤다. 더욱이 신문을 빠른 시간 안에 대량 제작할 수 있는 윤전기가 발명되자 신문사들은 눈부신 성장을 거듭했다. 당시 신문에는 네 면만이 있었고, 커다란 활자로 찍힌 머리기사도 없었지만, 발행 부수 70만 부를 자랑하는 신문도 있었다. 언론이 정치와 결탁하여 권력을 조작할 수 있는 여건이 점차로 성숙해 갔던 것이다. 이처럼 갑작스럽게 보장된 언론의 자유는 부작용도 낳았다. 신문사는 자신들의 이익을 위해서는 대상을 막론하고 험담, 비방, 중상, 모략을 일삼기도 했다. 이 소설에서도 역시 경쟁 신문사에 피해를 주기 위해 이야기를 날조하여 비방하는 '옐로 저널리즘'의 시초가 보인다. 뒤루아는 그 때문에 결투를 신청하고, 그 일이 전화위복이 되어 성공의 발판이 마련된다.

모파상은 언론의 또다른 양상에도 주목했다. 1870년 9월 10일에는 기업의 자유를 보장하는 법령이 공포되었다. 프랑스 내무성에 신고해야 하는 조건이 붙긴 했지만, 19세기 말엽의 경제적 도약에는 언론의 힘이 작용했다. 기업의 자유는 증권 시장이나 광고처럼 유권자와 통치자들 양편에 모두 영향을 미치는 자본주의의 은밀한 힘이 되었다. 당시 주요 신문사들의 정치적 영향력은 실로 막대했다. 『벨아미』에서는 뒤루아가 자신의 모든 에너지를 야망을 실현하는 데에만 쏟아부었기 때문에 언론의 부패한 양상만이 조명되었지만, 그 후 50년도 채 지나지 않아 프랑스 언론도 모습이 바뀌고 규모도 커지면서 새로운 역할을 하게 되었다. 대중 사회의 다양한 욕구와 생각들이 상호 소통하는 가장 효과적이고 유일한 장이 바로 신문이었기 때문이다.

모파상은 뒤루아를 통해, 탐욕스럽고 비겁하지만 당시 사람들의 생각과 욕망이 잘 반영된 전형적 인물을 만들어 내고자 했다. 《라비 프랑세즈》는 그 목적을 위한 장식일 뿐이었다. 「비곗덩어리」의 성공 이후 모파상은 《질 블라스》, 《골루아》, 《피가로》 등의 신문에 정기적으로 글을 실었다. 모파상 역시 기자였기 때문에 그 세계의 생리와 구조를 매우 잘 알았다. 그는 일간지가 어떻게 만들어지고 그 내용은 어떤 것으로 채워져야 하는지에 대한 당시의 관례에도 정통했다.

당시 파리의 신문계와 정치계를 통해 혼탁한 사회와 배금주의의 한 단면을 노출하며 금전, 권력, 쾌락을 위한 투쟁이 어떤 것인지 잘 보여 준 『벨아미』는 결국 사회 밑바닥에 깔려 있는 인생의 참모습을 보여 주고자 한 작품이다. 따라서 뒤루아가 많은 여자들을 농락한 뒤 파리 굴지의 신문사와 거액의 돈을 수중에 넣기까지의 과정이 생생하게 드러난 이 소설은 전형적인 자연주의 문학의 걸작이다.

모파상의 작품은 매우 비관적이며 인생의 어두운 면을 가혹하게 묘사한다. 어려서 보았던 부모들의 불화와 고교 시절에 탐닉했던 쇼펜하우어의 영향, 플로베르의 가르침, 그리고 나중에는 신체적, 정신적 질병이 그러한 특성을 형성했다고 할 수 있을 것이다. 그와 함께 충만하고 명료한 언어, 강력한 힘을 지닌 침착성이 모파상의 자연주의 문학을 한층 높여 준다.

2009년 가을
송덕호

작가 연보

1850년 8월 5일, 프랑스 노르망디에서 로렌 지방 출신 아버지 귀스타브 드 모파상과 노르망디 지방 혈통인 어머니 로르 드 푸아트뱅 사이에서 출생.

1858년 부모의 별거로 어머니와 동생 에르베와 함께 에트르타의 별장에서 생활. 자유롭고 방랑적인 유년 시절을 보냄.

1863년 이브토 신학교에 기숙 학생으로 입학했으나 적성에 맞지 않아 환멸을 느낌.

1864년 어머니와 함께 여름방학을 보내던 중 영국 시인 찰스 스윈번을 만남. 그의 시 「살갗이 벗은 손」은 모파상 환상 소설의 소재가 되기도 함.

1867년 이브토 신학교에서 퇴학.

1868년 루앙의 고등학교 입학하여 바칼로레아를 준비. 이때 플로베르의 절친한 친구인 시인 루이 부이에에게 시

쓰기를 지도받고, 플로베르와 친분을 맺음.

1869년	바칼로레아에 합격하여 파리 대학 법학과 입학.
1870년	보불전쟁 발발. 유격대로 참전하여 애국심 충만한 군인의 모습을 보여 줌. 패전의 기억은 후에 모파상 소설의 가장 아름다운 소재를 이룸.
1871년	휴전과 함께 제대하여 에트르타로 돌아옴. 플로베르의 지도를 받으며 문학 수업에 전념. 플로베르 덕분에 에밀 졸라, 알퐁스 도데, 에드몽 드 공쿠르, 투르게네프 등과 만남.
1872년	프랑스 해양식민부에 취직하여 파리에 정착. 센 강변의 술집을 드나들며 뱃놀이를 자주 즐김.
1873년	수입이 적은 사무 관리직에 염증을 느낌. 이때의 관찰도 모파상 문학의 일부를 이룸.
1875년	첫 단편소설 「살갗이 벗은 손」을 잡지에 발표.
1876년	에밀 졸라가 주관하는 메당 그룹에 참여. 3월 30일, 잡지 《문학 공화국》에 「물가에서」 발표. 10월 22일, 같은 잡지에 「귀스타브 플로베르 연구」 발표.
1877년	매독으로 건강에 이상. 스위스에서 요양. 잡지 《모자이크》에 「성수를 뿌리는 사람」 발표.
1878년	해양식민부를 사직하고 플로베르의 소개로 공교육부에 취직. 여전히 사무직에 대한 염증을 느끼며 못 견뎌함.
1879년	희곡 「옛날 이야기」 발표. 병든 어머니와 함께 에트르타에서 많은 시간을 보냄. 《근대 자연주의 평론》에 「물가에서」를 발표하나 풍기문란을 이유로 검찰

의 기소 처분을 받음.

1880년 플로베르가 「비곗덩어리」를 읽고 격찬. 단편 「벽」 발표 후 검찰에 기소됨. 3월, 『메당의 저녁』에 「비곗덩어리」를 발표하여 큰 성공을 거둠. 5월 8일, 아버지 귀스타브 뇌출혈로 사망. 6월, 직장을 그만둠. 9월, 코르시카 섬을 처음으로 여행.

1881년 첫 단편집 『텔리에 집』 출판. 북아프리카 여행. 신경통으로 약을 남용함. 투르게네프가 러시아에 모파상의 작품을 소개.

1882년 단편집 『피피 양』 발표. 여름에 브르타뉴 여행. 자살을 생각할 정도로 눈병으로 고생. 파리의 몇몇 잡지(《골루아》, 《질 블라스》, 《피가로》, 《에코 드 파리》, 《누벨 르뷔》 등)에 정기적으로 기고. 기 드 발몽 혹은 기 드 모프리뇌즈라는 필명으로 기사와 단편소설 집필.

1883년 첫 장편소설 『어느 인생』, 단편집 『도요새 이야기』와 『달빛』 발표. 장편소설의 성공으로 수입이 많아져 집을 짓고 하인을 고용. 결혼하지 않은 채 조세핀 리첼만과의 사이에서 아이가 태어남.

1884년 여행기 「태양에게」, 단편집 『미스 해리어트』, 『롱돌리 자매』, 『이베트』 발표. 이 해에 가장 많은 작품과 기사를 씀. 신경병이 도지기 시작. 파리의 살페트리에르 병원에서 치료를 결정.

1885년 단편집 『낮과 밤 이야기』, 장편소설 『벨아미』, 단편집 『파랑 씨』 발표. 이탈리아 여행.

1886년 단편집 『투안』, 『소녀 로크』 발표. 영국을 여행하지만 실망. 요트 '벨아미' 호를 구입해 지중해를 여행.

1887년 장편소설 『몽토리올』, 단편집 『르 오를라』 발표. 기구를 타고 취재 여행을 떠나 북아프리카에서 오랫동안 체류.

1888년 장편소설 『피에르와 장』, 여행기 「물 위에서」, 단편집 『위송 부인의 장미나무』 발표. 북아프리카 여행. 전 유럽과 미주에서 명성을 얻음. 병세 악화.

1889년 단편집 『왼손』, 장편소설 『죽음처럼 강한』 출판. 동생 에르베가 리옹 정신병원에서 사망.

1890년 여행기 「유랑 생활」, 단편집 『쓸모없는 아름다움』, 마지막 장편소설 『우리들의 마음』 출판. 병세가 급격히 악화. 치료와 휴식에 전념. 장편소설을 쓰기 위해 단편소설과 기사를 쓰지 않기로 함.

1891년 희곡 「뮈조트」 발표. 장편소설 『이방인의 영혼』과 『삼종 기도』를 계획. 통제력을 잃을 만큼 병세가 악화되어 작품 활동을 중단하라는 권유를 받아들임. 유서 작성.

1892년 자살 시도. 파리 근교 파시의 정신병원에 수용. 이때부터 18개월 동안 단말마적 고통이 시작됨.

1893년 희곡 「가정의 평화」 출판. 7월 6일, 정신병원에서 사망. 향년 43세. 몽파르나스 묘지에 안장.

1899년 미발표 단편집 『밀롱 신부』 출판.

1900년 미발표 단편집 『행상』 출판. 루앙에 모파상의 흉상 건립.

세계문학전집 **223**

벨아미

1판 1쇄 펴냄 2009년 9월 25일
1판 21쇄 펴냄 2023년 6월 7일

지은이 모파상
옮긴이 송덕호
발행인 박근섭, 박상준
펴낸곳 (주)민음사

출판등록 1966. 5. 19. (제 16-490호)
서울특별시 강남구 도산대로1길 62(신사동) 강남출판문화센터 5층 (우편번호 06027)
대표전화 02-515-2000 팩시밀리 02-515-2007
www.minumsa.com

ISBN 978-89-374-6223-8 04800
ISBN 978-89-374-6000-5 (세트)

* 잘못 만들어진 책은 구입처에서 교환해 드립니다.

세계문학전집 목록

세계문학전집은 계속 간행됩니다.